Portão dos mortos

David Gilman

Mestre da Guerra
Portão dos Mortos

TRADUÇÃO
Caio Pereira

SÃO PAULO, 2017

Portão dos Mortos (Mestre da Guerra – vol. 3)
Gate of the dead
Copyright © David Gilman, 2016
Copyright © 2017 by Novo Século Editora Ltda.

COORDENAÇÃO EDITORIAL Vitor Donofrio	**GERENTE DE AQUISIÇÕES** Renata de Mello do Vale
EDITORIAL João Paulo Putini Nair Ferraz Rebeca Lacerda	**ASSISTENTE DE AQUISIÇÕES** Talita Wakasugui
TRADUÇÃO Caio Pereira	**DIAGRAMAÇÃO E ADAPTAÇÃO DE CAPA** João Paulo Putini
PREPARAÇÃO Alline Salles	**REVISÃO** Daniela Georgeto
PROJETO GRÁFICO Vanúcia Santos	**CAPA** Rory Kee

Texto de acordo com as normas do Novo Acordo Ortográfico da Língua Portuguesa (1990), em vigor desde 1º de janeiro de 2009.

Dados Internacionais de Catalogação na Publicação (CIP)

Gilman, David
Portão dos mortos
David Gilman; [tradução de Caio Pereira].
Barueri, SP: Novo Século Editora, 2017.
(Mestre da Guerra ; 3)

Título original: Gate of the dead

1. Ficção inglesa I. Título II. Pereira, Caio.

17-0975   CDD-823

Índice para catálogo sistemático:
1. Ficção inglesa   823

NOVO SÉCULO EDITORA LTDA.
Alameda Araguaia, 2190 – Bloco A – 11º andar – Conjunto 1111
CEP 06455-000 – Alphaville Industrial, Barueri – SP – Brasil
Tel.: (11) 3699-7107 | Fax: (11) 3699-7323
www.gruponovoseculo.com.br | atendimento@novoseculo.com.br

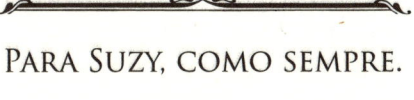

Para Suzy, como sempre.

... treinados no combate do melhor modo possível, maravilhosos em planejar batalhas e aproveitar vantagens, em escalar e atacar cidades e castelos, os mais espertos e experientes que você pode imaginar...

*Bascot de Mauléon, homem de armas, relatando
os dotes dos homens das Companhias Livres a
Jean Froissart, cronista francês do século XIV*

Parte Um
CIDADE DAS LANÇAS
15

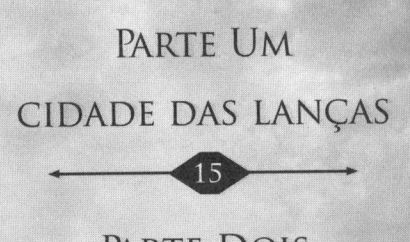

Parte Dois
CAMPEONATO DE REIS
169

Parte Três
O HORROR
237

Parte Quatro
JURAMENTO DE SANGUE
307

LISTA DE PERSONAGENS

*Sir Thomas Blackstone
*Christiana, Lady Blackstone
*Henry: filho de Blackstone e Christiana
*Agnes: filha de Blackstone e Christiana

Os homens de Blackstone
*Sir Gilbert Killbere
*Gaillard: capitão normando de Blackstone
*Meulon: capitão normando de Blackstone
*John Jacob: capitão de Blackstone
*Perinne: construtor de muros e soldado
*Elfred: mestre dos arqueiros
*Will Longdon: arqueiro centenário e veterano
*Jack Halfpenny: arqueiro
*Robert Thurgood: arqueiro

Cavaleiros alemães
*Werner von Lienhard
*Conrad von Groitsch
*Siegfried Mertens

Cavaleiros e homens de armas gascões
Jean de Grailly: Captal de Buch, lorde gascão e aliado inglês

*Beyard: capitão de Jean de Grailly
Gaston Phoebus: Conde de Foix

Cavaleiros franceses
John, lorde de Hangest: protetor francês da família real francesa em Meaux
Loys de Chamby: cavaleiro francês do sítio a Meaux
Bascot de Mauléon: lutou junto do Captal na Prússia e depois em Meaux
*Sir Marcel de Lorris: lorde francês menor, mentor de Henry Blackstone

Nobres, cavaleiros e escudeiros ingleses
Henry de Grosmont, Duque de Lancaster
Ralph de Ferrers: capitão inglês em Calais 1358-61
Sir Gilbert Chastelleyn: cavaleiro da corte real de Edward III
Stephen Cusington: representante de Edward III
*Roger Hollings: escudeiro
*Samuel Cracknell: mensageiro, sargento
*Lorde Robert de Marcouf
*Sir Robert de Montagu

Governantes ingleses
Rei Edward III da Inglaterra
Edward de Woodstock, príncipe de Gales
Isabella de França (Isabella, a Bela), rainha viúva da Inglaterra

Governantes franceses
Rei John II (o Bom) de França
O Delfim: filho e herdeiro do rei francês
A Duquesa da Normandia: esposa do Delfim
Charles, rei de Navarre: requerente do trono francês, genro do rei John
Philip de Navarre: irmão de Charles de Navarre

Nobres, cavaleiros, clérigos, mercadores e servos italianos
Galeazzo Visconti: governador de Milão
Bernabò Visconti: governador de Milão
Marquis de Montferrat: nobre piemontês
Pancio de Controne: médico do pai de Edward II
*Niccolò Torellini: padre florentino

*Paolo: servo de Torellini
*Frei Stefano Caprini: cavaleiro do Tau
*Irmão Bertrand: monge
*Oliviero Dantini: vendedor de seda de Luca

Médico Inglês
Mestre Lawrence de Canterbury: médico da rainha Isabella

Prefeito de Meaux
Jehan de Soulez

Líder da Revolta dos Jacques
Guillaume Cale

* Indica personagens fictícios

1358
ROTA DE BLACKSTONE

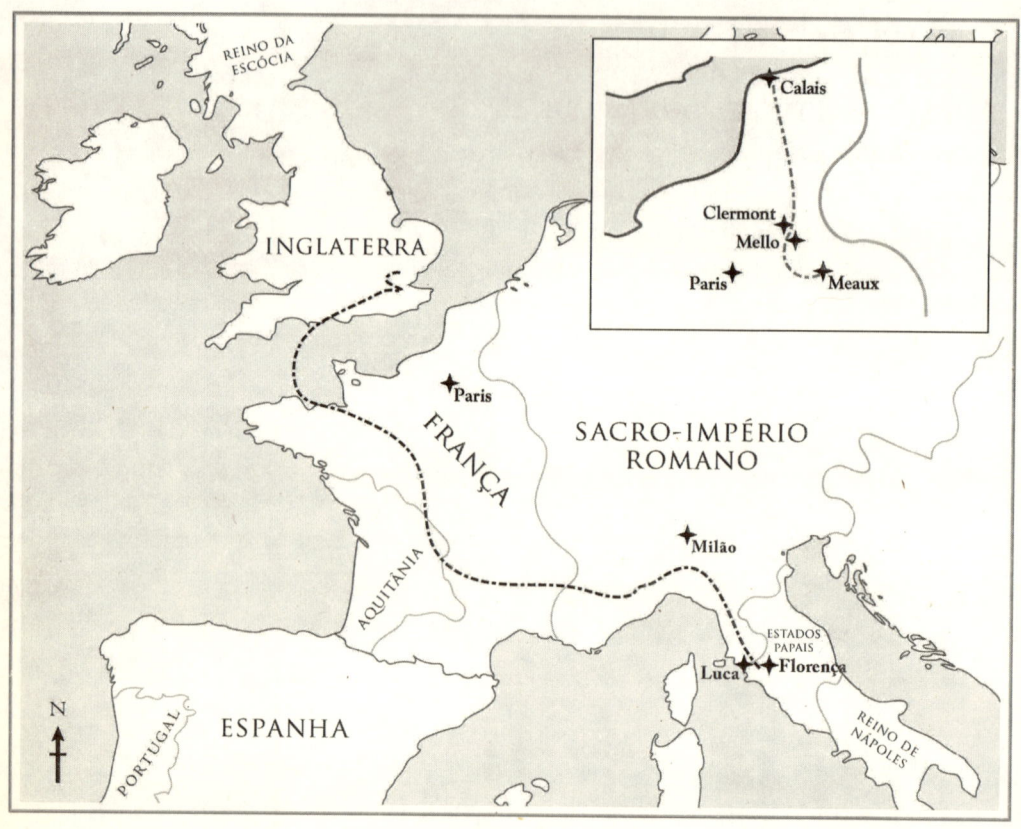

INVERNO-PRIMAVERA: ITÁLIA À INGLATERRA ▬ ▬
VERÃO: INGLATERRA À FRANÇA ▬ ▬

Parte Um
cidade das lanças

Capítulo Um

Os gritos que ecoavam pelas paredes de pedra eram como os das almas sendo lançadas no fosso infernal dos demônios. Mercenários arremessavam tochas acesas nas casas e rasgavam todos que tentavam escapar. A cidade estava em chamas, e os cidadãos não tinham chance alguma de sobreviver aos invasores que desceram das montanhas feito um rio de sangue. A força mista de matadores alemães e húngaros atropelou as débeis defesas. Grupos pequenos de homens tentavam proteger suas casas, mas eram sobrepujados. Alguns tinham os tendões rompidos e eram forçados a assistir enquanto suas famílias eram violadas e assassinadas. O horror fazia os homens implorarem por uma morte rápida, a qual nunca era concedida.

Essa gente humilde ousara protestar quando os suprimentos guardados para o inverno foram tomados sem pagamento por mercenários que retornavam a Milão pelas trilhas nas montanhas. Conforme a coluna de tropas progredia lentamente para casa, o comandante deixara alguns homens para trás, em Santa Marina. Era preciso dar uma lição, então começou a matança. Os mercenários cumpriam a tarefa com a mesma selvageria de qualquer cirurgião-barbeiro de batalha ao arrancar uma perna gangrenada. Nenhum artesão ou fazendeiro podia impor-se contra a força desses soldados contratados pelos Visconti, lordes de Milão, e haveria pouquíssima chance de que outro grupo de mercenários viesse opor-se a eles. Ao sul da cidade, corria um largo rio alimentado pela neve das montanhas. Frio, e profundo em alguns pontos, ele formava uma barreira natural a qualquer um que tentasse aliviar a cidade sitiada. Os homens teriam que atravessar as estreitas trilhas das montanhas até Santa Marina, e uma abordagem dessas seria notada. Ninguém se arriscaria a cruzar trilhas de bodes à noite.

Exceto Thomas Blackstone e uma centena de homens escolhidos a dedo por ele.

※

Cinco capitães tinham, cada um, vinte homens atrás de si; cada grupo era liderado por um batedor do qual partia uma corda de cânhamo a que todos seguravam para serem guiados pelas diversas trilhas em meio à escuridão. Quando chegava a luz do dia, dormiam escondidos entre os pedregulhos e arbustos de onde podiam espiar para a direção que a rota os levaria à noite. Após passos vacilantes – tropeçando e xingando baixinho, ignorando os cortes e ferimentos das mãos e das pernas –, finalmente alcançaram a margem mais próxima do rio que circundava a fronteira sulista de Santa Marina na terceira noite, guiados pelas fogueiras das trinta ou mais barracas montadas entre rio e cidade. Além desse alojamento de mercenários, a cidade ainda ardia em chamas, e o vago brilho carmesim de fogueiras velhas tingia o preto do céu. Gritos ainda reverberavam pelas ruas. Não devia haver mais do que setenta homens na cidade. Tal proporção favorecia Blackstone.

– Maldição – disse John Jacob, o capitão inglês de Blackstone, deitado na grama, mirando o outro lado do rio. – Pés molhados.

– E a bunda também – disse Sir Gilbert Killbere, do outro lado de Blackstone. – Santo Deus, Thomas, você tinha que nos trazer até aqui? São cem metros até o outro lado.

O homem rolou de costas e tirou o elmo. O trajeto fora dificultoso demais até então. Ele esfregou a barba grisalha por fazer com uma manzorra suja.

Blackstone ficou ali deitado, procurando divisar sombras movendo-se entre as barracas. Havia poucas a avistar; ele supôs que a maioria dos atacantes estaria dentro da cidade. As fogueiras brilhavam o bastante para lançar seu fulgor por cima do rio. Um ataque seria exposto a qualquer um que saísse de uma barraca e olhasse na direção errada. Por mais rapidamente que seus homens se movessem, pouco armados que estavam, um rio cheio de pedregulho levaria tempo para atravessar.

– O rio não vai encher em meses. Deve estar na altura da cintura, na pior das hipóteses. Onde está Will? – disse ele.

Os homens ouviram um farfalhar atrás de si, em meio ao junco que crescia na margem.

– Aqui – respondeu Will Longdon. Ele rastejou para perto e olhou por cima da margem rasa. – Vai gelar o saco, Sir Gilbert. Essa água da montanha estará fria para diabo – disse.

– Aye, para arqueiros sem bunda como você – disse o cavaleiro veterano.

– As fogueiras nos guiarão para dentro – disse Blackstone. – Mande seus arqueiros, Will. Trezentos metros rio abaixo. É a porção mais rasa, e os que nos escaparem fugirão para lá ao raiar do dia. Metade dos homens lá, metade aqui. Presos como numa armadilha para lobos.

Thomas olhou para a fileira de homens deitados na margem do rio. Enfraquecidos pela falta de sono, com o rosto sujo de fuligem, punhos cerrados no cabo da espada, machado ou maça preparada para a matança. O fulgor das fogueiras chamava a atenção. Pareciam ameaçadoras o suficiente para arrancar a pele de um diabinho. Sem falar mais nada, Blackstone ficou de pé e, todos juntos, os homens o seguiram. Foram caminhando pelo raso, encontrando o melhor caminho sobre as pedras. A escuridão quase total tornava o trajeto ainda mais difícil, mas Blackstone e seus homens cruzaram rios mais perigosos no passado – em momentos em que besteiros franceses encheram o céu de flechas em cima deles –, e mesmo assim eles persistiram e derrotaram o inimigo. Nenhum homem que fizera uma jornada dessas consideraria isso algo além de um frio e inconveniente encharcar-se. Logo voltariam a aquecer-se, quando começassem a matar.

O debater da água logo deu lugar ao silêncio quando entraram até a cintura no rio, e o som de sua passagem foi sobrepujado pelo do movimento da água contra as margens. Blackstone via, à direita e à esquerda, a fileira irregular de homens que o acompanhavam. Lanças e espadas eram usadas para firmar-se contra a corrente. Uma vez satisfeito com o avançar de todos, o cavaleiro abriu caminho entre grama e junco, que lhes concediam os momentos finais de parca cobertura.

Os sessenta guerreiros distribuíram-se silenciosamente por entre as barracas, puxando rapidamente as abas para ver se algum deles ali dormia. Blackstone e outros foram correndo à frente, ignorando os grunhidos dos homens que se julgavam seguros sob seus cobertores. Quanto mais chegava perto da cidade, mais altos ficavam os gritos que ouvia.

Blackstone chegou correndo à primeira praça. Havia corpos deitados, espalhados: cabeças esmagadas, barrigas abertas, rios escuros de sangue brilhando sobre a superfície de pedra; homens, cães, mulheres e crianças – todos ceifados pela espada. Uma dúzia de soldados provocava um homem na ponta da lança que rastejava de quatro, com uma massa de entranhas pendurada abaixo. Fincavam e o cortavam, infligindo ainda mais dor e sofrimento. Jogavam vinho dos potes de argila e riam da agonia do sujeito. Por todos os lados, estreitas alamedas ressoavam com gritos similares. Tochas bruxuleavam aqui e ali, cuja luz lançava demônios da noite sobre as paredes, enquanto os homens dos Visconti empurravam mulheres porta afora e mutilavam crianças que corriam aos berros à procura da proteção de suas mães.

Um dos soldados começara a virar-se por ter ouvido o bater das botas de alguém que chegava correndo. Pensando tratar-se de homens das barracas que vinham à cidade para apreciar a matança, o homem sorria, mas o escárnio cedeu lugar a uma expressão de surpresa quando ele apertou os olhos para enxergar, na pouca luz, os homens que avançavam para ele sem fazer ruído. Quando finalmente reparou que não eram dos seus, gritou um aviso, mas era tarde demais. Os guerreiros de Blackstone afrontaram os inimigos de forma tão súbita que não houve tempo para defesa.

– À esquerda! – ordenou Blackstone, circundando os corpos dos defuntos, correndo na direção do barulho que vinha de uma das alamedas.

O cidadão ferido ficou de joelhos, segurando as entranhas com as mãos ensanguentadas, de olhos cegos erguidos para um gigante barbado, alto e largo como Blackstone, homem que ele jamais veria e que num golpe ligeiro cortou-lhe a garganta, num ato de misericórdia.

– Meulon! – gritou Blackstone. – Cinco homens! Ali!

Meulon se apressou a olhar para onde diversos homens, em outra rua lateral, avançavam contra eles. A matança quase imersa em sombras na praça os alertara, mas, como para seus camaradas derrotados, o instante de incerteza lhes roubara qualquer vantagem que pudessem ter aproveitado. Atrapalharam-se ao reparar que os homens que os atacavam eram muito mais ferozes que os da turma deles; o medo os fez vacilar. Quando finalmente executaram o ataque contra os invasores, estavam confinados lado a lado na estreita alameda, e não eram mais páreo para as investidas das lanças seguidas por golpes de machado e espada.

Blackstone usava um bacinete aberto no rosto, e as vestes de seus homens eram pouco diferentes das dos homens que atacaram e atearam fogo à cidade. Alguns usavam caneleiras para proteger as pernas e placas de armadura nos ombros e braços; todos tinham cota de malha debaixo de uma túnica que ostentava o brasão de Blackstone – um punho blindado segurando a lâmina de uma espada, como se fosse um crucifixo –, apertada na cintura por um cinto do qual pendia um machado ou uma adaga.

No meio de outra passagem estreita, uma mulher unhava e se debatia contra seu atacante, enquanto um segundo homem se aliviava encostado na parede, com uma tocha em chamas na mão livre. Ele olhou para trás quando as sombras da alameda pareceram se mexer. Num giro, levou a tocha à frente de si e então sentiu o calor inundar suas pernas. No momento em que decidiu largar a tocha e procurar a espada, John Jacob já tinha puxado a espada para cima num arco, atingindo o homem bem no meio das pernas. A dor da genitália dilacerada fez o guerreiro curvar-se, tentando segurar a massa sangrenta, permitindo que outro dos homens de Blackstone o golpeasse com o machado no pescoço exposto. Blackstone investiu contra o homem que atacava a mulher, desequilibrando-o, depois meteu o pomo da Espada do Lobo na boca dele. Ossos e dentes quebraram-se, o homem jogou a cabeça para trás, e a espada de Killbere avançou para acertá-lo na garganta. Ignorando a mulher seminua, os homens de Blackstone seguiram adiante.

– Quantos estão conosco? – gritou Blackstone ao ganhar outra pracinha, onde uns vinte homens usavam um cocho de cavalo para derrubar uma pesada porta de carvalho cujas dobradiças eram do tamanho de um escudo de guerra.

Mais corpos jaziam ali espalhados, havia sangue espirrado nas paredes, e as tochas flamejantes da praça iluminavam a carnificina.

– O suficiente! – respondeu o cavaleiro veterano, ultrapassando Blackstone, ávido por matar.

– Gilbert! Espere! – gritou Blackstone.

Havia somente nove homens com eles, posto que os demais lutavam nas ruas mais atrás.

Aqueles que investiam contra a porta se viraram e, num segundo, viram que estavam em maior número que os atacantes. Os pés de Blackstone escorregaram nas pedras cobertas de sangue e, quando ele finalmente recuperou o equilíbrio, dois ou três homens já tinham passado por ele, atrás de Killbere. Espadas tilintaram; ataques atrasados soltaram faíscas ao bater contra o paralelepípedo. Alguns dos homens de Blackstone pegaram escudos largados no chão e juntaram-se lado a lado, formando uma parede contra o ataque errático. Blackstone viu que Killbere estava em perigo, expondo o lado esquerdo do corpo. O guerreiro logo seria derrubado. Blackstone correu para ele, mas três homens apareceram de uma porta na qual as chamas lambiam a escadaria de madeira logo atrás. Num movimento curto, ele deixou que o primeiro atacante passasse por ele, com o impulso, para dar contra a parede. Blackstone agachou e pegou um escudo sem dono para proteger o braço exposto. Um voleio súbito de golpes dos outros dois homens martelaram a placa de metal, mas ele os empurrou com todo seu peso, e a expressão no rosto deles deixou claro o que viam: a aparição feroz criada pelas sombras que lhe contorciam a face. Foi fácil fazê-los recuar. Um virou-se e fugiu; o outro deu um passo para o lado, gingou e deu um golpe alto. Blackstone enfiou o aço reforçado da Espada do Lobo na axila exposta, depois, com um encontrão, jogou longe o moribundo. O guerreiro que caíra rolou, abandonou a espada e fugiu para a segurança de outra alameda.

Blackstone virou-se para tentar encontrar o amigo, mas Killbere estava atrás de duas enormes silhuetas: as dos dois lanceiros normandos, Meulon e Gaillard, que tinham trazido seus homens de uma rua lateral e agora encurralavam mercenários incapacitados, dos quais sete recuaram para um canto e largaram as armas.

– Misericórdia! – pediram eles, alguns até ficando de joelhos.

Antes que Blackstone pudesse conter seus guerreiros, eles já tinham avançado contra os inimigos. Dois sobreviventes recuaram, de braços erguidos, numa fútil tentativa de se proteger dos golpes.

– Esperem! – Blackstone ordenou.

Killbere olhou para ele, o rosto todo espirrado de sangue. Blackstone sabia que o dele estava igualmente ensanguentado, por causa do combate.

– Poupá-los? – Killbere perguntou, incrédulo.

Os homens de Blackstone abriram caminho quando ele passou.

– Por ora. Levantem-se – ele ordenou.

Por cima da cota de malha, a túnica de um dos homens mostrava a insígnia de seu senhor, uma víbora engolindo uma criancinha.

– Eu conheço o brasão dos Visconti – disse ele, virando-se para o segundo homem, cuja túnica semicoberta de sangue revelava uma imagem parcial.

O tecido estava tão gasto e desbotado que mal se via a imagem. Uma coroa pousava sobre o que parecia ser a cabeça de uma mulher. Mas, em vez de braços, ela tinha asas bem abertas, e onde devia haver pernas, eram as patas de uma águia. Por um momento, a imagem das garras arranhou a memória do cavaleiro inglês. Ele conhecia esse brasão. Vira-o em meio ao calor da batalha.

Os homens tremiam da exaustão e do medo de combater. A morte deles estava a instantes de acontecer, e homem nenhum, mesmo mercenários bárbaros como esses, queria morrer sem ser absolvido.

Blackstone encostou a ponta da Espada do Lobo na insígnia.

– A quem você serve?

A ponta afiada, embora apenas encostada gentilmente no tecido, fê-lo rasgar. O homem recuou contra a parede.

– Werner von Lienhard – respondeu ele.

Blackstone não disse nada; seus homens esperavam que ele enfiasse a espada no peito do homem, para que pudessem, então, se pôr a arrancar qualquer riqueza que encontrassem dos homens que mataram.

Então ele falou:

– Seu senhor alemão. Onde está ele? Ao norte, com as outras tropas dos Visconti? Ou com a coluna?

– Milão – disse o homem, com a voz rasgada pela falta de água.

– Quantos homens há na coluna? – perguntou Blackstone.

Os dois homens se entreolharam e deram de ombros, sacudindo as cabeças pela incerteza.

– Algumas centenas, senhor.

– Qual rota pegaram?

– Vão pro Vani del Falco. Devíamos segui-los. – O homem agachou num dos joelhos, e seu companheiro logo o acompanhou. – Misericórdia, senhor. Faremos qualquer coisa que nos pedir. Poupe-nos e o serviremos.

Com o rosto coberto de suor brilhando de impaciência, Killbere olhou feio para Blackstone.

– Temos outros a matar, Thomas. Não podemos ficar aqui a noite toda falando com esses desgraçados.

Blackstone baixou a espada.

– Vou poupá-los – disse. – Mas tirem as armas deles e os protejam.

– Abençoado seja, senhor! Abençoado seja! – soltaram os homens.

Killbere acompanhou Blackstone a caminhar pela praça.

– Tem motivo especial para isso?

– Logo vai amanhecer. Aqueles que não matamos terão que fugir para o rio. Organize os homens, Gilbert. Encontre o máximo de moradores da cidade que puder.

– Thomas, vai arranjar mais problemas para nós. Pelo amor de Deus. Já sofremos o bastante. Perdemos homens hoje.

Blackstone virou-se para o homem que mais respeitava no mundo. Killbere lutara pelo seu rei, tomara a dianteira do exército inglês e urgira-o a avançar, numa grande barricada, contra os franceses. No entanto, escolhera seguir Blackstone no exílio e servi-lo.

– Gilbert, confie em mim.

O outro hesitou, depois fez que sim. A fadiga e a exasperação começavam a subjugá-lo. Ele murmurou alguma coisa incoerente baixinho e saiu para fazer o que Blackstone ordenara.

Capítulo Dois

Uma plantação de flechas de pena branca brotava orgulhosa do corpo dos homens que tentaram escapar. Os arqueiros de Will Longdon dispararam suas flechas numa tempestade que teria trazido horror e incompreensão aos que procuravam fugir dos guerreiros de Blackstone na cidade. Os arqueiros podiam derrubar seus alvos a até trezentos metros; aos duzentos, iluminados pelas fogueiras, os homens que recuavam simplesmente correram para debaixo de uma cortina de flechas que caiu do céu noturno. Os arqueiros mantiveram-se a postos até que Blackstone lhes mandou a ordem para cruzar o rio, até o local da matança, e proteger esse lado caso houvesse um contra-ataque. Os homens de Longdon reuniram suas flechas sangrentas, cujas pontas finas eram fáceis de liberar da carne perfurada das vítimas, muito mais do que as mais largas. As flechas eram um recurso de valor, e esses bastões de um metro feitos de freixo, grossos como o dedo médio de um homem e adornados com plumas de cisne, eram difíceis de repor em quantidade. Uma vez tendo reunido as flechas, os arqueiros procuraram comida e bebida no acampamento e, depois, contentes com o trabalho dessa noite, ajustaram-se em seus postos de defesa e começaram a esticar e reparar as plumas. Uma flecha decente recompensava a habilidade do flecheiro matando mais de uma vez.

A manhã trouxe consigo o fedor ocre do sangue espirrado junto à brisa que cutucava a flâmula de Blackstone, que agora tremulava na torre do sino de Santa Marina. Os locais emergiam de celeiros e esconderijos; outros retornavam com cautela dos arborizados morros e cavernas que circundavam a cidade. À tarde, juntavam os cadáveres, deitando os corpos numa das pequenas praças nas quais carrinhos de mão aguardavam para ser carregados para o enterro.

– Foram 32 os homens dos Visconti mortos em batalha, outros 37 aqui – Meulon relatou a Blackstone.

– A maioria dos desgraçados assustou-se quando viu você sair correndo da escuridão – disse Perinne, um dos mais antigos franceses a servir Blackstone. – Ver você e Gaillard é de fazer coalhar o leite de uma mãe.

Cansados, os homens recostavam-se na parede da igreja; alguns estavam sentados de costas para ela, limpando as armas. Encontraram pão e carne curada e tomavam vinho tirado das casas.

– Quantos nós perdemos?

– Nove. Dois não viverão até o fim do dia.

John Jacob disse-lhes os nomes de cada homem que tombara na batalha noturna. Blackstone conhecia todos, embora alguns dos nomes não lhe fizessem lembrar o rosto. Não importava. Lutaram conforme o esperado e seriam enterrados no cemitério de Santa Marina com uma oração proferida sobre eles por um padre.

– Onde o padre estava escondido? – perguntou Blackstone.

– Na torre do sino – disse Gaillard.

– Devia ter mandado Jack Halfpenny para derrubar aquele corvo – disse Killbere, e deu uma cusparada.

– Will é muito melhor arqueiro – disse Gaillard.

– Deus, não importa quem, seu normando idiota! Qualquer arqueiro maldito teria conseguido! – disse Killbere. – Thomas, e agora? Voltar para casa para um banho quente, um vinho quente e os seios quentinhos de uma mulher? Preciso de sustância.

– Ainda não, Gilbert. Temos mais trabalho a fazer.

Blackstone ergueu o braço e acenou para os soldados do outro lado da praça. Os homens guiaram os sobreviventes adiante. Estavam em escadas e muradas e reunidos em alamedas de paralelepípedo. Olhando para os mortos, aguardavam em silenciosa obediência, sem saber quais demandas seriam feitas a eles por esse novo grupo de mercenários. O padre foi trazido.

Passara 38 de seus 61 anos sendo despachado de vila em vila. Era um padre problemático que se revoltava contra cobranças impostas nos cidadãos por bispos e senhores, mas que, cinco anos antes, recebera a bênção de ser enviado a Santa Marina. Poupados da peste, acreditavam que Deus lhes dera vida por não ter seu trabalho sugado por pagamento baixo daqueles que compravam sua comida. Fora o padre quem encorajara os moradores a impor-se e demandar melhores preços. E fora também ele, o próprio acreditava, que suscitara esse ato de retribuição contra eles.

— Sua bandeira flamula no topo da minha igreja — disse ele a Blackstone. — *Défiant à la mort.* Conheço o suficiente do idioma para entender. Na próxima vez que aqueles homens atacarem, derrubarão a igreja, pedra por pedra, para alcançá-la. Mas eu os desafiarei. Em nome de Deus, e em nome de Sir Thomas Blackstone. Essa gente de Santa Marina oferecerá orações para você e seus homens todos os dias.

Killbere pigarreou e cuspiu, depois suspirou, de braços cruzados, sua falta de interesse óbvia para o padre ver.

— Todos vocês — disse o padre careca.

— Não haverá mais ataque contra vocês. Minha flâmula o garante — disse Blackstone.

— Melhor do que ter mil homens armados para protegê-los — disse Killbere, querendo enfatizar a reputação de Blackstone.

O cavaleiro inglês virou o padre, segurando-o pelos ombros, para que ficasse de frente para os cidadãos.

— Quantas pessoas morreram aqui?

O velho padre sacudiu a cabeça.

— Trezentos, talvez. Não sei dizer ainda. Não procuramos pelos corpos em todas as casas.

— E os vivos?

— O mesmo número. Rezo para que seja mais.

— Escute, meu senhor! Esses que os atacaram são somente parte de uma coluna que está retornando para a segurança de seu próprio território. Esses aldeões conhecem as montanhas. Eles podem lutar?

Killbere e os que estavam por perto e ouviram pareceram momentaneamente aturdidos, tanto quanto o padre, cujo choque foi um pouco mais evidente. Cidadãos ou aldeões não enfrentavam guerreiros armados. Camponês nenhum jamais erguera a mão contra soldados profissionais. As palavras falharam com o velho; ele abriu e fechou a boca, de olhos escancarados.

— Eles podem lutar? — Blackstone tornou a dizer. — Meus homens e o seu povo podem fazer uma emboscada para aqueles que causaram a matança aqui. E uma emboscada não matará todos, mas poderemos saquear, e partilharemos com vocês o que será conseguido. Cavalos, armas, roupas, moedas, suprimentos, carroças e mulas. Fornecerá certo grau de recompensa. Podemos isolá-los e matar pelo menos trinta deles. A mesma quantia que assassinaram. Você conhece essas pessoas. Fale com elas. Se disserem não, eu e meus homens retornaremos para casa em menos de uma hora.

Blackstone conduziu o recalcitrante padre à frente, até as sandálias dele pisarem as poças do sangue que vazara dos corpos deitados na praça. Atrapalhado com as palavras, o idoso procurou, inseguro, incitar os moradores da vila a devolver o ataque – e então toda uma vida de pregação veio ajudá-lo. Sua voz espalhou-se por toda a praça, urgindo o povo a unir-se a Blackstone e seus homens e dar cabo daqueles que trouxeram tanto pesar e tristeza à cidade.

– Thomas, tem horas que você parece ter titica no lugar dos miolos. Esses camponeses mal sabem limpar o próprio rabo – disse Killbere.

Blackstone olhou para os outros homens, que obviamente partilhavam da insegurança de Killbere. O padre estancara numa pausa vacilante. Voz alguma se ergueu para acrescentar-se à luta. Mas ninguém foi embora, também. Estavam esperando por algo a mais.

– Eles conhecem cada morro e trilha serpenteante na montanha; sabem jogar pedras e rochas soltas. Podem enlaçar centenas de homens em ravinas e cair em cima deles com paus e forquilhas. Podemos matar ainda mais e, se o fizermos, esses malditos não virão mais para cá, e essas pessoas ficarão livres. Serão respeitadas por aqueles que querem tratá-los de outro jeito.

Killbere aproximou-se de Blackstone. Ele levou a boca perto do ouvido deste e, num sussurro quase inaudível, disse:

– Thomas, você não é mais o pedreiro que morava no vilarejo sob a jurisdição de Lorde Marldon. É mais do que isso. Sempre foi. Não pode dar falsa esperança de liberdade a essas pessoas. Elas não lutaram as guerras que você enfrentou – disse ele, falando tudo com carinho.

Blackstone pôs a mão no ombro do amigo.

– Serei sempre esse pedreiro, Gilbert. Sou um homem comum, e isso nunca vai mudar. Posso dar-lhes a fúria para lutar.

– Como? – disse Killbere.

Blackstone acenou para dois de seus homens, os quais montavam guarda num portão. Eles arrastaram para fora dois mercenários sobreviventes. Blackstone foi até a praça, e os outros trouxeram os homens assustados para ele.

– Vocês têm uma chance de retomar sua vida! – disse ele bem alto. – Viemos até aqui porque somos contratados! *Condottieri*! E vocês viram que podemos infligir chacina muito mais violenta contra eles, mesmo havendo menos de nós! Juntem-se a nós hoje, e eu, Thomas Blackstone, lhes darei vingança! Aproveitem!

Thomas pegou os dois homens aterrorizados.

– Sir Thomas, você disse que nos pouparia! – implorou um deles.

– Sim, eu disse – Blackstone respondeu. – Agora a decisão é deles.

Dito isso, o cavaleiro jogou os dois homens na praça, onde eles cambalearam e caíram por cima dos cadáveres. Escorregaram nas vísceras, depois se levantaram e ficaram ali parados como animais feridos cercados por uma alcateia. Um deles ergueu as mãos, em súplica. Não aconteceu nada. Ninguém se mexeu. Os dois homens tentaram afastar-se, com cautela, pisando por entre os corpos de mulheres e crianças. Parecia que teriam a chance de escapar. Foi quando a voz irada de um dos camponeses ressoou. Foi um grito de agonia tão pungente que afugentou os corvos dos telhados. Outra voz aderiu ao berreiro. E mais outra. Uma cacofonia de dor ergueu-se da multidão. Palavra nenhuma foi dita, nenhum xingamento ou blasfêmia, nenhuma ameaça feita. Apenas urros de angústia de gelar o sangue que mantiveram todos que os testemunhavam rígidos de expectativa.

Então alguém em meio ao povo jogou uma pedra e acertou um dos mercenários. Ele caiu num dos joelhos, mas logo se ergueu com dificuldade. Os dois tentaram recuar, mas o urro de angústia cresceu para um rugido de ódio. Outro cidadão veio à frente com um toco de madeira, enquanto uma mulher abriu caminho, do outro lado da praça, brandindo um ferro de passar roupa; em questão de instantes outros passaram por cima dos corpos de seus entes queridos em direção aos incapacitados mercenários, que tentaram fugir. Seus pedidos de misericórdia foram abafados. Tentaram lutar com as próprias mãos, mas cederam sob o ataque múltiplo. Logo estavam mortos, irreconhecíveis de tão espancados que foram.

Thomas Blackstone concedera aos aldeões a sede de sangue.

※

Por trilhas que eram pouco mais que cicatrizes na encosta, os aldeões passavam correndo. Corriam como que num enxame – nenhuma trilha os confinava; pelo contrário, inundavam o morro, fazendo seu caminho por rotas usadas desde quando seus ancestrais começaram a criar bodes no alto das montanhas.

Blackstone fazia o melhor que podia para acompanhar, mas esses aldeões de pés certeiros estavam acostumados com subidas íngremes e trilhas serpenteantes, e ele e seus homens foram forçados a parar, resfolegando, no instante em que alcançaram dois terços da difícil escalada.

Os pulmões cansados dos homens estavam sôfregos de exaustão, mas, se ficassem ali parados por tempo demais, as pernas esfriariam, e isso tornaria o impulso final até o topo ainda mais difícil.

— São como moscas nas costas de um cachorro — disse Perinne. — Vamos perder aqueles ali da frente de vista. Vai saber que tipo de bobagem farão quando se depararem com a coluna.

— Ele tem razão — disse Killbere. — Thomas, você devia levar os arqueiros e mais outros até lá em cima, com eles. Sou lento demais, e seguirei os que se separaram e foram à direita. Assim temos que subir menos, e eles devem estar contornando a encosta para flanquear a coluna.

Quase dobrados ao meio para aliviar as dores, os homens pigarreavam fleuma de pulmões e gargantas.

— Levarei trinta homens com Sir Gilbert — disse John Jacob. — Se você puder chegar ao topo com os rapazes de Will Longdon, causará dor aos homens dos Visconti e dará a esses aldeões malucos a chance de não acabarem chacinados.

— Pelas lágrimas da Virgem — disse Longdon, e sorriu. — Vocês, homens de armas, sempre esperam que nós, arqueiros, façamos o trabalho mais pesado.

— É uma marca da nossa estima pela sua habilidade de matar — disse Killbere, sarcástico, pronto para partir, determinado a mostrar aos mais jovens que estava em boa forma, o suficiente para liderar o assalto à coluna.

— Escolha seus homens — disse Blackstone, e virou-se para continuar a subida pela encosta.

Rangendo os dentes, Longdon ajustou o arco no saco de linho às costas e seguiu seu senhor e amigo. Os arqueiros subiram logo depois, enquanto Killbere e Jacob apontavam para outros, indicando que deviam unir-se a eles. Falar desperdiçava muito ar dos pulmões; ar necessário unicamente para uma última dolorida corrida morro acima.

Para uma coluna de homens em montaria, seria preciso quase um dia inteiro, com as morosas carroças e suprimentos, para alcançar o desfiladeiro que corria por entre paredes curvas. Os homens e mulheres de Santa Marina precisaram de menos de três horas, usando atalhos de rasgar os músculos. Encharcado de suor, Blackstone tirou o elmo e meteu a cabeça debaixo de um riacho que vertia água fresca no meio das rochas.

— Maldição! — disse Jack Halfpenny, quando os arqueiros pararam para descansar. — Mal tenho forças para cuspir, que dirá usar o arco.

— Todos de pé — ordenou Longdon. Estava tão dolorido quanto os demais, mas precisava que os arqueiros estivessem prontos para qualquer coisa que Blackstone lhes ordenasse. Havia pouca chance de controlar aqueles aldeões tomados pela ira da vingança; não havia ninguém para liderá-los nem assumir o comando. – Eles têm sangue nas narinas, Thomas. Como um cavalo de guerra enlouquecido. Não há mais como contê-los.

– Eles causarão muito dano – disse Blackstone.

Os aldeões desciam a encosta pelos dois lados da estrada. Faziam isso em silêncio; nenhum barulho deles ecoava pelo desfiladeiro, e a coluna ainda não tinha erguido os olhos para ver que se aproximavam. A coluna dividira-se em duas; a vanguarda já sumia do campo de visão, numa curva distante, mas a força principal caminhava pesadamente junto das carroças. Estando a maior parte da cavalaria na frente, seria bem complicado para eles contra-atacarem.

À direita, Blackstone viu homens armados aparecerem do ombro da encosta. Eram Killbere e John Jacob, com os outros, que estavam agora a mil metros de distância, do outro lado da estrada. Blackstone tinha de levar seus arqueiros ao lado esquerdo, ao longo do contorno da via.

– Há mais a fazer, rapazes – ele lhes disse.

– Sempre há, Sir Thomas – disse Robert Thurgood.

Esse arqueiro era uma das mais recentes adesões ao bando, junto com Jack Halfpenny. Nenhum dos dois tinha sequer 20 anos de idade. Magros e rijos, seu tamanho não entregava sua habilidade de manusear um poderoso arco de guerra inglês. Ambos vieram do mesmo vilarejo e cruzaram a França com o príncipe de Gales durante sua grande cavalgada, a que terminou na chacina em Poitiers. Quando crianças, passavam muito tempo sentados, vendo os meninos mais velhos praticando arco e flecha. Dos dois, Halfpenny foi o primeiro a sentir a força de um arco na mão e a alegre agitação no peito quando a flecha disparava. Thurgood interessava-se mais em fugir do trabalho nas terras de seu senhor e era conhecido por um temperamento agressivo que o fizera ser punido em mais de uma ocasião. Jack Halfpenny mostrava ao amigo como um arqueiro bem-sucedido ganhava respeito e atraía meninas da vila nas feiras regionais. Quando se apresentaram aos capitães de Blackstone, o cavaleiro da cicatriz testou a habilidade dos rapazes e ouviu suas histórias pessoalmente, e Halfpenny o convenceu a permitir que aderissem à companhia. Ficara em silêncio o tempo todo em que Thurgood falou de batalhas e matança, de como os arqueiros ingleses e galeses eram os melhores entre os homens e as joias na coroa do rei. Depois Halfpenny falou do corpo do arco de teixo na mão e da corda encerada puxada junto da bochecha, de como a potência da flecha disparada colocava para voar uma parte dele que não tinha explicação, mas que ele sabia ser um presente divino. Essas palavras deram aos dois amigos a oportunidade de juntarem-se ao renomado Thomas Blackstone. Como todos os guerreiros, estavam sedentos por pilhagem, se a conseguissem, mas Killbere era um chefe tão duro quanto qualquer outro a que serviram antes.

– E é melhor chegarmos logo, antes que Sir Gilbert pense que não somos melhores do que mulheres fofocando numa casa de banho – soltou Halfpenny.

A trilha que se estendia pelo contorno era plana o suficiente para que Blackstone e seus 53 homens cobrissem a distância. Quando as carroças lá embaixo alcançaram a curva da estrada, aos solavancos, os aldeões começaram a lançar pedras da encosta. O ataque súbito causou caos. Homens que se sustentavam quase adormecidos nas selas por conta do caminhar aborrecido das mulas de carga e carroças puxadas por boi foram lançados ao pânico.

Os arqueiros formaram sua fileira, inclinaram os arcos e arrumaram as cordas. Prepararam as flechas.

– Esperem – disse Longdon a seus arqueiros, vendo Blackstone juntar a meia dúzia de homens de armas, prontos para mergulhar encosta abaixo no que certamente se tornaria uma luta frenética pela vida quando os homens lá de baixo percebessem que tinham sido separados da porção frontal da coluna.

Homens e mulheres de Santa Marina forçavam barras de ferro debaixo de pedras instáveis; outros colocavam seu peso atrás de árvores apodrecidas, tombando-as numa avalanche crescente de detrito que avançava contra os mercenários.

Gritos de alarme misturaram-se aos comandos frenéticos dos aprisionados, cujos cavalos avançavam, escorregavam e caíam enquanto seus cavaleiros lutavam para controlar o pânico. Soldados de infantaria juntaram-se às pressas e começaram a escalar morro acima, na direção dos atacantes. Os camponeses desarmados logo teriam de fugir.

Blackstone viu os mercenários se reagrupando. Foram treinados para revidar e atacar numa emboscada. Se os aldeões mantivessem sua posição, Killbere e os outros teriam a vantagem quando os homens dos Visconti tentassem lutar morro acima. O pesado *carrocio* dos mercenários era uma carroça puxada por bois que portava as bandeiras dos comandantes – um posto de comando que valia a pena tomar – e que agora dificultava muito para os mercenários responderem rapidamente. O gado que puxava a carroça de guerra esparramou-se bem no meio da estrada, ajudando a dividir ainda mais a força principal.

O *carrocio* vacilava, desestabilizado pelos bois assustados, conforme homens por ele passavam e o carroceiro juntava as rédeas. A brisa desenrolou as bandeiras o bastante para Blackstone ver a víbora dos Visconti contorcer-se, como se engolisse uma criança naquele mesmo instante.

Blackstone queria essa bandeira. Ele ergueu a Espada do Lobo com autoridade e ouviu Will Longdon latir suas ordens para seus arqueiros.

– PREPARAR! PUXAR! SOLTAR!

Os arcos rangeram, com suas linhas de cânhamo puxadas para trás; eram tanto uma parte de Blackstone quanto os músculos de seu corpo. Quando as vibrantes cordas puseram para voar as flechas com ponta de aço, Blackstone pôs-se a correr como se propalado do cerne retesado do teixo.

O choque reverberou pelos mercenários que tinham subido o morro oposto. Estavam prestes a liberar a chacina sobre indefesos camponeses, sem saber por que os homens armados que estavam metros atrás não tinham avançado para enfrentá-los. E então entenderam. Choveram flechas sobre eles e, com a força do impacto, atravessaram corpos protegidos pela cota de malha. Homens caíram, contorcendo-se, sôfregos de agonia. Muitos morreram em questão de segundos, dando as últimas respiradas, engasgando com sangue, tendo coração e pulmões perfurados. Os que sobreviveram à primeira tempestade de flechas vacilaram, depois deram meia-volta, à procura dos arqueiros. Outro golpe aterrorizante caiu sobre eles. Então Killbere avançou por entre os atônitos camponeses, que nunca tinham visto a violência que os arqueiros podiam infligir.

Blackstone corria a toda velocidade. Os que ainda estavam na estrada compreenderam que tinham sido cercados e viraram-se para enfrentar o ataque. Agora tinham homens armados à frente e atrás, e podiam ver que os arqueiros atiravam na coluna aprisionada, enquanto cavaleiros tentavam escapar. Blackstone viu Killbere e Jacob no centro de uma fileira estendida, descendo violentamente pela encosta. Meulon e Gaillard fincavam lanças e espadas enquanto os aldeões dispersavam atrás da matança, pondo fim aos feridos com golpes de faca.

Os homens de Visconti estavam sendo assolados na emboscada e com o peso dos aldeões, que ainda arremessavam pedras e batiam com tocos de madeira e foices conforme os inimigos tombavam. Os camponeses tornaram a erguer suas vozes: homens gritavam; outros berravam. Blackstone e Perinne foram confrontados por quatro homens que tinham formado uma parede de lanças curtas. Nenhum deles tinha escudo, e, armados apenas com espadas, não seriam capazes de passar pelas lanças afiadas de quase dois metros de comprimento. Perinne curvou-se e pegou uma pedra, que jogou no rosto de um dos homens. Este recuou. Blackstone seguiu o exemplo do francês e lançou pedras afiadas nos homens, que pareceram surpresos por sua fileira poder ser rompida de tal maneira. Tentando esquivar-se das pedras, erguiam os ombros e viravam o rosto, o que fez suas lanças vacilarem e abrirem caminho para o cavaleiro inglês. Uma vez ultrapassadas as pontas letais, ele e Perinne derrubaram aos cortes os mercenários em pânico.

Cavaleiros inimigos esporeavam suas montarias para atacar, e três dos homens de Blackstone tombaram, mas os mercenários entendiam que não havia como escapar se não enfrentassem a chuva de flechas e tentassem reunir-se à vanguarda que seguia além da curva, coberta de pedregulho solto, adiante na estrada. Quando um dos cavaleiros avançou, Blackstone e Perinne pegaram uma lança, puseram seu peso sobre ela e acertaram o cavalo bem no meio do peito. O cavaleiro caiu ao lado das patas agitadas do animal, e Perinne apenas dançou para o lado e mergulhou uma faca na garganta do ferido.

Conforme os penosos gritos dos cavalos começaram a ceder, junto com os dos moribundos mercenários, um dos cavaleiros atravessou o caos e agarrou a bandeira dos Visconti. A derrota resultaria em penalidade aplicada pelo mestre, mas pelo menos salvar a bandeira das mãos do inimigo poderia comprar um pouco de misericórdia. Blackstone pegou um escudo caído e foi abrindo caminho aos golpes por entre homens desorientados pela investida de Killbere. Quando fincou a lâmina da Espada do Lobo nas costas de um homem que se virara para encarar Jacob e os demais, ele soube que era tarde demais para alcançar a flâmula de batalha. Viu o cavaleiro esporear o cavalo, entrando numa ravina, e viu os arbustos que deteriam quem estava a pé. A víbora tremulante levantara voo.

Os sobreviventes bateram em retirada ao ver a bandeira ser levada do local. Tiveram que correr do grupo de camponeses e dos homens de Blackstone, mas alguns conseguiram ganhar a floresta e passar pelo bloqueio na estrada. Blackstone ouviu a voz de Killbere demandando que os que se rendiam fossem poupados. O resgate seria pago, então valiam mais vivos que mortos. Com relutância, os camponeses fizeram conforme ordenado. A ferocidade de seu ataque agora diminuíra.

O tumulto acalmou-se na tranquilidade que sempre vinha após um confronto. O embate não passara de um pequeno conflito, mas os homens de Blackstone atacaram uma coluna inimiga com três vezes mais componentes e, com a ajuda dos moradores de Santa Marina, derrotaram a força principal de mercenários bem treinados. Cerca de trezentos inimigos jaziam espalhados pela estrada e encostas. Enquanto as camponesas passavam por entre os cadáveres para tirar--lhes as roupas, cintos e armamento, os homens deram meia-volta nos bois para saquear os suprimentos. Sacos de grãos, tecidos, selas e freios, sacos de moedas e armaduras. Alguns dos cavalos soltos corriam livremente pelas encostas; outros comiam grama pacificamente. Ao todo, mais de duzentos poderiam ser capturados. Dos aldeões, 28 foram mortos, e metade disso estava ferida. Blackstone perdera somente três dos dele.

Uma cidade fora salva; vingança, infligida; saque, concluído. E os que sofreram a derrota saberiam que foi Thomas Blackstone, *condottiere* de Florença, o cavaleiro inglês fora da lei, veterano de Crécy e Poitiers, o responsável por ela.

Capítulo Três

Blackstone e seus homens passavam o inverno num local próprio seguro nas montanhas, guardiões da rica cidade de Florença, que se aninhava no sul. Lordes italianos desprezavam os estrangeiros no meio deles, que lutavam com tamanha selvageria que era de revoltar a qualquer cidadão de um estado civilizado. Eram insultados, mas também respeitados pelo que podiam fazer. Esses homens pareciam insensíveis ao clima severo; lutavam sob a neve do inverno ou o pior calor do verão. Lutar era sua razão de viver, e a recompensa por seus esforços viria nesta vida, em vez de na seguinte.

A infelicidade de Santa Marina fora causada por uma quebra de tratado. Uma dívida precisara ser coletada pelos Visconti em Milão e, embora os governantes da cidade contratassem seus *condottieri* para trabalhar dentro dos confins de seu próprio território, acordos eram feitos ocasionalmente entre forças opostas para permitir que um inimigo cruzasse o território de outro. Havia momentos em que fazia sentido aos inimigos concordar em oferecer passagem segura, visto que aqueles que davam o consentimento poderiam um dia precisar da mesma permissão. Florença concordara em deixar que os Visconti recuperassem o dinheiro que lhes era devido por um resgate não pago. As condições do pagamento foram acertadas, um preço justo seria pago por qualquer dano a plantações ou animais ao longo do caminho, mas, quando as forças de Visconti retornavam, alteraram a rota, e a retaguarda da coluna, em busca de suprimento fresco, entrou em Santa Marina, onde acertaram com os aldeões o preço da comida que queriam comprar. Saber da maldade desses homens e que tinham desviado sua rota para casa fez soar o alarme que fizera Blackstone e seus homens aparecerem por ali e controlarem os termos do acordo. Contudo, quando Blackstone foi informado do que ocorria, já era tarde demais para boa parte dos aldeões.

Agora a história da batalha que ele e seus homens lutaram naqueles meses fora escrita por monges, em seu escritório, e a Batalha de Santa Marina cobrira os aldeões de glória. Os feitos de Thomas Blackstone e sua mistura de forças inglesas, galesas, francesas e gascãs, já conhecidos por sua beligerância em combate, eram agora inscritos em papel, embora na prosa a luta refletisse mais a coragem dos aldeões do que qualquer coisa dos *condottieri*. Alguns rumores até culpavam Blackstone por incitar a violência. Essa fofoca acabou alcançando os ouvidos de seus guerreiros.

— Somos obrigados a lutar pelo nosso contrato — disse John Jacob ao sentar-se perto do fogo, no alojamento de Blackstone.

A força e a coragem do inglês foram testadas muitas vezes e nunca falharam. Ele fora honrado, no passado, quando Blackstone o escolhera para conduzir tarefas que pudessem deter homens inferiores. Anos antes, ele liderara soldados e subira os muros verticais de um castelo para resgatar a família de seu senhor. Os homens de John Jacob logo aprenderam a confiar nesse robusto guerreiro.

— Aye, existe uma lei, e seremos multados se não seguirmos — concordou Killbere.

— Se outra maldita cidade for parar numa poça de merda, é melhor negociarmos um acordo com os bastardos que começaram o problema. Pra que lutar até a morte? — disse Will Longdon. — Não há mal nenhum em ganhar uns florins a mais. Carregar uns sacos de grãos, pegar uns cavalos... não passariam de pôneis, mas tudo acrescenta. E aposto que há sempre alguns homens na cidade que possuem algo que vale a pena ter.

— Esperam que salvemos a cidade, não que a roubemos — disse Jacob.

Will Longdon cutucou as toras que queimavam com um ferro de brasa.

— Tenho direito a minha opinião e, se eu vir uma oportunidade de ganharmos sem correr risco de nos ferir ou morrer, devemos aproveitá-la. Resgate em vez de morte. Um homem que se rende abre mão de qualquer propriedade.

— Will tem razão — disse Blackstone.

— Tenho? — disse Longdon, incapaz de ocultar a surpresa em seu tom de voz.

— Mas não com relação a Santa Marina — disse-lhe Thomas. — Não há como negociar com os homens dos Visconti. Nunca vão demonstrar nem pedir clemência. Tem que matá-los primeiro.

Killbere estava sentado com as pernas esticadas para as chamas. Enrolara-se na capa, e usava um chapéu de veludo forrado de pelagem animal, que dizia ter vindo da terra dos russos. O chapéu, um dia, adornara a cabeça de um mercador de Bolonha que tivera a ideia de viajar pelas passagens montanhosas até Luca.

– Somos bem pagos pelo que fazemos – disse ele.

Essas palavras soaram como se estivessem cobertas de mágoa.

– As rações de inverno sempre deixam vocês descontentes – disse Blackstone. – Embora tenhamos comido bem nesses últimos meses. Comemos muito javali da floresta.

– Que começou a ter gosto de bode velho. Não gosto muito desses invernos italianos, Thomas. O fato é que não gosto muito de nada daqui. O vinho é fraco, e a comida dos camponeses quase não basta para botar carne nas costelas de um vira-lata.

– Mas as mulheres daqui têm carne – disse John Jacob. – Elas me dão calor e conforto.

Os outros murmuraram, concordando. Meulon curvou-se para adicionar tocos na fogueira. Seu corpanzil conteve todo o calor.

– Está para chegar a primavera, Sir Gilbert. O sol já nos dá calor.

– Vai me dizer que não sente falta de algo a mais que isso? – respondeu Killbere. – Você e Gaillard. Ouço-os falando sobre a Normandia. Santa Mãe de Deus, estamos todos com saudade de casa, e essa é a verdade.

Era sempre difícil, para os homens, passar pelo inverno. Não importava quantas batidas ou trabalho de defesa realizassem, a estação desanimava a todos.

– Estamos vivos, alimentados e somos pagos sem questionamento – acrescentou Gaillard.

Os outros capitães demonstraram sua concordância. Quantas vezes os lordes das casas deles ou até mesmo os suseranos se recusaram a pagar seus guerreiros?

– Pagos por sacristãos com suas talhas. Como se fôssemos pastores – disse Killbere.

– Que nos deixam em paz – respondeu Blackstone. – Os florentinos pedem pouquíssimo de nós. Escolhemos a quem emboscar. Quem vamos enfrentar e quando. Damos lealdade; eles nos dão dinheiro.

– E sempre há um bônus a se conseguir ao longo do caminho – disse Jacob. – Capturamos setenta putas daquele bordel em Monte di Castellano no verão passado.

– E firmamos a mão quando necessário – acrescentou Gaillard casualmente.

Os homens riram.

– Gaillard, sua mão cheia de calos arrancaria a pele de um porco – disse Will Longdon.

– Não me referia às putas. Falava de manter os demais bastardos em seu lugar – retrucou Gaillard.

– Sabemos disso, meu amigo – disse Meulon –, apenas sua boca é que está sempre um passo atrás do cérebro.

A conversa foi rareando. Já tinham reclamado bastante.

– A rotina do dia nos aguarda – disse Jacob, ficando de pé.

Rotina. A palavra em si já era um fardo, mas os capitães a usavam para manter os soldados de pavio curto longe de confusão.

O berro de uma sentinela ecoou das ruas lá embaixo.

E, então, um anão apareceu num burro branco.

Capítulo Quatro

Thomas Blackstone odiava cidades. Para ele, eram florestas cruzadas por trilhas de animais nas quais feras violentas espreitavam, nas sombras. Um inimigo era confrontado melhor em campo aberto. De onde estava acampado, nas montanhas ao norte da cidade-estado italiana de Luca, Thomas observava as imensas torres reunidas atrás dos altos muros. O ar estava carregado de um perfume de jasmim selvagem e carqueja de flores amarelas. A cidade tremulava sob o inesperado calor da neblina de primavera.

Luca. Local de imensa riqueza. E traição.

– É uma armadilha – disse John Jacob, sugando uma folhinha de grama, de olho na vasta planície.

– Vão capturá-lo, Thomas – concordou Elfred, o mestre dos arqueiros, apontando para a cidade ao longe. – Você será eviscerado e pendurado num dos muros, e não estaremos lá para impedir. Uma pena você não enxergar a situação. Uma pena.

Blackstone assentiu. Elfred estava envelhecendo, mas vira matança e estupidez suficientes no campo de batalha para farejar um desastre à espreita.

– Meulon? – Blackstone perguntou ao normando que estivera a seu lado pelos últimos doze anos, que estava agora com a pose de uma sentinela, descansando um dos pés numa pedra, com o elmo e a armadura aos pés.

O urso em forma de homem passou os dedos pela barba. Ele passara a amarrá-la com um cordão de couro. A cabeleira e as sobrancelhas grossas, sob as quais olhos escuros observavam a tudo, compunham uma imagem admirável, suficiente – às vezes parecia – para fazer o inimigo vacilar. Um erro fatal. Ele dirigiu-se a Blackstone.

– Você tem mais inimigos do que abelhas selvagens nas flores do verão – disse. – Não pode levar homens lá para dentro com você. E nem mesmo pode dar cabo da guarnição de uma cidade sozinho.

Meulon olhou para os companheiros, os quais demonstraram concordar. Perinne, como outros entre eles, jurara lealdade a Blackstone anos antes, quando lutaram na Normandia e mataram o líder mercenário Saquet. Ele passou a mão no couro cabeludo, cheio de cicatrizes.

– Não vá. Não há problema em recusar.

Não era vergonha alguma não entrar num local em que um homem seria aprisionado feito um coelho.

Blackstone olhou para a meia dúzia de homens que descansavam em frente à perfumada vacaria, cujos excremento e grama primaveril criavam um odor pungente e confortante. Muitas estações de sol, vento e chuva italianas poliram a pele deles e destacaram as cicatrizes ganhas lutando ao lado do cavaleiro. Cada um era um companheiro de confiança, além de capitão de seus soldados. Blackstone e seus homens forjaram seu caminho pelos Alpes menos de dois anos antes, quando ele fora exilado pela coroa inglesa. A matança em Poitiers fora uma grande vitória para os ingleses, mas a sede de sangue de Blackstone de matar o rei francês por vingança pelo assassinato brutal de um amigo ofendera o filho do rei Edward, o príncipe de Gales. Ele e Blackstone tinham a mesma idade – homens cujo destino fora entrelaçado em batalha anos antes. Desde então, seu relacionamento não foi dos mais tranquilos: um filho de rei que devia sua vida a um arqueiro. Um homem comum tornado cavaleiro em pleno campo de batalha, de quem emergiu um guerreiro nada comum. Sir Thomas Blackstone era a praga dos franceses e de qualquer outro que o desafiasse. Contudo, sua determinação em matar o rei John cegara-o para o que lhe requisitava seu príncipe, que então o privou de tudo – suas cidades na França e o estipêndio com o qual alimentava e armava seus homens. No fim da batalha, o terrível segredo de Blackstone, havia muito escondido, fora revelado, o que fez com que sua esposa e crianças lhe fossem tomadas.

Esses homens o serviam; alguns o conheceram como homem e menino. Outros se beneficiaram de sua lealdade e amizade. Esperava-se que cada um emitisse sua opinião. Um dos homens afundou-se ainda mais na sombra de uma oliveira. Como os demais, a vida dura servindo a Thomas Blackstone era visível no corpo esguio e sinuoso de Will Longdon, mas, como qualquer arqueiro inglês, ele tinha músculos salientes nas costas e nos ombros. Poucos homens conseguiam puxar os 72 quilos de tensão na corda de um arco – e ninguém o fizera melhor do que o próprio Blackstone, antes de ter o braço quebrado por um cavaleiro alemão em Crécy. Os soldados do maior exército do mundo cristão foram assassinados aos milhares. A matança em Crécy era uma lembrança gravada na alma deles tão chanfrada quanto a ponta de uma espada lascada.

– Mijar contra o vento é a maior tolice de um bebum – disse Longdon. – Um homem que pensa claro não faria uma coisa dessas. Lutamos muito e demos duro, e você está para baixar a guarda e expor-se a um bando de bastardos desprezíveis que têm mais dinheiro do que piolhos num colchão e servos suficientes para ficar tirando meleca do nariz. Mije neles, sim, mas na direção do vento. Podemos queimar um dos portões deles e cortar umas gargantas. Isso tiraria a atenção deles, e você poderia zanzar pelas ruas. Eu aposto que lá existem uns anéis de prata e ouro para conseguir – disse o arqueiro veterano que servia como centurião de Elfred.

Cem arcos ingleses estavam sob o controle dele, arqueiros que foram atraídos pela reputação de Sir Thomas Blackstone quando ele contratara a habilidade bélica de seus homens para Florença.

Quase mil homens apoiavam Blackstone agora, ocupando cidades e fortes no topo dos morros que barravam qualquer incursão vinda do norte e do oeste de Florença. Uma barreira protetora de espadas, lanças e compridas flechas com ponta de aço, atrás da qual os homens de Blackstone deitavam seu peso.

A centenária torre em ruínas que oferecia abrigo para os cavalos também escondia outro soldado. Como os homens no gramado, era difícil dizer se o homem era cavaleiro ou um soldado comum. Todos usavam coifa de malha para proteger a cabeça e os ombros por cima de túnicas com o brasão de Blackstone – um símbolo mais potente do que qualquer advertência de um padre. Peças de armadura nas coxas, braços e ombros conferiam aos experientes guerreiros bastante agilidade. Ao longo dos anos, muitos tomaram armas de valor daqueles que mataram, mas a maior arma que possuíam era a reputação que os precedia.

– O anão é um mau presságio! – disse Killbere, saindo das sombras.

Usava a mesma indumentária dos demais, apesar de ser mais velho e do fato de que era cavaleiro fazia muito tempo, e fora senhor de Blackstone quando o jovem inglês enfrentou sua primeira guerra. A barba de Killbere tinha já uns poucos fios grisalhos; seu cabelo, cortado rente à pele da cabeça, também tinha mechas acinzentadas. Era um guerreiro feroz muito capaz de urgir os homens a lançar-se contra um inimigo de maior força.

– A superstição anda de mãos dadas com o mistério de Cristo e seus anjos.

Ele sorriu maliciosamente para os homens que repousavam, depois dirigiu o olhar para onde o burrinho fora amarrado no verdejante arvoredo. Sentado pacientemente como uma criança, mas com rosto de idoso, o anão usava uma bela túnica de tecido com botões de osso. Um gorro macio de veludo cobria vivamente a cabeça de formato esquisito, que parecia grande demais para o corpinho atrofiado, e um par de bonitas botas feitas à mão protegiam os pés, que agora balançavam diante da pedra em que o anão estava sentado. Anões eram bastante comuns na casa dos ricos: pareciam surtir efeito calmante nos cavalos, e os homens de riqueza e *status* em geral tinham toda uma *entourage* desses homenzinhos vestidos com belos uniformes.

– Anões podem trazer azar, também – disse Elfred, e deu uma cusparada. – Diabinhos do capeta.

– Sorte também, no entanto, principalmente quando servem a um padre – contrapôs Will Longdon. – E um dos ricos, nesse caso.

– Mais fácil você se deitar com uma puta num cemitério do que acreditar no poder do demônio – disse Perinne.

– Apenas se fosse a puta de um padre, e por sorte! – retrucou Longdon. – E eu sacudiria tanto os ossos dela que poderia acordar os mortos!

Os homens riram, mas ficaram todos observando com insegurança o anão, que parecia não se importar com as deliberações dos soldados. Entregara a mensagem a ele incumbida – o padre florentino Niccolò Torellini, que servia à família Bardi, de banqueiros – e o que esses homens faziam não lhe dizia respeito. Ele aguardava, como faria qualquer servo, longe o bastante para não ouvir nada, desinteressado dos demais, pela resposta de Sir Thomas Blackstone.

– O padre Torellini salvou a minha família em Poitiers. Garantiu-lhes santuário junto do papa, em Avignon – Blackstone disse-lhes, olhando para John Jacob, que acompanhara a esposa de Blackstone, Christiana, e as crianças na desastrosa jornada, e fora ele quem cortara a garganta do homem que a estuprara.

– Foi mesmo – concordou John Jacob. – E, como diz Sir Thomas, nós vendemos nosso serviço para o mestre dele, e fomos bem pagos. Somos muito valorosos para eles, aqui. – Ele hesitou um pouco. – No entanto – disse, olhando para Blackstone –, deve-se considerar estranho que um padre de Florença esteja agora escondido numa igreja de Luca, cidade inimiga. E manda chamá-lo.

– O mestre dele, Bardi de Florença, paga por nossos serviços. Que motivo teria ele para me trair agora? – perguntou Blackstone.

– Talvez alguém lhe tenha feito oferta melhor pela sua cabeça – disse Killbere. – Esses são diferentes dos lordes a quem servimos na Inglaterra e na França – ele acrescentou, pedindo o reconhecimento dos franceses sob o comando de Blackstone –, eles pelo menos juraram lealdade e ergueram a espada com raiva. Essas cidades ricas compram sua proteção de nós, e outros como nós, e cuidamos de lutar e de morrer. Não se deve confiar em homens endinheirados, Thomas, jamais. Eles servem a um deus diferente do nosso.

Killbere levantou-se, em meio aos homens, e olhou diretamente para o mais novo. Num gesto de amizade e preocupação, colocou a mão no ombro dele.

– Você é um fora da lei, Thomas. Há muitos homens que acreditam que matá-lo agradará ao príncipe de Gales. Os italianos têm negócios com os reis da Europa. Se dependesse de mim, colocaríamos o anão num espeto e arrancaríamos a verdade sobre a fogueira. Logo saberíamos qual é a verdade. Mensageiro do demônio ou do padre, logo saberíamos.

Blackstone olhou mais uma vez para as torres de Luca, imponentes feito uma barragem de lanças dentro dos muros da cidade, cada uma proclamando o poder de seu dono. Famílias ricas, de posses, construíam suas torres numa praça, com uma casa acoplada e outra torre e outro canto, garantindo sua segurança. As ruas eram controladas por gangues rivais que forjavam alianças com as famílias ricas, lealdades instáveis que escorregavam por escuras alamedas nas quais os inimigos enfiavam a faca e a espada em vítimas desavisadas. Mas os luqueses eram conhecidos por comprar seus inimigos, conseguindo assim a proteção de cidades mais fortes. Eram protegidos por uma poderosa aliança com Pisa e Milão, inimigas de Florença. A captura de Thomas Blackstone seria um golpe vital aplicado contra os florentinos.

Blackstone era tão supersticioso como qualquer homem. Havia um deus a temer, mas ele usava um talismã de prata de uma deusa celta pagã no pescoço. O medalhão de Arianrhod fora colocado em suas mãos ensanguentadas anos antes por um arqueiro galês mortalmente ferido durante o confronto nas ruas de Caen – e a deusa o protegera desde então.

– O anão é um mau presságio – avisou Gaillard.

Blackstone considerou a hesitação de seus homens. E sorriu.

– Como o Vale das Almas Perdidas – disse-lhes.

– Oh, sangue de Cristo, Thomas – resmungou Killbere.

Os outros não fizeram comentário, mas cada um deixou passar um gesto discreto de embaraço ou se retraiu com a lembrança evocada por Blackstone.

Quando o cavaleiro inglês cruzara com seus homens os Alpes e descera pela Toscana, eles acamparam nos morros perfumados antes de chegar a Florença. Com o cair da noite, apareceu uma luzinha agitada, logo acompanhada por mais uma dúzia, depois trinta e depois cem. Apareciam de arbustos e árvores, flutuando na direção dos homens. Tomados pelo terror perante o fenômeno sobrenatural, ficaram apenas observando em silêncio, estupefatos. Dizia a lenda que o vale fora um dia o cenário de uma grande matança, e era assombrado por mil almas que morreram sem o conforto do sacramento ou sem a bênção de um padre. À deriva, procuravam os viajantes desavisados para fazer deles seus hospedeiros. Blackstone sentira a lâmina gelada do medo cortar-lhe as costas quando as luzinhas saltitantes apareceram: fantasmas, mortos-vivos, espíritos sem perdão desesperados para tomar o corpo de um homem e serem reanimados por demônios. Os homens respiraram fundo e desembainharam as espadas, fazendo o sinal da cruz, preparando-se para defender-se dos espíritos malevolentes. Blackstone e sua companhia encontravam-se em terras desconhecidas, e ele sabia que, se maldições e mitos desconhecidos fossem atrasá-los em cada curva, eles de nada serviriam enquanto guerreiros. Seus homens mantinham-se na defensiva, mas Blackstone foi até as luzinhas cintilantes e deixou que girassem em torno dele. Os homens soltaram palavrões e rezaram, tudo de uma só vez, e imploraram que ele voltasse. Blackstone estendeu a mão para as luzes pulsantes. Uma delas pousou ali, e ele fechou os dedos.

As chamas de uma tocha revelaram a mosquinha esmagada na mão dele. Nada de sangue ou bolha, nada de ferimento ou incisão, nada de entrar no corpo dele para tomar-lhe a alma. Logo descobriram que as luzinhas não passavam de vaga-lumes, que, como todos sabiam, eram somente as almas de crianças não batizadas, levadas por anjos. O embaraço dos homens não teve conserto enquanto a bebida e o combate não os livraram dele.

Se o anãozinho não fora enviado por mago ou inimigo para atrair o cavaleiro para a cidade das torres, então o padre Niccolò Torellini precisava da ajuda dele.

Killbere soube, então, que a discussão estava encerrada.

– Pelo menos me deixe ir com você. Eu falo esse idioma toscano melhor do que muitos.

– Você tem tanta habilidade com a língua quanto Will Longdon, que xinga nela fluentemente – respondeu Blackstone. – Eu irei sozinho, e vocês todos aguardarão nos montes por dois dias, depois retornarão para os demais. De um jeito ou de outro, saberão o que acontecerá. – Ele olhou para o anão. – Segurem-no. Se for mesmo uma armadilha, paguem-lhe um florim de ouro e deixem que se vá.

– Como? – disse John Jacob. – Libertar o anão com uma recompensa se você for capturado?

Killbere sorriu. Entendia o modo de pensar de Blackstone.

– E então o seguimos e matamos os filhos da puta que planejaram a armadilha.

Capítulo Cinco

Havia diversos portões na cidade, de onde os soldados da guarnição nos altos muros podiam ver claramente as estradas na ampla planície, pelas quais podiam chegar inimigos. O perigo rondava além dos muros. O dinheiro comprara a segurança para os luqueses. Uma lei fora instaurada muito antes, que impedia que qualquer um dos mais ambiciosos da cidade construísse vilas fortificadas num raio de quase dez quilômetros da cidade. Aos oligarcas era permitido ter torres dentro e vilas nos montes. Exército nenhum podia jamais formar-se perto de Luca, o que anulava a sede de poder de qualquer mercador ambicioso.

Assim que a manhã projetou sua luminosidade sobre a grande planície, Blackstone já estava com Killbere e Meulon no sopé do morro, aguardando, procurando identificar qual portão poderia oferecer-lhe a melhor chance de entrar na cidade. O ar que expeliam flutuava como pluma no ar gelado: geara durante a noite, mas o gelo logo derreteria com o calor dos primeiros raios de luz do sol da primavera.

– Evite o portão sudeste, Thomas – disse Killbere, enquanto Blackstone vestia uma camisa de tecido grosseiro. – É a estrada que leva a Florença. Haverá olhos extras por lá. Vá além, ao redor dos muros, até o Portão dos Estrangeiros. Haverá muitos querendo entrar na cidade. O Duomo fica ali perto. É um bom ponto de referência com o qual localizar-se.

O cavaleiro olhou para onde Killbere apontava. Um fluxo constante de fazendeiros já usava a estreita estrada para conduzir sua produção para dentro da cidade. E pareciam passar pelos altos portões sem serem interrompidos. De onde estavam, podiam ver três vias de acesso a Luca. O tráfego movia-se lentamente nas outras duas estradas, nas quais carrinhos sobrecarregados de gado, escoltados por homens e mulheres portando cestos de mercadoria, eram parados por sentinelas no portão, que impediam o avanço.

– Pode haver olhos extras, Gilbert, mas não estão investigando com muita atenção. Estão checando mais os outros portões de acesso à cidade. Se for uma armadilha, estão esperando que eu evite a estrada de Florença. Entrarei por lá.

※

Elfred e Will Longdon aliviaram um camponês de seu pesado feixe de lenha, pagando-lhe mais do que o produto valia. Apesar do peso e do tamanho, Blackstone poderia carregar o dobro com facilidade, mas, ao chegar perto das torres imponentes que flanqueavam os altos portões, ele curvou as costas e alterou o passo, arrastando os pés.

De debaixo do capuz, o cavaleiro olhava furtivamente para os lados. O amontoado de gente caminhando às cotoveladas para a entrada da cidade e seu constante tagarelar e gritar ao cumprimentar uns aos outros e pressionar os soldados para que os deixassem passar, tudo isso ajudava a disfarçar a corcunda figura que carregava a sobrecarga de lenha. Havia outros com carga similar: combustível para alimentar o fogo das cozinhas e as fornalhas para o derretimento do ferro. Outros conduziam carrinhos de mão com patos e galinhas enjauladas, com as rodas sacolejando pela estrada irregular, brigando por espaço, enquanto pastores xingavam e cutucavam seus porcos resmungões com chibatas. Os muros tinham quase dez metros de altura, feitos de arenito cortado, fundo e firme, com blocos de calcário espaçados horizontalmente entre eles, acentuando a curvatura do arco. As torres de vigilância eram ainda mais altas. Um imenso arco duplo, de cerca de seis metros de altura, detinha os portões duplos e o rastrilho. Se um exército atacasse, pensou Blackstone, precisariam de mais equipamento para invasão do que ele ouvira falar que existia na Itália para entrar à força. Ele viu homens com besteiros nos muros, mas eles seguravam as armas casualmente, sem intenção. Eram soldados de guarnição, desacostumados ao combate corpo a corpo. A única arma que o cavaleiro portava era uma faca na cintura, que seria letal em suas mãos, porém confinado nas passagens da cidade, as tropas da guarnição poderiam sobrepujar e matá-lo se tivessem contingente suficiente para tanto.

Na entrada da Porta San Gervasio, ele alcançou a passarela que cobria o canal: tinha poucos metros de largura. Thomas sentiu as placas de madeira velha da ponte levadiça abaixada sob seus pés. Era esse o momento mais perigoso. Os fazendeiros iam se afunilando para atravessar o arco, unidos ombro com ombro, perto das sentinelas, dos dois lados. O riacho ladeado por rochas era tão antigo quanto alguns dos muros romanos da cidade, e homens e mulheres mergulhavam dobras de material na água, curtindo o tecido. Duas das mulheres começaram a discutir, com as vozes agudas de raiva, uma tomando metros de tecido da outra, e na altercação um pedaço de tecido caiu no córrego. Uma delas mal havia estendido as mãos para recuperá-lo quando escorregou, e a situação rapidamente evoluiu; um homem puxou a outra mulher dali e meteu-lhe um tapa. A fileira de fazendeiros quase parou. Duas das sentinelas foram até lá restaurar a ordem. Blackstone adiantou-se, tirando vantagem da distração. Uma mulher na frente dele atrapalhou-se com uma pesada cesta ao ser empurrada. Ela xingou algo para outra, mas Blackstone correu para erguer a cesta e murmurar a oferta de ajuda. Estava com as costas tão curvadas que seu rosto quase não alcançava o peito da mulher; o capuz impedia que vissem seu rosto marcado. Quando ela murmurou um agradecimento e começou uma diatribe contra o tempo que era gasto para entrar na cidade naquela época, a fila já tinha cruzado rapidamente o rastrilho erguido. As sentinelas passaram os olhos pelo cavaleiro, esquadrinhando o restante da multidão, sem interessar-se pelo camponês corcunda ou pela companheira que tagarelava feito um pássaro na gaiola.

As fétidas e estreitas *chiassi* engoliram a multidão, cada alameda filtrando os camponeses para as diversas praças nas quais armariam suas tendas. Blackstone endireitou as costas. O céu era fincado por torre após torre, uma floresta de blocos de pedra finamente cortada de granito e calcário, tudo construído com tijolos estreitos de argila que escalavam as alturas. Algumas tinham varandas cobertas no topo; a maioria tinha casas de quatro ou cinco andares acopladas. Thomas ficou admirado com a ideia por trás delas, pois não havia escadarias externas pelas quais ter acesso. Uma defesa perfeita, a não ser que o inimigo conseguisse lançar uma tocha por uma das janelas do primeiro andar.

O ano desenhara o contorno da antiga cidade na terra. Nenhuma rua tinha nome, somente as igrejas, construídas pelos ricos, que consideravam a praça território deles e construíam uma capela particular em frente às suas casas, a poucos metros de distância, para poderem chegar rapidamente ao santuário sem receio de serem atacados por gangues rivais que apoiavam outras famílias. Blackstone logo se perdeu. Xingou baixinho. Precisava do céu e do toque da brisa no rosto para encontrar o caminho.

Siga seu nariz, instruíra-lhe o anão. Além de onde eram feitos os potes de ferro, ele devia passar pela igreja mais próxima, depois sentiria o fedor do couro sendo trabalhado; a igreja da associação estaria à direita, mais uma praça ficava ao leste, e o lugar que ele procurava apareceria encostado no muro norte. A figura de Cristo chamaria sua atenção. Era ali que estaria aguardando o padre Torellini.

A rua de terra batida deu numa passagem escura. Thomas afrouxou as cordas presas em seus ombros, largou o feixe e andou mais livremente. Olhando pelos funis de sombras, viu a luz penetrando em pequenas praças, algumas delas com menos de dez metros de largura. Um portal escuro deu num pátio, do qual ele escutou vozes ecoando dos cômodos acima. E outra coisa – um som ritmado e constante que ele reparou que se ouvia pelas alamedas e ruas. Olhando para o alto, ele viu janelas abertas, que permitiam que o pouco ar que havia atravessasse os edifícios. O calor e o fedor de milhares de pessoas enfurnadas numa cidade murada, a fumaça das lareiras, a imundície de drenos abertos e o cheiro ocre de pequenas fundições prendiam-se feito um miasma aos muros do confinamento. Os ritmos que escutava lutavam entre si como um confuso mar de som. Thomas lembrou-se de ouvir Torellini dizer que havia mais de três mil teares na cidade, tamanho era seu comércio mundial de seda. Não era de se admirar que os luqueses conseguiam pagar para evitar conflitos. Foi isso que ele ouviu. Os teares eram o coração que pulsava na cidade. Parecia que cada andar de toda casa liberava esse som da promessa de riqueza. Blackstone sentiu uma brisa descer de uma alameda à sua direita. Era dali que vinha o cheiro da fundição.

O instinto o guiou. Onde cada *chiasso* ampliava-se numa praça, grupos de homens armados descansavam, à toa. Alguns estavam sentados encostados no muro, outros se apoiavam neles, conversando, gesticulando, discutindo ou rindo. Alguns provocavam outros, do lado oposto da praça, trocando insultos. Mas a violência restringia-se ao abuso verbal. Eram gangues familiares, dominavam seu próprio território. Blackstone evitou a todos, às vezes retraçando seus passos, encontrando passagens alternativas, deixando para trás mais uma cacofonia de metal sendo batido e transformado em potes. A cidade o fez lembrar-se de Paris, embora Luca, até onde ele podia ver, não possuísse ruas amplas; contudo, os membros das associações de comércio eram beligerantes, não importando em qual passagem tomada por vinhas de uma cidade um homem se encontrasse. Bastava invadir para sentir o ressentimento na ponta de um taco ou faca.

Um urso dançarino, preso por um anel que lhe trespassava o nariz, ergueu-se nas patas traseiras, fazendo uma multidão recuar um passo, impressionada que ficara com o tamanho da fera. Moedas tilintavam sua apreciação, e acrobatas davam saltos mortais no ar. Uma algazarra próxima forçou o cavaleiro a se encostar numa alcova. Uma dúzia de jovens armados cheios de atitude abriu caminho, empurrando as pessoas, seguindo na direção dele. Seria isso a armadilha ou uma desavença entre gangues a ser resolvida? Não havia por que arriscar ser descoberto, então Thomas abriu a porta atrás de si. Vozes e risos ecoavam pelas paredes que ostentavam arandelas que iluminavam os degraus que levavam para baixo. Blackstone se apressou para fechar a porta e seguiu a passagem. Ele foi parar num porão com teto arqueado e pilares robustos que o sustentavam. Imagens gastas nas paredes revelaram-se como afrescos antigos retratando homens e mulheres. Óleos fragrantes grudavam-se nos tijolos romanos tão cuidadosamente dispostos que seu olhar de pedreiro reconheceu o trabalho de um mestre construtor feito séculos antes. Figuras moviam-se à meia-luz; um jorro de água, o gritinho de uma mulher e a voz de um homem gargalhando muito alto. O ar estava pesado. Thomas logo entendeu por que a fragrância era tão forte – era para aliviar o cheiro forte de suor humano. Alguma coisa tocou-lhe o braço, fazendo-o virar-se num instante. Uma mulher o encarou. Usava um pedaço de seda fina sobre um dos ombros, com os seios expostos, os quais pressionou contra ele.

– Este local recebe qualquer homem que possa pagar, mas há alguns presentes que fariam objeção a um homem de classe mais baixa. Homens de mais influência costumam vir nos honrar.

Ela falava muito baixo, como se não quisesse que os demais nas sombras a ouvissem, ou notassem o homem de roupas grosseiras que entrara no bordel.

Blackstone prestou atenção para ver se ouvia alguém entrando, vindo da rua, mas a gangue de malfeitores tinha passado.

– Onde estou? – ele perguntou à mulher.

Ela ergueu uma sobrancelha e olhou para onde jazia um homem de meia-idade, numa cama estreita, com uma mulher por cima. A luz fraca captou o brilho do suor na cabeça careca dele e a gotinha que pingou dos seios dela.

– Eu sei o que é este lugar, mas onde estou na cidade? – disse ele.

– Forasteiro? Com más intenções? É ladrão ou tem negócios com algum fazendeiro? – ela retrucou, recuando um passo, com um tom provocador.

Perante o silêncio de Blackstone, a mulher hesitou; o olhar dele lhe metia medo. Ela puxou o tecido por cima dos seios e o segurou junto à garganta.

– Você está debaixo dos muros da cidade antiga.

– Estou perto da igreja que tem o Cristo com os anjos?

A mulher zombou.

– É peregrino? E veio parar aqui? Podemos mostrar-lhe o paraíso, forasteiro.

Blackstone agarrou a mulher pelo braço e a puxou para si. A seda foi ao chão sem fazer ruído. Ela ficou perto o bastante para ver o rosto marcado do cavaleiro.

— Onde fica? — ele sussurrou.

Lamparinas a óleo foram acesas. O porão ficou mais claro, porém as sombras, mais ameaçadoras, agora que os outros compreenderam que havia um intruso ali.

A mulher desistiu de imediato, tendo a arrogância sido esmagada pelo medo.

— A igreja de San Frediano é a única... eu acho... — ela murmurou.

— Onde?

A confusão ficou evidente no rosto da mulher. Homens de Deus, ou aqueles que procuravam o conforto divino numa igreja, costumavam ser mais mansos que ameaçadores.

— Siga as ruas do lado oposto... à direita... e então você verá os muros da cidade... continue seguindo para a esquerda. É para lá.

Thomas a soltou; ela recuou, temerosa, e curvou-se para pegar o xale de seda. Quando ergueu o rosto, o homem tinha sumido.

❦

Blackstone sentiu que estava chegando perto da igreja que abrigava o padre. Ele usou as sombras e becos como um animal preocupado com o perigo, que podia saltar dali em qualquer canto, mas não estava ciente da figura de manto preto que o seguira desde que entrara na cidade. A mão do homem de manto não largava o punho da espada.

Sob o sol em seu trajeto arqueado sobre os telhados de telhas de argila e os raios que banhavam as praças mais escuras, Blackstone entrou no brilho de uma ampla praça. Os vendedores apoiavam-se em suas barracas; o povo se acotovelava para comprar comida e levar para casa. Homens e mulheres vestidos com belas roupas de seda colorida, alguns acompanhados por dois ou três seguranças, caminhavam por outra rua que cortava a praça. Pedintes iam e vinham entre a multidão. Ocasionalmente, moedas eram depositadas na palma estendida de um deles, esparramado num batente de porta. A caridade era algo bem-visto. Os ricos somente davam dinheiro aos mendigos para que seus próprios pecados nesta vida fossem aliviados pelos pobres na seguinte. Os luqueses que tinham dinheiro olhavam dentro das lojas cortadas nos muros, aquelas portas estreitas em formato de T, flanqueadas em cada lado por uma janela sem brilho que ostentava os artigos. Um vendedor recuou para o frescor da sombra, de mãos unidas em gratidão, quando viu um dos cidadãos afortunados passar por sua porta.

Blackstone permaneceu num beco estreito, no canto da *piazza*, assimilando tudo que ocorria à sua frente. Nada parecia fora do lugar, mas era o local perfeito para uma emboscada. Do outro lado da praça, a reluzente igreja de calcário branco aguardava por ele. Acima da entrada ladeada por pilares havia uma magnífica fachada de mosaico, rica em matizes de dourado e azul, que cobria toda a frente superior da igreja. O mosaico retratava a ascensão de Cristo, junto de dois anjos, e debaixo de seus pés, os doze apóstolos.

Seriam duzentos metros até a entrada da igreja.

Thomas aguardou.

Um homem numa das barracas curvou-se para erguer uma panela de cobre. Com um pender mais ligeiro da cabeça, os olhos dele voltaram-se para a direção de Blackstone. Quando tornou a endireitar-se, seu olhar focou além da freguesa que lhe estendia a mão com o dinheiro.

Blackstone olhou para a esquerda.

Dois homens examinavam pratos de louça estampada. Contudo, ambos viraram o rosto assim que seus olhares encontraram o do cavaleiro. As mãos correram fuçar debaixo dos mantos. Esses homens eram profissionais. Teriam pago outros, menos capazes, para atacar primeiro.

Era uma armadilha. Thomas nem precisara da predição dos amigos. Esperava por isso.

Três, então. Havia mais?

Cristo olhava para baixo com benevolência. Estenda as mãos e ascenda para a glória da casa de meu pai, ele parecia implorar.

Blackstone deu um beijo em sua deusa de prata.

Se havia mais assassinos à espreita, ele não os conseguia identificar.

Abra caminho pela multidão, ele pensou. Na metade do caminho, dê um passo à direita; o vendedor de panelas de cobre era o mais próximo.

Mate-o primeiro.

Os outros correriam atrás dele. A multidão se espalharia. Caos. Apoie-se num joelho e ataque para cima. Eviscere o segundo homem. Corte o tendão do terceiro. O pânico faria o resto.

Blackstone tinha de chegar à igreja de San Frediano e ali proteger-se.

Entrou na praça e sentiu o calor do sol. O brilho das pedras pálidas ardeu em seus olhos. Ele pegou a faca, que manteve junto do corpo.

Havia cinco assassinos esperando para matá-lo.

Capítulo Seis

Blackstone foi passando pela pulsante multidão, aproximando-se dos vendedores do lado direito da praça. A pesada porta da igreja estava aberta para permitir que os cidadãos de Luca entrassem para rezar. A escuridão lá de dentro poderia esconder aqueles que queriam feri-lo, mas era mais provável que os assassinos tentassem cumprir sua missão fora do local sagrado.

Pelo canto dos olhos, Thomas viu os dois homens mais distantes abrirem caminho entre as pessoas, vindo da esquerda, e o homem que fingia vender panelas de cobre já estava a menos de sessenta metros de distância, com os olhos fixos na vítima. Apenas isso já o entregava como amador, desacostumado a matar furtivamente. Um capanga comum contratado para fazer um serviço de açougueiro.

Os outros dois assassinos ainda tinham de negociar com o movimento da multidão, mas Blackstone sabia que, no instante em que matasse o primeiro homem, eles correriam atrás dele – mas isso também o ajudaria. Os inimigos seriam forçados a tirar as pessoas do caminho, e seriam por elas atrapalhados – então o cavaleiro poderia matá-los facilmente.

O primeiro homem mostrou os dentes, com o corpo meio virado de lado, ombro esquerdo à frente, pronto para desferir um golpe para o alto, com a faca junto do quadril na mão direita. Blackstone ficou de costas para os outros dois e lançou-se contra o atacante. Com a mão esquerda, ele agarrou o punho do homem, quase o esmagando, antes que ele pudesse atacar. Um segundo antes de enfiar a faca nas costelas do homem, perfurando pulmão e coração, ele viu os olhos dele escancarados de surpresa, por seu ataque ter sido descoberto, e de dor, tendo os ossos da mão quebrados pela força do homem que viera matar. A força da mão de um pedreiro.

Blackstone abraçou o corpo e deixou que o moribundo escorregasse para o chão, depois deu meia-volta para encarar o ataque furioso que viria de trás. Por alguns instantes, a multidão não reagiu: um homem tinha caído; outro o pousara no chão. As pessoas simplesmente continuaram zanzando em torno de Thomas e do morto; foi somente quando os outros dois assassinos começaram a abrir caminho que o povo ficou alarmado. A essa altura, Blackstone já estava apoiado num dos joelhos, deixando o primeiro assassino tropeçar nele, como se preso pela vegetação rasteira. Blackstone atacou, rasgando o calcanhar do homem, que caiu no chão, gritando de agonia, largando a arma e levando as mãos para a perna ferida. Seus gritos foram rapidamente silenciados quando a faca de Blackstone mergulhou bem fundo em sua garganta.

Nesse ponto, as pessoas mais próximas de Blackstone perceberam que alguém ali havia sido morto. Berros e gritos de pânico espalharam-se pela praça, enquanto o povo se debatia, sem saber para que lado fugir. Blackstone já estava empurrando uma mulher quando o segundo assassino o golpeou com a espada. Ele usara as duas mãos, desferindo um golpe do alto do ombro direito, mas o impulso que o carregou adiante comprometeu a destreza do ataque. Blackstone deu um passo para o lado, com a faca agora na mão esquerda, e, quando o homem passou por ele não mais que a distância de um braço, deixou a faca posicionada, e o próprio impulso do homem fez todo o trabalho. Da garganta cortada jorrou sangue; o homem largou a espada e levou a mão ao ferimento pulsante, cambaleando, e então caiu, debatendo-se, olhando para o alto, vendo a imagem de Cristo a chamá-lo.

O caos espalhou-se como uma praga. Blackstone seguiu na direção da igreja. Nem tentou correr, posto que não tinha intenção alguma de alertar alguma testemunha de sua fuga. Subitamente, Thomas viu de relance um homem de rosto muito magro, que passou suavemente bem perto dele – sua ondulante capa preta tinha um brasão bordado nas costas que parecia retratar um machado com cabo pontudo. Ele conteve a marcha, virou-se e viu o homem de capa brandir sua espada. Atrás dele havia um homem corpulento, de avental de couro apertado firme no corpanzil largo e toda a aparência de ferreiro: grossos antebraços expostos; rosto sujo de fuligem; mão nodosa empunhando uma cimitarra pronta para o ataque, com sua ponta pequena e curva, uma arma perfeita para fatiar e aleijar. Estava a menos de seis metros de distância e, se não fosse pelo movimento da capa, Blackstone estaria ainda de costas para o atacante.

O homem magro aprumou-se e fincou a espada no homem de peito robusto. Foi uma morte simples. A lâmina fincou o homem por debaixo do coração. A agonia súbita o fez jogar a cabeça para trás, escancarando os olhos, e largar a cimitarra, que caiu tilintando no pavimento da praça. O salvador de Blackstone correu para retrair a espada, depois se virou para ele, mas seu olhar mirava além de Blackstone, para avisá-lo. O cavaleiro girou, deu um passo para o lado por instinto e viu o quinto assassino. Era ainda muito jovem, e o medo e o desespero enrugavam-lhe o rosto. Usava roupas puídas; a faca de lâmina comprida que ele brandia poderia ser boa para fatiar carne para o ensopado, mas era inútil num combate. Blackstone caiu com tudo no chão – escorregara em sangue. O rapaz avançou, gritando para ganhar coragem, mas o cavaleiro inglês rolou de lado.

A capa preta cobriu-lhe a visão quando o samaritano passou por cima dele. Blackstone viu a lâmina perfurar o garoto, ouviu um choramingo de dor de dar pena, e foi esse o último expirar do menino.

Blackstone levantou-se e encarou o estranho que salvara sua vida. A figura esguia do homem traía sua força e agilidade. Bochechas ossudas destacavam-se debaixo de olhos castanhos de pungente intensidade. Fosse quem fosse o homem, era mais velho que Blackstone, mais próximo em idade de Killbere. Guerreiros que tinham anjos nas costas tinham ou o diabo ou Deus nos corações.

– Rápido – disse o homem, e virou-se para a igreja.

※

Uma portinha dentro da igreja dava num interior cavernoso, de teto curvo. O calor infernal da praça e o sangue que se espalhava pelas alvas pedras do chão ficaram para trás. O abraço fresco da antiga igreja refrescou Blackstone subitamente. Bancos, havia poucos. Rezar ali era para os adoradores que aguentavam sentir a dureza da pedra nos joelhos. A penitência era, assim, entregue facilmente. As sombras davam lugar à escuridão nas capelas laterais, para onde vazava a luz fraca do altar. A igreja estava vazia, exceto por uma idosa ajoelhada a rezar. Quando ouviu o pisar das botas e o fechar da porta, ela virou-se, viu os dois homens, fez o sinal da cruz e, puxando o xale por cima do rosto, saiu correndo, deixando Blackstone e seu salvador sozinhos.

O homem soltou a bainha e prostrou-se inteiro perante o altar. Blackstone pôde, então, ver claramente o emblema impresso na capa, mas ainda não reconhecia o machado duplo, com o cabo pontudo. Ainda desconfiado, ficou esperando, deixando seus olhos se ajustarem. Do ataque lancinante à casa de orações, foram pouco mais de doze metros. Haveria alguém esperando nas sombras, com a faca na mão, correndo o risco de ser excomungado pelo pecado mortal de cometer assassinato dentro de uma igreja?

O guerreiro da capa preta ficou de pé e foi até uma fonte de mármore. Ali ele parou, com a ponta da bainha no chão, as mãos descansando no pomo da espada, como o guardião de uma tumba. Seus olhos, no entanto, mantinha fixos em Blackstone.

Nenhum som ou movimento chegavam até Blackstone. Ele limpou o sangue das mãos na túnica, depois deu doze passos da entrada até onde se ajoelhou e fez o sinal da cruz, olhando para o silencioso samaritano. Não pretendia prostrar-se – ajoelhar perante o Deus invisível já era humildade suficiente quando havia assassinos à espreita. Da escuridão, alguém sussurrou o nome dele. Blackstone virou-se e viu a figura familiar do padre Niccolò Torellini emergir de uma capela lateral, além dos pilares.

Torellini era a prova de que o destino havia de fato entrelaçado um rei inglês, um lorde francês e um padre italiano muito influente. Blackstone descobrira, anos após o evento, que fora ele o homem de Deus que carregara seu corpo mutilado no campo de batalha em Crécy. Após o combate, Blackstone recebera cuidados na residência de Jean de Harcourt e fora treinado para ser homem de armas, e então ele e sua família passaram a ser perseguidos por mercenários liderados por Gilles de Marcy – o Padre Selvagem. Foi Torellini quem dera à família de Blackstone passagem segura até o papa, em Avignon, e, em retorno, Blackstone aceitara a tarefa de avisar ao príncipe de Gales que ele e seu exausto exército teriam de enfrentar sozinhos o poder do rei francês. Isso fizera muito bem aos franceses. Sir Gilbert Killbere, Elfred, Will Longdon e os demais apoiaram Blackstone e, apesar da desvantagem, derrotaram os franceses em Poitiers.

– Thomas – sussurrou mais uma vez o idoso, visão de gratidão e alívio.

O homem quase não batia no peito de Blackstone, mas pegou o inglês pelos braços, e este baixou o rosto marcado para ser beijado nas duas bochechas.

– Sabia que você viria – disse ele, e levou Blackstone mais afundo no frescor das sombras.

O guardião calado seguiu-os, vinte passos atrás.

O padre Torellini levou Blackstone para sentar-se num banco.

– Aqui, sente-se aqui, Thomas. Rezei pela sua segurança. – Os olhos dele miraram a imagem prateada da figura de braços estendidos pendurada no pescoço de Blackstone. – Você continua rezando para uma deusa pagã – disse, mas não para censurá-lo.

Blackstone sorriu.

– Vejo-a como um dos anjos de Deus.

– Boa resposta. Um dia acreditarei em você – disse Torellini, e esperou pela inevitável pergunta de Blackstone.

O cavaleiro virou-se um pouco para poder ficar de olho no outro guerreiro. O homem permanecia sem expressão, mas, por instinto, Blackstone sabia que, se uma sombra se movesse ou uma lufada de ar tocasse a bochecha do homem, a espada já estaria em sua mão.

– Quem é ele? – Blackstone perguntou.

– Seu nome é frei Stefano Caprini. Está aqui para garantir que você viva o bastante para abraçar seu destino.

– Ele salvou a minha vida. Havia dois assassinos que eu não tinha visto. Trabalha para o senhor? É soldado de Florença?

– É um homem de Deus. Guerreiro do Senhor. Você viu o brasão dele?

– O machado? Sim – respondeu Blackstone, embora tivesse a ligeira sensação de já tê-lo visto antes.

– Não é um machado, Thomas. É o Tau. Um símbolo da letra que foi a primeira palavra de Cristo. Ele é um dos Cavalieri del Tau. Uma ordem militar de capelães. Esses freis cuidam de peregrinos e doentes.

– E de ingleses fora da lei – disse Blackstone.

Isso o fez lembrar-se de quando, junto de seus homens, deparou-se com um monge franciscano morto encontrado após um ataque de batedores, eviscerado e pregado numa árvore. Em volta do tornozelo havia um pedacinho de fio de cânhamo enrolado, do qual pendia uma pequena cruz de madeira com um formato similar. O objeto não suscitara percepção alguma nos assassinos, mas Blackstone o notara quando foram enterrar o homem. Ele acenou com o rosto para o guerreiro, como se agradecesse, mas não obteve resposta.

– Por que mandou me chamar? – perguntou ele ao padre.

Capítulo Sete

Samuel Cracknell estava escondido num quarto de uma casa de mercador em Luca. Viera da Inglaterra muitas semanas antes, a caminho de Gênova, de onde receberia passagem segura para Florença. Ali ele deveria procurar o padre Torellini, que servia ao banqueiro italiano Rodolfo Bardi, amigo e financiador da coroa inglesa. O padre garantiria que Sir Thomas Blackstone ouviria dele, e o sargento Cracknell entregaria a mensagem cujo selo ostentava o brasão de Edward, rei da Inglaterra.

A embarcação, um desajeitado navio mercantil, quase naufragou, mas o mestre do navio o salvou, apenas para perdê-lo quando apareceram dois navios inimigos de Pisa. A questão entre Pisa, Florença e Gênova era um conflito interminável e, embora Gênova comercializasse com o mundo todo, Pisa dominava as águas do sul do mar Tirreno. Cracknell jogara seu manto e sua túnica, ambos contendo a insígnia de mensageiro da corte de Edward III, rei da Inglaterra, no mar revolto quando o navio foi tomado a oeste de Gênova. Por milagre, seus captores não encontraram o envelope dobrado que ele carregava nem a moeda de ouro costurada na bainha. Cracknell mentiu para salvar sua vida, dizendo-lhes que era servo de um mercador inglês de lã, viajando a Gênova para firmar um contrato, e que suas cartas de recomendação foram perdidas na tempestade. O sargento não tinha emblema nem anel de ofício; não ostentava sinais óbvios de riqueza; não tinha valor algum para resgate. Correra sério risco, mas um que tivera que correr. Se tivesse admitido seu verdadeiro posto, teriam torturado o coitado e descoberto que ele portava uma carta para o *condottiere* inglês contratado por Florença, que protegia as estradas nas montanhas entre a cidade e Pisa.

O risco que correra foi de morrer, por ser inútil para os inimigos, a não ser que o vendessem como escravo. Contudo, cada minuto em que ele ainda respirava significava uma chance de escapar.

O mestre do navio sabia a identidade dele e poderia ter trocado o segredo por sua segurança, mas, quando os captores concluíram que Cracknell não valia nada – e momentos antes tinham prensado uma faca na garganta dele –, o marinheiro xingou os filhos da puta que viviam como parasitas do mar refestelando-se à custa de mercadores desarmados e meteu a cabeça no guarda pisano mais próximo. O ato custou-lhe a vida, mas dera a Cracknell a chance de que precisava. Ele saltou para fora do navio e escapou. O disparo de besteiro que lhe acertou o ombro fora um golpe de sorte; caindo apenas no final da trajetória e enfraquecido pela distância, a flecha penetrou o músculo do ombro do sargento, mas não teve força suficiente para estilhaçar ossos e seccionar artérias vitais. O desespero o conduziu até terra firme, onde finalmente os ferimentos e a exaustão o deixaram largado à beira da estrada.

Os caprichos do destino o teriam deixado ali para morrer, onde corvos logo se alimentariam dele, mas Cracknell foi encontrado por cristãos devotos, servos de um mercador luquês que viajava para casa, que curaram os ferimentos dele e o levaram para o mestre.

O mercador de seda, Oliviero Dantini, deparou-se com um dilema. Encontrara a mensagem selada, envolta em bexiga de porco para manter-se seca, costurada às roupas do homem. Seus dedos quase não resistiram à vontade de cortar o envelope dobrado e violar o selo real. Porém, toda uma vida de deliberação o conteve. Tateando o reluzente documento, o mercador sentiu o cheiro almiscarado de suor e sal, e um súbito aroma de tinta.

Cracknell recobrava e perdia a consciência, e implorava para que mandassem recado ao padre Niccolò Torellini, em Florença. As palavras de Dantini acalmavam e tranquilizavam o estressado homem, até que finalmente ele admitiu ser mensageiro da corte inglesa. Não é ladrão, então, concluiu Dantini. O homem viajara centenas de quilômetros para dar um recado a um amigo da Inglaterra. Vai saber. Talvez fosse até mesmo amigo do rei.

Outros estariam na mesma jornada. Um homem com uma carta não seria o único a portar tal mensagem. Outros, talvez por terra. Ou em outro navio. Se ele, Dantini, entrasse em contato com o florentino, teria a oportunidade de cair nas graças de gente que tinha influência junto ao rei inglês. Por outro lado, Luca era inimiga de Florença e aliada de Pisa. Quais seriam os prós e os contras da situação? O dever cristão fora cumprido, mas comércio e política faziam outras demandas, as quais tinham de ser obedecidas.

Havia também o perigo de as autoridades de Luca descobrirem que o homem que ele abrigava não era um simples viajante ferido que fora atacado de surpresa e ferido por bandidos.

Por que, perguntara ele a Cracknell, ele precisava do padre Torellini? Mas o inglês enfrentou a dor e sacudiu a cabeça. Recusava-se a sucumbir ao ferimento infectado que lentamente sugava sua vida, bem como ao interrogatório persuasivo do mercador, que inclinou o rosto bem perto do dele e baixou o ouvido para escutar uma explicação sussurrada. "Padre Torellini" foram as únicas palavras pelo sargento murmuradas, enquanto ele acordava e adormecia.

A febre causada pelos ferimentos logo o mataria, e o mercador sabia que teria de tomar uma decisão o quanto antes. Freios e contrapesos. Dantini jamais ganhara menos de 150% num negócio. Influência era um produto desejável, que podia ser negociado.

O mercador acompanhava o médico, que fazia tudo que podia para aliviar a dor de Cracknell. Cuidou do ferimento e fez uma sangria, depois pingou gotas de cicuta entre os lábios do sargento. Se Dantini não tivesse passado uns tempos em Bruges, não tivesse conversado nas cortes inglesas com outros mercadores, não entendesse nem falasse inglês, teria deixado o homem ferido morrer sem pensar duas vezes. Contudo, a febre fez o homem divagar, e Oliviero Dantini o ouviu murmurar:

– Torellini... encontrar Torellini... e... Sir Thomas... Blackstone.

A menção do nome do inglês fez o mercador prender a respiração. Uma mistura de medo e empolgação secou-lhe a boca.

Ele sabia que o risco valeria a pena. Florença e a espada de Blackstone tinham a bênção do papa. A grande divisão entre as cidades acabava fazendo com que as lealdades trocassem assim que uma aliança era abandonada e outra, formada. Luca tinha a proteção de Pisa. Ter salvado o mensageiro do rei Edward e entregue as ordens seladas do homem ao influente padre – isso lhe daria maior acesso à corte inglesa. E Edward era famoso por recompensar aqueles que demonstravam lealdade. Como qualquer transação comercial, essa situação requeria certo planejamento – e astúcia. Os pisanos e os milaneses seriam generosos. O *condottiere* inglês era um prêmio muito mais valoroso que o ouro, e alguém já tentara pôr as mãos na recompensa na praça. Quem fora o responsável, ele não sabia, mas fora uma tentativa grosseira e atrapalhada.

A artimanha estava em matar Thomas Blackstone, mas sem que ninguém desconfiasse do envolvimento.

Blackstone esperou junto de Torellini, até que o padre finalmente desgrudou as mãos. Ele as apertara e segurara, num raro sinal de ansiedade, durante todo o tempo em que contou o que sabia sobre o inglês abrigado na casa de Dantini. A luz vacilava; logo estariam em completa escuridão.

– Eu tive receio de, quando mandei que fossem chamá-lo, estar atraindo você para uma cilada, motivo pelo qual pedi que Stefano ficasse de olho em você.

– Quem sabia que eu estava a caminho da cidade?

Padre Torellini sacudiu a cabeça.

– Esse mercador não mencionou o seu nome, apenas disse que o mensageiro do rei tinha um documento para mim. Eu sabia; Stefano também.

– Então esse Dantini quer ser recompensado pelo serviço.

Torellini fez que sim.

– Os mercadores de Luca têm casas em Bruges. Viajavam pela corte... Inglaterra, França e Espanha, o Sacro Império Romano... levando a notícia de quem disse o que a quem e que alianças parecem mais frágeis. Falam muitas línguas; é assim que gente como Edward fica sabendo o que acontece no mundo.

– Não é provável que os homens na praça fossem reles ladrões. Eu não tinha nada que pudessem desejar, senão a vida.

O padre estendeu a mão e tocou Blackstone no ombro.

– Existe alguém entre os seus homens que o trairia? Alguém?

– Ninguém – disse Blackstone, quase incapaz de esconder a irritação no tom de voz.

– Thomas, eu entendo. Mas um homem novo, talvez? Uma mulher com quem se deitou?

Blackstone fez que não. Somente os mais chegados dele sabiam do encontro clandestino.

– Seu anão – disse ele. – Você o enviou até mim. Ele sabia.

– Paolo? Não, não, ele trabalha para mim faz trinta anos. Mandei-o até você quando deixei Florença. Ele nunca esteve aqui; não conhece ninguém. Mandaram que eu viesse até esta igreja e, quando cheguei aqui, o padre local me deu o nome do homem que devo procurar.

– O responsável, seja quem for, tornará a mostrar suas mãos. Passaremos a noite por aqui? – perguntou Blackstone.

– Não, vamos à casa.

– Não podemos cambalear por aí sem tochas, e as patrulhas da cidade estarão de olho.

– Não precisamos de tochas. Há um homem que está para chegar que enxerga na escuridão.

※

Ao cair da noite, a cidade ficou tão escura que Blackstone não enxergava um palmo à frente do nariz. Quando anoitecia, os luqueses fechavam seus teares, posto que patrão e servo iam igualmente para a cama. Velas eram caras e usadas com parcimônia.

Blackstone não soltava da corda do guia, tropicando pelas ruas esburacadas; atrás dele, o padre Torellini segurava sua porção da corda, e o mesmo fazia Stefano Caprini, no fim da fila. O único barulho nas estreitas ruas era o toque-toque da bengala do cego que levava os três homens por *chiassi* que ele conhecia desde criança. Cada tijolo e pedra nas paredes das construções informavam-lhe onde estava nessas estreitas passagens, algumas tão apertadas que Blackstone mal podia passar os ombros.

O cavaleiro inglês podia ouvir o respirar dificultoso do padre Torellini. Quando passaram debaixo do escuro capuz de um arco, ele sentiu que tinham adentrado uma pracinha. O céu sem lua, muito nublado, conferia matiz diferente de escuridão, e sombras pretas erguiam-se como gigantes malevolentes encarando os intrusos do alto. O mendigo cego parou, e os homens atrás dele trombaram uns nos outros.

– Thomas, que foi? – sussurrou o padre.

Blackstone não respondeu; apenas encostou gentilmente o braço em Torellini, num gesto tranquilizador. O velho pedinte resmungou, e Blackstone o escutou raspando a mão na parede de pedra. Ele, então, cutucou a parede três vezes, de modo que o som ecoou pelo espaço aberto. Após uma pausa, repetiu o sinal. Ninguém dizia nada. Então, no prédio do lado oposto, Blackstone ouviu o que parecia ser um pedaço grande de lona sendo movido, seguido pelo ranger de persianas conforme uma janela do primeiro andar foi aberta. Dava para enxergar uma pessoa baixando uma escada para a rua, logo abaixo. O raspar da madeira na pedra e o baque final de tocar o chão fizeram o idoso resmungar mais uma vez, mas agora de satisfação.

Não foi preciso dar instruções. O cego tirou a corda das mãos deles e foi tateando o caminho, no escuro.

– Chegamos – disse Blackstone.

Capítulo Oito

Oliviero Dantini estava sentado num canto escuro de seus aposentos, que tomavam toda a largura da casa. Abaixo dele havia dois andares de teares agora em silêncio. Se ele garantisse a confiança do padre florentino e traísse o inglês depois, isso poria distância suficiente entre ele e o ato. Já não se colocara em situação de grande risco? Era o que diria à corte inglesa. Já não tinha feito o máximo que podia? Ele ajoelharia perante o padre, expressando sua humildade, e o padre o abençoaria. E o primeiro passo de sua nova jornada seria tomado não somente com os ingleses, mas ali mesmo em Luca.

Podia chegar ao posto de *podestà*: havia poder e influência a serem brandidos enquanto magistrado-chefe. Só Deus sabia quanto dinheiro ele já emprestara à cidade ao longo dos anos, e sua influência junto dos fazendeiros e camponeses do *contado* cresceria – embora fosse um mistério para ele como alguém preferia morar além dos muros da cidade. Ele oferecera financiamento à corporação de cortadores, e ajudara a fornecer tecido barato para o mercado. Tornar-se magistrado-chefe lhe permitiria ajustar contas com famílias rivais. Talvez pudesse até exercer influência nos conselhos comunais e moldar os estatutos rurais que protegiam interesses locais. Luca era uma cidade-estado; seu povo, verdadeiras criaturas bovinas confinadas pelos muros da cidade desde o tempo dos romanos; conforme a cidade cresceu, mais muros foram construídos, e incentivos financeiros garantiram a proteção de Pisa. Agora que o comércio com a Inglaterra e com Flandres demandava mais seda, Dantini já podia ver-se no *palazzo della podestà*, usando as magníficas vestes do magistrado-chefe. Ou talvez não. Surgiu uma dúvida em sua mente. O poder não devia ser visto, mas sentido. Não, concluiu ele, a população comum respeitaria o espetáculo. E ele poderia comprar mais riqueza, e riqueza compraria o título, e então poderia pagar para ter seus próprios *condottieri*. Um pequeno exército perante os muros, exercendo sua força...

Os pensamentos do mercador foram interrompidos pelo anúncio do servo.
– O padre está aqui, mestre.
– Então deixe que entre. Ele precisa de ajuda? – respondeu Dantini, impaciente.
– Tem dois outros homens com ele – respondeu o servo.

O medo subitamente despiu o mercador de toda a ambição. Ele acenou, ansioso.
– Certifique-se de que é mesmo o padre. Certifique-se! Se for... então... baixe totalmente a escada. Traga-o até mim. Anda. Anda!

Dantini levou os dedos à testa. Fazia uma noite fresca, mas o suor brilhava. Ele limpou a testa e ficou aguardando, na sala à meia-luz, ouvindo a cortina de fora sendo puxada e as janelas, abertas.

Fazendo o sinal da cruz, murmurou uma oração. Se seu pior medo se concretizara, o padre estava trazendo um anjo negro para dentro de sua casa.

※

Padre Torellini identificou-se e foi convidado a subir a escada.
– Eu vou primeiro – disse-lhe Blackstone, e foi adiante, com a mão do padre nas costas, para guiar-se; ao chegar à escada, tocou a faca com a palma da mão.

Cruzar aquela entrada escura e entrar num cômodo desconhecido era o mesmo que aceitar o convite de um assassino. Ele subiu e, preparado para a violência, sentiu a tensão aliviar em seus ombros ao ver um fraco e cálido brilho vindo da sala. Junto da parede oposta havia um servo com uma vela na mão, protegendo a luz, imergindo o restante do cômodo na escuridão. Blackstone viu que atrás do empregado havia um homem, obviamente o mestre da casa, que tinha uma das mãos sobre o peito, segurando as dobras do manto. As pessoas estavam difíceis de enxergar; seus traços, quase escondidos na luminosidade fraca. Blackstone rapidamente assimilou o pouco da sala que podia ver. Era grande e quase não tinha mobília. Tacos largos compunham o piso; vigas firmes, o teto. Havia pinturas nas paredes, mas não era possível enxergar. O cavaleiro entrou na sala e, sem tirar os olhos do empregado e do mestre, estendeu a mão para fora.
– Venha – disse, baixinho, e ouviu o ranger do peso do padre na escada, abaixo.

Quando os dois homens tinham se juntado a ele na sala, o servo passou a vela ao mestre, que ainda parecia nervoso com a presença de estranhos em sua casa. O servo correu para puxar a escada, depois puxou uma lona do lado de fora, estendida sobre a abertura num cabo de ferro. Finalmente, fechou as persianas de madeira, aprisionando a pouca luz que havia ali dentro do cômodo.

O mercador aproximou-se, nervoso. Ali estava o homem que tantos já tinham tentado matar. As sombras aumentaram ainda mais o medo do mercador. A meia-luz serviu para acentuar o aspecto temerário de Sir Thomas Blackstone. Graças ao Senhor todo-poderoso e à abençoada Virgem Maria, ele não se envolvera na matança na praça, porque quem mais saberia da associação de Blackstone com o padre, ou que o florentino estava na cidade, ou que o inglês viria a Luca? Visto que Dantini protegia o mensageiro inglês, certamente Torellini e Blackstone seriam convencidos de que ele não tivera envolvimento com o atentado. A Itália era assolada por mercenários pagos para proteger cidades-estado. Alguns eram maiores que outros. Mas esse *condottiere* que protegia Florença era mais alto do que o mercador imaginava. Não era um daqueles homens baixos e musculosos, os outros capangas e assassinos que ele conhecia; somente a altura já lhe conferia autoridade. Dantini reparou que tinha involuntariamente dado um passo à frente, erguendo a vela para poder enxergar o rosto do homenzarrão. A barba por fazer grudava-se à cicatriz comprida como as pedrinhas soltas nas beiradas de uma estrada de terra.

— Sir Thomas — disse ele, quase num sussurro, afobado por um instante; com um tremer da mão, a fraca luz vacilou. O mercador fez uma reverência, mantendo os olhos longe do inglês mais tempo que o necessário, torcendo desesperadamente para que o assassino que havia ali dentro não resolvesse destruir ele ou sua família. — Não sabia que você estaria com o padre Torellini — o mercador conseguiu dizer, sem hesitar demais.

— Alguém sabia. Encontrei-os na praça — respondeu Blackstone.

Dantini ergueu o rosto — sua inocência com relação aos eventos devia ser vista.

— Que péssimas notícias, Sir Thomas. Terríveis.

— Para eles. E para quem os pagou — disse Blackstone, encarando o mercador de cima.

Antes que Dantini respondesse, Torellini deu um passo à frente.

— Eu sou o padre Torellini, e esses homens são a minha proteção. — O idoso falava com a autoridade que a Igreja e o Estado lhe conferiam. — O risco que corre é muito grande.

Dantini suspirou aliviado, grato porque o padre parecia estar do lado dele.

— Sei sim, de fato, é verdade. Um grande risco... — disse, quase se atropelando com as palavras; mais uma vez a insegurança lhe confundia os pensamentos.

Toda a habilidade dele de negociar uma venda, de comprar barato e vender caro, todos os anos de usura e fraude astuta pareceram desertá-lo. Quantas vezes não vira homens menos capazes do que ele sucumbirem às suas habilidades? A riqueza conquistada com o comércio de seda de Luca dera-lhe poder sobre aqueles que a desejavam. Fossem reis ou rainhas, nobres recentes e suas prostitutas ou os fazendeiros de lã comuns, Oliviero Dantini superara todos na esperteza.

Ele recobrou a compostura e acenou para uma passagem que dava para outro cômodo.

– Esperarei perto da entrada – disse Caprini. – Melhor ver quem mais pode estar pelas ruas a esta hora da noite.

Blackstone assentiu e seguiu os outros, enquanto o servo corria à frente, abrindo as portas ornadas com gravuras que davam para aposentos mais suntuosos, nos quais móveis e carpetes suavizavam o piso de placas ainda mais largas e as paredes de pedra. Todas as janelas estavam fechadas. Foi então que Blackstone reparou que, sem uma entrada no nível térreo, o acesso a essas casas unidas às torres, com seus cômodos interconectados, era possível somente através de uma escada baixada para o pátio. As que tinham torres acopladas, como a casa desse mercador, eram fortes muito bem defendidos numa cidade assolada por rivalidades familiares. Blackstone sentira antipatia imediata por Dantini. Havia algo de espertalhão no homem. Sua postura não parava de mudar: num momento, gesticulava com o braço, enquanto cruzavam o luxuoso apartamento, como se prestes a contar-lhes sobre sua riqueza e fineza; no seguinte, largava os ombros como um servo açoitado, principalmente quando o cavaleiro quis saber onde estava o mensageiro do rei.

Outro quarto. Cama, carpete e cortina de lã, uma mulher acabrunhada, de camisola e touca. Da mesma idade que o mercador, e mais gorda. A esposa de um homem rico numa cama suntuosa, cercada de cortinas. Parecia ousada, mas fez o sinal da cruz e baixou o olhar ao ver o padre Torellini.

– Sim, sim. Deus abençoe, irmã – Blackstone ouviu o padre murmurar, cansado, atrás de si.

Oliviero Dantini levou-os a uma escadaria central que seguia torre acima. Outra vela foi acesa, e o serviçal foi na frente, iluminando patamares com opressivas vigas e piso de castanheiro escuro.

– Chamei o melhor médico. De confiança, isso eu garanto. Paguei muito bem – disse Dantini, quase sem fôlego, subindo os degraus, ávido por fazer saber que não poupara despesas, apesar da reputação dos cidadãos de Luca de avaros.

– Aqui. Um quarto seguro. Aqui está ele – acrescentou o mercador, enquanto o serviçal punha-se a esperar no patamar seguinte, ao lado de uma passagem.

Impaciente, Dantini gesticulou para que o homem abrisse logo a porta.

– Deixe-me falar com ele primeiro, Thomas. Vai saber que delírios pode estar sofrendo – disse Torellini.

Blackstone recuou um passo e deixou o padre entrar no quarto. Dantini não conseguia ficar parado de tão nervoso, mas sua ansiedade acalmou-se quando uma serviçal apareceu carregando uma bandeja de taças de vinho. A garota não devia ter mais do que 14 ou 15 anos, mas tinha compostura e segurança. Respeitosamente, ela baixou o olhar, isso Blackstone reparou, em obediência a um mestre que provavelmente levava uma moça bonita dessas para a cama. O vestido de linho sem estampas mostrava o pescoço esguio e os ombros; os bonitos cabelos e os olhos azuis conferiam-lhe ar quase angelical.

Dantini pegou uma taça de vinho e notou que Blackstone observava a garota, que permanecia imóvel, esperando que o convidado do mestre pegasse uma taça.

– Georgiana – disse Dantini, espiando por cima da borda da taça. – Do mar Negro. Uma escolha melhor, eu sempre achei, do que os tártaros que trazem para cá. Criaturas tão feias. A beleza, Sir Thomas, devia sempre estar no centro dos desejos de um homem. Em todas as coisas. Você não concorda?

– Ela fala? – perguntou Blackstone, ignorando a pergunta.

– Não, não. Eles têm uma péssima linguagem gutural. Aprendem rápido o bastante a permanecer em silêncio com uma cinta deitada nas costas. Mais barato que contratar servos italianos. Pra que pagar taxas exorbitantes quando se pode comprar um escravo por quinze florins?

Uma voz de mulher ressoou dos andares inferiores.

– Milorde? Milorde? – O tom era de preocupação.

Dantini fez careta.

– Minha esposa. Perdoe-me, Sir Thomas, devo tranquilizá-la que mal nenhum cairá sobre nós esta noite.

Por um momento, o mercador considerou dispensar a serviçal, mas mudou de ideia, pensando que ela poderia divertir o inglês. Quem sabe ele até se oferecesse para comprar a frágil garota, e nesse instante arrependeu-se de ter dito a Blackstone que ela custava quinze florins no mercado de escravos de Pisa. Foi às pressas que ele desceu para resolver a ansiedade da esposa.

Blackstone ergueu gentilmente o queixo da garota. Ela o olhou de forma desafiadora. Thomas entendia o olhar e os sentimentos que jaziam por trás dele. Os seios pareciam firmes; os mamilos apareciam através da camisa de baixo e do vestido de linho. Não era difícil entender como tamanha inocência podia ser desejada. Embora, a essa altura, obviamente, a inocência já abandonara a garota havia muito tempo. O cavaleiro pousou a mão no ombro da garota e, com o mais ligeiro toque, virou-a para poder ver a nuca e a pele macia entre os ombros. As pontas de vergões horizontais, antigos e novos, como um xadrez nas costas dela. Sabia que a totalidade dos ataques de cinta desceria até o bumbum. Em algum ponto daquela macia pele branca haveria uma marca, queimada na pele, que denotava seu estado de escravidão. Provavelmente não maior do que uma moedinha, enrugada numa erupção rosa. Ou na coxa, ou num dos seios, pensou ele. Não fazia diferença. A carne curava, mas a escravidão era a morte para a alma. Thomas a virou para que ela ficasse de frente para ele. Ele tirou a bolsa do cinto e a colocou na bandeja. A menina escancarou os olhos, mas Blackstone sorriu para acalmar-lhe o medo. Os passos de Dantini ecoaram pela escada.

— Vá quando puder — disse, baixinho, o cavaleiro, esperando que ela entendesse a intenção dele, ainda que não compreendesse suas palavras, e fez o gesto infantil de dois dedos imitando pernas andando.

A garota prendeu a respiração e se apressou para pegar a bolsa da bandeja. Dantini chegou ao patamar bufando.

— Não vai querer o vinho, Sir Thomas? Ou... outra coisa?

— Nada.

— Claro. Como quiser. Estou aqui para servi-lo — disse o mercador, e dispensou a menina com um gesto, incapaz de evitar uma olhada para as nádegas dela, que contraíam e relaxavam conforme ela descia as escadas.

Como se envergonhado, ele sorriu para Blackstone, que não deu sinal algum de partilhar do pequeno momento de prazer.

A porta abriu-se. O mercador deu espaço, permitindo que Blackstone passasse por baixo do batente da porta e entrasse no quarto, que tinha uma cama, um jarro de água e uma tigela, e o homem ferido que jazia ligeiramente erguido por travesseiros. Sua camisa de linho tinha uma mancha de sangue; o braço direito estava pendurado numa tipoia. Cracknell tinha uma faca na mão boa; o suor escorria por cima dos olhos. Ele piscava e sacudia a cabeça, e seus cabelos espalhavam o suor para os lados. O ar estava opressor. Fedia a urina e infecção — um fedor que não era nem um pouco estranho para Blackstone.

— Ele estava inconsciente. Rezei por ele e molhei seu rosto e, assim que ele acordou, já estava com uma faca na mão — explicou Torellini, que se virou e ergueu a mão para acalmar o ferido. — Eu sou o padre Niccolò Torellini, meu filho. Nós o encontramos. Você está a salvo.

Cracknell soltou um audível suspiro de alívio e baixou a faca.

Blackstone olhou para ele. Vira veneno rastejar para dentro dos homens a partir das feridas, e com esse homem a história não era diferente, com a palidez e a imobilidade, e a briga para conseguir respirar. Soube, então, que tinham encontrado o homem a poucos instantes de morrer. Pois ia morrer, de fato. Médico nenhum podia curar o que acontecia ao sangue e ao coração de um homem ferido. Era preciso ter sorte e Deus do lado. E ambos, pelo visto, tinham abandonado o mensageiro do rei. Foram somente sua coragem e seu senso de dever que o mantiveram vivo por tanto tempo.

Blackstone conduziu o mercador para fora do quarto, empurrando o inquisitivo, porém obediente, homem até o corredor, depois fechou a porta. Não importava o que seria dito dentro do quarto do moribundo – dizia respeito somente ao padre Torellini e a Thomas Blackstone.

– Qual é o seu nome, meu filho? – perguntou o padre.

– Eu sou Samuel Cracknell. Tenho... um documento que... deve... chegar a... Sir Thomas. Somente... ele pode ler. Tenho sua palavra, padre?

– Não terei de entregar-lhe... – disse Torellini, baixinho, sorrindo perante a súbita insegurança de Cracknell. – Ele está aqui. Veio vê-lo pessoalmente. Pode entregar-lhe o documento com suas próprias mãos.

O padre afastou-se da cama e tomou o candelabro de Blackstone, que puxou um escabelo para perto da cama do moribundo.

Cracknell analisou as sombras que brincavam no rosto de Blackstone. Estava pronto para entregar a mensagem vital a esse homem, vestido de modo tão comum?

– Você é Sir Thomas? – perguntou ele, duvidoso.

Blackstone fez que sim, virando o rosto para que sua cicatriz fosse vista com mais clareza. Como uma criança duvidosa, Cracknell ergueu o dedo, vacilante, e percorreu a cicatriz, sem tocar o rosto do cavaleiro.

Seus olhos estreitaram-se por um instante, quando uma incerteza invadiu-lhe a mente febril. Veteranos com cicatrizes de guerra havia aos montes.

– Você conheceu um mensageiro de rei, não? – ele perguntou, determinado a certificar-se de que Blackstone era mesmo quem dizia ser.

– Sim – respondeu o cavaleiro. – Faz alguns anos. Um bom homem. Sentei ao lado dele, como estou agora ao seu. E ele foi levado pelos homens do rei francês no meu lugar.

– E você se lembra do nome dele?

Blackstone lembrava-se muito bem da época, quando os lordes normandos vacilaram à beira da rebelião e ensinaram-lhe a arte de matar com a espada. Na Normandia, muitos anos antes. Christina ainda não era sua esposa; Henry e Agnes, seus filhos, ainda não tinham nascido. Nomes, e os sentimentos que vinham junto, amontoaram-se na memória dele como uma floresta invernal, galhos esqueléticos estendidos para roçar sua consciência.

– O nome dele era William Harness. Um corajoso e bom homem ferido por aldeões franceses. Garanti que pagassem pela maldade que fizeram com ele.

Cracknell suspirou, como se se livrasse de um grande peso.

– Sabemos a história muito bem. Todo homem que cavalga para campos no exterior... pelo... rei... sabe... bem como seus filhos.

O mensageiro agarrou-se ao punho de Blackstone para conseguir virar e alcançar a mão debaixo do colchão. Dali ele retirou um documento, dobrado duas vezes na vertical, envolvido numa cruz por fios finos. Na dobra havia uma bola vermelho-escura de cera seca, cujo centro fora pressionado com o selo real. O papel tinha uma cobertura gordurosa, e uma mancha de sangue secara por cima da sujeira.

– Mais uma coisa, Sir Thomas. Use sua faca... e corte a costura que prende o cordão da minha calça... aqui... – disse Cracknell, tocando a cintura, debaixo da camisa.

Blackstone ergueu o tecido com cuidado e sentiu o cordão do cós da calça do mensageiro. Seus dedos tocaram uma moeda costurada dentro da bainha. Com cuidado, ele separou alguns fios e tirou dali a moeda. Cracknell assentiu a tudo.

– Disseram-me que... isso também... deveria ser posto em sua mão. – Ele fez uma careta de dor, respirando agora com mais dificuldade. – Meu dever foi cumprido, Sir Thomas... Não... não se demore... neste lugar. Está em perigo, milorde.

Blackstone mergulhou um paninho na tigela de água e passou na testa do homem.

– Estou sempre em perigo, mestre Cracknell.

Capítulo Nove

Passos foram ouvidos roçando as escadas que davam para a torre. Blackstone afastou o padre Torellini e empunhou sua faca. Sussurros vazaram pela moldura da porta, seguidos por um toque gentil. Blackstone abriu a porta e viu que havia dois homens, ambos vestidos de modo similar a Stefano Caprini. Cavaleiros do Tau.

– Devemos tirá-lo deste lugar, Sir Thomas – disse Stefano. – Enviei recado aos meus irmãos monges. Nosso hospital fica bem perto, e ninguém nos interrogará.

Blackstone olhou para Cracknell – o homem estava à beira da morte.

– Mesmo assim – disse Stefano, entendendo o que pensava o inglês –, ele ficará sob os cuidados dos capelães... – Ele baixou a voz quase para um sussurro, garantindo que o moribundo não o ouvisse. – Até morrer, e então o enterraremos no nosso cemitério. Ele cumpriu seu dever para com você?

Blackstone fez que sim.

– Então não há mais nada que possa fazer por ele, Sir Thomas.

– Stefano tem razão, Thomas. Deixe-me administrar o sacramento – urgiu o padre Torellini. – Agora que ele cumpriu seu dever, a vontade de viver lhe escapará.

Blackstone olhou mais uma vez para o mensageiro real, que se prendera à vida para conseguir realizar as vontades do rei. E assentiu.

– Você e Stefano cuidem dele, padre – disse-lhes, e abriu o documento, inclinando o papel para a luz da vela, e leu a escrita clara: *Faça como ordena esse homem... nenhum mal cairá sobre você.*

Dez palavras que demandavam a obediência de Blackstone.

— Espere – disse ele, e abriu caminho entre o padre e o cavaleiro. Apressado, Thomas ajoelhou ao lado da cama e sacudiu o moribundo. – Mestre Cracknell.

Sacudiu-o mais uma vez, mas não teve resposta.

— Thomas. Ele não pode mais falar – disse o padre.

Blackstone continuou sacudindo o homem, com o braço livre esticado para trás, para entregar o documento ao padre, a fim de que pudesse ver com os próprios olhos.

— Preciso que ele fale, padre. Ele fala em nome do rei.

O respirar de Cracknell estava lento e pesado, afastando-o das sombras bruxuleantes. Blackstone agarrou o homem pelo ombro e espremeu o ferimento. A respiração de Cracknell vacilou.

— Thomas. Em nome de Deus, tenha misericórdia – disse o padre Torellini, avançando para conter Blackstone, mas acabou sendo contido pelo cavaleiro do Tau.

— A dor acorda um homem dos lugares mais escuros – disse Caprini.

Mais uma vez, Blackstone pressionou a ferida. Cracknell resmungou. Blackstone, então, forçou os dedos dentro do ferimento supurado, e o homem exclamou de agonia, escancarando os olhos, e seu tronco ergueu-se da cama. Blackstone segurou-o, ajeitou-o gentilmente nos travesseiros e levou uma taça de água aos lábios dele.

— Sir Thomas...? – ele sussurrou, hesitante.

— Mestre Cracknell, escute-me. Você tem a informação de que preciso. O que lhe disseram que devia passar para mim?

Cracknell focou seu olhar num ponto, com a mente procurando pela resposta.

— Nada, milorde. Não tenho instruções para você.

— Devo fazer o que você mandar – disse Blackstone. – Não sabia o que estava escrito? – ele perguntou, já ciente de que mensageiro nenhum bisbilhotaria os conteúdos do que carregava, mas torcendo para que uma mensagem pessoal do rei para o cavaleiro fora da lei fosse uma exceção.

Cracknell fez que não.

— Não lhe deram nada para me dar? – Blackstone repetiu, sabendo que havia pouco mais a ser questionado.

— Nada – veio a resposta.

Blackstone sentiu a frustração debater-se dentro de si. Cracknell tinha de saber alguma coisa.

– Pense em quando o documento lhe foi entregue. O funcionário real, o chanceler, qualquer um, o que lhe disseram?

– Para... Gênova... e depois Florença... sob escolta... e passagem segura até Florença e... padre Torellini.

– Além disso. Você traz uma ordem para mim, mas ainda não sabe. Está entre as palavras que lhe foram ditas. O padre Torellini teria me chamado se você conseguisse chegar a Florença, e lá eu o teria questionado, como estou fazendo agora. Clareie a mente e pense.

Os olhos de Cracknell buscaram foco por entre camadas de dor e tempo, procurando desesperadamente pela resposta, vendo o funcionário real depositar o papel dobrado na mão dele. Lendo seus lábios, ouvindo suas ordens.

– Eu devia subir a bordo de um navio... em Portsmouth... de onde você... partiu para a guerra pela primeira vez... mas... foi ordenado que retornasse antes... do campeonato do rei...

– O rei realiza campeonatos várias vezes por ano – repetiu Blackstone. – Para seu divertimento.

Era um mistério que ele não conseguia solucionar. Havia algum significado em meio a essas instruções?

Cracknell sorriu, como se finalmente entendendo o subterfúgio que lhe fora encarregado de transmitir.

– Só pode ser um... em Windsor... dia de São Jorge, Sir Thomas... não pode ser outro...

Blackstone pousou a palma da mão no rosto de Cracknell, como faria a uma criança.

– Não pode ser outro – disse gentilmente.

※

Blackstone esperava lá fora. Sentado na escuridão do alto da torre, observando a lua por detrás das nuvens, lançando sombras das torres da cidade sobre os telhados. Aqui e acolá, ao longe, um brilho fraco subia das escuras alamedas conforme as patrulhas noturnas de jovens armados cuidavam de seus deveres. Vaga-lumes à procura dos vivos.

Ele ouviu os sussurros abafados de Torellini e do cavaleiro do Tau, e depois os passos morosos do mais idoso, subindo as escuras escadas.

– Thomas?

– Aqui. Na janela.

Uma nuvem passou, e a lua iluminou brevemente a abertura. O padre suspirou.

– Eu o vejo. – E sentou-se no último degrau. – Cracknell faleceu, com a alma liberta pela absolvição. Os *cavalieri* estão enfaixando o corpo dele. À primeira luz, levarão para seu cemitério. Quando os portões da cidade forem abertos, acompanharão um carrinho que levará o corpo. Você puxará o carrinho, Thomas... Soldado nenhum nos interrogará assim.

Blackstone fez que sim, ainda que Torellini não pudesse ver a resposta. Onde, nesse labirinto, fora ele traído, e por quem? Um homem ferido largado na costa e por acaso trazido à casa de um mercador. Quem haveria de saber do encontro? O mercador, o padre Torellini e o anão que cavalgara com a mensagem para ele.

– Por que um rei inglês lhe pede favores? – perguntou ao padre.

– Edward sempre teve ligações fortes conosco – respondeu Torellini.

– Porque os banqueiros de Florença financiam a guerra? É mais do que isso.

Blackstone sentiu a hesitação na resposta do padre.

– Existe uma história entre nós, Thomas. Que começou muito antes do que você pode imaginar. Antes de ter nascido. Eu sirvo a um dos maiores homens de Florença, e antes dele outros serviram ao pai do rei Edward. Vai além do comércio de emprestar dinheiro.

Evidentemente relutante em prosseguir, o padre calou-se. A escuridão era amiga de Blackstone. Como um confessionário, acalmava a alma dos homens e soltava suas línguas. Ele permaneceu em silêncio, ouvindo o padre respirar.

– Há uma família genovesa, os Fieschi. Cardeais e diplomatas, usados pelo pai do rei – disse Torellini. – E, como eles, há outros italianos, como o meu mestre, Bardi de Florença, cuja família detinha a confiança de pai e filho reais. O rei tem laços fortes conosco. Seu médico era Pancio de Controne, que ajudou o rei a abrir diálogo com outros banqueiros italianos. Edward apontou Nicholyn de Florença à casa da moeda real. Partilhamos um...

Toda uma vida de promessas subitamente silenciou o homem.

Blackstone ouviu-o respirar fundo, como que se contendo à beira de uma indiscrição.

– Um segredo? – Blackstone sugeriu.

– Sim. Uma intimidade.

Ficou claro que o padre não diria mais que isso.

Na cidade de cinquenta mil almas, um cachorro latiu, outros aceitaram o desafio, e logo todos silenciaram. Blackstone sabia pouco da vida do rei Edward. Fora pedreiro de vilarejo que podia ler as proclamações do xerife; arqueiro alistado na guerra; homem de armas abençoado com a força para conjurar uma raiva dentro de si. Já o rei, era divino.

— Ele confia em você a missão de me contatar — disse Blackstone.

— Você entendeu a mensagem?

— Acho que sim. Não há como ter certeza. Mas acredito que estou sendo convocado à Inglaterra antes da última semana de abril, quando Edward realiza o campeonato do dia de São Jorge.

Torellini ficou em silêncio por um instante.

— Ouvi dizer que o rei concede perdão àqueles que viajam para o campeonato. Cavaleiros e príncipes estrangeiros serão recebidos para lutar lá.

— Para mim, não, padre. Perdão nenhum é concedido a um homem exilado pelo filho do rei. Mas essa mensagem deve ter algo a ver com isso.

— Então não passa de conjectura.

— É tudo que eu tenho. — Ele sentiu a moeda ornada em seus dedos. — E mandaram que Cracknell me desse isto aqui.

O cavaleiro estendeu a mão pela abertura na parede, e o brilho do luar mostrou a moeda de ouro presa entre o indicador e o polegar.

— Um leopardo duplo — disse o padre, quando viu a gravura na moeda.

— Valia seis xelins quando era corrente. Para que me mandar uma moeda que não pode ser trocada, a não ser para derreter?

O padre Torellini esfregou a moeda entre os dedos. Para que, afinal? Uma moeda tirada de circulação muitos anos antes, agora enviada a um guerreiro que tinha dinheiro suficiente para pagar pela travessia para casa, um *condottiere* cujo contrato com Florença demandava que, caso o rei precisasse dos homens de Blackstone a seu lado, os florentinos teriam que se arriscar e empregar navios e tripulação para que eles fossem transportados até a Inglaterra. Mas tal requisição não fora comunicada a Florença. Não, a moeda de ouro era um símbolo da autoridade real, ostentando dois heráldicos leopardos acocorados, cada um de um lado do rei Edward. Era uma referência deliberada ao trono do rei Salomão, descrito no Antigo Testamento. A imagem que dizia aos súditos que seu rei era um rei sábio.

— Ah... — Torellini suspirou. — Eu sabia que havia algo errado.

Antes que Blackstone pudesse perguntar, o padre juntou as saias e virou-se para a escada.

— Precisamos de uma vela, Thomas. Venha!

Recusando-se a explicar, Torellini desceu apressado as escadas, o mais rápido que pôde, com o ar de antecipação à beira da empolgação.

– Tenha paciência, tenha paciência – era tudo que dizia em resposta às perguntas do cavaleiro.

※

Quando alcançaram o primeiro andar, o padre Torellini instruiu ao mercador que providenciasse uma dúzia de pedestais de vela. Ávido por agradar, Dantini apressou seu serviçal, aquietou os protestos da esposa e urgiu Blackstone e o padre até seu escritório particular. As cortinas nas janelas foram fechadas, bem como as persianas, selando a luz de uma dúzia de velas dentro do cômodo. Torellini dispensou o mercador e arranjou as velas sobre uma mesa, e desdobrando o papel.

– O documento que você recebeu não é o que pensa. – Ele trouxe o selo real para perto da luz. – Está vendo?

Blackstone estudou o selo impresso. Um monarca a cavalo, um elmo coroado, escudo e espada. Com o cavalo erguido nas pernas traseiras, o rei posava como se o braço da espada estivesse pronto para atacar.

– Não – disse Blackstone. – É o selo real. Já o vi antes, numa dispensa de campo de guerra concedida a um arqueiro.

– O Selo Maior de um rei é quebrado quando um novo monarca é coroado – disse Torellini, mordendo o nó de um dos dedos, preocupado em explicar-se, incerto de que seus pensamentos procediam. – Isto – ele deu um tapinha no documento –, este selo mostra o rei com o elmo coroado e três leões no adorno do cavalo. O selo de Edward, não. O escudo de Edward é adornado com a flor-de-lis; o de seu pai, não.

– Já vi o selo – insistiu Blackstone. – Esse é o selo real.

– Não, Thomas, esse é o selo do pai dele.

Blackstone ficou em silêncio por um momento. Nenhum dos dois disse mais nada.

– Não entendo – retomou o inglês. – Se o selo do pai dele foi quebrado quando Edward assumiu o trono, como esse pode ser o dele?

– Uma cópia é sempre guardada pelo chanceler da época – disse o padre –, e Thomas, se o rei quisesse mandar-lhe uma mensagem pessoal, ele não usaria o Selo Maior. Esconderia a mensagem de seus conselheiros. Usaria o sinete dele como selo secreto num documento particular desses.

O padre mostrou os dois leopardos dourados para Blackstone; o brilho fraco das velas reluziu na figura do rei.

– Isto traz consigo uma inscrição em latim. Por acaso a deusa pagã que você usa no pescoço suplantou nosso Senhor Jesus Cristo na sua vida? Você sabe os ensinamentos da Bíblia? Aprendeu isso na sua vila?

– Só o bastante para aguentar o beliscão da chibata do padre da vila, antes que ele debandasse para os bordéis da França. Não sei ler latim.

– Não importa – disse Torellini, devolvendo a moeda ao cavaleiro. – A inscrição diz assim: "Jesus, passando no meio deles, seguiu seu caminho".

Blackstone sentiu o desespero vazio da ignorância.

O padre sorriu e deu-lhe um tapinha no ombro.

– O livro de Lucas refere-se a Jesus passando por uma multidão hostil de fariseus. Entende, Thomas? Para os supersticiosos, essas palavras são um amuleto contra ladrões e os perigos da viagem. Você recebeu um símbolo para proteger sua jornada para casa.

Torellini pressionou a moeda na mão de Blackstone, e com as suas fechou o punho imenso do inglês.

– Há inimigos esperando por você; seus assassinos já fizeram a primeira tentativa aqui. Isso foi apenas o começo.

Capítulo Dez

Os homens de Blackstone aguardavam, insensíveis ao vento frio que espiralava pelos vales, vindo dos Alpes. O calor primaveril do sol retornava somente quando o vento mudava de direção e as florestas sufocavam sua amargura. Killbere alocara homens para patrulhar, mas foi o cavalo bastardo veterano de Blackstone que deu o primeiro aviso da chegada do mestre, farejando o ar. Seu relinchar foi o que alertou os homens. Em questão de minutos, a figura solitária de Blackstone apareceu subindo por um barranco cheio de reentrâncias, em meio a junco e oliveiras, uma inesperada rota pela qual retornar.

John Jacob cutucou uma das sentinelas.

– Até esse animal burro é mais perspicaz – disse, castigando o homem.

Blackstone tirou manto e capuz, depois a camisa de linho, e limpou o suor do corpo. O vento fresco pinicou-lhe a pele. Elfred desfez um cobertor enrolado e deu ao mestre uma camisa limpa.

– Assim você insulta meu cavalo, John. Ele não é burro. Investe contra lança e espada, atropela e mata junto dos melhores homens, e seus olhos enxergam melhor que os meus.

– Estaríamos mais bem servidos se tivéssemos mais como ele, Sir Thomas – disse John Jacob, olhando feio para a envergonhada sentinela.

– Então? – perguntou Killbere.

– Você tinha razão. Era uma armadilha – respondeu Blackstone, terminando de se vestir, apertando as amarras de sua jaqueta almofadada.

— Caramba, era tão óbvio! Mas você não esteve num bordel enquanto ficamos aqui de bolas encolhidas feito castanhas no frio da noite, certo? – disse ele, entregando a Espada do Lobo para o mestre.

Blackstone tomou uma maçã comida pela metade da mão grudenta de Will Longdon e deu uma mordida ávida. Não comia fazia horas.

— É meu prazer, Thomas, sacrificar vida e membro em seu serviço, mas essa maçã foi paga com moeda da minha própria bolsa. Nem roubo, nem ameaça foram envolvidos na aquisição – disse Longdon.

Elfred cutucou o arqueiro com a ponta de plumas de uma flecha.

— Sir Thomas para você, seu mentiroso insolente. Eu o vi roubar essa maçã.

— Essa foi outra, seu velho cego e bobo. E eu conheço *Sir* Thomas desde que ele molhou os pés invadindo a Normandia e molhou a espada matando quem passou pelos *seus* arqueiros para matar nosso rei.

— Aye, e muito provavelmente foi o seu ritmo fraco de disparos que deixou que passassem! – disse Elfred para os homens reunidos, que zombaram de um amargurado Longdon.

Blackstone jogou o cerne da maçã para seu cavalo, ignorando a mão estendida de Longdon.

— Você vai poder encher a barriga depois – disse, e foi até seu cavalo, que ergueu as orelhas e bufou.

O cavaleiro pôs o pé no estribo e puxou a rédea oposta para impedir a fera beligerante de virar-se e mordê-lo, contestando o direito dele de montar.

Os homens ficaram de pé para acompanhar Blackstone em suas montarias. Elfred olhou desconfiado para Killbere, que fora o primeiro senhor do inglês, muitos anos antes. Contudo, foi ignorado. Não era hora de fazer perguntas. Blackstone descobrira alguma coisa e lhes contaria no momento certo.

A cidade alta de Cardetto, de onde controlavam os campos circundantes, ficava a um dia de cavalgada. Torres e casas fortificadas havia muito abandonadas nos morros dos arredores foram reparadas desde que Blackstone e seus homens as tomaram de um bando de salteadores que assolavam aldeões e mercadores nas trilhas da montanha. Os bandidos não tinham um líder forte o bastante para defender as torres e, depois que atearam fogo num monastério próximo e assassinaram os monges, Blackstone e seus homens penduraram vinte mercenários em plenas vistas, e mataram outros quarenta que se recusaram a se entregar. Blackstone era um líder guerreiro que impunha sua vontade brutalmente, e seus inimigos conheciam sua reputação. Florença pagava as contas, e os homens de Blackstone vigiavam os montes com os olhos aguçados de uma águia. Não houve tempo livre entre um conflito e outro. Todos os homens carregaram pedras morro acima para reconstruir e reforçar as ruínas – Blackstone entre eles. Os inimigos de Florença empregaram outros mercenários para substituir os que o cavaleiro inglês matara, mas não se aventuravam além dos limites de seu próprio território. Não fazia sentido lutar quando havia outra escolha.

Um manto de fumaça das lareiras de Luca pairava sobre seus telhados e torres como um espírito maligno. Blackstone sentia-se contente por ter se livrado da estreiteza claustrofóbica da cidade. A ansiedade de retornar à Inglaterra, apesar do perigo que o aguardava, o empolgava. Ele se virou na sela.

– Meulon, Gaillard, Will e John. Desçam a montanha pela qual eu vim. Três quilômetros ao sul e quase dois ao leste, há uma cabana de pastor. O padre Torellini e um assustado mercador de seda estão lá... um homem os protege. Respeitem-no: é um cavaleiro. Escoltem-nos até mim.

Os homens montaram, prontos para cumprir a ordem.

Will Longdon fez careta.

– Mais um cavaleiro para obedecer e um maldito padre para tentar salvar as nossas almas – murmurou ele baixinho.

Killbere pigarreou e cuspiu.

– Você é um arqueiro! Sua alma está além da redenção. Devia torcer para morrer rápido para que padre nenhum tenha que enfrentar o demônio por ela. Ande logo!

Os quatro homens esporearam seus cavalos. Killbere dirigiu-se a Blackstone.

– Ele tem razão, Thomas. E ainda por cima um mercador de seda? Haverá resgate pago por ele?

– Ele é nosso caminho para casa. Se usarmos nossas mentes, viveremos o bastante para ver a Inglaterra de novo.

Capítulo Onze

Horas depois, Blackstone e seus homens passavam pelo desfiladeiro que levava para seu vilarejo. Bandeiras ondulavam contra um céu límpido e as tropas de Blackstone sinalizavam uma para a outra, do forte na montanha. A linha de defesa que cruzava as montanhas não fora rompida pelos últimos catorze meses, tendo a belicosidade dos homens arrefecido com as nevascas do inverno e o regime de constante fortificação de Blackstone.

Uma trilha pavimentada de pedras atravessava a vila, cujas casas apoiavam-se na encosta, pendendo sobre o amplo espaço vazio do vale logo abaixo. A cidade dominava as estradas principais da área: posição estratégica de considerável importância. Os romanos viram seu valor, e Blackstone também. As alamedas conectavam casas, nas quais seus homens viviam com suas esposas, compartilhando a cidade com os *villani* que tinham sido abusados por outros antes da chegada do cavaleiro inglês com sua companhia. Esses que detinham Cardetto antes eram aliados dos Visconti de Milão, os lordes do norte que vinham ficando cada vez mais poderosos. Pisa financiara esses mercenários pela garantia de que esta e Luca seriam protegidas contra qualquer um que viesse do sul, lutando por Florença. A proteção logo passou para a selvageria. Sem ninguém disposto a desafiá-los, a crueldade desses mercenários foi infligida contra os aldeões. Havia mais de quatrocentos desses assassinos: alemães e bretões, uma boa quantidade de húngaros que eram os mais vis dos homens e que cometiam as piores atrocidades, e as notícias espalhavam-se entre as vilas das montanhas como o fogo pelo junco num dia de agosto. Os *villani* das redondezas fugiram para salvar suas vidas, mas os apelos de socorro desses camponeses causaram pouca impressão nos luqueses. Sua cidade estava a salvo. Seus portões, fechados. Esse pessoal que se virava para morar nas montanhas era durão, adaptável; eles construiriam novas cabanas em outro lugar, era esse o argumento dos luqueses. As comunas mais próximas dos muros da cidade estavam seguras. O suprimento de comida não seria interrompido; o combustível podia ser trazido diariamente. As terríveis chacinas já não mais faziam parte da existência diária dos moradores da cidade.

– É impossível tomar a vila – os tesoureiros disseram a Blackstone. – As ruas são íngremes, e as casas espremem as *chiassi*; quase não tem espaço para passar um burro entre as construções.

Blackstone viu a dificuldade e tomara doze homens para fazer reconhecimento das encostas que se erguiam das ravinas intransponíveis de cada lado da vila. Cabanas abandonadas, choupanas de pastores de ovelhas e torres antigas havia muito arruinadas, tendo a pedra sido entregue para a grama selvagem e os espinheiros. Sua posição não era ameaça para alguém tolo o bastante de querer atacar Cardetto, mas, uma vez que a vila fosse tomada, esses pontos seriam como as asas de uma águia, amplos escudos para um bico afiado.

O cavaleiro quis se certificar de que os mercenários na vila vissem suas intenções. Por diversos dias, seus homens ficaram atrás dos escudos, bloqueando qualquer um que tentasse fugir da vila. Seus arqueiros aninharam-se nas fendas na rocha, dos dois lados. Cada homem acendeu três pequenas fogueiras para dar a impressão de que havia mais deles do que os inimigos imaginavam. À noite, mais de duas mil fogueiras brilhavam por toda a planície e o morro.

Blackstone esperou, deixando que os nervos dos defensores fossem cedendo mais a cada dia. Que esperem, dissera ele a seus capitães, eles têm comida, têm água, mas não têm a nossa vantagem, de saber quando virá o conflito. Blackstone atacaria quando chegasse a hora certa.

A neve estava alta no topo das montanhas, e o sol fraco do inverno lançava sombras compridas feito lanças sobre o rosto dos homens de Blackstone. Essas encostas mais baixas eram muito secas, visto que o vento fustigava tanto o junco quanto os homens. Os músculos doíam, e o frio endurecia a pegada nos machados e espadas.

Killbere fincou o pé no chão e meteu as mãos debaixo do manto.

– Temos que tomar logo esse lugar maldito, Thomas, antes que minhas bolas estourem e caiam nas minhas botas. Uma boa briga agitaria o meu sangue.

Blackstone fez que não.

– Amanhã, Gilbert. Prepare os homens para amanhã.

– Mais um dia? Santo Deus! Eles mal serão capazes de rastejar até lá.

— Eles correrão, e lutarão pelas ruas. Casa após casa. Farão isso porque eu também farei.

— Bem, estou ficando velho demais para correr! Farei minha matança em passo mais tranquilo.

— Quero que fique aqui e cuide da retaguarda.

— Está me provocando, Thomas? Não deixarei que me negue minha porção da batalha!

Blackstone fez que sim e ficou em silêncio. Com uma expressão quase de pena. O rosto de Killbere ficou todo vermelho.

— Você vai pelo centro, eu vou pelo lado direito.

— Muito bem. Se não achar que é íngreme demais para subir.

Foi somente o sorriso de Blackstone, logo depois do que disse, que atenuou a retrucada iminente do guerreiro mais velho.

— Aye, bem... só não se esqueça de quem salvou essas suas costas ignorantes quando você era um moleque. Quem avançou em Crécy e todo o exército acompanhou? Quem ficou na cerca viva em Poitiers, ombro a ombro com você, e encarou os malditos franceses bem de frente? Se não fosse essa sua sede de sangue pelo rei francês, eu não teria te seguido e não teria sido banido junto com você. Acho que você ficou com a memória curta desde que aquele cavaleiro alemão danado bateu nesse seu crânio duro em Crécy. Devíamos atacar hoje. Para que esperar?

Blackstone virou-se para os homens que aguardavam duzentos metros atrás deles.

— Você sempre me disse para escolher meu campo quando lutasse. Está sentindo isso? O vento está mudando. Vindo do norte. Estará nas nossas costas amanhã e assolará aquela vila. Então acenderemos as fogueiras e deixaremos a fumaça asfixiá-los e cegá-los. Será esse o momento certo de avançar e matá-los.

※

Armaram fogueiras e arrastaram moitas e lenha para elas, cobrindo-as com tufos de grama do brejo, deitados molhados aos montes por cima das chamas. Uma fumaça asfixiante afunilou-se pelas estreitas ruas, encobrindo as casas. Uma pluma grossa que logo seria como uma pira funeral.

Dentro dos casebres, mercenários lacravam suas janelas, deitavam no chão sujo, cobriam o rosto com panos, jogavam a água que encontravam por cima do corpo, ignorando os gritos de mulheres e crianças. O vento distribuía fumaça pela vila, e junto dele foram Blackstone e seus homens, pisando firme os degraus de pedra assentada, correndo até o topo por ruas vazias, não dando chance aos defensores para se organizar. Blackstone e seus homens eram silenciosos, não precisavam de esforço nenhum para derrubar portas e matar, e o único barulho vinha de suas passadas pesadas. Quanto mais homens morro acima, menor a chance de serem repelidos. Quando os mercenários finalmente juntaram suas forças e abriram suas portas, foram recebidos pela violência súbita de vários grupos de homens de Blackstone, que surgiram de trás dele e os assassinaram.

Blackstone alcançou o topo do morro, onde três casas impunham-se orgulhosas sobre os casebres de baixo. Vinte homens o acompanhavam, pondo ombros e escudos contra portas muito frágeis. Ninguém jamais ousara atacar o local antes; ninguém jamais conseguira chegar às ruas inferiores – ninguém pensara em usar o vento do norte como aliado.

Meulon e Gaillard puseram uma porta abaixo com chutes e se depararam com uma enxurrada de resistência. Seu tamanho e peso contiveram os mercenários que se lançaram à frente, mas a estreita entrada limitou seu ataque. Os dois normandos fincaram suas lanças em gargantas e virilhas, forçando outros a recuar, enquanto seus homens matavam os mercenários caídos, que se contorciam, e encurralaram outros quatro num canto. O pequeno cômodo fedia a morte. Espadas não eram páreo para lanças, e mais uma casa foi tomada. Enquanto os normandos fincavam e cortavam para abrir caminho, Blackstone forçou entrada na segunda casa. John Jacob e seus homens, na terceira. Thomas tinha Perinne ao seu lado e Will Longdon logo atrás. Uma dúzia de arqueiros apinhava as alamedas, esparramando-se em qualquer espaço que lhes permitisse usar seus arcos nos confins estreitos e para encontrar alvos nas janelas e portas. Alguns dos mercenários deram meia-volta para fugir, mas compridas flechas perfuraram espinhas e corações. Dentro da casa, crianças gritaram, uma mulher berrou, homens berraram seu desafio. Blackstone chamou Will Longdon pelo nome quando sentiu a madeira lascar debaixo de seu ombro. Com o escudo para o alto, deteve-se num esquálido cômodo mal-iluminado, onde a fumaça ainda se misturava à luz do dia. Um homem de ombros largos estava acompanhado de outros seis. Blackstone concluiu que era o líder dos bandidos, já que tinha armadura no peito e nos braços. Um dos capangas dele chutou uma mulher e a pôs de joelhos, agarrando um punhado de seus cabelos. O mercenário que rosnava segurou o filho da mulher e lhe pôs uma faca na garganta. O homem fez um gracejo sarcástico, dizendo algo numa voz gutural que Blackstone não entendeu. Nem precisava. Ia matar o garotinho. Num instante, Blackstone girou sobre os calcanhares, desviando-se da ameaça, e avançou para o homem que segurava a mulher. A Espada do Lobo voou para baixo, fendendo o homem do pescoço à cintura, seccionando a mão que segurava a mulher pelos cabelos e passando como um sussurro por um punhado de mechas escuras. Tão rapidamente ele virou e atacou, tão instintivo foi o ataque que o mercenário-líder seguiu-o com o olhar – e não viu Will Longdon, logo atrás de Blackstone, e a flecha preparada que lhe fincaria o olho esquerdo um segundo depois. O menino caiu, e a mulher correu para ele. Blackstone passou por cima dela, que deslizou por baixo dos pés do atacante, encharcada de sangue, escorregando nas entranhas do homem para alcançar o filho, que berrava.

No momento em que ela conseguiu enrolar o corpo em torno do filho, os homens restantes estavam mortos.

Mãos fortes a puseram de pé. A voz grossa de Will Longdon ordenou que ela parasse de gritar. Ele passou a mulher para os fundos, por entre os homens, para que fosse protegida pelos que estavam lá fora. Blackstone apoiou o pé no peito do mercenário-líder, libertou a flecha do crânio dele e a devolveu a seu arqueiro.

– Belo disparo, Will – disse, tirando o sangue da Espada do Lobo do punho.

– Mira ruim, Thomas – disse Longdon, aceitando a flecha suja de sangue. – Queria ter acertado o olho direito.

– Foi bom o bastante.

A vila estava tomada.

Capítulo Doze

Sentado em seu cavalo, o padre Torellini observava a vila de Blackstone. Fumaça subia dos buracos nos telhados; tecido colorido e camisas de linho ondulavam feito bandeiras em varais pendurados entre as casas. Em cada canto das estreitas passagens, homens armados faziam vigília. Por toda a encosta, bandeirolas dobravam-se com a brisa no topo de compridos postes. Os homens de Blackstone pareciam tentar transmitir informações. Torellini não entendia o que queriam dizer, mas talvez os vigias quisessem garantir que ninguém seguira seus rastros. E espalhados pela periferia da cidade havia os asseclas de costume: prostitutas, barbeiros e serviçais, todos dispostos a servir a um dono de terras, sendo pagos por seus serviços e aproveitando a proteção que ele lhes poderia conceder.

Os *condottieri* eram leais a sua companhia e aos homens que os lideravam. O padre Torellini conhecia famílias de mercadores e cidadãos ricos que juntavam a família ao redor por proteção, e esses homens eram ligados por lealdades similares. Blackstone tinha sua casa, a residência cheia de homens que o serviam, fossem eles cavaleiros, escudeiros, homens de armas ou arqueiros – nada romperia suas fileiras. E Blackstone era diferente da maioria dos comandantes. Não ficava atrás de seda fina, comida chique ou *collaterali*, aqueles trombeteiros pomposos pagos para anunciar o *status* de um comandante.

Antes do início da descida dos corredores por entre as casas, uma parede de pedra seca fora construída como reduto, uma primeira defesa para impedir qualquer um que venha escalando o solo irregular, tentando abrigar-se no dique que percorria o sopé da vila – que, supôs o padre, encharcava no inverno. O padre Torellini suspirou com austera satisfação. Não somente Blackstone criara um obstáculo para um inimigo tolo o bastante para tentar atacar a partir dessa posição, como também usara o cemitério para o propósito de defender-se. Os olhos do velho padre examinaram os montinhos – mais de cinquenta, num primeiro olhar. As cruzes de madeira amarradas com cânhamo, que marcavam cada sepultura, eram ainda mais obstáculos para um inimigo superar. Três caminhos partiam de onde ele estava, com o cavalo: à esquerda e à direita, trilhas que seriam usadas por viajantes; a terceira o levaria bem adiante, até a vila. No centro desse cruzamento havia uma forca. Não havia corpo algum pendurado nela hoje, mas, quando Blackstone executava alguém, essa morte proclamaria a todos que passassem por ali que era ele quem comandava aquelas vias.

Um abrigo simples de pedra fora construído no caminho que dava para a vila, grande o bastante para caber apenas uma meia dúzia de homens, mas seu propósito não era alocar sentinelas. Ele abrigava um crucifixo, e um muito bonito; a figura de Cristo em seu tormento, de prata sólida contra a madeira pesada e escura na qual fora pregada. Blackstone dera a seus homens um lugar no qual poderiam lembrar-se de seu Deus. Perto dele ficava outra cabana de pedra, um eremitério no qual um idoso monge mendicante oferecia suas bênçãos a cada um dos guerreiros de Blackstone. A Santa Mãe Igreja lhes perdoava os pecados. Os homens podiam guerrear sabendo que suas almas foram limpas.

Blackstone virou-se na sela e olhou para Torellini, como se pudesse ouvir os pensamentos do padre ecoando pelas encostas. E sorriu. Sabia do que seus homens precisavam, e que a oração e o perdão davam conforto não somente a eles, mas àqueles que pagavam Blackstone para lutar por eles.

– Pegamos o crucifixo de um mercador de Siena que tentou passar por nós despercebido a caminho de Luca – disse o cavaleiro.

– E o cemitério foi abençoado? – perguntou o padre.

Blackstone acenou com o rosto para o velho monge ajoelhado perante seu salvador.

– Encontramos zanzando pela encosta. Tinha tomado sol demais, mas é devoto, então pedi que aspergisse um pouco de água benta. Ele pode cantar quantas orações quiser por dia. Não escuto.

Blackstone urgiu seu cavalo adiante. Torellini ficou vendo o monge murmurar uma oração incessante, com baba pingando na barba emaranhada.

– E como ele arranjou água benta? – perguntou o padre, de longe.

– Nós roubamos.

Garotos da vila correram pegar os cavalos dos homens enquanto Blackstone e seus capitães subiam pelas passagens serpeantes. Elfred e Will Longdon conduziam o mercador de seda, cada um junto de um braço, seu ritmo e força ajudando o assustado homem a subir os degraus. As perguntas dele com relação a sua abdução até então não tinham sido respondidas: seu único consolo era que o *cavaliere*, frei Stefano Caprini, os seguia pelas ruas tortuosas. Um homem que protegia peregrinos certamente não permitiria que Blackstone o assassinasse ou torturasse. O anão de Torellini seguia na retaguarda. Meulon se incumbira de carregar o padre nas costas até o topo.

– E um burro carregou o homem santo – zombou Will Longdon.

– E o burro chutará as suas bolas se chegar perto demais – disse John Jacob, passando pelos dois, alcançando Killbere e Blackstone.

– Essa sua língua solta ainda vai custar-lhe a vida – Elfred acrescentou, resfolegando com o esforço.

– A pessoa precisa de um pouco de alegria na vida. Não que você saiba alguma coisa disso, velho – ele retrucou, depois sorriu para o rosto preocupado de Oliviero Dantini. – Entendeu?

O homem fez que sim.

– Ótimo. Melhor que a piedade, só a alegria, e a piedade só aparece nos meus lábios e no meu coração quando estou me cagando de medo de morrer. Mas a felicidade está comigo o tempo todo, contanto que eu possa atormentar esses miseráveis normandos malditos. A vida é simples.

– Seu idiota filho da puta, ele não faz ideia do que você está falando – resmungou Elfred. – Ande logo com isso.

– Claro que faz. Até os ricos gostam de piada, não é? – disse ele, abrindo outro sorriso maldoso para o confuso mercador de seda.

Longdon tirou o arco embrulhado das costas para cutucar Meulon, mas antes de estender completamente o braço, sentiu o fedor de suor no próprio ombro. Gaillard olhou para ele e o cutucou para longe. Os dois normandos lutaram juntos antes mesmo de Blackstone chegar ao castelo do mestre deles, após o confronto em Crécy.

– Cuidado, baixinho – disse Gaillard. – Se tropeçar nesses degraus, esse seu arco pode entrar pelo seu rabo e sair por essa sua boca enorme.

Longdon era, como boa parte dos demais, menos que os dois robustos normandos, cuja estatura era equiparada somente à de Blackstone, e tinha a musculatura similar à de qualquer arqueiro capaz de puxar a corda de um arco de guerra. Os anos de serviço junto do inglês faziam homens de diferentes países lutar juntos sem rancor, mas, para Will Longdon, o lugar dos franceses – normandos ou não – era de cara na lama, com uma flecha inglesa fincada entre as costelas. Não tinha medo de nenhum deles e jurava pelo sangue de Jesus que, se algum dia o humor o abandonasse, ele atacaria baixo e rápido com sua faca de arqueiro e castraria os malditos. O medo que o restringia era o da retaliação de Blackstone. Seu senhor valorizava os mais chegados.

Will acelerou o caminhar e passou por Meulon, arrastando o mercador e Elfred consigo.

– O céu favorece os de coração forte, Meulon, mas acho bom você torcer para o bom padre ter uma oração num inglês que Deus possa entender.

※

Homens que Dantini pensou serem rufiões saíram de suas casas e cumprimentaram Blackstone e seus capitães, que iam seguindo pelas ruas serpenteantes. O mercador de seda jamais vira homens de aparência tão grosseira. Era de dar medo. Quase não usavam armadura, preferindo capas de couro amarradas com cintos largos que portavam facas e espadas; alguns usavam placa peitoral de metal, outros, uma peça na coxa, sobre a lateral exposta em combate. Estavam sujos e todos sem barbear. Alguns mastigavam comida e cuspiam na sarjeta; outros empurravam mulheres para a escuridão do interior das casas quando estas tentavam espiar lá fora e ver o retorno do senhor guerreiro e seus homens. Entretanto, outros zanzavam como as gangues nos cantos de sua cidade, mas esses eram homens de origem diferente dos jovens das famílias rivais de Luca. O mercador procurou não cruzar olhares com eles, sentindo-se como um cordeirinho tentando passar de fininho por entre uma alcateia.

Eles o seguiam com os olhos.

Ninguém sorria.

Foi com alívio que ele finalmente pisou na pracinha no topo da cidade. Quatro casas circundavam o local, e a casa bem no alto da praça tinha um andar a mais que as outras, ao lado, que tinham apenas dois andares. Mulheres saíram das casas para receber os capitães de Blackstone. Prostitutas, esposas ou ambas, Dantini não sabia, mas ele notou que, quando Blackstone abriu a porta da maior das casas e abriu caminho para que o padre Torellini entrasse, mulher nenhuma saiu para recebê-lo.

Sem saber o que fazer, Dantini ficou ali parado, tentando entender o que acontecia a seu redor. Nada era como algo que já presenciara na vida. Sua atenção foi capturada pelas fileiras baixas de pedra na base da casa mais próxima, e, sem pensar, ele estendeu os dedos e acariciou os sulcos desiguais. Aquelas marcas não tinham sido feitas pelas mãos de um pedreiro ou de um escultor. Foi com susto que ele viu um dos homens de Blackstone abrir um sorriso maroto para ele, perante sua ignorância, e sacar uma flecha do cinto. O arqueiro esfregou a ponta da flecha no sulco e fez um pequeno gesto com o projétil.

– Afia bem as pontas.

Blackstone deu meia-volta na soleira da porta e dirigiu-se aos homens.

– John, coloque o anão e nosso amigo rico em quartos separados. Proteja-os. Trate-os bem. Comida e água. Uma mulher, se quiserem.

Dantini sentiu o suor secar nas costas, um tremor de desconforto que não era bem medo.

– Sir Thomas! – disse ele impulsivamente, e desejou não ter dito nada quando os presentes na praça viraram-se para olhá-lo.

Blackstone esperou até que o mercador encontrasse coragem de continuar, ocorrendo-lhe que muito em breve o homem se tornaria motivo de piada daqueles homens bárbaros.

– Eu... eu gostaria de tomar um banho.

– Claro – respondeu Blackstone. – Você poderá receber água quente em seus aposentos, ou juntar-se a mim e meus homens na casa de banho.

Dantini foi pego de surpresa. O inglês tinha uma casa de banho. Seus homens se lavavam.

– Eu... prefiro tomar banho sozinho – respondeu parcamente o mercador.

A alternativa era desagradável demais para pôr em palavras.

– E receberá uma camisa de linho limpa, Signor Dantini. Será de qualidade boa o bastante para não irritar a sua pele. Pegamos num trem de carga que seguia para Milão. – Blackstone fez uma pausa, esperando a reação do mercador. – O homem que a usava não precisará mais dela.

O comentário teve o efeito desejado. Dantini ficou boquiaberto. Blackstone acrescentou, então:

– Pedimos resgate. Ele mora num palácio e tem muito mais camisas.

Os homens na praça riram – e Dantini pôde fazer pouco mais que abrir um meio sorriso, sendo o alvo da piada do inglês.

– Não matamos todo mercador que encontramos – acrescentou Perinne. – Somente aqueles que não gostam de piada.

Blackstone convidou Torellini para dentro de casa, enquanto um dos normandos, o que se chamava Gaillard, apontou para uma das outras casas.

– Seu quarto fica lá. – E depois acrescentou: – Vai querer mulher?

Dantini fez que não vigorosamente.

– Não, não. Não quero.

– Como imaginei – disse Gaillard, e pôs a mão, que ao diminuto italiano parecia ser do tamanho da coxa de um porco, nas costas dele, gentilmente conduzindo-o na direção da porta.

O que viria a acontecer-lhe? O homem se perguntava. A que conclusão Thomas Blackstone chegaria com relação a quem entregara sua presença em Luca?

Foi impossível para ele ignorar a forca no cruzamento.

Capítulo Treze

Blackstone colocou o padre Torellini no colchão de palha, arrumado quase como uma cadeira. Tapetes de grama entrelaçada cobriam as placas de argila, e as paredes de pedra seguravam o calor da lareira, onde Blackstone empilhou mais lenha partida. A montanha de carvalho arderia por muito tempo, bem quentinha. Torellini assimilou todo o cômodo quase sem mobília. Era o alojamento de um soldado: mesa pobremente esculpida, banco em frente à janela e uma cama com cobertores na parede oposta. Disseram-lhe que havia uma latrina nos fundos da casa e que os drenos levavam água e dejetos por debaixo da praça, até a ravina numa das laterais da cidade. Mais um impedimento. Escalar em meio ao excremento era algo que poucos soldados suportavam – provavelmente apenas homens do tipo de Blackstone considerariam uma rota de ataque dessas. As fundações da cidade foram construídas pelos romanos, motivo pelo qual havia poços o bastante para que a cidade sobrevivesse mesmo que sitiada.

Duas mulheres trouxeram comida quente e mais cobertores para o idoso. Eram um pouco atraentes, e os quadris largos e os seios provocantes, gingando debaixo dos xales amarrados no pescoço, lembraram o velho padre de um tempo em que ele desfrutara dos prazeres da carne.

Os dois homens comeram em silêncio, vendo as chamas devorando a lenha.

– Essas mulheres não são suas – disse Torellini, sem dúvida.

– Não – disse Blackstone, enfiando mais uma colherada de ensopado de carneiro na boca.

– Uhum – murmurou o padre.

– Que quer dizer isso?

Torellini arrancou um pedaço de cartilagem dos dentes e jogou nas chamas.

– Um homem como você precisa de uma mulher. Todos os homens como você precisam de mulheres.

Blackstone olhou para o padre que aninhara seu corpo quebrado em Crécy, levara sua esposa e filhos para um local seguro antes de Poitiers e que servia a Deus e à riqueza de Florença.

– Deito-me com uma quando preciso – ele respondeu. – Garanto que sejam bem-cuidadas. Ninguém aqui é tomado contra a vontade.

– Você não arranjou outra esposa, não teve mais filhos – disse Torellini, fazendo parecer que puxava papo à toa, como se não se importasse com os arranjos domésticos do inglês.

Uma lufada de vento circulou pela praça e sacudiu o couro de porco esticado em frente à janela.

Blackstone raspou o prato e o limpou com um naco de pão. Encheu a boca, como que camuflando as palavras.

– Tenho esposa e filhos. Que outros pecados quer que eu cometa?

– Eu me interesso. Peço perdão. Sim, lembro-me deles.

– Eu também – grunhiu Blackstone, levantando-se de onde estivera sentado de pernas cruzadas perante o fogo.

– Não ouviu falar nada nesses últimos anos?

– Estão em algum lugar da França. É tudo que sei. Eu os perdi, mas há ainda o que aconteceu em Luca. Você tem coisas mais importantes com que se preocupar do que a minha família. Encontrarei quem me traiu.

⁂

O vapor encobria o teto do cômodo, criando ribeiros pesados de condensação que escorriam pelas velhas paredes de gesso gravadas com nomes de homens. Quanto tempo fazia que nomes e comentários eram rabiscados na parede? Mil anos? Mais? Latim e toscano, húngaro e alemão, palavras que Blackstone não sabia ler, não entendia. Homens entediados e irritados deixaram suas marcas, contando ao mundo que estiveram ali, esperando por pouco mais do que sexo e dinheiro e a barriga cheia para dormir.

Em algum momento da história, alguém pintara figuras nas paredes que se curvavam nos arcos que sustentavam o teto firmemente forjado por tijolos romanos. Elas assombravam a parede feito fantasmas no gesso, manchas azuis e terracota, rostos quebrados como guerreiros marcados num solo fraturado.

A banheira quadrada era grande o bastante para que doze homens se sentassem confortavelmente. Mulheres esquentaram potes de cobre, esmagaram ervas aromáticas na água fervilhante, depois aqueceram rolos de linho para os homens se secarem.

A casa de banho era usada somente por Blackstone e seus companheiros mais próximos – os que tinham lutado ao lado dele ao longo dos anos e que comandavam seus homens. John Jacob, Elfred, Meulon e Gaillard suavam no ar úmido. Will Longdon, de linho envolto no corpo, estava deitado bem esticado nas placas de argila. Sir Gilbert Killbere, como sempre, declinara partilhar da água dos outros. Um guerreiro antigo não consentia em banhar-se com aqueles que comandava, e esses homens ainda respeitavam a posição e o privilégio do homem. Não fosse por seguirem Thomas Blackstone, estariam todos à sombra de Killbere para enfrentar o inimigo.

Um vira-lata cuspido e escarrado. As próprias palavras de Blackstone ecoaram do passado. Como, em nome de Jesus, ele conseguia manter a rigidez do comando e banhar-se na mesma água cheia de sabão que os outros, Killbere nunca entendera. Mas Blackstone fazia exatamente isso. Uma linha fina separava a familiaridade da obediência. Que seja. Sir Gilbert tomaria banho segundo seus próprios termos.

– Fui convocado à Inglaterra – Blackstone contou-lhes.

Ficaram todos surpresos, mas cada um manteve os pensamentos para si. Ninguém disse nada. Seu mestre explicaria seu raciocínio quando lhe aprouvesse, porém o silêncio durou poucos segundos, pois logo Will Longdon expressou a sua opinião.

– É algo com que se alegrar, diria eu. Não tivemos combate algum aqui digno de menção. Defender estas montanhas é uma coisa, mas nada se compara a mover o sangue do corpo de um homem. Os traseiros desses homens estão ficando gordos como o de uma porca, mesmo com você construindo esses malditos muros quase até o céu – disse ele, acenando para Blackstone. – Inglaterra, é? Meu pau treme só de pensar. Significa que tem alguma coisa acontecendo com os franceses.

– Seu pau não tem ligação nenhuma com a cabeça, seu ignorante – grunhiu Killbere. – Levantaria feito um mastro de bandeira se até uma cabra desse uma piscadela. Tem mente própria! Santo Jesus na Cruz, Thomas, você tem cem arqueiros comandados por um aldeão idiota.

– Aye, mas é meu aldeão idiota – respondeu Blackstone. – E com a sabedoria de Elfred nas costas ele causou morte suficiente para cavar passagem para nós entre nossos inimigos.

Os homens na casa de banho demonstraram concordar, abrindo sorrisos ao ver o beligerante antagonismo da parte de Killbere. Ele sabia também que os homens precisavam de umas cutucadas, que um chute no traseiro da parte dele era um sinal bem-vindo de respeito por aqueles que o apoiavam.

– Isso é fato – disse John Jacob muito sério. – E não pode ser negado, Sir Gilbert. Devia ser escrito que a morte foi espalhada por um aldeão idiota.

Todos os homens riram, exceto Meulon, e espirraram água no já seco Longdon, que reclamou amargamente. Ele teria mostrado o traseiro caso Blackstone e Killbere não estivessem presentes.

– Você já foi traído, Sir Thomas – disse Meulon –, e uma convocação para a Inglaterra pode ser mais uma armadilha.

– É uma ordem do rei – disse o cavaleiro.

Não havia motivo para explicar o questionamento de Torellini quanto ao Grande Selo.

– Perdoe-me, Sir Thomas, mas já vimos como os reis se comportam. O rei John eviscerou meu primeiro mestre, Lorde de Harcourt, e o filho de Edward colocou-o para fora do país sob pena de morte – respondeu Meulon.

– Porque Thomas tentou matar um rei! Não se ataca o divino, Meulon, seja ele francês ou não – disse Elfred.

– Sou normando, e Sir Thomas sabe onde mora o meu coração. Eu teria matado Jean le Bom eu mesmo, se tivesse a chance – disse Meulon. Então, conduzido pelas lembranças: – Perdemos muitos bons homens para a casa de Valois. Uma causa tem de ser maior para que isso aconteça de novo. – Ele olhou para Blackstone. – O dinheiro não é motivo bom o bastante para ficarmos aqui? – Ele se virou para os outros e deu de ombros. – Quem sou eu para falar? Sou um homem comum que segue Sir Thomas. Aonde você for, eu vou.

Elfred saiu da banheira e envolveu-se com a toalha de linho. A água aquecida ainda fumegava, e era opinião havia muito defendida que bastante daquele calor poderia enfraquecer um homem.

– De acordo com os escribas, temos 245 lanceiros; são centenas de homens. Devemos marchá-los todos para casa? Fomos contratados por Florença.

– O contrato só dura seis meses – disse John Jacob.

– E já selamos três contratos – disse Meulon. – Vão querer Sir Thomas pelo tempo que ele quiser ficar.

– Encontrarão outros – disse Gaillard. – Will Longdon não está errado, Sir Thomas. Nossos dias de combate são poucos e espaçados. Nossos inimigos habitam nosso próprio território. Eles tomam o pagamento e não têm vontade alguma de morrer nos enfrentando.

Um murmúrio de acordo percorreu a casa de banho.

– Por ora, manteremos essa notícia entre nós – disse Blackstone. – Os homens ficarão sabendo dentro de poucos dias. Porém Meulon tem razão... devemos descobrir quem me traiu. E por quê.

John Jacob deu de ombros.

– Só pode ser um de três homens. Seu padre, seu anão ou o mercador. Somente eles sabiam em qual igreja vocês iam encontrar-se.

– Não foi o padre Torellini – disse Blackstone num tom que não aceitaria discussão.

– Jogue os malditos do morro – disse Will Longdon. – O que quicar é o culpado.

– Você daria um ótimo padre com tais habilidades para determinar a culpa de um homem – disse Blackstone.

Em seguida, explicou o que seria feito.

Quando os outros saíram, enquanto Blackstone se secava, Killbere permaneceu, mantendo-se teimosamente quieto.

– Pode dizer o que está pensando, agora que todos se foram – disse Blackstone.

– E o que isso me faria de bom?

– Seu conselho sempre foi considerado. Nunca dei pouca importância.

– E sua teimosia é uma defesa que não pode ser rompida. – Killbere apontou o dedo ao cavaleiro. – Muito bem! Você confia demais, Thomas. O destino coloca Torellini na sua vida. Ele já o serviu; levou sua família a um local seguro e nos comissiona com o dinheiro de um banqueiro florentino. Um banqueiro! Eles pagam pela guerra e lucram da miséria de um moribundo. Venderiam a própria mãe como escrava se rendesse um florim a mais. Como saber se não fizeram acordo com os Visconti? Como saber se o próprio rei não entrou num trato? Nosso bom rei, e eu abençôo e honro o nome dele, é muito unido aos italianos. Tão unido quanto espada e bainha. O padre pode estar enganando você a mando de *nosso* rei e mestre *dele*.

Blackstone aguardou pacientemente, mas o outro cavaleiro apenas manteve a cara feia de frustração.

– Ele continua a me servir, Gilbert. Confie em mim. Não foi ele quem me traiu.

Capítulo Catorze

Paolo, o anão, olhava pela janela para os telhados de telhas de argila. Sabia que seu mestre estava com o inglês do rosto com a cicatriz e que o padre Torellini seria detido ali, assim como ele – não como prisioneiros, mas postos em quartos como convidados relutantes até que o inglês decidisse o que devia ser feito. Havia pouco motivo para que tentassem escapar, e se havia, até onde alguém poderia ir naquelas ruas tortuosas? Os cães logo alertariam os mercenários nas casas. Não, ele concluiu, estavam bem seguros ali. Não havia medo dentro dele, somente a paciência estoica de toda uma vida de serviço. O padre Torellini tinha enorme influência. E ele sabia das conexões de seu mestre com a corte inglesa. Não havia por que recear que algum deles sofreria algum dano.

Quando pusera os olhos em Thomas Blackstone, viu um homem da altura de uma montanha, um gigante que podia esmagar um exército como uma tempestade violenta destruía plantações de milho. As lendas diziam isso. E o diminuto homem acreditava e muito. Obedecera a seu mestre e cavalgara até o acampamento de Blackstone. Ninguém matava um anão. Todos sabiam que isso dava azar. E o padre Torellini acertara. Uma mistura de superstição e respeito pelo padre florentino garantiu passagem segura para o criado.

A porta do quarto abriu-se com um rangido. Um dos mercenários da vila, homem de aparência vil cujo hálito asqueroso fez o anão recuar, trazia um prato – com um dos dedos grudentos pressionando o pedaço de pão ao carregar comida e vinho. Havia lenha para a lareira e lençóis e cobertores forneciam o calor adequado sobre um colchão de palha. O anão rasgou o pedaço sujo de pão e comeu com apetite o prato campesino. Aceitara a oferta de receber uma mulher e instruíra que aguardasse lá fora. Não havia motivo em partilhar de seu alimento com uma prostituta. Vinho entornado, o anão soltou um arroto e ficou de olho no fogo até se sentir pronto para convidar a mulher quarto adentro. Quando entrou, ela evitou olhar para ele, talvez por subserviência, talvez por medo de ser possuída por um anão. Era algo de que não fazia ideia. Os homens que costumavam pagar por seus serviços eram de todos os tipos; tinham mãos calosas, corpos marcados e em geral tocos pretos no lugar dos dentes. Mas eram homens. Apressados, terminavam logo o que queriam com ela. Nenhum jamais a machucara, porque o fato logo alcançaria os ouvidos do suserano. Um dos húngaros que se juntara à companhia de Blackstone dera-lhe um soco fazia um ano, bêbado e débil de desejo. Foi despido e açoitado. Depois disso, insultado pelo açoite, erguera uma faca, de raiva, contra o que se chamava John Jacob, mas um francês barbudo grandalhão pegou a mão do homem, quebrou-lhe o braço e cortou-lhe a garganta. Esse era um cortador de gargantas. Todos sabiam disso. Exceto o porco húngaro, ignorante. Mas e o anão? Teriam dito que não era permitido fazer mal às prostitutas? Melhor não o desafiar. Ela manteve o olhar baixo.

O anão apontou para o colchão, e a mulher deitou-se obediente, erguendo as saias, olhando de lado enquanto ele se despia, querendo que ela visse seu corpo musculoso. Os anões não eram diferentes de qualquer outro homem. Antes de ser resgatado pelo padre Torellini, ele lutara contra outros anões para os que gostavam desse tipo de entretenimento.

Ele liberou os seios da mulher e virou o rosto dela para o seu.

– Faça como eu disser – instruiu.

Era uma mulher bem alimentada. Sua barriga e os seios oscilaram com empolgada satisfação conforme ele exercitou-se sobre ela. Por mostrar pouco interesse pelos esforços dele, o anão meteu-lhe um tapa no rosto – forte, para incitar raiva e medo –, e então ela se comportou e fez tudo que ele a mandou fazer. Um anão suscitava pouco respeito no mundo, mas uma puta de vilarejo mal valia o que comia. Terminado o encontro, a mulher passou a mão no rosto para limpar as lágrimas. Enquanto abotoava a camisa, o anão a ouviu murmurar algo bem baixinho. Amaldiçoando-o, talvez?

– O que foi que você disse? – ele perguntou.

Ela fez que nada. Ele a agarrou pelo cabelo, girando tanto a mão que a imobilizou.

– O que foi que você disse? – ele repetiu.

Mais lágrimas. Com a mão, ela tentou se liberar – resfolegante –, implorando-lhe que não batesse nela de novo.

— O mercador... — ela disse, atrapalhada, procurando encontrar palavras em meio à dor.

— O mercador? O que está aqui?

Ela fez que sim.

— Que tem ele? Você abriu as pernas para ele também?

— Pague e eu conto — disse ela, desafiadora.

O anão meteu outro tapa e foi pegar a faca.

— Não queira negociar comigo, sua vadia. Que tem ele?

— Tudo bem, tudo bem... — ela implorou. — Ele disse que tem provas. Pode provar que foi você quem traiu Sir Thomas.

Ele a soltou. O medo agora era dele.

— Não diga!

A mulher acovardou-se, puxando o vestido para cobrir os seios, depois tirou o cabelo do rosto.

— Ouvi isso de um dos homens. O mercador está com medo. É tudo que eu sei.

— Saia daqui.

Não fosse por ter usufruído da prostituta, Paolo não teria descoberto a informação que agora o incomodava. Teria Dantini já falado com Blackstone? Ele pesou as possibilidades em sua mente. Era tarde demais. A vila toda dormia, a escuridão desafiada somente por um lampejo ocasional da lua por trás das nuvens passantes.

O amanhecer traria seu iluminar.

※

O quarto do mercador de seda não era menos espartano que o do anão. Comida e vinho e lenha para a lareira foram providenciados, mas o receio tomara do homem o apetite, e o calor do fogo não fazia diferença perante o frio que escalava por dentro de seus ossos. Aninhado, ele apertou mais o manto contra o corpo. Tinham lhe oferecido mulher. Santo e misericordioso Deus, estava nas mãos de bárbaros. A ele, Oliviero Dantini, que frequentara cortes de reis, ofereciam uma prostituta de vilarejo.

— Aproveite a oportunidade enquanto ainda tem — sugerira um dos soldados ingleses de Blackstone, ao colocar o prato de comida na simples mesa montada e amarrada com cânhamo. — Talvez você não passe de amanhã.

O que agarrava a garganta do mercador de seda não era uma mão concreta, tirando-lhe o ar; era o horror que o atacava pelo interior.

– Fui eu quem salvou o mensageiro. Paguei o médico, mandei chamar o padre. Fui eu quem correu o risco! – soltou ele para o desinteressado mercenário.

– Não sei nada disso. Só ouvi dizer que o anão tem prova de que foi você quem preparou a armadilha. Ele está aproveitando agora com uma puta. Vai se sair bem. É tudo que eu sei. – E então, como se tentando animar o assustado mercador: – A comida não é ruim, se tiver estômago para comer.

– Preciso falar com Sir Thomas!

– Ele não vai te arranjar comida melhor. Ele come o mesmo que todos os outros. – O homem sorriu, sabendo muito bem que não era a comida que o mercador pretendia contestar. – A cidade está dormindo. Já está quase para amanhecer – disse, e fechou a porta na cara aturdida do mercador.

Dantini jamais se sentira tão sozinho. As ideias que entretivera sobre beneficiar-se da morte de Blackstone em Luca foram efêmeras. Pensamentos não podiam condenar um homem. Somente ele e Deus tinham ciência. O Todo--poderoso não o puniria por *pensamentos*! Não era verdade. Cada padre e monge falava de como pensamentos ruins eram como um chicote açoitando o corpo de Cristo. Contudo, Dantini argumentava com a própria mente, ele pagava a Igreja! Pagava os padres! Pagava por seus pecados! Comprava seu perdão! O homem foi ao chão, rezando, com os braços apoiados no banco, os joelhos pressionando as placas de madeira para sentir a dor da contrição. Na oração ele se escondeu, sem nem pensar no tempo, e sem ideia de até quando ficou murmurando cada bendição que conhecia desde a infância. Quando o sino de um distante monastério acordou os monges para a vigília, uma das placas de madeira logo atrás da porta do quarto dele rangeu.

※

Paolo tinha escalado a cobertura e pulado para a construção ao lado. Sua força física e a agilidade lhe serviram muito bem para acessar a escadaria externa da casa em que Dantini estava alojado. As placas do piso rangeram quando ele entrou no corredor, mas logo encontrou a firmeza de uma viga debaixo da madeira e sua leveza o ajudou a mover-se rapidamente até o quarto no qual um brilho fraco de lareira e o sussurrar suave da oração escapavam por debaixo da porta. Com a palma da mão, ele pressionou a porta gentilmente, deixando-a abrir aos poucos, de modo que as dobradiças de couro protestaram quase sem fazer ruído. Nada disso foi percebido pelo homem imerso em quase total escuridão, de costas para o anão, agachado em profunda oração, cujos sussurros continuaram sem cessar quando o menor aproximou-se, de faca em punho.

Em sua mente ele visualizou o assassinato com clareza. O homem ajoelhado era o alvo perfeito. O manto e as roupas do mercador seriam grossas demais e de traçado bom demais para penetrar sem dificuldade, então ele fincaria o homem na garganta e no coração. Roubando os anéis das mãos dele, o anão deixaria que a culpa do crime recaísse num mercenário ateu. Sem tirar os olhos da figura humilde, ele virou a faca, deu um passo adiante e a ergueu. O homem à frente pareceu tremelicar por um momento – mais quatro passos e...

– Oh, Paolo, eu rezei para que não fosse você – disse o padre Torellini.

O anão vacilou, aturdido por quão subitamente seu mestre falara. O padre Torellini virou-se um pouco, tirando o manto do mercador da cabeça, mostrando o rosto para seu estupefato mestre. Paolo largou a faca. Não podia matar o homem a quem servira por trinta anos. Nem teve tempo de demonstrar arrependimento. As sombras atrás dele ganharam vida quando Thomas Blackstone deu um passo adiante e derrubou o anão com um golpe na cabeça.

Capítulo Quinze

A traição valia algumas horas de tortura, insistiam os capitães de Blackstone. Poderia haver uma conspiração maior a ser descoberta.

– Marque-o e pendure em cima do carvão – disse Will Longdon. – Um assar lento para ele ter um gostinho do que o espera no inferno.

Gaillard deu de ombros.

– Pela primeira vez, concordo com ele, senhor – disse o normando a Blackstone e aos homens ali reunidos. – Ele deve sofrer. Empale-o e plante no cruzamento.

Um murmúrio de concordância percorreu a meia dúzia de homens sentados ao redor de Blackstone na cobertura dos alojamentos dele. Killbere cutucou com um dos dedos o ombro de Gaillard. O músculo não cedeu nem um pouco, mas Killbere queria apenas que sua opinião fosse ouvida.

– Quer que Sir Thomas comporte-se como os bárbaros húngaros? Você é um piedoso de merda, Gaillard. Reza perante a Virgem, mas enfia uma lança no rabo de um homem e o coloca ali para que o mundo veja que tipo de homens nós somos!

– Então o queime, Sir Gilbert – disse Meulon na tentativa de conter a irritação de Gaillard por ter sido cutucado.

– Aye, queime-o e pendure um crucifixo no pescoço dele – disse Killbere –, e para quê? Feitiço?

– Ele é um anão, pode ser diabinho do capeta – sugeriu Perinne, e fez o sinal da cruz.

Killbere virou-se para Blackstone, que estava de costas para todos, admirando o vale e os picos das montanhas. Além da montanha branca de mármore, bem distante, estava o caminho que o levaria para casa.

— Thomas? Esses homens nos poriam em perigo com sua sede de vingança. Se quiser mutilar o anão, o azar será seu. Só traz má sorte, pelo amor de Deus – Killbere implorou ao cavaleiro inglês. – Que o padre lide com ele. A danação o expulsará para seu próprio deserto.

Blackstone virou-se para encarar o mesmo homem que o aconselhara a não ir a Luca.

— Elfred? Até onde alcança a sua memória?

— Sir Thomas? – inquiriu o mestre dos arqueiros, sem entender direito o que o mestre dissera.

— Eu era um menino quando íamos à França. Nós, arqueiros, servíamos muito bem uns aos outros; você era a voz da razão para todos nós. Nós nos sujávamos e vertíamos sangue por causa do medo, mas você e Sir Gilbert nos davam apoio. Você nos forjou, meu amigo, mas não levantou objeção quando Sir Gilbert enforcou John Nightingale por ter pegado no sono no posto. Lembra-se?

— Lembro. Aye. Ele tinha deixado o inimigo atear fogo no celeiro em que dormíamos. Perdemos muitos bons homens nessa noite.

— E depois sua posição deu-lhe responsabilidades que incluíam homens morrendo sob o seu comando.

— Sim.

— Então você é o mais experiente aqui, depois de Sir Gilbert. O que acha que devemos fazer com o anão?

Elfred sentiu a boca ficar seca. Sua incerteza ficou clara quando ele olhou tímido para cada um dos outros homens.

— Pode trazer má sorte; Sir Gilbert tem razão nesse ponto. Deus fez esses homens pequenos, totalmente formados, iguais a nós, mas ele os fez bem, e seu propósito somente ele mesmo sabe... Talvez seja melhor dar uma chance ao homenzinho...

Uma inquietude espalhou-se por entre os homens.

— Uma chance? – disse John Jacob. – Misericórdia?

— Aye. Algo assim. É isso que eu penso – respondeu Elfred.

— E assim acertaríamos as contas com Deus, você acha? – perguntou Will Longdon.

— Sim – disse Elfred.

John Jacob passou a mão calosa pela barba por fazer.

— Muito bem. Coloque-o no espeto, e eu o enforco antes de acender o fogo. Bem misericordioso. – Ele olhou para o suserano. – Sir Thomas?

Killbere falou antes que Blackstone pudesse responder.

— Eu repito: matar esse anão é trazer uma vida inteira de azar sobre todos nós.

— Isso é superstição, Gilbert – disse Blackstone.

— E eu acredito, como você acredita nessa deusa galesa pagã que usa no pescoço.

Arianrhod. Fizera um juramento em troca da proteção dela. Blackstone encontrou o olhar do grande cavaleiro.

— Ele tem que morrer, Gilbert. Aqui não se tem misericórdia com traidor. E eu mesmo o farei. Qualquer azar será meu e de mais ninguém.

※

A ameaça de tortura e a súplica do padre Torellini fizeram Paolo confessar mais do que seus pecados. Ele vendera a informação de onde Blackstone estaria em Luca aos ingleses que o pararam na estrada a caminho do acampamento dele. Eram homens de atitude grosseira, mas não pareciam ser mercenários. Paolo jurou que eram ingleses, não alemães, como os mercenários que detinham território mais ao norte. E sabiam do mensageiro, mas não de seu paradeiro ou se ainda vivia.

Fora uma barganha simples. A vida dele e de seu mestre pelo prêmio que era Blackstone. Se os entregasse, dizendo qualquer coisa, o padre Torellini também morreria. Paolo somente não contara que seu mestre buscaria a ajuda de um cavaleiro guardião do Tau para cuidar de Blackstone na cidade.

O anão implorou pela vida. Disse que fora matar o mercador no intuito de proteger seu mestre, tamanho era o amor que tinha pelo homem que cuidara dele por mais da metade de sua vida. Caso o mercador de seda tivesse provas contra o anão, cedo ou tarde o padre Torellini teria morrido sob a lâmina de um assassino. A cilada armada para o anão fora uma isca simples colocada por Blackstone para ver quem tentaria matar o outro para salvar-se. Seus homens observaram, aguardaram e, quando viram Oliviero Dantini submeter-se à oração e Paolo sair para matá-lo, Blackstone levou o padre florentino para o quarto e agarrou o fiel servo deste.

Paolo fora despido, ficando somente de camisa e roupa de baixo, posto de joelhos e amarrado debaixo do crucifixo de prata do abrigo de pedra. O monge mendigo estava além do cruzamento, cabelos e barbas ao vento como um profeta bíblico, entoando uma liturgia de oração adulterada, de olho no inglês que vinha em sua direção. Os aldeões reuniam-se logo atrás, mas nenhum deles aventurou-se a ir além de onde terminavam as casas.

A superstição os reuniu como um cão pastoreando ovelhas.

Somente os capitães o seguiram, dispostos a participar da decisão de seu suserano.

Lágrimas inundaram os olhos do padre Torellini. Ele pousou as mãos na cabeça do servo.

– Meu querido Paolo, você vendeu a vida de Thomas Blackstone. Teria deixado um grande homem ser morto para me salvar. Não posso salvar você, mas o absolvo do pecado e rezarei para que seja protegido no céu.

O anão choramingava.

– Coragem – sussurrou Torellini, juntando o anão nos braços como se fosse uma criança. – Coragem – repetiu, e recuou ao ver Blackstone se aproximando.

Paolo assentiu e tentou controlar o medo, enquanto Torellini enxugava as lágrimas do rosto do servo.

Blackstone entrou no abrigo e, sem falar nada ao outro homem, tomou a corda amarrada nos punhos do anão, puxando-o para fora. O padre Torellini fez o sinal da cruz e murmurou uma bênção, enquanto Paolo esforçava-se para acompanhar as passadas longas e determinadas do inglês em direção à forca. Como uma criança tirada dos pais, ele não parava de olhar para o padre, que parara em frente ao abrigo, de mãos unidas em oração.

O balbuciar incompreensível de Paolo era uma mistura de arrependimento e desespero. Ele implorou a Blackstone que cuidasse de seu mestre, cuja vida podia ainda estar em perigo, tanto quanto a do próprio inglês. Paolo só queria servir ao mestre. Nada mais. Nada menos.

– Perdoe-me, Sir Thomas. O que fiz, fiz pelo padre Torellini – disse ele, enquanto Blackstone lhe colocava a corda no pescoço.

Não seria uma morte fácil. Sem patamar do qual cair, para quebrar o pescoço, o estrangulamento e o quicar das pernas eram o que o aguardava.

– Você o serviu muito bem – disse Blackstone. – Eu o perdoo.

As palavras do cavaleiro pareceram surtir efeito tranquilizador no condenado. Blackstone puxou a corda.

Capítulo Dezesseis

O vento frio mudara de direção, e agora soprava do norte, e os homens juntavam seus mantos em torno do corpo, vendo a cidade de cima, todos os telhadinhos. As passagens nas montanhas foram asseguradas, mas Blackstone ainda não lhes contara sobre seus planos. Falara com Torellini e partilhara seus pensamentos. Estava claro como água que os ingleses que abordaram o anão em Luca estavam em busca do mensageiro real, sabendo que Blackstone obedeceria ao comando por ele trazido. A pessoa que enviara esses homens sabia da conexão entre o cavaleiro e o padre.

Outro dado igualmente claro era que havia maus presságios demais conectados à questão, opinião defendida por todos os capitães de Blackstone. Nem mesmo ele era imune à superstição. A caminho de Luca no dia em que fora encontrar-se com o padre, um bando de corvos pousara para bicar grãos na beira da estrada. Esses precursores da morte de costas cinzas eram diferentes dos pássaros da Inglaterra ou da França. Não crocitavam, mais roncavam o anúncio. O som gorgolejava em suas gargantas, como o cacarejar de uma bruxa. Fora um sinal por ele respeitado, que o fizera levantar a guarda. Agora os ventos de chuva sopravam mais forte. Quando veio a noite, choveu granizo nos telhados de argila.

— Eu serei um que ficará contente de deixar este lugar – disse Killbere, pondo lenha na lareira, enquanto os outros ceavam sentados em torno de uma comprida mesa. – Tornamo-nos pouco mais que putas pagas por mercadores ricos. Não lutamos mais contra o inimigo, entramos em conflito aqui e ali e matamos outras putas que são pagas por outros mercadores ricos. Não há glória para tirar disso. Não há suserano a servir. Thomas, devíamos sumir daqui o quanto antes.

Ir embora. Veja quantos administradores somos obrigados a carregar agora. Diga aos contadores, escriturários, escribas e abastecedores que não nos terão mais como pouco mais que nomes em seus registros!

– Levaremos quase mil homens à Inglaterra? – perguntou John Jacob.

– Não, ainda estamos sob contrato com Florença – disse Blackstone.

Killbere recuou no banco, dando uma cotovelada em Elfred.

– Um contrato só vale o papel no qual foi escrito. Nossa palavra e nossa lealdade estão com o rei e, se ele pediu que você retorne, então não há dúvida. Deus, o rei e a nação, Thomas.

– Não tenho nação, Gilbert. Sou um fora da lei.

Meulon, que raramente oferecia opinião, falou.

– Sir Thomas, alguns de nós aqui não gostariam de ser deixados para trás, se está pensando em ir sozinho.

Ficou claro que o guerreiro falara em nome de todos sentados à mesa.

– Gilbert, há homens, segundo sua opinião, que poderiam comandar na nossa ausência? – Blackstone perguntou.

– Uma dúzia, ou mais. Se qualquer um de nós tombasse, eles tomariam a dianteira. Pergunte a qualquer um aqui... ele dirá o mesmo. Um capitão morre, então outro tem de entrar no lugar dele. É assim que os treinamos.

– E se eu levar cem homens, quantos desertarão?

Os homens se entreolharam.

– Pouquíssimos – disse Longdon. – Tenho um punhado de arqueiros que venderia a própria alma. Cada companhia tem homens que pensam do mesmo jeito.

– Pague-os e pague-os bem. Depois escolha treze arqueiros, e cada capitão, dez homens de sua escolha. Promovam seus melhores para comandar os que ficarão. Nosso contrato não será desfeito.

– Você tem um plano para nós, então, Sir Thomas? – perguntou Perinne, sabendo que nem era preciso responder.

※

Oliviero Dantini aguardava que Blackstone lhe apresentasse sua proposta. O padre Torellini percebia o nervosismo do mercador, sem oferecer sinal algum de conforto ou compreensão do que o homem enfrentara. O enforcamento do anão fora uma visão terrível, e ele podia facilmente ver-se sofrendo o mesmo apuro caso não fosse circunspecto com relação ao que diria e faria. Um trato estava para ser firmado, isso ficara claro quando ele foi convocado de seus aposentos.

– Ouvi dizer que você não comissiona navios para negócios somente de Pisa, mas também de Gênova, que é inimigo deles – disse o cavaleiro.

– Claro; são negócios – respondeu o mercador, nervoso. – Os genoveses enviaram mercenários com besteiros para lutar contra seu rei, com navios italianos pagos pelos franceses, mas o comércio encontra sua própria rota.

– Quero que cem homens sejam levados à França. Os florentinos não podem comissionar navios sem alertar meus inimigos. Você pagará por navios de Gênova.

Dantini engoliu em seco. Isso requereria um grande desembolso de dinheiro. Sua mente pôs-se a brincar com as opções que lhe abriam. O inglês podia matá-lo sem hesitação, mas a que propósito isso serviria? Então era mais provável que, fazendo um trato, pudesse viver e até lucrar. Não seria interessante concordar para depois trair os planos de Blackstone, porque logo chegaria o dia em que uma faca lhe pararia no pescoço. Contrataria os navios e, então, usaria esses homens para escolar uma carga valiosa, porque isso garantiria que sua riqueza seria protegida. Então Torellini enviaria a notícia, em segredo, à corte inglesa, de que o mercador de Luca não somente salvara a vida do mensageiro real, como ajudara Blackstone e seus homens a retornarem. Ele ganharia lucro e teria a reputação incrementada.

Seus olhos brilharam ao pensar nisso tudo.

– Sabe como será benéfico para você – disse o padre.

Estava assim tão claro? O mercador fez que sim.

– Sei. Você e cem homens – disse ele a Blackstone.

※

Blackstone levou o padre Torellini e o cavaleiro do Tau até seus homens.

– Há cavaleiros e escudeiros franceses e ingleses em nossa companhia. Os homens votarão em quem deverá liderá-los. Sir Gilbert sabe dos meus planos. Ele viajará a navio de Gênova até Marselha, depois cavalgará até Calais com uma centena de homens.

– Milorde? E você? – disse Meulon.

– Viajarei por terra – respondeu o inglês, sabendo que o sofrimento que passara a bordo de uma embarcação jamais seria revivido se houvesse alternativa.

– Você e Gaillard não irão à Inglaterra.

O rosto barbado de Meulon contorceu-se numa careta.

— Vai nos deixar aqui?

— Não. Vocês viajarão comigo e encontrarão Sir Gilbert quando eu cruzar para a Inglaterra.

O normando deu um tapa na mesa. Aquilo era tudo que ele queria ouvir.

— Mais seguro para dois normandos ficar na França, esperando pelas minhas ordens, juntos dos demais – disse Blackstone. – Frei Caprini também cavalgará comigo, e John Jacob, e Will.

— Ao norte pelo território dos Visconti? E depois para os Alpes? – disse Elfred, incapaz de esconder a dúvida no tom de voz. O que Blackstone propunha era quase impossível. – A maioria das passagens estará fechada.

— Os monges nos darão passagem na abadia, assim como fizeram quando nos trouxeram aqui – disse o inglês.

— Sir Thomas, isso foi no outono. Agora, após as nevascas, será bem mais complicado.

— Mas pode ser feito – disse o padre Torellini. – Os monges mantêm a rota livre. Há cordas amarradas nas rochas. Se a pessoa não morrer congelada, pode atravessar.

Will Longdon abriu um sorriso forçado.

— Não me importo de subir num bote, Sir Thomas. Uns poucos arqueiros poderiam ser úteis a bordo do navio.

— O risco é grande, de qualquer modo – disse-lhes Sir Gilbert. – Tempestade ou nevasca, as duas podem muito bem matar. E já vi você se afogar ao atravessar um monte de rios desde que fomos à França. Ainda não aprendeu a nadar. Sua morte só terá valor se for a serviço de seu suserano.

— Não gosto muito do frio, era apenas isso que estava dizendo, Sir Gilbert – retrucou Longdon.

— E fala demais o tempo todo – disse Killbere. – Você irá aonde for mandado e manterá a corda do arco seca e as flechas protegidas da neve. Que Deus ajude Sir Thomas e quem mais for viajar com ele, mas sua habilidade de caça talvez seja a única coisa entre eles e a fome.

— E sabe brincar melhor do que ninguém – disse Elfred.

— E qualquer dia será enforcado por isso – disse John Jacob.

Caprini estendeu um mapa e pôs o dedo numa linha curva que serpenteava pelas montanhas e planícies ao longo da fronteira da França.

— A Via Francigena é a rota dos peregrinos que vão de Roma a Canterbury.

Os homens reuniram-se em torno do mapa. Parte do território, eles conheciam de suas patrulhas e enfrentando inimigos de Florença, mas a rota que

Caprini traçara não era familiar. Ela meneava por vales e dava a volta em cidades, cruzava densas florestas e passava no meio do que pareciam ser desfiladeiros estreitos. Os nomes de alguns lugares, eles tinham ouvido falar, principalmente mais ao norte, onde a rota os levaria entre as montanhas e o mar.

Seria uma jornada árdua. Um exército carregado podia viajar 30 quilômetros por dia numa estrada boa, e com muito esforço; um mensageiro real, quase 150, se houvesse cavalos descansados a cada 30 quilômetros, mais ou menos. Um peregrino, a pé, conseguia percorrer uns 20 ou mais por dia. Os homens sabiam, sem nem perguntar, que Blackstone os pressionaria a cobrir a distância de volta à Inglaterra num mês, com muita sorte nas costas. Eram quase 100 quilômetros de Luca a Aulla, e esse trajeto os levaria ao norte longe o bastante para virar para o oeste e cobrir os outros cento e poucos que levariam Blackstone além de Gênova, pelas montanhas.

— Em Gênova, nos separaremos – disse ele. – Sir Gilbert leva a força principal a navio até a França; seguirei pelas montanhas com meia dúzia de homens e Frei Caprini, como guia.

— Os *fratelli* do Tau fazem o juramento de proteger os peregrinos em sua jornada – disse o padre, explicando aos demais. – Conhecem cada curva. Sir Thomas não poderia estar em melhor companhia.

Will Longdon bufou.

— Aye, mas se os Visconti ficarem sabendo, Sir Thomas será encurralado numa trilha na montanha. Meia dúzia de homens? Que chance terão?

— Quanto menos, melhor – Blackstone disse-lhe. – E já corre o rumor, sendo sussurrado por criados de certo mercador de Luca, que um dos ingleses mortos na praça pode ser um fora da lei chamado Blackstone. O corpo dele e outros desconhecidos que morreram nesse dia já foram parar numa cova comum, cobertos de limão. Isso pode acalmar quem está interessado na minha morte, mas ele ficará de olho em quem subir a bordo de navios em Gênova.

— Bem... ainda prevejo problemas – argumentou Will Longdon, receoso. – Cem homens partindo sem seu suserano?

Gaillard olhou com pesar para o arqueiro.

— Seus miolos ficam perto demais do rabo. Se Sir Thomas foi morto em Luca, é provável que alguns de seus homens retornem à França e à Inglaterra – disse ele, olhando para os cavaleiros com a esperança de que seu raciocínio fizesse sentido.

Killbere gesticulou para Longdon.

– Que dia feliz quando um normando tem que explicar uma questão simples a um arqueiro inglês.

Longdon eriçou-se.

– Eu entendi tudo, Sir Gilbert. Às vezes é importante admitir que os outros também entendem as coisas.

Caprini enrolou o mapa.

– Não visitaremos nenhuma cidade ou vila nesta jornada. Descansaremos e nos alimentaremos em monastérios e abadias ao longo do caminho. Há mais de uma rota na Via Francigena. Eu os conheço. Jurei levar Sir Thomas pelas montanhas, cruzando a França até Canterbury.

– Não iremos ao norte, de Aulla, pela Via Francigena – disse Thomas. – Isso nos levará para perto demais dos Visconti. Nossos inimigos estarão de olho, mas não ousariam um ataque contra Gênova. Uma vez passada a cidade, pegaremos a mesma estrada que nos trouxe até aqui, usando outra rota de peregrinação. Quando alcançarmos os Alpes, o marquês de Montferrat nos dará passagem segura. E se meus inimigos acreditarem que ainda vivo, quando cem homens saírem navegando, pensarão que estou a bordo.

Killbere deu um tapinha no mapa.

– Gasconha é sua, Calais é nossa. Quando Sir Thomas estiver na Inglaterra, aguardaremos sob a proteção dos ingleses por nossas ordens.

Blackstone olhou para cada um de seus capitães. Viu a preocupação de todos com a aventura, mas a nenhum deles faltara disposição para encarar o perigo. Não era possível homens como aqueles recusarem.

✦

O padre Torellini abençoou a comitiva, que se preparava para partir. Cestos nas selas, cobertores enrolados e armas pessoais eram tudo que carregavam. Cada um usava um manto por cima da túnica e elmo e escudo presos à patilha. Os que iam viajar além de Gênova, pelas montanhas, não levavam mulas com provisões. Com estradas favoráveis e uma jornada sem paradas, Blackstone e sua escola alcançariam Calais em pouco menos de um mês – se ele não fosse descoberto. Agora que Dantini concordara em contratar os navios, ele seria levado com Killbere como garantia de que tudo seria feito como combinado. Blackstone permitira que o corpo do anão fosse tirado da forca e enterrado, e agora seus assuntos em Cardetto estavam quase terminados. Os capitães foram escolhidos; Elfred ficaria, como mestre dos arqueiros. Não fez objeção em ser deixado para trás. Ainda podia puxar a corda de um arco junto dos melhores dos guerreiros, cartilagem e músculos não o tinham desertado, mas ele era mais adequado para o comando, agora que antigos ferimentos e a idade o atrapalhariam de fazer jornada tão extenuante. Não se podia levar junto homem nenhum que fosse atrasar a viagem.

O padre chamou Blackstone para um canto.

– Thomas, você chegará à Inglaterra sem saber por que foi convocado. Ingleses já tentaram matá-lo aqui... vai saber que alianças foram formadas ou quem deseja ser seu assassino? – O idoso olhou para todos aqueles homens reunidos que aguardavam por seu suserano. – Em geral, você sobreviveu porque Deus assim o quis. E, sem dúvida, você acredita que sua deusa pagã o protegeu de maiores perigos. Mas sempre olhou adiante, enxergou o terreno e, então, escolheu o local onde lutar. Agora deve olhar para o futuro, porque seus inimigos estarão escondidos de você, e deve dar um jeito de matá-los antes que o matem.

Blackstone acariciou as orelhas do burro; o robusto animal carregaria o padre Niccolò de volta a Florença. Ele juntou as rédeas para o padre.

– Eles se deixarão conhecer, de um jeito ou de outro. Se for em combate, terei uma chance; se for um assassino, talvez não.

Torellini pegou as rédeas e pôs a mão na bainha da Espada do Lobo.

– Thomas, quando esteve à beira da morte em Crécy, você se agarrou a essa espada, junto ao peito. Ninguém a pôde tirá-la das suas mãos. Agora os anos passaram velozes como o lobo gravado na lâmina. A moeda de prata cortada ao meio presa em seu pomo é um memento de sua esposa... são forças inflexíveis que você carrega, mas sua espada pode não ser o suficiente para salvá-lo no futuro. Talvez agora não seja o momento, mas deve procurar aqueles que o servem, que são mais chegados, e perguntar-se quem pode estar pronto para traí-lo como eu fui traído.

Blackstone ficou olhando o padre com desconfiança, depois olhou para sua escolta. Meulon e Gaillard, homens duros feito touros na batalha e de férrea lealdade. John Jacob lutara bravamente e ajudara a salvar a esposa e os filhos de Blackstone, como fizera Will Longdon no dia em que o inglês matara Gilles de Marcy, o Padre Selvagem, nos Alpes.

– Esses homens levam minha vida junto à deles, padre.

– Claro que sim, mas... – O padre pôs as mãos nos ombros de Blackstone e o olhou diretamente nos olhos. O homem da cicatriz devolveu o olhar, e o padre Niccolò Torellini expôs mais uma vez sua opinião. – Pense na batalha. O que sabe das intenções de seu inimigo é o que traz a vitória. Deixe que minhas palavras lhe façam companhia no futuro. Quem dentre esses homens poderia traí-lo? Porque seus inimigos já sabem as suas intenções.

Capítulo Dezessete

Os dois irmãos Visconti sobreviventes, Galeazzo e Bernabò, Lordes de Milão, eram separados por dois anos de idade. A dinastia espalhara-se por fardos do norte da Itália, e esses herdeiros de cruel ambição eram mais determinados que seus ancestrais a aumentar ainda mais seu poder.

Astúcia, crueldade, avareza e matança eram as ferramentas que usavam para avançar com suas ambições. Essas Víboras de Milão quase não precisavam de paredes de proteção em torno de suas cidades, tamanho o terror que infligiam. Galeazzo, o mais velho dos irmãos, era um homem que apreciava arte e cultura, e a encorajava quando não estava realizando chacinas e guerras. A devassidão ficava mais a cargo de seu irmão, Bernabò. Um completo maluco. Perigoso e insano, de acordo com quem ousava sussurrar a verdade. Galeazzo detinha uma dúzia de cidades ao oeste e ao sul; Bernabò, o mesmo para o leste, mas seus bandos de cavaleiros, consistindo nos mais maldosos mercenários que ele pôde encontrar, patrulhavam todo canto que queriam dentro dos vastos caminhos do território. Ocasionalmente, os homens de Bernabò ultrapassavam a marca que separava as terras de Galeazzo, e os dois irmãos discutiam amargamente, ameaçando um ao outro de morte, até que finalmente Bernabò compensava o equívoco de seus homens por ouro e presentes, e aproveitava uma semana inteira torturando os que tinham cometido a transgressão – um mero espetáculo à parte de impaciente entretenimento, visto que os dois irmãos eram famosos pela *quaresima*, quando torturavam suas vítimas por quarenta dias.

E agora estavam discutindo de novo. Enquanto o irmão berrava, Galeazzo receava que sua vida estava sob ameaça.

— Você ignora sua herança! — cuspiu Bernabò. — Desperdício! Eu a abraço! Não está escrita em nenhum documento, mas a temos em nosso sangue, então não me venha pregar, irmão! Irei me vestir assim que estiver pronto. Sexo e violência me abraçam como eu os abraço.

Bernabò convidara o irmão para um banquete a fim de celebrar um momento que poderia lhes conceder certa vantagem na guerra contra o papado, entretanto falhara em aparecer no próprio jantar. Galeazzo enviara um receoso criado à procura do irmão, mas o homem retornara ensanguentado, então ele resolvera ir pessoalmente até os aposentos de Bernabò. Ao ver meia dúzia de mulheres nuas deitadas em almofadas e lençóis, informou-o de que os dias anteriores tinham sido uma orgia só. Bernabò estava igualmente nu no centro do quarto, uma garrafa numa mão, a outra coçando o saco. A barba estava emplastrada de comida e vinho, e agora brilhava de cuspe enquanto ele apontava o dedo, acusador, para o irmão. A raiva incoerente alcançara níveis perigosos, e o rugido enlouquecido do homem ficara ainda mais assustador quando alguns de seus mastins de caça enviaram seus uivos dos jardins abaixo. Bernabò tinha centenas de animais. Muitos eram selvagens, descontrolados, soltos sobre aldeões indefesos quando Bernabò saía a cavalo. E a aflição recaía sobre qualquer cuidador que permitisse que um dos amados cachorros fosse ferido. O cuidador em questão era torturado até a morte.

Galeazzo não estava preparado para ser insultado, mas viera ao palácio do irmão com menos guardas que de costume. Lutar para escapar dali seria futilidade. Principalmente se os cães fossem soltos. Três anos antes, os dois irmãos mataram o terceiro, Matteo — cujo comportamento vil excedia até os deles —, quando suas ações ameaçaram o império dos Visconti. Melhor cortar o membro doente que permitir que infeccione o corpo todo. Seria aquilo um esquema de Bernabò para matá-lo ou somente a provocação tagarela de um homem cujos excessos não podiam ser saciados? Galeazzo tinha temperamento controlado, o que fazia dele ainda mais perigoso, mas também tivera excessos dos seus quando mais jovem. Certa vez, fornicara com uma das tias e diversas outras amantes ao mesmo tempo, e essa semana de bebedeira ainda era para ele um borrão só. A única lembrança clara que tinha disso era que a mulher assassinara o marido, depois ele a matara.

— Precisamos de uma guerra de verdade! Uma guerra mesmo contra esse maldito papa! — berrava Bernabò. — Tomamos Bolonha dele, devíamos tomar Florença! Pegar aqueles toscanos malditos e queimar no carvão. Queimar tudo até o último tijolo.

Galeazzo jogou um robe de seda para o irmão. Estava a salvo. Aquilo não passava de um acesso exagerado, algo que o homem já conseguira acalmar e controlar no passado. Bernabò vinha se permitindo ter desses acessos desde que o papa ameaçara excomungá-los. Uma ameaça dessas fazia pouca diferença para Galeazzo: barganhara sua alma anos antes. Contudo, o ódio de Bernabò só fizera aumentar.

As hostilidades contínuas contra os Estados Papais lhes garantiram riquezas, no passado, devido ao sucesso de seus *condottieri*, mas havia pouco que ganhar nos últimos tempos. Bernabò vestiu o robe, mas não amarrou. Em seguida largou-se na cama, ao lado de uma prostituta bêbada.

— Essa aqui tem o melhor rabo de todas — disse ele, sorrindo; o acesso se dissipara quase tão rapidamente quanto começara.

Ele deu um tapa no bumbum da mulher, depois se curvou e beijou o avermelhado. Suspirando, o homem girou os ombros, deixando a tensão ceder.

— Florença é bela demais para ser destruída — disse Galeazzo, sentando-se num banco perante o fogo. E levou uma garrafa quase vazia aos lábios. — Arte e escultura são o que definem a nossa civilização.

— Foder e matar é o que define a nossa civilização! — rugiu Bernabò, e riu até o rosto ficar vermelho de apoplexia, momento em que Galeazzo chegou a pensar que o homem fosse engasgar e cair morto no chão. Contudo, Bernabò arquejou, cuspiu e suspirou com grande satisfação. — Podemos feri-los… um pouquinho, pelo menos. Cortar uma mão. Quem sabe um braço.

— Do que está falando? — disse Galeazzo, cansado, com pontadas de fome do jantar que não comera começando a alimentar sua irritabilidade.

Bernabò disse uma palavra sem fazer som, exagerando o movimento dos lábios. Galeazzo achou graça o suficiente para sorrir.

— Que foi? Seu bêbado tolo.

Bernabò pôs o dedo na frente dos lábios.

— Só podemos sussurrar o nome — disse, prolongando a brincadeira.

— E eu tenho que adivinhar? Você envenenou o papa? Mandou uma puta com a praga? Mijou no Arno?

Bernabò pôs a língua para fora como um dedo, depois a enrolou de volta para os lábios.

— Black-stone.

Um homem colocava-se entre eles e Florença, e esse homem era o cavaleiro inglês. Havia outros como ele — que tinha um pequeno número de soldados, menos de mil sob contrato. Mas detinham um solo que não podia ser tomado.

O atrito para os Visconti e seus aliados seria grandioso demais, caso tentassem fazê-lo. Além disso, não estavam prontos para atacar Florença. Não ainda. Mas estariam, um dia, e se Thomas Blackstone não estivesse lá para ajudar a defender a cidade, seria muito mais vantajoso.

Os mercenários deles foram vitimados pelo inglês em diversas ocasiões, mas nenhuma das atitudes dele chegara a ameaçar seu bem-estar. Apesar da reputação do cavaleiro, estava claro que Florença não tinha poderio para ir atrás dos irmãos. No inverno anterior, os homens de Blackstone mataram centenas deles que foram idiotas o bastante para invadir uma cidadezinha sem valor nos montes toscanos. Pois pagaram o preço, e os comandantes retornaram a Milão e Pavia envergonhados. E o fizeram de medo, pois a retribuição os aguardava. Esses homens deviam ter desertado e feito um lar em outro lugar. Tinham quebrado um acordo feito com Florença, e a confiança fora largada no sangue espirrado naqueles morros. Não poderiam mais enviar alguém para coletar dívidas, e Santa Marina caíra sob a proteção de Blackstone. Devolver o ataque seria custoso e sem sentido por tão desprezível pilha de pedras. Os Visconti executaram dois dos quatro comandantes que cavalgaram na vanguarda naquele dia, mas pouparam os outros. Um era um alemão que vendia seus serviços e de seus homens aos Visconti e, apesar do que foi perdido no dia, consideravam-no valioso. Caso tivessem um mínimo de inclinação romântica para o cavalheirismo, chamariam Lienhard de seu campeão. Ninguém era melhor que ele em desafio nenhum. O outro comandante era um primo favorito – embora de relação imprópria. Os Visconti não eram estranhos ao assassinato de membros da família, mas, nesse caso, matar esse primo teria causado mais um atrito dentro do clã, e nenhum dos irmãos estava pronto para mais uma guerra destrutiva para todos os lados. Quando chegasse o momento certo, alianças seriam feitas e Florença e seus tesouros seriam tomados. Os espiões das Víboras frequentavam bordéis e igrejas, câmaras de conselho de cidades-estado e quartos de pervertidos, atarracados feito carrapatos na pele de um cão.

– Que você tem? – perguntou Galeazzo, querendo pôr fim à brincadeira boba.

– Um mensageiro inglês cruzou as montanhas. Não tinha carta de passagem segura. Morreu... – Bernabò sorriu. – Depois de um tempo. Tinha destruído o documento selado que precisava entregar antes que meus homens o pegassem, mas estava a caminho de encontrar o padre de Bardi em Florença.

– Torellini?

Bernabò fez que sim.

– Então os ingleses contataram o padre. E daí? Não significa nada. Eles lidam com os banqueiros lá.

– Tem mais. Blackstone está deixando a Itália. Havia outro mensageiro, que foi para o sul.

– Você o tem?

– Tenho meu assassino.

– Nem mesmo ele pode alcançar o inglês – disse Galeazzo. – Nem sabemos se Torellini fez contato com ele.

Bernabò abriu um sorriso afetado em sua cara de maluco, com a língua balançando entre os lábios feito a de uma cobra.

– Sabemos, sim.

Galeazzo procurou manter a paciência.

– Chega, meu irmão. Conte-me o que sabe.

– Uma escrava fugiu.

※

O assassino era uma aberração, principalmente para Bernabò Visconti. Levara vida casta, nunca tendo sido visto com homem nem com mulher para os prazeres do sexo. Bernabò não ligava. Essa restrição autoimposta era uma ligadura que esganava qualquer distração. Na vida, o homem gratificava-se somente com a morte. Se algum dia Bernabò Visconti sentiu a emoção chamada amor, foi por esse homem – seu assassino perfeito.

Era *expert* em esperar pacientemente por muitas horas até que o momento perfeito para matar a vítima se apresentasse. Às vezes o golpe era desferido rapidamente, chocando por tamanha audácia, noutras ele se infiltrava no círculo do homem que estava para morrer, um mestre do disfarce simples que fazia dele tanto visível quanto insuspeito. Era versado em todo tipo de arma, habilidoso com espada e maça, mas preferia a faca. Era uma faca especial, com empunhadura projetada para melhor equilíbrio, comprida o bastante na lâmina para penetrar, afiada para seccionar e pequena o bastante para esconder. Os grandes artesãos de Pistoia eram famosos por sua arte, e eram sempre as facas destes que ele usava. Conhecia um velho muito especial, reconhecido como mestre forjador.

Anos antes, viajara para a cidadezinha que ficava entre Florença e sua inimiga, Luca; era um local onde os homens costumavam matar por vingança, encorajados pelos florentinos a resolver suas pendências depravadas em plenas ruas e praças, mantendo a violência longe de Florença. Fizera a visita em segredo, sem querer ser visto nas ruas, apesar de ninguém ter ciência de quem ele era e do que era capaz. O rosto de um forasteiro era sempre notado nessas cidadezinhas, e a desconfiança pairava no ar, pronta para virar, rápida como uma moeda a girar, num ataque brutal caso o forasteiro tivesse sido posto ali para matar alguém. Evitando as ruas mais estreitas, ele foi até o hospital Ceppo, onde ofereceu sua habilidade com medicina herbal para quem sofria com ferimentos e outras doenças. Fora-lhe ensinado como fechar cortes que iam até o osso e suturar as feridas e depois aplicar bálsamos e ervas, conhecimento a ele transmitido pela mãe, e à mãe pela avó. Após um mês, o homem desapareceu, e ninguém sabia para onde fora.

Sem ser detectado, o assassino fora até debaixo do hospital, ao labirinto que passava por baixo dos muros da cidade e muitas centenas de metros depois emergia numa alameda lateral, tão estreita que um burro com carga não poderia passar. Som nenhum de metal sendo batido escapava de trás da robusta porta que escondia a pequena fundição na qual o forjador produzia suas *pistolesi* – as adagas que os assassinos tanto preferiam. O que se ouvia, pelo contrário, era o som de lixa e pedra de molar, afiando as lâminas. Era uma tarefa lenta e laboriosa que requeria concentração para moldar o centro chanfrado da faca e dolorosamente afinar os dois lados. Ele dormiu na fundição, sem querer partir antes que a faca estivesse pronta. Ela fora cortada de um pedaço de aço e medida, para o equilíbrio; a lâmina dupla levara semanas para ganhar forma, suas faces chanfradas trabalhadas e moídas pelo aprendiz do mestre – depois levada à fornalha de carvão que brilhava com calor de um vermelho profundo e enfiada nos domínios de Satanás para ser testada pelo calor destes. Ele jamais se esqueceu de quando viu o aço ser incitado a endurecer: processo que demandava não apenas habilidade, mas anos de experiência. O carvão não podia estar quente demais, ou arruinaria o aço, e se a lâmina ficasse amarela ou azul demais, permaneceria mole em demasia. Somente quando ganhava um tom rico de carmesim por todo o comprimento, o mestre mandava o assistente mergulhá-la numa cuba de óleo de oliva. Era o óleo que selava a força da arma. A lâmina resfriada era limpa, esfregando-se lentamente os depósitos do fogo com uma pedra de moer, grosseira no começo, depois mais fina. Uma vez feito isso, a lâmina era colocada numa grelha por cima de fogo mais brando, onde se permitia que a cinza aquecesse o metal até ganhar coloração de mel da montanha. Era isso que temperava a lâmina para o aço endurecido. Mais uma vez era mergulhada, e mais uma vez polida até o metal brilhar.

O punho de castanheiro foi moldado e gravado de uma ponta a outra, depois preso num torno e, com a ponta mais estreita da adaga aquecida, ela foi enfiada no punho, madeira adentro, formando um encaixe perfeito. Uma criança, cujos dedinhos podiam amarrar fios finos de couro curado, envolveu e selou o punho. A lâmina da adaga não era mais comprida do que a palma da mão de um homem do punho à ponta do dedo. Era um objeto de beleza para o assassino de Visconti – uma lâmina tão finamente produzida que podia meter-se por entre as fendas estreitas das melhores armaduras, e suas faces chanfradas, de tão afiadas, podiam cortar a garganta de um homem a ponto de ele não saber o que acontece até engasgar-se com o próprio sangue.

Ao contrário dos que o contrataram, principalmente o cruel lorde italiano a quem ele era ligado por sangue, o assassino não sentia prazer algum em matar uma vítima, não sentia calafrios viscerais ao fazer o corte final. Mandar uma alma para encarar o julgamento era um ato que transcendia a brutalidade da tortura. Não se importava com a habilidade de rasgar carne e promover sofrimento; seu prazer vinha da perfeição da morte e da ilusão de fazer a vítima acreditar que o homem enviado para matá-la era um aliado. O sofrimento podia ser conseguido de diversas maneiras. Tome de um homem aquilo que ele ama e depois o tome assim que ele souber o que perdeu.

O assassino não tinha rosto conhecido, exceto pelo lorde corrupto. Pelas cidades-estado italianas, um sussurro espalhado sobre seu talento, como uma abelha juntando pólen de flor em flor antes de retornar à colmeia, ganharia impulso e acabaria por encontrá-lo. Ele jamais fracassara em matar sua vítima, e, normalmente, em plenas vistas. Era essa sua habilidade de matar rapidamente e em geral com gosto, depois desaparecer como um fantasma, que incrementava a lenda. Não havia nome a ele associado, nem local de residência. Suspeitava-se que morava com conforto, dados os rumores de que somente matava gente importante: mercadores, políticos ou soldados – qualquer um cuja influência começava a invadir o poder de outrem. O fato de não poder haver ligação alguma entre os que o contratavam e a morte do adversário implicava a necessidade de possuírem uma gaiola dourada de segurança – melhor do que qualquer banco de Peruzzi ou Bardi.

Já a aparência dele podia mudar; o cabelo curto permitia-lhe facilmente cobrir a cabeça com tecido preto apertado bem junto à pele. Não usava adornos ou material que pudesse alertar a vítima. Era um homem ágil, esguio como um acrobata, com músculos treinados esticados por cima de um tronco que não portava gordura, não demonstrava sinal algum de indolência ou indulgência para com os saborosos alimentos doces. Quando contratado para seguir e assassinar uma presa, não usava botas, deixando os pés nus para deslizar em piso de mármore ou na terra batida. Envolvia as pernas e o tronco em fazenda preta delicadamente tecida, sem cinto de couro para ranger quando torcido, no lugar somente uma corda fina para segurar o material ao redor da cintura. O homem aprendera a controlar a respiração de modo que o ar soprado não seria como uma pluma nas sombras geladas do inverno, e ele não seria ouvido ao inalar antes de lançar-se, nem exalar quando atacasse.

Como um dançarino, podia girar sobre calcanhares e dedões.

Um corte.

Depois vinha a dança da fuga.

Estava já no local indicado. Suas ordens eram simples. Infiltrar-se entre os homens de Blackstone, esperar, ficar invisível e, chegado o momento certo, infligir grande dor e sofrimento ao inglês. Fazê-lo gritar de agonia para que a dor lhe rasgasse o coração e ele morresse uma morte lenta.

Capítulo Dezoito

Frei Stefano Caprini liderava o grupo ao longo de trilhas envoltas por névoa, o que tornou a jornada um pouco mais morosa por alguns dias. Regatos escorregavam pelas encostas como se a pedra que brotava das margens das florestas choramingasse por ser aprisionada por raízes anciãs que as puxavam com garras de volta para a terra.

O ar solto pelos cavalos formava plumas no ar. Os animais seguiam firmes na caminhada, em fila indiana. O ranger das selas e o tilintar dos freios eram os únicos sons que quebravam o silêncio da caravana que seguia pesada pelo caminho de terra. Ao longo dos séculos, a Via Francigena fora raspada ao longo dos campos, e em boa parte do trajeto permitia que apenas dois homens andassem lado a lado, o que forçava os cavaleiros a viajar em fila única. Apesar da proximidade do homem à frente e do orvalho que pingava da copa das árvores, acima, os homens de Blackstone mantinham-se alertas enquanto passavam por esses estreitos confins. Os sacos amarrados às selas raspavam taludes; os cavaleiros curvavam-se por cima das patilhas, esquivando-se, assim, dos galhos mais baixos. Ninguém dava voz ao cansaço ou à irritação por estar cercado pela vegetação. Assim que viraram num vale, a neblina foi varrida, como se pela mão de Deus, sugada afundo nos vales mais profundos. Nove horas após a luz do sol ter fincado passagem por entre os morros, o grupo ouviu um solitário sino de igreja tocar, desolado.

Além do lombo de terra à frente, havia uma torre e umas construções de pedra, grandes o bastante para abrigar uma dúzia de monges ou mais. Um tufo de fumaça subiu e dobrou-se, sendo pego pelo ar no rastro da neblina.

– Pouco mais do que uma cela de mosteiro – disse Caprini, virando na sela para falar com Blackstone, que cutucou seu beligerante cavalo na lateral da guia. O bicho fungou e mordiscou o freio, agitando a cabeça; foi preciso dar uma puxada forte na rédea para acalmá-lo.

– Talvez uma dúzia de monges que trabalham nos campos e pastoreiam, então dormiremos com os cavalos no estábulo. Comida para nós, e o que resta da silagem do inverno para os cavalos – continuou o cavaleiro do Tau, apontando para a casa baixa de madeira do outro lado da torre. – Esse será nosso último ponto de descanso antes de subirmos as encostas para procurar os guias que nos levarão pela passagem.

– Conhece esse lugar? – perguntou Blackstone.

– Não venho aqui faz dez anos. Cresceu. Era pouco mais do que um eremitério.

Blackstone estudou o relevo do local. O pequeno planalto fora dividido em setores. Muros baixos de pedra foram construídos para proteger a pequena horta. Dieta magra para uma vida fatigante. Havia uma cabra amarrada; esta forneceria leite, não carne. O bicho agitou as orelhinhas quando um burro zurrou, desafiador. Provavelmente por ser posto em tão miserável companhia quanto a oferecida pelos monges ermitões, pensou Blackstone. Os monges deviam moer a farinha que podiam comprar ou trocar e assar pão de crosta dura, mas nenhum aroma sedutor acompanhava o filete de fumaça.

Esse era o terceiro refúgio similar em que se hospedavam ao longo de nove dias. Viajavam em ritmo firme, embora lento demais para o gosto de Blackstone, desde que se despediram de Killbere e dos homens ao sul de Aulla. Ameaça nenhuma fora feita contra eles, nem desafio oferecido quando a companhia passou por vilas e cidades.

– Quando chegar a Bordeaux – Blackstone dissera a Killbere –, vá para o norte, encontre a ponte que leva a Saint-Clair-de-la-Beaumont; ainda estará protegida pelas tropas de Jean de Grailly. Há uma igreja ali perto, e um monge chamado irmão Clement. Dei-lhe prata quando tomei Saint-Clair.

Killbere escancarou os olhos. Blackstone ergueu a mão para conter a inquisição do amigo.

– Prometi a Nosso Senhor Jesus nesse dia que, se ele me tirasse daquele barril e me colocasse a salvo na margem, eu doaria o que saqueara.

Killbere coçou a barba.

– Você é um homem de hábitos conflitantes, Thomas, mas é um homem de palavra, pelo que eu e, sem dúvida, o Senhor somos muito gratos. E agora entendo por que prefere ter o solo debaixo dos pés do que o deque de um navio.

Por um instante, Killbere ponderou sobre o que Thomas lhe pedira. A Normandia era um lugar perigoso, ainda mais desde que o rei John fora derrotado e feito prisioneiro em Poitiers. Milhares de salteadores assolavam e ateavam fogo a toda a França. Cavaleiros perdiam suas propriedades, e os fortes normandos trocavam de chefia por meio de cerco e corrupção. E o filho do rei tentava manter Paris longe das garras do avarento Charles de Navarre, que ainda tinha projetos para a coroa francesa. O lugar todo era como o ninho de um zangão irritado.

— E se Grailly tiver aberto mão do local?

— Seus homens o manterão. É importante demais para ser perdido.

Killbere ficou agitado.

— Não confio em monges nas horas mais difíceis. Débeis mentais, desertores ilegítimos e egoístas, ladrões mentirosos que roubariam de um defunto em nome do Todo-poderoso. Jamais procurariam serviço legítimo neste mundo. — Ele apertou uma das narinas com o dedo e soprou fora uma meleca. — Por que não ir adiante na Normandia e usar os homens de Chaulion? A cidadela era sua, e você deu aos monges lá mais do que umas poucas panelas de prata.

— Não. O príncipe tirou as cidades de mim. O pessoal dele o avisaria se vocês se aproximassem. Vá até o irmão Clement. Veja se usou meu presente direito; se sim, conte com ele para encontrar uma rota segura para você e os homens. Pode confiar nele; está em dívida comigo.

Dos montes, Killbere passara a observar o caminho para Gênova. Havia santuário em vistas, nas igrejas romanescas de Commenda di San Giovanni di Prè, local que protegia peregrinos e guerreiros desde a época das Cruzadas.

— Não quer reconsiderar? Há colchões de palha e comida quente ali. Pelo sangue de Jesus, Thomas, uma viagem de barco é melhor do que ficar com o rabo dolorido da sela, ainda que vomite o tempo todo. Talvez você não consiga cruzar essas montanhas. Vá de barco conosco.

Blackstone virou o cavalo.

— Gilbert, prefiro enfrentar Satanás e seus demônios com um braço amarrado nas costas a me render aos espíritos que espreitam debaixo daquelas ondas. Vá até Calais. Espere as minhas ordens.

Não houve mais o que dizer ali, e agora, dias depois, faminto, molhado e cansado, Blackstone desceu da sela, prestando atenção aos avisos do cavaleiro do Tau.

— Essa rota é pouquíssimo usada, Sir Thomas. Esses monges preferem a solidão e a oração. Uma comunidade dessas talvez nem sempre demonstre bondade a guerreiros.

Blackstone sabia que os monges podiam ser uns malditos briguentos quando não estavam alocados para cuidar dos peregrinos e ser pagos por isso.

– Pagaremos para passar, Stefano. Não vim aqui para conversar nem rezar.

※

Thomas aproximou-se lenta e cautelosamente. Uma vez além da proteção das árvores, os homens seriam vistos, mesmo por um monge devoto qualquer que tocasse seu trabalho, com a cabeça imersa em oração. O movimento era a maior franqueza de um guerreiro, quando tinha de ser furtivo. O cavaleiro parou seus soldados a trezentos passos, altura em que as sombras das árvores tornavam seu contingente indistinto para qualquer um além dali. Um dos monges ergueu a cabeça do solo pedregoso que martelava com a enxada e protegeu os olhos do sol baixo. Sua voz ecoou quando ele avisou seus irmãos monges.

– Homens armados.

Outros monges apareceram, carregando ferramentas tiradas das casas e dos campos ao redor da torre. Nem tentaram avançar juntos; não havia por que ficarem lado a lado, sendo irmãos que viviam juntos numa unidade religiosa sagrada e remota, do topo da montanha. Ficaram todos onde estavam.

– Frei Caprini – disse Blackstone. – Vá primeiro, diga-lhes que não queremos fazer mal. Assim que virem seu brasão, saberão que é verdade.

O cavaleiro do Tau fez que sim.

– Se não me sentir seguro quanto à nossa recepção, avisarei erguendo a mão direita. Do contrário, erguerei a esquerda.

O homem esporeou o cavalo adiante, deixando Blackstone e os demais no aguardo.

John Jacob veio com sua montaria até seu senhor.

– Parece bem tranquilo – disse, varrendo o planalto e os montes escarpados com os olhos, até as montanhas cobertas de neve, mais abaixo.

– Parece mesmo – disse Blackstone incapaz de esconder a dúvida no tom de voz.

A maioria dos homens lá embaixo tinha passado para o abrigo das construções. Outros tinham entrado. O medo natural de homens armados se aproximando era compreensível.

Gaillard e Meulon viraram-se em suas selas e olharam para Blackstone.

– Num lugar desses, homens desmontados estariam em desvantagem ao chegarem lá embaixo, Sir Thomas – disse Meulon. – Aqueles muros baixos e as cercas dos animais poderiam atrapalhar o confronto, se estivermos a pé.

— Ou poderiam ser usados para esconder uma emboscada — acrescentou Gaillard.

— Eu vi. E tem mais. Will? — ele chamou, urgindo o arqueiro à frente. — Olhe além dos muros da encosta. Acima do declive, depois daquelas rochas.

Uma ave de rapina plainava alto no céu, usando o ar da montanha para ganhar altitude.

— O que você vê? — Blackstone perguntou.

— O solo está remexido, como se homens e cavalos tivessem subido.

— Burros ou cabras, talvez? — perguntou Jacob.

— Pode ser — disse Thomas. — Vejo um burro numa cerca e uma cabra amarrada. Os pobres monges não devem ter mais animais do que esses.

— Consegue ver os pássaros? — disse Will Longdon. — Mais além. Bem à frente. Corvos, acho. Não tenho certeza.

— Não vejo — disse Jacob.

— Olhe além do declive, e das rochas, o solo cai num buraco e sobe de novo à direita, depois desce mais uma vez, como uma onda. Na curva da onda tem movimento.

Will trocou olhares com Blackstone, que confirmou ter visto o mesmo. Os olhos de um arqueiro eram melhores que os dos demais.

— Gralhas. Ave de rapina no céu. Tem pouca comida nesta época do ano. Uns poucos coelhos? Um veado que caiu morto? — disse Blackstone, sabendo que era pouco provável.

— Estariam na floresta. Pode ser um urso morto ou lobo — disse Jacob.

— Então haveria mais pássaros — disse Longdon.

— Podem ser homens mortos também — disse Meulon.

Blackstone viu Caprini falar com o monge, lá na frente. Ainda havia apenas um fazendo contato: o mesmo que avisara os outros da aproximação do bando. Tinham entrado nas casinhas ou parado na entrada, ou perto de um chiqueiro ou depósito de lenha. As galinhas cacarejavam no galinheiro.

— Foi uma longa jornada. Se chegou até aqui a notícia de que esta era nossa rota, antes de nós, essa é a última chance que nossos inimigos terão de nos derrotar. — Ele se virou na sela. — Will, leve Halfpenny e Thurgood. Leve os cavalos para trás. Desmonte e, no caso de os virem, faça com que vejam que vocês acham que um dos cavalos está mancando. Leve um deles para trás, ali naquele canto, onde ninguém pode ver. Prenda-o, e vocês três desçam o morro, ali entre as árvores, e encontrem um lugar para nos dar cobertura.

— Aye, Thomas — disse Will Longdon, e foi-se.

– Nós desceremos a cavalo, então? – disse Jacob.

– Assim que Caprini sinalizar. Não vamos deixar claro que não sabemos quem está lá embaixo. Somos viajantes cansados, exaustos com a jornada. Gaillard, vá largado na sela, você está doente. Diga isso aos homens. Preparem-se.

Os guerreiros aguardaram. Caprini virou-se na sela e acenou para que viessem, com a mão direita.

Perigo.

Os cavalos desceram lentamente pela encosta suave na direção dos monges, com os cavaleiros acocorados nas selas como homens que vinham cavalgando por dias, sem dormir. Homens que poderiam ser iludidos de que estavam a salvo.

Caprini entendeu tudo. Quando Blackstone chegou com o cavalo a poucos passos do cavaleiro do Tau, ele tocou o monge no ombro.

– Os irmãos aqui são de uma ordem silenciosa. Porém esse vai falar por eles.

Blackstone reparou na aparência do monge. Hábito sujo de terra, mãos calosas e encardidas. Se os outros monges fossem esguios e fortes como esse parecia ser, tudo indicava que a vida ali era dura e sofrida. No rosto do homem, a barba estava por fazer, e a tonsura não fora cuidada por dias. Talvez, num local tão remoto, o ato de lavar-se não fosse lá muito importante. Caprini virou-se para o monge e gesticulou para Blackstone.

– Esses homens estão exaustos, irmão. Não precisam de nada além de sono e comida para jantar.

Gaillard estava quase deitado por cima da patilha. Sem que o monge visse, Meulon cutucou-lhe nas costas, fazendo-o resmungar. John Jacob escancarou os olhos. Não exagerem na atuação, ele tentou dizer. Meulon apenas deu de ombros.

– E um dos meus homens está doente – disse Blackstone.

O monge assentiu. Não demonstrou sinal algum de preocupação com a chegada dos homens armados. Nenhum sinal de nervosismo por ver cavaleiros, e não peregrinos de Cristo.

– Todos são bem-vindos aqui. Mas... – e quando ele hesitou, Blackstone viu seus olhos agitarem-se como os de um vendedor de barraca negociando um corte de tecido – somos pobres reclusos. Algum pagamento, não importa se pouco, seria bem recebido como caridade.

Caprini olhou para trás, vendo Blackstone e os demais desmontando. Este permaneceu onde estava, de cabeça baixa, escondida pelo capuz do manto.

– Temos florins de ouro e prata suficientes para pagar pela hospitalidade de um rei – disse Caprini. – Transportamos fundos de Florença para o marquês de

Montferrat, para que possa manter a passagem pelas montanhas em segurança.
– O frei era bom de mentira. Baixou a voz para que somente o monge pudesse ouvi-lo. – Eles não farão mal algum. Homens bêbados e cansados dormem feito mortos. Esta era a rota mais segura que pude arranjar para eles.

– Então são todos bem-vindos – disse o monge. – Quantos homens são?

– Somos seis, irmão – disse Thomas, olhando para Caprini, cujos olhos rapidamente analisaram os homens que desmontavam.

Will Longdon e dois outros não estavam por perto. Perinne já tinha desmontado e lidava com a presilha da sela, pesquisando os arredores em busca de qualquer movimentação que pudesse avisá-lo de uma cilada.

Caprini fez sinal para o monge.

– Como pode ver. Seis.

Blackstone torcia para que, quando mandara Longdon esconder-se nas árvores, estivessem todos longe o bastante do santuário para que o esquema não fosse percebido. O monge avaliou aqueles homens cansados, mas não deixou de olhar além deles, para a trilha e a borda da mata. Não havia sinal de movimentação. Ele pareceu satisfeito.

– Então os acomodaremos o melhor que pudermos. Aqui, neste lugar remoto, raramente vemos viajantes. Um, talvez dois, por vez. Mas faremos o que pudermos. Dois homens podem dormir no dormitório, outro no estábulo. O doente deve ser levado à cozinha, pelo calor. Faremos o que pudermos por ele.

Ele apontou para três diferentes áreas, onde os homens podiam amarrar os cavalos, depois se virou e fez um aceno quase imperceptível para um dos outros monges, que estava junto da lareira. Um erguer do rosto em que John Jacob reparou.

– Monges, meu rabo – sussurrou ele a Blackstone, levando os cavalos para seu abrigo. – Estão nos separando. Facilitando tudo, Sir Thomas.

Ele e Blackstone conduziram os cavalos até onde lhes fora instruído. A expressão alerta de Caprini não passava despercebida. Os cavalos agitaram-se, e o cavaleiro do Tau murmurou:

– Tenham cautela. O dialeto desse homem não é destas partes.

O silêncio misterioso dos montes foi quebrado somente pela ocasional agitação dos cavalos e o guinchar da ave de rapina, lá no céu. Até mesmo as galinhas tinham ido dormir, talvez receosas da ameaça distante que representava o pássaro caçador. Em tamanha quietude, os homens amarraram os cavalos e tiraram as selas das costas deles. Cada um dos homens sabia que Blackstone e John Jacob já se posicionavam para um ataque que poderiam ver de trás do muro baixo ou da escuridão da casa mais próxima. Embora parecessem despreocupados, tinham olhos e ouvidos atentos para o momento que sabiam que logo chegaria. Estavam vulneráveis – mas alertas.

Meulon fez toda uma cena para tirar Gaillard do cavalo e o baixou com cuidado para sentar-se, de costas na parede, mas com a lança ao lado. O grandalhão demorou-se, desamarrando os cestos da sela, olhando por cima da cernelha do cavalo para onde um dos monges tinha sumido de vista.

O coração dos guerreiros pulsou exatas seis vezes, e então o ataque começou.

Na borda do santuário, sete homens armados saíram de seu esconderijo, batendo os pés na terra úmida como um tambor de guerra que anunciou diversas coisas que aconteceram de uma só vez.

A cabra amarrada deu um puxão na corda que a prendia, assustada com o monge que saltou de trás de uma parede e brandiu um machado contra Meulon. Este se defendeu com o cabo da lança. Gaillard se apressou a ficar de joelhos e meteu a ponta da lança bem no pulmão e no coração do atacante. Para ajudar Gaillard a soltar a lança, Meulon pôs a bota no peito do resfolegante homem. Os dois normandos recuperaram-se rapidamente, ouvindo os gritos que ecoaram subitamente quando mais guerreiros foram derrubados por Longdon e seus arqueiros, escondidos na floresta. Três homens armados apareceram do canto da construção mais distante, de espadas em punho, o rosto contorcido de medo e descrença para com o fracasso da emboscada, sabendo que não havia como escapar. E atacaram com a crença desesperada que todo guerreiro carregava consigo: de que não morreriam – não nesse dia. John Jacob avistou o cavaleiro italiano ao posicionar-se para enfrentar o ataque iminente.

– Ele precisa de ajuda – grunhiu ele para Blackstone, enquanto os dois empurravam os cavalos com os ombros, forçando os animais a ficar entre eles e os monges armados que apareceram de repente de uma das entradas.

O cavalo bastardo protestou e virou o peso contra Blackstone, tirando seu equilíbrio e fazendo-o recuar um passo. Uma flecha de besteiro rasgou o ar bem onde o cavaleiro inglês estivera um segundo antes. Um homem portava um machado em cada uma das mãos; outro, uma espada; o besteiro largou a arma agora inútil e sacou uma lança que estivera escondida no canto de um dos prédios. Eles atacaram – homens agressivos que não faziam barulho, sem tirar os olhos das vítimas em questão. John Jacob apareceu ao lado de Blackstone e ajudou a bloquear o da espada, que ficou no caminho do guerreiro dos dois machados.

Blackstone ignorou as palavras de Jacob. Caprini teria de lidar com seus próprios atacantes. O robusto Perinne derrubou um monge que brandia uma cimitarra, gingando a espada com tanta força que cortou até a pesada roupa do homem, fatiando costelas, pulmões e coração. Blackstone e Jacob defenderam-se de golpes de atacantes de olhar selvagem. Uma loucura, homens de Deus atacando com tamanha violência! Pensamentos passaram de modo rápido pela mente de Blackstone. Uma emboscada planejada para impedir que ele chegasse à Inglaterra ou somente homens disfarçados de monges querendo assaltar peregrinos? Cada um deles lutava por sua vida.

Caprini defendia-se muito bem. Recebera o ataque do primeiro homem com a guarda da espada, virou-se e meteu a faca no rosto do atacante. Sem enxergar, este caiu, debatendo-se, ignorado pelo cavaleiro do Tau, que mudou de pose, apoiou-se num joelho e acertou um segundo atacante na virilha. Com o peso, este forçou Caprini junto para baixo, mas a essa altura Meulon e Gaillard já tinham vindo ajudar o italiano. Meulon fincou a lança na omoplata do atacante, que, aos gritos, foi içado feito um peixe pescado no riacho. O normando meteu um chute no pescoço do homem, quebrando ossos, e puxou a lança. O outro homem vacilara em atacar. Os dois gigantes protegendo o cavaleiro do Tau eram uma visão aterradora, que fez falhar a coragem do homem. Ele deu meia-volta e saiu correndo, mas não viu os três arqueiros que emergiram das árvores e curvaram as costas, puxando as cordas de seus arcos de guerra. O sibilar das flechas pelo ar era inconfundível. O homem em fuga virou-se, procurando desesperadamente pelas flechas no céu, numa tentativa inútil de esquivar-se delas. Quando finalmente as viu, duas já o tinham perfurado: uma pelo peito, uma na coxa. A terceira mergulhou no solo, um metro à frente. O homem curvou-se, com os músculos se contorcendo e o corpo quebrado tentando lidar com a agonia. Já estava morto quando os arqueiros o alcançaram.

Ao matar um terceiro inimigo, Blackstone olhou para Caprini. O instante congelara-se como um quadro de bordado. Muitos jaziam mortos; o cavaleiro do Tau impunha-se sobre um monge agitado, mas logo mergulhou a espada no peito do homem, enforcando um último e aterrorizado grito.

– Pensei que fossem de uma ordem silenciosa – disse John Jacob, sorrindo ao limpar a espada com um punhado de palha.

Os arqueiros deram cabo de dois ou três homens deitados no chão, com flechas fincadas no corpo.

A matança levara menos tempo do que se levaria para soar doze badaladas num sino.

Os homens de Blackstone conseguiram defender-se. Haveria outros?

– Will? – ele chamou.

– Mais nenhum aqui! – respondeu o arqueiro.

Blackstone virou-se para os dois normandos, com suas lanças cheias de sangue. Os dois sacudiram a cabeça.

– Acabou, Sir Thomas.

– Ninguém lá dentro. Foi tudo – disse Perinne.

Nove monges jaziam mortos. Mais sete corpos estavam espalhados. Estes usavam vestes pouco diferentes das dos homens de Blackstone. Guerreiros. Bandidos, talvez.

– Dispam-nos! – Blackstone ordenou.

Capítulo Dezenove

Não foi necessário a Blackstone ordenar os outros a assumir posição defensiva. Will Longdon alocou Halfpenny e Thurgood em pontos dos quais qualquer um que se aproximasse poderia ser emboscado. Jacob foi investigar as construções. Meulon, Perinne e Gaillard despiram os monges. O cavaleiro do Tau acompanhou Thomas para onde as gralhas tinham sido avistadas.

Os dois homens descansaram por um instante, recuperando o fôlego naquele ar gelado, depois olharam para onde ocorrera a matança. Os corpos nus contorciam-se feito lesmas conforme os homens de Blackstone os carregavam para o centro do campo de batalha.

– Podem ter sido monges mesmo? – perguntou o inglês.

– É possível. Sabe-se que alguns homens perdem a cabeça quando vivem de modo tão isolado – respondeu Stefano. Ele fez silêncio por um instante. – Quem dentre nós já não vivenciou a loucura?

Blackstone permaneceu em silêncio, mas o comentário o atingira. Finque a ponta de uma flecha no peito de um homem, e as ondas de dor percorrerão todo seu corpo. Como o fazia saber que, quando lutava, Thomas ficava possuído. Pelo que… não tinha certeza.

– E você? – disse ele, observando com atenção o cavaleiro italiano, cujo olhar não abandonara o santuário maculado de sangue.

– Eu já passei por isso. E jurei a Nosso Senhor Jesus Cristo que, se Ele me tirasse disso, eu serviria aos peregrinos e todos os que foram por Ele esquecidos.

– Então por que me ajuda? Não sou peregrino. Tenho uma deusa pagã pendurada no pescoço.

Caprini sorriu.

– Você tem reputação. Muitos o temem. Eu, não. Como homem, não o conheço. Mas, como o padre Niccolò Torellini me pediu para ajudá-lo, sei que é merecedor, e deve estar a serviço de Deus.

Blackstone voltou a subir.

– Não conheço Deus. Sirvo a meu rei e meus homens. Não tenha expectativa alguma de mim além disso.

Stefano Caprini suspirou com o conforto da sabedoria.

– Você é como o padre Torellini contou. Contudo, saiba ou não, existe uma bondade interior em você que só pode resultar de ter sofrido tormento de alma.

Blackstone virou-se e apontou o dedo para o frei.

– Não venha pregar sobre quem eu sou. Não pense que entende o que faço ou por quê. Eu mato. E mato muito bem. É tudo que precisa saber sobre mim.

Os dois homens encararam-se por um bom tempo, mas logo o mais velho baixou a cabeça, assentindo. Não se acovardara perante o outro, mais moço e mais forte, contudo seu código de conduta demandava que ele fizesse reparações.

– Peço desculpas. Não cabe a mim dizer esse tipo de coisa.

Blackstone não tinha dúvida de que o cavaleiro do Tau enfrentara seus demônios e vencera, porém os dele seriam para sempre uma sombra em sua vida. Eles faziam de Thomas quem ele era.

E ele os mantinha por perto.

Como velhos amigos.

※

Sepulturas rasas tinham sido reviradas e fuçadas por salteadores. Feras selvagens rasgaram a terra e alimentaram-se do que restava dos homens ali enterrados. Ossos foram separados de troncos, uns poucos – ossos de coxas e costelas – jaziam espalhados por sobre a grama dos Alpes. Havia pouca profundidade no solo para enterrar, então pedras foram colocadas por cima dos corpos na tentativa de proteger sua santidade, mas o recurso era inadequado para conter as criaturas da mata.

Não havia lápides nem cruzes.

– Por que alguém traria os mortos para cá? – perguntou Caprini, avaliando o local, que devia ter entre vinte e trinta túmulos. – Existe um cemitério junto do santuário.

— Para escondê-los dos visitantes – disse Blackstone, puxando uma pontinha exposta de tecido para revelar os restos.

— Então esses são os corpos dos monges assassinados pelos bandidos que tomaram o lugar deles para matar os peregrinos.

O que restava da pele do defunto debaixo das roupas puídas mal escondia os ossos dele. Blackstone pôs de lado um crânio com a ponta da bota. A massa emplastada que um dia fora os cabelos do homem escorregou dali. Thomas agachou e cutucou nos restos mortais com uma faca.

— Veja você mesmo – disse ele, e foi para outro túmulo, um com melhor cobertura de pedras.

O cavaleiro tirou dali as pedras e raspou a cobertura de terra. Caprini, que examinava o esqueleto, olhou para Blackstone.

— Esse túmulo é sagrado.

— Aqui, não – disse Blackstone, expondo o crânio do esqueleto. Aquele defunto tinha restos de um chapéu e fios escassos de cabelo a ele presos. Com a ponta da faca, o cavaleiro virou o chapéu. – Esses aqui não são monges. São peregrinos assassinados por monges.

Caprini olhou desgostoso para as sepulturas. Blackstone já estava mais adiante.

— Homens de Deus, postos aqui para dar santuário aos que viajam a Canterbury e Roma, matando peregrinos inocentes – disse o frei, como se a vergonha lhe coubesse.

— Padres torturam bruxas e descrentes. A Inquisição queima o corpo de um homem até arrancar a alma. Qual é a dificuldade de aceitar? Mandarei os homens cobrirem os corpos.

Sem prestar mais atenção à indignação do italiano, Blackstone deu-lhe as costas.

— Não condene a Igreja por causa dessas criaturas vis – Caprini disse de longe. – Esses homens eram sarabitas, os mais detestáveis dos monges. São leais ao mundo e, sem um abade para tomar conta, perdem-se em meio à luxúria e à indulgência. Afrontam Deus com suas tonsuras. Não seguem regra alguma, somente o que lhes agrada. Melhor ficarmos em silêncio do que falar sobre eles.

— Então pode oferecer orações para aqueles que traíram e chacinaram. Fico feliz de saber que mandei todos para o fogo do inferno.

※

Os corpos nus de homens que um dia fizeram votos de obedecer à lei sagrada jaziam numa fileira irregular. Meulon apontou para eles.

— Não há cicatrizes de batalha em nenhum deles. Só uns poucos ferimentos curados. Nada que uma ferramenta de fazenda não possa infligir. Achou alguma coisa lá em cima?

— Peregrinos mortos. Esses bastardos cortaram-lhes a garganta ou esmagaram o crânio.

Gaillard fez o sinal da cruz.

— Minha nossa.

— John, chame Will e os outros — Thomas disse a Jacob. — E os que vieram de trás de nós? — ele perguntou a Meulon.

— São guerreiros mesmo. Têm cicatrizes nas costas de castigo...

— Ou de penitência — disse Gaillard.

— Gaillard, pelo amor de Deus. São bandidos, provavelmente desertores. Se Sir Thomas estiver certo, então esses homens trabalhavam com os monges. Pode ser que tenhamos chegado antes que eles tivessem chance de se organizar — disse Meulon, e olhou para Blackstone. — Estou certo?

O inglês fez que sim.

— Essas construções não passam outra impressão senão a que se esperaria de monges agricultores, mas, se são desertores, são desertores dos Visconti — ele disse, mostrando a todos um par de túnicas ensanguentadas com a insígnia da víbora.

— Foi planejado, você acha? Ou por acaso? — disse Jacob.

— Não pode ter sido planejado — disse Blackstone. — Como saberiam que trilha nós pegamos?

— A não ser que tenham posto homens em todas elas — o outro insistiu.

— Pode ser — Blackstone admitiu, largando as túnicas no chão. — Procurem em todo canto. Encontrem o que saquearam. Depois levem até aquela vacaria.

※

Ao cair da noite, os cavalos já estavam abrigados e alimentados. Água fresca fora tirada do poço, e os homens puderam lavar-se, tirar o sangue do cabelo molhado, para depois se reunir em torno da fogueira que Jack Halfpenny e Thurgood providenciaram. Will Longdon cozinhara ovos e matara e depenara meia dúzia de galinhas. Enquanto ele as assava e temperava, os demais puseram abaixo o dormitório dos monges, onde encontraram um estoque de moedas, anéis de ouro e tralhas de prata. Nem todos os peregrinos eram paupérrimos. Meulon e Gaillard esparramaram tudo num cobertor e levaram para onde os homens agora se sentavam, ao redor do fogo.

— E tem vinho – disse Longdon, distribuindo com Thurgood os jarros de argila, para então se sentarem para comer e beber.

— Uma porção estragou – disse Thurgood. – Com gosto de mijo e vinagre.

— Mas não o impediu de beber – disse Halfpenny. – Amanhã ele vai cagar comprido como uma espada.

— Não – disse Perinne. – O rapaz tem estômago forrado de cobre. Já o vi beber água de roupa suja com espuma por cima.

Os outros riram e grunhiram, concordando, mas logo silenciaram para retornar à carne macia de frango que tinham nos dentes. Um céu limpo brilhava com muitas estrelas, abençoando-os, e a comida quente acalmava as dores e pontadas de ferimentos menores ocorridos na matança do dia. Havia um benefício a mais na temperatura gélida do ar: ela mantinha os mortos resfriados e desacelerava a decomposição.

Stefano Caprini estava de pé, atrás do círculo de homens. Blackstone também já não estava na roda. Comera apenas o suficiente para satisfazer a fome, mas foi por pouco que não perdeu um homem na emboscada – e essa satisfação acabara com seu apetite. A comida estava boa; os homens lambiam os dedos e sugavam os ossos da saborosa galinha. Will Longdon era uma boa companhia para cavalgar. Fazia comida melhor do que muita gente. Se havia pássaro para caçar ou veado para derrubar, Will encontraria. Sempre. E quando cozinhava não havia pessoa que não apreciasse a oferenda. A mãe, prostituta, o abandonara quando ainda era criança, e uma lavadeira numa vila ficara com pena – e com o xale da mãe dele, como pagamento – e passara a alimentar o menino. Devia ter sido ela quem lhe ensinara a cozinhar, pensava Blackstone, embora jamais tivesse tirado a dúvida. Quem entre os homens sabia a história da própria família? A dele mesmo era vaga – mãe francesa que amaciara o coração de um arqueiro inglês e morrera dando à luz o segundo filho. Cada um dos homens tinha a sua história. Um dia poderiam descobrir como eram.

— Não podem ficar com isso aí – disse Caprini, referindo-se à pilhagem reunida no cobertor.

Meulon ergueu os olhos para o italiano, mas logo se virou, voltando a atenção para a suculenta coxa de frango.

— Não podemos? – disse Jacob. – Ou não devemos?

Thurgood e Halfpenny olharam feito bobos para os demais. O nariz do primeiro fora entortado por muitas brigas de bar; agora estava tão entalado quanto o restante dos traços do rosto enquanto o rapaz tentava entender que desafios estavam sendo suscitados. O cavaleiro italiano quase não falava. Jacob jogou os ossos que tinha na mão no fogo e olhou para Blackstone.

– Meus homens mataram outros que os tentaram matar – disse.

– Está maculado de sangue – insistiu o cavaleiro do Tau.

Will Longdon bufou.

– E minhas mãos estão pingando gordura de galinha, mas vou lamber os dedos e saborear a terra do solo e o sangue daqueles homens. É o que nos cabe por nossos esforços.

Blackstone ficou observando a reação de seus homens. Um estranho colocar-se entre eles e a recompensa poderia resultar numa situação das mais complicadas, e sua posição não podia ajudá-lo. Já não eram mais um exército do rei; eram uma companhia que escolhia seus próprios comandantes.

Gaillard ficou de pé, parecendo ainda maior com a sombra produzida pela luz da fogueira. Ele encarou o cavaleiro do Tau, mas logo deu meia-volta, murmurando.

– Preciso mijar.

Blackstone entendia seus homens. Gaillard concordava com Caprini, mas não queria sobrepor-se a ninguém.

– Estamos viajando rápido – disse Meulon. – Não é hora de começarmos a carregar peso a mais. Mais uma luta dessas e logo vamos precisar de um cavalo de carga. Melhor deixar as coisas como estão.

O normando podia estar se referindo ao clima. Não parecia estar criticando Will Longdon por querer ficar com o saque.

– Calma lá – disse Thurgood. – Concorda com o italiano? É isso que está dizendo? Eu fiz minha parte na matança de hoje, e no enterro dos pobres coitados mortos por aqueles monges. Umas moedinhas e umas tralhas não vão ser peso para mim.

Foi John Jacob quem falou a dolorosa verdade.

– Está manchado com sangue de peregrinos, rapaz. Daremos à próxima igreja que encontrarmos.

Do modo como foi dito, não havia como argumentar. Longdon viu a expressão e o olhar do homem de armas. Ele mal podia olhar na direção do arqueiro.

– Por que não? – disse Longdon. – Brinquemos de Bom Samaritano e damos aos pobres coitados que realmente precisam, que tal?

O centurião conhecia bem a sua função. Permitir que uma divergência inflamasse era o caminho mais rápido para incitar conflitos internos. Blackstone arriscara-se pondo cem arqueiros nas mãos de Longdon para comandar na companhia e agora, mesmo com apenas dois homens, foram por ele selecionados. Continuava sendo um sacana que roubaria um par de sapatos de um morto, como todos os demais, contudo não permitiria que um de seus arqueiros causasse discórdia, principalmente em tão pequeno bando de homens cujo objetivo era levar o mestre de volta à Inglaterra.

– O quê? Não. De jeito nenhum! – disse Thurgood.

Longdon lambeu os dedos.

– Além disso, sua flecha errou feio o alvo quando aqueles homens puseram-se a correr.

– Eu usei a faca! – disse Thurgood na defensiva. Todo arqueiro sabia quando seu disparo tinha sido bom ou não. – Cortei tantas gargantas quanto todos aqui.

Longdon ficou de pé e juntou as pontas do cobertor.

– Não está aqui para usar sua faca, garoto. Qualquer soldado imbecil, tirando os que estão entre nós, claro, sabe fazer isso. Você está aqui para derrubar seu inimigo com uma flecha. Para garantir que não tenhamos que sair por aí cortando gargantas.

Essa fala quebrou a tensão. Quando terminou a censura, Will já tinha juntado o cobertor e entregado a Caprini.

Thurgood parecia muito confuso. Verdade que errara – uma vez. Mas isso era razão boa o suficiente para que lhe fosse negada sua parte dos espólios? O rapaz olhou de homem em homem, que sorria ou dava de ombros. Caso encerrado.

Blackstone foi até a fogueira e jogou ali seus ossos de frango.

– Deixaremos que o italiano carregue esse peso a mais. Considero justo, não acha, Robert? – disse ele, pondo a mão com camaradagem no ombro de Thurgood.

A pergunta fez o arqueiro dissolver sua confusa insatisfação rapidamente.

– Aye… creio que sim, Sir Thomas. – E mais assertivo e definitivo, como se realmente tivesse tomado a decisão correta, acrescentou: – Acho justo sim.

Caprini agradeceu a Longdon e aceitou dele o cobertor amarrado.

– Seu querido e sortudo Thomas está aqui, senhor cavaleiro. Eu? Eu teria colocado as tralhas em volta do pescoço, as moedas na bolsa e os anéis nos dedos – disse Longdon, num tom um pouco mais alto que o sussurrar.

O frei pareceu não ligar.

– Mas um arqueiro inglês precisa empunhar o arco de guerra e puxar uma flecha sem impedimento. Usar anéis nos dedos tornaria você menos eficiente. Tem certeza?

Will Longdon virou-se, chupando os dentes. Cavaleiros espertinhos. Eram todos iguais, não importava de onde vinham.

※

Os primeiros raios de sol tocavam os vales quando os homens ficaram prontos para cavalgar. O burro e a cabra foram amarrados atrás de um dos cavalos. Mais dois dias levariam até os monges na passagem. Os animais serviriam como contribuição para a ajuda deste, assim como o saque, que agora estava amarrado às costas do burro. Thurgood fora persuadido de que um burro seria mais adequado para carregar do que o cavaleiro do Tau, que era preciso como guia. A segurança dos homens ainda jazia nas mãos do italiano – foi esse o argumento. E vejam só onde ele nos levou, Thurgood resmungara. Então mais motivo ainda para se certificarem de que os monges que os guiariam pela passagem se sentiriam suficientemente recompensados, foi a resposta devolvida. Foi Thurgood quem amarrou a cabra e o burro numa rédea solta atrás de seu próprio cavalo.

– E, quando tivermos sede, você pode ordenhar a cabra para nós – disse Halfpenny.

– Isso se ele souber a diferença entre o burro e a cabra – disse Will.

O humor dos homens ficava assim, indo e vindo. Blackstone estava na vacaria junto de John Jacob. Os mortos já tinham sido jogados ali dentro sem cerimônia, e seus corpos, cobertos com qualquer coisa que pudesse queimar – colchões, bancos e, finalmente, punhados fartos de lenha –, depois sebo e óleo foram espalhados e derramados.

Blackstone olhava para aquela carniça toda. Dois homens esperavam do lado de fora com tochas flamejantes. Jacob juntou um punhado de roupas dos bandidos.

– Você já as viu, Sir Thomas – disse, puxando o tecido de lado para que o brasão bordado, embora gasto, no peito esquerdo fosse visto. – Homens dos Visconti. – Ele fez o mesmo com outra túnica. – Já esse símbolo, eu não conheço. Parece alemão ou húngaro. – O guerreiro passou o dedo pelas cores em alto-relevo, mais sujas de sangue que as demais, e mesmo assim menos distintas. – Estes eram homens que lutavam pelos Visconti. Mas por que estariam aqui? Neste lugar abandonado? Matar peregrinos era assunto dos monges. No máximo, teriam atrapalhado.

Jacob jogou as roupas na pilha de corpos.

– Se estavam atrás de você, deviam ter homens alocados nas rotas principais da Via Francigena. Este deve ter sido o último lugar ao qual esperavam que você fosse viajar, mas um bom local para uma emboscada, contando que estaríamos com a guarda baixa. Daqui passaremos ao território de Montferrat. Os Visconti não têm motivo para gostar dele, mas não é provável que mandem homens tão ao oeste numa expedição para caçar você. Ou é coincidência... ou esses homens aqui estavam esperando por você.

E isso só podia significar traição.

– Bote fogo – disse Blackstone.

Quando a comitiva passava pela crista da montanha, a fumaça preta da pilha funeral já estava bem alta no céu, um sinal para qualquer um além do horizonte de que, se o ocorrido fora uma tentativa planejada de assassinato, quem quer que tentara matar Blackstone fracassara. Dias passariam até que a informação chegasse aos mandantes do assalto. De monge ermitão a peregrino itinerante, a notícia correria de vila em vila até alcançar as patrulhas de *condottiere*. A verdade tornar-se-ia rumor, depois lenda. Thomas Blackstone, a praga de seus inimigos, seria visto como o cavaleiro inglês que matara monges inocentes que lhe ofereceram abrigo e descanso.

Capítulo Vinte

Havia 23 passagens que cruzavam os Alpes. Príncipes transalpinos controlavam aquelas que levavam a seus territórios, rotas que foram estabelecidas quando o homem questionara pela primeira vez o que havia além da montanha seguinte. Grandes guerreiros, como Hannibal, alcançaram algo que parecia impossível, e as legiões de Roma viajaram passando debaixo das imensas sentinelas cobertas de neve. Ao norte havia o São Gotardo, usado pelos milaneses para estender sua influência – riqueza, produtos e finanças – para a terra dos alemães. Mais ao sul havia o passo de Brennero, que dava aos venezianos e aos florentinos acesso pela França para Flandres e Inglaterra. Mesmo em pleno inverno, pessoas e carroças podiam atravessar as passagens usando trenós. Contudo, a barriga dos Alpes era a rota que Blackstone havia tomado quando lutou "La Battaglia nella Valle dei Fiori" e tomou a cidadela que protegia a rota das mãos de um dos capitães dos Visconti. Era uma passagem traiçoeira, que forçava os homens a abrirem caminho por campos de neve e gelo. Quando começava o degelo, os monges que guiavam os viajantes por essas passagens estreitas tentavam recuperar os corpos, mas, em geral, a montanha não abria mão deles.

Exceto por comida quente e cavalos novos para seus homens, Blackstone declinou mais hospitalidade oferecida pelo marquês de Montferrat. Montarias descansadas foram concedidas gratuitamente aos homens, embora o cavalo de guerra de Blackstone ainda tivesse ânimo e força para prosseguir. A criatura era como o mestre – capaz de ignorar a privação e a dificuldade da natureza. Eram adequados um ao outro.

– Fique – disse Montferrat. – A neve vai dificultar a viagem este ano. Até mesmo os monges perderam alguns deles para os deslizes de gelo. Há mulheres aqui para os seus homens... e já foram pagas.

O homem sorriu, pois vinha ganhando bons lucros graças a Thomas Blackstone e ao papa. Quando o cavaleiro lutara a Batalha do Vale das Flores, na fronteira, e tomara a cidadela, Montferrat obteve controle de uma rota-chave para a Lombardia. A câmara papal e a cidade de Gênova pagavam ao marquês cem mil florins para que ele permitisse que mercenários passassem pelas montanhas para infligir terror e destruição contra os governantes milaneses e seus mercenários alemães. Gênova, como o papa, era inimiga dos Visconti.

– E ganho também das tropas que passam pelo castelo que você tomou. – O marquês ergueu a taça de vinho, saudando o inglês. – Nunca vai precisar pagar por nada no meu território, Sir Thomas.

Blackstone sabia que o clima ferrenho que varrera todo o norte nesse inverno teria reclamado qualquer outro dos mensageiros do rei – caso tivessem sido enviados. Samuel Cracknell velejara da Inglaterra; o navio não soltara da costa. Foi questão de infortúnio ele ter sido soprado fora da rota, caindo nas mãos dos pisanos.

– Ouviu falar de alguém da Inglaterra que tenha cruzado a passagem nessas últimas semanas? – ele perguntou.

– Além de bandos de salteadores e mercadores imprudentes que achavam que estas terras estavam prontas para a exploração? Nada.

Blackstone observou bem a resposta do marquês. Não captou artimanha ou engano nas palavras dele. Talvez só tivessem enviado mesmo um mensageiro, afinal.

– Somente mercadores, então – disse o inglês.

Montferrat riu.

– Pela Santa Cruz, era de se esperar que soubessem que os italianos são os mestres dos negócios. Aqueles pobres coitados se lançam pelas passagens. Vêm fazer dinheiro, e são assolados por doença e guerra, assim como vocês, mercenários. – Ele fez uma pausa. Tanto quanto Blackstone estudara o anfitrião, também este avaliara o convidado. Os dois homens eram pagos pelos serviços que forneciam aos pagantes. Por que Blackstone estava dando as costas para o dinheiro de Florença? – Ninguém faz o caminho de volta por essa passagem, não nesta época do ano. Por que mais seria chamada de Portão dos Mortos? Não por causa desta terra *abençoada*. Fique aqui e morra aqui.

Blackstone não deixou passar o significado dessas palavras. As cidades da Itália podiam viver em constante guerra, mas não era nada se comparado à nação assolada que era a França.

Montferrat cutucou os restos de comida em seu prato e jogou aos cães deitados por perto, que esperavam com ansiedade por uma migalha.

– Arrisca-se demais vindo tão longe para o norte. Como sobreviveu na Toscana todos esses anos, eu não sei. Os Visconti não querem nada mais que enforcá-lo e arrancar-lhe as tripas. Acha que os húngaros são uns malditos cruéis? Nada se compara a esses irmãos. – Montferrat chutou um dos cachorros de debaixo dos pés. O bicho ganiu e saiu correndo. O marquês, então, inclinou-se à frente para ser bem assertivo. – Quando o papa ameaçou excomungar Bernabò, este mandou despir quatro freiras e um monge e pôr numa jaula. Assou-os vivos. Ele odeia a Igreja. E todos que lutam por ela.

– E você – disse Blackstone.

– E eu. Embora eu seja mais somente mais um guarda de portão atualmente.

– Você é um nobre piemontês. Tem influência, e isso lhe dá informação.

Montferrat deu de ombros.

– Um pouco – ele concordou, não enganando ninguém com a tentativa de bancar o humilde. Sabendo o que Blackstone estava perguntando, abrandou-se. – O que fiquei sabendo foi que você abandonou o serviço de Florença e retornava à França, ou pelo menos os que estavam interessados achavam que era a França.

Blackstone não queria entregar nada. Os rumores sabiam como espalhar-se feito uma praga.

– Ou talvez não vai à França? – disse Montferrat.

– Vai saber.

O marquês deu de ombros de novo.

– Ouvi dizer que pegou um navio em Gênova. E, se eu ouvi, seus inimigos também ouviram.

– E quem estava interessado?

– Os Visconti. Os alemães. Os húngaros. Capitães de outra companhia. Nobres franceses que perderam posses para você. Mercadores italianos roubados por você. Todos que querem vingar-se de você. A Virgem Maria, por que não? Não foi você que crucificou o filho dela, por acaso, foi?

Blackstone tomou o último gole de vinho e afastou a cadeira da mesa.

– Muito obrigado pelos cavalos e suprimentos. Partiremos após as matinas.

– Thomas, você chegou até aqui; seja lá quem quer vê-lo morto, terá de esperar até que passe por essas montanhas. Porque agora sabe que você não partiu com seus homens, em Gênova.

Montferrat brincava com a faca. Ele podia facilmente ganhar dinheiro informando aos inimigos de Blackstone o local para onde este seguiria. Mas assim corria o risco de perder a generosidade do papa. Então, vai saber, pensou ele, poderiam até usar Blackstone para tomar de volta a cidadela, lançar milhares de bandidos pela passagem e sitiá-la.

– Suas intenções estão seguras comigo – disse.

– Nunca duvidei disso – Blackstone respondeu.

Contudo, o marquês não soube dizer com certeza, ao ver o sorriso do inglês, o que este realmente quis dizer.

※

A neve espiralava em turbulenta vingança contra aqueles que ousavam passar por entre as montanhas. Ela procurava os desfiladeiros e encostas rochosas, punindo os guias que tentavam cruzar a passagem, empurrando e puxando trenós de vime portando os passageiros. Os aldeães italianos recebiam bom pagamento para levar os viajantes pela passagem, mas eram os monges do mosteiro do lado francês das montanhas que tinham atendido os peregrinos por cem anos e conheciam cada canto, e era neles que Blackstone confiaria para levar seus homens de volta para o local de onde partiram em jornada dois invernos antes.

– A ambição dos aldeães já matou muitos na semana passada – disse o monge de rosto moreno para Blackstone, enquanto aguardavam do lado de cá da montanha, protegidos dos ventos.

O monge parecia ter menos do que os 28 anos de Blackstone, mas a este era impossível dizer a idade dele, vendo-o juntar uma corda de cânhamo numa grande volta, que ele amarrou e pendurou no corpo. Esses monges podiam ter o dobro da idade que pareciam ter – vai ver os passos no alto da montanha os traziam mais para perto dos domínios de Deus, e este os abençoava por sua piedade e coragem. O homem lhes dissera que se chamava irmão Bertrand, um noviço, nascido e criado nas vilas da montanha e levado enquanto órfão para o mosteiro, ainda quando criança. Agora ele acrescentava que o passo estava congelado do lado de cá da montanha, porque o vento do norte tinha descido, varrendo tudo, dos picos mais altos. Uma vez alcançada a metade do caminho, tudo ficaria mais fácil, e a descida causaria menos dificuldade.

Blackstone estudou o jovem. Tinha um sorriso bobo costurado na cara. Aquilo por acaso indicava que estavam nas mãos de um idiota? Jovem, velho ou idiota – fazia diferença? O homem era o guia da montanha. A estrutura frágil do monge podia enganar um olho destreinado quanto à força dele – de fato, toda uma vida de jejum e oração podia enfraquecer alguns homens –, mas se ele tinha escalado e viajado por essas montanhas desde que fora morar no mosteiro, então seu corpo esguio podia ser tão maleável quanto o arco de um arqueiro inglês. Um guia em que se podia confiar para levá-los para casa.

– Você não fará nada, Sir Thomas, enquanto eu não mandar. E obedecerá a tudo que eu disser enquanto não chegarmos ao outro lado – disse o monge. – Se um homem cair, estará nas mãos de Deus, não nas nossas. E não paramos no caminho. Lembra-se?

Blackstone lembrava-se e bem. Era um dos passos mais difíceis de atravessar, mas, quando ele guiara muitas centenas de homens para a Itália num clima ameno, o trajeto fora menos desafiador. Perdera menos de meia dúzia de homens durante essa jornada. O solo estava seco, os ventos do outono ainda não tinham se reunido em torno dos picos. O sol aparecera por entre as nuvens naquele dia como uma luz divina mostrando o caminho através do Portão dos Mortos.

Agora estava bem diferente. Os golpes imprevisíveis de vento podiam erguer um homem do tamanho de Meulon e jogá-lo lá para baixo. Não houve discussão alguma da parte de Blackstone nem daqueles que já haviam feito a mesma perigosa jornada com ele.

Os ventos esbofeteavam a encosta da montanha, por isso os homens mantinham-se o mais perto possível da face rochosa. Seus cavalos foram vendados, e as armas, presas às patilhas. Meulon segurava firme as rédeas de sua montaria, enquanto a mão livre confortava o focinho. Como os demais, o animal tivera as pernas ligeiramente presas para que suas passadas fossem restringidas. Apesar de os cavalos serem animais robustos e acostumados a condições difíceis, era melhor controlar um possível comportamento atrevido. Os cavalos são criaturas burras cujo comportamento errático pode matar um homem. Somente depois que passassem pelo pior que o trajeto tinha a oferecer, as pernas deles seriam liberadas.

Todos envolveram os cascos dos cavalos e seus próprios pés com sacos de estopa para obter atrito. Os que tinham cabelos compridos amarraram-nos com corda, apertaram bem os elmos na cabeça e fecharam bem as presilhas ou os prenderam debaixo do queixo com um pedaço de linho. Os detritos de um deslizamento de terra podiam nocautear alguém, e atrapalhar-se no caminhar podia assustar o cavalo e resultar numa queda longa para o nada.

Thurgood deu uma olhada em seu amigo, Halfpenny. A passagem era mais perigosa do que ele imaginara. Os dois arqueiros haviam chegado à Lombardia por uma rota mais ao norte depois que julgaram seus serviços como arqueiros não mais necessários aos ingleses, após a vitória em Poitiers. Espalhados como muitos outros, uniram-se a uma das companhias de salteadores e foram saqueando em direção ao sul, até que ouviram dizer que Sir Thomas Blackstone tinha umas centenas de homens contratados por Florença. Eram jovens, facilmente mobilizados pela atratividade de uma boa soma paga pelas cidades-estado italianas, e a chance de partilhar da pilhagem quando o terror da companhia fosse liberado sobre indefesos inimigos. Estuprar e matar lhes agradava. Contudo, descobriram que com Blackstone as coisas eram diferentes. Tiveram de provar seu valor. Por sorte, eram arqueiros habilidosos e guerreiros experientes, e usavam a beligerância de um soldado inglês como um brasão. E seus instintos animais logo os fizeram entender que estar sob o comando de Blackstone quase não diferia de fazer parte do exército do rei. A falta de disciplina não era tolerada. Estuprar inocentes era crime punido com enforcamento, e saquear uma igreja poderia custar a mão de um homem.

Havia muitas mulheres entre os acompanhantes das comitivas que abririam as pernas, contanto que fossem pagas para isso, e os capitães de Blackstone garantiam que o pagamento fosse feito. Qualquer confronto entre soldados por causa de mulher que acabasse em morte era julgado segundo as circunstâncias. Ainda havia homens que morreriam por uma prostituta. Um *condottiere* bêbado atacar com sua faca poderia resultar na perda de um guerreiro da companhia, portanto não importava quem fosse o culpado pela morte, era melhor ter um bom motivo para o delito ou sentiria o peso da justiça de Blackstone.

— Ao norte era melhor — Thurgood disse a Meulon. — Uma estrada decente, com espaço para carroça e cavalo. Aqui é estreito demais. — O rapaz apertou os olhos contra as rajadas brancas que se esbofeteavam do lado do clima agitado. — E alto demais. — Ele olhou para Halfpenny. — A coisa pode piorar, Jack, mas, se eu cair, não quero ficar preso que nem cocô nas pedras para todo mundo ver. Acerte uma flecha em mim e me derrube do poleiro. Faz isso por mim?

O gorro de Halfpenny estava bem amarrado em torno da cabeça e do pescoço. Antes que ele pudesse responder por entre os dentes que rangia, Meulon murmurou sua resposta.

— Eu podia meter minha lança no seu rabo agora e poupar todos do trabalho mais tarde.

A gargalhada amordaçada de Halfpenny por entre as amarras soou como um cão sendo estrangulado.

— Vá te catar, Jack — disse Thurgood. — E você, seu francês bastardo — disse ele, apontando para Meulon —, vem beijar meu rabo inglês.

— Normando bastardo — disse Gaillard. — Somos normandos. E você se esquece de que Meulon é um dos capitães de Sir Thomas.

— E meu centurião é Will Longdon. É dele que aceito ordens.

Meulon sorriu.

– Mas você vai viajar atrás de mim hoje, então fará como eu fizer e aguardará as minhas ordens.

Will Longdon vinha passando pela fileira de homens e cavalos, murmurando instruções ao passar por cada um.

– Sir Thomas mandou apertar os cinturões, prender roupas soltas, verificar as armas.

Thurgood agarrou-o pelo braço.

– Will, preciso ficar atrás de Meulon? Ele peida que nem cavalo. Cairei para fora com esse fedor.

Longdon liberou o braço. Não estava com paciência para a chatice de ninguém.

– Seu arco está coberto e bem preso?

– Sim, mas...

– E as cordas estão guardadas e secas?

– Claro – disse Thurgood, ofendido por um colega arqueiro não tomar seu partido.

– Então pare de choramingar e prepare-se para partir. Faça o que Meulon disser. Ele é ruim e feio demais para discutir com ele.

Longdon saiu de perto. Suas pernas já começavam a enrijecer por causa do frio. Ele se apoiou em cavalo e homem quando um vento espevitado borrifou neve em cima dele.

– Em meio dia a trilha alarga, mas, se não puder conter seu medo até lá, enrolarei uma corda em você e o arrastarei feito um cão – disse Meulon.

Halfpenny correu para colocar-se entre seu amigo e o normando. Thurgood era habilidoso com a faca e mais ligeiro nos pés que o grandalhão.

– Você não ia querer isso, Meulon. É grande como uma árvore, e ele acabaria mijando na sua perna.

Halfpenny e Thurgood estavam na companhia de Blackstone fazia menos de um ano e não exerciam influência alguma sobre nenhum dos capitães, e tinham apenas Will Longdon para dar-lhes confiança. Foi a permanência do arqueiro veterano junto de Blackstone que os trouxera para tão perto desse grupo de homens. Isso e a habilidade deles.

Nada mais foi dito. Os cavalos retomaram seus passos lentos. Meulon olhou para o briguento rapaz inglês, e passou por sua mente que, pela primeira vez na vida, não queria ter um arqueiro na retaguarda.

Capítulo Vinte e Um

Oliviero Dantini viajara com Sir Gilbert Killbere, homem que pouco falara com ele, embora Dantini pudesse conversar tranquilamente em inglês e francês. Colocaram-no no centro da coluna de cem homens para garantir sua segurança caso alguém tentasse atacar. Dantini já tinha enviado o dinheiro para os genoveses pelos navios necessários para levar todos aqueles *condottieri* até Marselha. O mercador de seda morava na cidade, mas seu comércio dependia dos ventos prevalecentes, e ele sabia que Thomas Blackstone tinha escolhido uma época boa para colocar seus homens na água. Tinha sido tudo pensado, imaginava ele, ou o inglês grandalhão entendia as mudanças do clima? Fora tratado com respeito por Killbere e os mercenários, mas nunca tinha ficado tanto tempo longe de casa. Suas sensibilidades eram continuamente ofendidas pela presença deles, pois era um homem refinado e culto, acostumado com as cortes da Inglaterra, Flandres e França, e ser levado e mantido prisioneiro de Blackstone o feria como se escaldado com chumbo derretido. Esses homens da guerra o assustavam a cada metragem do trajeto, e os arredores o faziam sentir-se como um carneirinho a caminho do açougueiro. À noite, tinha dificuldade de aquecer-se, apesar da qualidade do manto e do cobertor. Os vermes do medo o comiam por debaixo da pele, e o homem tremia feito uma carcaça sendo devorada de dentro para fora.

Não que lhe dessem muito tempo para descansar, porque o cavaleiro inglês partira antes do amanhecer e cavalgava sob a luz do luar até que a escuridão o forçava a parar. Dantini estava exausto, mas o mais velho não mostrava sinal algum de fadiga. Era uma corrida contra o tempo, ávidos que estavam por chegar à França. Dantini sentia-se sujo, sem banho, sonhando com a maciez da cama e uma das escravas para saciar-se. Nesses momentos de desespero, chegava a sentir afeto pela esposa, cujo dever infalível para com ele e os filhos garantia-lhe bastante crédito, mas cujas conformidade e piedade faziam que pouco prazer pudesse ser obtido da união sexual com ela. Apesar dessas emoções conflitantes, a dignidade o impedia de ceder ao medo, e disso ele tinha orgulho. O mercador se colocava nas mãos de Deus, a quem rezava todas as noites. Killbere garantia-lhe que, uma vez que os homens estivessem a bordo dos navios e a nota de comissão fosse testemunhada e executada legalmente, Dantini seria escoltado para casa, até os portões de Luca. Não havia o que temer, a não ser a própria insegurança, dizia Killbere.

Insegurança? Estava mais para desgosto para com a companhia que ele fora forçado a aturar. A palavra foi mantida; não fora roubado nem ferido de maneira alguma, e o trato dele com Blackstone não foi violado. Seria isso um código pelo qual viviam aquelas criaturas, ou uma camada de medo, maior que o dele, da intolerância de Thomas Blackstone para com a desobediência? A discussão lhe preenchia a mente, uma conversa consigo que o confundia tanto quanto o comportamento dos homens. Não havia nada neles a se admirar. Dantini via-os através de um olhar desdenhoso, como ignorantes, assassinos brutais que infligiam selvageria sob pagamento, embora ele confessasse em suas orações perante Deus a contradição que era estar grato por ter caído nas mãos do inglês Blackstone. E, quando a jornada chegasse ao fim, ele soube que os poderosos de Florença fariam o rei da Inglaterra ouvir sobre como ele servira à coroa. Esse pensamento, pelo menos, dava-lhe conforto. Uma vez em casa, o mercador arranjaria imediatamente para viajar até Flandres, e dali mandaria recado informando de sua vontade de visitar a corte inglesa. A reputação do rei Edward ia além da de rei guerreiro – era conhecido pelo refinamento e a opulência. O dinheiro podia comprar cultura, não como esses bárbaros, que pegavam seu dinheiro ganho com sangue e compravam mulheres e bebida, que se achavam homens importantes por terem comprado uma casa com vinhedo e uma mulher para dormir com eles. Um soberano como Edward era um benfeitor, um grande e culto homem cuja biblioteca era renomada, que apreciava arte e música, e que tinha grande afeição por aqueles que o serviam na Itália.

Quando Dantini viu as ondulantes velas levando os navios com os homens para longe, ordenou à escolta que cavalgasse para Luca. Em sua urgência de sentir a segurança da cidade, recusou-se a dormir. Tendo entrado pelo portal de São Donato, deixou a escolta retornar para seu lar na montanha. As tropas da cidade fecharam os portões depois que ele passou, a guarda mais forte que ele podia querer. Dantini deixou o cavalo e as sacolas com o rapaz da estrebaria, nos portões, sem vontade de esperar que uma mensagem fosse enviada à sua casa para que os servos viessem atendê-lo. Podiam pegar as malas no dia seguinte. Estava dolorido da sela, e seu corpo parecia ter sido todo quebrado. Mesmo assim, quando chegou mais perto de casa, não pôde impedir-se de correr pela Via del Toro, para os confortos que o aguardavam. Quase pôde sentir a fragrância do banho quente que seria preparado para ele e depois a maciez da pele da jovem escrava que ele ordenaria à sua cama – somente então daria graças pela libertação concedida pela oração. Quase batia o toque de recolher; graças a Deus não seria preciso passar mais uma noite fora dos portões de sua amada Luca.

Os teares da cidade tinham silenciado. Portas fecharam-se, o povo foi para casa, somente os gatos de rua e os fantasmas passavam voando pelas ruas cada vez mais escuras. A residência não estaria à espera. Dantini ergueu a enorme aldrava de ferro para bater na placa, três golpes estridentes de autoridade que fariam cada servo da casa correr escadaria abaixo, afobados e admirados com quem poderia ser a essa hora da noite. Sinos de igreja soaram, a porta abriu-se, e Oliviero Dantini entrou no inferno.

Por um momento, esteve prestes a censurar o servo por acender uma lâmpada a óleo tão cara assim tão cedo da noite, mas, antes que pudesse dizer algo, foi puxado para o saguão de entrada e caiu com tudo no chão. A confusão tornou-se horror quando outro homem o agarrou e o pôs de pé. O homem teve força para erguer o corpo do mercador do chão, ainda que as pernas se recusassem a sustentá-lo. Sombras moviam-se. De algum lugar, uma mão bateu-lhe no rosto com tanta força que ele viu um estourar de luzes, tamanha a dor, atrás dos olhos e sentiu gosto de sangue na boca. No instante seguinte, flagrou-se sendo forçado escada acima, para seus aposentos. Dantini tentou dizer alguma coisa, mas estava com os dentes soltos, e a língua cortada pela força do golpe. Choramingando, o mercador implorou para saber quem eram e por que estavam fazendo isso tudo com ele.

Dantini percebeu que os homens não se vestiam com simplicidade, como os *condottieri*. A realidade o desertou por um momento quando ele notou, com quase descabida *expertise*, que as roupas dos homens eram de alta qualidade. Jogaram-no dentro do quarto da esposa, e ele a viu sentada contra os travesseiros na cama, com as crianças debaixo dos braços. Sob o brilho fraco das velas do quarto, ele viu um sorriso grotesco no rosto de cada um deles, deitados que estavam sob a roupa de cama vermelha. Em algum ponto distante de sua mente, Dantini recordou que a esposa jamais comprara nada além de lençóis ricamente tecidos e bordados de linho do mais puro branco. Foi então que ele entendeu que os sorrisos eram feridas abertas em suas gargantas. Dantini tossiu, vomitou e sentiu lágrimas ardendo nos olhos. Os homens o deixaram deitar-se na própria sujeira, depois um deles o chutou e jogou o conteúdo do pinico da esposa na cara dele. Dantini cuspiu e limpou o rosto com a manga da túnica. Um dos homens curvou-se com a lâmpada para que o pobre pudesse ver seu rosto e os lábios se movendo, caso o golpe o tivesse deixado surdo, para que entendesse por que estava sendo punido.

– Sua escrava, a que fugiu, foi pega e levada para o norte.

Norte. O assassino referia-se a Milão.

O homem de jaqueta fina fez que compreendia que o tolo escutara.

– Meu senhor Bernabò Visconti não permite deslealdade passar sem punição. Luca é dominada por Pisa, Pisa tem aliança com Milão, e Milão é dos Visconti. Você ajudou o inimigo dele a escapar. Essa é sua recompensa. Toda criatura viva desta casa foi morta.

Oliviero Dantini desmaiou.

Os homens carregaram seu corpo até o topo da torre e bateram-lhe no rosto, para trazê-lo de volta à consciência a fim de saber o que estava para acontecer – e então o jogaram na rua, lá embaixo.

Quando Killbere e os homens perderam vistas da terra, com um vento constante que os levava na direção da França, e Blackstone chegou à primeira das passagens que o levaria para casa, os satisfeitos cidadãos de Luca acordaram e descobriram a matança.

Quantia nenhuma paga por proteção seria jamais suficiente para conter a ira dos Visconti.

Capítulo Vinte e Dois

Não haveria trégua com o frio lancinante que atravessava aos arranhões as roupas de todos eles. Irmão Bertrand, contudo, parecia insensível ao clima, e a cada cem passos virava-se para ver a figura imponente do cavaleiro inglês seguindo fielmente seu caminhar, e atrás dele o cavaleiro do Tau e os demais. Os monges que guiavam homens por essas passagens perigosas moravam no mosteiro localizado do outro lado do passo. Era um beneficiário da força e da coragem do inglês; graças a ele, o local florescia. Os que passavam pela cidadela que protegia a passagem do outro lado eram, em geral, inimigos do papa, e estes eram parados pelos soldados do forte. Essa proteção concedida à passagem impedia que os guias fossem ameaçados. Havia prostitutas nos vilarejos, mas o piedoso lorde da área, Marazin, proibia a fornicação, e as mulheres foram forçadas a mudar-se para as ravinas e desfiladeiros rochosos que rasgavam os sopés da montanha, onde – na opinião dele – reuniam-se como uma praga. Soldados que procuravam emprego na Itália acampavam além da cidadela, e as mulheres desciam para juntar-se a eles nas barracas, e seus maridos recebiam o pagamento dos soldados.

Irmão Bertrand fez o sinal da cruz ao lembrar-se de suas passadas pelo acampamento dos soldados, disfarçando suas intenções verdadeiras administrando conforto a um homem ferido. Era um local de corrupção, onde atos sexuais eram vistos sem estranheza. O monge parara perto de uma barraca iluminada e observara uma mulher movendo-se de modo ritmado por cima de um soldado gascão, com os seios desprendidos do vestido. O calor que se espalhou pelo cerne de Bertrand fez sua boca salivar, e ele percebeu o toque insidioso do diabo.

– Irmão? – O vento trouxe uma voz. Ele virou-se e viu Blackstone logo atrás, com o cavalo de guerra junto. – Que foi? Qual o problema?

As imagens das mulheres do vale insinuaram-se para dentro da mente do monge, fazendo-o vacilar. O vento erguia neve das cristas da montanha para castigar os homens. Bertrand sentiu-se grato com ela, agradecendo a Deus por esse tormento ser seu flagelo.

– Ali! – gritou ele para Blackstone, por cima do rugido do vento. – Está vendo?

Blackstone ergueu a mão para dizer que sim. A nuvem baixa movera-se subitamente, oferecendo um breve lampejo do vale distante. Era verdejante e rico, e as neves mal o tocavam. Era como a terra prometida após a dificuldade da montanha. Pelo amanhecer, chegariam lá.

– Vamos andando! – disse Blackstone, mantendo calmo seu cavalo vendado.

O animal confiava no cheiro de seu cavaleiro, mas vacilou quando sentiu a insegurança dele. A saliência estreita e as rochas pontudas ainda esperavam pelo homem ou animal, caso caíssem.

Blackstone vira a expressão assombrada do noviço, que era acostumado a viajar por rotas perigosas assim, portanto soube que não tinha nada a ver com medo. Nesse breve instante, Blackstone pensou ter enxergado no interior do irmão Bertrand um desespero que cortava mais profundamente do que a dureza da vida num mosteiro, contando somente com a oração e o trabalho duro como conforto. A autonegação era uma cruz carregada pelo homem, visível no instante efêmero que lhe apareceu no olhar. Foi preciso alguém que conhecia essa perda para reconhecê-la.

Irmão Bertrand fez que sim e prosseguiu. Rezara muito na tentativa de resistir ao cheiro suave da mulher que se oferecera para ele assim que fora paga pelo soldado gascão, porém fracassara. Abandonara-se à situação, permitindo-se chafurdar no pecado. Foi um prazer inimaginável; uma traição para com cada juramento que ele fizera; um momento de submissão à carne que castigava sua mente e perfurava seu coração com vergonha.

A mulher o provocara por sua excitação e sua inadequação e depois seguira para outros, contando-lhes o que o monge lhe dissera na tentativa de impressioná-la. E foram eles que o questionaram e ameaçaram até confessar a verdade do que dissera à mulher. Era um de diversos guias – não o mais experiente, nem o mais confiável –, apenas um dos muitos que escoltavam homens pelo Portão dos Mortos.

Mas dessa vez ele retornaria com Sir Thomas Blackstone.

Bastaria guiar Sir Thomas pelo estreito desfiladeiro até o território que se esticava além da cidadela e nada seria dito sobre a fornicação do monge, dissera um homem de rosto grosseiro – um gascão que enrolara no punho o hábito de Bertrand, apertando-o em torno do pescoço dele, enquanto esmagava o sexo do monge até este gemer de dor.

Agora, curvando os ombros contra o vento, o noviço repassava o que tinha de fazer. Uma vez tendo o inglês cruzado a passagem, disseram ao monge, este poderia retornar à vida que escolhera. Fique de bico calado, cobraram dele de modo ameaçador. Viva sua vida em silêncio. Ninguém precisa saber que você o trouxe até aqui.

O monge sorriu ao pensar nisso. Um ato de traição como o de Judas fazia a alegria do diabo. A contrição o colocaria ao lado dos anjos.

※

Os cavalos foram parados numa área mais ampla e protegida na passagem da montanha. Jorrava água das fendas, no entanto, nenhuma nascente derretera, porém o sol poente derramava um pouco de seu calor sobre as montanhas e os homens cansados, aninhados junto de suas montarias. Não haveria comida quente nessa noite, somente um corte fino de presunto defumado e um biscoito seco. Mas não haveria ameaça alguma na passagem remota da parte dos inimigos de Blackstone, o que os confortava um pouco.

– Esse aí é engraçado – disse Thurgood, envolvendo os ombros com um cobertor.

Halfpenny olhou para o cavaleiro do Tau, ajoelhado a rezar; o brasão de seu manto fora o guia dos homens ao segui-lo sob aquele clima nefasto, e agora a imagem era como um símbolo de devoção num dia muito curto. A neblina, e depois a neve, além do vento incessante, forçaram-nos a caminhar com cautela pela passagem traiçoeira. Graças a Deus, o pior já passara. A descida já oferecia mais calor.

– Fanáticos religiosos, todos eles – disse Halfpenny, passando um corte de carne ao amigo. – No entanto, se algum de nós se der mal, como levar uma faca nas entranhas, ele nos dará o sacramento, então tem lá sua utilidade, eu diria.

Thurgood mastigava seu pedaço de carne de porco curada.

– Eles dizem que tocam Deus em suas orações, e que Deus os toca. Não gosto dessa ideia. Eu e Deus, melhor ficarmos longe. Já acho ruim demais que saiba tudo que estou pensando quase o tempo todo; não quero que me toque. Deus toca um mortal e este já era. Morto, penso eu, como se atingido por um raio.

– Que é Deus se expressando do melhor jeito que sabe... derrubando aqueles que têm todo esse azar – disse Halfpenny.

– Aye. Tem razão. Dormiremos bem longe dele. Raios castigam essas montanhas e, se o homem passa metade da porcaria da noite rezando, pode muito bem ser tocado e distribuir dor e sofrimento para todos nós.

– Mas é um bom guerreiro – disse Halfpenny. – Eu o vi lá atrás, e ele sabe lutar adequadamente, sabe, sim.

Os arqueiros resmungões aproveitavam como podiam o que possuíam. Uma passagem de pedra como cama, um cobertor e uma elevação na rocha para descansar a cabeça. Se nevasse, ficariam deitados, encaracolados e imóveis, até forçados a começar um novo dia.

– Difícil pensar nele como um homem de Deus – disse Thurgood finalmente.

– Do pior tipo – disse o outro, rolando-se debaixo do cobertor, puxando mais para perto das orelhas o chapéu para conseguir o máximo de conforto que pudesse.

Esses arqueiros não eram os únicos que observavam o cavaleiro do Tau em oração. O solo rochoso devia estar machucando seus joelhos, mas ele permanecia ajoelhado sem tremer, nem de frio, nem de dor.

Irmão Bertrand esperava por seu momento. Blackstone e seus homens dormiam, ou pelo menos permaneciam encaracolados dentro do pouco calor que obtinham debaixo dos mantos e cobertores. Caprini fez o sinal da cruz e beijou a cruz e os dedos. O monge pôs-se a andar rapidamente; seus pés, envoltos por meias grosseiras de lã e sandálias, quase não fizeram barulho na pedra dura, mas, mesmo com o urrar fantasmagórico do vento no pico, Caprini ouviu que o outro se aproximava. Sua mão já tocava a adaga no cinto quando Bertrand parou e ergueu as mãos, num gesto de submissão.

– Irmão, preciso que me guie – sussurrou ele, alto o bastante para ser ouvido por Caprini. – E que me perdoe.

※

Blackstone acordou com alguém cutucando suas costas. A manhã clara e fria ostentava uma mancha rosada acima das montanhas cobertas de neve. Ele olhou para o italiano.

– Levante, Sir Thomas – disse este, e virou-se para o irmão Bertrand, ajoelhado em dolorosa penitência, de cabeça inclinada, as mãos unidas em oração, sangue seco grudado num lábio inchado.

Quando Blackstone já tinha se levantado e aliviado um pouco das câimbras de frio, os outros estavam se mexendo. Fazia um silêncio sinistro. O vento amenizara durante a noite. Tendo arrastado a última das nuvens, finalmente cessou, tão exausto, talvez, quanto os homens.

Will Longdon bocejou, aliviando-se por cima de um naco de rocha.

– As orações dele funcionaram, então – disse, referindo-se ao homem ajoelhado, depois estremeceu de prazer e alívio.

John Jacob acordou Thurgood e Halfpenny aos chutes, e seguiu para onde Blackstone encontrava-se, junto do monge ajoelhado. Os demais se detiveram, esperando.

O cavaleiro do Tau pôs a ponta da bota debaixo do queixo do monge.

– Abra os olhos.

Como se trazido de volta de um transe profundo, o irmão Bertrand piscou sob a luz da manhã. A língua passou pelos lábios rachados, secos do frio da noite e da falta de água.

Caprini apontou para ele, dirigindo-se aos homens.

– Ele me pediu para ouvir uma confissão. E o que foi confessado está entre mim, ele e Deus. A não ser que ele lhes conte o que me fizera mandá-lo rezar a noite toda e bater nele para limpá-lo do pecado.

Os homens enfrentavam o frio, abraçando-se para aquecer-se, bocejando e se coçando por causa da noite sofrida.

– Isso é permitido? – perguntou Meulon. – Admitir o que foi revelado em confissão?

Essa ideia preocupava qualquer homem devoto à crença de que somente Deus e padre podiam partilhar um pecado.

Will Longdon pigarreou e cuspiu, então esfregou o rosto para criar um pouco de calor na pele.

– Meulon, você é o melhor cortador de gargantas que já vi, não me diga que tem medo de que Deus saiba disso tão bem quanto nós.

– Frei Stefano não está falando de como vivemos ou lutamos, seu bastardo burro, está falando do que acontece à alma de um homem – disse o normando.

– Basta – ordenou Blackstone sem irritação.

A última coisa de que precisava a essa hora do dia era que dois de seus capitães se bicassem feito aldeãs de vilarejo. Ele se dirigiu a Caprini.

– Ele confessou o quê? Estar envolvido na emboscada?

– Não é permitido a mim contar – disse Caprini, e baixou o pé, tombando o monge como uma panela.

– Aposto que ele andou pondo as mãos dentro das calças, como todos nós – disse Thurgood. – Autossatisfação é pecado para gente como ele.

– E o único prazer que você consegue ter quando uma puta vê essa sua cara – disse Longdon. – Fique quieto.

– Irmão Bertrand – disse Blackstone –, não tenho paciência nem tempo para mau comportamento de monge. Estou com a bexiga cheia e tenho um dia de jornada pela frente. Se por acaso participou da traição que fizeram conosco, cortaremos a sua garganta e assunto encerrado. Será mais rápido e menos doloroso do que ser jogado nas rochas lá embaixo. O que prefere?

O monge prostrou-se perante Blackstone e começou uma ladainha de palavras balbuciadas, quase incoerentes, no solo congelado.

Blackstone olhou para Caprini, implorando, mas o cavaleiro recusou-se a falar.

– Não me é permitido contar.

– Levantem-no – disse Blackstone, irritado. Jacob e Longdon puseram o gaguejante monge de pé. – Dê-lhe água – ele instruiu a Gaillard, que pegou um odre de água da patilha do cavalo mais próximo e pingou água na boca do homem enfraquecido.

Este tossiu e cuspiu. Gaillard pingou mais em cima da cabeça dele. A água fria, quase congelada, fez o homem arquejar.

– Ouviu a minha pergunta? – disse Blackstone.

O monge fez que sim vigorosamente.

E contou-lhes tudo.

Capítulo Vinte e Três

A um mês de cavalgada, além de diversos horizontes, uma mulher adoecida jazia num sofá acolchoado, amparada por travesseiros das sedas mais finas, ricamente bordados pelas mãos mais hábeis. Seu vestido de veludo anil, macio como pele escovada, expunha seus braços para o homem sentado ao seu lado. As damas de companhia pairavam obedientes ao fundo, enquanto o médico retirava de perto a tigela de prata que continha o sangue real. Mestre Lawrence de Canterbury sangrara a mãe do rei pela segunda vez nesse dia. Apesar da palidez, ele sabia que, no instante em que partisse para cavalgar os mais de cem quilômetros para casa, essa beleza madura faria que as amas a atendessem. Elas aplicariam maquiagem e penteariam o cabelo dela, escuro como o corvo, agora riscado de prateado, e a vestiriam nos mais finos vestidos, cujo estilo teria vindo de Paris ou Reims. A doença não derrotaria a noção de moda nem a pose régia da mulher. Quando fora honrado com a ordem de atender a rainha viúva, ficara nervoso. Servira ao rei, e seu suserano achara adequado disponibilizar suas habilidades para a mulher que, em sua juventude, tomara a coroa da Inglaterra no que muitos enxergaram como fingimento para mantê-la protegida para seu filho, Edward. Era uma história de intriga e engano da parte de uma mulher que até esse dia ainda detinha certo poder e influência detrás do trono de Edward III. Mestre Lawrence testemunhara a afeição ainda partilhada entre mãe e filho, atos de bondade que negavam os rumores de que ela fora exilada para um de seus castelos anos antes. O médico levava uma vida de privilégio. Não somente era íntimo de todos os membros da família real, como era uma testemunha da história, de muito do que jamais seria registrado por nenhum escriba.

Essa mulher deitada sob os cuidados dele seria sempre conhecida como Isabella, a Bela, uma vez rainha da Inglaterra, renomada por sua beleza e inteligência. Nascera para ser rainha, e sua linhagem a conectava às casas reais da Europa. Casada aos 12 anos, quantos anos se passariam até que desse à luz o futuro rei da Inglaterra? Quatro, talvez? Dizia-se que o marido deitara-se com ela somente por dever. Mestre Lawrence quase não conteve uma suave exclamação de escárnio quando seus pensamentos menearam através do tempo. Como é que podia um homem não desejá-la? A não ser que preferisse a companhia de jovens rapazes, claro. Edward II desafiara os rumores de que era um fracote. Sim, amara arte e música, mas era conhecido como um homem forte; e conhecido, também, talvez, como alguém que fracassara nas empreitadas militares. E talvez tenha sido isso que incitara a ambiciosa Isabella a arranjar um amante, embora isso não a tivesse impedido de levar uma vida de piedade e peregrinação. Mestre Lawrence testemunhara os atos de compaixão e caridade da mulher, muitos dos quais passaram sem registro e não reprimiam a intriga e a fofoca, além, reconhecia ele, do medo que cercava a vida dela.

Quando seu filho, aos 16 anos de idade, tomou de volta a coroa da Inglaterra junto de um pequeno grupo de devotados jovens nobres, ele mostrou ter herdado um pouco da habilidade política da mãe enviando o amante dela, Roger Mortimer, para Londres, para ser julgado pelo parlamento. Tivesse o rapaz agido por impulso e matado o usurpador, teria sido visto como pouco mais do que um jovem emocional e descontrolado. O médico sentiu um calafrio percorrer sua coluna. Quando Mortimer foi considerado culpado, sofreu a agonia inigualável de ser enforcado, arrastado e esquartejado. Por meio desse batismo de sangue e previsão, o jovem Edward dera o primeiro passo na direção de ser um rei guerreiro.

Isabella, a Bela, foi banida da corte, mas não da Inglaterra, nem do coração do filho. Deram-lhe castelos e uma pensão de mais de quatro mil libras por ano. O velho médico ouvira dizer que ela gastava mais de um terço com joias. Era uma mulher que jamais se apresentaria como qualquer coisa inferior a uma rainha.

— Que líquido vil devo tomar desta vez, mestre Lawrence? — ela perguntou. — Não houve melhora alguma no humor do meu sangue?

— Um pouco, alteza. Entre outras prescrições, recomendo açúcar branco, fino. Vai purificar o peito e os rins, mas pode causar humores biliares, então será misturado a romã fresca e um copo de água de teriaga e cevada a cada hora.

— Parece desagradável.

— Mas estou ciente de que milady é uma paciente exemplar — disse ele, sabendo que havia um grau de familiaridade a ele permitido; um grau.

— Seu exame está quase terminado?

— Quase, alteza.

— Ótimo. Tenho assuntos a resolver.

Ele vira o cavaleiro entrar – cavalgada difícil, dado o suadouro da montaria –, e agora lorde Robert de Marcouf, todo sujo de lama, andava de um lado para o outro no pátio, aguardando a audiência com Isabella. Então a intriga não tinha fim, pensou o mestre Lawrence, vendo seus assistentes limpando e amarrando o braço esguio da rainha. Estava numa idade em que laçava sua curiosidade assim que ela começava a borbulhar. Ser inquisidor demais podia acarretar riscos para a vida.

Um lorde normando estava no portão: homem que vivia entre cobras insinuantes que certa vez planejaram um complô contra o rei da França. E agora? O que mais podia ser feito? O rei francês era prisioneiro de Edward. De que precisava, agora, um nobre que jurara aliança a Edward? Não era segredo que o rei usava a mãe para missões diplomáticas com o intuito de ampliar sua influência. Não era segredo para os mais próximos do rei que ela influenciara a decisão dele de invadir a França, no começo de tudo. Quais outras intrigas ela partilhava com o rei, o médico não podia nem imaginar. A dele não era uma vida de política, algo pelo que era muito grato, e o que ouvia e testemunhava dos que cuidava podia provar-se fatal a ele caso desse com os dentes. Ter em sua mão o punho que continha o bater do coração real era o mais perto que ele desejava ficar. Não tinha vontade alguma de saber o que havia naqueles cômodos escuros.

Poucas palavras eram trocadas entre médico e paciente, em geral apenas simples gracejos, às vezes perguntas dela que sondavam tão precisamente quanto os instrumentos que ele usava para abrir as veias dela – precisas e hábeis; perguntas que lhe concediam informações. Era cruel, manipuladora e uma das mulheres mais bonitas que agraciaram os palácios reais. Mestre Lawrence de Canterbury escreveu sua prescrição.

Isabella permitiu que um dos assistentes limpasse a manchinha de sangue em seu punho.

— Pesquisamos livros ao longo dos anos – disse ela, cansada –, escritos por nobres e literatos que buscavam a alquimia da vida eterna. Se sua prescrição for o elixir que sempre procuramos, seu peso em ouro lhe será dado... para sempre.

Dizendo isso, a rainha banhou o médico com um sorriso que o fez pensar nela como uma sedutora ou uma loba – nunca conseguia determinar qual.

— Minhas humildes habilidades são recomendações para seu boticário, alteza. Eu jamais desejaria uma vida mais longa do que a que Deus pode me conceder.

– Então você me negaria vida se tivesse o poder de concedê-la.

Lawrence suspirou. Pisara em mais uma das armadilhas da rainha.

– Alteza, assim a senhora me mostra o velho tolo que sou.

– É apenas provocação, mestre Lawrence. Não poderia desejar pessoa melhor para me atender.

Ele curvou a cabeça. Os comentários graciosos sempre o lisonjeavam.

– Posso sugerir que eu permaneça por perto? Para o caso de precisar de mim em pouco tempo.

O tom determinado da resposta dela o lembrou de que a rainha era merecedora da reputação que ganhara. Seus olhos escuros miraram-no rapidamente – uma mudança tão súbita quanto uma nuvem encobrindo o sol. Ele receou ser censurado – mas no instante seguinte ela sorriu, e ele viu como um homem podia submeter-se aos desejos dela facilmente.

– Mestre Lawrence, estou, como sempre, em dívida com o senhor. O senhor tem uma longa jornada para casa, e não quero desviá-lo de seus deveres em outros lugares. Fico agradecida.

Foi uma dispensa gentil. O médico fez uma reverência e deixou os aposentos. Um olhar de relance para as amas bastou para que viessem apressadas ajudar a rainha a levantar-se da cama para poder ser vestida em trajes mais adequados para receber o visitante.

– Lorde Robert está aqui?

– Está – respondeu uma das criadas.

– Então devemos nos apressar. Ele percorreu um caminho longo, e seria desagradável atrasar seu merecido descanso.

⁂

Robert de Marcouf era um lorde normando com terras na Inglaterra e, como Isabella, com espiões na França. Era poucos anos mais novo que a rainha viúva, mas a idade e o clima úmido da Normandia e da Inglaterra infiltravam-lhe as juntas e encontravam os antigos ferimentos sofridos em meio século de combates. Era um dos poucos grandes cavaleiros de sua geração ainda em atividade: muitos outros estavam doentes – ou mortos. Sua geração vira as últimas batalhas campais, mas não a intriga que costumava causá-las. Ele aguardava pacientemente numa antessala na qual ardia fogo na lareira com um tapete de lã deitado à frente. Havia apenas um móvel no cômodo: um banquinho de madeira. O homem cavalgara a noite toda, e suas pernas doíam de cansaço, mas esse banco não o poderia confortar. Ele fez uma reverência quando a rainha Isabella entrou na sala e sentou-se no banquinho simples, de costas eretas e olhar direto, enquanto as atendentes passavam para as paredes timbradas atrás, que ostentavam pinturas, disseram-lhe, de artistas italianos. Marcouf sabia que ela estava doente; não era preciso muito para descobrir a verdade quando a pessoa tinha influência. A mulher estava na casa dos 60, e jamais fora outra coisa senão rainha. Ele sabia que ela devia estar sentindo dor, mas permanecia ereta feito uma espada, sentada no banco, observando-o.

– Quais são as novidades, milorde?

Um criado aproximou-se dele com uma bandeja que portava uma taça de vinho tinto escuro. O cavaleiro mal podia esperar para levá-lo aos lábios e sorver seu calor revigorante. Ele fez que não ao criado, que recuou. Com Isabella, tudo era sempre um teste de vontade.

– Blackstone enviou homens a navio de Gênova. Foi um disfarce. Ele foi sozinho para o norte com um punhado de homens – disse Marcouf. – Usará uma das passagens.

– Então ele está a caminho. Que mais?

– Há aqueles na corte que acreditam que Thomas Blackstone foi convocado como assassino para matar o príncipe de Gales, dada a animosidade que existe entre eles.

Isabella não demonstrou comoção, mas viu com os olhos da mente quão fácil seria para um solitário cavaleiro acompanhado de uns poucos homens passar por entre aqueles que o queriam deter.

– Meu neto está ciente disso?

– Não.

Com cautela, a rainha considerou as notícias.

– Uma vez que chegar à França, será quase impossível encontrá-lo. Matá-lo aqui na Inglaterra seria mais fácil. Podemos dar cabo dele?

O normando não respondeu. Como poderia saber? Uma lenda podia ser morta tão facilmente quanto um soldado de infantaria comum. Uma flecha. Um golpe de faca.

– Você acredita que ele conseguirá passar? – perguntou Isabella.

– Thomas Blackstone nem sempre usa aquela espada dele para derrotar um inimigo. Se fosse esse o caso, teria morrido anos atrás. Ele não é um instrumento cego como um machado, alteza. Usa a cabeça. Isso é o que faz dele tão perigoso.

Capítulo Vinte e Quatro

Cinquenta homens espreitavam, escondidos nas árvores que flanqueavam o desfiladeiro além do castelo. O gascão bruto que ameaçara o irmão Bertrand estava sentado em seu cavalo a plenas vistas para que qualquer um que se aproximasse o visse. Atrás dele, havia outros catorze, também a cavalo, de modo que ninguém poderia aproximar-se por trás. A trilha, a encosta e o caminho à frente estavam definitivamente bloqueados. E os ocupantes da cidadela sob comando de Montferrat, a menos de quinhentos metros dali, não lhes causariam problemas.

Aguardavam em seus cavalos desde o amanhecer e, se o guia fosse tão bom quanto dissera ser, traria Blackstone pela passagem antes que os raios de sol alcançassem os picos cobertos de neve. Quantos cavalgavam junto do inglês, não se sabia, mas dizia-se que havia menos de doze. O frio fazia o nariz do gascão escorrer. Ele pigarreou e cuspiu a umidade. Menos de uma dúzia de homens seguindo um homem com a cabeça a prêmio. Jesus, como pudera ele chegar tão longe? Sem contar que esperava alcançar a Inglaterra.

Os cavalos mudavam o apoio dos pés no solo, tendo os músculos enrijecidos por ficar parados. O maldito frio dominava um guerreiro, a não ser que ele se movesse – e o movimento poderia entregar o posicionamento dos que se escondiam nas árvores. Ocorreu-lhe que Blackstone talvez até tivesse vantagem. Se estivera cavalgando desde antes do amanhecer, então homem e cavalo estariam mais aquecidos do que ele, e se Blackstone percebesse que alguma ameaça o aguardava, tentaria fazer alguma coisa. A última coisa que o gascão desejava era que Thomas Blackstone pegasse seus homens de surpresa. Pensando nisso, o homem soltou um palavrão sussurrado. Talvez não fosse lá muito boa ideia, afinal. Melhor seria ter deixado que passassem pelo desfiladeiro e ganhassem o planalto. Deus, quanto frio sentiam ali, sentados, esperando. A mente do homem chegava a viajar.

O homem limpou lágrimas geladas dos olhos. Alguma coisa moveu-se ao longe. Ele procurou enxergar mesmo com a visão borrada, soltou um palavrão e tornou a limpar os olhos, agora com um paninho retirado da jaqueta. Um único cavaleiro saiu da passagem. A cabeça torta do cavalo gingava, e o bicho bufava, soltando ar em plumas feito uma fera do demônio. Parecia tão maléfico quanto o homem que o cavalgava, que vinha sem espada na mão. Fora ele o único a sobreviver? O gascão olhou para trás, depois para as árvores. Ninguém poderia tê-los circulado.

O cavaleiro parou, tirou o elmo e passou os dedos pelo cabelo caído até o pescoço, puxando as mechas para trás para poder ser identificado. O gascão estreitou os olhos, mas não conseguiu enxergar o rosto do cavaleiro com clareza suficiente. Maldição! Ele limpou mais uma vez os olhos. Fosse quem fosse, não se mexia – só ficou ali parado, esperando. Receoso, o gascão urgiu seu cavalo à frente, a passadas lentas.

O cavaleiro ergueu a mão. A distância bastava para enxergar. Ele ergueu a voz para projetá-la sobre os poucos mais de cem metros que o separavam do outro.

– Não avance mais! Se chegar mais perto, morrerá.

O gascão parou, sem ter certeza se o cavaleiro era de fato Blackstone. Um cavaleiro renomado desses montaria um cavalo com aquela aparência medonha? Nunca desdenhe de nada, o suserano do gascão lhe ensinara desde a infância. Seu cavalo bufou, nervoso, erguendo as orelhas. Havia algo errado. O animal deu um passo involuntário adiante, e mais um antes de ser contido por um puxar das rédeas do cavaleiro – e, ao fazer isso, um barulho como o de um sopro o fez olhar para o céu. Conhecia esse som. Ele meteu as esporas nas laterais do corpo do cavalo e puxou as rédeas, tirando-o mais de quatro passadas de onde estivera. Três flechas mergulharam para o chão, no ponto onde momentos antes ele estivera.

Santo Deus. Era Blackstone, sem sombra de dúvida, e ele mataria o líder de qualquer bando antes mesmo de perguntar alguma coisa, o que atrairia os demais. Sangue de Jesus! O inglês podia ter alocado cinquenta arqueiros naquelas pedras sem que ninguém soubesse.

– Sir Thomas! Espere! Sou Beyard! Capitão de meu senhor Grailly, homem jurado ao seu rei! Não queremos fazer mal! – ele gritou, fazendo sua voz ecoar pela face rochosa da montanha.

O cavaleiro procurava acalmar os espasmos de seu cavalo quando Blackstone o convocou.

– Venha sozinho! – disse, reconhecendo o sotaque do gascão.

Grailly, o Captal de Buch, era um dos maiores cavaleiros e, como seus ancestrais, detinha o título hereditário de mestre da Gasconha; jurara lealdade a Edward.

Beyard esporeou seu cavalo. Se Blackstone não tivesse acreditado em nada, ele seria morto no minuto seguinte. Quando chegou a vinte metros do inglês, puxou as rédeas e parou o cavalo. Pôde ver, então, a cicatriz no rosto do outro. Olhou para os dois lados. Não havia sinal algum de mais pessoas. Onde estariam aqueles malditos arqueiros?

– Tem o brasão dele? – perguntou Blackstone.

O homem não tinha escudo com o qual ser identificado.

– Tenho. – Ele puxou para trás o manto e mostrou o brasão com as cinco vieiras sobre uma cruz que fora bordado no peito da túnica. – Estou aqui faz uma semana, Sir Thomas. Mais homens estiveram nessas duas passagens. Estávamos esperando por você. Ninguém achou que você fosse arriscar-se a seguir mais ao norte pelo território dos Visconti, então escolhemos as três rotas de baixo.

– Quantos homens, ao todo? – perguntou Blackstone. – Nessa passagem e na rota até a costa.

– Algo perto de duzentos.

Se o homem dizia a verdade, Blackstone sabia que escolta tão considerável o levaria adiante sem ser detido pela cautela.

– E aonde achava que eu estava indo? – ele perguntou, procurando certificar-se de que o homem sabia o suficiente para que pudessem confiar nele.

– Você foi convocado a se apresentar na Inglaterra, Sir Thomas. É tudo que sei. Mas está em perigo. Há aqueles que desejam impedi-lo.

– Os homens dos Visconti?

– Talvez. Há homens que lutam por aqueles bastardos dos dois lados dessa montanha, mas não... Eu acredito que sejam outros ingleses.

Desde Luca, Blackstone sabia que havia ingleses envolvidos na tentativa de assassiná-lo, embora não houvesse evidência de que tinham sido enviados da Inglaterra. Talvez fossem mercenários querendo ganhar recompensas.

– Tire seus homens de lá de cima – disse Blackstone, olhando para a mata.

Beyard compreendeu que Blackstone estivera escondido desde antes do amanhecer, observando a chegada de seus homens. Ele fez um sinal, e seus cavaleiros desceram até o campo aberto, onde todos podiam ser vistos.

– Todos eles são homens de lorde de Grailly?

– A maioria. Alguns são de Provença.

– E o lorde de Grailly?

— Em cruzada na Prússia. Um mensageiro foi enviado. Meu senhor estaria aqui em pessoa, disso não há dúvida. Tem muita consideração pelo senhor, Sir Thomas. Eu trouxe os homens que pude. – O cavaleiro fez uma pausa, ainda incapaz de ver onde estavam os arqueiros de Blackstone. – Seus arqueiros, Sir Thomas? Não os vejo. Como podem me ver?

— Assumiu sua posição cedo demais, Beyard. Vimos onde se alocou. E um arqueiro sabe tudo por distância. Você estava a 138 metros de onde eu pretendia parar. Eles recuaram mais 80. Sabem exatamente para onde apontar. Você os convidou a matá-lo.

Beyard ficou vermelho de raiva com a própria estupidez. Lutara em Poitiers; sabia do que eram capazes os arqueiros ingleses e galeses. Blackstone avançou, e três arqueiros atrás dele saíram correndo de trás das rochas. Vieram rápido, correndo muito para colocar-se ao lado do mestre, trazendo os arcos nas mãos, prontos para parar e disparar mais uma vez se assim lhe ordenassem. Atrás desses três homens, cinco cavaleiros esporearam suas montarias. Chegaram quase em silêncio total, e Beyard notou pela primeira vez que a fera medonha que Blackstone montava tinha cascos agasalhados, como os demais. Nove homens. O pequeno número que Blackstone trouxera consigo em tão perigosa jornada. Na retaguarda veio um homem cambaleante, de hábito coberto de terra, os pés envoltos em saco de estopa.

— Ele me entregou, então – disse Beyard, referindo-se ao monge cujos braços agitados pareciam incapazes de propagá-lo adiante mais rapidamente.

— Na verdade, não. Foi o diabo quem o traiu. – Blackstone sorriu ao ver a expressão confusa no rosto do gascão. – Ele provou do sexo e deseja mais – disse assim que um ofegante Bertrand alcançou o bando.

— Sangue de Jesus! Mande-o para Avignon, então – disse Beyard. – Padres e freiras lá fazem de tudo feito coelhos.

— Não – disse Blackstone, guiando o cavalo bastardo mais para perto do gascão. – Diz que não quer mais ser monge. Quer ser guerreiro.

— Que Deus nos ajude. Melhor avisarmos os homens. Não quero confusão com eles e as mulheres.

Foi a vez de Blackstone ficar inseguro. Beyard juntou as rédeas.

— A prostituta disse que Bertrand não tinha experiência... que disparou mais rápido que uma flecha. Mas é dotado feito um jumento. Haverá uma fileira de putas daqui até a costa a fim de provar dos prazeres dele. Duvido que o resto de nós terá muita sorte, e aposto que ele não lutará muito.

A guarda gascã protegera o planalto para que intruso nenhum pudesse atacar Blackstone. Ele aceitou a hospitalidade oferecida pelo castelo aliado e, na manhã seguinte, pela passagem segura preparada pela casa de lorde de Grailly. Haveria pouca chance de um ataque agora – com a proteção do lorde gascão até Calais.

Estando agora em solo francês, Thomas sentiu-se ainda mais fortemente atraído por sua família. Tudo que sabia deles era que estavam em algum lugar ao norte, perto da amiga e guardiã de Christiana, Blanche de Harcourt. Blanche lhe escrevera – quatro cartas em dezoito meses. Quatros folhas de papel. A família estava bem. O filho, Henry, fora colocado junto de um cavaleiro de boa posição para atuar como pajem. A filha ficava mais linda a cada dia. Não mencionava a criança bastarda, resultado do estupro sofrido pela esposa, que por ora devia já ter nascido. Quase nada sobre Christiana. Arranjara um amante? Ainda falava do segredo guardado por Blackstone durante anos de casamento? O destino enfiara uma faca no coração deles quando a verdade foi finalmente revelada. Thomas era um jovem arqueiro quando flanqueara uma emboscada francesa na Normandia anos antes. Uma flecha foi disparada, e um velho cavaleiro morreu. Cavaleiro que mais tarde ele descobrira ter sido pai de Christiana. A verdade finalmente estourou feito bolha causada pela praga. Não havia menção da mulher requisitando divórcio nas cartas. Quatro cartas eram tudo que o cavaleiro inglês tinha. As palavras conjuravam imagens na mente dele. Não havia nada que quisesse mais do que viver longe da guerra, em sua propriedade na Normandia. Tudo correra quase perfeitamente até que o rei da França colocou um assassino raivoso atrás dele, então o segredo que por tanto tempo ele guardara foi exposto.

Blackstone sentiu um calafrio com esses pensamentos tão gelados, emoções que arranhavam suas entranhas. Raiva e desespero incitavam o desejo que sentia de estar junto da família. O local desolado foi o que trouxe essas lembranças de volta. Ali ele infligira sua vingança, ali ele perdera a esposa, e cruzara o Portão dos Mortos, para a Lombardia, sem expectativa de algum dia retornar. Mas em algum lugar da França estava tudo o que ele mais amava.

Foi protegendo a chama de uma vela que ele caminhou pela fileira de homens que se ajeitavam nas baias vazias do estábulo. Os homens de Blackstone aproveitariam a hospitalidade do castelo, enquanto os de Beyard faziam vigília do lado de fora. Agora que tinham chegado em segurança aonde seriam protegidos, nenhum ataque sorrateiro dos inimigos os pegaria de surpresa.

– Podíamos encher a cara hoje à noite – disse Will Longdon, largando o cobertor no chão.

John Jacob juntou com os pés uma pilha considerável de palha, afastando estrume de cavalo.

– Will tem razão, Sir Thomas. Uma boa cerveja depois da comida que nos derem vai aquecer os ossos. Tem algo de muito gelado neste lugar.

– Aye, John, eu sei. Mas não é somente o frio dessas paredes de pedra que entra rastejando em nós – disse Blackstone. Jacob e Will Longdon escalaram o escorregadio forte acima do lago, atrás do castelo, quando lutavam pela vida dos familiares de seu mestre dois anos antes. – Nada de beber. Começaremos cedo. E a cerveja não afugentará esse tipo de frio dos seus ossos.

Havia algo de verdadeiro na superstição de que almas penadas permaneciam em lugares que conheciam quando suas vidas eram subitamente tomadas, e Blackstone participara de uma grande chacina ocorrida ali. Se ao menos a oração e um manto grosso pudessem conceder um pouco de calor aos responsáveis pela matança. Blackstone prometeu a si mesmo que daria graças a sua deusa guardiã, a figura nua banhada de luz de velas no pescoço dele. Ele passou pelas baias onde os cavalos descansavam e foi até a do canto, onde a escuridão envolvia o cavalo dele. Embora os outros dormissem erguendo uma das patas, de orelhas baixas e olhos fechados, o cavalo de Thomas o encarava, de orelhas espetadas para a frente, olhos brilhando sob a luz bruxuleante. Vai ver não dormia nunca. Thomas parou em frente ao grande animal, viu em sua mente a marca na perna direita dele e lembrou-se do dia em que foi preciso uma dúzia de homens com cordas para segurar o bicho tempo suficiente para fazer a marcação. Como todos os cavalos contratados pelos italianos, era obrigatório que fosse marcado. Perna direita para cavalos de guerra e corcéis, esquerda para palafréns e mulas. Tudo era contabilizado para que fosse pago em caso de perda – cavalo e homem eram marcados, cada um de um jeito.

Ele estendeu a mão, para o animal sentir o cheiro e farejar a palma. O cavalo bateu os dentes num movimento muito rápido; Thomas teve que puxar a mão um segundo antes para salvar os dedos. Era um animal de guerra que não concedia favor algum, a não ser que assim desejasse.

Blackstone compreendia-o perfeitamente.

Cruzando o pátio, na direção de seus aposentos, ele viu a luz fraca de velas que saía da capela. Tendo a vela que portava acabado, o vento que o seguia o urgiu para o santuário. Isso e algo a mais o atraíram para a chama.

Caprini estava ajoelhado, rezando, mas virou-se rapidamente, de faca na mão, quando a porta abriu-se com um rangido. Blackstone viu a faca, mas o homem logo relaxou ao reconhecer o inglês.

– Perdoe-me – disse Blackstone. – Pensei que não houvesse ninguém aqui.

O cavaleiro do Tau fez o sinal da cruz e ficou de pé, enrolando-se no manto. Ele olhou para o crucifixo e depois para Thomas.

– Deixarei que reze em paz.

– Não é preciso. Duvido que ele me ouça.

– Toda oração é ouvida – disse Caprini. – Não blasfeme, Sir Thomas. O senhor pode estar a um passo do abraço do diabo, mas ainda não foi arrastado para o covil dele. Ainda não.

– Pus abaixo cidades inteiras e matei todos os que resistiram. Deixei viúvas e órfãos em dois países, e os gritos deles afogariam qualquer oração que eu fizesse.

– Então pague a um padre para orar pelo senhor.

– Não há dinheiro suficiente.

– Então viverá sem salvação.

Stefano Caprini fez um aceno singelo e saiu da capela. Blackstone olhou para a luz da vela e as sombras que ela projetava no crucifixo prateado sobre o pequeno altar. Quantos homens rezaram ali antes de lutar por sua salvação? Isso ele jamais saberia – mas enviara muitos deles para encontrá-la.

※

Caprini apertou a cinta em torno da barriga de seu cavalo.

– Não precisa mais de mim agora – disse a Blackstone, que vira o homem de manto preto saindo da capela do castelo e indo para os estábulos; estava prestes a partir tão silenciosa e misteriosamente quanto chegara em Luca.

– Preciso, sim, de um homem que luta tão bem quanto você. E esses homens precisam de conforto espiritual. Um guerreiro próximo ao coração de Deus. Temos apenas um noviço atiçado que renunciou aos votos. Não será muito bom com as orações.

– Sir Thomas, o senhor foi guiado em segurança pela montanha. Em três semanas, estará na Inglaterra.

– E precisarei do apoio de homens de confiança.

– Eu fiz o juramento de ajudar os peregrinos.

– Você jurou me levar até Canterbury.

Os dois homens ficaram se encarando. O mais velho sacudiu a cabeça e puxou a cinta da sela.

– Não brinque com palavras, Sir Thomas, elas podem causar mais feridas do que essa sua espada.

Blackstone pôs a mão no braço do homem, que juntava as rédeas.

– Não sei onde fica Canterbury. Vá com Deus... e eu seguirei seus passos. Isso deve bastar para me guiar até a Inglaterra.

Caprini pensou um pouco na proposta, sem responder, e então soltou a cinta da sela.

– Canterbury – disse quase sussurrando. – Juramento é juramento.

Blackstone foi mais uma vez para o pátio. O cavaleiro do Tau era uma criatura estranha, um homem que mostrava pouco de si mesmo, como se o manto escuro protegesse seu passado secreto. E quem não era assim? Caprini podia lutar bem, mas Blackstone ainda não confiava nele. Melhor manter o diabo por perto, pensava ele.

※

Os homens reuniram-se ao amanhecer, quando a neblina ainda tentava escapar do abraço da floresta. Caprini e os outros aguardavam Blackstone respeitosamente; ele estava diante do túmulo do jovem que sacrificara sua vida menos de dois anos antes. O tempo, e seu passar, era um conceito além do entendimento de Blackstone – mas a dor perene da separação era real o bastante. Sentia falta da esposa, da filha e do filho, e ainda sofria pela perda desse garoto que tentara proteger sua família.

O memorial fora gravado pelo próprio Thomas.

Esta lápide marca o local de descanso do mestre Guillaume Bourdin, escudeiro do cavaleiro inglês Sir Thomas Blackstone, cruelmente morto ao defender inocentes por Gilles de Marcy, o Padre Selvagem.

Um tablado sustentava os restos do homem que Blackstone matara nesse dia. A pele, esticada e escurecida como couro castigado pelo clima, prendia-se ao esqueleto que fora pendurado para servir de aviso. O escudo escuro do morto ainda estava pendurado no pescoço, preso por arame fincado profundamente nos ossos. As palavras gravadas por Blackstone ainda alertavam todos que passavam por ali.

Aqui está o corpo deste assassino cruel, morto em único combate por Sir Thomas Blackstone. Do mesmo modo, todo mal perecerá.

Blackstone esporeou seu cavalo e ouviu o rimbombar de cascos atrás de si. À frente estavam a Inglaterra e um rei que o convocara. A neblina foi dissipada pela brisa, mas os fantasmas do local ali permaneceram.

Parte Dois
CAMPEONATO DE REIS

Capítulo Vinte e Cinco

Blackstone nunca estivera em Londres; na verdade, antes de ir para a guerra, quase não viajara para além de seu vilarejo. Desde então, as ruas de Rouen e Paris foram suas únicas experiências na cidade grande. Não gostou de nenhuma das duas, e sua recente jornada até Luca confirmou tudo o que ele achava de ficar confinado entre as muralhas de uma cidade. Não tinha ideia da distância entre Canterbury e Londres; o local permanecia existindo apenas em sua imaginação e nas histórias – sem dúvida exageradas – contadas por aqueles que estiveram nesse grande local de peregrinação.

Por vários dias o bando do cavaleiro inglês viajou pela França, com longas horas em cima da sela, em geral passando por terreno irregular, preocupando-se mais com os cavalos do que com eles mesmos. Quanto mais se aproximavam do norte, mais a paisagem ficava familiar. Estava perto de casa, ou do que um dia fora sua casa. A Normandia fora tão arruinada quanto o restante do país pelas gangues vagais de salteadores. Desde que o rei Jean le Bom fora capturado em Poitiers, seu filho fracassara em recuperar a nação falida. Os Estados Gerais ergueram-se em Paris, e Charles de Navarre era como um espectro que ainda assombrava o Delfim. Cada lorde que abrigava Blackstone em seu território contava a mesma história: a França estava aos farrapos, e o rei Edward sugava-lhe o tutano dos ossos demandando resgate em troca do rei francês. Cavaleiros fortificavam suas mansões; outros levaram suas famílias para dentro das cidades amuradas. Blackstone perguntava a todos que lhe concediam hospitalidade se tinham notícia de sua esposa, Christiana, e da condessa Blanche de Harcourt, que protegia sua família.

— Os salteadores seguiram para o vale do Ródano, pelo que ouvi falar. Rezo para que levem sua ruína a outros, por mais não cristão que isso seja – dissera um velho cavaleiro, ainda leal ao desejo do rei Edward de governar a França, que oferecera ao bando uma refeição frugal. – A família Harcourt continua dividida. A condessa dispersou seu bando há mais de um ano. Deitara fogo nas vilas do rei em vingança pelo que fizera ao marido. E... – O homem sacudiu a cabeça, cansado e sem esperanças, para Blackstone e Caprini, que partilhavam a honra de sentar-se à mesa dele. – Então, como todos os outros, ela retornou para casa para tentar salvar o que podia. Até onde sei, ela foi para seu feudo em Aumale. Mais seguro, lá em cima. Queria poder levar meu povo para um lugar como esse. Mas, na verdade, tem havido problema em todo canto. O Delfim está perdendo o pouco controle e apoio que tem. Ninguém sabe o que vai acontecer. Sinto muito, Sir Thomas, não sei onde está sua família.

Essa mesma resposta, Thomas ouviu muitas vezes ao longo do mês que levaram para alcançar a costa. Em cada aldeia que passava ele se lembrava da vida que quase vivera com Christiana e as crianças e os aldeões que dependiam da força de seu braço e espada. Cada curva o fazia perguntar-se se a família estaria por perto.

Blackstone separou-se de Beyard três dias ao sul de Calais, agradecendo ao capitão do Captal de Buch pela proteção.

— Mandei um recado antes, Sir Thomas – disse o gascão. – O barco espera por você em Le Havre. Vá com cuidado. Não sei dizer o que espera por você do lado de lá.

Blackstone e os outros seguiram viagem, dormindo ao relento para que ninguém pudesse identificar seu brasão nem se lembrar da cicatriz em seu rosto. Quando captou o cheiro do sapal no vento, ele dispensou seus capitães.

— Gaillard e Meulon, os dois conhecem Calais. Vocês e os demais arranjem alojamento do lado de fora da cidade e esperem até que Sir Gilbert chegue. John, frei Stefano e eu pegaremos o barco até a Inglaterra.

— Boa sorte na travessia, Thomas – disse Will Longdon. – Arranjaremos um padre e mandaremos que reze por mar calmo e vento suave.

— Então pague dobrado, Will – disse Blackstone –, senão haverá mais de mim no fundo do mar do que chegando à costa.

Os homens riram. Travessias marítimas eram o reino do diabo.

— Temos frei Stefano para acalmar as águas – disse Jacob. – O Senhor não vai nos ignorar.

— Devo avisá-los de que ainda estou pagando pelos pecados que cometi – disse o cavaleiro toscano. – Seria preciso construir uma catedral para obter favores de Deus para comigo.

Blackstone abraçou seus homens, despedindo-se, alertando-os de que permitissem a Bertrand possuir somente uma prostituta por semana, e que o resto do tempo fosse mantido longe dos bordéis. O treinamento do rapaz no cuidado com o equipamento e os cavalos devia continuar, e não lhe deviam dar roupa alguma além do hábito que já usava. Talvez fosse vantajoso ter um monge que pudesse farejar informações na cidade.

Ele sabe farejar mais que isso, Will brincara.

Os homens ficaram ali parados, vendo seu mestre e seus companheiros cavalgarem até sumir de vista.

– Eu achava que frei Stefano fosse duro feito pau de monge no mosteiro. Não imaginava que tivesse senso de humor – disse Will Longdon, seguindo com os demais para a proteção de Calais. – Teria começado a gostar mais dele se soubesse.

Meulon guiou seu cavalo para um riacho, dando com os calcanhares no receoso animal para avançar no raso.

– Não havia nada de humor no que ele disse, Will. Quando cruzamos as montanhas, o senescal do castelo disse que ouvira falar de um italiano de mesmo nome. Um homem da Toscana que cruzava a Itália toda matando e estuprando. Fazia os Visconti parecerem moleques torturando um gato só de brincadeira numa feira de aldeia. O homem tinha mais pecado do que todos nós nas costas quando se virou para Deus e as boas ações.

Longdon fez o sinal da cruz.

– Santo Deus, não pensou em contar isso ao Thomas?

– Ele sabe – disse Meulon. – Por que acha que o fez ir junto à Inglaterra? Um homem como esse busca redenção todos os dias de sua vida. É o escudo de Deus para Thomas.

※

Muito antes que os homens arranjassem e pagassem um padre, Thomas e sua escolta foram abençoados com uma brisa do sul e ondas macias. Semiescuridão encobria a costa inglesa, e já era noite quando aportaram e guiaram os cavalos morro acima, pelo porto de pescadores, na direção das tochas flamejantes nas mãos dos homens que esperavam por eles. Blackstone não tirava a mão do punho da Espada do Lobo. Uma voz gritou:

– Façam o que esse homem mandar... e mal nenhum lhes será feito!

John Jacob cutucou o cavalo para avançar. Blackstone disse baixinho:

– Quem enviou esses homens foi o mesmo que enviou Samuel Cracknell.

– Pode até ser, mas eu me sentiria melhor se soubesse quem eles são.

– Não serviria de nada – disse Blackstone. – Poderiam nos falar qualquer nome que quisessem. Deve ser próximo do rei; do contrário, não saberia o que estava escrito.

Blackstone chegou mais perto da luz da tocha para ver o rosto do homem que falara. Havia pouco a ver de trás do elmo de fronte aberta e da barba grisalha. Não ofereceu a mão para cumprimentar, muito menos fazer amizade, e seu olhar não demonstrou medo quando a sombra de Blackstone deitou-se sobre ele. A autoridade do homem, Blackstone supôs, devia ser suficiente para que ostentasse tão indelével expressão. Posição e privilégio. Homens cuja autoridade não podia ser desafiada. Os seis homens que o acompanhavam não pareciam ávidos por sacar espadas, então não havia ameaça iminente. Pelo menos não ainda. O manto do homem era mantido por uma presilha de prata, na garganta, debaixo da gola de peles, e ele o puxou para baixo, para que Blackstone visse a cruz de São Jorge por cima da túnica almofadada.

– Que mês e que dia é hoje? – perguntou Blackstone.

– Depois de amanhã é dia de Santo Anselmo.

Abril. Tinham chegado à Inglaterra a tempo para o campeonato do dia 23. Quem sabe agora o significado da ordem do rei ficasse mais claro.

– Cavalgaremos à noite – disse o homem. Ele fitou Caprini. – Você é o que cuida dos peregrinos? – ele perguntou, ranzinza, quase incapaz de disfarçar o desdém. – O italiano?

– Meu acompanhante – disse Blackstone, vendo que Caprini não dava sinais de que ia responder.

Cutuque uma ferida e ela sangrará. Cutuque um homem com o *pedigree* de Caprini, servo de Deus ou não, e ele poderá sentir-se ofendido com pergunta tão desdenhosa.

– E ele?

– John Jacob. Meu capitão. Serviu ao rei em Londres e foi-lhe confiado levar um emissário até o filho do rei antes de Poitiers. Um emissário *italiano*. Muito estimado pelo rei. Em quem confia segredos. Como confio nesses homens.

A resposta de Blackstone pareceu satisfatória. Nada mais foi dito, e os homens montaram seus cavalos.

– Adiante! – ordenou o homem à escolta, que saiu cavalgando à frente para iluminar o caminho.

– Quanto de Londres você conhece? – Thomas perguntou a John Jacob.

— Quase nada. Cruzei a ponte uma vez... a grande, com as casas em cima... E servi em Windsor por um tempo. Depois fui enviado à França. Saberá quando chegarmos. Sentirá o cheiro. O rio Tâmisa é um verdadeiro esgoto.

※

Cavalgaram em ritmo firme pelas estradas do campo, alertando cães vira-lata ao passar por aldeias e vilarejos, mas nada mais. Nenhum desafio foi feito, nenhum cavaleiro avançou da mata. Nuvens brancas vagavam pelo céu, logo encobrindo a luz da lua, relegando o grupo mais uma vez à escuridão. Chuvas esparsas percorriam a terra, desabando para sumir assim que homem e cavalo estivessem encharcados. Chegaram, então, à beirada de uma cidade cujo castelo dominava a paisagem. As casas de teto baixo eram muito inferiores à sua grandiosidade. De uma cabaninha saiu um homem com um cetro numa mão e uma tocha em chamas na outra. Ele parecia inseguro quando os cavaleiros aproximaram-se ruidosamente.

— Abra caminho! — gritou um dos cavaleiros da dianteira, quase não contendo seu cavalo.

O homem recusou-se, teimoso, a sair do caminho, forçando o cavaleiro a parar.

— Eu respondo ao governador. Esta estrada pertence ao rei, e tem pedágio — ele insistiu. — Tenho ordens a obedecer.

Pela aparência, o homem não passava de um aldeão local a quem fora concedido o privilégio de um pouco de autoridade. Contudo, um homenzinho com qualquer grau de autoridade poderia causar problemas e, se o cavaleiro que os guiava acreditava que sua posição era assim tão óbvia, estava enganado. O guarda do portal apertou os olhos para enxergar no escuro, tentando ver quem era que forçava seu cavalo por entre o bando de cavaleiros.

— Uma moeda por carroça, um quarto por cavalo — ele recitou. — De cada um, digo.

O homem de manto rugiu uma ordem.

— Saia do caminho agora!

A voz do homem surtiu o efeito desejado.

— Milorde de Marcouf! — soltou o homenzinho, e correu curvar a cabeça, obviamente reconhecendo o tom ameaçador.

E homem nenhum de posição ou riqueza jamais pagava pedágio. Isso cabia somente aos pobres.

Marcouf virou-se na sela e olhou feio para Blackstone. O motivo era que, agora, sua identidade fora revelada. Um francês enviado para escoltar Blackstone para casa. Um mensageiro do rei enviado à Itália e à Gasconha, e franceses para levá-lo aonde quer que ficasse o local.

– Sir Thomas – disse John Jacob. – Não sei onde estamos, mas isto aqui não é Londres.

– Nem Canterbury – disse Caprini, deslizando uma faca para dentro da bota.

※

Apesar da distância que tinham percorrido, os portões do castelo permaneciam fechados, e Marcouf não fez menção de mandar que o abrissem. Uma sentinela os desafiaria a essa hora da noite, e poderia até soar um alarme. Obviamente, Marcouf queria manter a chegada do grupo o mais discreta possível.

Homens vieram correndo do pátio de um estábulo quando os cavaleiros desmontaram.

– Passaremos pelo portão lateral – disse Marcouf, entregando as rédeas a um deles.

Outros começaram a guiar os cavalos para as baias do estábulo, onde aveia e sacos de feno já estavam preparados.

– Estavam nos esperando – disse John Jacob.

– Mas em silêncio – disse Blackstone. Ele entregou as rédeas do cavalo bastardo para um dos rapazes do estábulo. – Ele morde e dá coice. Mantenha-o longe dos outros e não bata nele, ou ele o machucará.

O menino escancarou os olhos.

– Sim, senhor.

– Prenda-o e deixe que se alimente. Escove, limpe os cascos e certifique-se de que haja palha fresca para ele se deitar. Limpa. Nada de tirar estrume e reutilizar, entendido?

O rapaz fez que sim e levou o cavalo dali. Blackstone ficou observando. O rapaz sabia como lidar com um cavalo grande, encostando o ombro no pescoço do animal e trotando à frente para que este o acompanhasse, mas mantendo a mão e o rosto bem longe daqueles dentes amarelados.

※

A escolta trouxera tochas de junco a mais para a jornada noturna, mas agora até as plantas falhavam de exaustão. Mais foram entregues pelo rapaz da estrebaria, e mais uma vez Blackstone e seus acompanhantes foram obrigados a seguir Marcouf. Um homem partiu à frente, enquanto os demais flanqueavam Thomas, Jacob e Caprini. Partiram em trote rápido por entre as casinhas escuras na direção dos muros do castelo e do prado que se estendia além dele. As casas da cidade eram dispostas de modo irregular, uma mistura de sabugo, palha, madeira e pedra. Ruas sem pavimento, enlameadas por causa da chuva, prendiam os pés dos homens, mas a escolta estava determinada a mover-se o mais rápido possível pelas passagens escuras. Quando viraram para uma trilha com marcas de rodas, deram com uma carroça bloqueando o caminho.

Por instinto, Blackstone empunhou a Espada do Lobo. Se aquela era a rua que levava ao portão lateral, seria o local mais óbvio para uma emboscada. Ao ouvir passos, John Jacob meteu o ombro no soldado mais próximo. Esse gesto súbito alertou os demais do ataque vindo da rua escura à esquerda. Flechas de besteiros derrubaram três dos soldados, cujas tochas caíram na terra, projetando uma luminosidade fraca na alameda.

Blackstone viu que John Jacob deduzira a emboscada perfeitamente e gritou um comando para um aturdido Marcouf.

– Vá com ele!

Não era estranho para o normando reagir rapidamente. Enquanto Jacob agarrou uma das tochas e correu para a rua lateral, Blackstone cortou para a direita, ganhando impulso nas rochas do solo terroso, curvado, pronto para atacar qualquer um que estivesse à espreita, esperando para atacar. O primeiro voleio de flechas, a estreiteza das ruas e a escuridão indicavam-lhe que haveria pouco tempo para os atacantes recarregarem as armas. John Jacob e os demais os matariam rapidamente.

Caprini já estava junto do inglês. Atrás dele, palavrões e gritos de dor ecoaram quando aço encontrou aço no contra-ataque de Jacob. Blackstone jogou uma tocha no breu e viu o brilho das chamas revelar o rosto dos homens que avançavam contra ele. Escolha das piores. Por serem muito estreitas, as ruas permitiam que somente três homens pudessem lutar lado a lado, e havia quatro deles. Nas sombras dançantes, Blackstone deixou os dois primeiros atacarem, um passo de distância um do outro. Tinham criado sua própria desvantagem. Blackstone conteve o golpe na guarda da Espada do Lobo e deu meio passo para trás, deixando que o impulso do inimigo o desequilibrasse. Este grunhiu, joelhos cedendo, mão estendida, braço da espada inutilizado. Blackstone girou a espada e meteu na coluna do homem. Ela perfurou a cota de malha, abrindo caminho pela grade, estilhaçando o osso. Não houve grito, visto que o homem não pôde puxar ar para soltar qualquer coisa.

O próprio peso do corpo soltou a espada, que Blackstone puxou para cima, deixando o punho acertar o segundo atacante no rosto. O golpe atingiu bem o osso da face na abertura do elmo. A força do ataque jogou o homem para trás, aturdido e cego de dor, perdendo, assim, a força. Blackstone deu seguimento; pisou no homem e fincou a espada em sua garganta. Caprini movia-se rápido e leve num exercício de matança a sangue frio. Com eficiência e quase sem esforço, ele se defendeu do golpe do terceiro atacante e abriu a guarda por um momento, deixando-o pensar que, por ser mais velho, o frei não suportaria o confronto. Caprini bloqueou o golpe que veio imediatamente em seguida, segurou-o na altura da cabeça e meteu a faca debaixo do braço do inimigo, num ponto exposto. Arquejando de dor, o homem tremeu, seus joelhos cederam, no entanto, ele não tombou – teimoso, desesperadamente agarrado na espada, lutava contra o ferimento que ainda não o matara. Caprini sustentou o peso do homem com a espada e girou a faca, rasgando ainda mais a fundo o corpo do assassino. Este suspirou, como se permitindo com relutância que a vida lhe fosse arrancada. Caprini deu um passo para o lado e deixou o homem cair morto na escuridão.

O quarto atacante hesitou, pegou a tocha caída e usou como arma contra a sombra monstruosa que avançou contra ele. No desespero, arremessou a tocha naquele rosto cicatrizado, mas, com o braço, Blackstone a desviou para longe, soltando muitas faíscas e cinzas da madeira flamejante – uma distração fatal. Involuntariamente, o homem as seguiu com os olhos, concedendo a si somente mais um ou dois segundos de vida.

Caprini correu para a escuridão e logo agachou num dos joelhos, para o caso de outro inimigo silencioso estar esperando, mas não houve mais ataques.

Luzes de tochas foram se aproximando, vindas do local da emboscada.

– Sir Thomas? – chamou John Jacob.

– Aqui, John.

Jacob e os soldados sobreviventes vieram rapidamente até os outros dois, iluminando a cena do confronto. Os homens de Marcouf giravam no lugar, erguendo as tochas, prontos para mais um ataque. A espada banhada em sangue do normando brilhava na luz projetada.

– Assassinos. Não usam brasão algum, não têm mestre – disse.

– Cinco homens – disse Jacob. – Três com besteiros. Deviam ter mandado mais; teriam acabado com todos nós.

– Quatro aqui – disse Blackstone. – Nove homens. Talvez estivessem esperando somente três de nós.

John Jacob cuspiu e cutucou com o pé um dos corpos.

— Mesmo assim, não teria bastado.

Sob a luz do diabo, Blackstone viu seu capitão abrir um sorriso maléfico.

※

Os sons do confronto haviam alertado a guarda do castelo. Blackstone ouviu os passos surdos pela estreita ponte de madeira que cobria o fosso do castelo e levava para o arco pontudo do portão lateral, a outra entrada do castelo a partir da cidade. Traziam tochas que davam luz suficiente para ver o ponto em que terminavam as casas e começavam os prados e a barriga de um rio, a curva da margem. Havia uma imponente torre no escuro, da qual sentinelas teriam visto e ouvido o ataque perpetrado nas ruas. Uma vez cruzado o portão, nos confins do castelo, não haveria escapatória. Se havia alguma chance de continuar em liberdade, ficar num lugar desconhecido tornaria a evasão de um determinado inimigo muito mais complicada. Rios em geral denotavam limites, que por sua vez revelavam donos de terras e lealdades.

— Espere — disse Blackstone, quando viu Marcouf pôr-se a caminho do forte. — Que rio é esse? Onde estou?

O normando parou e virou-se para ele.

— É o Lea. E esse é o castelo Hertford. Norte de Londres, Sir Thomas. Você foi convocado para vir com o máximo de discrição possível. É meu dever protegê-lo, e achei que tivesse tomado medidas suficientes. Peço desculpas.

Blackstone não fazia ideia do local para onde fora levado, mas conhecia muito bem o cavaleiro que os escoltara.

— Lorde de Marcouf. Sua propriedade ficava a leste de Paris, e você apoiou Charles de Navarre em vez de seu rei francês. Lembro-me do seu nome mencionado por meu amigo Jean de Harcourt. Seremos presos aqui?

Marcouf olhou para Blackstone e para os dois homens que estavam um de cada lado. Parte dele sentia gratidão por saber que não haveria conflito entre ele e os guerreiros experientes que o olhavam de cima a baixo.

— Siga a ordem que lhe foi enviada — disse ele. — Homem nenhum deve questionar uma convocação real.

— Nem todos os homens são fora da lei — disse Blackstone. — E já fui atacado mais de uma vez.

Marcouf e sua escolta encaravam os outros três. Ele tinha posição mais elevada, e Blackstone estava sendo impertinente.

– Você foi escoltado em segurança pela França por minha causa, e ordenado a tanto por quem o convocou. Até mesmo um cavaleiro fora da lei deve demonstrar certa gratidão estendendo sua confiança – disse Marcouf, irritado.

Já fora ruim demais, para um homem da idade dele, passar tanto tempo em cima da sela e depois ser forçado a lutar em espaço tão apertado, quase nas fuças do castelo, e agora esse bárbaro de braço torto e cicatriz na cara o questionava.

Blackstone baixou a cabeça, em respeito e agradecimento, e pôs-se a seguir a coluna de tochas que adentrou o pátio do castelo. Não tinha opção além de ir aonde o destino o levava. Por dentro, o castelo tinha construções com vigas expostas feitas muito perto uma da outra – muito provavelmente usadas por oficiais da corte, pensou Thomas, e em algum lugar desse labirinto ficavam os aposentos reais. O local era muito mais impressionante que qualquer solar que Blackstone vira antes. Era o palácio de um rei no campo, e possuía tudo a que tinha direito: capela, um grande salão, cozinhas e escritórios, tudo de que o soberano precisava quando ia caçar longe de Londres. Apesar da pouca luz, com seu olho de pedreiro, Thomas viu o bastante dos muros de pedra e madeira para saber que eram muito espessos. E, como a porta de uma jaula emprisionando um lobo inocente, as imponentes paredes acima do portão seguravam o rastrilho. O trepidar de Blackstone o consumia. Ser guiado por quase meia Europa para encontrar o rei num castelo longe de Londres só podia significar que este pretendia esconder-se dos olhos curiosos da corte. O padre Torellini avisara o cavaleiro de que o rei costumava mandar uma convocação pelo chanceler, então Thomas devia ter sido levado até ali como garantia contra conspiradores. Se fosse o caso, não tinha dado certo. Nove homens jaziam massacrados naquelas ruas escuras como evidência.

– Se fosse o rei quem nos quisesse mortos, Sir Thomas, nossa cabeça já estaria fincada em mastros – disse John Jacob discretamente. – Mas ainda podemos enxergar longe em cima desses muros ao amanhecer.

– Sem dúvida, a vista será linda – disse Blackstone, passando debaixo de um arco pequeno para entrar num corredor escuro.

O sino da capela anunciou as matinas.

Amanhecia.

Fazia 49 dias que tinham tentado matar Thomas em Luca.

Capítulo Vinte e Seis

Isabella, a Bela, usava as vestimentas simples das clarissas por baixo do vestido de veludo. O linho simplório, seco em contato com a pele, negava-lhe o conforto e a sensualidade de um tecido melhor. Ela presenciara o momento em que trouxeram Blackstone para a antecâmara e agora o observava através do tapume de madeira entrelaçada, imóvel, enquanto Marcouf andava de um lado para o outro. Os dois mostravam sinais de terem feito viagem difícil, e ela já sabia da emboscada. Passara a vida toda observando os homens, e tinha intelecto calculista que enxergava através da arrogância que tantos portavam como uma bandeira de guerra. Alguns eram desviados o bastante para serem usados para enfraquecer um inimigo ou ganhar poder. Isabella apaixonara-se certa vez por um homem forte como Blackstone, e juntos eles tomaram a coroa do marido dela, o segundo rei a ser chamado Edward. O cavalheirismo deste era admirável; amava música, poesia e arte, mas era ela quem tinha metal no sangue. O marido era forte o bastante, mas também receoso, algo que muitos entendiam como insegurança; sua ternura mostrava que ele falhara em entender a importância de guerrear e garantir a paz em termos adequados a um conquistador. A força fora herdada pelo filho, o terceiro Edward, e quão disposto ele fora em brandi-la, tomando a coroa que lhe era de direito da mãe regente e do amante, que pagaram o preço: ele foi mutilado e morto; ela, banida da corte. Passaram-se 28 anos desde esse dia fatídico. Agora não havia paixão, somente raiva e dor – e uma mente que ainda podia alcançar a vida dos homens e manipular seu destino.

Blackstone continuava parado. Uma sentinela protegendo os portões de uma terra desconhecida. Era hora de trazer esse cavaleiro da guerra para a luz.

A poção que Isabella tomara aliviara a dor que andava tão insistente, mas a imponência não a desertara nem quando sentada numa cadeira de encosto alto, apoiada em almofadas, aquecida pelo fogo da lareira. Rezara, como fizera diversas vezes durante o dia e a noite, e, olhando para o homem que se ajoelhava perante ela, imaginava se Sir Thomas seria a resposta para essas orações.

A antiga regente permitiu que ele ficasse ajoelhado por mais tempo do que se requeria por costume. Atrás dele, Marcouf já tinha recebido permissão para levantar-se. O velho cavaleiro teria se ajoelhado em cacos de vidro caso tivesse ela mandado, mas a lealdade devia ser recompensada com gentileza. Com um aceno, ela dispensou o camareiro, companhia constante que garantia que tudo fosse como devia ser na residência da rainha. Agora, o necessário era privacidade, e só Deus sabia que havia pouquíssimo desse produto precioso nessa época.

— Muito bem, chega disso — ela disse, sem a menor indicação de que ainda havia gentileza dentro dela. — Por que demorou tanto? Estava perdendo tempo com mulheres e pilhagem? — ela acrescentou, acusando-o amargamente.

Blackstone levantou-se perante a rainha. A luz matinal suavizava os traços do rosto dela, afagando dali a idade, permitindo à imaginação dele ver quão bela ela devia ter sido na juventude. John Jacob estava lá fora, e Caprini fora rezar, enquanto ele, três horas depois, fora chamado para aguardar o encontro com a rainha. Mais sinos tocaram, anunciando as orações. Um pensamento o fez postergar a resposta — se os guerreiros tivessem que passar todo esse tempo de joelhos, não haveria tempo para guerra, e então para que serviriam?

— Alteza, viajei o mais rápido que pude, pensando que fora convocado pelo rei — disse Blackstone, ousando obter respostas na presença de Isabella.

— Não se insinue comigo, Sir Thomas. Não sou uma lampreia sem dentes para morder sua isca. Faça isso por sua conta e risco. Sou o peixe que devora os outros nesta lagoa turva. — Ela viu que a censura tocou o cavaleiro em todo o seu cansaço. — Pensou que o selo fosse do seu rei.

— Sim. E depois me mostraram que pertencia ao pai dele.

— Pelo bom padre Torellini, sem dúvida.

— Sim, milady.

— Olho esperto como a cabeça. Um mediador de confiança. Então um rei morto o convoca e você vem. Por quê?

— O selo do rei basta. Pensei que o rei quisesse disfarçar a convocação — Blackstone respondeu do modo mais simples que pôde. Não havia por que tentar oferecer respostas requintadas. Não para essa mulher. Mas ele não resistiu à vontade de tentar descobrir mais uma vez qual era o motivo que o trouxera até aquele local. – Eu sirvo ao rei.

Isabella o estudou. A ousadia na forma de uma espada empunhada bordada na túnica suja de sangue, lama no rosto e nas mãos, e a cicatriz cortando como um vale o rosto coberto por barba curta. Podia imaginá-lo em combate, lembrando-se das histórias que lhe contaram de como ele se jogara na luta, ação esta que salvara seu neto. Contudo, ignorou a afirmação de lealdade feita por ele.

– E a moeda?

– Um belo talismã, alteza. O que estava inscrito abençoou a minha jornada.

– E aposto que nosso amigo Torellini também a traduziu. Sua falta de educação faz-lhe muito mal, porque assim depende de outrem – ela disse com olhar tão implacável quanto a crítica.

– Não ignoro minhas defasagens, milady – Blackstone respondeu, respeitoso.

– Ah, não? Então tem o mesmo entendimento do resto do mundo – ela respondeu num tom coberto de sarcasmo. – Qual mensageiro chegou até você?

– Mestre Samuel Cracknell, alteza.

Por um momento, ela considerou a resposta. Pelo menos um chegara, então.

– O que se deu com o mestre Cracknell?

– Morto pelos ferimentos. Mas se prendeu à vida o bastante para entregar a mensagem.

Isabella piscou e desviou o olhar por um instante. Pareceu a Blackstone que a notícia da morte de Cracknell era algo que ela não queria ouvir.

– Uma pena – disse ela para si, confirmando os instintos de Blackstone. – Era um homem de armas de valor. A família será recompensada pela coragem e lealdade dele, e você deverá fornecer um relato completo depois. Minha ordem estava além das palavras no papel. Você compreendeu? Ele também?

Blackstone não estava nem perto de descobrir por que estava diante de uma rainha que um dia tomara a coroa e ainda parecia ter muita influência.

– Dia de São Jorge – disse ele. – Tinha que chegar aqui antes desse dia.

Ela sorriu. Blackstone enxergara além daquela mensagem simples. Os instintos da rainha continuavam afiados como uma espada, e ela acertara ao escolhê-lo.

– Ambos somos exilados, você e eu, mas eu sou filha, irmã, mãe e viúva de reis. Era criança quando fiquei noiva; jovem quando tomei a coroa para dar força a este país. Escolho os homens com cautela, Sir Thomas, e escolhi você. – Ela se levantou, e Blackstone curvou-se. – E ao servir a mim, você servirá a seu rei.

Isabella, a Bela, deixou a antecâmara ladeada por suas damas de companhia. Uma vez fora de vistas, a determinação cedeu, e a rainha vacilou; as amas apressaram-se em segurá-la pelos braços. Havia pouca esperança para ela no futuro, mas trazer o cavaleiro exilado para casa poderia fazer muito bem a seu país.

※

Blackstone e seus dois companheiros foram levados a quartos muito melhores do que os alojamentos comuns dos soldados. A roupa foi levada por lavadeiras, e serviram-lhes carne e ensopado, com pão branco cuja base queimada fora cortada. Foram postos guardas na porta – que permaneceu trancada – que ficaram ali, segundo Marcouf, para a segurança dos guerreiros. O cavaleiro normando não fez menção alguma de tirar-lhes as armas, e instruiu aos homens que dormissem antes de partir para Windsor e o grande campeonato.

– Vamos arranjar-lhe armadura – disse a Blackstone.

– Não luto em campeonatos – este retrucou.

Marcouf estava tão cansado e irritado quanto qualquer homem que ficara sem dormir, e exausto da jornada em retorno da costa, no entanto, ainda precisava aguardar ordens de Isabella.

– Você fará como ela instruir – disse com os nervos à flor da pele.

Blackstone rasgou um pedaço de pão e molhou no ensopado grosso, depois sugou a umidade até a polpa ser esmagada dentro da boca, mas não tirou os olhos do outro cavaleiro. Seria perigoso demais contrapor-se a confidentes tão íntimos.

– Com todo o respeito, milorde, ela não me convocou até aqui para lutar num espetáculo qualquer, sem sentido e valor para ninguém mais do que o rei e seus nobres. É uma maldita de uma festa, e não tenho o menor interesse de participar.

Marcouf olhou feio para o inglês, mas soube que perderia a discussão se a prolongasse. Ninguém poderia forçar Blackstone a participar. E o guerreiro tinha razão: era um mero espetáculo, e dos mais caros.

– Tente dormir – disse Marcouf, e passou pelas sentinelas, que fecharam a pesada porta.

John Jacob pegou um pedaço de carne.

– A comida é boa – disse –, e os colchões parecem ter palha suficiente para acomodar um cavalo. Estamos sendo bem cuidados, Sir Thomas. Já que vai incomodá-los, melhor comermos e dormirmos enquanto podemos, antes que nos joguem numa cela úmida.

– Não nos farão mal. Ainda não, pelo menos. Talvez depois de termos feito o que querem; antes, não.

Caprini comia com delicadeza, escolhendo cortes menores e fatiando o pão onde a casca do topo estava mais queimada do forno – um homem humilde que permitia que os outros comessem melhor do que ele.

– Que propósito pode ser o da nossa presença aqui?

Até o momento, ninguém oferecera resposta alguma para Blackstone. Este sacudiu a cabeça. Jacob rasgou um pedaço de pão com os dedos.

– Acha que o filho do rei está por trás disso? Talvez usando a avó para trazê-lo até aqui? Foi ele quem o exilou e tirou tudo de você. O homem carrega uma mágoa e ela vai crescendo a cada dia. Uma armadilha pode ser criada de muitos jeitos diferentes.

Antes que Blackstone pudesse responder, Caprini perguntou, sem saber do que falavam:

– O príncipe guarda uma mágoa com relação a você?

– Sir Thomas tentou matar o rei da França – disse Jacob. – Em Poitiers.

Caprini hesitou com o pedaço de pão antes de colocá-lo na boca.

– O rei da França estará no campeonato. É prisioneiro real do rei da Inglaterra; convidado de honra.

No desejo de chegar à Inglaterra, não ocorrera a Blackstone que o homem que ele jurara matar estaria presente, mas o cavaleiro italiano tinha razão. Caprini inclinou-se à frente, de cotovelos na mesa.

– Ouvi dizer que o rei Edward tem leões e leopardos na Torre de Londres. Talvez, Sir Thomas, tenha sido atraído até aqui para lutar como um gladiador antigo.

– Pode ser, frei Stefano, que seja hora de você ir a Canterbury prostrar-se no local onde Thomas Becket foi morto.

– E perder um espetáculo desses? Acho que ficarei com vocês. Alguém terá de rezar pelo seu bem-estar ou enterrar as migalhas que restarem.

Pela primeira vez na longa jornada até a Inglaterra o rosto de Caprini abriu-se num sorriso, e os três homens riram. Blackstone ergueu a taça de vinho para brindar.

– Aos leões e leopardos. Que reinem por muito tempo.

※

O ar estava seco e leve. Nuvens altas escondiam o brilho do sol quando Blackstone foi escoltado na manhã seguinte pelo pátio do castelo até o portão lateral. O local zumbia de atividade: criados uniformizados e a equipe da casa faziam as preparações finais para a jornada ao sul, até Windsor. Pelo que Blackstone via no interior do pátio, devia haver mais de cem indo e vindo, todos a serviço da rainha Isabella. Ele sabia que os lordes normandos mostravam sua riqueza tendo residências lotadas de servos, mas, agora que a luz do sol chegara a Hertford, valetes, caçadores, cavalariços, escudeiros, clérigos e mordomos corriam feito ratos no celeiro. A carruagem de Isabella ostentava seu brasão dividido – de um lado as armas da Inglaterra, do outro, a flor-de-lis da França. Toda uma hierarquia de criados trazia almofadas de seda bordadas com flores e pássaros, que arranjava como numa cama, e amarrava as faces de uma cortina fina que garantia a Isabella um pouco de privacidade na estrada. Soldados cuidavam de seus cavalos; homens de armas latiam suas ordens. Blackstone, vendo toda essa agitação, deu graças por viajar somente ele com seu cavalo bastardo.

Marcouf e sua escolta cruzaram a ponte levadiça, em direção ao prado no qual uma dúzia ou mais de cortesãos pairavam feito moscas do pântano em torno da mãe do rei, sentada numa cadeira almofadada. Os caçadores estavam de um lado, com dois cachorros, e o falcoeiro olhava para o alto, apontando algo para ela. Os olhos de Blackstone encontraram as silhuetas que se moviam rapidamente sobre o véu branco do céu, e quando o raptor encontrou seu alvo, e atacou o pombo infeliz, Isabella deu um tapinha no braço da cadeira, triunfante. Quando o cavaleiro foi guiado até ela, a ave de rapina já tinha retornado e pousado no braço do adestrador.

– Sir Thomas – disse Isabella. – Dormiu bem?

Uma rede segurava o cabelo bem arranjado, equilibrando a beleza do rosto e a maquiagem que acentuava as maçãs do rosto e o vermelho dos lábios. Como o velado sol da manhã, a rainha projetava um brilho fraco de saúde. O manto estava aberto, mesmo com o friozinho que fazia, e ela parecia estar animada.

Thomas curvou-se.

– Com muito conforto, alteza.

– Ótimo. Temos dois dias de estrada, mas não pude resistir a uma horinha de prazer. Falcões são meu pecado, e sou mimada ganhando-os de presente do meu filho e daqueles que ainda dizem me admirar.

– Estou certo de que sua alteza tem muitos admiradores que são verdadeiros em sua afeição para com a senhora.

Isabella olhou com intenção para o cavaleiro. Toda uma vida junto de servos e cortesãos bajuladores incrustara-lhe o coração com um frágil desdém para com gracejos desse tipo, mas às vezes alguém encontrava as palavras certas e as dizia com a serenidade com que fizera Blackstone.

– Deve ter aprendido que lisonja como essa para uma mulher, até mesmo rainha, não passa despercebida e sem apreço. Foi a esposa de um lorde normando que lhe ensinou a ter modos – disse ela, com o tom de voz indicando que sabia exatamente quem o conduzira de arqueiro comum para homem de armas.

– Milady condessa Blanche de Harcourt – ele respondeu.

– O marido dela era um amigo leal naquela época. Ela lhe ensinou muito bem.

A lembrança de um castelo normando e de uma longa amizade terminada sob a cimitarra às ordens do rei francês passou pela mente do cavaleiro.

A rainha observou-o por um momento.

– Você não é o mesmo homem que eu recebi – disse. A túnica e as calças foram lavadas, as botas limpas, a barba aparada. – Está mais arrumado que os meus cachorros.

– Fui mimado pela generosidade de vossa alteza.

– Foi mesmo.

Foi então que a rainha viu a deusa Arianrhod no pescoço dele.

– Já vi esse amuleto antes. Nossos arqueiros galeses a têm como talismã. Dizem que ela os protege. É uma crença pagã. Você não é galês.

– Não sou. Mas anos atrás um arqueiro galês à beira da morte colocou-a na minha mão em Caen.

A rainha imaginou a cena.

– Onde uma grande matança ocorreu. Não importa. Um soldado procura proteção onde pode.

Isabella levantou-se, e uma criada correu para aproximar-se, mas foi dispensada. A rainha não precisava de ajuda em público; além disso, sua poção do sono a fizera dormir a noite toda, as orações da manhã a fortaleceram e a alegria da caçada recente lhe erguera o espírito. Isabella foi acariciar o falcão encapuzado.

– Tenho vinte pássaros... Falcões, açores, gaviões, alfaneques... um prazer caro. Gasto um dinheiro por dia para alimentar cada um. – Ela se virou para Blackstone. – Mas a habilidade de atacar tão silenciosa e efetivamente vale o preço pago.

Blackstone esperou, mas o olhar da rainha o fez baixar os olhos.

– Não tão desafiador, afinal – disse ela. – Faz bem em não me desafiar, jovem Thomas Blackstone. – Com um gesto ligeiro dela, os cortesãos afastaram-se para deixar os dois a sós. – Você vale o que custa?

– Sempre servi ao rei, alteza. Não peço nada em retorno.

– Mas sua lealdade tem um custo para os outros. Eu sei o que aconteceu depois de Poitiers. Sou uma mulher francesa com família e amigos na França. Conheço as damas da corte, sei os rumores, a fofoca e a verdade do que aconteceu. Você lutou e ganhou a batalha, mas perdeu sua esposa e filhos. E não os forçou a permanecer junto de você. O afeto de um homem lhe trai o coração, Sir Thomas. Você, para mim, é um homem confuso, e eu gosto que as coisas sejam claras. De que outro modo a pessoa consegue tomar decisões?

A rainha deu alguns passos e apontou para o pombo que jazia no chão. Blackstone curvou-se e o pegou. Ela tomou o animal do cavaleiro; o pescoço mole e os olhos opacos, um triste sacrifício para o deleite de uma rainha.

– Você ataca seus inimigos com a mesma ferocidade. Mata com eficiência. Deixa mulheres e crianças a chorar. – Ela pôs um dedo debaixo da cabeça do pombo e ergueu o pescoço muito leve. – No entanto, dá conforto a quem procura. E misericórdia a quem implora. – Dito isso, ela largou o pássaro morto. – De onde um assassino tira tal compaixão?

– Talvez, milady, ela existisse antes, e o matar veio depois.

Ela assentiu.

– Boa resposta. – Isabella ergueu o braço. – Ajude-me até a cadeira.

O gesto quase pegou o cavaleiro de surpresa, mas ele se apressou a dar o braço para ela segurar. No instante em que a rainha o tocou, ele sentiu o peso dela quase tão inexistente quanto o do pombo.

– Confia nos homens que vieram com você? – ela perguntou, sentando-se nas almofadas.

– John Jacob serviu ao rei e a mim com lealdade férrea. O cavaleiro do Tau italiano eu não conhecia, mas ele salvou a minha vida de assassinos e lutou ao meu lado na jornada até aqui. A todo homem que vem comigo confio a minha vida. E a do meu rei.

– Então o que lhe direi é somente para você, pelo menos por enquanto. Decidirá quando será o momento certo de partilhar e com quem. Percebe como estou estendendo minha confiança para você?

Thomas fez que sim, mas sentiu que já tinha sido atraído para a teia. Essa mulher era capaz de incitar o diabo a negar Satanás.

– Então aproveite, porque pode ser facilmente desperdiçada, e a vida do meu neto pode estar em perigo.

E com essas palavras a porta da jaula baixou e prendeu a lealdade do cavaleiro inglês.

Capítulo Vinte e Sete

O campeonato do dia de São Jorge seria uma grande celebração antes de os dois reis chegarem a um acordo quanto ao tratado que daria a Edward muito do que ele desejava da França. Ele renunciaria ao desejo de obter a coroa francesa contanto que sua soberania sobre amplos feudos e condados fosse reconhecida. O resgate do rei John, o Bom, ainda tinha de ser pago, e havia grande preocupação de que isso seria ainda mais postergado por conta dos problemas que assolavam toda a França. O Delfim detinha Paris, mas a violência civil e a luta entre as classes andavam sendo atiçadas por Charles de Navarre, o traiçoeiro genro do monarca francês, que escapara da prisão no ano anterior e queria ser rei. Os impostos não podiam ser aumentados, e o resgate não seria pago enquanto a ordem não fosse restabelecida e a violência, contida – e quem conseguiria tais feitos, ainda ninguém sabia. Se o tratado não fosse ratificado, a demanda não fosse obedecida e o resgate não fosse pago, a Inglaterra entraria em guerra mais uma vez.

– Um rei e uma rainha são divinos, Sir Thomas. Temos a mão de Deus em nossos ombros e temos a grande responsabilidade de curar uma nação e garantir seu futuro – disse Isabella.

Blackstone aguardava pacientemente. Sabia que partes da França estavam tumultuadas, mas o que isso tinha a ver com ele? Paris e o Sena eram a chave do coração da França, e quem quer que controlasse esses dois pontos controlava o país todo.

– Ano passado você ajudou aldeões comuns a insurgirem contra os soldados do duque de Milão.

— Sim, milady. As tropas dos Visconti eram homens contratados que cometiam atrocidades.

— A França sangra com a guerra civil e os salteadores; as feridas apodrecem e produzem veneno. Um rei pode pôr as mãos nos feridos e, se Deus quiser, eles serão curados… ou ele, em sua sabedoria, deixa o aflito morrer. Até sabermos qual é a vontade de Deus, devemos batalhar com os atributos com os quais ele nos abençoou… nosso instinto e inteligência. Seu rei permanece recuado enquanto a França dobra-se sobre si mesma. Isso lhe cabe. Cabe a um rei que aguarda que um tratado seja assinado.

Blackstone entendia a lógica desse raciocínio. Enquanto uma nação se rasgava ao meio, o rei inglês esperava até que emergisse um vencedor. John, o Bom, ficaria desesperado para aceitar os termos de um contrato que lhe deixasse com pelo menos um país para governar.

— Então o rei deixa que outros lutem a sua luta. Isso coloca grande pressão sobre o rei John e o Delfim. Faz sentido, milady. É o que qualquer bom general faria. Soltar os cachorros contra o urso e esperar para ver quem ganha.

Isabella pareceu muito cansada de repente.

— França e Inglaterra são uma. Estamos fazendo mal a nós mesmos. Será uma vitória vazia.

— Não vejo minha função nisso tudo, alteza.

— Mas verá. E ainda hei de instruí-lo. Sua mãe era francesa; sua esposa é francesa. Você serve para o meu plano. Mas primeiro basta que saiba que deve participar do campeonato. É meu desejo, e você lutará com o escudo coberto, e sem seu brasão à mostra. O rei e o príncipe não devem saber que você está aqui. Não ainda.

A rainha levantou-se, e Thomas a viu esconder a dor. Ele deu um meio passo para ela, que se apoiou no braço dele. Num instante, ele viu nos olhos dela não a mais poderosa mulher da Inglaterra e da França, mas uma mulher que morria, que temia por sua família e pelo país que governavam.

— Você não pode enxergar o futuro, Thomas Blackstone, mas posso dizer-lhe que um dia será mais do que uma rainha moribunda que dependerá da sua força.

Isabella retraiu o braço e caminhou corajosamente pelos cortesãos, que abriram caminho e baixaram a cabeça por respeito.

※

O cortejo foi sacolejando lentamente para o sul por estradas que o rei da Inglaterra prometera reparar. Blackstone e seus dois companheiros cavalgavam na beira, com seus cavalos num trote suave. Era uma viagem lenta, laboriosa, que lembrou Blackstone dos vagões de bagagem da guerra. Como uma mulher com dor enfrentava o sacolejar da carruagem, ele não sabia, mas a realeza não era como as pessoas comuns. Eram escolhidos para governar. Divinos. E isso lhes dava o quê? A habilidade de ouvir a voz de Deus? O dinheiro para comprar sua graça, na verdade – pensou Blackstone. Homens comuns lutavam ensanguentados pela benevolência divina. Em silêncio ele agradeceu ao grande mistério de tudo, de um rei e seu filho que construíram uma ponte entre eles e seus soldados. Um rei guerreiro era abençoado por Deus e por seu povo. No progredir da jornada ocorriam frequentes paradas, pois Isabella dava esmolas. Um dia ele contou 170 pobres sendo abençoados pela generosidade dela. Em cada lugar que paravam, Isabella o chamava e usava a força do braço de lutar dele para sair da carruagem. Em cada parada, ela falava cuidadosamente com ele e o atraía ainda mais. Seguindo de perto a carruagem real com seu cavalo, Blackstone sabia que Isabella, a Bela, o atraía para si mais como feiticeira lançando seu encanto do que como rainha dando ordens.

Thomas não foi mais chamado. Na segunda noite, conforme se aproximavam de Windsor, ele viu ao longe centenas de tochas de fogo iluminando os imensos muros do castelo e os campos do campeonato, lotados de flâmulas e bandeiras.

– Acha que cavalgaremos esta noite? – perguntou Jacob. – Negócio sinistro tudo isso, Sir Thomas. E há todo um reino de homens armados lá embaixo.

– Uma rainha chega à luz do dia para ser notada – disse Caprini.

– Aye. Amanhã, John, ela não se esconderá. Ela, não.

Vozes chegavam dos campos distantes. Artistas cantavam, e sua música marcava o ritmo no que parecia ser uma feira de camponeses.

– Bom, campeonato do rei ou não – disse Jacob, olhando para os campos em chamas –, vai ter mulher e bebida. – Ele sorriu. – Eu espero, pelo menos.

Blackstone dirigiu-se a Caprini.

– Deve haver um mosteiro em algum lugar por aqui. Talvez prefira alojar-se lá. Cavaleiros e nobres podem ficar tão bêbados e brigões quanto aldeões de taverna.

– O que os outros fazem não importa, Sir Thomas. Vivo somente a minha vida.

– Como quiser, mas, quando um homem cruza um pântano, um pouco da lama sempre gruda nele.

Dizendo isso, Blackstone cutucou seu cavalo para avançar.

Criados adiantaram-se para preparar o pavilhão de Isabella para o descanso da noite. Blackstone e Jacob jaziam no solo úmido, vendo os mordomos controlando a atividade sem fim do acampamento. O cavalo do pavio curto fora cerceado, alimentado e estava ali por perto. Enquanto não soubesse o que queriam dele, Blackstone preferia ter a chance de escapar se o perigo aparecesse no meio da noite. Serviçais de uniforme corriam daqui para lá, o fogo para cozinhar ardia, comida era preparada e servida, e amas iam e vinham do pavilhão da rainha. Os dois homens, deitados debaixo de uma árvore, enrolavam-se nos cobertores. Caprini tinha ido além do piquete e encontrado um eremitério no qual rezar. Do outro lado do acampamento, um criado novinho, devia ter 6 ou 7 anos, levou um safanão na orelha de um cozinheiro por ter deixado cair alguma coisa. Sem fazer barulho de dor nem reclamar, o menino prosseguiu com seus afazeres, com a voz do cozinheiro o seguindo, dando bronca.

— Sente falta de sua esposa, Sir Thomas? – Jacob perguntou inesperadamente.

A pergunta pegou Blackstone de surpresa. Homens raramente partilhavam seus sentimentos. Suas atitudes falavam mais alto. Embora talvez não seja algo tão estranho de se perguntar, pensou Thomas. John Jacob matara o homem que estuprara Christiana e mantivera silêncio para proteger o nome dela. E, quando Blackstone lutou contra o Padre Selvagem, antes de serem exilados, foi Jacob quem escalou os muros do castelo e trouxe Christiana e as crianças para um local seguro. Jacob era um homem forte; com o cabelo bem curto e a barba por fazer, parecia o tipo que não negava uma boa briga, e em muitas ocasiões Blackstone ficara grato pela teimosia do homem. Tarefa nenhuma era difícil demais para esse capitão.

— Sim. Penso nela todo dia.

— Imagino. É uma boa mulher, e seu filho, Henry, tem um coração de leão dentro do peito. Um pouco inseguro sobre algumas coisas, eu diria, mas é um filho do qual se orgulhar.

Jacob era um dos poucos em quem Blackstone confiava totalmente. Os homens raramente falavam de suas famílias, se sabiam delas, preferindo lembrar-se das prostitutas que davam prazer e da bebida que abafava a memória. Mas John Jacob era mais calado que a maioria.

— Você tem família – disse Blackstone. – No sul, não? Perto de Londres?

— Já tive – disse o capitão sem dar sinal de pesar. – Morreram.

— A peste? – Blackstone perguntou, após uma pausa, tentando lembrar-se de quando tinham falado pela última vez sobre casa e carinho; do pouco que havia de ambos.

John Jacob fez que não, ainda olhando para onde crianças corriam de um lado a outro carregando pratos de comida.

— A fome, nos anos cinquenta. O centeio estocado mofou; as plantações não deram. Tudo que tinham era joio, e ervas assim não mantêm um corpo vivo. Minhas meninas morreram primeiro. Duas delas. Depois os três meninos. Não sei o que aconteceu à Beth. Os vizinhos disseram que ela saiu pela floresta depois de enterrar todos. Os lobos devem tê-la levado.

Jacob disse tudo isso sem emoção, como se contasse algo muito simples, em vez de uma perda imensa numa época que levara a vida de muitos.

— Você não estava lá?

— Não. Em missão para o rei em Flandres, depois de Crécy. De barriga cheia.

Os amigos ficaram em silêncio mais uma vez, e o tempo passou.

Os soldados fizeram mais um piquete, pois o capitão de Marcouf, com mais trinta homens, montou guarda mais perto dos aposentos reais. Blackstone e Jacob tinham sido alimentados, mas não convocados por Isabella.

— Tão ruim não saber o que está acontecendo — disse Jacob após alguns minutos. — Ela tem homens o bastante por aqui para proteger um rei. Nunca estive assim tão perto de uma rainha. E ela falou com você. Em pessoa, você disse, sem mais ninguém junto. Nenhum camareiro, chanceler, mordomo. Ninguém?

— Ninguém — disse Blackstone, dando a última mordida numa maçã de casca mole.

O cavalo baixou a cabeça e farejou a mão do mestre, de lábios retraídos, os dentes procurando a fruta. Blackstone deu-lhe um tapinha leve, fazendo puxar de volta a cabeça, mas o animal raspou o casco no chão e repetiu o pedido. Blackstone cedeu e abriu a mão, deixando o cavalo ficar com o miolo, e virou a mão para cobrir as narinas do bicho. Ele correu puxar a cabeça, pois não queria saber de carinho, tendo conseguido o que desejava.

— Enquanto não descobrirmos o que está acontecendo, John, ficaremos de guarda um por vez. Tem uma isca à mostra, mas não sei por quê. Ainda não.

Os cavaleiros puxaram os cobertores até o pescoço e se recostaram na árvore. Havia sombras o bastante por entre a luminosidade das tochas para alguém zanzar por ali de faca na mão. A poucas horas de cavalgada estava o príncipe que tinha exilado Blackstone e tirado dele as cidades na Normandia. E com ele estava o rei John, capturado, que matara Jean de Harcourt, amigo de Blackstone, o qual ele jurara matar. Fosse lá o que estava além daquele monte, nos gramados do campeonato, havia ódio e mágoa suficientes para alguém querer ver Blackstone morto.

O movimento foi suave, como o voar de uma vespa sobre a neblina da noite, o brilho delicado de uma vela seguido pelo farfalhar macio de um brocado de mulher. Isabella não enviara um capitão da guarda ou o grisalho Marcouf, mas uma jovem que a atendia. A moça apareceu como uma visão, e por um momento Blackstone pensou ter pegado no sono em seu turno e estar sonhando.

– Sir Thomas? – ela disse, mantendo a distância, temerosa de que, se o cavaleiro estivesse dormindo, ele reagisse por instinto com a faca na mão.

Blackstone não se mexeu.

– Sim – respondeu.

– Milady o aguarda.

John Jacob quase se levantou quando Blackstone ficou de pé.

– Tudo bem, John. Mandaram um anjo para mim.

Jacob resmungou ao ver que não havia perigo.

– Ficarei acordado. Anjo ou não, os padres dizem que as mulheres são o portal de Satanás. E elas sabem. Vá com cuidado.

O capitão da guarda abriu caminho quando a moça levou Blackstone para dentro do pavilhão. Um rico brilho alaranjado das velas colocadas ao redor da barraca acarpetada oferecia uma sensação falsa de calor. Isabella estava sentada, envolta por um manto forrado de pele. Um banco fora depositado a poucos metros. Isabella sorriu e acenou para o anjo.

– *Merci*, Jehanne.

A moça afastou-se e voltou para o frio da noite.

Blackstone mantivera a cabeça baixa até que a rainha falou.

– O banco é pequeno de dar pena para um homem do seu tamanho, mas preciso ver claramente o rosto que mereceu a cicatriz por salvar o meu neto. Os olhos entregam a verdade do que uma pessoa realmente pensa, e o que tenho a dizer a você não me deixará dúvida sobre os seus pensamentos.

Blackstone tirou a cinta da bainha da Espada do Lobo e agachou em cima do banco, ficando de frente para ela.

– Faz algum tempo que nossos espiões têm nos dito que um assassino foi enviado à Inglaterra. Aqui, para matar o príncipe. Suspeitam que você seja um desses assassinos.

O jogo de abertura tinha por intenção pegar Blackstone desprevenido. Ele não disse nada, por um momento, pensando nas pessoas que tinham tentado matá-lo – um inglês em Luca, os homens de Visconti na Via Francigena.

— Um assassino mataria o rei — disse ele.

— Se uma guerra prolongada ocorre, até mesmo um rei guerreiro não deve sustentar o esforço necessário. Veja o que meu neto já alcançou. Seria ele o primeiro a seguir na vanguarda em direção à guerra. Mate o príncipe, e você terá um rei enlutado, enfraquecido pela dor... talvez relutante em guerrear.

— Ou inflamado por uma raiva que queimaria o mundo todo, por vingança.

— Nenhum desses resultados beneficia a Inglaterra.

— Então foi o rei que mandou homens para me matar?

— Os mais próximos dele, na verdade.

— Como saberiam que fui convocado?

Isabella não demonstrou pesar.

— Porque alguém da minha corte me traiu.

Traição e conspiração eram fatos diários na vida dos corredores dos labirintos que eram as cortes.

— Sabe quem, milady?

— Ainda não. Foi alguém que sabia que mandei o mestre Cracknell. Descobrirei em pouco tempo. Sempre descubro.

— Quem fica com o selo que você usou, alteza?

— Eu mesma. Se tivesse usado o meu, padre Torellini saberia imediatamente que fui eu quem o convocou.

— Acho que ele sabia, mesmo assim — disse Blackstone, tentando não olhar muito diretamente nos olhos da rainha, mas tão determinado quanto ela a procurar a verdade ou captar qualquer lampejo de mentira.

— Mas ele não lhe disse isso, porque como você confiaria numa rainha desonrada? Uma velha que fica nas sombras?

Torellini, seu velho maldito e desonesto, pensou Blackstone. Havia confidências partilhadas pelo padre florentino e o trono inglês das quais o cavaleiro nunca saberia.

— Os assassinos. Quem são? — ele perguntou.

— O rei perdoou e soltou muitos criminosos quando foi para a guerra. Seus conselheiros sabem quem são. Não é difícil encontrar homens que matam por dinheiro, Sir Thomas. Você mesmo é um deles.

— Não sou assassino.

— Distinção que não será considerada quando descobrirem que fui eu que o convoquei.

— Eles acham que você mataria seu próprio neto?

— Há quem acredite que mandei matar meu marido. Que diferença faz, na cabeça deles, matar um rei e um príncipe?

Pela primeira vez, Blackstone percebeu que a rainha de antigamente fora obrigada a competir pelo poder com aqueles mais próximos de seu filho. Quanta confiança se perdera ao longo dos anos? Quanto afeto permanecera?

— Suspeitarão de você.

— Sim – ela disse sem rodeios. – E você será morto quando descobrirem que está aqui.

Tentaram e falharam, até o momento, mas Thomas sabia que, assim que se mostrasse a céu aberto, indefeso sem seus homens ou qualquer outra proteção, eles o pegariam.

— Estou no fosso dos ursos, não? O que faço?

A rainha girou o punho num pequeno gesto de distração, rodando um dos braceletes de ouro soltos no braço fino, como se pensando na resposta.

— Milady. Sou um homem comum, mas não sou tolo. Não me trouxe até aqui, até este momento, sem saber o que é preciso fazer.

O cavaleiro enxergava a verdade nos olhos dela tão claramente quanto a mensagem escrita que lhe fora enviada.

— Você se inscreverá no campeonato e vencerá o príncipe em combate.

Se ela planejara pegar Thomas desprevenido, fora bem-sucedida.

— Não posso! Já vi bravura em meus homens, mas o rei e meu príncipe são os leões da Inglaterra. Não posso desafiá-los. Na batalha, os homens avançaram contra um inimigo avassalador por causa deles.

Ela viu a angústia no rosto de Blackstone – a admiração e o amor dele pelo rei e pelo príncipe eram genuínos. Mas não fez concessão alguma para com esses sentimentos.

— Você se renderá quando ele souber que foi derrotado. Não é preciso que sofra humilhação, mas ele saberá que o melhor lutador ganhou o dia.

A frustração esmagou o peso de Blackstone.

— Não posso.

— Esse é o único jeito de limpar seu nome e completar a jornada que planejei para você. Serei capaz de convencer o rei de que o que vejo adiante será benéfico para ele. Ele e a Inglaterra.

Blackstone levantou-se, como se algo mais assustador do que enfrentar qualquer inimigo o consumisse.

– Milady, quando luto, luto para matar. Não conheço outra maneira. Minha fúria se liberta sem que eu saiba. Não posso fazer o que me pede – disse ele, como se confessasse um pecado mortal a um padre.

– Enjaule seus demônios, Sir Thomas. Pegue-os pelo rabo e não solte mais.

– Não há como controlá-los uma vez que são soltos, milady. Eles escapam das amarras e me conduzem na batalha.

Isabella desviou os olhos do cavaleiro da cicatriz. A lealdade dele estava fora de questão. Ela compreendia que nenhuma ordem dela jamais forçaria Blackstone a lutar. Seria preciso mais.

– Então nunca mais verá a sua família – disse baixinho.

Blackstone sentiu como se tivesse levado um golpe de maça. Ele hesitou.

– Minha família? Onde estão?

– Em segurança, por ora. Mas somente se fizer o que eu ordenei.

A ousadia ficou evidente na voz dele.

– Diga-me e farei o que ordenar.

– Não se barganha com uma rainha! – ela devolveu. – Você fica de joelhos e agradece por ela dar-lhe a chance de salvar a vida de quem ama.

Blackstone ajoelhou-se e curvou a cabeça. A sensação de esperança de reaver a família foi derrubada por um desgosto súbito para com a mulher que o manipulava. Ele faria qualquer coisa para salvar Christiana e seus filhos.

Até mesmo derrotar o filho de um rei.

Capítulo Vinte e Oito

– Estou na merda – disse Blackstone a John Jacob. – Nunca usei uma lança. Nunca treinei com uma.

– Achava que seu lorde normando lhe ensinara a usar as armas.

– Eu recusei a lança. Você sabe tão bem quanto eu que são inúteis em batalha, a não ser para fincar no chão e atacar os cavalos. Campeonatos são um espetáculo, não para matar.

– Talvez isso não valha mais a partir de hoje – disse Jacob.

– Sua fé na minha morte é tocante.

Jacob deu de ombros.

– Só estou dizendo que o príncipe e seja lá quem luta com ele são bem treinados no uso de todas as armas e foram treinados desde a infância. Não se espera deles que sejam arqueiros ou pedreiros habilidosos. Acho que merda não é bem a palavra certa.

Os dois ficaram em silêncio. Blackstone não temia o combate, mas receava ser ferido pela falta de habilidade com a lança. E, se não conseguisse derrotar o príncipe e provar seu valor, Christiana e as crianças estariam em perigo.

– Se perder, ela falará por você? – Jacob perguntou.

– Isabella? Duvido. Lavará as mãos. Serei o assassino que todos dizem que sou. Mantenha-se bem longe disso, John.

– Fugir da briga não é muito do meu feitio.

– Se eu perder, pegam você. Vá até o rio e tente chegar a Calais. Conte a Sir Gilbert o que aconteceu e retorne à Itália.

— Mais fácil uma puta se entregar de graça do que eu fazer isso – disse o capitão, sem tirar os olhos da armadura que lhe trouxeram para colocar em seu suserano.

Todo cavaleiro de valor tinha uma armadura projetada para caber em seu corpo. Placas mal colocadas balançavam e dificultavam os movimentos do guerreiro, o que era mais uma desvantagem para Blackstone. Quase quatro quilos de desconfortável armadura e um cavalo beligerante não acostumado a cavalgar em fila pareciam ser um problema insolúvel. Jacob esfregou um pedaço de faixa em fiapos da placa peitoral da armadura entre os dedos.

— Todos que nos ajudaram a cruzar a França em segurança serão usados para nos caçar. Não, Sir Thomas, pelo bem de todos, tem que ir até o fim. – O rapaz pôs de lado a armadura, desgostoso. – E não importa o que faça, contenha-se para não matá-lo. Nem mesmo sua deusa pagã nos salvará se não for assim.

Uma figura encapuzada apareceu de trás de uma árvore. Jacob correu sacar a faca para fazer parar o homem que se aproximava.

— Mestre Jacob – disse Caprini no instante em que Blackstone colocou a mão no braço de Jacob, tendo reconhecido quem era. – Gostaria de retornar ao meu saco de dormir.

O cavaleiro do Tau chegara perto demais dos outros dois sem ser visto ou ouvido. Blackstone e Jacob trocaram um rápido olhar.

— Frei Stefano – disse Blackstone –, o solo está úmido hoje; devia ter ficado orando.

Caprini chegou mais perto da pequena fogueira e serviu-se uma colher de ensopado. Jacob cortou um pedaço de pão e ofereceu-lhe.

— Muito grato. Obrigado – disse o frei. A luz do pavilhão espalhava-se pelo prado circundante. – As árvores pingam, muito desagradável; devíamos ter trazido uma barraca. O problema da Inglaterra é que Deus deve enxergá-la como um jardim que precisa de regas constantes.

— Uma garoa na nuca de um homem é um problema que quase não vale a pena considerar – disse Jacob, vendo o cavaleiro do Tau comer lentamente, mastigando cada porção como se fosse sua última refeição.

— Ouvi o que falavam. Seu príncipe só lutará no fim do dia, quando os dois últimos homens tiverem lutado; somente então entrará na fila. Três golpes de lança para cada desafio, a não ser que o desafiante tenha caído do cavalo.

— Como sabe disso? – perguntou Blackstone.

Ninguém lhe dissera a ordem da disputa.

– Posso? – perguntou Caprini, estendendo a mão para outro pedaço de pão. – Sei disso porque sou estrangeiro. Porque não entendo nada desse ritual. E perguntei a um homem chamado Roger Mortimer...

– O conde de March? Falou com ele? – disse Jacob, interrompendo o homem quando cortava o pão. O conde não era mais velho que Thomas Blackstone, mas detinha uma das posições de maior prestígio na Inglaterra. – É ele quem proclamará as disputas. A pessoa não apenas o aborda e pergunta. Ele é o marechal do exército.

Jacob olhou com descrença do italiano para Thomas, que parecia admirado com a falta de formalidade do hospitalário.

– Mas eu perguntei porque, quando estava rezando, vi-o com outros indo para a capela deles. Homens que rezam, mestre Jacob, partilham da mesma alegria. Um cavaleiro do Tau não passa despercebido neste país.

– Peço perdão, frei Stefano. Não quis desrespeitá-lo.

– Não houve desrespeito algum – ele respondeu graciosamente, e então se dirigiu a Blackstone. – Leve o golpe na primeira passada e caia. Para que levar três bordoadas? Cedo ou tarde ele o derrubará. Uma vez que você estiver de pé, ele será obrigado a desmontar e enfrentá-lo.

– Ele é forte como eu. E, se a queda não me tirar os sentidos, logo ele o fará depois que eu tombar.

– Muito bem. Leve o golpe, depois derrube-o – disse Caprini.

– Faz sentido, Sir Thomas – disse Jacob, pondo seu peso na argumentação. – Essa armadura é tão pobre que talvez se desfaça depois do primeiro golpe. Já vi a potência de dois cavalos em pleno galope. Use esse seu cavalo e vá para cima dele. É uma fera terrível nos melhores momentos. Na verdade, nunca vi criatura tão ávida por ir conhecer o diabo à sua própria maneira.

Capítulo Vinte e Nove

O soldado dos Visconti, Werner von Lienhard, insistira em tomar um banho quente antes de ser vestido por seus escudeiros para o campeonato. Servos ferveram água por horas, mas a noite sem sono não lhes rendera gratidão alguma. A flâmula do guerreiro flutuava acima de seu pavilhão, unida às dos outros cavaleiros de toda a Europa a quem fora garantida passagem segura para participar e lutar no campeonato do dia de São Jorge. Centenas de cavaleiros ingleses, alemães, gascões e flamengos puseram de lado antigas rivalidades e deitaram barracas e pavilhões ao lado uns dos outros com vistas para a bandeira real e o estrado no qual rei e rainha se sentariam com seus convidados de honra. Agora, tendo começado a contenda, uma variedade deslumbrante de brasões zanzava por todo canto conforme cavaleiros e seus escudeiros desfilavam no cercado, sob a ovação de centenas de expectadores. Os cavaleiros guiavam seus cavalos enfeitados, que usavam placas de armadura ornadas, ostentando o brasão. Elmos com crista e bandeira brigavam pela atenção feito pavões mostrando para damas de diversas classes sociais vestidas nas cores mais coloridas e belas, enfeitadas de joias. Olhavam-se uns aos outros, com toda a intenção no olhar, pois um festim de adultério seria cometido ao longo dos dias e noites seguintes.

Lienhard já tinha identificado três ou quatro mulheres com quem dormiria até o fim do campeonato. Haveria tempo antes do fim do mandado de proteção que o forçaria a retornar aos Visconti. Havia prêmio em dinheiro para ganhar, além das mulheres, mas os Visconti ofereceram matança desregrada, o que cabia mais ao gosto do guerreiro. Uma matança dessas lhe seria negada durante esse amigável campeonato no qual as lanças teriam capas e os golpes fatais estavam proibidos. A destreza governaria o dia, e Lienhard estava determinado a cavalgar para casa junto dos outros cavaleiros alemães tendo obtido a vitória nesse espetáculo. Golpes amigáveis ou não, homens morriam ou eram feridos, e ele jurara aos Visconti que, dada a chance, mataria Thomas Blackstone – se este aparecesse. Perguntara a muitos se o inglês tinha aparecido, mas ninguém sabia se ele estava presente. Talvez, especulava o guerreiro, Blackstone não sobrevivera à passagem na montanha.

A multidão agitada de expectadores foi silenciada quando os trombeteiros anunciaram o pronunciamento do conde de March de que cada combatente lutaria sobre o cavalo e a pé, armado com qualquer arma de ataque e defesa, exceto os equipamentos projetados para o mal ou os que foram encantados com feitiços proibidos por Deus e a Santa Igreja a todos os cristãos. No estrado ornado de tecido dourado, estavam Edward e sua rainha sentados com o rei francês e outros nobres; com Isabella sendo toda paparicada por uma dama de companhia. Blackstone viu a expressão terna no rosto do rei e admirou a diferença entre seu comportamento para com a família e a agressividade pungente que demonstrava para as tropas no campo de batalha. Um desenho de pássaros selvagens e falcões de asas abertas fora bordado com fios coloridos na túnica e na capa, e o cinto tinha patos bordados, acovardados debaixo dos falcões que sobrevoavam.

Quando Blackstone fora posto pela primeira vez perante Isabella, as roupas dela tinham decoração modesta. Ele quase não prestara atenção à mulher e sua vestimenta, mas nesse dia estava impossível ignorá-la. Era a maior das rainhas. Blackstone vira muitas pedras preciosas, tomadas de mercadores italianos, infelizmente do lado errado do conflito. O preço bom que conseguiam ajudava a alimentar e armar seus homens, além de pagar pelo contrato. Nesse dia, contudo, parecia que Isabella, a Bela, poderia pagar o resgate do rei francês apenas doando suas joias. Esmolas para os pobres. O chapéu de ouro era coberto de diamantes, rubis, safiras e pérolas, e essas pedras preciosas repetiam-se em sua fina coroa de ouro que reluzia na luz. Isabella, a Bela, se sobressaía em meio ao rei Edward, sua rainha e todos os nobres e convidados bem vestidos no estrado real.

— Não é à toa que somos camponeses – disse John Jacob. – Nem todos nós, talvez – ele acrescentou depressa, vendo o italiano.

— Vê algum requinte em mim? Meu rosário é simples como feijões. Fui soldado antes de me tornar hospitalário. Somente reis e nobres têm o direito de vestir-se com tanto luxo. Fico feliz de usar um tecido liso. Quem entre nós precisa de mais?

Jacob resmungou.

– Verdade. Eu me sentiria como um bobo da corte se usasse roupas coloridas.

– Talvez todos nós sejamos bobos da corte para o rei, John. Não precisamos nos vestir bem para tanto.

Os guerreiros estavam bem longe das cores rodopiantes que pareciam ainda mais brilhantes contra o céu cinza. Lanças pintadas e flâmulas ondulantes contribuíam para o espetáculo. Ficou claro, para Blackstone, que o rei ainda demonstrava afeto por sua mãe traidora. Ele pegou a mão dela e beijou, e dispensou a dama de companhia para ele mesmo ajeitar o manto dela, apertando a gola em volta do pescoço. O tempo havia amenizado a traição? Ou talvez ela nunca a cometera? Talvez, como ela mesma dissera a Thomas, a rainha apenas ligasse para a Inglaterra em tudo que fazia e não deixava nada ficar no caminho. Nem mesmo a família de Blackstone. Eram o meio pelo qual o cavaleiro cederia à vontade da regente. Por muito tempo ele observou o rei francês dos cabelos ruivos e cara fechada, sentado muito sério junto de Edward e sua rainha. O rei se mostrava. Esplendor como esse custava caro e estava sendo pago pelos franceses – de impostos aumentados sobre os resgates pagos pelos prisioneiros de Edward. O rei John pagava indiretamente pela festa de Edward; não à toa o rei inglês ria e ovacionava tão alto quanto qualquer outro.

Por boa parte da manhã, Blackstone e os outros mantiveram-se distantes, negando-se a participar do espetáculo para evitar que fossem reconhecidos. Não tiravam o capuz do rosto e ocupavam-se como servos, limpando as armas de Blackstone e ajustando a velha armadura. Urros de apreciação e desespero erguiam-se e afundavam conforme os cavaleiros favoritos ganhavam ou perdiam as disputas. Um grupo de cavaleiros lançou um ataque lancinante de espadas e maças que terminou na queda do duque de Lancaster, ferido e, enquanto outros apanhavam e cediam, a agitação da multidão crescia, sobrepondo-se a trombetas e tambores. Blackstone circulou as fileiras com a mesma apreensão que vivenciava antes das batalhas. A maioria dos homens sentia o mesmo. Todos o escondiam. E Thomas Blackstone não era diferente. Fosse lá o que motivasse os homens a adentrar o tumulto da guerra, virava amigo deles quando metal encontrava metal e o desespero para sobreviver lhes dava força. Era a espera o que mastigava as entranhas de um homem e fazia o suor descer pela espinha. Contudo, Blackstone censurou-se, essa não seria uma batalha até a morte. Era um espetáculo no qual os cavaleiros e os escudeiros que amavam a contenda mostravam sua destreza – pouco mais do que uma sessão de treinamento –, e a segurança da família dele dependia de que ele executasse uma luta convincente. Porém, se o príncipe lutasse tão duro quanto Blackstone testemunhara no campo de batalha, haveria a chance de que este fosse derrotado. Ele cuspiu o gosto amargo que reinava em sua boca. Não era o conflito que o preocupava, mas, sim, que estaria, mais uma vez, em distância que lhe permitiria atacar o rei francês.

Blackstone circulou cautelosamente a retaguarda da multidão, estudando o homem que jurara matar. O monarca francês ergueu-se um pouco do assento quando um cavaleiro da Borgonha derrubou um gascão. Qualquer pequena vitória para os franceses sobre um aliado inglês era motivo de regozijo. O rei John cerrou o punho, vitorioso. Teria ele feito o mesmo quando seu executor decepou a cabeça de Jean de Harcourt? Blackstone pensava nisso, lembrando-se do momento em que gritara no campo de batalha, jurando vingança. Quando o gascão cedeu sob o ataque do cavaleiro borgonhês, entre mais ovações do que teriam se erguido caso o gascão tivesse ganhado, o rei John olhou para a multidão. Blackstone sentiu um arrepio nesse momento. Sua visão de arqueiro era mais hábil que a da maioria, e ele viu o rei francês estreitar os olhos por um segundo. Teriam seus olhares se encontrado? Blackstone preferiu não ficar imaginando. Estava longe demais para ser reconhecido, mas viu o rosto do francês tão claramente quanto no dia em que abrira caminho no campo de batalha de Poitiers e esteve a dez passos de matá-lo.

O momento passou. Os reis francês e inglês aplaudiram. Tambores e cavalos relinchando chamaram a atenção.

Um rugido ensurdecedor de vozes cobriu o gramado do campeonato. Um par de cavaleiros ficava feito guardas em cada ponta das fileiras, barrando a entrada pelos portões de qualquer um que não fosse lutar. Seguravam lanças em frente à entrada. Atrás de cada um deles, os dois guerreiros seguintes seguiam para os bancos de montar. A voz de um arauto foi sufocada por uma onda de empolgação quando a flâmula do príncipe de Gales apareceu numa das pontas. Não havia por que anunciar quem seria o próximo a disputar. O cavalo dele apareceu coberto com um manto preto que levava as cores do campeonato do príncipe em três plumas de avestruz. Num campeonato amigável como esse, o brasão real não seria ostentado. As mesmas três plumas de avestruz eram retratadas por cima de um fundo preto no escudo. O elmo era adornado com a crista de um leão, de couro curtido. No centro da fileira, o marechal do campeonato ergueu o braço, preparando os combatentes. Como que por ordem, a multidão silenciou – tanto silêncio que o bufar dos cavalos e o clique dos visores sendo baixados soaram muito altos. Criados seguravam os cavalos pelo freio, ajudando cada cavaleiro a controlar o poder que agora demandavam que fosse libertado, e entregaram a cada homem o seu escudo. O marechal baixou o braço e sua voz carregou a ordem de liberar os cavaleiros.

– *Laissez-les aller*!

Os guardas se apressaram a sair do caminho, erguendo suas lanças, deixando passar os cavalos insurgentes. Uma exclamação de expectativa ergueu-se, passando da admiração à sede de sangue. Edward de Woodstock, o grande príncipe, vencedor em Poitiers e captor do rei francês, curvado, de lança firme, disparou contra seu oponente pelos setenta metros que os separavam; setenta metros que foram devorados em sessenta segundos. O inimigo acertou o escudo do príncipe um segundo antes de este encontrar seu alvo, mas o príncipe recebeu o golpe num ângulo correto e sua lança estilhaçou ao atingir com tamanha precisão que o impacto ergueu o oponente da sela. Combinados, o peso de cavalo, homem e armadura e o impulso de esmagar ossos levitaram o homem para além da sela. Quando seu corpo caiu com um baque no chão, Blackstone soube que o braço do escudo do homem fora quebrado. Seus olhos acompanharam a ponta cega da lança no momento em que o príncipe a baixara. Edward não vacilara a mira, nem mesmo quando levara o golpe resvalado em seu escudo. Foi o ataque de um cavaleiro muito bem treinado. Não era mero esporte. O príncipe queria mesmo vencer, e Blackstone entendia que essa intenção fria e deliberada o faria igualmente fracassar na disputa.

– Ele não se levantará – disse Caprini. – Machucou-se muito seriamente.

Criados correram para ajudar o cavaleiro derrubado. Pelo jeito que o corpo dele estava mole, Blackstone soube que o ombro do homem fora deslocado. O príncipe retirou-se para trás do portão para aguardar o oponente seguinte, aplaudido por rei e plebe, ovacionado por uma multidão que reverenciava seu príncipe herói.

– Sir Thomas – disse o frei. – Não vencerá esse homem na sela. Angule seu escudo ao alto, assim. – Ele dobrou o braço para demonstrar. – Deflete o golpe, erga-se nos estribos. Derrube-o ao chão junto com você. Somente então poderá vencer.

– Você tem bastante confiança em mim – disse Thomas.

Caprini não tirava os olhos do príncipe, sendo mimado por criados.

– Vejo a fraqueza e a força de um guerreiro. Ele estava apontando para a cabeça do outro. Se atingir a cabeça, um golpe daqueles pode quebrar o pescoço de um homem, no pior cenário. No melhor, ficará desmaiado por muito tempo. Seu príncipe é conhecido como um grande benfeitor, mas aqui não; não quando ele luta.

John Jacob demorara-se para vestir Blackstone. Após o banho, este vestira uma camisa de linho e por cima uma túnica acolchoada para ajudar a proteger as costelas. Enquanto Jacob atrapalhava-se com feixes e camadas de roupas e armadura, Thomas procurara controlar a impaciência. Para poupar a força de seu mestre de suportar o peso da armadura no peito e nos ombros, Jacob vestiu-o dos pés à cabeça, acrescentando peso peça por peça. Por cima dos sapatos de couro de Blackstone ele depositou a cota de malha dos pés, depois a placa de armadura das panturrilhas, joelhos e coxas. Sobre o torso ele pôs uma malha sem mangas e cingiu a cintura de Blackstone com um cinto de couro.

— Deus, John, serei seccionado feito uma minhoca esmagada — murmurou o cavaleiro quando Jacob encontrou um novo encaixe.

— É para manter suas entranhas no lugar — disse Jacob, prestando atenção ao que fazia, determinado a dar a Blackstone o máximo de proteção possível. — Quando foi a última vez que teve que fazer isso?

— Nunca.

— Deus misericordioso, espero que tenha comido bem no café — Jacob respondeu sem interromper a preparação, ajustando a placa peitoral e depois as partes dos ombros e braços. — Muito apertado nos braços?

Blackstone ergueu e girou o braço de lutar.

— Não. Está bom.

— Melhor que esteja. Nosso príncipe terá a melhor das armaduras. Se pegar com a parte cega da espada, ela vai escorregar como água pelo vidro. Ataque forte e ponha peso em cima. Forte, Sir Thomas. Terá que ganhar dele na força.

— Ele não é nada fraco.

— Mas não ficou subindo e descendo aquelas montanhas malditas da Itália por quase dois anos enfrentando bárbaros húngaros que demandam muita matança.

Jacob checou seu trabalho, olhando Blackstone de cima a baixo como uma mãe preocupada com o vestido da filha.

— Está bom — disse, enfiando as manoplas da armadura com o forro de couro para prender-se às mãos de Blackstone.

Este foi obrigado a curvar-se para que o capitão pudesse colocar o gorro de couro em sua cabeça. Antes de passar ali o elmo, pôs uma coifa de malha para proteger pescoço e ombros. Não usaria túnica por cima para mostrar o brasão. E o elmo, sem crista, foi ajustado na cabeça do cavaleiro.

– Nem sua mãe o reconheceria, Sir Thomas. Pensando bem, nem eu, se aparecesse na minha frente vestido desse jeito.

Jacob passou as costas da mão na boca e cuspiu, satisfeito. Estava suando de tanto cuidar de Blackstone. Só Deus sabia a sensação de ficar dentro daquele caixão de metal.

– Está quase na hora, Sir Thomas. Os rapazes levaram seu cavalo para o banco de montar. Cerceei-o e mantive o capuz. Não quero que saia correndo por aí e chame atenção para nós.

Blackstone fez que concordava, vendo a figura do rei francês imergir de volta no mar de ricas cores da nobreza no estrado.

– Muito bem. Mantenha meu brasão coberto na sua túnica e no escudo, e quando eu cair caberá a você reaver meu cavalo.

– Aye, eu e mais uns doze. Será feito. Só não sei bem como.

Blackstone voltou-se para Caprini.

– Você deu sua palavra de não mencionar meu nome, frei Stefano.

– Eu a mantenho. E se houver alguém que queira fazer-lhe mal, mestre Jacob e eu o protegeremos. É minha intenção levá-lo até Canterbury. Sinto que uma peregrinação faria bem a você.

O trovejar de cascos ribombou pelo gramado, e o choque e o rugido da multidão avisaram que o príncipe derrubara mais um oponente.

– Ele está se aquecendo – disse Jacob. – Os músculos estarão soltos agora, mas ele estará quente. Terá suor nos olhos. Mais uma chance, quando retornar e tirar o elmo para que um criado limpe o rosto dele. Não vai tirar as manoplas e fazê-lo ele mesmo. Ele quer a terceira vitória e depois poderá cear e fazer seja lá o que fazem os príncipes após as disputas. Mijar num penico de ouro e transformar em vinho, eu não duvido.

Blackstone sentia a camisa de linho enrugada entre os ombros torcida feito corda por causa do suor que lhe encharcava debaixo da jaqueta acolchoada, da malha e da armadura. Esquecera-se de quão incômodo era tudo aquilo e por que ele e os seus preferiam lutar sem armadura.

Caprini apareceu para escoltá-lo até o local.

– Ouviu isso? A multidão? Um cavaleiro alemão, o melhor que vi. Limpou o gramado. Estamos vendo o melhor de todos eles hoje, Sir Thomas. Lembre-se do que disse e passará por isso com honra.

– E ainda poderei andar, espero – disse Blackstone. – Não vejo com alegria nenhuma a ideia de lutar com o príncipe.

Quando se aproximaram do banco de montar, o cavalo bastardo ergueu a cabeça, sentindo o mestre chegar, mesmo encapuzado.

– Que Deus ajude a nós dois – Blackstone murmurou.

Se pudesse alcançar a deusa de prata em seu peito, aninhada debaixo do colarinho de aço, teria invocado a bênção dela. Os cavalos dessas disputas eram tão bem treinados quanto os homens que os montavam. O de Blackstone era um instrumento de guerra flamejante. E parecia tão irritado quanto seu mestre de ter que usar tanta proteção. O animal fora coberto por manto branco, uma peça de cabeça chanfrada com pedaços de metal sobrepostos e aberturas para os olhos, orelhas e narinas, e cortinas de malha protegiam as laterais, enquanto uma cobertura forte de couro curtido protegia o peito.

Trombetas berraram, e a voz do marechal espalhou-se por entre os pavilhões. Um desafiante desconhecido estava para entrar no gramado. Rumores diziam que não passava de um dos mais próximos amigos do rei disfarçado de cavaleiro pobre – uma brincadeira, assim como quando o rei e seu filho vestiram-se de oficiais da cidade para disputar e derrotaram todos os demais. Outros diziam ser o lorde gascão Jean de Grailly, que retornara mais cedo das cruzadas na Prússia. Havia aqueles que afirmavam ter ouvido de fontes confiáveis que era um famoso cavaleiro espanhol. Rumores após rumores falharam em descobrir o nome do cavaleiro que logo apareceria sem brasão. Era uma excitação a mais, algo que incitou o interesse da multidão. Um bom jeito de encerrar o primeiro dia do campeonato.

A Espada do Lobo vinha presa a um anel amarrado na patilha da sela; machado e maça foram presas e amarradas no cinto. John Jacob ajustou a brida de aço do cavalo, cujos dentes amarelados batiam e mordiscavam o freio.

Blackstone acenou, e Jacob retirou o capuz. O cavalo estremeceu, baixou a cabeça, lutou contra as rédeas, tudo para testar o mestre. As pernas do bicho sustentavam seu corpo com firmeza, não muito tensas – não ainda –, porque, fosse lá o que Blackstone ia precisar dele, seria comandado pela pressão nas pernas.

– Tudo sob controle – ele disse a Jacob.

Caprini apareceu e pegou o escudo de madeira sem marca, envolto em couro, de um criado. Ele o ergueu para que Blackstone pudesse passar o braço torto por trás das tiras.

– Acho que você tem chance. Erga-se quando for atacar – disse o frei. – Erga-se e incline-se para a frente no momento do impacto. Ele fará o mesmo, mas o homem que levar o golpe primeiro sofrerá menos. Ele se curva, mas você terá potência extra para atacar um golpe mirado para baixo. Pode salvá-lo, porque ele vai mirar no seu escudo. Depois vá para o chão quando estiver pronto.

Blackstone não tinha muita certeza se o velho osso quebrado que entortava o braço que segurava o escudo aguentaria um impacto daqueles. Outro criado entregou-lhe a desajeitada lança de freixo, de mais de quatro metros de comprimento, grossa na base para prender debaixo do braço, com um ponto cavado para a manopla agarrar, logo atrás de uma guarda simples. Na ponta, um aparato em forma de coroa de três pontas cobria a ponta da lança. Thomas sentiu-se esquisito – preso feito uma cobra enrolada num cesto de ferro.

– Graças a Deus, não tem ponta – disse ele, referindo-se à lança.

Ele ajustou a base no bolso gasto do suporte no estribo para firmar até que chegasse a hora de empunhá-la.

A persistente batida pulsante do coração do cavaleiro martelava até seu elmo. John Jacob ergueu-se no banco de montar e levou um odre de vinho aos lábios de Blackstone.

– Vinho e água, Sir Thomas. Leve a briga até ele. Precisará disto.

Blackstone engoliu, grato pelo alívio em sua boca seca.

Manteve o cavalo em prontidão, com a cobertura simples tão tristonha quanto a pelugem de uma só cor. Duas criaturas sem símbolo, sua identidade camuflada por vestimenta monótona, prestes a lançar-se à agitação de cores que fervilhava com toda a pompa.

Thomas acalmou a própria respiração, sentiu o cavalo tranquilizar-se e soube, de algum anjo de Deus que pairava acima de seus ombros, que não tinha nada a temer.

Jacob e Caprini afastaram-se. Agora que Blackstone estava armado e pronto, nenhum contato adicional era permitido. Ele baixou o visor e mergulhou em claustrofóbica escuridão – a fenda estreita quase não permitia que enxergasse à frente. Uma lembrança fugaz de milhares de cavaleiros franceses avançando contra ele e os outros arqueiros deu-lhe um momento de horror imaginário. O modo com que assassinaram aqueles pobres coitados enfiados nesses caixões de metal. Que terror teriam eles vivenciado? Entretanto, mesmo assim, eles avançaram.

O cavalo bufou, baixou e ergueu a cabeça. As orelhas apontaram para a frente. Músculos enrijeciam-se e tremiam. Vontade de lutar. Blackstone não pôde conter o lapso de antecipação misturada com alegria. Ele riu.

– Você tem a força e os colhões de um touro – disse ele ao cavalo. – Graças a Deus por isso.

Os guardas do portão ergueram suas lanças e recuaram um passo.

A voz do marechal chegou até ali.

– *Laissez-les aller!*

Capítulo Trinta

Blackstone grunhiu com o esforço, desesperadamente sugando ar nos sombrios confins do elmo. Tudo parecia errado. Alguma coisa raspava sua virilha em contato com a sela, o linho enrugado roçava as axilas, e o trote irregular do cavalo, aos solavancos, fazia o campo de visão de Thomas pular sem parar. Com escudo e rédeas na mão esquerda, ele puxou a cabeça do cavalo para cima, enfrentando o animal desgovernado que parecia apenas querer atacar o outro garanhão que avançava contra eles. Blackstone xingou e tentou manter o bicho em curso, mas entre o cavalo belicoso e a lança vacilante ele procurou manter o oponente em vista dentro da estreita fenda do elmo. A frustração transformou-se em raiva. *Maldição! Pelo amor de Deus! Vamos! Reto! Reto, pelo amor de Deus!* Uma voz berrava na cabeça dele. Thomas usava as pernas para tentar colocar o cavalo agressivo no curso correto e não perto demais do príncipe que avançava para ele. Vira cavaleiros serem feridos seriamente quando os cavalos colidiam, e também havia o fato de que nem sempre era possível aos cavaleiros executar um golpe exato contra o escudo por causa do vacilar das montarias. Ele manteve a lança apontada da direita para a esquerda, em frente ao peito, angulada perto da beirada do escudo. A ponta vacilava descontroladamente, e, em meio à raiva, Thomas sentia o desespero de pensar que seria improvável que conseguisse acertar o escudo do príncipe. O instinto do arqueiro sempre lhe permitia guiar a flecha na direção do alvo, e esse instinto o resgatava nos momentos finais, pouco antes de os combatentes se aproximarem. Ele soltou um pouco as rédeas entre os dedos, deixando o cavalo beligerante virar a cabeça como se fosse atacar o outro, enquanto angulava o escudo. Erguendo-se à frente na sela, Thomas focou seu peso e esforço nos quadris e coxas, deixando os músculos tesos das costas transmitirem sua força para os ombros e braços. Instinto, raiva e ousadia ajudaram os olhos do cavaleiro a mirar a ponta da lança no escudo preto do oponente.

Madeira estilhaçada. O impacto esmagou o escudo de Thomas contra as costelas dele e o jogou para trás, por cima da sela; somente a força das pernas foi capaz de segurá-lo no cavalo. O braço do escudo ardeu de dor, e a cabeça levou uma enxurrada de sangue; em algum nível acima disso tudo veio a gritaria da multidão. Foi com muita gratidão que ele sentiu o nó extra que John Jacob dera no cinto, usando os músculos do abdômen contra a peça para endireitar-se na sela. Uma das pernas, ele pressionou na lateral do corpo do cavalo; com a outra ele o chutou para que virasse. Quando o cavalo virou, ele viu que o príncipe ainda não tinha se organizado nos estribos e que a montaria deste seguia aos tropeços. Thomas executara a primeira passagem, mas não desejava repeti-la. O animal atacara a montaria do príncipe no embate, e agora todos os olhos não largavam o príncipe. Blackstone quis desesperadamente abrir o visor e sorver ar, mas apenas ajustou o cavalo, exerceu força contra a vontade deste e o fez parar, impaciente, deixando a fera berrar e bufar o cansaço e a frustração. A lança perdera dois terços a partir da ponta, como a do príncipe. Seguindo o exemplo deste, Thomas largou-a. Ele estava prestes a fingir que se ferira e escorregar da sela, mas foi poupado da humilhação quando viu que o cavalo do príncipe mancava, ferido durante o contato. Blackstone viu o homem que fora o último que vira em Poitiers descer da sela, enquanto criados corriam para tomar as rédeas. Gritos e aplausos comemoraram a recuperação do príncipe. Blackstone reparou que tinha conseguido cansar o filho do rei. Mas isso não disfarçava a raiva do príncipe, que veio num passo firme na direção do oponente, tendo sacado a espada do anel na sela. Blackstone sacou a Espada do Lobo e desmontou. John Jacob foi com mais quatro cavalariços pegar o cavalo do mestre. Blackstone não disse nada quando seu capitão tomou-lhe as rédeas das mãos, mal ouvindo o que ele dissera.

— Sangue de Jesus, você sacudiu a cabeça dele, Sir Thomas. Acabe com ele.

Blackstone já caminhava na direção do estande real com o punho confortante da Espada do Lobo na mão. Agora que tinha sobrevivido ao embate de lanças, sabia que poderia fazer o que lhe vinha mais naturalmente. O homem de elmo ornado e armadura escura e polida coberta pela túnica do campeonato veio até Thomas, mas dava para ver um ligeiro desequilíbrio na marcha do príncipe. Talvez, pensou o cavaleiro, o impacto tenha torcido os músculos dele. Blackstone sentiu grande empolgação ao apertar o passo, sabendo que a multidão agora aplaudia com aprovação sua vontade de enfrentar o príncipe de Gales.

Nenhum dos guerreiros esperou que o outro atacasse primeiro, mas colidiram os escudos, na esperança de desequilibrar o oponente. No instante do impacto, Blackstone reparou, apesar de o príncipe ser quase da mesma altura e constituição física, que tinha vantagem sobre Edward, que recuou meio passo. A multidão não percebeu nada, somente que o príncipe firmou as pernas e golpeou a espada para baixo, acertando o elmo de Blackstone. Como um sino de igreja, o tilintar da espada reverberou lá dentro. Nenhum dos guerreiros cedeu nem recuou; apenas continuou atacando o oponente com golpes incansáveis. Um ouvia o outro grunhindo de cansaço, e ambos ignoravam os gritos crescentes da multidão. Blackstone esqueceu a promessa feita a Isabella. Tudo mais dissolveu-se numa lembrança borrada conforme ele mandava golpe atrás de golpe contra o herdeiro do trono. Edward lutara com alegria juvenil em Crécy e como guerreiro mais experiente em Poitiers, e toda uma vida de zelosa ambição de um dia ser um rei guerreiro como o pai o levara a atacar Blackstone. Entretanto, cada golpe fazia este defender-se, cada manobra que virava corpo e escudo o cavaleiro bloqueava. Nenhum dos guerreiros conseguia superar o outro, mas Edward começava a cansar-se, sua força enfraquecendo. Blackstone sentiu-o com a mesma certeza que tivera, na época em que era arqueiro, de que suas flechas encontrariam o alvo.

Ele viu o príncipe mudar o peso nas pernas, apoiando-se no pé de trás, procurando pose mais firme contra o ataque incessante. Blackstone o dominara. Nesse instante, o regente entendeu que o cavaleiro que enfrentava era mais forte. E letal. Blackstone avançou um pouco mais e sentiu o príncipe recuar dois passos, vacilando. O suor ardia nos olhos de Thomas, sua boca estava seca de tanto esforço, e uma dor lancinante rastejava de seu antigo ferimento para o ombro. Ignorando o desconforto, ele chegou mais perto do príncipe, ouvindo o respirar dificultoso do homem, tão desesperado quanto o seu. Já não era mais competição. Era um combate corpo a corpo que fazia os homens tomarem atitudes desesperadas para sobreviver. O sangue mestiço de Blackstone punha de lado qualquer código de honra de disputa – ele e o príncipe comprometeram-se a uma luta que podia acabar em um deles sendo seriamente ferido. O desejo feroz de sobreviver misturava-se aos músculos deles. Blackstone meteria o escudo nele, depois varreria as pernas com a sua, e o príncipe ficaria incapaz de erguer-se, com o peso da armadura e a exaustão crescente de seus músculos – seria o fim do embate.

Além do elmo do príncipe, Blackstone viu uma faixa de cores borradas que se definiu naqueles no estrado que se inclinavam para a frente, ansiosos. A fúria que o possuíra para lutar seria a sua ruína. A lembrança da família jazia muito além do horizonte. Via somente o adversário, e nada mais. Nada mais importava.

Contudo, como se a deusa pagã tocasse o coração de Thomas, um lampejo do rosto de Christiana passou por sua mente. A beleza da esposa pegou-o de surpresa. Como sempre fizera. Ela o estava chamando. Dando um passo deliberado para trás, ele ergueu a Espada do Lobo para defender-se, em vez de atacar. Aproveitando a oportunidade, o príncipe atacou firme e rápido, executando um golpe que fez tremer o elmo de Blackstone. Um homem inferior teria caído de joelhos. Blackstone sentiu gosto de sangue na boca, e com um gesto permitiu que a cabeça caísse em submissão e os braços se abrissem em rendição. A amargura que sentiu não veio somente do sangue.

Os dois homens levantaram-se, arquejando de exaustão. O príncipe Edward ergueu o visor; o suor fazia seu rosto brilhar, e Blackstone viu que o regente também mordera a língua, pois vazava sangue de sua boca. Em meio aos arquejos, o príncipe expressou sua ordem.

– Mostre-se.

Blackstone ignorou a dor no corpo e a incômoda armadura e ajoelhou perante Edward.

– Estou aqui para servi-lo, meu príncipe, não lhe fazer mal – disse, e estendeu a Espada do Lobo num gesto que sabia que o príncipe se lembraria de Calais, quando deu a Blackstone seu brasão... a espada, erguida como um crucifixo, envolta por manoplas de metal.

O príncipe escancarou os olhos.

Nenhum dos dois disse nada. Blackstone cortou o couro que cobria seu escudo, expondo seu brasão. Depois abriu o visor. O que viu foi uma raiva fervilhante ainda existente.

– Sua ousadia não tem limite. Você me desafia, retorna marcado como assassino, e nos desafia no intuito de nos permitir superá-lo.

– Não, milorde. O senhor se aproveitou da minha hesitação. Eu não facilitei. O senhor venceu.

Edward cuspiu sangue.

– Levante-se, maldito! Mostre suas cores para o nosso pai. – O príncipe curvou a cabeça para o estrado real. – Senhor! O dia acabou. A vitória é nossa. Pedimos permissão para nos retirar deste campo.

O rei Edward sorriu, ergueu a mão num pequeno gesto de permissão e, conforme o príncipe caminhava para o portão, a ovação cada vez maior do público reconhecia o seu sucesso. Os olhos do rei pousaram no homem que chegara perto demais de derrotar seu filho. Que o teria espancado caso ele não tivesse cedido. Blackstone virou o escudo. E curvou a cabeça. Não havia necessidade de o rei ver a cicatriz no rosto escondido dentro do elmo. O rei guerreiro ficou menos contrariado ao ver Blackstone, e permitiu-se um sorriso indulgente.

– Sir Thomas Blackstone – disse, apreciando um prazer escondido ao sentir o rei francês, ao seu lado, retraindo-se ao ouvir o nome do inglês. – Você dissolve as mentiras que ouvimos sobre você e confirma sua ousadia belicosa. *Desafiando a morte*. Pensamos em mandar prendê-lo, mas seus esforços aqui agradaram a multidão – disse ele, depois parou. – E pelo que ouvimos, é um campeão entre os homens comuns. Cabe a nós sermos misericordiosos.

Blackstone ergueu os olhos. Obviamente, a coroa inglesa fora informada das aventuras dele na Itália.

– Que Deus o abençoe, meu mestre.

– Nossos divinos, Sir Thomas; você, pelo visto, é amparado pelos anjos de Deus. Tanto os que ascendem quanto os caídos. Como será que encontrou o caminho até a nossa porta? – O rei olhou para Isabella, que não encontrou o olhar do filho, resumindo-se a olhar resolutamente para o guerreiro que cedera às suas vontades. – Sem dúvida, esse segredo nos será revelado com o tempo.

O rei estudou o cavaleiro por mais um tempo. Não via Thomas Blackstone desde aquele dia em Crécy, quando seu corpo quebrado era aninhado por um padre, cercado pelos maiores cavaleiros da Inglaterra, todos confirmando a proeza e coragem do rapaz. Daquela figura ensanguentada erguera-se um cavaleiro com uma reputação que não podia ser ignorada – nem negada. O rei levantou-se para ir embora, mas, antes de curvar a cabeça para Blackstone, olhou bem nos olhos do rei francês. Este não pretendia ceder. Um arremesso determinado da Espada do Lobo poderia alcançar o peito de John, o Bom. O coração dele seria rasgado, e a promessa de vingança de Blackstone seria cumprida. Mas isso não salvaria a sua família.

Ele se curvou o mais fundo que pôde, apesar da maldita armadura e do cinto justo que apertava pele e músculos; como um monge a flagelar-se, ele se apertou forte contra o material, para pagar pela promessa quebrada.

Penitência.

※

O cavaleiro do Tau ajudou John Jacob a retirar a armadura e a malha de Blackstone. As placas mal ajustadas tinham maltratado a pele dele, e as costelas já começavam a mudar de cor por causa dos hematomas.

— E o meu cavalo, John? – ele perguntou a seu capitão, que pôs de lado a última peça de armadura, com desgosto.

— Aye, já está amarrado e alimentado. De tão agitado que estava, foi preciso meia dúzia de homens e outro capuz na cabeça para acalmá-lo. Ele aquietou um pouco quando o despimos. Quase não fez marca nenhuma. E como, em nome de Deus, ele não esmagou as suas pernas, não sei dizer. Pensei que ele fosse arrancar a cabeça do cavalo do príncipe às dentadas. Santo Deus, Sir Thomas, teriam desqualificado o senhor antes mesmo de subir na sela se soubessem quão maldito é aquele cavalo.

— Mas ele não está ferido?

Jacob fez que não.

— Nenhuma marca, até onde vi. A pele dele é mais forte que a sua. Cerceei-o de novo porque está chutando qualquer coisa que se aproxima. Devíamos tirar as ferraduras. Isso pode poupar outro cavalo de ficar machucado – disse ele, passando um pano embebido em salmoura nas costas de Thomas para limpar as abrasões.

— Não, deixe-o assim, mas prenda-o, e os outros cavalos por perto. Não sei por quanto tempo seremos bem-vindos aqui.

Caprini tirou bálsamo de suas sacolas e administrou a pasta de odor adocicado nas costelas de Blackstone, insistindo que este erguesse o braço torto, mesmo com dor, para que ele e Jacob pudessem enfaixá-lo com bandagem de linho.

— Não tão apertado, ou não vou conseguir respirar – ele reclamou.

— Solto o bastante para poder engolir a frumenta que cozinhei – disse Jacob. – Um pouco de ensopado decente vai nos fazer muito bem.

Blackstone olhou para o pote de argila aninhado nas cinzas da fogueira e viu o vapor com perfume de ervas que emergia dele.

— Se Will Longdon estivesse aqui, teria encontrado carne branca ou atirado num pombo e arranjado um pouco de um bom pão. Tem cerveja?

— Entre você e aquele cavalo eu mal tive tempo de respirar. O que tem na tigela vai encher nossa barriga.

— Disso não duvido, e estou muito grato, John – disse Blackstone, para desculpar-se, sua irritabilidade acalmada pela praticidade do fiel Jacob.

Caprini terminou de amarrar o curativo.

— Deu a seu príncipe hematomas para se lembrar. Mas nada mais. Poderia tê-lo vencido. Por que não o fez? Ficou claro para mim que se conteve. – O cavaleiro do Tau afastou-se e guardou o jarro de bálsamo. Ele estudou o punho da Espada do Lobo, depois equilibrou o metal duro na palma da mão. – Eu o vi lutar, Sir Thomas. O príncipe não era páreo para você.

Pareceu, por um momento, que Caprini desejava a Espada do Lobo. Ele fechou os dedos em torno do punho, com a lâmina incomodamente perto do pescoço de Blackstone. Os dois cavaleiros cruzaram olhares. Blackstone reparou, assustado, em quão facilmente alguém podia chegar tão perto dele e com um único golpe tirar-lhe a vida, sempre tão cuidadosamente protegida. O momento passou. Blackstone tomou do outro a sua espada e a guardou na bainha.

– Ele é páreo para qualquer homem.

Caprini fez um gesto como que para render-se.

– Como quiser. A lealdade é uma qualidade de valor, mas ter vencido hoje teria feito de você o campeão do torneio.

– Sir Thomas não busca glória – disse John Jacob. – Ele serve ao rei.

– Muito bem falado, mestre Jacob. Mas seu suserano não é homem de ceder... não sem um bom motivo – retrucou o italiano.

– Não sou nenhum tolo, frei Stefano. Eu sei disso tudo – respondeu Jacob, e virou de costas para que seu olhar questionador não mirasse Blackstone.

Este vestiu com cuidado uma camisa limpa.

– Fui chantageado por Isabella. Bom, agora que lhes contei, suas vidas podem também estar em risco. A rainha pode não gostar da ideia de vocês partilhando do nosso segredo.

– Então cedeu às ordens dela – disse Caprini.

– Minha família está em perigo. O rei brinca com o tempo enquanto a França arde em chamas. Estou sendo usado por ela, mas estou envolvido em algo que não entendo. Achavam que eu fosse um assassino trazido até aqui para matar o príncipe. É um fosso de merda fedorento, e não quero participar de nada disso... mas não tenho escolha.

Jacob e Caprini permaneceram em silêncio até que o capitão ofereceu ao mestre uma tigela com a comida fumegante.

– Melhor comer enquanto estamos vivos, Sir Thomas. Dizem que tem ambrosia no céu, mas eu sentiria falta de uma comidinha quente da boa.

Blackstone aceitou a tigela e o naco de pão seco que lhe ofereciam.

Caprini aqueceu as mãos perto do fogo enquanto Jacob servia mais uma tigela.

– E o que dizem sobre esse assassino? Sabe quem é?

Blackstone fez que não.

– Sem dúvida é um rumor inventado como cilada para mim, e mais nada.

Caprini engoliu uma colherada de comida.

– Então você continua ameaçado por quem espalhou os rumores. Enfrenta homens que têm ciúme de sua posição junto ao príncipe. Não o querem por aqui, e se o príncipe continua sendo seu inimigo, mesmo após você tentar provar o contrário, então duvido que até mesmo a avó dele poderá protegê-lo.

– Ela se preocupa somente que eu viva enquanto ainda sou de utilidade para ela. Estaremos a salvo durante esse tempo.

John Jacob serviu mais um bocado de ensopado na tigela de Blackstone.

– Nunca são os filhotes do lobo que mordem, somente a mãe.

※

O entardecer espalhou-se pelos prados junto de uma neblina primaveril que acariciava o rio. Centenas de luzes brilhavam, prontas para que continuasse a competição, uma vez que as orações tinham sido feitas e todos se alimentaram. Ninguém ainda se aproximara de Blackstone, então, sob a pouca luz, eles apagaram a fogueira e levantaram acampamento, carregando armas e sacos de dormir para outro local. Se houvesse inimigos desconhecidos ávidos por fazer mal a Blackstone antes que ele pudesse descobrir os verdadeiros propósitos de Isabella, seria melhor dificultar o acesso, passando para a área externa dos pavilhões e barracas. Meses antes do campeonato, o rei apreciara uma contenda à luz de tochas em Bristol e queria continuar o espetáculo de combate da mesma maneira. Ele e os convidados retornariam em mais uma procissão para agitar a multidão, esmolas seriam distribuídas a uns poucos selecionados, enquanto para a maioria somente a chance de ver de relance o rei guerreiro e sua família já era generosidade suficiente. Nenhum deles voltara para suas vilas com o escurecer. O dia de São Jorge era tanto uma celebração deles quanto dos nobres. Como as criaturas de uma fábula de menestrel, os cavaleiros chegaram cavalgando das sombras, com elmos decorados de plumas, os cavalos empinando-se, e a luz das tochas refletindo na armadura polida, iluminando as túnicas coloridas.

Os três homens a pé guiaram seus cavalos por entre os pavilhões, evitando aqueles cujos brasões sugeriam que pertenciam a homens que podiam ter ganhado terras e título do príncipe. A fumaça das fogueiras e das tochas espiralava para o alto, dispersando-se por entre uma floresta de bandeiras e flâmulas que ondulavam preguiçosas na brisa fresca da noite. Blackstone reconheceu muitos dos brasões; outros eram por ele desconhecidos. Um deles, menor que os mais próximos, era mantido bem aberto pela brisa; então, com um sopro de vento que sacudiu a copa das árvores, uma segunda flâmula, mais pesada, subitamente abriu-se.

Um anjo vingador.

Uma mulher de seios de fora com uma coroa dourada, os olhos mirando Thomas por sobre o gramado, dentes à mostra, asas e garras esticadas como se prontas para pescá-lo e levá-lo embora. As harpias eram espíritos destrutivos do vento, batizadas com os nomes de tempestade e escuridão; ferozes e odiosas, acreditava-se que habitavam a sujeira e o fedor. Essas portadoras da vingança divina eram despachadas pelos deuses para capturar as almas dos malfeitores. O rugido ensurdecedor do caos martelou nos ouvidos dele, sua pulsação acelerou quando mais uma vez ele viu o brasão imponente à sua frente, potencializado pela força do cavaleiro atrás do escudo e seu ataque violento. Um espelho rachado em sua mente refletiu cenas soltas de batalha e a dor e o terror de ver o irmão cair como um boi morto sob as espadas em Crécy, o homem que o matara cavalgando, erguendo o escudo com o desenho da harpia, a espada traçando uma trilha de sangue na direção do príncipe. Aquele monstro quimérico do olhar penetrante, metade mulher, metade fera, mergulhara sobre ele, deitado, sangrando pelos ferimentos, na lama de Crécy, e o cavaleiro inimigo levou sua espada até Blackstone. Sem poder enxergar com tanto sangue, e perto da morte por causa dos ferimentos, por um milagre de Deus e uma bênção da deusa celta Arianrhod, Blackstone tivera força para matá-lo. Ele tomou para si a espada do cavaleiro, com o lobo correndo gravado na lâmina, e a usara até esse dia.

E agora a fera vil o provocava de novo – um emblema da morte, trazendo consigo outros fantasmas que se prendiam como um corte de seda a um arbusto de espinhos. Algo que não podia ser removido sem mais prejuízo ou dor.

Capítulo Trinta e Um

O rei começara a restauração dos alojamentos reais na ala superior do castelo Windsor. Seus apartamentos temporários eram suntuosos o bastante para o pouco tempo que passaria lá, e, embora a obrigação da hospitalidade não fosse esquecida, seus aposentos eram privativos. Um rei divinamente escolhido jamais entretinha seus subalternos a não ser que fossem de muito alta posição ou abençoados com a amizade dele. O rei francês era seu prisioneiro, mas vinha sendo tratado com muito respeito. Não somente fora abrigado no palácio Savoy, como recebera o conforto e uma comitiva dignos de um rei. Era um homem livre – embora não fosse, de fato. Era a chave para ainda maiores riquezas e território. Ele e seu jovem filho Philippe eram iguais perante o rei inglês, então havia pouco motivo para Edward sentir-se qualquer outra coisa senão vitorioso. O campeonato era um espetáculo cuja fama percorreria todo o reino cristão, no entanto, uma pontinha de descontentamento pinicava seu sucesso. O filho estava irado, a mãe estava calada e a esposa, Philippa, não demonstrava emoção alguma. A boa mulher de Hainault permanecia estoica, e teve a graça de sorrir para Edward enquanto este escutava pacientemente a explosão do filho.

E uma ótima refeição estava prestes a ser arruinada.

— Ele foi exilado! — exclamou o príncipe de Gales, quase não contendo a raiva. — E eu fui humilhado.

— Você venceu a disputa. Não houve desgraça. Foi o melhor lutador. Todos viram — disse Edward gentilmente. — E deve baixar a voz em nossa presença — o rei acrescentou com uma inflexão que não admitia desobediência.

Os muitos conselheiros do rei que flutuavam constantemente na presença dele tinham sido afugentados pelo chanceler e, tendo se retirado para as sombras das paredes do apartamento real, acabaram cegos e surdos ao que era dito entre o senhor e sua família.

Censurado, o príncipe de Gales curvou a cabeça.

– Senhor. Perdoe-me.

– Parece-me que o perdão terá de ser dispensado a todos até o final desta noite – disse o rei, e virou-se para Isabella. – Talvez sua avó possa explicar como um cavaleiro exilado apareceu em nossa celebração sem a permissão do rei.

O rosto magro de Isabella refletia a dor que estava sentindo, mas Edward não pretendia demonstrar empatia nem carinho por enquanto. Mãe e filho ainda tinham intimidade, mas um rei precisava demandar respeito e obediência de todos. Isabella levou a taça de vinho, adornada de ouro e prata, aos lábios. Uma boa quantia de poção fora colocada no líquido para impedir que a rainha desabasse. Agora não era hora de ser fraca, mesmo perante o filho, pois não era empatia o que ela queria tirar dele, mas julgamento são, para ajudá-lo a dar o passo seguinte pela segurança dos territórios da França – até mesmo, quem sabe, pela coroa francesa, se John não pudesse pagar o resgate de mais de seiscentas mil libras, soma que parecia impossível de juntar.

– Eu o convoquei – ela respondeu com simplicidade.

– Imagino por que não fico surpreso ao ouvir tal confissão.

– Não é uma confissão; é apenas uma afirmação. Convoquei-o porque você precisa dele, mas ele somente obedeceu à ordem por pensar ter vindo de você.

O rei acariciou a barba, por cima das vestes, sentado bem de frente para a mãe, mantendo distância respeitável que sustentava o *status* real.

– Meu jantar deve estar frio, madame, e meus joelhos doem de tanto rezar. Se estou para encerrar o dia com nada além de um estômago vazio e dor, peço que se explique. E rápido. Para o bem de nós dois.

O rei notou que sua mãe se retraiu ligeiramente, um pouco mais que uma piscada mais forte, pois o esforço era grande para suportar a dor.

Ela baixou a taça e devolveu-a ao anteparo ornado na lateral da cadeira.

– Quando o campeonato terminar, você finalizará o projeto de tratado com John.

Edward ficou pensando, por um momento, se não fora um erro permitir que a mãe fosse visitada pelo rei francês e outros de sua equipe; Isabella tivera, assim, oportunidade de reaproximar-se de amigos e primos da França. Ter informação era o mesmo que ter uma arma.

– Eu o farei. Boa parte da França nos pertence. Ou muito em breve pertencerá, assim que o Delfim aceitar os termos – disse ele.

A voz de Isabella soou calma e segura quando ela falou diretamente ao filho, como se ele fosse a única pessoa na sala.

– A França está em chamas. Os salteadores a fazem sangrar e secar. Alguns deles são encorajados por você... talvez não abertamente, mas cai-lhe bem observar o caos. Os grandes e os bons ainda têm de decidir a quem darão apoio, se ao filho de John, o Delfim, ou a Charles de Navarre. Você permite que um enfrente o outro, porque qualquer um que conseguir colocar o povo de Paris sob seu controle terá o poder nas mãos.

– Não vejo conexão alguma entre a política da França e Thomas Blackstone – disse o rei, tentando adivinhar o que não tinha enxergado e a mãe tinha previsto.

– O tumulto está se espalhando. A plebe se arma, e até mesmo os nobres mais inferiores aderem à causa. Com tanto assassinato e brutalidade, você não oferece ajuda alguma – ela respondeu com urgência na voz.

– Madame, estou jogando uma partida demorada. Há resgate e um país em jogo.

Isabella quase se perdeu, com a amargura da irritação evidente em seu falar.

– Não haverá país nenhum! – disse ela grosseira demais. O rei ergueu o queixo, como que para censurá-la, e a rainha rapidamente baixou o tom. – John e o Delfim temem por suas famílias! Como podem aceitar seu tratado quando estão preocupados não somente com o traidor do Navarre, mas com um exército de plebeus que abre caminho aos saques e incêndios pelo interior?

Ela sabia que o rei estava ciente dos pagamentos por ela feitos a mensageiros que viajam de cá para lá, entre ela e Charles de Navarre e outros também enredados na violência que assolava seu país natal. As informações podiam ser usadas tanto contra como a favor de Navarre, dependendo de como ela visse o jogo maior mudando.

– Está com o ouvido colado ao chão – disse Edward.

– Está colado aos corações daqueles que estão sendo ameaçados – ela respondeu, sempre mais rápida, sempre mais afiada, sempre mais bem informada.

– A família de John é problema dele. Seu dever, como determinado por Deus, é proteger seu país – disse Edward, irritado. – Onde ele fracassar, eu triunfarei.

Isabella olhou para o filho e deixou seus olhos nele repousarem. Era o maior rei que a Inglaterra conhecera, e ela tivera parte na sua ascensão. Ela respondeu com genuína ternura.

– Você é um rei benevolente. É gracioso e bondoso, e refreia sua raiva para com seus inimigos quando os tem a seus pés. Se sua família fosse perseguida por bandidos, o que ia querer fazer?

A rainha viu o rosto de seu filho passar do alerta para o de um homem que podia muito bem imaginar o horror que seria ver seus filhos sendo assassinados. Porém logo sua expressão endureceu.

– Não sou protetor de John. Ainda hei de vestir a coroa da França. Que o Delfim arranje os meios de proteger a própria família.

Isabella reuniu suas forças cada vez mais ralas.

– E você acredita que o medo não influenciará o julgamento dele para com o tratado? Ele tentará fazer uma barganha. Comprar tempo. Eu peço que você salve a filha de John e a esposa e a família do filho dele. A benevolência receberá gratidão. Seu tratado não será tão questionado. E o rei John recobrará controle sobre seu filho e Navarre... e seu país. Graças a você.

Edward ficou em silêncio. Sabia tão bem quanto o príncipe que Blackstone poderia tê-lo derrotado, mas não o fizera. Os rumores quanto a ele ser um assassino no fim revelaram ser somente isto: falsa acusação. Isabella o trouxera ao campeonato para provar a lealdade dele e colocá-lo à frente da história – colocá-lo à frente da garganta do príncipe, dizendo melhor. E o diabo seria o advogado entre rei e príncipe, pai e filho, quando chegasse a hora, porque Thomas Blackstone era um fio que percorria a vida de todos eles. Por ora, Edward sabia o que Isabella queria. Se ela estava certa ou não, ele não sabia. Ainda não.

O rei levantou-se, incomodado por estar sendo manipulado. Uma pequena, embora temporária, vitória sobre Isabella era necessária.

Ele acenou para o mordomo.

– Mande prender Sir Thomas Blackstone.

※

Como todos os demais, Werner von Lienhard estivera ávido por ver o filho do rei lutar. As multidões ansiosas berraram sua aprovação para o cavaleiro anônimo que não ostentava cor nenhuma e quase derrubara o príncipe de Gales do cavalo, o grande herói inglês. Lienhard abrira caminho até a frente e assistiu à contenda. Quando Blackstone revelou sua identidade ao rei, o campeão dos Visconti soube que podia derrotar o inglês da cicatriz: a fúria de Blackstone podia ser superada pela habilidade de sangue frio aprendida ao longo de anos junto dos melhores espadachins da Alemanha.

Blackstone e seus companheiros passavam por entre os pavilhões, em direção aos prados escuros, quando oito homens armados saíram das sombras. Cada um era um cavaleiro que não teria problema algum de matar um inglês – principalmente sendo pagos por Lienhard. Conrad von Groitsch e Siegfried Mertens eram dois cavaleiros amigos próximos de Lienhard. Cada um vinha de famílias donas de terras, mas, tendo sua fortuna sido desperdiçada por um pai incompetente ou roubada por um irmão mais velho, eles foram forçados a vender suas habilidades de guerreiro para quem pagasse mais. Para esses três homens, os Visconti de Milão foram benfeitores generosos. Outros do grupo sofreram humilhação nas fileiras ou campos de batalha. Eram alemães e franceses, e estavam todos preparados para transgredir o código de cavalaria demandado pelo campeonato do dia de São Jorge.

Blackstone distraíra-se com o brasão que olhava para ele lá do alto. Em momento algum após a matança de Crécy ele tivera interesse de saber quem tinha matado. A Espada do Lobo, ele a ganhara por ter vencido, mas agora lhe ocorria que talvez a arma pertencesse a outra pessoa, por direito de nascimento.

A aparição súbita dos cavaleiros alarmou os cavalos, fazendo Blackstone e os outros juntarem as rédeas instintivamente. Antes que ele pudesse sacar a Espada do Lobo da bainha, presa na patilha da sela, o cavalo puxou a cabeça e desequilibrou o cavaleiro. O animal deu um coice, e o baque surdo de ferraduras colidindo com carne e ossos protegidos por cota de malha foi fácil de ouvir. Caprini trouxera seu cavalo entre Thomas e os atacantes e rapidamente encarou os primeiros dois que os atacaram. Blackstone soltou as rédeas, e em questão de segundos ele e John Jacob estavam juntos para deter os atacantes, que usavam cota de malha, mas não túnica, e seus bacinetes abertos revelavam rostos que rosnavam. Sem escudos nem armadura, Blackstone e os outros estavam em grave desvantagem. Eles contiveram um ataque muito repentino, foram para perto de Caprini, e rapidamente formaram um triângulo de defesa, como uma flecha de ponta larga, um de costas para os outros. Os cavalos soltaram-se e foram parar na primeira fileira de pavilhões. Lienhard atacou Blackstone, com um homem de cada lado, forçando Caprini e Jacob a abrir o agrupamento. Espadas tilintaram, chocando-se. Blackstone deu duas passadas para a frente, pegou um dos homens ao dar um golpe desajeitado e meteu a espada na coxa do homem. Quando este caiu, ele se abaixou junto, sem tirar a lâmina do músculo. O homem largou sua espada e tentou agarrar a Espada do Lobo, mas não adiantou. Blackstone vira guerreiros cometerem o erro de puxar a lâmina rápido demais, permitindo que o adversário se recobrasse e metesse um golpe baixo que podia eviscerar alguém.

Homens fortes e violentos podiam suportar tanta agonia conforme seus corações bombeavam energia e ódio para dentro dos músculos. Nos segundos necessários para pressionar firmemente a lâmina, outro dos atacantes pegou Blackstone pela nuca e ombro com um golpe horizontal que foi defletido pela cota de malha. Vaga-lumes dançaram em seu campo de visão, e ele sentiu os joelhos cedendo. A Espada do Lobo foi ao chão. Thomas cambaleava para o lado quando o ferido avançou com uma faca, mas John Jacob apareceu e meteu-lhe um chute na cara, depois empurrou Blackstone antes que este fosse atingido por outro, que golpeou de cima a baixo, podendo facilmente ter cingido a vítima da omoplata ao quadril. O cavaleiro do Tau puxou sua espada de um ângulo baixo, forçando-a ao alto, atravessando a axila do homem. A lâmina cortou músculo e osso e foi sair no queixo do atacante. Sangue e pequenos fragmentos de osso espirraram da cabeça dele. A mandíbula quebrada, na agonia da morte, emitiu um gorgolejo final de vômito.

Quatro dos atacantes jaziam, debatendo-se de dor com ferimentos profundos, o quinto estava morto. Blackstone procurava levantar-se com o apoio das mãos. Lienhard, enquanto isso, agachou e pegou a Espada do Lobo. Seus olhos fixaram-se no lobo em correria gravado na lâmina, debaixo da guarda. Nesse momento uma lembrança atingiu-lhe tão violenta e firmemente quanto uma maça. A espada era de seu irmão dez anos mais velho, dada pelo pai quando este chegara à idade. Ele a usara quando cavalgara junto do rei da Boemia, em Crécy. Os que atacaram bravamente os ingleses nesse dia deram seu relato, dizendo que o irmão dele lutara para abrir caminho até o príncipe de Gales. Estava a passos de matar o herdeiro do trono quando tombou. Morto por um arqueiro comum. Uma morte ignominiosa nas mãos de um homem desconhecido, de classe baixa – que agora carregava a espada.

O choque o congelou por tempo demais. Blackstone deu uns poucos passos rápidos e, quando Lienhard ergueu os olhos da lâmina, meteu-lhe o punho atrás da orelha. O alemão caiu de joelhos, e Thomas pegou a espada. Os três companheiros viraram-se para o que restava dos homens do alemão. Três contra dois. A noite poderia ter sido deles, mas a briga causara comoção, e escudeiros dos pavilhões circundantes armaram-se com tochas chamejantes e espadas. Dez cortinas foram abertas, e cavaleiros semivestidos emergiram para ver o que acontecia. Mas não se preocuparam. O que viram – por engano – foram três baderneiros lutando com cavaleiros, algo que seria resolvido pelos escudeiros e pelo governador, quando fosse chamado.

Lienhard estava de quatro, afugentando a tontura da cabeça, incapaz ainda de se levantar. Os dois atacantes sobreviventes aguardavam; Blackstone e seus companheiros preparavam-se para um ataque da parte dos atendentes que se reuniam. Obviamente, o inglês e os dele não ousariam enfrentar tanta gente assim, e, aproveitando a chance, arrastaram um grogue Lienhard para longe da bagunça.

– Na merda de novo – disse John Jacob quando os três formaram um círculo, preparando-se para a avalancha de escudeiros.

Caprini tirou o manto e enrolou no braço do escudo ao ver quatro dos escudeiros mais velhos brandindo tochas cada vez mais perto.

– É Sir Thomas Blackstone! – um deles gritou, e seu sotaque do oeste, amplo e gentil, ecoou por entre os pavilhões.

Blackstone supôs que o homem era dos mais experientes, posto que se virou para dirigir-se aos demais atrás de si – gesto de confiança do qual Blackstone não tiraria vantagem.

– Abaixem essas armas! Sir Thomas não começaria uma confusão dessas.

Os homens que o seguiam fizeram conforme o mais velho instruíra. Havia luz suficiente agora para que todos vissem claramente os homens cercados. Havia muitos escudeiros, já com mais idade, elegíveis para a cavalaria, mas que ou não gostavam de ter responsabilidade ou não tinham meios para sustentar tudo que a cavalaria demandava, e Blackstone supôs ser esse o caso desse escudeiro.

– Há homens feridos que precisam de cuidado – disse ele –, e um que já não há como ajudar.

– Aye, milorde, cuidaremos disso. Sou Roger Hollings. Sirvo a meu mestre, Audley.

Blackstone deu um passo à frente.

– Nosso maior cavaleiro – disse, lembrando-se da honra que Sir James Audley conquistara em Poitiers.

– Muito bem dito, Sir Thomas. Um grande cavaleiro, de fato.

– Ele está aqui?

– No castelo. É convidado de honra do rei.

– Merecidamente – disse Blackstone, grato por ter o escudeiro de Audley ali, à mão.

Lienhard e os cavaleiros sobreviventes mantinham-se por ali temerosos, sabendo que o momento para seu sucesso já passara.

– E esses bons cavalheiros? – Hollings perguntou. – Há assuntos a resolver?

Antes que Blackstone pudesse responder, um murmurar de vozes veio de além dos homens. Vinte guardas com tochas guiados por um sargento abriram caminho pela multidão.

– Sir Thomas Blackstone? – disse o oficial de justiça, aproximando-se do inglês, sem recear qualquer resposta violenta contra uma ordem do rei. – Terá de entregar a sua espada.

Não houve motivo para Blackstone perguntar em nome de quem a ordem fora emitida. Ele virou a lâmina ensanguentada da Espada do Lobo para trás e ofereceu o punho ao sargento, que a aceitou e passou para outro, logo atrás. Caprini e John Jacob seguiram o exemplo de Blackstone.

– Acho que isso não vai terminar nada bem – disse Jacob.

– Tenha fé – disse Blackstone, pondo a mão no ombro do amigo.

– Devemos torcer para que o bom cavaleiro aqui possa rezar por nós tão bem quanto luta – disse Jacob, olhando para o cavaleiro do Tau, que desenrolou o manto e cobriu os ombros, deixando o símbolo visível para todos.

– Eu rezo melhor do que luto, mestre Jacob, mas pode levar tempo para que as orações sejam ouvidas.

– Então não prenderei a respiração… enquanto ainda respiro – disse John Jacob.

Então os três homens foram levados dali.

Capítulo Trinta e Dois

O rei passara pouco tempo jantando, somente o bastante para bancar o anfitrião gracioso para o rei francês e seus convidados de honra. Agora que Isabella mais uma vez envolvia-se nos assuntos de Estado, ele precisava de tempo para deliberar sobre a melhor maneira de ceder para ela e aceitar seu conselho, sabendo que a noção política e diplomática da mãe sempre fora astuta. Ele resolveu abordar um de seus mais confiáveis conselheiros, e, sob a pretensão de descobrir como o duque de Lancaster se recuperava do ferimento sofrido no campeonato, visitou seu amigo próximo, que agora estava confinado em seus aposentos sob o cuidado do médico pessoal do rei.

Henry de Grosmont, duque de Lancaster, era o melhor amigo de Edward fazia mais de vinte anos. Era um dos maiores cavaleiros da Inglaterra, lutara e vencera batalhas e sítios que trouxeram fama e glória ao rei. Lancaster era um homem de integridade impecável, e fazia cinco anos que era o negociador-chefe de Edward em sua busca por paz com os franceses, mesmo tendo de lidar, contra a vontade, com o traiçoeiro Charles de Navarre. Agora esse tataraneto de Henry III jazia confinado em seu quarto, suando de dor por causa do ferimento.

Lancaster dispensara seus criados quando o rei entrara no quarto, e agora Edward pegava um pano molhado para deitar ternamente na testa quente do amigo.

– Não me envergonhe, senhor – disse Lancaster. – Eu sirvo a você, não você a mim.

Na companhia de seus amigos próximos, os condes da Inglaterra que o ajudaram a conquistar o sucesso, Edward podia relaxar da formalidade que a coroa demandava.

– Acariciamos a testa de um amigo e servimos à lealdade. E requisitamos o conselho de um homem que entende de simplicidade.

Lancaster abrandou, deixando o amigo torcer o pano mais uma vez. E suspirou.

– Ah, milorde, porque sempre preferi os abraços das mulheres mais simples em vez das mais refinadas significa que prefiro a simplicidade *delas*. Eram mais dispostas.

Os dois sorriram, e Edward pousou a mão no ombro do amigo, arrumando a camisola no pescoço dele.

– Você sempre se vestiu bem, tomou dos melhores vinhos e amou música e dança. Sempre soube por qual estrada seguir.

– Quando era jovem. Agora sou piedoso demais para as alegrias da vida.

– E lutou mais bravamente que qualquer outro.

Edward relatou o que Isabella fizera e os motivos dela para tanto. Rei e amigo fizeram silêncio, algo nada incômodo, enquanto Lancaster considerava o que o rei lhe contara e, apesar da dor, pensou com cuidado nos eventos que se desenrolavam na França.

– Thomas Blackstone pode ser um sinal da presença divina. Se não fosse por ele, você não teria mais seu filho e herdeiro. Isabella tem razão.

Edward suspirou.

– Maldição, quando é que ela esteve errada? Mulher irritante, minha mãe.

Lancaster sorriu.

– Não importa quem vive ou morre em tudo isso, apenas quem decide – ele respondeu. – E essa é a sua prerrogativa. Blackstone pode ser mais útil sob o seu comando. Ele já provou sua lealdade – o duque acrescentou, num sussurro, a garganta raspando de tão seca.

Lancaster largou-se nos travesseiros debaixo das costas e deixou Edward ajudá-lo a tomar um gole de vinho. Quando o rei pousou a cabeça do amigo, este pôs a mão na de seu senhor e suserano.

– Blackstone não contrariaria o príncipe por vontade própria. Ela o forçou. Deve ter algum poder sobre ele.

A exaustão de Lancaster era evidente. Os ferimentos e a poção do sono do boticário, colocada no vinho, encaminharam-no para o sono. Quando ele fechou os olhos, o rei da Inglaterra puxou ternamente o cobertor forrado de pele sobre o amigo.

Isabella, a Bela, vira tudo com clareza. O rei e a Inglaterra somente se beneficiariam da tentativa de Blackstone de resgatar a família francesa. E, se Deus quisesse, talvez até tivesse sucesso.

Contudo, Edward enviara muitos homens para a morte em sua época. Se Thomas Blackstone precisasse ser sacrificado para que o tratado fosse visto como um negócio de boa-fé, não havia outra opção.

※

Stefano Caprini não foi tratado de modo diferente de Blackstone e John Jacob. Sua devoção a Deus e seus peregrinos significava muito pouco para os carcereiros. Não seria a primeira vez que um hospitalário voltara-se para a violência, e mesmo não sabendo nada da história do italiano, tinham ouvido de outros seguidores da ordem de Santiago que lideravam mercenários. Os três homens foram postos numa antecâmara perto de onde o rei fazia reformas no castelo. Havia andaimes e cantaria ali perto; Blackstone reparara no trabalho dos pedreiros. A habilidade era aparente, e parte dele imaginou se, não tendo ele sido arranjado para a guerra, também teria arranjado trabalho como um bom pedreiro. Mas doze anos de luta e guerra deram-lhe habilidades diferentes e, sem dúvida, renderam muito mais dinheiro. Construtores, por melhores que fossem, veriam muitos invernos gelados sem fogo na lareira. Era difícil arranjar trabalho. Como guerreiro, não.

Marcouf era o carcereiro, flanqueado por meia dúzia de homens armados. Tinha ordens para não acorrentar os prisioneiros, mas mantê-los sob ponta de lança e espada – e sob circunstância nenhuma Thomas Blackstone seria ferido. Além de um arco baixo seguia um corredor que dava para outra câmara, da qual dava para ouvir as vozes abafadas de um homem e uma mulher, mas a grossura da parede e o vigor da porta tornavam as palavras indistintas.

Caprini olhou para o cavaleiro normando.

– Você atuou como nosso guardião e agora nos mantém sob a ponta da espada. Estamos desarmados, no entanto, você nos teme. Se fosse para nos ferir, seu sargento tinha homens suficientes para tanto. Somos feras tão perigosas assim?

– Não estou aqui para conversar com você, frei Caprini. Se um mensageiro passar por aquela porta e me disser que você deve ser morto, isso será feito sem questionamento.

Uma trava de madeira deslizou, e a porta foi aberta por um dos criados do rei, que acenou para Marcouf.

– Sir Thomas – disse este, e acenou com a espada para que o inglês saísse pela porta.

Blackstone virou-se para Caprini.

– Ainda não ouvi nenhuma oração da sua parte.
– Rezamos com o coração, Sir Thomas.
– Isso conforta muito pouco os outros. Tente mover os lábios.

※

Blackstone abaixou-se para passar, com Marcouf logo atrás. A luz das lamparinas e o criado o guiaram para a câmara seguinte. Homem nenhum podia apresentar-se perante o rei e não rebaixar-se. As exortações no campo de batalha para incrementar a coragem dos combatentes que ele cantava ao desfilar em frente às fileiras era o máximo que a maioria dos homens comuns obtinha de seu senhor soberano. Os ingleses eram abençoados por terem um rei guerreiro que sabia como alcançá-los e conseguir deles a lealdade. O homem travara embates corpo a corpo e colocara a própria vida em risco. O coração de um soldado entendia por que os homens matavam, e era direito divino de um rei abençoá-los por isso.

Thomas viu primeiro as chamas – línguas compridas e encaracoladas devorando as toras grossas na imensa lareira, que tinha muitos feixes de lenha estocados ao lado. O calor o engolfou assim que ele entrou na pequena câmara. Uma mesa de tampo largo ocupava um lado, de madeira escura brilhante após anos de cera de abelha e cuidados dos criados, e agora ostentava a Espada do Lobo deitada naquele brilho fosco. Sob seus pés, Thomas viu um tapete grosso; à frente, perto do fogo, uma figura com seus traços pouco iluminados pelas chamas. Uma tapeçaria pendurada retratando um veado branco sendo morto por caçadores cobria a parede de pedra atrás dela. Apesar do tapete, não era um quarto dos mais confortáveis, mas, sim, um lugar no qual gente de fora podia ser recebida. Isabella estava sentada numa cadeira de madeira de encosto alto, sem tocar a almofada com as costas, que mantinha ereta feito uma flecha comprida. Blackstone pensou, quando a viu, que o reflexo da meia-luz nos olhos dela era como as pontas sujas de sangue das flechas.

Havia dois outros homens, estes pouco iluminados pela luz das velas. Um tinha a altura do rei, mas era mais velho, com a aparência dura e gasta de um carvalho antigo. Gilbert Chastelleyn era um cavaleiro da realeza, figura essencial na vida de Edward, um homem preparado para atuar como embaixador ou guerreiro, como o rei requisitasse. O segundo homem estava bem à frente deste, quase de frente para a lareira, com uma das mãos no encosto da cadeira da rainha e a outra descansando casualmente no punho da adaga em seu cinto: Stephen

Cusington, capitão da guarnição de Saint-Sauveur-le-Vicomte, a grande cidadela perto de onde Edward invadira a França, era um cavaleiro endurecido pela batalha que mantinha as posses do rei livres de salteadores e franceses igualmente. Blackstone lembrava-se dele lutando com o príncipe de Gales em Poitiers. Nenhum dos dois pareceu gostar de ver Blackstone; quase não puderam esconder a animosidade. Chastelleyn fez um movimento ligeiro de cabeça. Atrás da rainha, quase imerso nas sombras, brincando com um anel com pedra preciosa do dedo, estava o rei. Tirando o girar gentil do adorno, ele não se mexia. Estava de olho no homem de ombros largos que ainda tinha manchas de lama nas calças e algo mais escuro espalhado na túnica. Um fio de sangue seco descia da linha dos cabelos, passando bem ao lado da orelha, para desaparecer na gola da camisa.

Blackstone virou-se para o rei e ajoelhou, sem tirar os olhos da estampa intrincada do carpete tecido por um homem habilidoso em alguma época da história, numa terra que ele não conhecia. Buscou concentrar-se, para que sua mente não o tirasse dali nem começasse um diálogo com o diabo sobre qual punição poderia ser infligida em Caprini e Jacob. Desafiara o príncipe e fora a causa da morte e dos ferimentos de seus atacantes. A culpa deles existia por associação; a dele, por comando.

O diabo vencera.

– Senhor, imploro sua indulgência para com aqueles que me acompanham. Servem a mim, e a culpa é apenas minha – ele soltou.

A maldita estampa tornara-se um borrão só perante os olhos do cavaleiro. Marcouf baixou a espada bem ao lado do rosto de Blackstone, tão perto que este a viu pelo canto do olho direito.

– Não fale enquanto não falarem com você.

– Tudo bem, tudo bem – disse o rei. – Levante-se.

Blackstone levantou-se e ergueu o rosto.

Edward veio e parou perto do arqueiro tornado cavaleiro. Os besteiros ingleses e galeses haviam sido já sua arma mais importante, mas em Poitiers as testemunhas da batalha descreveram como fora a coragem crua – homem contra homem, espada em punho – que ganhou o dia.

– Sir Gilbert Killbere está acampado fora de Calais – disse Chastelleyn inesperadamente. – Com cem de seus homens.

– Senhor – Blackstone respondeu, confirmando, sem saber como o rei ficara sabendo disso tão rapidamente, mas certamente a cidade de Calais, tomada por ingleses, teria mensageiros viajando dali regularmente.

– Muito bem – disse Edward, impaciente. – É nosso desejo que seja recebido de volta em seu solo nativo. Está perdoado do exílio.

Clemência garantida numa frase simples dessas. Blackstone foi tomado pelo alívio e começou a dobrar o joelho mais uma vez, mas foi interrompido pelo comando do rei.

– Chega disso. Conhecemos sua benevolência. Nosso filho, o príncipe, ficará incomodado, mas não é problema nosso. Questões mais sérias nos pressionam.

O rei parou de falar e apenas deixou que Blackstone ficasse ali, perplexo com sua sorte.

– Queremos que a França seja nossa – disse Edward. – Os marechais do exército nos urgem a apressar-nos e tomar Paris. Então será feito.

Ele olhou para Blackstone, uma ordem silenciosa para falar. Thomas procurou pela resposta. Como melhor agradar ao rei? Podia oferecer seus homens em Calais e, se necessário, romper o contrato com Florença e trazer centenas a mais. Seria um gesto inútil. O plano do rei era ambicioso demais.

– Não tente tomar Paris, alteza. Não tem tempo nem máquinas de sítio suficientes – disse Blackstone.

O entusiasmo de Edward pela guerra jamais diminuíra. O rei guerreiro finalmente tomaria a coroa da França.

– Nós o atrairemos para fora. Não será preciso sitiar! – respondeu o rei. – Será o fim da França. Já temos o rei John, o Delfim é um garoto, e o povo de Paris está inquieto, pronto para revoltar-se, preso entre Charles de Navarre e suas ambições e o propretor dos mercadores, Étienne Marcel. A hora é agora.

Blackstone ousou encarar o rei direto nos olhos.

– Se o Delfim ainda está na cidade, não poderá incitá-lo. Favor nenhum, promessa nenhuma o fará deixar a segurança de Paris. Somente se houver conflito dentro dos muros e ele for ameaçado.

Thomas viu a irritação do rei sufocada pelo desejo de que o cavaleiro concordasse com sua estratégia. Cusington e Chastelleyn o teriam censurado, mas um gesto do rei os impediu.

– Que não tenhamos pessimismo aqui – disse Edward. – Não da sua parte. O mundo civilizado sabe o que você fez em Crécy. Escribas descreveram; monges copiaram. O que você fez lá... e desde então... viaja às suas costas como uma tempestade em formação. Você coloca o temor a Deus em seus inimigos, mas trata aqueles que merecem misericórdia com uma ternura que faria uma mãe envergonhar-se.

O rei observou o cavaleiro da cicatriz, talvez esperando ver uma demonstração de orgulho, um erguer do queixo em reconhecimento à generosa lisonja, mas Blackstone não deu sinal de nada disso e apenas manteve o foco no regente.

Com um aceno do rei, Cusington serviu uma taça de vinho para ele. Uma pontadinha de decepção insinuou-se na voz de Edward.

– Você é um mistério para todos nós, mas estamos contentes de ter a sua espada do nosso lado das fileiras... Não é mesmo, Sir Thomas? Essa sua Espada do Lobo luta pela Inglaterra?

A questão fez Blackstone desviar o olhar, e ele baixou a cabeça, confirmando.

– A espada e o arco antes dela, alteza.

– Acreditamos nisso. E nossa mãe, com todas as suas intrigas e jogadas de xadrez, insiste nisso – disse ele, olhando mais uma vez para a estoica Isabella.

Blackstone esperou um pouco; a menção da mãe do rei trouxe um breve suavizar à expressão do monarca e quase um sorriso. Havia afeto ali, apesar, como ele dissera, das intrigas da rainha.

– Alteza, o Delfim está fraco e indeciso, mas é resiliente. Ele não sairá para lutar – Blackstone insistiu.

– Por que não? – Edward rosnou. – Está esperando para ser rei! Deve provar-se!

– Ele não precisa disso, senhor. Tem Paris. Eu passei por todas as ruas e vi a beligerância do povo. Paris sufocaria qualquer exército que conseguisse atravessar seus muros. Ele não sairá. E vossa majestade não pode entrar... não deve nem tentar.

O silêncio era uma arma forte contra os de posição inferior, e o rei Edward a usou com sabedoria, punindo Blackstone com ele. Após o que pareceu um momento interminável, e durante o qual o cavaleiro nem se mexeu, de olhos ao chão, perante seu rei, Edward finalmente falou.

– Muito bem. Talvez por ora você enxergue uma situação da qual não tínhamos conhecimento. Os eventos movem um passo à nossa frente. Nosso exército ainda não está pronto, e não sabemos como o garoto reagirá. – Edward pôs o dedo na lâmina da Espada do Lobo. – Mas estamos cientes de que a família real francesa pode estar em perigo. Você deve procurar, encontrar a família de nosso inimigo e garantir sua segurança para o Delfim. Como executará isso, será de sua escolha.

Blackstone sabia que a segurança de sua família não interessava nem um pouco ao rei da Inglaterra, mas a impertinência estava a um breve respirar.

– E quanto à minha família, senhor? Como estão?

Edward virou-se para o cavaleiro e por um milagre não o condenou. Teria feito isso, Blackstone teve certeza, não fosse Isabella ter posto a mão no braço do filho.

– Dei-lhe esperança de que poderia encontrá-los – ela disse, e dirigiu-se a ele. – Acreditamos que estejam a leste de Paris. Há damas nobres sob a proteção de senhores locais, mas essa proteção vacila sob o peso crescente da violência. A família do Delfim juntou-se a essas nobres. Encontre-as e talvez encontrará também a sua família.

Blackstone baixou a cabeça, por agradecimento e respeito.

Edward estendeu a mão para Cusington, que sabia exatamente o que queriam dele. Ele ergueu a Espada do Lobo da mesa e a deu ao rei. Tinham limpado dela o sangue antes de trazer para Edward, que olhou para a arma, lembrando-se da noite em que a vira pela primeira vez.

– Você se agarrou a ela no que pensamos ser o abraço de um arqueiro moribundo – disse o rei. Ele passou a ponta do dedo cheio de anéis pela gravura feita pelo forjador, o lobo correndo. – Poucas horas atrás, você foi atacado por um cavaleiro alemão. O nome dele é Lienhard, o mesmo nome do homem que tentou matar nosso filho em Crécy... e cuja espada você tomou nesse dia.

– Sei disso agora, senhor, mas não fazia ideia do fato até ver o brasão dele hoje.

– Era o irmão mais velho dele. – Edward esperou. – Você sabe algo sobre ter um irmão morto em batalha.

– Sim, senhor – disse Thomas, sabendo que a história da briga com esse cavaleiro ainda teria de ser resolvida.

– É guerreiro dos Visconti, e poderia muito bem ter sido declarado campeão do torneio se não tivesse quebrado algumas regras. Ele nos abordou querendo pedir combate judicial contra você. Entendemos o que o levou a quebrar o preceito do torneio, mas, visto que crime nenhum foi cometido contra ele, não podemos satisfazê-lo. Ele e os dele já partiram. – O rei fez uma pausa. – Repare que a vingança liberta os instintos mais básicos de um homem.

As palavras do rei serviram como julgamento para Thomas tanto quanto, certamente, o alerta para ficar de olho agora que Lienhard estava livre para agir como desejasse. Edward, um rei que sempre valorizara um guerreiro e uma arma produzida com maestria, ofereceu-lhe a Espada do Lobo, deixando Blackstone sentir o conforto de tê-la aninhada na palma de sua mão.

– O que é tomado em batalha não pode ser negado – disse o rei, e após um momento acrescentou: seja uma espada, seja um país.

Nada mais foi dito. Dessa vez, o silêncio foi a ordem para Thomas ir embora. Quando Marcouf o guiou até a porta, o rei falou.

– Sir Thomas, você quase matou nosso primo John no campo de batalha. Um homem comum não mata um rei.

Blackstone não hesitou na resposta.

– Ele destruiu meu amigo e aliado seu, Jean, conde de Harcourt, senhor, sem julgamento nem padre, e Jean foi sem bênção para o túmulo. Eu matei o cavaleiro normando que o traiu e jurei proteger a família dele e vingar-lhe o assassinato.

– Sua presença aqui deixou nosso prisioneiro de honra incomodado – disse Edward.

Blackstone ficou contente ao ouvir, mas não o revelou.

– O medo no coração do inimigo o enfraquece, senhor.

Edward conteve um sorriso. Esse bastardo beligerante que tinha à sua frente era um assassino capaz de meter medo até no coração de um rei. No rei francês. Não no inglês.

– Seria vantajoso para você demonstrar constrição. Rebaixe-se perante ele e busque seu gracioso perdão.

Edward viu a divergência percorrer o cavaleiro da cicatriz como uma onda, antes mesmo que ele abrisse a boca para responder.

– Senhor, não tenho o seu espírito benevolente, nem sou obrigado a concordar com tudo em prol de futuros tratados. Matarei os seus inimigos e os meus. Não há distinção alguma para mim.

Foi uma resposta inteligente – algo que lisonjeava o rei e evidenciava a lealdade do cavaleiro –, apesar da pontada de desrespeito pelo monarca francês.

– E se eu mandar?

– Eu obedeço.

Contudo, Edward não desejava humilhar o homem que cavara caminho pelo campo de batalha e lhe salvara o filho. A ousadia de Blackstone era uma arma poderosa demais para ser abrandada dessa maneira. Blackstone hesitou. Não recebeu ordem alguma. Ele curvou a cabeça e seguiu Marcouf para o corredor. Quando entraram na passagem mal-iluminada, ele se virou, antes de a porta fechar-se atrás dele, e viu o rei da Inglaterra curvar-se para ajudar a mãe idosa a levantar-se. Subitamente, a rainha pareceu muito frágil. Não havia mais um grande rei naquele cômodo; apenas um filho carinhoso ajudando a mãe, com atenção e afeto.

A porta fechou-se.

O caminho adiante apareceu no final do corredor.

Parte Três
O horror

Capítulo Trinta e Três

O capitão de Calais, Sir Ralph de Ferrers, era um cavaleiro honrado, um homem que havia muito lutava por seu rei, e que mal podia esconder o desprezo por aqueles que vendiam suas espadas. No momento, os dois cavaleiros à frente dele pareciam não passar de baderneiros, guerreiros do tipo que arranjava briga em tavernas e causavam problemas para os governantes e seus homens. Mas eram mais do que isso. Ambos tinham reputações. Os dois eram conhecidos por sua coragem. Killbere era um cavaleiro feroz, o homem que avançara em Crécy e fora seguido por muitos outros. Blackstone era um nome que se tornara lenda, e a estatura do homem realmente fazia jus, Ferrers concluíra. Mas ele sabia também que homens como esses podiam causar derramamento de sangue. Ele examinou o documento endossado com o selo do rei. Até o momento não chegara proclamação nenhuma com o Grande Selo, comando emitido sob a mão do rei, confirmado pelo chanceler da Inglaterra, informando que Sir Thomas Blackstone tinha imunidade garantida e que seu exílio fora rescindido. A burocracia era como um vagão de bagagem na guerra de um guerreiro. Não fazia diferença; o decreto de passagem segura por território tomado pelos ingleses era bastante genuíno, e até a hora em que os mensageiros chegassem com o documento da corte, o pedaço de linho contendo a ordem do rei na letra clara de um criado e a impressão em cera do selo pessoal de Edward eram mais do que suficientes para o capitão atender Blackstone – até onde seu dever o permitia. Ferrers, o homem da voz rouca, dobrou o documento.

– Não gosto nem um pouco dos bandidos; temos uma praga de gente como vocês aqui. Suspeito que me causarão ainda mais altercações – disse ele, sabendo muito bem que Blackstone não agia por interesse próprio, se de fato fora perdoado pelo rei. – Como capitão desta cidade, tenho jurisdição sobre os soldados aqui.

Blackstone ignorou o comportamento desdenhoso do homem. Havia pouco tempo para trocar palavras com um cavaleiro velho que governava uma cidade de mercadores e uma guarnição de soldados.

– Tem algum contato com as forças do Delfim? – ele perguntou.

– Não passamos para além dos muros. Tenho duzentos acres de cidade para defender, e uma guarnição que vai apenas até os homens sobre os muros. Mas posso dizer-lhe que há salteadores ingleses zanzando pelo vale do Sena, então Paris detém a atenção do Delfim.

– Mas você e o senescal são responsáveis pelos pântanos. Tem autoridade além desses muros para garantir que a terra do rei gere lucro e esteja em boas condições – disse Thomas, determinado a sondar quaisquer informações que pudessem ajudá-lo.

– Não presuma que pode me ensinar a fazer meu dever, Sir Thomas. Conheço-os muito bem.

– Então sabe que estou com meus homens nos montes – disse Blackstone. Quando chegara a Calais, logo encontrara Sir Gilbert Killbere acampado nos morros de Sangatte, além dos pântanos que circundavam a cidade. – Chegou a desafiar Sir Gilbert ou perguntar por que estava lá?

– Eu sei de Sir Gilbert. Os homens dele não tentaram entrar na cidade. Não havia motivo.

– Você sabe o que promete o rei. Se Calais fosse ameaçada, ele enviaria cem homens e arqueiros para defendê-la. Não chegou a pensar que meus homens pudessem fazer parte de uma equipe de defesa? Não chegou a pensar que pudesse haver uma ameaça? Pensou em alguma coisa, milorde? – Blackstone perguntou ao homem que passava seus dias implementando regulamentos e que não empunhava uma espada com raiva fazia anos.

Ferrers sabia que não deveria ter ignorado os homens armados nos morros; inventara desculpas para si mesmo. Não via neles ameaça – porém agora essa sua falta de cuidado para com seus deveres permitia a Blackstone desafiá-lo.

Por um momento, ele cedeu em seu contrariar.

– O Delfim está sendo espremido e terá muita sorte se mantiver qualquer controle além de Paris.

– Então não faz ideia de onde pode estar a família dele?

– Não penso neles nem por um instante. Por que eu o faria? Calais é o portal para a França e, se o rei invadir, garantirei que esses portões fiquem abertos. Além disso, esses franceses malditos não me interessam nem um pouco.

– E as tropas de Navarre? Estão ajudando a insurgência? Ele tem uma coroa a ganhar. Onde está ele?

– Aquele cocô escorregou das entranhas do diabo. Quer encontrá-lo? Procure onde juntam as moscas. Seu tipo não deve ter dificuldade alguma em seguir o fedor.

Killbere não pôde mais conter a impaciência.

– Você é um maldito de um carcereiro, e nada mais – disse ele a Ferrers, que fez careta ao ser insultado. – Aye, você sabe encrespar-se como os pelos nas costas de um porco, mas, maldição, Sir Thomas Blackstone ganhou respeito suficiente para receber uma resposta civil. Acha que ele estaria aqui perdendo tempo com você se não houvesse certa urgência? Ele está a serviço do rei, pelo amor de Deus! Até um carcereiro comum pode enxergar isso!

– Ele tem passagem livre. Nada mais! – respondeu Ferrers, agora muito bravo. – Acho bom que se lembrem do lugar de *vocês*. Tenho autoridade suficiente para mandar prendê-los!

– Que é tudo que você serve para fazer... Embora fosse melhor se lembrar de que não faz muito tempo que foram Sir Thomas e os homens dele que protegeram esses preciosos muros quando os franceses pensaram em tomar a cidade de volta. Você controla este lugar, então deve saber o que seu inimigo está fazendo. Nós precisamos saber.

Ferrers não queria nada além de mandar aqueles dois homens embora de Calais, então suprimiu a vontade de responder aos insultos bem entendidos e desenrolou um mapa em cima da mesa.

– O Delfim batalha para reunir apoio, e os parisienses apoiam o propretor dos mercadores, Étienne Marcel – disse ele, traçando com o dedo um círculo em torno de Paris. – Eles mataram os marechais do Delfim na frente dele. Segundo rumores, disseram que era para a proteção dele mesmo. – O homem grunhiu. – Queriam mostrar-lhe quão vulnerável estava na cidade.

– Então ele não está lá, certo? – perguntou Blackstone. – Não pode estar, se sua família estiver em risco.

Ferrers começou a perceber que a presença de Blackstone podia estar conectada de alguma forma à família real francesa.

– Não... – disse ele, hesitando. – Ele recuou para Meaux, e achamos que montou seu quartel-general lá, mas onde está a família, eu não sei.

– Então viajaremos para leste de Paris – disse Killbere. – Quarenta, cinquenta milhas mais ou menos. E quanto a peleiros?

O capitão de Calais passou o dedo pelo mapa.

— Há mercenários aqui e... aqui, até onde sei, mas estão tão espalhados que é impossível ser exato.

Blackstone não tirava os olhos do mapa, lendo tudo que podia sobre o interior. Rios e canais eram mais evidentes no desenho do que muitas estradas, algumas que não passavam de trilhas que podiam ser facilmente apagadas pelas tempestades.

— E quanto a esses camponeses? Quão organizados estão? São algo além de um bando de linchamento que vai queimar a si mesmo assim que conseguir o que quer?

— São chamados Jacques, ou a Jacquerie, liderados por um homem chamado Cale, de algum lugar perto de Clermont. Ele parece ter um pouco de educação. Não é um camponês dos mais simples, mas se voltaram para ele em busca de liderança. Juntam-se a norte e leste de Paris – disse o capitão, passando o dedo pelo mapa. – Bem longe de Calais, portanto, não nos causam problemas, mas perto o bastante de Paris para ver chamas no horizonte.

Blackstone e Killbere estudaram o mapa. Conheciam as rotas da Normandia até a Picardia; ambos tinham cavalgado e lutado por ali anos antes, mas como pretendiam esquivar-se dos bandos de salteadores ainda era incerto. Não importava para onde olhassem, os bandidos eram ameaça tão grande quanto os perigosos Jacques.

— Ora, milorde, não vamos apertar as bolas de um cão até ele ganir e morder. Como fazemos para chegar a Meaux? Seguimos para sul e leste, ou podemos circular esses malditos assassinos? – perguntou Killbere.

— Vai saber. São grupos imensos. Mais para o leste, pelo que ouvimos.

— Maldição. Não tem como evitá-los, Thomas. Teremos que passar no meio deles.

— Não vão passar – disse Ferrers. – É uma área mais populosa que outras, então eles têm pouca dificuldade de recrutar. Só Deus sabe por que resolveram começar a matar daquele lado de Paris. São domínios agrícolas ricos, mantidos por fazendeiros locatários, e há pouco motivo para a violência que tomou conta do lugar.

— Ele tem razão – disse Killbere. – Fazendeiros locatários prosperam comprando terras e empregando seus próprios camponeses. Para que destruir isso?

O conhecimento de Ferrers acerca dos camponeses revoltosos concedeu-lhe um breve momento de superioridade.

— Milhares de Jacques têm se regozijado em matança e saque junto de suas mulheres. Elas não são muito diferentes; seria tolice acreditar no contrário.

Cometem atrocidades contra seu próprio sexo e crianças. Essas mulheres não são como as nossas; são escravas e trabalham duro até dentro de suas próprias casas. Reproduzem-se como vermes e, se não têm comida suficiente para outra boca, acham bobagem sufocar um recém-nascido, como se estivessem apenas se aliviando. Assim que começou a revolta, a brutalidade delas tornou-se tão violenta quanto a dos homens.

Blackstone encarou tanto o homem que este desviou o olhar. Não estava a fim de ouvir a opinião de um guarda de portão.

– Surge uma revolta, as pessoas apostam nela. Essa gente está cansada e enraivecida. É sede de sangue contra a nobreza. Simples assim.

Killbere olhou para o amigo. Por acaso Blackstone estava dizendo que compreendia o sofrimento daquelas pessoas? Thomas conhecia esse olhar questionador, mas não era hora nem lugar para uma discussão. Killbere retornou sua atenção para Ferrers.

– Quão fortes eles estão?

– Dizem que estão aos milhares e ficam mais fortes a cada dia – disse Ferrers –, mas separam-se e retornam. De centenas para milhares, depois rompem de novo para sitiar e incendiar.

Blackstone ficou pensando por um tempo. A tarefa era impossível. Cem homens não podiam derrotar milhares.

– Tenho 33 arqueiros montados comigo. Preciso de mais flechas. Pelo menos dois feixes por homem. Pode vendê-los para mim? Um dinheiro por flecha.

– O valor agora é um dinheiro e meio, e as pontas são cinco por um.

Blackstone assentiu.

– Muito bem. Quero o que puder me dar.

Ferrers olhou pela janela que lhe dava um panorama de seus domínios. Ele podia deter as chaves da França para seu soberano, mas sabia que Calais não era inexpugnável, independente de quão rapidamente o rei podia enviar reforços. E se os bandidos e os camponeses juntassem forças? Charles de Navarre os reuniria? Comporiam uma potência formidável. Muralhas duplas e dois diques que podiam ser inundados com água salgada eram a defesa principal. O porto vital era formado por uma porção de terra que brotava ao leste, que servia como defesa adicional para o norte. No extremo do nordeste estava o castelo, cujas fortificações uniam-se às muralhas da cidade. No centro ficava o mercado, e lá fora um subúrbio que se esticava para o leste, sul e oeste. Se o fermento crescesse dentro dos muros, quão rapidamente ele poderia suprimi-lo? A chegada desses dois cavaleiros plantara no capitão uma dúvida. Nenhum mercador tinha porte de armas, não quando a guarnição da cidade consistia somente em nove cavaleiros, quarenta escudeiros e trinta arqueiros. Estes eram como o ouro na coroa de um rei. Não estava muito distante da mente burocrática do capitão que um grupo assim tão pequeno podia ser facilmente derrotado. Ele devia ser mais generoso com Blackstone e Killbere, mas não concedendo flechas vitais para ele.

— Não tenho sobrando — disse, e enrolou o mapa. — Mas digo-lhes que eles não são apenas um populacho desregrado, apesar da sede de sangue. Eles têm ajuda — disse. Um homem trair a própria classe era sempre algo amargo de se admitir. O capitão conhecia muitos cavaleiros franceses que participaram das mesmas cruzadas e torneios, e não era raro que algumas famílias tivessem ancestrais em comum. — Não se pode mais confiar em alianças. Os camponeses têm habilidade militar que só pode ter vindo de homens educados... nobres, mesmo que inferiores. Ouvi dizer que, quando puseram fogo no castelo de Beaumont-sur-Oise, havia cavaleiros participando da revolta. Alguns homens transformaram-se em demônios para salvar-se da morte pelas mãos dos Jacques. A duquesa de Orléans quase não conseguiu escapar para Paris; mais de sessenta castelos foram destruídos somente na área dela.

Killbere passou a língua nos dentes.

— Sangue de Jesus! Achei que tivéssemos matado boa parte da nobreza ao longo dos anos. Agora tem mais a ser feito. Vamos, Thomas, vamos sair deste lugar frio e deixar os escribas com sua escrita e Sir Ralph aqui com os regulamentos dele. Ficar muito tempo por aqui pode envelhecer um homem — disse ele, olhando para Ferrers. — E antes do tempo — acrescentou, para ser bem claro.

Antes que Ferrers encontrasse ânimo para responder, Blackstone levantou mais uma questão.

— Por acaso viu um cavaleiro alemão de nome Lienhard? Um homem grande, de cabelos claros por cima das laterais raspadas; usa barba curta. Tem uma harpia no brasão. Ele e outros como ele tinham passagem livre para o campeonato do rei, mas ele quebrou o código de conduta e fugiu para a Inglaterra.

Ferrers fez que não.

— Quase não resta mais comportamento honrado — disse, com expressão de quem desaprova tudo, algo que não se alterou desde que Blackstone chegara ali. — Vimos muitos cavaleiros viajando sob salvo-conduto do rei, mas nenhum com esse nome. Se o homem perdeu a honra, sem dúvida será encontrado junto dos salteadores. Que mais um homem desses poderia fazer?

Essa fala não passou despercebida por Blackstone, mas havia pouco mais a ganhar permanecendo entre os muros de Calais. Lienhard, algum dia, ia querer sua vingança, mas não tão cedo, Blackstone supôs. Haveria pouca chance de um alemão rastreá-lo em meio ao caos do momento. A selvageria rasgava a França ao meio, atacando-a com uma ferocidade que não poupava vida nem honra e, se o rei Edward queria herdar uma nação que não tivesse sangrado até a morte, então a família do Delfim podia servir como o bálsamo para curar-lhe as feridas. E onde a nobreza se juntava para se esconder do terror era onde ele talvez encontraria Christiana e seus filhos. Além disso, era impossível dizer o que o futuro lhe reservava.

Capítulo Trinta e Quatro

Christiana tropicava ao longo do fosso paralelo à estrada, arrastando uma exausta Agnes atrás de si. A menina de 9 anos ouvira a explicação desesperada da mãe de que era preciso escapar nas hordas revoltas dos Jacques assassinos.

Anteriormente, buscaram abrigo no solar de um cavaleiro, mas, quando alcançaram a curva na estrada, o cheiro ocre das casas incendiadas informou-lhe que era tarde demais. Tolamente, ela desmontara, deixando Agnes com o cavalo, e cuidadosamente fora até a casa arruinada em busca de comida. Não havia nada para recuperar. Nos destroços ela viu corpos chamuscados encaracolados feito crianças a dormir. Conhecera os moradores, e pôde supor somente que os restos pertenciam à esposa e aos filhos do cavaleiro. Ao arrastar o vestido pelas tábuas queimadas, a moça tombou e caiu de cara na carcaça mutilada e carbonizada do próprio cavaleiro. Christiana deu um grito, retraindo-se para longe da carne assada que ainda prendia-se às costelas dele e da bagunça negra que foram as entranhas dele. O horror a dominou, e o sublevar-se ácido da bile forçou-lhe garganta acima. Ela tossiu e quase vomitou.

O grito assustara o cavalo, já nervoso com tanto cheiro de morte, e ele se soltou das mãos de Agnes. Christiana ouviu o berro de aflição da filha e saiu correndo atrás do cavalo em galope. Suja de fuligem e lama, exausta, ela virou sua raiva contra a menina aos prantos.

— Eu falei para você amarrar as rédeas! — gritou a mãe com uma Agnes de olhos escancarados. — Eu falei! — gritou de novo, sabendo que estava sendo injusta.

Ao ver os lábios da filha tremulando, tentando conter um soluço, Christiana ajoelhou-se e puxou a menina que tremia para si. Tudo que tinham no mundo estava amarrado à sela do cavalo: comida suficiente para mais dois dias, um odre de vinho e um saco de dormir. Isso foi tudo que puderam recuperar quando aqueles primeiros homens atravessaram a paliçada que circundava a casa delas e o mordomo caíra sob o ataque de paus e facas. A casa era modesta, para que fossem independentes, no entanto, para que ficassem a uma distância curta a cavalo da amiga e mentora Blanche de Harcourt. A condessa perdera as terras que tivera na Normandia quando o marido fora executado, mas era uma condessa por direito e mantinha o título no país de Aumale. Fora pela graça de Deus que Blanche e o mais novo dos filhos não estavam em casa quando a matança começou.

A quilômetros da casa de Christiana, um lavrador retornara dos campos para encontrar o meirinho de seu senhor e três dos soldados dele roubando os poucos sacos de grãos que o lavrador tinha no celeiro. A ordem para tanto viera de Paris, porque o Delfim fechara as rotas para a cidade. Os cursos de água foram bloqueados para impedir que as provisões chegassem à capital; os suprimentos deviam ser levados, então, por dezenas de guarnições fortificadas para impedir que as hordas selvagens de salteadores sob ordens de Charles de Navarre chegassem mais perto da cidade. O lavrador não ouviu nada – estava surdo para a razão, com o espírito quebrado. A esposa estava doente, os filhos mal tinham o que comer para sustentá-los pelo dia inteiro de trabalho, sem contar que o outono se aproximava. Era tão vazia a existência quanto a fome permanente que tinha na barriga. E quando, finalmente, a família murchasse e morresse, o senhor das terras tomaria tudo que restasse. Cada ferramenta, **tigela e animal que tiveram. Sob** o direito de *morte-main*, tudo, inclusive o trabalho **dele, pertencia ao mestre. A** Igreja já tomava seu dízimo em espécie, requisitando **grãos, galinhas e ovos – era** um imposto devido a Deus, disseram-lhe, e então o **ameaçaram de que sua alma** queimaria eternamente no inferno se ele não obedecesse às **demandas do senhor** de seu território. Nesse dia fatídico, quando chegou o **meirinho, a alma açoitada** do lavrador o consumiu.

Ele nada disse ao ver os últimos de suas galinhas e **jarros de banha postos** na carruagem, e suas sementes amarradas na traseira. Apenas avançou e ergueu a mão em que tinha a foice. Os três soldados ignoraram a **aproximação, mas,** quando ele matou o meirinho num só golpe, xingaram e **voltaram-se contra ele.** Não era a primeira morte de uma família de camponeses, **mas incitou um fogo** que dominou tão rápido quanto a palha do lavrador.

Por todo o campo, o descontentamento dos camponeses se demorara em sublevar-se, mas os anos de supressão criaram uma **ferida; seus apuros tinham** piorado ainda mais com o assolar dos salteadores. Já era muito ruim que mal podiam alimentar-se, mas os bandidos vagabundos pegavam o que queriam e matavam todos que resistiam. O rei francês ainda era prisioneiro na Inglaterra, e os pedidos de proteção do povo caíam nos ouvidos surdos de nobres inferiores que tinham poucos meios para ajudá-los e tomavam o que podiam para si mesmos. E os que não podiam ajudar juntavam-se aos bandidos. O sofrimento dos camponeses acabava estourando em raiva e acusação contra os cavaleiros e senhores covardes que os traíram ao render-se ao príncipe inglês, fazendo da vida deles um inferno ainda pior que o anterior. Nenhuma ameaça de padre podia ser pior do que o que enfrentavam agora.

Os bandos de linchamento cresceram, e os cavaleiros e seus familiares cujas casas encontravam-se no caminho foram os primeiros a morrer. Ninguém foi poupado.

Um cavalo relinchou.

– Abaixe! – Christiana disse num instante, puxando Agnes para o fosso.

Alguém gritou ao longe, talvez ao ver o cavalo a galope. Não havia como cruzar correndo a trilha, na direção da floresta. A terra por ali tinha sido destituída de árvores ao longo dos anos; os tocos e galhos as atrapalhariam, prendendo-as ali, indefesas, contra quem se aproximava. Ela aninhou Agnes junto ao peito e puxou o manto enlameado por cima das duas, segurando com força uma faca na mão, ouvindo cascos de cavalo pisando firme na trilha. E uma voz que gritou.

– Tarde demais!

Mais cascos rimbombaram e foram parando; eram homens que seguravam seus cavalos tão perto que ela ouviu os animais resfolegando e o chocalhar de brida e freio. As vozes dos homens soavam abafadas. Christiana prendeu a respiração quando um deles desmontou. Agnes, tremendo, começou a choramingar; a água fria no fundo do fosso encharcava a roupa delas, fazendo as duas tremerem de frio. Christiana juntou os lábios na orelha da filha e sussurrou para que ficasse em silêncio. A bota do homem raspou a trilha rochosa, e ouviram uma espada ser sacada da bainha.

O esmagar das passadas do homem foi soando ao longo do fosso. O terror na mente da mulher a fez retesar os músculos; ela mal podia controlar o próprio tremer, mas de uma coisa tinha certeza – não permitiria que a filha fosse estuprada e assassinada, como acontecera a outros. O homem estava quase acima dela quando ela o ouviu exclamar de surpresa.

– Aqui!

Christiana ergueu-se e golpeou às cegas com a faca nas pernas do homem, a um metro dela. Ele soltou um palavrão e recuou. Christiana perdeu, assim, a única oportunidade de infligir um ferimento nele para ganhar tempo. O soldado agiu rápido e segurou a mão dela com a faca, girando-lhe o punho para que soltasse a arma.

– Corra! – Christiana gritou para Agnes, que escalou a lateral do fosso e passou por entre as pernas dos cavalos assustados.

Enquanto a mãe lutava contra o homem que a segurava, outro dos quatro saltou rapidamente da sela e agarrou a criança, que se debateu aos gritos.

Christiana gritou, apesar de o homem que lutava com ela dizer algo que ela não entendia.

– Não a machuque! Eu imploro!

Outro dos soldados correu para ajudar o homem que a segurava, pois ela se debatia e chutava. O segundo segurou-lhe a cabeça, firme, fazendo-a cessar de tentar metê-la contra o peito do outro.

– Pare! – gritou o homem.

Christiana cuspiu na cara dele, girando o corpo, e o chutou. O choque súbito do tapa que levou dele a fez sentir gosto de sangue. Não havia como impedir os homens de estuprá-las agora; estava fraca demais para lutar. *Santo Deus*, ela rezou, *não deixe que machuquem a minha filha*.

Lágrimas brotaram-lhe nos olhos, e o pulsar do sangue martelando em sua cabeça abafou as palavras do homem, que dizia algo para ela sem fazer som algum. Com a mão grosseira, ele afastou a mecha emplastada de cabelo do rosto dela. Seria isso um gesto de desejo antes de jogá-la ao chão e arrancar-lhe as saias? *Aconteça o que acontecer*, não me deixe ver minha filha ser estuprada e morta. Por tudo que é mais sagrado, eu imploro.

– Milady, preste atenção. A senhora está a salvo. Somos homens de Sir Marcel. Enviados para procurá-las. A senhora me entende?

Fora apenas um gesto de ternura. O homem tirara o cabelo do rosto dela como uma mãe faria por uma criança – um pequeno gesto para afugentar o medo. Christiana piscou, sentindo as forças lhe escapando. Seus olhos enevoados procuraram a pequena crista na túnica do homem. Era o distintivo de Sir Marcel de Lorris, senhor menor que cuidava de terras para sua amiga e mentora, Blanche de Harcourt. Era lá que estava Henry, filho de Blackstone, posto ali para ser treinado nas armas e servir ao cavaleiro e sua residência.

O homem tornou a repetir a pergunta. Christiana fez que sim, e sentiu as mãos do homem a soltando. O soldado baixou Agnes para o chão; Christiana cambaleou para a margem, encharcada, fria e exausta. Ela juntou a filha num abraço e limpou-lhe as lágrimas do rosto sujo de terra. Os homens detiveram-se, esperando que a mulher recobrasse a compostura. Ela passou a manga do vestido no nariz, que escorria, abraçada a Agnes, e olhou para os homens, todos de roupas muito grosseiras, que podiam facilmente passar-se por salteadores.

— Peço desculpas por tê-la machucado — disse o homem que lhe dera o tapa.

Era mais velho que os demais, tinha uns fios brancos na barba, e o elmo cobria um rosto gasto pelo tempo que agora parecia cheio de remorso.

Christiana assentiu e cuspiu saliva com sangue. Não era hora de ser delicada.

— Mataram todos na casa. Temos de enterrá-los — disse sem pensar.

O homem pareceu em dúvida por um momento, sabendo tratar-se de alguém de posição superior.

— Milady, não sabemos onde está a revolta. Eles perambulam por todo o campo feito um bando de estorninhos. Não há como saber. Devemos deixar aquelas pobres almas como estão, por ora. Meu senhor me mandou encontrar a senhora e a criança. Encontramos seu cavalo um pouco mais longe, na trilha. Sabe cavalgar? A senhora e a menina?

— Temos que ir — disse um dos outros cavaleiros.

O homem ergueu o braço para cobrar silêncio, esperando pela resposta de Christiana.

— Se for preciso, podemos dar-lhe comida agora, mas devemos partir, se a senhora souber.

A violência que Christiana conjurara para defender a filha a abandonara. Ela assentiu.

— Sei cavalgar.

— Então um de nós levará a garota — disse o homem.

— Não. Ela fica comigo — Christiana disse-lhe, e estendeu a mão para que ele a ajudasse a subir o barranco, enquanto outro rapidamente ergueu e pôs Agnes na estrada. — Estou acostumada com o perigo — ela disse ao homem, como que tentando convencer-se de que enfrentaria qualquer coisa que aparecesse na curva seguinte da estrada.

O homem juntou as mãos para dar a Christiana suporte para subir na sela. Tão baixa era a patilha que ele pôde erguer Agnes e colocá-la no colo da mãe. Ela juntou as rédeas numa das mãos e segurou Agnes com a outra.

— Milady, não duvido da sua coragem. Todos nós sabemos quem a senhora é — disse o soldado.

Era assim que a conheciam? A reputação do marido distante ainda lhe conferia respeito e proteção, mesmo ela o desprezando por vender sua habilidade de guerreiro para os banqueiros de Florença? Seria ele diferente dos bandidos que assolavam a França e abriam os portões para a revolta dos camponeses? Christiana abandonara o casamento, mas este ainda não a libertara.

– Meu filho ainda trabalha para o seu senhor? – ela perguntou.
– Sim, milady.
– Então me leve até ele.

※

A fumaça das casas e grandes mansões em chamas erguia-se no horizonte feito plumas de pássaro. O exército de camponeses avançava rastejando-se pelos campos sem qualquer objetivo fixo, serpenteando daqui para lá como um rio. Assim que assassinavam uma família de nobres, passavam para a seguinte. A rota que a escolta de Christiana tomou os distanciou dos sinais óbvios de destruição e, conforme se aproximavam da propriedade do suserano desses soldados, o campo retomava a aparência de sempre. Plantações e prados estavam intactos, e o gado pastava. Os braços de Christiana doíam de segurar Agnes bem junto, mas ela não fez esforço algum para aliviar o fardo que era a criança que dormia. Não demoraria até estarem todos a salvo, embora uma incerteza incômoda se recusasse a deixá-la, e ela não sabia dizer o que era que lhe cutucava a mente. Tudo estava como devia estar por ali; talvez os revoltosos tivessem passado pelo horizonte, deixando Lorris intocada.

Christiana foi inundada por um alívio quando viraram numa curva na estrada e ela viu o solar. Paliçadas foram postas de lado pelos homens, que a escoltaram por mais homens armados até o pátio de Sir Marcel, onde ela foi recebida com calor pelo cavaleiro, todo armado, e sua esposa grávida, Marguerite.

– Christiana, graças a Deus, foi encontrada. A Virgem abençoada achou correto cobri-la com sua proteção – disse Lorris. – Leve a criança a um quarto. Dê banho e comida – ele instruiu a seu mordomo.

O criado ergueu os braços e pegou Agnes, que dormia. Christiana teve dificuldade para descer da sela. Tinham cavalgado pesado; a escolta incansável, desejando retornar à segurança do solar fortificado do mestre. Ela viu que, além dos quatro cavaleiros que a acompanharam, havia outros seis homens de armas, e meia dúzia de besteiros que cuidavam dos muros baixos. E sinal nenhum de Henry.

Christiana mal pôde impedir-se de aninhar-se nos braços do cavaleiro, grata não somente por ter sido resgatada, mas pelo filho ter sido enviado a esse homem devoto como pajem, sob a tutela de quem ele logo se tornaria um escudeiro.

– Onde está meu filho? Está a salvo?

Marguerite de Lorris pôs o braço em volta de Christiana.

– Está bem. Está trabalhando no túnel, para limpá-lo, caso precisemos dele como rota de fuga. Venha. Vamos encontrar umas roupas para você e preparar-lhe um banho.

Christiana libertou-se gentilmente do abraço da mulher. O cabelo estava contorcido e emplastado de lama e água, a pele coberta de terra. Estava esfarrapada como uma camponesa.

– Um túnel? Não estamos a salvo aqui?

– Não fazemos ideia de quantos há lá fora – disse Lorris. – O túnel leva a uma capela. Ninguém viola o santuário da igreja. Será um último refúgio, caso tenhamos de abandonar a casa.

Christiana assentiu, tentando entender, em meio à exaustão, quão desesperada era a situação.

– Não tem notícia nenhuma? – perguntou.

Lorris olhou a esposa de relance, receoso de quanto devia contar a uma mulher que mal conseguira escapar com vida.

– O Delfim enfrenta uma insurreição em Paris – disse Marguerite, tomando a decisão pelo marido. – Conte-lhe, milorde... todos nós precisamos saber em que pé estão as coisas.

Lorris guiou as duas mulheres para a porta, longe dos ouvidos dos soldados.

– A última coisa que ouvimos foi que o propretor dos mercadores, que está contra o Delfim, aproveitou-se do momento para urgir os camponeses a erguer-se no sul da cidade. Se cortarem todas as rotas para Paris, sabe-se lá o que será de nós.

– Então não temos para onde ir – disse Christiana, procurando na mente mais possibilidades de fuga.

– Se muitos vierem para cá, vocês e Marguerite serão guiadas pelo túnel, enquanto eu e meus homens seguramos o bando o máximo que pudermos. Christiana, nenhum de nós está a salvo enquanto essa matança continuar.

Christiana sentiu o vazio do desespero.

– Por que não partimos agora? – ela perguntou, olhando para os soldados que ocupavam as muralhas. O que antes lhe parecera um forte subitamente tornara-se completamente inadequado. – Certamente, deveríamos ir para alguma cidade. Qualquer cidade. Eles resistirão. Precisamos de muros mais altos que esses.

Sir Marcel apertou os lábios. Suas terras estendiam-se por quilômetros ao redor, e ela se acalmara com o fato de que os que trabalhavam no território não tinham se sublevado contra ele. Foi então que reparou que não havia sinal algum de alguém nos campos. Nenhuma casa em chamas, nenhum cachorro latindo, nenhuma criança chorando. As terras estavam vazias. Fora esse o desconforto estranho que ela sentira quando chegaram ali.

– Seus aldeões fugiram e juntaram-se à revolta, não é?

– Sim. Só posso rezar que se lembrem de que não os governamos com nada além de palavras duras.

Uma sensação de pânico agitou-se na barriga e no peito de Christiana. Foi preciso anulá-lo à força. A revolta os alcançaria, disso não havia dúvida. Era preciso pensar com clareza. Seu filho e sua filha tinham de sobreviver, mesmo que ela não conseguisse.

– Pode me levar até Henry?

※

Além do saguão de entrada, uma porta de ferro abria-se para uma escadaria que levava até o porão. Numa escuridão gelada, havia ancas de veado defumado e a carcaça cindida de um porco em duas metades penduradas em ganchos de metal fincados na pele dura. O cômodo era grande o bastante para manter resfriados vinho e comida, e mais adiante havia uma porta baixa que permitia que a luz bruxuleante de tochas entrasse no porão.

O mordomo que a guiara debaixo da casa adiantou-se com uma tocha.

– O pai de milorde costumava usar esta passagem para encontrar a amante na capela. Não respeitava a família nem a igreja, ao contrário do filho. Sir Marcel achou melhor ser limpa e preparada... – Percebendo o que dizia, o homem logo assegurou: – Caso seja necessário.

Christiana viu que partes de armadura velha e carpetes surrados, comidos por traças, foram estocadas contra as paredes do porão. Teias de aranha fervilhavam nas chamas das tochas. O mordomo a guiou afundo na escuridão, local onde uma vela ardia sobre um castiçal de cobre preso na parede.

– Cuidado, milady – disse o mordomo, meio virado para ela, apontando o solo irregular sob seus pés.

Ela murmurou um agradecimento, mas ainda havia uma pergunta a ser respondida. Se os revoltosos viessem, os que estavam na casa podiam comprar suas vidas entregando a localização do túnel.

– Por que você ficou?

O homem vacilou e hesitou antes de dar mais um passo.

– Sou um homem cristão que serviu a seu mestre desde a infância. Se existe cavaleiro mais devoto, não ouvi falar. Meu senhor demonstrou bondade e rebaixou-se perante seu rei e seu Deus. Seria errado da minha parte abandoná-lo nesta hora de necessidade. A morte vem quando Deus envia seu anjo negro. Quem sou eu para fugir dele?

Christiana viu o lampejo de um sorriso sob a luz da tocha, um de resignação e tristeza perante a morte iminente. Vendo isso, estendeu a mão e tirou a vela da parede.

— Volte para o seu mestre. Eu mesma encontro o caminho – disse e, sem esperar resposta, passou por ele.

Não pretendia deixar o anjo da morte passar sem desafiá-lo.

※

O ar estava pesado, velado de fumaça da tocha flamejante do mordomo. Christiana pensou ter caminhado cem metros, com uma das mãos estendida para ajudar a guiá-la, tocando a parede de rocha, até que sentiu a fétida atmosfera aliviar e o gelado do ar fresco tocar-lhe a pele.

Uma sombra cruzou seu caminho quando uma figura passou raspando o chão. Ela quase largou a vela ao ver uma faca sob a luz da vela. Fazia mais de um ano que não via o filho, porém as feições do menino – a três meses do aniversário de 11 anos – continuavam como ela lembrava, mas ele tinha crescido, e dava para ver que a força tinha se espalhado por seus membros. Ela o chamou pelo nome.

O menino vacilou. Meu Deus, como lembrava o pai! Foi o que ela pensou quando ele sorriu subitamente ao ouvir a voz dela. Henry veio até ela e beijou-lhe a mão.

— Você está bem! E Agnes?

— Sim – ela disse, os olhos marejados –, comigo. Está dormindo.

A luz da vela expunha as roupas rasgadas e sujas, e por sobre a lama no rosto a trilha feita pelas lágrimas. Sem embaraço, ele as limpou.

— Meu senhor disse que os homens dele a encontrariam. – Em seguida a culpa ficou evidente na voz dele. – Eu queria ir, mas sou só o pajem, tenho que obedecê-lo.

— E ele o mandou para cá para preparar nossa fuga.

O menino pareceu aliviado.

— Isso. E eu a preparei para lady Marguerite e as crianças. E agora para você e Agnes. – Henry olhou para o rosto e as roupas da mãe. – Foi muito ruim?

— Mais do que eu imaginava – ela admitiu.

Ele não era mais criança; não era preciso esconder a verdade.

Gentilmente, ele puxou a mãe mais uns passos à frente. Uma tora robusta de carvalho jazia contra a parede final, com vigas pregadas em todo o comprimento. Ele apontou para o alto. Um sopro de ar vinha do espaço acima.

– Esse buraco vai dar na capela. Já coloquei dois odres de vinho e uma sacola de comida lá em cima. Tem cobertores e roupas para as crianças. Ficaremos seguros. Posso empurrar a pedra no chão por cima. Sabia que o pai do meu mestre usava isso aqui para... – ele quase não conseguiu pronunciar a palavra – fornicar?

– Eu sei para que ele usava – ela disse, e sorriu.

Um menino treinando para ser escudeiro ouvia os soldados falarem e, independente de quão devoto fosse o mestre, os que conviviam com ele falariam dos aspectos mais grosseiros do mundo. Não lhe faria mal, ela pensou; o mundo o testaria muito em breve.

Subitamente, Christiana sentiu-se cansada e recostou-se na parede. Henry foi até ela.

– Mãe, você está exausta. Deixe-me levá-la para casa.

– Acabou seus deveres?

– Sim. Mais roupas e comida, talvez, mas posso fazer isso depois.

Ela se libertou das mãos dele.

– Não. Termine o que tem de fazer. Nossa vida pode depender disso. Voltarei para Agnes; venha até nós quando Sir Marcel lhe der permissão. Ele lhe confiou responsabilidade para conosco e a família dele.

Henry assentiu.

– Pensei que fosse só uma tarefa qualquer por eu ser pajem.

– Não. Ele o honra, e espera que você não falhe com ele.

O menino pareceu até mais velho. E ergueu o rosto.

– Não precisa se preocupar. Ficaremos bem. Você verá.

Em outra vida, antes de ele ter nascido, Christiana ouviu o eco da voz de outro jovem de quem ela cuidara até voltar à vida – cuja força tornara-se dela. Juntos, eles sobreviveram, unidos num destino que os carregou por um grande rio, agarrados um ao outro com um inimigo atrás. Christiana conhecera o terror, e Thomas matara o homem que o infligira. Porém, o marido não estava mais por perto. Henry era filho de seu pai, mas ainda não era o pai.

– Pegue uma corda, faça ser rápido chegar à capela – ela disse.

– Tenho essa escada para as damas e as crianças...

– Não é para nós – ela interrompeu. – Se tivermos que escapar por aqui, eles tentarão nos pegar por esta passagem. Você usará a viga para bloquear a porta do porão. A corda é para você subir na capela. Henry, será o último aqui embaixo.

O menino engoliu em seco. A revolta, até então, fora para ele um problema distante, mas agora os dezoito meses anteriores de treinamento com armas junto do senhor e os escudeiros deste seriam requisitados, e com iminência. A aparência da mãe o chocara, e a realidade do perigo que chegava secou-lhe a boca.

– Então... eles virão – disse ele, tentando disfarçar o medo com um meio sorriso.

Henry tinha uma adaga guardada numa bainha presa ao cinto. Um dia pertencera ao escudeiro de seu pai, que lhe dera antes de ser brutalmente assassinado. Christiana a libertou e enfiou na cintura.

– Eles virão. – Ela puxou o rosto do filho e beijou ternamente a bochecha dele. – Prepare-se, meu filho. Teremos de lutar por nossa vida.

※

Werner von Lienhard deixara Windsor com o rabo entre as pernas, envergonhado por não poder enfrentar Thomas Blackstone em combate único. Porém, a razão sobrepôs-se ao desespero. Era essa a sua habilidade, e ela praticamente fizera dele o capitão entre os homens dos Visconti. Bastava esperar. O momento certo tornaria a apresentar-se – a vingança arderia lenta e longa, como uma vendeta italiana. Continuava sendo uma questão de honra matar o homem que portava a arma de seu irmão, mas agora seria sob os termos de Lienhard, e o sofrimento jamais seria abrandado. Talvez na Itália, quando Blackstone retornasse, um julgamento público pudesse ser arranjado – um apelo aos *Signori*, ao que tinha direito. Os Visconti gostariam disso. Seria um prazer para os dois ver o inglês derrotado no território deles. Era tudo que queriam – fazer juramento em público, diante de bispo e senhor, de que sua causa era certa e justa perante Deus.

Por ora, contentava-se em saber que tinha habilidade para derrotar Blackstone quando chegasse a hora. Ele e os outros dois cavaleiros que cavalgaram com ele de Windsor foram da costa francesa até a cidade de Senlis. No caminho, testemunharam a massa insurgente de camponeses, mil ou mais, varrendo a casa de um cavaleiro. Assistindo a tudo do alto, parcialmente escondidos por árvores, viram a família ser assassinada, caindo sob o ataque frenético de foices e machados de cortar madeira. Os Jacques jogavam as criancinhas que choravam no ar e as empalavam nas forquilhas. Depois que os homens estupraram a esposa do cavaleiro, as mulheres arrancaram dela os membros, um por um. Em seguida, a horda varreu a casa como um enxame de gafanhotos.

Lienhard virou-se para os dois cavaleiros, que assistiram a tudo horrorizados, pois membros de sua própria classe estavam sendo chacinados.

– Não há nada que possamos fazer para impedir essa matança. Se formos vistos, seremos sobrepujados. E eu não morrerei nas mãos da escória – disse-lhes.

O cavaleiro vira matança suficiente na Itália para saber que um camponês era pouco mais do que um cachorro: sem alma, ignorante e incapaz de pensar racionalmente.

Conrad von Groitsch desviou o olhar da matança. Ele fez o sinal da cruz e deu uma cusparada.

– Ver uma dama tão bela e bondosa e os filhos destruídos por um bando raivoso me deu nojo.

O outro murmurou, concordando, mas os três mantiveram os olhos na horda assassina. Lienhard acompanhou os aldeães retornando do ataque, carregando os produtos que encontraram. A casa foi incendiada. A fumaça dessa pira funeral espiralou para o alto e foi carregada pela brisa, ondulando feito um estandarte de batalha. A revolta dos camponeses tinha sua própria bandeira de guerra.

– Havia uns poucos homens de armas cavalgando com eles. Vocês viram? – ele perguntou, passando um odre de vinho ao companheiro.

O terceiro homem, Siegfried Mertens, girou o vinho na boca e cuspiu.

– E não participaram da matança, mas meteram a mão na prata – disse ele a Lienhard. – Se vamos cruzar a França, de volta à Lombardia, podemos tornar a jornada mais próspera. Os itens de prata e as riquezas serão desperdiçadas por esses camponeses.

– Não quero parte nenhuma disso – disse Groitsch. – Matar camponeses é uma coisa; matar os nossos é completamente diferente. Não sou nenhum pagão.

Os três homens olharam para longe, de seu ponto alto de observação. A horda mudara de direção. Um deles gritou, e a massa raivosa olhou para eles. Um dos homens de armas montados avistara as cores dos escudos dos alemães.

– Sangue de Jesus – disse Groitsch. – Vamos embora daqui.

– Espere – disse Lienhard. – Somos alemães. Eles não têm problema nenhum conosco.

– Somos cavaleiros, Werner; pelo amor de Deus, veja o que vem em nossa direção. Eles querem nos matar – disse Groitsch.

Lienhard ergueu-se na sela.

– Se quisermos prata e metal, cavalgaremos até eles, ergueremos a mão para cumprimentá-los e nos ofereceremos para ensiná-los a lutar como soldados em vez da escória de bosta que são.

Os companheiros não pareciam concordar com uma tolice dessas, mas Lienhard sempre fora do tipo que aproveita toda oportunidade. Quando o cavaleiro dos cabelos claros esporeou seu cavalo adiante, sem o elmo, espada ainda na bainha e com uma das mãos erguidas para cumprimentar o primeiro dos cavaleiros que vinha até ele, eles o ouviram rir.

– Esses aldeães são uma turba podre de ratos! – disse ele para os homens de armas. – Mas posso mostrar-lhes como lutar quando chegar a hora!

Os cavaleiros pararam e giraram nas selas, checando a multidão em progresso a trezentos metros dali.

– Como nós! – disse um deles.

– Melhor pegar o diabo pelo rabo do que pelas presas – respondeu Lienhard. – Podemos dividi-los e liderá-los. O que me dizem? Mais saque para todos nós. Eles podem ficar com os móveis bonitos – disse, sorrindo maliciosamente.

O momento da verdade foi quando a horda chegou a cinquenta metros dos cavaleiros. O primeiro fez que sim. Ter outros três cavaleiros como apoio lhes daria maior sensação de segurança, ainda que falsa. O homem de armas ostentava suas cores tão descaradamente como um cavaleiro de campeonato, e virou seu cavalo para encarar os aldeães, que brandiam toda sorte de armas atrás dele.

– Eles estão do nosso lado! – disse. – Homens bons que odeiam esses donos de terras balofos!

A multidão de camponeses estava tão perdida no sucesso anterior que rugiu ovações e girou feito um exército, circundando os cavaleiros, com sede de violência ainda não sanada.

– Burros feito porcos – disse Lienhard.

– Aye – disse o cavaleiro. – E somos gratos por isso. Do contrário, também teríamos sido pegos. Mas estão aprendendo. Fazem espadas das foices e tesouras, e tem um da Picardia que sabe ler e escrever.

– Está aqui? – perguntou Lienhard.

O homem de armas fez que não e acenou vagamente para o horizonte, além das florestas.

– Milhares deles por lá. Ele está com eles. O nome é Cale. O maldito deve se achar o rei dos camponeses.

Lienhard deixou os cavaleiros partirem, e eles foram cavalgando ao lado da horda de camponeses. Quis esperar que a multidão visse a ele e seu emblema, assim reconheceriam um cavaleiro que apoiava a causa deles durante a chacina seguinte. Quando a massa pulsante passou por ele, Werner ergueu a mão, com o papa abençoando gente, para aqueles macacos que sorriam feito loucos, de olhos escancarados, embebidos em morte e poder.

– Satanás os aguarda, seus bostas – disse, sabendo que ninguém podia entendê-lo, sorrindo, fingindo ser solidário à causa dos camponeses. – A retribuição virá, e vocês berrarão para um Deus surdo. E conhecerão a ira da nobreza, que cortará a pele das suas costas, arrancará a língua da sua boca e deitará espadas na sua família.

Os companheiros trouxeram suas montarias até o alemão.

– Só o fedor deles basta para fazer um cavalo vomitar – disse Groitsch. – Werner, é melhor que isso seja lucrativo.

– Conrad, confie em mim. Navegaremos na maré de terror até nossa casa numa embarcação de ouro e prata – disse ele, cutucando o cavalo para seguir o rastro dos Jacques.

No alto, grandes corvos plainavam e voavam por entre a mortalha de fumaça, e logo desceram para a carne destruída que jazia no pátio do cavaleiro francês.

Capítulo Trinta e Cinco

Blackstone e Killbere desceram da sala na cidadela, vistos de longe por um aliviado Sir Ralph de Ferrers, contente por ter se livrado de dois dos homens de Fortuna. Podiam encontrar qualquer recompensa prometida pelo rei nos campos banhados de sangue, muito além das muralhas de jurisdição dele.

Killbere estava ansioso para desafiar a falta de condenação da parte de Blackstone perante Ferrers.

– Uma ou duas palavras contra esses camponeses piolhentos podiam ter abrandado o comportamento dele. Um pouco de flechas não teria sido ruim.

– E você foi tão gentil quanto um monge mendigo pedindo esmola, não?

– Eu sou quem eu sou, mas você poderia ter feito o homem mudar de ideia.

Os cavaleiros passaram por sentinelas e desceram ruidosamente os degraus de pedra até o pátio interior e seus cavalos, onde Blackstone assoou o nariz com um dos dedos, depois vestiu as luvas. A jornada não começara propriamente, e as chances de encontrar a família viva ficavam mais ralas.

– Quem sou eu para dizer que eles não têm razão? – disse Thomas.

Killbere parecia incrédulo.

– Você acha que compreende esses bostas?

– Eu fui um homem livre, e nunca um servo, Gilbert, mas se esmagar por tempo demais as pessoas que governa, será mais do que ossos que vão quebrar.

– Mãe de Deus, eles matam mais que os malditos salteadores. Não são como os moradores traumatizados de Santa Marina, que você pode levar na lábia, Thomas. Esses demônios saíram do fosso e metem as garras em gente inocente.

– Acha que estou do lado deles?

— Eu servia a meu suserano quando você ainda era um camponês de nariz melecado que trabalhava numa pedreira e morava numa choupana. Eu o *conheço*, Thomas. Santo Deus! Você enxerga a alma torturada de todo homem como se fosse o brasão dele. Escória, Thomas! Escória vil, maldosa, maléfica, de merda na cabeça, é isso que são. – Gilbert respirou fundo e tocou o braço do amigo. – Você nunca foi nada disso.

— E os nobres que cavalgam junto a eles?

— Pior ainda! Não sei o que pode ser pior do que bosta, mas eles são. E, quando eu encontrar a palavra, direi. Eles deviam ser enforcados e eviscerados, e as entranhas arrastadas daqui até o fim do mundo por cães. Eu mesmo o faria.

Chegaram aos cavalos. Blackstone ergueu a tira do estribo e meteu o joelho na barriga do cavalo bastardo. Por ter ficado tanto tempo de pé, podia estar inchado, e quando cavalgassem, a tira da sela podia se soltar e torná-la instável. O cavalo sacudiu a cabeça, mordiscando a brida, tentando olhar para trás, pronto para meter os dentes amarelos em alguém caso tivesse a chance. Blackstone apertou a tira um fecho a mais.

— Se Christiana e meus filhos estiverem no caminho deles, Gilbert, já é tarde demais. Se a família do Delfim estiver em Meaux, esta é a nossa melhor chance de encontrá-los. Esses camponeses podem ter uma causa justa, não me importa, mas o rei me concedeu seu perdão e minha família para que eu possa ajudá-lo a tomar este país abandonado.

Sir Gilbert suspirou.

— Quando você era menino, coube a mim levá-lo à guerra e instilar raiva em seu sangue e amor pelo rei no seu coração. Pelo visto, não fiz isso bem o bastante.

Blackstone suavizou o tom de voz.

— Gilbert, você é um velho maldito e cínico, e fez tudo bem demais. Eu sirvo ao rei, com ou sem barganha. Ele é meu suserano, como um dia você foi. Algum dia, as vitórias dele nos darão a chance de governarmos a nós mesmos. Mas não como insurgentes.

Killbere grunhiu.

— Então matemos o máximo desses diabos de Satanás que pudermos.

— Sei o que tenho de fazer, Gilbert.

— Ótimo! Porque é isso que nos concede honra. Isso e mandar aqueles bastardos do mal de volta de onde saíram.

Um grato Killbere esporeou seu cavalo adiante, cruzando a ponte levadiça, e urgiu-o a trotar pela trilha que levava para o terreno pantanoso cheio de turfa e os morros nos quais os homens aguardavam.

Matar era uma profissão que se afiava praticando.

Blackstone juntou seus homens ao redor de si. Contou-lhes seu plano para tentar chegar até a família do Delfim.

Perinne passou a palma da mão pela cicatriz na cabeça.

— Acho que sei como podemos chegar até Meaux, Sir Thomas — disse. — Passei por lá quando era menino. — Ele desenhou uma curva na terra batida. — A cidade fica na curva do rio. Tem uma ponte, se bem me lembro, que leva a um forte. Os muros são bem grossos, e reforçados com torres e bastiões. Se estiverem lá dentro, estarão seguros como os piolhos da virilha do Will.

— Nada está a salvo perto do pau dele — disse Gaillard.

— É uma arma de guerra — disse Longdon.

— Pelo que dizem, perde para o irmão Bertrand — disse Blackstone a seus capitães reunidos, permitindo-lhes o momento de brincadeira. — Ótimo. Então Perinne nos guiará. Gaillard conhece os pântanos em torno de Calais, assim, nos guiará além deles. O jeito é não sermos pegos pelas forças do Delfim, pelos salteadores nem pela revolta.

Meulon cutucou o fogo com um graveto.

— E quanto a Charles de Navarre?

— Ele também — disse Killbere.

Nenhum dos homens tinha sugestão quanto a como uma centena deles poderia viajar pelo campo tomado de possíveis inimigos.

— Por que não encontramos Navarre e unimos nossas forças às dele? Ele deve querer encontrar o Delfim e sua família tanto quanto nosso lorde soberano — disse Will Longdon.

— E usá-los para barganhar o ingresso dele para o trono ou botá-los na forca — disse Blackstone. — Nosso senhor Edward os quer vivos; Navarre joga um jogo que ele mesmo escolheu.

— Com muitos mercenários ingleses nas costas — disse John Jacob.

— Talvez seja plano do rei usá-lo para tomar Paris, agora que estão apoiando a revolução — disse Meulon.

— Nenhum de nós sabe em quem confiar — disse Blackstone. — Navarre quer a coroa, como nosso rei. Uma força joga contra a outra, mas a que jogar melhor vencerá.

— Um jogo e tanto, Sir Thomas, se a coroa francesa está sendo jogada ao ar feito prêmio de feira — disse o normando grandalhão.

— Aye, e estamos bem no meio — disse Longdon.

— Não é dos piores lugares — disse Gaillard. — O centro da roda é o que a faz girar. Podemos controlar o que precisarmos.

— Pelo suor na testa de Jesus, Gaillard, juro que você não enxerga — disse Longdon. — O que vai no meio da roda? Um mastro. E o que é um mastro senão uma lança ou... — Longdon cutucou o outro com a ponta cheia de penas de uma flecha, que estava cuidadosamente arrumando. — Uma flecha? — Ele fez um círculo com dois dedos e enfiou outro bem ali no meio. — Centro. Mastro. Nós.

Blackstone agachou perante a fogueira. Logo escureceria, e nenhum progresso seria obtido viajando por território hostil à noite.

— Will, enxergue como uma roda, se quiser, mas que seja a roda da fortuna. Nós os ignoraremos e procuraremos a família do Delfim. Tudo que temos de fazer é salvá-los dos insurgentes e colocá-los em segurança em algum lugar. Assim que a notícia chegar ao nosso rei, decidiremos o que queremos fazer.

Killbere levantou-se e olhou ao redor. Estavam em boa posição de defesa. Um atacante seria pressionado a passar pelo solo irregular, cheio de tufos, dos pântanos à noite, mas um camponês local poderia farejá-los e guiar até ali alguém que quisesse lhes fazer mal.

— Capitães, alimentem os homens, cerceiem os cavalos e os amarrem. Não tirem as selas. Espalhem vigias para a noite. Nada de fogueira. Como disse Sir Thomas, não podemos confiar em ninguém.

— Nem mesmo no capitão de Calais? — perguntou Longdon. — Ele serve ao rei.

— Nem mesmo na mãe do rei — respondeu Killbere.

— Principalmente ela — Blackstone sussurrou.

❦

Os homens enrolavam-se nos cobertores, em busca do pouco de conforto que podiam conseguir no solo da floresta. Killbere observava Stefano Caprini, que sempre se mantinha na beirada do acampamento, ajoelhado a rezar. Sir Gilbert apareceu e esticou seu cobertor, chutando folhas e musgo para arranjar um espaço em que coubesse seu quadril. Blackstone já estava deitado, de espada ao lado. Não demoraria muito até que a escuridão os cobrisse, e nenhum homem seria capaz de enxergar o outro, mesmo estando muito perto.

Killbere acenou com a cabeça para Caprini.

— Por que ele continua por aqui?

— Canterbury foi uma decepção. Não tinha desconforto nem miséria — disse Blackstone.

Killbere franziu o cenho, mas logo entendeu que Blackstone fizera uma piada.

– Ah, sim. Agora que ele tem o prazer de estar numa floresta úmida, comendo comida fria e ouvindo as reclamações de Will Longdon, repito a pergunta: por que ele continua por aqui?

– Ele confessou o pecado dele – disse Blackstone, virando de lado para que suas palavras não viajassem para além de Killbere.

– Não me diga que ele é outro maldito irmão Bertrand, que descobriu que fornicar é muito mais gostoso que se aliviar sozinho.

– Onde está *este*, a propósito?

– Junto dos cavalos. Graças a Deus não temos éguas. Ele busca e carrega e faz tudo muito bem. Está sempre com um sorriso exagerado na cara, então deve estar contente.

– Gilbert, somente os idiotas sorriem o tempo todo.

Killbere suspirou, concordando.

– Nós o arrancamos de uma cabana de camponês dois dias depois que chegamos, sugando feito um leitão as tetas da esposa do fazendeiro. Tivemos que pagar o homem com um punhado de sal.

Gilbert desembrulhou uma metade de pão e cortou um pedaço, que entregou a Blackstone. A quietude da floresta pôs fim a quase todo som, mas aqui e ali um homem tossia ou murmurava gentilmente. A serenidade do local fazia parecer quase obrigatório falar pouco acima dos sussurros.

Blackstone olhou para a quase total escuridão na qual o cavaleiro do Tau rezava. E sacudiu a cabeça, recordando.

– Sujeito esquisito. Chegamos a Canterbury – disse, dando uma mordida no naco de pão. – O local estava cheio de peregrinos... e ele passou meio dia rezando, enquanto eu trocava as ferraduras dos cavalos. E então...

Killbere captou a incerteza do amigo e ficou em silêncio, esperando até que ele encontrasse as palavras.

– E então ele retornou da catedral e ajoelhou à minha frente, dizendo que o padre Torellini lhe dissera para ficar ao meu lado até o fim da minha jornada.

– Até voltar à Itália?

– Não sei. Ele disse que pretendia me levar em segurança pelas montanhas, até Canterbury, mas que o papa lhe garantiria indulgências para cada dia que ele passasse fora. E então... Então ele me disse que o homem tem de morrer com os pecados pagos, sem arrependimento no coração e pobre feito Cristo.

– Nada de dividir os lucros com ele, então – disse Killbere, grunhindo satisfeito.

– Foi esquisito, Gilbert. Eu valorizo a habilidade de luta dele, e não podia negar-lhe seu dever. Foi quando ele disse que tivera uma visão quando se prostrara no local onde Thomas Becket foi morto.

– Homens santos e suas visões me deixam com mais medo do que bruxas e as famílias delas. Que tipo de visão?

– Ele não contou... só disse que vou precisar do conforto de Deus.

Os dois ficaram em silêncio. Após pensar por um momento, Killbere tirou o pão congelado do céu da boca com o dedo e o chupou.

– Padres, frades, monges e profetas: todos eles se metem com magia negra. Fique longe deles todos e reze para Cristo antes de um combate, é isso que digo. É o melhor que homens como nós podemos fazer.

– E confie nos homens que tem ao lado e atrás. Foi você que me ensinou – Blackstone respondeu. – E isso nos trouxe até aqui.

Não houve resposta além do respirar ritmado de Killbere. Já estava dormindo.

Blackstone virou-se dentro do cobertor e, ao ajustar o rosto em cheirosos musgos e folhas, viu algo mover-se no escuro. O brasão do manto do cavaleiro do Tau foi pego pelo luar quando ele se levantou, terminadas as orações, mas logo a escuridão o tomou como um feitiço de mágico. Nada se via, nada se ouvia. Como se o frei Stefano Caprini fosse um anjo negro que viera contar as almas a ele devidas.

Blackstone puxou a Espada do Lobo mais junto do peito e beijou a imagem de prata da deusa Arianrhod. A pergunta que ele não tinha feito em Canterbury era: a quem o cavaleiro do Tau se referira quando dissera que um homem deve morrer com seus pecados pagos? Ele mesmo ou Blackstone?

Capítulo Trinta e Seis

O terror chegou pelos campos sob amplo luar. Não havia necessidade de acender tochas, pois os insurgentes moviam-se com lenta e inexorável determinação: primeiro sem formação, mas como se soprados pelo vento, como sementes de dente-de-leão por prados de mato cortado baixo; então, como se incitados, juntaram-se num grande arco – chifres de touro para aprisionar os desafortunados que estavam dentro do solar, numa aproximação mais assustadora ainda pelo silêncio, com somente o som contínuo do pisar no solo. Enquanto alguns tropicavam pelas hortas de vegetais, outros vinham como formigas pelos corredores das vinhas. Eles pararam quando chegaram aos muros baixos e viram o brilho do luar na armadura. O líder do bando ergueu uma grande tesoura, e mais de quatrocentos camponeses atrás dele seguiram seu exemplo.

– Renuncie à sua nobreza e seu *status* e jure aliança àqueles que oprimiu durante sua vida artificial enquanto senhor deste território – berrou o homem, fazendo ecoar a voz por todo o pátio.

Christiana e Henry estavam num andar superior, pressionados na parede, mal ousando espiar pela abertura da janela. Agnes estava mais para trás, escancarada de medo, por ser tão criança, perguntando-se por que a mãe e o irmão, que ela não via fazia tanto tempo, seguravam faca e espada, prontos para tudo. A voz do homem ressoara pela casa toda, e a menina vira a mãe virar-se para ela e sorrir, encorajando-a. Disseram-lhe para ser corajosa, mas não lhe chegou conforto algum dessas palavras da mãe. Por dias, ficaram escondidos daqueles que queriam lhes fazer mal, e ela não sabia nem por que estavam sendo caçados.

As figuras fantasmagóricas que cruzaram o horizonte tomaram os ocupantes da casa de surpresa, contudo, as sentinelas tinham visto os campos ondularem numa maré de sombras e soaram o alarme, tirando os que estavam na casa do sono.

– Prepare-se para descer – ela dissera a Agnes. – Fique em silêncio e engula o choro. Ficaremos bem. Lady Marguerite e seus filhos ficarão conosco – acrescentara a mãe.

Porém lady Marguerite não estava com eles. Estava em seu quarto, em outra ala do solar, onde a lareira lhes concedia luz e calor. Nessa sala fria e escura não havia nada além das sombras de fantasmas projetadas pela abertura da janela, e tábuas lisas que cheiravam a cachorro e semente de lavanda. Tremendo, a menina desejou estar junto das outras duas crianças, aninhada perante o fogo com a mãe delas.

Christiana ousou espiar pela abertura.

– Mãe! – Henry sibilou. – Eles a verão!

O frio que Christiana sentiu não foi o da noite, mas da compreensão gelada de que eles não estariam vivos no dia seguinte se não alcançassem o porão. E isso teria de ser feito no escuro, porque no instante em que vissem luz de tocha, os insurgentes a perseguiriam como um enxame. Enquanto ela hesitava, lá embaixo, Sir Marcel fazia seu apelo. O nome e a reputação de um cavaleiro não seriam suficientes para contê-los? Poderiam passar pelo solar e levar seu horror para outro lugar? Sir Marcel estava no parapeito baixo, resplandecente em sua armadura, mas incapaz de disfarçar a insegurança na voz ao ver tão vasta mobilização.

– Eu sou Sir Marcel de Lorris. E há entre vocês aqueles que me conhecem e foram favorecidos pela boa vontade da minha família. Levem o gado e a comida que precisarem, mas deixem minha casa e minha família em paz, eu os imploro, em nome de Deus.

Christiana assistia a tudo, temerosa. Ninguém atacara os muros, nenhum dos revoltosos manifestou-se – pelo contrário, veio somente o som mais aterrador. Risos. O líder riu. E Christiana soube, então, que já era tarde demais. Ela virou e correu para Agnes, com Henry poucos passos atrás, quando um grito de terror apertou seu coração com um punho de ferro. Já estavam dentro da casa.

– Lá embaixo! – ela sibilou, pegando Agnes pela mão.

Atrás de si, ouviu uma mulher soluçando. Marguerite! Não havia nada a fazer. Os insurgentes tinham infiltrado aquela ala da casa, atraídos pela luz da lareira. Lá fora, eles gritavam.

Gritos de dor vieram do pátio conforme os soldados disparavam suas flechas de besteiro e os homens de armas fatiavam a horda fantasmagórica. Ao passar correndo pelas janelas em direção à escadaria, Christiana viu lampejos da luta desigual e desejou que houvesse um contingente de arqueiros ingleses no jardim. Eles não poderiam conter as centenas de pessoas, mas teriam derrubado tantos em tão pouco tempo que o ataque teria vacilado.

Subitamente, ela parou. Barulhos vindos lá de baixo indicaram que eles já tinham entrado ali; passaram correndo pela parca defesa e já começavam a roubar toda a riqueza da residência. Mais vozes ressoaram, duras e autoritárias – eram os líderes do bando mandando que parassem para testemunhar. O suor escorria pelas costas de Christiana, que xingou as camadas de roupas que a atrapalhavam. A filha começou a engolir grandes soluços, então ela ajoelhou para acalmar a menina.

– Nada de barulho. Morda a língua, se for preciso, mas não chore alto.

Com mãos trêmulas, ela cobriu a boca da menina e a beijou, depois a segurou com força pela mão.

– Mãe.

O sussurro urgente de Henry chamou-lhe a atenção. O filho estava à janela, de costas contra a parede, a espada ainda em punho, mas com uma expressão que indicou que os gritos que ali se ouvia vinham da esposa do mestre. Christiana arrastou Agnes consigo, desesperadamente incapaz de largar a menina. Ela a abraçou bem perto de si, ouvindo as pessoas no saguão abaixo correndo feito ratos para presenciar a atrocidade infligida contra o dono do solar.

Pelo que podia ver, a maioria dos homens de armas, aqueles homens duros que a tinham resgatado, já tinham sido mortos. Seus corpos estavam nus, cobertos de sangue e lama, profanados e pisoteados. As roupas de lady Marguerite foram rasgadas de seu corpo por camponesas; agarravam-lhe os cabelos, cortando com facas as belas roupas, sem se importar que as lâminas atravessassem o tecido e cortassem também a pele. Christiana assistiu à humilhação e ao horror sofridos pela mulher e sentiu o sangue fugir-lhe da face. Sir Marcel, ensanguentado e ferido, era mantido preso, amarrado a um pedaço de pau nas costas, forçado a assistir ao ataque doentio perpetrado contra sua esposa grávida.

Perante os pais, estava o corpo espancado e ensanguentado da filha de cabelos claros, dois anos mais nova que Agnes. Tinham jogado a menina pela janela para o pátio lá embaixo. O líder do bando cuspiu no rosto de Sir Marcel e gritou para ele que renunciasse à posição e ao privilégio, e que desse suas terras ao povo. Sir Marcel fez que sim, o corpo tremendo com o choro.

Christiana viu meia dúzia de homens de armas a cavalo no portão, e por um momento sentiu um lampejo de esperança. E então um deles ergueu-se nos estribos. Era careca, estava com a espada ainda na bainha. Nem esse cavaleiro nem os que vinham com ele ergueriam a voz para protegê-los. Era jovem e tinha cabelo claro raspado nas laterais da cabeça. Ele gritou para o líder do bando.

– Acabe logo com isso! Ele dirá qualquer coisa agora. Não significa nada. Acabe logo com isso!

As mulheres tinham forçado Marguerite a ajoelhar-se. Entre seus soluços de sofrimento, ela tentara estender as mãos para puxar o corpo maltratado da filha para si. Porém uma mulher agarrara um punhado de seus cabelos e arrancou uma mecha, fazendo sangrar. Sir Marcel tentava dizer algo à esposa quando um dos homens aproximou-se e cortou a garganta dela. O corpo da mulher sofreu convulsões; as camponesas a seguravam com força, e o sangue pulsante encharcou a barriga inchada. O horror ainda não tinha terminado: por entre a multidão, alguns homens trouxeram o filho do cavaleiro. Obviamente, ele tentara proteger a mãe, e dava para ver que estava ferido: o braço esquerdo estava pendurado, mole, e o menino mancava, quase incapaz de ficar de pé. Era pouco mais do que uma criança, ainda sendo ensinado em casa, como era feito com todos aos 7 anos, a alegria dos versos e o significado da honra. Ele tremia; tinha sujado as roupas por conta do medo. Um hematoma imenso cobria metade do rosto. Assim que seus olhos encontraram os do pai, o líder da revolta o golpeou ferozmente, matando-o. Uma ovação espalhou-se pela casa quando a cabeça da criança foi arremessada contra a multidão.

As forças de Christiana a desertaram, e ela desabou no chão, tocando com o rosto a parede fria e áspera. Seria melhor ser rasgada aos pedaços pelos lobos, que matariam mais rapidamente e com menos crueldade do que aqueles camponeses. Alguém agarrou-lhe a fronte do vestido e sacudiu. Era Henry, que lhe deu um tapa na cara.

– Levante-se! – ele sibilou. – Levante-se agora!

Deu para sentir o cheiro do vômito que o menino cuspira, por seu próprio medo, antes que o dela a lançasse na escuridão.

Abraçando-o, Christiana encontrou suas forças, e então o medo e o instinto a fizeram correr para a escadaria. Havia poucos segundos para alcançarem o porão, enquanto a multidão ladrava pedindo a morte de Sir Marcel. Ao descer a escadaria, de costas prensadas na parede, a faca firme na mão, ela viu a porção da multidão, expondo os feixes empilhados de gravetos. Dois dos atacantes usaram pedras para acender tochas de sebo e arrastaram o incapacitado Lorris para onde ele ficou, com uma lança fincada na pedraria quebrada. Amarraram o homem quase inconsciente na pira improvisada e enfiaram as tochas na madeira seca. As chamas cresceram rapidamente, dominando a atenção dos insurgentes, enquanto Sir Marcel, olhando para o céu noturno, gritava de agonia.

Ouvia-se passos dali para cima, carpetes e móveis passando pelas janelas – já estavam saqueando. Christiana arrastava Agnes atrás de si, e Henry dava cobertura a caminho do porão. Deu para sentir o cheiro dos invasores antes mesmo de vê-los. Um fedor rançoso de suor seco e excremento seco que se prendia a roupas e pele. Uma vela bruxuleava no cômodo quase sem ar, e um homem e uma mulher engoliam a comida que encontravam enquanto empacotavam bolos de aveia, jarros e cortes de carne num saco. De boca cheia, como gárgulas distorcidas, eles viram Christiana. O homem cuspiu, indo pegar uma cimitarra que deixara na mesa na pressa para pegar os suprimentos. No mesmo instante, Christiana largou Agnes e grudou no homem, descobrindo, nesse instante, que ele a iria sobrepujar. Sem pensar, a mulher deitou golpes de faca no pescoço e no ombro do homem, e viu sangue jorrar quando rompeu uma artéria. Ele caiu de costas, as pernas debatendo-se sobre o piso de pedra coberto de sangue, engasgando com a comida, com as mãos no ferimento que o mataria em questão de minutos. A mulher jogara um jarro de argila em Henry, e foi acovardar-se num canto, feito um gato selvagem, sendo ameaçada pelo menino e sua mãe. A camponesa brandia uma faca curta à frente, de um lado a outro, cuspindo a comida para poder gritar por ajuda.

– Mate-a! – Christiana gritou ao lançar-se contra a mulher, forçando-a a enfrentar o ataque.

Henry hesitou, mas apenas por um segundo, quando a faca da mulher quase acertou sua mãe no rosto, e fincou a espada nas costas da inimiga. Esta tombou, levando consigo a espada mergulhada em osso e músculo. O menino escancarou os olhos para a primeira pessoa que matou.

Christiana pisou no corpo trêmulo da mulher, pondo peso na nuca, a sua voz foi como um tapa que tirou o menino do estupor.

– Pegue!

Henry puxou a lâmina, libertando-a. A balbúrdia de vozes lá de fora aproximou-se conforme a multidão foi entrando na casa. Christiana pegou a vela e guiou os filhos pela passagem assim que Henry fechou a porta. Aos tropeços, a família cruzou o corredor de paredes ásperas, tropicando e raspando a pele. Pedras irregulares batiam neles, machucando-os; seu respirar estava rouco de exaustão, sendo eles impulsionados pelo medo para onde jazia, preparada, a viga. Christiana parou, tentando acalmar a respiração, procurando ouvir se alguém da multidão entrara na capela. Com uma das mangas do vestido, suja de sangue, limpou o suor do rosto. Mal podia enxergar Agnes naquela pouca luz, mas viu o rosto de Henry coberto de terra e sangue. O menino assumira a responsabilidade pela segurança da família – como seu pai um dia fizera.

– Subirei com Agnes. Bloqueie a porta com a viga; consegue fazer isso sozinho?
– Consigo. Tem corda lá em cima. Precisarei da luz.

Christiana entregou a vela ao filho. A bainha rasgada do vestido pegou numa barra; ela a liberou e subiu para a escuridão. Içou-se para uma taciturna capela. Estava vazia. Sem janelas, tinha apenas uma porta. Ela virou e deu a mão para Agnes. Henry esperou até que os pés da irmã deixassem a viga e colocou com cuidado a vela num castiçal vazio, para em seguida manusear a viga para longe da escotilha. Enquanto carregava aquele peso todo em direção à porta, não ouviu barulho nenhum vindo do porão. A multidão devia estar mais interessada no que havia dentro da casa. Contudo, tinha cheiro de fumaça. Deviam estar incendiando o solar. Henry endireitou a viga num ângulo baixo, sentiu a base prender-se ao piso áspero de pedra e foi para a rota de fuga.

Plena escuridão cobria a capela. O bruxuleante e fraco brilho da vela na passagem subterrânea oferecia tão pouca luz que quase não dava para ver Agnes.

– A corda! – Henry sussurrou do buraco.

Christiana baixou a corda cuja ponta estava amarrada num pilar. Eram pouco menos de três metros lá para baixo. Henry fincou a ponta da espada na base da vela, ergueu-a, enrolou a corda no braço esquerdo e içou-se alto o bastante para que a mãe, com a ponta rasgada do vestido em torno da mão, pegasse a afiada espada e sua vívida luz.

Henry foi escalando, e logo a mãe o agarrou pelo cinto para puxá-lo para o piso da capela. Por um momento o menino ficou de rosto colado ao chão frio de pedra. A mãe pousou a mão na cabeça dele.

– Sua coragem não o abandonou. E salvou nossa vida.

Henry ficou de joelhos, as mãos tremendo com a adrenalina da morte perpetrada durante a fuga.

– Tive medo, mãe. Tanto medo do que poderiam fazer com você e Agnes. Estão queimando a casa. Senti cheiro de fumaça quando bloqueei a porta. O que devemos fazer agora?

– Espere aqui um minuto. Agnes, dê a mão para Henry.

A capela era tão pequena que não podia comportar nem vinte pessoas. Ao erguer a vela, Christiana viu bancos de madeira que ocupavam toda a largura da capela e uma mesa na qual ficavam o crucifixo, um cestinho e candelabros de prata. Ela foi até a porta de ferro e rezou para que não estivesse trancada por fora.

– Mãe! Não leve a luz embora, por favor – Agnes choramingou.

Henry puxou a irmã mais para perto e a envolveu com os braços.

– Fique quietinha, agora. Tenha coragem, minha irmã. A mamãe tem que ver se podemos sair por ali.

A menina vivenciara terror como este antes, quando um assassino os mantivera presos na ameia de um castelo, ameaçando suas vidas. Desde então vivera em segurança, no calor de uma casa, junto da mãe. Não presenciara ameaça, nenhuma voz assustadora, a não ser as que lhe vinham em sonhos. E quando acordava chutando a roupa de cama, chorando de medo, os braços macios da mãe a aninhavam, e o cheiro cálido do corpo desta a confortava e afastava essas lembranças. Seu pai matara o homem que os ameaçara, mas depois os deixara, e ela não sabia por quê. Lembrava-se de um campo florido e das montanhas cobertas de neve desse dia, quando ele a envolveu em seus braços fortes e prometeu retornar e encher-lhe de histórias na hora de dormir. Mas ele ainda não tinha voltado.

– O papai tá vindo? – ela perguntou a Henry, enquanto Christiana afastava-se com a luz.

– Acho que não, mana. Ele não sabe onde nós estamos, então como pode vir? Mamãe e eu daremos um jeito. Eu prometo. Mas não podemos fazer nada sem você.

– O que eu tenho que fazer?

– Seja corajosa, e faça uma oração.

Agnes pensou um pouco e fez que sim, as palavras lhe faltando.

Henry tentou enxergar o rosto da irmã na escuridão quase total. Ela tinha 9 anos, mas era como uma criança. Talvez tudo fosse diferente para as meninas. Ele ouvira os homens de armas e o escudeiro falarem tantas coisas quando se referiam a mulheres. Sir Marcel fora um mentor bondoso e, embora o escudeiro batesse em Henry, às vezes, por não cumprir direito suas funções, o gentil cavaleiro sempre explicara que era o dever de um homem proteger as mulheres. Henry esperava ter feito o seu melhor.

Christiana girou o anel de ferro que erguia o trinco. Antes de abrir a porta, hesitou, receosa de que o brilho fraco da vela fosse entregar o esconderijo aos que ainda estavam no solar. Entretanto, se extinguisse a chama, a escuridão seria completa e o medo os estrangularia. Ela pousou a vela a poucos passos da porta, de modo que, quando abrisse, haveria o mais fraco cintilar de luz à mostra. Suavemente, retornou à porta e respirou o ar noturno, mais doce que dentro da úmida capela. Ousada, deu um passo para fora. Os túmulos da família Lorris ergueram-se do chão, lançando sombras em forma de cruz sobre ela, pois as chamas começavam a comer o telhado do solar. Christiana viu as silhuetas escuras dos insurgentes começando a abandonar o local de destruição, mas dois pontos de luz vinham pelo caminho que levava à capela. Ela reconheceu um dos homens com tochas como o cavaleiro que pedira ao líder do bando que matasse logo Sir Marcel.

Não havia escapatória.

Christiana pôs todo seu peso contra a porta, desejando que houvesse chave no trinco. Isso pelo menos impediria que esses cavaleiros bandidos entrassem na capela. Ela pegou a vela e correu de volta, passando pelos bancos, para os filhos.

– Temos que voltar para dentro do túnel. Tem homens vindo.

O medo ficou evidente no rosto da filha. Christiana sorriu, corajosa, e olhou de relance para o filho, urgindo-o a não contradizê-la.

– Podem estar vindo nos ajudar – disse. – Mas temos que esperar para termos certeza. Vocês entenderam? Temos que ficar quietos, e teremos que esperar no escuro.

Ela sentiu os filhos ficando tensos.

– Lembre-se do que eu disse – Henry lhe disse.

Com o lábio inferior tremendo, Christiana fez que sim, e tomou a mão do filho nas suas.

– Pode haver fumaça lá embaixo – ele disse. – Devemos enrolar roupas em volta da boca e do nariz.

Christiana passou a lâmina da faca nas costuras do vestido e rasgou o tecido, que arrumou numa máscara improvisada em torno do rosto da filha. Em seguida, ela e Henry fizeram o mesmo. Foi esquisito tentar descer pelo buraco. Ela pôs o peso nos antebraços até poder juntar a corda entre os pés. Henry a segurou pelo braço, suportando um pouco do peso, e ficou vendo a mãe descer pela corda, uma mão após a outra.

Ele baixou Agnes logo em seguida, ouvindo vozes de homem lá fora; as palavras tinham um quê de gutural. Então o trinco de ferro girou na porta. Henry apagou a vela e agarrou-se à borda do buraco, sentiu a corda cuja ponta a mãe erguera e baixou-se. Assim que fez isso, a porta da capela abriu-se com um baque pesado.

A família aninhou-se junta como um grupo de criaturas tementes pela vida sendo farejado por cães de caça. As vozes, não foi possível discernir, mas o raspar da armadura contra a pedra foi de doer nos nervos. Christiana procurou ouvir alguma coisa além do martelar em sua cabeça de seu próprio coração batendo forte e imaginar o que os homens estavam fazendo. O riso deles ecoou agudo no teto abobadado da capela. Ela ouviu objetos tilintando e compreendeu que estavam roubando itens de prata. Então um dos homens disse algo, e os demais ficaram em silêncio.

Christiana apertou os braços em volta dos filhos, espremendo com força para conter o pânico deles – e o próprio.

※

– Sente esse cheiro? – disse Groitsch. – É cera de vela.
– É fumaça da casa – respondeu Lienhard.
– Não, ele tem razão – disse Martens. – Cera de vela. Tem alguém aqui.

Lienhard ergueu mais alto a tocha, enquanto os outros dois amarravam o saco contendo a prata da capela.

– Não tem onde se esconder aqui. Eles mataram todos da casa, e não haveria um padre aqui, tão longe de qualquer vila.

O homem farejou o ar, tirando o cheiro do sebo em chamas de perto do rosto, afastando assim a luz. Ele viu a beirada de uma placa de pedra sobressalente, logo atrás do pilar. E caminhou nessa direção, tirando um banco do caminho.

※

Christiana ouviu o som inequívoco de uma espada sendo desembainhada. Os três encaracolaram-se sob a ameaça iminente, respirando lenta e superficialmente, envolvidos pela fumaça que vazava por baixo da porta barrada do porão.

O buraco foi banhado de luz.

Eles não poderiam ser vistos, a não ser que a pessoa fosse tola o bastante para descer para o corredor.

Todos prenderam a respiração.

Mas então Agnes tossiu.

※

Lienhard raspou a beirada do buraco com a lâmina da espada.
– Saia, ou selarei o túnel e vocês morrerão asfixiados aí no escuro.

Ele ouviu sussurros ávidos lá embaixo e viu uma mulher cujo cabelo castanho apareceu na luz bruxuleante da tocha. Parecia ter pouco mais de 30 anos e, embora o vestido não fosse de tão boa qualidade quanto o que as nobres usavam, dava para ver que não era nenhuma criada. Era pequena, e o rosto estava salpicado de sangue e terra. O vestido fora rasgado, e no punho, sob nós de dedos arranhados, ela segurava uma faca. O que viu foi uma loba protegendo os filhotes, pois duas crianças apareceram ao lado dela, olhando para ele. Lienhard olhou para os outros dois cavaleiros, que vinham até ele; agora todos os três viam os sobreviventes do massacre.

Christiana sussurrara rapidamente suas instruções para as crianças. Fizera Henry tirar a túnica que ostentava o distintivo de Sir Marcel. Não havia escolha senão implorar pela misericórdia desses cavaleiros bandidos. Ela apertara o rosto de Agnes junto ao seu.

– Não fale com esses homens. Eles não podem saber quem é o seu pai. Faça o que eu disse. – Depois virou o rosto e sussurrou de modo que somente Henry pôde ouvir. – Esses homens estão com os Jacques. Não diga nada.

Antes que Henry pudesse questioná-la, Christiana olhou para os cavaleiros.

– Estamos com medo – disse, olhando diretamente para o rosto do de cabelos claros. – Talvez seja melhor para mim e meus filhos morrermos aqui.

Um dos homens falou baixinho com esse cavaleiro, mas ela não conseguiu entender as palavras.

– Quem são vocês? – perguntou o outro.

– Sou a viúva de Sir Guyon de Sainteny – ela mentiu, dando o nome do pai falecido.

Mencionar Blackstone teria incitado violência ou gerado respeito – ela não podia correr esse risco. Assim que trouxe à tona o nome do pai, a lembrança de quem fora responsável pela morte dele a esfaqueou. Ela rapidamente tirou essa imagem da cabeça, determinada a não deixar que a verdade que ainda a assombrava entregasse que ela estava mentindo.

Os homens se entreolharam, desviando o rosto da família assustada por um momento.

– Ouviram falar dele? – perguntou Lienhard.

Os outros dois fizeram que não. Havia milhares de cavaleiros por toda a França.

– Devíamos deixá-los aí embaixo – disse Groitsch. – Que os ratos os devorem. Não tenho vontade de estuprar nem de usar minha espada neles.

– Podemos usá-los – disse Martens. – Quanto tempo acham que durará essa revolta? Haverá um cômputo. Já vimos uma dúzia de lugares incendiados e pegamos prata suficiente para seguir viagem.

– Ela não é ninguém – disse Groitsch.

– Não, espere um minuto, Siegfried tem razão – disse Lienhard. – Podemos usá-los para nos comprar tempo. Esta prata não é lá grande coisa. Mantemos o resto escondido e usamos isso como símbolo de nossa boa intenção para com a Igreja.

– E se eles souberem que estamos envolvidos? – perguntou Groitsch.

Lienhard suspirou e deu de ombros.

– Então fazemos o que deve ser feito. – Ele olhou para Christiana. – Não conhecemos o seu nome.

– Meu... marido foi um cavaleiro pobre da Normandia. Morreu em Poitiers.

– Somos cavaleiros alemães – disse Lienhard. – Também lutamos com o rei da França... Onde estavam quando essa revolta apareceu?

– No porão.

– E o sangue? – ele disse, apontando para ela a ponta da espada.

– Dois camponeses nos atacaram. Meu filho e eu os matamos.

– Viram a multidão se aproximar, então? – ele perguntou, tentando descobrir se ela tinha visto a ele e seus companheiros.

– Não. Estávamos a caminho de... Paris, mas ficamos sabendo que a cidade foi tomada pelo propretor dos mercadores, que apoia esses Jacques. O dono deste solar nos concedeu abrigo para a noite. Quando ouvimos o ataque, ele nos mandou para o porão. E encontramos este túnel.

– Não viram nada, então?

– Não, só ouvimos os gritos.

Lienhard olhou para seus companheiros. Ficaram pensando no que fazer, por um momento. Groitsch deu de ombros; Martens fez que sim e sussurrou.

– Eles podem servir como nossa passagem livre. A nobreza não deixará que a revolta fique à solta por muito tempo. Darão um jeito de contê-los. Melhor ficarmos do lado dos que vencerão.

Lienhard olhou para o rosto erguido de Christiana. Havia beleza nele, e ela tinha ânimo. Uma viúva jovem o bastante para precisar de um homem para protegê-la. Quem diria – talvez ela tivesse dote ou uma terra que valesse a pena considerar.

– Nós vimos as chamas e chegamos aqui tarde demais. Não que pudéssemos ter salvado o bom cavaleiro dessa casa. Pensamos em, pelo menos, recuperar um pouco de prata que houvesse para a Santa Igreja. Então, milady, nós a escoltaremos em sua jornada.

Christiana sabia que correria um sério risco se aceitasse, mas recusar significaria morte na certa.

– Então meus filhos e eu ficamos gratos por tão honrados homens nos resgatarem – disse, e forçou um sorriso de gratidão.

Lienhard pôs de lado a espada e baixou o braço no buraco.

– Então pegue a minha mão, lady Sainteny. Meu nome é Werner von Lienhard.

Capítulo Trinta e Sete

Dois dias depois, três horas após o raiar do dia, quando sinos de igrejas distantes anunciavam as terças, Blackstone e seus homens continuavam a cavalgar para o sudeste num trote contínuo, mantendo o fraco sol matinal atrás de seu ombro esquerdo. Haviam cruzado riachos e rios que lhes abriam melhor rota do que as estradas. Os rios seguiam eternamente o caminho para eles cavado na paisagem. Sinais ocasionais de cavaleiros apareciam no horizonte, mas nenhum grupo grande de pessoas surgira e, se os salteadores ainda assolassem a área, pelo visto tinham tomado o que queriam e seguido viagem. Meia dúzia de casebres tinham sido incendiados dias, senão semanas antes de Blackstone e seus homens passarem por eles. Espremidos entre donos de terras gananciosos e cavaleiros selvagens, não era tanto de se estranhar que os camponeses tivessem ido para o sul para juntar-se à revolta, Blackstone achava, mas essa compreensão do sofrer dos camponeses foi logo desfeita.

A estrada fez uma curva para uma porção de terra, área cheia de plantações e gado, mas os prados tinham sido pisoteados, e as vinhas, esmagadas. O que antes foram galinheiros fora destruído, e os restos fumegantes e esqueléticos de um solar sangravam fumaça para o céu da manhã. O bando parou, procurando quaisquer sinais de emboscada em torno do distante solar.

Killbere apontou para os corpos espalhados do jardim do solar.

— Não pode fazer mais de dois dias que isso aconteceu. Vou descer.

— Não. Eu desço – disse Blackstone.

Killbere segurou as rédeas do cavalo do amigo.

— Thomas, há uma mulher e uma criança lá, entre os mortos. Deixe que eu vá.

– Se forem eles, não fará diferença alguma quando eu descobrir.

Will Longdon deteve seus arqueiros, que alocou nas beiradas do prado e das vinhas arruinadas. Se algum intruso tentasse surpreender os homens, seria atacado longe o bastante para permitir que os homens contra-atacassem. Blackstone e os outros conduziram seus cavalos lentamente para o jardim. As aves carniceiras já estavam trabalhando. A carne dos homens nus tinha marcas de bicos de corvos, e as raposas e cães selvagens tinham comido suas partes privadas, rasgando primeiro a carne mais macia, passando depois para rosto e nádegas. Não demoraria até que os javalis selvagens, das entranhas da floresta, captassem o cheiro, e então músculo e osso seriam devorados. Blackstone desmontou e caminhou até o corpo quebrado da criança. Estava deitada de bruços, o cabelo claro emplastado de sangue e lama, braços abertos, indicando que caíra enquanto corria. Perto dela estava o corpo imerso em sangue de uma mulher, a garganta escura cortada, o rosto inchado pela podridão e pelos vermes, tornando impossível a identificação. Blackstone passou a mão debaixo do corpo da criança e tentou gentilmente levantá-lo. Estava rígido como um crucifixo de madeira, mas ele conseguiu virar. Os olhos da menina estavam abertos, opacos; os ossos quebrados desfiguravam sua beleza. O cavaleiro sentiu um tremor de alívio ao ver que não era Agnes.

Ele deitou a criança e virou-se para Killbere, que estava ali perto, observando. E fez que não. Não era a filha dele.

– Graças a Deus e seus anjos, Thomas – disse o veterano dos cabelos grisalhos com máximo de bondade que pôde conjurar. – Olhe aqui – acrescentou, virando-se para onde os restos carbonizados de um homem jaziam feito carne assada sobre as cinzas. – O homem usava uma boa armadura. Deve ter sido o cavaleiro, e esses eram a família. A mulher, a menina e o corpo sem cabeça de um menino com roupas muito boas... devia ser o filho. Os malditos devem tê-lo atormentado primeiro.

John Jacob e Meulon tinham enviado homens para pesquisar dentro das ruínas da casa incendiada.

– Nenhum corpo lá dentro. Ou foi tudo queimado ou foi roubado. Deixaram uma trilha bastante evidente – disse Jacob.

Meulon apontou para além das plantações, onde o solo irregular fora sinalizado com peças abandonadas de cerâmica e mobília.

– Não conseguiram carregar tudo.

Caprini passara pela cassa e seguia para a capela. De lá, ele disse:

– Aqui dentro, Sir Thomas.

Blackstone acenou para o homem morto e sua família.

– Meulon, você e Gaillard vão até os mortos, mandem os homens reuni-los. Não os camponeses, somente os outros.

Em seguida, Blackstone caminhou naquele fedor de morte até Caprini, com Killbere e Jacob um passo atrás. Quando chegaram à capela, Caprini batia pedras para acender uma tocha do chão, segurando-a dentro da escuridão.

– Se havia prata aqui, foi levada, mas foi essa a única profanação. Há bancos virados. Nada foi quebrado. E tem isso – ele disse, guiando os outros até o buraco no chão.

– Um túnel de fuga – disse Killbere. – Deve levar até a casa. Talvez alguém tenha saído a tempo.

– Ou está lá embaixo, ferido – disse Caprini.

Ele tirou o manto e desceu no buraco, juntando os ombros para entrar no estreito corredor. Momentos depois, o frei emergiu e saiu daquele espaço claustrofóbico.

– O fim foi bloqueado. Portão de ferro e uma porta derrubada pelo fogo. Não vi sangue. E não tem ninguém aqui neste nível – disse, passando a tocha pelas placas de pedra.

– Um solar com homens armados. Longe o bastante de Paris para ser considerado seguro. Poderiam aqueles lá fora serem a família do Delfim? – sugeriu Killbere.

– A esposa dele estava grávida? – perguntou John Jacob.

– Não sei – disse Blackstone. – Todos nós fomos testemunha de assassinatos e mortes, mas isso foi um tormento tão ruim quanto o dos húngaros na Itália.

– Estes não eram salteadores, Sir Thomas – disse Jacob. – Você viu quanta terra foi mexida para lá. Não havia muitos cavalos. Essas pessoas estavam a pé. Centenas delas. E alguns dos corpos... não são de guerreiros.

– Eu sei, John. Encontramos o exército de camponeses, ou um deles – disse Blackstone.

Caprini fez o sinal da cruz.

– O que encontramos foi o hospedeiro de Satanás.

※

Blackstone deixou os cavalos descansarem, dando tempo para alimentar os homens e enterrar os mortos, apesar do impulso de continuar cavalgando após ver o cadáver da mulher grávida e a criança morta. Agradava a Caprini oferecer orações pelos mortos, e ele fizera o acólito fracassado, Bertrand, servir penitência arrastando mais do que a cota dele de corpos para as sepulturas rasas, improvisadas para estes. O cavaleiro desconhecido e sua família foram reunidos num túmulo e cobertos com pedras juntadas de uma pilha no canto de uma porção de terra preparada para o cultivo. Blackstone recusou-se a enterrar os corpos dos vinte e poucos camponeses derrubados por besta e espada. Até mesmo Caprini não fez objeção a que fossem deixados para os animais.

Os homens de Blackstone deixaram o solar atrás de si, seguindo o solo batido até se perder nas margens dos rios, cobertas de pedregulhos. Não havia lamaçais ou margens que indicassem para onde a horda seguira, mas John Jacob levara Meulon e Gaillard à frente, como batedores, e encontrou rastros, semiobscurecidos pela água, num lamaçal no centro do rio raso. Blackstone guiou seus homens por uma estrada mais larga que levava para a borda de vastas florestas estendidas no horizonte. Era melhor permanecer em campo aberto, onde podiam ver outros se aproximando, do que entrar numa mata desconhecida, onde cavalo e homem podiam ser facilmente emboscados. Em questão de horas, o solo rachado contou sua história de centenas de homens e carruagens que tinham passado por ali antes – embora os rastros não viessem do solar incendiado, mas da outra direção. Blackstone deteve seus homens. A planície aberta não esconderia cinquenta homens, muito menos centenas.

– Eles são mais do que pastores – disse Meulon. – E estamos bem nas costas deles.

– Estão nessas matas – disse Blackstone. – Não há outro lugar.

Todos olharam para a borda da mata, a mais de mil metros de distância.

– Há cor ali, onde não deveria – disse Jack Halfpenny, na metade da coluna, onde os arqueiros se escondiam atrás de cavaleiros. – Pode ver, Sir Thomas?

Mil metros adiante, o rapaz viu uma cor na extensão escura que cobria o horizonte. Com seus olhos de arqueiro, Blackstone procurou enxergar, mas fracassou.

– Onde, Jack? Que coisa, não consigo ver.

– Um punho à esquerda da borda da mata – disse Halfpenny.

Blackstone e os outros fecharam as mãos e estenderam o polegar. Um pontinho, pouco mais do que as penas pintadas de um passarinho, moveu-se na escura borda da floresta.

– Já vi – disse Blackstone.

– Não é camponês, então – disse John Jacob. – Cavaleiros, mais provavelmente.

– E não salteadores. Santa Mãe de Deus, deve ser um bando de franceses caçando enquanto seus vizinhos são incendiados – disse Killbere, virando-se na sela para Blackstone. – Cristo, não acha que são o Delfim e seu exército, acha, Thomas? Então teríamos uma briga em mãos.

O homem sorriu, deliciando-se com a possibilidade de matar mais de seus inimigos jurados.

– Espero que não; estamos em espaço aberto aqui, e cem de nós enfrentando um exército é uma distração que não posso suportar, apesar dos seus desejos, Gilbert... Embora possamos cansá-los se fugirmos. – Blackstone ergueu-se nos estribos. – Não que tenha para onde fugir ou se esconder. Eles têm a vantagem, seja lá quem forem.

– Pelo visto, logo vamos descobrir, Sir Thomas – disse Gaillard. – Alguns deles estão cavalgando na nossa direção.

– Grupo de batedores – disse Killbere. – Quinze, vinte, talvez.

Blackstone viu as flâmulas ondulantes e os cavaleiros espalhados.

– Dezoito homens. Cavaleiros ou escudeiros?

– Estão nos avaliando, Sir Thomas. Devemos derrubar alguns dos poleiros? – perguntou Will Longdon.

Os arqueiros seguiram o líder e tiraram os arcos dos sacos de linho encerado.

– Ainda não, Will, não é preciso antagonizar um enxame se há somente umas poucas abelhas zumbindo. Meulon, você e Gaillard levem dez homens, cavalguem à frente um par de quilômetros, vejam se não tem ninguém vindo pela lateral.

Os dois normandos viraram seus cavalos, chamando os homens que queriam que os seguissem.

– Devemos ir até eles? – perguntou Killbere. – Se há uma horda deles naquelas árvores e tivermos que fugir, melhor descobrir as intenções o quanto antes. Umas poucas palavras ofensivas devem bastar.

– Vamos fazer isso – disse Blackstone, e dirigiu-se a Jacob. – John, fique aqui. Se tivermos problemas, vá para o espaço entre as duas florestas. Will! Prepare-se com mais seis arqueiros para nos dar cobertura caso entremos em apuros. Frei Stefano, esta luta não é sua, então escolha onde vai ficar.

– Meu lugar foi escolhido para mim – disse ele, esporeando o cavalo para juntar-se a Blackstone e Killbere.

※

Quando se aproximaram, os cavaleiros seguraram as rédeas, mas não deram sinal de agressividade. Blackstone conteve seu ávido cavalo, até parar a trinta metros dos outros, que aguardavam. Eles usavam uma mistura da cota de malha e armadura, e tinham confiança em seu contingente. Esses três homens que cavalgaram até eles não podiam oferecer-lhes ameaça.

Um dos dezoito urgiu sua montaria adiante e cobriu metade da distância. Ele ainda não podia ver o escudo dos outros, pendurados na lateral dos cavalos, embora para ele os três cavaleiros parecessem meros salteadores, com suas túnicas e mantos manchados de lama, entretanto tinham comportamento confiante, o que o fez duvidar dessa primeira impressão.

– Sou Louis Mézières, escudeiro de Sir Philippe de Guisay – disse ele com a arrogância que a nobreza francesa carregava como uma bandeira para que todos vissem; uma declaração de superioridade.

Blackstone não disse nada; apenas se inclinou sobre a patilha. E passou os olhos pelos outros escudeiros, que pareceram encrespar-se, deixando tensas suas montarias. Foi um ato de insolência indiferente da parte dele.

Killbere pigarreou e cuspiu.

– Parecem pavões num jardim. Você e seus amigos estão vestidos para um torneio. Está tendo festa em algum lugar?

Mézières retraiu-se como se atingido por uma manopla de aço.

– Peço que perdoe Sir Gilbert Killbere – disse Blackstone. – O último escudeiro dele morreu de tanto sangrar pela língua – ele acrescentou, para que esses escudeiros soubessem que estavam diante de um cavaleiro.

Mézières pareceu confuso. O homem que falara com ele demonstrava tão pouco respeito quanto o cavaleiro inglês ao lado.

– Você não é escudeiro dele?

– Não fui treinado o bastante para trabalhar como escudeiro – disse Blackstone.

O francês olhou de um cavaleiro para outro. O terceiro homem, de manto preto, mais escuro na pele e na barba, permanecera em silêncio.

– Com respeito, Sir Gilbert, seu companheiro é tão impertinente quanto um criado de estábulo.

– Ele fica pior naqueles dias – disse Killbere. – Se não mata três ou quatro homens por dia, fica muito irritado. Prefere sangue francês.

Mézières abriu e fechou a boca um par de vezes. E olhou para trás, para seus companheiros, numa vã tentativa de estabelecer um pouco de autoridade, tornando a encarar os três cavaleiros.

– Fomos mandados para questioná-los. Para saber suas intenções por aqui.

– Sob autoridade de quem? – disse Blackstone, endireitando-se na sela.

A inflexão em sua voz não deixou dúvida de que ele devia obter uma resposta. Isso fez Mézières suprimir sua irritação – ficou claro que não podia agir com desprezo para com esse cavaleiro.

– Milorde Charles, rei de Navarre, lidera tropas contra a revolta dos camponeses.

Navarre. O grande mentiroso manipulador que era como uma praga para as casas inglesa e francesa. Blackstone não tinha a menor intenção de ficar preso no espetáculo de força do usurpador para impressionar os nobres. Muito provavelmente, tudo não passava de pose para ganhar apoio na campanha dele pela coroa.

– Qual é seu contingente? – disse Thomas.

– Houve uma reunião de muitas centenas de nobres lordes e cavaleiros para impedir a matança na vila – disse Mézières, demonstrando respeito adequado. – Posso saber o seu nome?

Se não quisesse ver sua jornada atravancada, Blackstone teria de identificar-se.

– Eu sou Thomas Blackstone – ele respondeu, pondo o joelho no escudo preso à sela, virando-o para que o escudeiro visse o brasão.

O homem lambeu os lábios. O nome Blackstone era bem conhecido entre os cavaleiros franceses. Rumores de brutalidade e assassinato coalhavam as histórias sobre as conquistas dele feito leite azedo. Blackstone – o inglês que tentara matar Jean, o Bom, rei da França, em Poitiers. A coroa que Navarre tanto desejava. Blackstone era um aliado.

– Milorde – disse Mézières, curvando a cabeça. – É uma honra. Tenho certeza de que você e seus homens serão muito bem recebidos. Nosso exército descansa na floresta atrás de mim.

– Nem é um exército. Está mais para baile de verão – disse Killbere.

Blackstone inclinou-se para Killbere e sussurrou:

– Se Navarre souber que viemos proteger a família do Delfim, soltará os cachorros contra nós. Eles são nosso prêmio, não dele. – Thomas conduziu o cavalo adiante, mais perto de Mézières. – E quanto ao Delfim? Onde está ele?

– Borgonha. Bem longe daqui, tentando compor um exército. É um esforço inútil, Sir Thomas. Uma vez que tivermos aplicado justiça à revolta, tomaremos Paris. Não haverá resistência dos cidadãos assim que a revolta for abafada – disse o escudeiro, confiante, como que inflamado numa busca pelo Santo Graal.

– Mestre Mézières, diz que seu senhor, Navarre, tem muitas centenas de homens?

– Seiscentos... talvez setecentos – respondeu o escudeiro. – O bastante para derrotar a gentalha.

– Ouvi dizer que eles estão aos milhares – disse Blackstone. – A não ser que possam encontrar pequenos grupos deles às centenas, seu exército será arrancado das selas e terá as armas usadas contra si. Estou resolvendo um assunto... de *família*. Mande muitas felicidades a seu senhor, mestre Mézières.

Com isso, Blackstone deu meia-volta com o cavalo e saiu. Reunira informações úteis. O Delfim estava na Borgonha, e Charles de Navarre estava brincando de general. Se a revolta não aparecesse bem à frente e não tivesse ultrapassado as muralhas da cidade, a estrada para Meaux os convidava.

Ele viu Will Longdon com seus arqueiros preparados com arcos em punho e meia dúzia de flechas por homem fincada no solo logo à frente. Pontas afiadas, Blackstone pensou consigo, quase incapaz de conter um sorriso. Mastros de um metro de comprimento com penas de ganso na ponta que sussurrariam pelo ar, fazendo a flecha tremer ao cair, alfinetando homem ao cavalo, perfurando as placas de metal, fincando-a em qualquer armadura que a riqueza dos nobres pudesse comprar.

Parte dele desejou que os homens na floresta quisessem exercer sua autoridade, assim ele poderia ouvir a canção dos arcos de guerra mais uma vez.

Capítulo Trinta e Oito

Milhares de homens viajando pelo campo faziam mais do que deixar prados pisoteados e suas vítimas carbonizadas: deixavam um fedor de excremento. Ninguém cavava latrinas; as pessoas em marcha afastavam-se alguns passos de onde dormiam e faziam ali mesmo.

— Tem bosta daqui até o infinito – disse Perinne quando retornou com uma equipe de batedores. Ele e seus homens encontraram dois camponeses, abandonados pelos demais por terem desabado, estuporados, bêbados com o vinho roubado de um nobre. Estavam nojentos de ver tanto quanto de cheirar. – E esses dois devem ter rolado em cima de um monte.

— Mantenha-os lá atrás – disse Killbere, gesticulando para que os homens arrastassem os camponeses desafortunados para o fim da coluna.

Tinham os punhos amarrados com um pouco de corda e foram forçados a acompanhar os cavaleiros, ou foram por estes arrastados. Pela aparência, não tinham conseguido acompanhar direito.

— Vocês os interrogaram? – perguntou Blackstone.

Perinne fez que sim.

— São da Picardia. Quase não entendi o que disseram, Sir Thomas. Falam com um dialeto que mais parecem um cão de garganta cortada. Parece que a revolta arranjou um homem que sabe ler e escrever para liderar. São todos uns porcos ignorantes de merda. Híbridos de cabra. O pouco de cérebro que têm está encharcado de vinho.

Olhos assustados miravam Blackstone de rostos barbados sujos de terra, machucados e maltratados por toda a provação. Os homens tremiam, ajoelhados, sem ligar para o fedor ou fosse lá o que tinham preso em seus farrapos.

– Acha que fazem parte do bando que queimou aquele solar? – perguntou Killbere.

– Faz diferença? Vamos enforcá-los mesmo assim – disse Blackstone.

– Não faz diferença, Thomas, então por que desperdiçar corda boa? Corte a garganta deles e acabe logo com isso. Mas se sabem de alguma coisa, qualquer coisa, devíamos dar-lhes uma chance de falar. Há uma centena de castelos, cidades muradas e solares fortificados, e não podemos procurar em cada um deles. Seria mais fácil encontrar um monge celibatário em toda a cristandade do que a família do Delfim neste país assolado.

Blackstone dirigiu-se a Will Longdon.

– Dê-lhes comida – disse.

O centurião escancarou os olhos.

– Eu, Sir Thomas? Vou pegar a praga se ficar na frente deles, contra o vento.

– Ontem você caçou e cozinhou coelhos. Estão na sua sacola. São só coelhos, pelo amor de Deus, Will.

Longdon resmungou ao abrir a sacola atada à sela de sua montaria.

– Mesmo assim, Sir Thomas, para que mandar esses imbecis para o inferno com a nossa comida na barriga?

– Uma faca no olho os faria falar, Thomas. Longdon não está errado – Killbere disse baixinho, mas alto o bastante para somente o mestre ouvir.

– Eu sei. Se houver milhares desses Jacques, não importa o que tiraram da casa de um nobre, mesmo assim não haverá comida suficiente para eles. Não ganharam nada com essas mortes... nem comida nem liberdade.

Killbere resmungou.

– Comida não? Eles juntaram porco, vaca, galinha e ganso. Quanto presunto defumado, queijo e fruta eles afanaram? Esses camponeses ficarão gordos feito carrapatos na barriga de um cachorro.

– Gilbert – disse Blackstone paciente. – Nada disso lhes pertence. Não conseguiram nada. Continuam como sempre estiveram; só que agora pagarão um preço que excede muito mais o pouco que ganharam. – E para Longdon: – Dê-lhes a comida.

– Bertrand! – Longdon chamou o monge fracassado. – Aqui. Leve para eles. Você ouviu Sir Thomas.

A posição do arqueiro lhe concedia comando sobre os mais inferiores do grupo. Bertrand deu passos cuidadosos à frente, como se se aproximasse de cães acorrentados; então, quando perto o bastante, jogou os coelhos assados aos prisioneiros, que caíram em cima feito cães raivosos, um lutando com o outro pelas migalhas.

– Estamos com medo de dois camponeses cagados e famintos? – Blackstone murmurou.

Killbere deu de ombros.

– Não reclame, Thomas. Sua ordem foi obedecida. É sua própria boa vontade para com esse povo que lhe causa desespero. Isso e esse fedor.

– Santo Deus, perdoem esses homens – disse Caprini. – Que foram rebaixados a situação pior que a dos animais.

– Você reza pelo perdão deles, frei Stefano? Pelo estado no qual Deus já os tinha colocado? Rezar não os ajudará. Gostaria de oferecer-lhes água para sanar a sede? – disse Blackstone.

Caprini não fugiu do desafio e deslizou da sela, pegou seu odre de água e levou às duas criaturas. O frei parou diante deles, acovardados como se perante o papa.

Killbere disse baixinho:

– Talvez estejam achando que ele é o anjo da morte, com esse manto.

– Eu mesmo tive essa impressão certa noite, na floresta – Blackstone admitiu, vendo Caprini administrar a água.

Os homens beberam avidamente, com as mãos unidas como se rezassem, de olhos erguidos para o cavaleiro do Tau.

– Não falo a língua deles – disse Caprini, dirigindo-se a Blackstone.

– Perinne, pergunte se sabem do exército de camponeses. Aonde vai em seguida. Se tem algum plano essa matança toda.

Os homens ficaram animados quando o experiente soldado os xingou e ameaçou em algo que se assimilava ao dialeto deles, o mais próximo que conseguiu. Comida e saliva competiam pelo espaço na barba deles.

Perinne deu de ombros.

– Sir Thomas, eles não sabem os números. Dizem que os camponeses são tanto quanto formigas num monte de estrume.

– Isso eu mesmo podia ter dito – disse Killbere.

– Sir Gilbert, tudo que consigo entender é que estavam a caminho da cidade de Mello, perto de Clermont, para se unirem a um grupo maior. Contando com aquele monte de cocô que encontramos lá na frente, deve ser um monte de aldeães com vontade de matar incitando-os como se com lanças no traseiro deles.

– Conhece essa Clermont? – Blackstone perguntou.

Perinne fez que sim.

– Se for onde penso que é, teremos que passar pelo meio deles, cedo ou tarde. Poderíamos continuar evitando o melhor que podemos, Sir Thomas, mas eles estão em todo canto.

Blackstone cuspiu. Maldição. Milhares de camponeses se juntando comporiam um exército formidável, e ele não tinha a menor vontade de ser pego tentando passar por eles. Melhor deixar que outros fizessem isso.

– Vamos voltar para Navarre – disse ele a Killbere.

Este resmungou. Fazia sentido.

– Que os franceses matem esses bastardos. É só para isso que servem.

– Os franceses para matar ou os camponeses para serem mortos? – Blackstone perguntou.

– Os dois. Eles se merecem.

Blackstone puxou as rédeas e acenou para Perinne.

– Enforque-os. Precisam ser vistos.

※

Blackstone aguardava Charles de Navarre, que observava os amplos campos esticados diante dele até os camponeses que se reuniam. Blackstone podia ver a preocupação franzindo o cenho do homem. Seria medo ou simples estupidez? O que achava que esperava por ele no vale abaixo, afinal? Estava claro que Charles de Navarre estava chocado com o que via. A horda mais parecia um exército treinado do que a revolta indisciplinada com que ele contava. Trombetas berravam por cima do ribombar de tambores, e as pessoas brandiam flâmulas e erguiam as mãos empunhando armas. Navarre jurara destruir a revolta, manobra política para mostrar apoio aos nobres, porque o Delfim abandonara os aristocratas a seu destino quando fora para o sudeste juntar um exército para tomar Paris de volta. As promessas de Navarre atraíram senhores e cavaleiros da Normandia e da Picardia determinados a finalmente antepor um escudo de resistência contra essa horda.

– Se ele quiser manter o apoio desses nobres, é melhor fazer direito essa matança – disse Blackstone, vendo a cara de incerteza de Navarre.

– Ele não é guerreiro, Thomas, olhe para ele – disse Killbere. – O traseiro está mais trancado que aquela boca de mentiroso. Como, em nome de Cristo, viemos parar aqui?

– Nós o usaremos como ele pretende nos usar – Blackstone respondeu, estudando o exército que se formara diante deles, em sua forte posição defensiva. – Eles escolheram bem o campo.

Não era um exército tão vasto quanto o dos franceses em Crécy ou em Poitiers, não era um corpo pulsante de cavaleiros e cavalos de guerra, mas os milhares de camponeses à frente deles, que ocupavam o planalto próximo à cidade de Clermont, parecia bem organizado. E homens com armas forjadas por ferreiros habilidosos de vilarejo tinham aço suficiente para derrubar os cavalos. Camponeses armados com bestas uniram-se aos da primeira fileira; a armadura podia ser fincada tão facilmente quanto a arrogância de um aristocrata. Muitas centenas de cavaleiros defendiam a retaguarda; e, no meio, uns dois mil homens armados faziam fila. Havia conhecimento militar nesse exército camponês – e Blackstone não era o único que enxergava isso.

– É bem espertinho esse líder deles – disse Killbere. – Aquelas trincheiras que ele cavou e as carruagens protegendo as laterais tornarão difícil tirar os homens dali. Como ao tirar bosta da ferradura de um cavalo, você tem que tomar cuidado para o animal não lhe dar um coice na cara.

– Navarre tem maior contingente, certamente, mas nós dois já vimos como um homem no solo pode conter um cavaleiro – disse Blackstone.

– Aye, mas se Cale tem alguma noção militar, deixará Navarre lançar-se contra eles e depois nos inundar feito ratos fugindo de um celeiro em chamas – respondeu o cavaleiro veterano. – Você ouviu o que disseram Will e Halfpenny. Eles podem derrubar Cale da sela quando estiver ao alcance. Não seria preciso nem uma dúzia de flechas para atravessar a pele miserável dele.

– Matar Cale seria pensar pequeno, Gilbert. Ele tem três exércitos em outros lugares, e informações que podemos usar.

– Pelas lágrimas de Deus, Thomas, você ainda acha que encontraremos a família do Delfim com um bosta desses?

– Que bosta? Cale ou Navarre? – Blackstone retrucou, e sorriu. – Uma boa luta vale o esforço, mas não tenho vontade alguma de arriscar ferir ou matar qualquer um dos meus homens por causa dessa escória assassina. Temos causas melhores esperando por nós. – Ele juntou as rédeas. – Lembre-se das minhas ordens, Gilbert. Minha vida depende disso.

Thomas esporeou o cavalo encosta abaixo, até onde Charles de Navarre aguardava, ainda indeciso quanto ao melhor jeito de atacar as fileiras de camponeses, que agora pareciam ansiosos por lutar.

※

O exército de camponeses abria caminho com fogo pelo território tão efetivamente quanto quaisquer tropas de rei em meio à guerra. Algumas fileiras estavam lotadas de nobres menores e donos de terras que viam vantagem em atacar os que tinham domínios mais ricos, cuja riqueza seria deles arrancada. Antigas vendetas poderiam agora ser resolvidas com o uso da revolta a favor deles.

Chegara a notícia de que o chefe da associação de mercadores em Paris enviara um grupo separado de cidadãos revoltosos para o sul da capital, para juntar-se à causa. Quem poderia contê-los agora? O exército dos Jacques ao norte, e outro a leste, logo controlaria cada ponto de chegada à cidade e, uma vez que os cidadãos rejeitassem Charles de Navarre e fechassem seus portões para o Delfim, negando-lhe a governança de seu reino, os aldeães teriam a nação somente para si.

Estavam sendo liderados por homens que sabiam como lutar. Guillaume Cale era um habitante local que os levara à vitória com a promessa de maiores prêmios que os aguardavam – uma vez que tivessem derrubado os cavaleiros de Charles de Navarre.

Duas fileiras de camponeses berravam um grito incoerente de guerra, exaltando seus excessos, gritando pelo sangue dos nobres que aguardavam em silêncio. Quem poderia derrotá-los? A ilusão de um camponês tornara-se uma quimera à solta.

※

Quando Blackstone retornara ao bando de Navarre, fora recebido friamente, mas a informação relativa ao ponto no qual o inimigo se prepararia para um confronto provara-se correta, e os cavaleiros compunham um meio círculo pelo campo como num cintilante arco-íris. Se a grandiosidade e a pompa pudessem vencer o confronto, então espada nenhuma teria jamais de ser desembainhada. Os cavaleiros ali reunidos estavam prontos para atacar; a massa de homens, bandeiras e flâmulas, túnicas e mantos de cavalos era uma explosão de cores pensada para intimidar.

Blackstone cavalgou até onde estava Navarre, observando com insegurança a massa ali reunida.

– Milorde – Blackstone disse, juntando as rédeas de seu cavalo bastardo, impedindo-o de colidir com o cavalo de guerra de um rico cavaleiro da *entourage* de Navarre.

Este pareceu ligeiramente surpreso porque o cavaleiro inglês dirigiu-se a ele diretamente sem permissão, mas a preocupação com a possível humilhação sob as mãos dos camponeses que o encaravam varreu para longe a irritação.

– Por acaso o inglês está impaciente para matar mais franceses? – disse Navarre, sorrindo muito discretamente para avisar a quem estava ao redor que a pergunta fora uma provocação.

Risos esparsos foram obedientemente oferecidos, mas uns poucos mais próximos dele permaneceram de cara fechada. Esses cavaleiros mereciam um líder melhor do que Navarre. Haviam colado seu destino ao dele para talvez obterem o que desejavam. Entre eles havia normandos que ainda buscavam autonomia, esperando que Navarre não faltasse com as garantias dadas às causas deles. Apesar de ser inglês, Blackstone era considerado um deles – o amor e o respeito dele por Jean de Harcourt e a luta por justiça pela morte do normando jamais seriam esquecidos.

Um desses cavaleiros veteranos, o lorde normando Sir Robert de Montagu, cuja armadura vinha coberta de túnica anil e dourada com a cabeça de um veado desenhada, montava um cavalo igualmente adornado, como se numa procissão real. O manto do cavalo imitava a túnica e alcançava quase até o chão; as rédeas com tiras de couro eram ornadas de prata – tudo isso denotando um homem de alta posição e muito prestígio. Em contraste, Blackstone parecia pouco mais do que um cavaleiro inferior, vestindo cota de malha, túnica e placa peitoral de couro curado para proteção.

– Thomas, estamos todos impacientes, mas uma decisão ainda não foi tomada. Demonstre respeito pelo dilema de nosso senhor – disse Montagu, alertando o inglês do óbvio, mas com tédio suficiente para que Blackstone soubesse que ele também estava cansado da indecisão de Navarre.

– Perderá bons homens lá embaixo, milorde – disse Blackstone, ignorando o outro e dirigindo-se mais uma vez a Navarre. – Vencerá, mas pagará o preço.

– Por Deus, Thomas, segure essa língua. Não precisamos de mais insegurança – disse Montagu alarmado com a sugestão de Blackstone.

– Acha que não temos coragem? – ralhou o cavaleiro mais próximo de Navarre.

Era o irmão dele, Philip, jovem de pavio curto que preferia matar a negociar com os inimigos.

– Não, milorde, lembro-me de quando você matou o comandante da França quatro anos atrás. Meu amigo Jean de Harcourt me contou da sua coragem naquela noite – respondeu Blackstone.

Dois dos cavaleiros normandos bloquearam o cavalo de Philip de Navarre quando este o fez avançar contra Blackstone, pronto para atacá-lo por sua insolência.

– Harcourt era um fraco! Foi escolha dele fazer amizade com a escória. Nós aproveitamos o momento!

A provocação contra o irmão causou certo prazer em Navarre e talvez pudesse colocá-lo num estado de espírito mais beligerante. Blackstone retrucou, sem tirar os olhos de Charles.

– Meu amigo era inteligente e leal, e as atitudes dele incitaram o rei John a retrucar, e isso custou a vida de Harcourt e de muitos que apoiavam o seu irmão. O assassinato cometido por você naquela noite soltou um assassino vil contra a minha família, então eu sei muito bem o que acontece quando se toma uma má decisão.

Os cavalos agitaram-se, sendo xingados e censurados para voltar ao controle. Charles de Navarre era desonesto o bastante para saber quando lhe ofereciam uma alternativa disfarçada de desafio.

– Que preço pagarei, Sir Thomas? Tenho o apoio dos nobres. Homens morrem em batalha.

– Você trocaria um cavalo por uma coroa de ouro? Ou um pônei por um garanhão? Não há por que deixar que morra qualquer homem de berço nobre, milorde. Qualquer morte dessas contra esses vermes terá mau reflexo. Enfraquece a sua causa e fortalece a deles.

– Acabemos logo com isso – disse Philip.

Blackstone permaneceu imperturbável. O irmão de Navarre servia apenas como o braço de ferro para as ambições da família. Navarre ergueu a mão para aquietar qualquer interrupção e acenou com o rosto para que Thomas pudesse falar.

– E como eu evito isso?

– Traga o líder, esse Cale, à mesa de negociação. Sem o líder, eles voltam a ser apenas a ralé.

– Oferecer trégua? – Navarre perguntou, enquanto os demais murmuravam sua desaprovação.

– Ele tem *status* de general. Ou pelo menos acha que tem. E você é o rei de Navarre.

Navarre era um péssimo líder de guerra, mas os anos de enganação e intriga na política lhe deram o instinto de uma víbora serpenteando no meio de uma massa entrelaçada de cobras. Imediatamente ele enxergou o que os outros ainda não viam.

– Vá até lá e traga-o para mim, então, Sir Thomas.

Blackstone esperava que Navarre fosse querer que ele mesmo conduzisse a traição, então seria o nome dele ligado ao engano do líder camponês.

– Senhor – disse ele, lisonjeando o monarca da pequena província dos Pireneus –, eu o convencerei, mas é preciso que um rei ofereça a trégua e que um nobre a prometa.

– E você deseja algo em retorno – disse Navarre.

– Quero o direito de escolher como ele morrerá – Blackstone respondeu.

Nesse momento, Charles de Navarre reconheceu a habilidade do inglês e o traço cruel de um grande comandante. Blackstone ia deitar a armadilha para ele, Charles de Navarre, acionar.

Capítulo Trinta e Nove

Os camponeses viram quando Guillaume Cale cavalgou adiante para falar com os dois homens que vinham lentamente encontrá-lo no espaço estendido entre os dois exércitos. Arranjara-se uma conversa. Talvez, alguns murmuravam entre si, eles seriam pagos pelos assustados aristocratas para deixar o campo de batalha. Mais riqueza, mais posses e as recompensas pela selvageria encontravam-se ao alcance. Do outro lado, sob a glória de bandeiras ornadas de ouro, Navarre sabia que Blackstone fizera a escolha certa ao selecionar Sir Robert de Montagu para ir com ele encontrar o comandante camponês. A grandiosidade do homem e de seu cavalo junto de Blackstone fazia um contraste evidente, exaltando a classe do cavaleiro.

Blackstone segurou seu cavalo, deixando meia dúzia de passos entre ele e o comandante dos camponeses. Guillaume Cale teria sido considerado bonito por algumas mulheres: homem forte cujas sobrancelhas escuras eram curvas como asas abertas sobre o nariz afunilado. O conjunto de armas e armadura lhe conferia a aparência de um guerreiro, e ele não demonstrou medo algum ao encarar os enviados de Navarre. Aquele era território dele. A cidadezinha de Clermont, onde nascera e fora criado, ficava a poucos quilômetros dali. Os homens ficavam confiantes em seu próprio território, pensou Blackstone, confiança essa que podia cegar.

Sir Robert de Montagu ficou para trás, como fora combinado com Blackstone, que se encarregaria da conversa até que Cale mordesse a isca. Se Blackstone estava certo, Cale demandaria que o nobre injuriado se rebaixasse entrando na negociação – acreditando ser mais próximo, em classe, de Montagu do que do inglês.

– Desejam oferecer-lhe uma trégua – disse Blackstone.

– Você é fantoche de quem?

– Sou um guerreiro. Não há como vencerem aqui hoje. Já vi sarna melhor no rabo de um cão do que esses homens atrás de você – Blackstone provocou deliberadamente.

– Sarna que cobre as feridas da França. Você é inglês?

– Sim.

– Salteador – Cale zombou. – E está me insultando? Atrás de mim estão homens e mulheres simples que tipos como você estupram e matam.

– Você não precisa de aulas para tanto, general – disse Blackstone, tingindo sua insolência com deferência casual.

Surtiu efeito. Guillaume Cale voltou sua atenção para o nobre ricamente vestido, que obviamente gastava mais dinheiro com seu cavalo do que um aldeão ganharia em toda sua vida. Por contraste, a montaria de Blackstone, com o manto manchado e a brida comum, refletia a posição baixa do cavaleiro. Cale estava lidando com o homem errado.

– Por que um homem como esse fala desse jeito comigo? – Cale perguntou. – Está abaixo de sua dignidade discutir os termos comigo, quando sou eu que se posiciona neste local com o dobro de homens que você?

O nobre olhou do alto, como que envergonhado, sustentando o fingimento no qual Blackstone insistira.

Este respondeu pelo nobre.

– Você tem um pouco de ensino, como eu, general, e ouvi dizer que possui terras, também como eu. Somos diferentes desses nobres. Eu sei como é ser pobre. Dou minha palavra de que...

– Cale-se! – Sir Robert latiu subitamente. – Esse homem lidera um exército; você, não.

Blackstone mostrou-se devidamente censurado, a raiva quase fugindo ao controle quando ele continuou com o estratagema.

– Quer pagar para que vão embora quando podemos derrotá-los! – disse ele, desafiando o normando.

– Nenhum de nós deseja um derramamento de sangue desnecessário – disse Montagu em tom razoável, fazendo Blackstone parecer ainda mais rude do que parecia. O nobre virou-se para Cale. – Posso dar-lhe a palavra de um rei de que receberá passagem livre e será bem-vindo para discutir os termos da trégua, o que, ele tem certeza, lhe será satisfatório.

Sir Robert esperou pacientemente que Cale considerasse a proposta. Charles, rei de Navarre, era o genro do rei francês que desejava a coroa. Para tanto, ele precisava do apoio dos cidadãos de Paris, o que significava trazer o propretor dos mercadores para o lado dele. E este já tinha despachado homens para apoiar a revolta. Um tratado beneficiaria Navarre tanto quanto poderia fazê-lo pelo futuro dos homens simples. Talvez até garantisse direitos com os quais poucos deles haviam sonhado.

– Permaneço em campo – ele respondeu. – Não nos derrotarão hoje. E, quando os nobres tombam sob a podadeira de um camponês, toda a sua classe sangra.

Sir Robert permaneceu em silêncio. Já Blackstone atiçou a confiança de Cale implorando num sussurro.

– Não faça isso, milorde, podemos derrotá-los.

Montagu cumpriu seu papel com perfeição. Olhou feio para Blackstone e sacudiu a cabeça. Cale sorriu, nefasto. Tinha-os na mão.

– Precisaríamos de perdão para o que ocorreu no calor de nossa agitação – disse.

– Charles de Navarre acredita que todos devemos buscar perdão por nossos atos – disse o nobre. – Motivo pelo qual estende essa oferta de trégua a você.

Cale olhou para duzentos metros além dos dois homens, onde cinco escudeiros e um cavaleiro aguardavam, bandeiras ao alto, prontos para escoltá-lo ao encontro com um rei.

Blackstone deixou seus olhos pousarem no homem da Picardia a quem o grande enxame de aldeães assassinos se voltara como líder e que agora controlava o ódio do povo e o terror que infligia. Os milhares de camponeses incendiaram e destruíram uma dúzia de cidades e poderiam, até onde Blackstone sabia, ter matado Christiana e seus filhos. Até o momento, tinham rompido o jugo da servidão e derrotado homens de armas quando esses cavaleiros tentavam defender suas famílias e terras. Se Cale aceitasse a palavra de um rei, mesmo um rei de local tão insignificante e longínquo, mas que poderia um dia usar a coroa da França, então sua própria vaidade selaria seu destino.

E, se fizesse como Blackstone esperava, ele e Sir Robert poderiam ter somente alguns instantes de vida.

– Ficaremos aqui até você retornar – disse Montagu, selando gentilmente a armadilha. – Por segurança.

Ele e Blackstone estavam a não mais que trinta passadas longas da primeira fileira de camponeses. Seriam massacrados no momento em que algo acontecesse a Cale.

Este concordou.

– Um sinal de falsidade e vocês morrerão – disse, e esporeou o cavalo, passando por eles, em direção à escolta que o aguardava.

Uma ovação cacofônica ergueu-se do mar de camponeses quando seu general levantou o punho, como se obtida a vitória.

Blackstone virou-se para Sir Robert.

– Segure bem as rédeas, milorde; não toque em sua espada ainda – disse baixinho. – Prepare-se para erguer o escudo.

Thomas observava os rostos distorcidos à sua frente. Aqueles camponeses não queriam mais nada na vida do que destroçar os dois cavaleiros em pedacinhos. Blackstone vira as mesmas expressões quando menino, quando os aldeães penduravam um gato numa cova de cães e gritavam sua sede de sangue ao ver o bichinho ser todo rasgado. Cabanas escuras e quartos tomados de fumaça enjaulavam essa gente; as demandas dos lordes arranhavam as costas deles feito um flagelo. Nobres, meirinhos, xerife, soberano e a Igreja: todos tomavam sua parte da penosa existência dessas criaturas. Sua hora chegaria – mas não nesse dia. Não depois do que fizeram.

Quanto de ar poderiam sorver antes que aquela horda raivosa e baixa os cortasse de cima a baixo? Sem virar-se para acompanhar o progresso de Cale até Navarre, Blackstone apenas ouvia o trotar cada vez mais distante. Cale devia estar perto da escolta, agora. Quando ele e Sir Robert conduziram os cavalos lentamente até a multidão ávida por morte, Blackstone contara as passadas em sua mente.

– Quantos metros até a primeira fileira? – perguntara ele ao centurião dos arqueiros antes de cavalgar até Navarre.

– 204 – Longdon respondera.

– 209 – sugerira o jovem Halfpenny.

Seu olhar de arqueiro lhe informara distância entre esses dois números – e quando abordara Guillaume Cale para oferecer a trégua, Blackstone pusera seu cavalo bastardo no ponto que calculava estar a 175 metros dos arqueiros.

Ouviu-se um grito súbito quando Cale foi tomado pelos escudeiros. Não se perdia honra ao quebrar uma promessa feita a um camponês. Era para quem se dava a palavra que contava.

A onda de choque que estava prestes a avançar contra os dois cavaleiros estava a um piscar de olhos.

Blackstone jurou ter ouvido o ranger dos galhos das árvores na floresta dobrando-se sob a força de um forte vendaval – mas sabia que era o som dos arqueiros ingleses puxando a corda de seus arcos de guerra. E, quando esse vendaval desceu numa intensa tempestade, ele atingiu os perigosos besteiros e os que tentavam tirá-los do caminho para atacar. Os inimigos chegaram a vinte metros dos cavaleiros. Sir Robert de Montagu controlou os nervos, e logo o ar foi rasgado mais uma vez.

O barulho do freixo de ponta de aço atravessando ossos e músculos soava como um cachorro rasgando carne. Os atacantes vacilaram. Corpos caíram, debatendo-se, bloqueando efetivamente os que vinham de trás. Uns poucos besteiros soltaram suas flechas. Um bateu no escudo de Sir Robert, mas ele já estava atiçando o cavalo, pois um enxame de cavaleiros avançava, e arqueiros soltavam voleios de dois flancos, abrindo caminho. A tentativa inútil de ataque dos camponeses vacilou quando centenas foram mortos nos primeiros poucos minutos. Nenhum deles chegara a dez passos de Blackstone. Conforme os cavaleiros de Navarre passavam pelo inglês, ele segurava firme as rédeas do cavalo, contendo o desejo de aderir ao combate. Camponeses foram pisoteados, cortados e fincados com lanças, pois atrás dos que cavalgavam, cavaleiros desmontados caminhavam pelo campo de sangue, golpeando os feridos, arrancando membros, infligindo a vingança dos nobres. Navarre estava bem longe do perigo, ajudando a assassinar os feridos.

Will Longdon e seus arqueiros baixaram os arcos e soltaram as cordas das pontas. Sua participação chegara ao fim. Tinham permanecido em seu posto, seguindo a ordem de Blackstone de não aderir à luta. Não havia nada que conquistar, nenhum prêmio que valesse perder um valoroso arqueiro. Blackstone virou seu cavalo e viu Killbere onde o tinha deixado. Não havia glória nem honra nessa chacina. Foi tudo tão simples como matar ratos numa choupana infestada. Contudo, na retaguarda do bando de camponeses, um grupo de homens de armadura esporeava seus cavalos para fugir do ataque de Navarre. Uma criatura alada pulava e dançava; a harpia desenhada no escudo brilhava no meio dos guerreiros. Os nobres mais pobres que tinham aderido à causa dos camponeses agora procuravam escapar da ralé desorganizada, que se recusava a obedecer às ordens deles.

Killbere viu Blackstone erguer a Espada do Lobo e esporear seu cavalo à frente.

– Santo Deus, o que ele está fazendo? Ele disse para ficarmos para trás – Killbere murmurou, seguindo com o olhar o ataque do mestre.

John Jacob apontou com a espada.

– A harpia!

Killbere nem teve tempo de perguntar nada; sua expressão estupefata bastou.

– Fomos atacados em Windsor – disse Caprini. – Por aquele cavaleiro e outros. – Ele sorriu para Killbere. – Pelo visto, a horda de Satanás não sairá daqui sem punição! – o frei acrescentou, metendo as esporas nos flancos de seu cavalo, rapidamente seguido por Jacob.

– Mãe de Deus! – Killbere soltou. – Will! Fique aí com seu pessoal! Meulon! Gaillard! Você e seus homens matem um pouco desses bostas antes que se empilhem sobre Sir Thomas!

Dadas as ordens, o cavaleiro veterano urgiu seu cavalo à frente, seguindo o cavaleiro do Tau, enquanto os dois normandos rumavam num ângulo para abrir um buraco nas fileiras atabalhoadas do exército de Cale.

Will Longdon arrumava a corda na ponta do arco mais uma vez. O combate poderia virar caso os cavaleiros que abandonavam o campo galopassem na direção de cá e conseguissem esquivar-se de Blackstone. O centurião tinha enfrentado uma cavalaria francesa armada e sabia como derrubá-la.

※

O grande cavalo atropelou homens que procuravam inutilmente golpear Blackstone, que brandia a Espada do Lobo para cima e para baixo, para esquerda e direita, o nó de sangue mordendo-lhe o punho. Ferraduras esmagavam ossos conforme o cavalo passava por entre as pessoas com seu cavaleiro urgindo-o adiante. Homens gritavam; outros caíam de costas, escancarando os olhos, cauterizados pela dor em seus últimos momentos. Blackstone viu os homens de Navarre à sua direita, mas a harpia ainda juntava muitos ao seu redor, com as garras estendidas arranhando para libertar-se do embate. Blackstone puxou seu cavalo num ângulo fechado na tentativa de cortar a fuga do inimigo. Uma espada acertou-o na placa da perna, cortou para cima e traçou uma linha na coxa dele. Foi um corte insignificante, mas ele sentiu as ferroadas de dor ao apertar a lateral do cavalo para fazê-lo virar.

E então Thomas foi encurralado.

Ele deu um encontrão num homem de armas que cavalgava um grande corcel cuja cabeça ele puxou de lado quando o pescoço musculoso e a cabeça esquisita do cavalo selvagem de Blackstone o atacaram. Um baque pesado, olhos escancarados. O homem ergueu a espada alto demais quando se virou para atacar. Blackstone passou sua espada pelo peito do homem, raspando a beirada afiada contra a cota de malha, sabendo que era inútil para cortar, mas a força do golpe jogaria o homem para trás, deixando que Thomas fincasse a ponta da Espada do Lobo na virilha dele. O grito estrangulado foi engolido pelo elmo do inimigo; ele esticou os pés nos estribos e tombou para cima da traseira do cavalo.

Outros cavaleiros atacaram Blackstone de seu ponto cego. Eram Caprini e John Jacob forçando o grupo de inimigos a se separar, golpeando camponeses e homens de armas, deixando o cavaleiro alemão passar pelo buraco. Ele estava adiantado de Blackstone e seu cavalo era mais rápido. O suor ardeu nos olhos de Blackstone. O forro de couro na manopla estava úmido de sangue; ele sentiu a Espada do Lobo escorregar na mão, mas a lâmina foi salva pelo nó de sangue. Girando o punho, ele a recobrou, soltando as rédeas, entregando o controle ao cavalo bastardo. Ele sentiu a energia do bicho crescer como uma flecha projetada por um arco de guerra – seria preciso chamar o diabo e seus ajudantes para retomar o controle.

O alemão tentava esquivar-se, mas os cavalos estavam lado a lado. O escudo de Blackstone cobria o corpo dele dos golpes de esmagar da maça cheia de espinhos que batia nele. Um golpe rápido acertou-o no topo do elmo, jogando para trás sua cabeça; a dor explodiu atrás dos olhos dele, fazendo-o recuar na sela. O peso para trás deteve o cavalo, que ficou um passo atrasado. Não fosse um animal de espírito tão malvado, determinado a morder o outro, Blackstone teria sido carregado do ataque num galope desvairado. Ele se jogou para a frente, recuou o braço do escudo e meteu-o no ombro e no elmo do inimigo. Este também vacilou quando Blackstone usou o impulso do cavalo para meter um ataque no elmo. O cavalo do alemão virou; o homem perdeu os pés nos estribos e, apesar da patilha da sela, deslizou para o chão.

Blackstone deixou a Espada do Lobo pendurada pelo nó de sangue, juntou as rédeas com as duas mãos, puxou-se para trás na sela e virou a brida para um lado e para o outro numa tentativa grosseira de parar o cavalo. Pressionou a perna ferida na lateral do bicho e chutou forte com a outra. Como uma tora de árvore tentando virar nas corredeiras, o grande animal girou para encarar o cavaleiro caído, que já estava de pé, maça no chão, espada em mão. Imagens borradas passavam daqui para lá conforme os camponeses lutavam em plena correria contra os homens de armas de Navarre. Não chegava ordem para que recuassem; tropeçavam e caíam, imploravam por misericórdia e não recebiam.

Cavalos corriam soltos; bandeiras rasgadas caíam no gramado coberto de sangue. O cavalo de Blackstone finalmente desacelerou, arquejante, as narinas abertas soltando ar, enquanto o cavaleiro tentava fazer o bicho ficar de frente para o homem que agora corria para ele, de espada erguida para um golpe que podia arrancar-lhe a perna. Seria impossível virar a tempo de defender-se do ataque.

Um cavalo entrou em cena; seu cavaleiro, de espada erguida, brandiu um golpe do alto, numa trajetória curva que pegou bem na lateral da cabeça do alemão. O homem tombou feito um saco de grãos; uma bola de sangue pairou no ar por um momento, tão delicada quanto um véu de mulher, para espirrar em cima dele.

As pessoas recuavam apressadas. Quando Blackstone alcançou o cavaleiro caído, Killbere já tinha virado seu cavalo. Ele abriu o visor.

– Pelas lágrimas de Cristo, Thomas, você devia se livrar desse touro de cavalo!

Blackstone arrancou o elmo, tirou a manopla e passou os dedos pelo cabelo molhado de suor.

– Não é o cavalo; é mais o cavaleiro que não sabe lidar com ele. Obrigado pela ajuda.

– Ele morreu?

– Com metade da cabeça faltando, acredito que sim. Atravessou o elmo e o crânio.

– Ótimo! Era isso que eu pretendia – disse Killbere. – O italiano disse que você não estava querendo muito papo com esse filho da puta.

Blackstone ajoelhou-se e abriu o visor cindido dos restos amassados da cabeça do homem. A lateral e a traseira do crânio foram estilhaçadas, mas o rosto estava inteiro.

– Ele não é filho de ninguém agora, Gilbert, puta ou não. Quase não falamos nada, mas não era ele. É um dos homens que estava junto dele.

– Ah – disse Killbere, como se tivesse falhado.

– Porém – disse Blackstone, olhando ao redor, para o campo de batalha –, onde um mostra as garras, logo outro fará o mesmo. Pelo menos sei que ele está por perto.

※

Usaram ferro quente no corpo nu de Guillaume Cale, passando as pontas brilhantes nas costas e no peito dele, apertando o calor cauterizante no interior das coxas e na sola dos pés, infligindo o máximo de dor que podiam conceber. Tinham prática na arte do sofrimento. Não perguntavam nada, não queriam obter uma confissão; era um simples exercício de tortura para gravar com fogo os gritos do homem nas mentes dos aldeães.

Na praça da cidade de Clermont, o homem ensanguentado foi forçado a ajoelhar-se perante os aterrorizados moradores, ladeado pelos homens de Navarre, cujas espadas ainda nem tinham sido limpas do sangue. Uma forja fora trazida para onde um ferreiro batia o ferro, pegando o metal branco de tão quente e modelando conforme ordenado por Navarre.

– Trouxemos seu filho para casa! – ele gritou para os espectadores. – Devolvemo-lo para a puta que o gerou e o esgoto que o expeliu!

Blackstone e Killbere estavam sentados em seus cavalos, vendo toda aquela gente que assistia à cerimônia de humilhação. Uma plataforma de tábuas ásperas de madeira fora rapidamente construída, e Navarre e os mais próximos subiram enquanto Cale, amarrado, era forçado a subir num banco.

– Enforcar bruxas sempre fez bem para os negócios – disse Killbere –, mas não tem nenhum vendedor de torta nem malabarista aqui hoje. Navarre tem uma crueldade em si que aprecia um espetáculo público.

– Ainda não terminaram com ele – disse Blackstone, sentindo o cheiro de engasgar que desprendia da forja misturado ao fedor de carne chamuscada.

Ele pegou o odre de vinho da sela e girou o líquido na boca, para cuspir o gosto ruim no chão.

– Está desperdiçando um bom vinho, Thomas. Por que ainda estamos aqui? Não gosto nada disso, e você também não.

– Preciso dele vivo por mais tempo. Fiz um trato com Navarre.

Killbere grunhiu.

– Você sabe até onde isso vai te levar.

– O trato foi feito em frente aos nobres. Ele será obrigado a cumprir, ou perderá a confiança deles.

Navarre acenou para o ferreiro, cuja pinça mantinha o metal brilhante sobre o carvão.

– Houve aqueles que acharam que esse homem poderia ter sido o rei dos Jacques – disse ele à multidão. – Seu desejo será concedido.

Os guardas firmaram as mãos nas cordas que prendiam Cale.

– Eis o seu rei! – Navarre gritou, vendo o ferreiro colocar sem cuidado a faixa de ferro na testa de Cale.

Pele e cabelos queimaram, e até Navarre foi obrigado a cobrir o rosto com um lenço de linho, enquanto Cale gritava e se contorcia.

– Mate o pobre coitado e acabe logo com isso – Killbere murmurou.

Cale desabou para a frente – a dor era intensa demais para suportar. Navarre e seu bando desceram da plataforma, deixando o corpo sofrido do insurgente para recobrar a consciência a fim de preparar-se para o horror final. A plateia tentava dar as costas para o espetáculo, mas soldados os cutucavam e atiçavam para ficarem de frente para aquela cena triste. Blackstone abriu caminho até a plataforma.

– Não muito perto, milorde – disse um dos soldados. – Ele soltou tanta merda e mijo que faria até um porco desmaiar.

Blackstone ignorou o soldado e subiu na plataforma. O guarda o segurou pelo braço.

– Tire a mão de mim ou sentirá a mesma dor que ele está sentindo – disse o cavaleiro.

O guarda rapidamente puxou a mão e voltou-se para os camponeses, sobre quem possuía autoridade. Cavaleiros como esse inglês eram muito superiores a soldados comuns, e ele não tinha vontade alguma de terminar como o pobre coitado da plataforma.

Blackstone aproximou-se lentamente do homem largado nas tábuas. Agachou, pegou o balde de água do ferreiro e mergulhou o lenço descartado por Navarre. Espremendo a água em cima da cabeça queimada do homem, aguardou até Cale murmurar alguma coisa, os ombros contraídos, rangendo os dentes. Ferro quente gerava uma agonia que ficava pior conforme a carne continuava a enfrentar a dor. Blackstone ergueu um pouco o queixo do homem e deixou que a água corresse por entre os lábios secos. Cale abriu os olhos e os focou no homem que o enganara e agora lhe dava um pouco de conforto.

Ele assentiu. Não havia orgulho sobrando para sustentá-lo; a arrogância lhe fora arrancada com fogo.

– Obrigado – disse ele.

O fedor em torno do homem era tão terrível quanto o guarda alertara, mas Blackstone usou o balde para empurrar os dejetos do homem para longe, depois se ajoelhou ao lado dele. A coroa de ferro, agora fria, espremia a cabeça de Cale como um torno. O símbolo cruel marcara o rosto dele, tornando-o irreconhecível.

– Você será enforcado em breve – disse Blackstone, sem pressa, certificando-se de que suas palavras fossem ouvidas claramente, prendendo a atenção do homem. – Pendurarão você pelo pescoço e o arrastarão, espalhando suas entranhas sobre o carvão para que queimem na sua frente. Depois cada membro será arrancado e jogado para os cães. Então, arrancarão sua cabeça.

O corpo de Cale estremeceu, a dor aprofundando-se ainda mais. De algum lugar no meio da escuridão interior, o homem juntou forças para falar.

– Você... me tortura... ainda mais.

– Não – disse Blackstone. – Posso pôr fim a esse sofrimento. Logo virá a celebração de meio do verão, de São João Batista. Você pode morrer como ele. Diga-me o que quero saber e Navarre o decapitará. Não haverá mais tortura.

Uma lágrima brotou num dos olhos de Cale e desceu por seu rosto fraturado para juntar-se à fleuma do nariz, que lhe encharcava a barba. Ele fez que sim.

– Os Jacques estão atrás da família do Delfim? – Blackstone perguntou.

Ele deu ao homem tempo para responder, deixando-o passar as palavras pelos lábios rachados.

Cale fez que sim.

– Estão – sussurrou.

– Quem lidera a revolta?

– Vaillant. Jean Vaillant. De Paris. E... Pierre Gilles... – Cale disse lentamente.

– Onde?

– Leste... para Meaux.

Blackstone não queria colocar palavras na boca do sofrido homem. Se a família real estava lá, era preciso ouvir do homem que sabia disso com certeza.

– Por quê? Por que Meaux?

– Eles... e muitas outras... famílias de nobres... Meaux. Estão indo... atrás deles.

O corpo do homem tremia, e a voz cortava. Blackstone obtivera sua resposta. Não precisava de mais nada daquele homem destruído.

– Nós não podíamos parar... – Cale sussurrou.

Blackstone hesitou, esperando que Cale terminasse o que tentava dizer.

– Tínhamos... tomado... o rabo do leão... Não sabíamos... como soltar.

Blackstone não respondeu. Ainda havia milhares lá fora que não estavam com medo de seu domínio sobre o horror.

Parte Quatro
Juramento de Sangue

Capítulo Quarenta

Christiana seguia os dois cavaleiros alemães pelas ruas estreitas e tortas de Meaux, pensando apenas em escapar. A exaustão a cutucava a cada metro, e ela dormira na sela, acordando assustada quando Agnes quase tombava de seus braços. Lienhard tentara engajá-la em conversação, na tentativa de obter informações, mas ela implorara que ele compreendesse seu cansaço, e o alemão logo ficou entediado. A mulher serviria a um propósito, além disso, ele não tinha mais interesse. O grupo viajou quase em silêncio total por boa parte do dia, e então fizeram uma curva grande no rio e chegaram à cidade murada, localizada na margem ao norte. Antes que se abrissem os portões da cidade para eles, ela viu as torres e ameias do forte erguidas ao fundo, e soube que, uma vez lá dentro, pelo menos estariam a salvo. O labirinto os engolfou, virando daqui para lá em ruas estreitas capazes de comportar no máximo um burro com carga, onde a luz do sol quase não chegava por causa da densidade das janelas e telhados acima.

Cavalgando ali lentamente, um cavalo atrás do outro, Christiana não enxergava um modo de evitar permanecer junto dos dois homens que fingiam resgatá-los. Os assassinos entrariam no forte com ela, e quem por acaso ia acreditar na versão dela de sua participação no assassinato de Sir Marcel de Lorris e família? Não faria sentido algum. Por que os cavaleiros arriscariam a própria vida para trazê-la até ali a salvo, e por que entregariam a prata roubada da capela de Lorris para o bispo? Ela sabia que lhes concederiam gratidão e honra. Até que pudesse relatar o que vira da participação deles na matança, ela teria que confiar em seus instintos, porque, uma vez feita a acusação, haveria uma audiência judicial, e então a vida dela e de seus filhos estaria em risco.

Mulheres sentadas em frente de casa ergueram os olhos da costura para ver passarem os cavalos. Christiana estava toda desgrenhada e suja de sangue. Era, obviamente, outra esposa de nobre resgatada por cavaleiros. Outra a ser trancafiada no forte no qual julgavam ser intocável.

A indiferença dos olhares indicou que fugir talvez fosse mais perigoso do que ficar junto dos assassinos no forte conhecido como o Marché. Não seriam bem recebidos nem escondidos nessas casinhas velhas, aos pedaços, em que a madeira rangia, quase tocando uma a outra nos dois lados da rua. As portas abertas mostravam uma escuridão quase total na qual criancinhas cutucavam as bainhas de suas roupas esfarrapadas, sob a luz de lareiras tão fracas que quase não geravam visibilidade, com os dedos perto do rosto. Velas de cera de abelha custavam dinheiro, e somente a Igreja e os nobres se permitiam tal extravagância. Para famílias como essas, que moravam espremidas num só cômodo, gordura animal era raspada e guardada para ser depois moldada em velas pungentes pelos meeiros.

Agnes sacolejava nos braços de Christiana conforme a pequena procissão afastava mascates e gente carregando água. Ela olhava de um lado a outro nas ruas da cidade, que tilintavam e martelavam com o barulho dos peleiros e sapateiros, tanoeiros batendo anéis de metal para dar forma e chaveiros executando diligentemente o seu trabalho. Era uma cidadezinha próspera. Em cada estreita rua transversal, a menina se esforçava para ver como fariam se, por algum motivo, fosse preciso fugir. As placas dos artesãos competiam entre si em frente às casinhas de madeira. A placa de um vinicultor, tão grande quanto a porta, com o símbolo de um arbusto pintado, anunciava um local no qual se bebia; a placa de um boticário, com três pílulas douradas, brilhava sob os raios de sol que conseguiam penetrar a rua estreita; mais à frente a menina viu o mastro branco com faixas vermelhas de um cirurgião-barbeiro. Havia riqueza ali. Que coisa boa. Isso significava que aquelas pessoas tinham algo a perder e resistiriam se a revolta fosse parar ali. Os portões da cidade permaneceriam fechados.

Mulheres pechinchavam nas lojas de frango em que galinhas e patos, de pernas atadas, jaziam no chão junto de coelhos e lebres. Cinco dinheiros por um coelho, quatro por um frango. Os berros dos vendedores lutavam entre si. Em outra rua, as miudezas de um açougue atraíam um enxame de moscas, tendo o animal sido morto ali mesmo na rua, e seu sangue formado uma poça na sarjeta.

Fabricantes de arreios, vendedores de temperos e sal: todos esses comerciantes certamente lutariam pelo que tinham. Agnes foi se sentindo cada vez mais confiante. Riqueza e comida. Aqueles cidadãos não faziam parte da Jacquerie; não sacrificariam o que tinham.

O céu abriu-se mais uma vez quando o grupo emergiu das ruas espremidas. O forte de pedra erguia-se à frente, atrás de uma ponte estreita de pedra, na margem oposta. Era uma forte cidadela de defesa, protegida de ataques pelos muros externos da própria Meaux, e cercada por água de todos os lados. Quando os cascos dos cavalos tilintaram sobre a ponte, o rastrilho foi erguido. Christiana beijou os cabelos da filha e virou-se na sela para sorrir para Henry, encorajando-o. Segurança, comida e calor os aguardavam lá dentro.

Ela pôs um dedo na frente da boca.

Fiquem quietos.

※

Uma vez dentro dos muros do forte, Christiana e Agnes foram acomodadas no amplo dormitório preparado pelo comandante do Marché. Logo, ela descobriu que a centenas de mulheres fora concedido santuário, muitas das quais jamais veriam os maridos de novo, nem suas residências incendiadas. As de classe mais baixa eram obrigadas a sofrer a indignidade de ser pastoreadas para cômodos e corredores, mesmo que seu *status* tivesse normalmente garantido o conforto de um quarto particular. Contudo, estavam vivas, tendo testemunhado o horror, e isso mantinha qualquer descontentamento sem ser dito, mas todas ainda sentiam sua vulnerabilidade, independente de quão grossos fossem os muros do forte e da classe social a que pertenciam.

Vinte ou mais bandeiras e flâmulas ondulavam, mas Christiana via poucos sinais dos nobres cujos brasões apareciam por ali. Ela lutou contra a vontade de confrontar Lienhard, agora que estavam a salvo. Um surto teria chamado muito a atenção dos nobres. Assim que foram aceitas no forte, ela e Agnes foram separadas de Henry e levadas para onde as mulheres eram alojadas. Lienhard foi bem recebido e elogiado pela coragem por ter trazido mulher e filhos em segurança. Enquanto outras mulheres urgiam-na para os aposentos, Christiana viu Henry, pela última vez, sendo encaminhado para junto de outros jovens pajens e escudeiros sobreviventes – embora, pelo que diziam as mulheres, estes fossem muito poucos. O menino receberia armas para limpar e outras tarefas para resolver: a mãe torceu para que uma das atividades fosse servir as mesas, assim ela talvez tivesse a chance de ver e falar com ele de novo. Lienhard olhara na direção dela e pusera a mão no ombro de Henry, com expressão indiferente. Christiana sentira muito medo nos últimos dias, mas só de pensar que Lienhard pudesse suspeitar que ela e Henry tinham visto a participação dele na brutalidade, era como se feixes de aço a envolvessem e apertassem. O gesto do homem fora óbvio.

Se quisesse que Henry sobrevivesse, Christiana teria de permanecer em silêncio.

Capítulo Quarenta e Um

Perinne desenhou um triângulo invertido no chão, reunindo Blackstone e seus capitães ao redor. Em cada canto, ele pôs uma pedra e apontou as informações que tinha com relação à área.

– Aqui na esquerda fica Beauvais e, pelo que ouvi dizer, Sir Thomas, o local está infestado de camponeses. Mais para cá – disse ele, passando um graveto para a direita – fica Compiègne, e estamos entre as duas.

– Paris fica ali – disse Blackstone, apontando para a base do triângulo –, e Compiègne é um forte do Delfim. Eles têm se defendido bem dos Jacques, e não precisamos mexer nesse ninho... já teremos problemas suficientes para chegar a Meaux – ele acrescentou, cutucando a terra uns poucos centímetros à direita de Paris.

Gaillard estendeu sua lança e traçou gentilmente uma curva que se estendia do leste de Meaux e ia se apagando ao passar debaixo de Paris.

– Sir Thomas, não podemos ir diretamente para o sul... Se os parisienses estão marchando, como lhe disseram, cavalgaremos diretamente para eles, e ouvi um homem de armas dizer que era de um forte dos homens de Navarre em La Ferté-sous-Jouarre, no rio. Mas onde isso fica, eu não sei.

– Perinne? – disse Blackstone.

O cavaleiro deu de ombros.

– Não faço ideia, Sir Thomas.

Blackstone olhou com esperança para Gaillard.

O grande normando sacudiu a cabeça barbuda.

– Rio acima, de Meaux, foi tudo que ouvi.

– A passagem na qual teremos que nos espremer está ficando cada vez menor – disse Killbere. – Camponeses raivosos, os homens do Delfim em castelos e os de Navarre perto demais para se intrometer. Está apertado.

Will Longdon agachou e descansou o queixo nos punhos.

– Mais apertado que xoxota de freira – murmurou ele consigo.

Gaillard o cutucou com a bota.

– Nenhuma mulher santa deixaria você chegar perto nem que fosse para esvaziar o penico para ela – disse, fazendo o arqueiro tornbar.

Longdon rolou de lado por instinto e levantou com a faca na mão e um rosnado na cara.

– Seu touro burro! Vou te capar e cortar sua garganta se me tocar de novo!

Gaillard deu um passo à frente, mas Meulon era grande o bastante para bloqueá-lo, e John Jacob correu para agarrar o braço de Longdon com a faca.

– Largue a faca, Will. Largue!

O antebraço do arqueiro era puro músculo, e foi preciso muita força para segurá-lo. Os olhos vidrados de Longdon clarearam por um instante. Estivera a um passo de esfaquear o normando.

Nesse momento, Blackstone arrependeu-se de não ter trazido Elfred para essa missão. O arqueiro veterano era a maior influência sobre Longdon. Este estivera ao lado de Blackstone desde que cruzaram as areias da invasão, doze anos antes. Antes de tudo. Jovens rapazes, vigorosos e medrosos, tendo jurado obediência a Killbere e ao rei, jurados uns aos outros, e Longdon afugentara os medos de todos com desrespeito e humor.

– Está ficando maldoso com o tempo, Will – disse Blackstone, calmo. – Não haverá castração entre meus capitães, a não ser que seja eu brandindo a faca.

Os homens ficaram em silêncio, mas a tensão continuou evidente. Sempre depois dos embates o humor dos homens ficava agitado, e a bile demorava para assentar.

Bastava um instante de loucura para que alguém matasse outro no calor opressivo do verão, e esse alguém seria então enforcado. Portanto, seriam dois homens que morreriam desnecessariamente. Dois dos melhores.

Killbere quebrou o ressentimento fervilhante que ameaçava borbulhar para a violência.

– Já amei uma freira – disse, baixinho, com um quê de ressentimento que quase nunca se percebia em seu tom de voz.

O comentário fez os homens olharem para ele, num momento de incerteza. Sir Gilbert Killbere nunca falava de sua vida nem oferecia vistas de seu passado.

— Uma dama aristocrata colocada no convento pelo pai para ficar longe de mim — disse. — Eu estava prestes a aceitar a ordem sagrada para ficar junto dela. — Ele deu de ombros. — Enfim, nunca foi consumado. Eu não servia para a Igreja. Nem para ela.

Gilbert sacrificou parte de si para que os outros não dessem um passo que poderia rasgar o tecido bem entrelaçado que era esse grupo de homens. Mas não haveria intimidade além dessa. Ele sorriu.

— Will tem razão: uma freira deve ser apertada e, como Gaillard falou, ninguém aqui é digno nem de esvaziar o penico dela. Somos o que somos e temos apenas a nós mesmos para culpar por isso. — Dito isso, o veterano apagou com o pé os desenhos na areia. — Eu sei como faremos para chegar a Meaux.

※

Além da floresta o grupo descansou, num ponto em que um riacho oferecia água fresca e as árvores os protegiam das vistas de qualquer bando de camponeses que escapara da matança. Livre da cota de malha e da armadura, Killbere lavou o rosto e a nuca com um pano encharcado da água fria do riacho. O calor do verão já estava forte o bastante para fazê-los pingar suor debaixo das camisas. Blackstone estava sentado com a perna machucada exposta. Caprini, agachado em frente a ele, preparava um creme; Bertrand, tendo finalmente sido incumbido de mais responsabilidade que somente cuidar dos cavalos, atuava como assistente, fervendo um pedaço de linho numa panela sobre o fogo. O cavaleiro do Tau cortava um naco de casca de uma das árvores, e o separara cuidadosamente da seiva úmida do verso, para então colocar as fibras no ferimento de Thomas. O corte de uns quinze centímetros na coxa já tinha perdido a cor, agora que haviam limpado o sangue coagulado e a terra. Em seguida, o frei cobriu o corte com líquen seco raspado das pedras do riacho.

Bertrand olhou para trás, de onde estava, fervendo água e pano.

— Sir Thomas, tenho habilidade suficiente para cerzir o corte, de meus tempos no mosteiro.

Caprini concentrava-se em aplicar o preparado no corte.

— Não é preciso costurar esse corte. Dentro de uma semana, com o pano amarrado em volta, a carne terá se curado sozinha, e não haverá risco de infecção. E, se não cuidar da tarefa que lhe passei, Bertrand, hei de costurar os seus lábios. Não fale comigo contanto que eu fale com você.

Bertrand retornou à sua tarefa. Caprini levantou-se e inspecionou seus esforços.

— Está feito. Deixe o ar entrar em contato, e quando o tecido estiver seco eu o envolverei.

— Fico muito grato, Stefano, mas precisamos prosseguir.

— E prosseguiremos, mas homens e cavalos precisam de descanso e comida. Umas horinhas farão mais bem que mal.

Blackstone teria protestado mais um pouco, porém sabia que Caprini tinha razão. Ele mostrou ao frei que concordava quando este se levantou.

— Cobri com folhas e fibras de samambaia, por ora. — Contente com seu trabalho, Caprini afastou-se. — Tire os tecidos sujos — disse ele ao passar por Bertrand. — Quando esse estiver pronto, ferva os outros. Precisaremos deles de novo.

Bertrand se apressou a focar-se em sua tarefa, baixando os olhos respeitosamente ao seguir a ordem do cavaleiro do Tau, pegando as faixas cheias de sangue usadas para limpar o ferimento de Blackstone.

Quando o monge estava longe o bastante, Killbere esticou a roupa que acabara de lavar numa pedra.

— Eu não deixaria Bertrand nem costurar um brasão numa túnica — disse. — Capaz de costurar seu pau nas suas sobrancelhas.

Blackstone sorriu, cansado demais para conduzir um papo irreverente.

— Era verdade o que você contou sobre aquela mulher?

— Faz diferença? Serviu a seu propósito. Thomas, os homens não têm apreço algum pela razão, eles o seguem por uma questão de lealdade. Mas, quando arriscam a vida por você, os instintos ficam à flor da pele. Quando esta missão tiver acabado, talvez seja hora de separar seus capitães para que comandem suas próprias tropas.

— Eu sei. Também vejo isso.

— Will é um arqueiro, Thomas. Não dá a mínima para ninguém além de você e o velho Elfred. — Killbere pensou por um momento e sorriu. — Lembra-se de quando ele mijou no rio na frente dos franceses em Blanchetaque?

— E você dizendo para ele que ia enferrujar a sua armadura. Deus, Gilbert, que bons tempos! — A lembrança apareceu na mente de Blackstone. — Não foi o Will. Foi John Weston. Ele morreu na minha frente em Crécy.

— Ah. Foi mesmo. Tinha esquecido. — Killbere grunhiu. — Tantos mortos ao longo dos anos. — Mas engoliu o ressentimento. — Vocês, arqueiros, a sua insolência obscurecia seus nomes e seus medos. E eu gostava muito disso.

— Tive medo antes e desde então, mas juro que o rio correu até com o meu mijo nesse dia — disse Blackstone. — Wil é boa pessoa. Gosta de ser centurião. Ele pensa... e toma conta de seus homens. Não fará nada que traia minha confiança nele.

– Seria melhor para todos nós se pudéssemos seguir uma bandeira de guerra e lutar contra os franceses, como fizemos. É o que fazemos de melhor.

Era incomum para Killbere ficar se lembrando do passado. E Blackstone nunca ficava olhando para trás, para o que deixara na história, mas esse clima os dominou por um instante.

– Estou desesperado, Thomas. Não há mais grandes batalhas para lutar. Rezo para que Edward nunca faça um trato com o rei da França ou que esse resgate nunca seja pago. Se eu tivesse poder para enviar arautos, mandaria anunciarem a todo nobre francês que deviam juntar suas armas e renovar sua aliança para com seu soberano. E então eles se juntariam num campo vasto aos milhares, com fileiras de tambores e trombetas, ergueriam as bandeiras de guerra e mostrariam as cores para que todos nós víssemos. E então nós, poucos ingleses, formaríamos as nossas fileiras, apertaríamos o nó de sangue em nossas espadas e firmaríamos os pés para enfrentar nosso inimigo. Algum dia veremos de novo trinta ou quarenta mil franceses lado a lado, armaduras brilhando, prontos para morrer honradamente no campo de guerra? Santo Deus! Sinto falta disso... muita. Combates e ataques, tomar uma cidade, matar camponeses numa revolta e vender nossas espadas para o melhor pagador. Quero uma guerra, Thomas. Foi para isso que nasci. É assim que eu quero morrer.

Blackstone deixou passar o momento, e disse baixinho:

– Prometi ao rei que garantiria a segurança da família do Delfim. Não significa nada para mim, e sei que ele usa nossos esforços para incrementar a barganha com o rei John. Somos dispensáveis, Gilbert; a esta altura, ele já deve ter enviado homens para lutar junto de Navarre, e o que estamos fazendo não significa mais nada.

– Estamos a serviço do rei – disse Killbere com um cansaço nascido dos muitos anos de serviço.

– Estamos a serviço do rei – Blackstone repetiu. Após um momento considerando tudo que tal lealdade significava, o cavaleiro intrometeu-se mais uma vez no passado do amigo. – Gilbert, como conhece o Marne e as cidades da região? Temos mais de um dia de cavalgada, e seremos sortudos se pudermos passar por entre aqueles que nos querem fazer mal.

– Depois que fiquei preso debaixo daquele cavalo em Crécy, fui curado e vaguei por onde minha espada encontrava emprego. Ganhei e perdi dinheiro. Lordes locais lutavam; salteadores pilhavam. Cobri certa distância. Quando Gaillard mencionou La Ferté-sous-Jouarre, lembrei-me de que havia um belo bordel por lá. Pelo menos acho que era La Ferté. Muitas dessas cidades francesas têm nomes similares.

Killbere levantou-se e estendeu a mão para Blackstone, que a aceitou e puxou-se de pé sobre a perna machucada.

– Espero que esteja se lembrando do bordel certo, Gilbert. Tudo que faço pelo rei, faço também na esperança de encontrar Christiana e as crianças.

Os dois atravessaram o gramado batido para onde os capitães tinham armado uma fogueira. Um cheiro tentador de carne assada pegou-lhes pelas narinas.

– Will Longdon caçou e cozinhou alguma coisa – disse Thomas.

– Contanto que não sejam as bolas de Gaillard...

※

Uma enorme massa pulsante espalhou-se pelos campos, saída de Paris. O exército de cidadãos usava capuzes vermelhos e azuis. Com gritos de irmandade e vitória, uniram forças com as hordas insurgentes que ainda infligiam seu terror. A notícia da derrota de Guillaume Cale em Mello, bem como da tortura e decapitação em Clermont, ainda não tinha chegado. Tudo que sabiam agora era que tinham forças suficientes para invadir Marché e tomar a família do Delfim.

– Ele dizia a verdade – disse Blackstone, junto de seus homens, observando o horizonte ondular com a maré escura de camponeses como uma sombra na linha entre céu e terra.

– Só chegarão lá amanhã – disse Killbere. – Não têm cavaleiros, e esperarão até que todos estejam nos portões, mas aposto que não passarão dos muros da cidade, muito menos do forte. Estarão sem comida até lá, e barrigas vazias não têm força para sitiar nada.

John Jacob e Halfpenny chegaram com uma dúzia de arqueiros.

– Nada lá na frente, Sir Thomas. Parece que estão todos onde pode vê-los.

– Vamos torcer por isso – disse Blackstone, e esporeou o cavalo à frente, distanciando-se de uma tempestade que se anunciava.

※

Os homens de Blackstone encaravam o prefeito e seus magistrados perante os portões da cidade. Esses burgueses ricos controlavam tudo o que acontecia em Meaux, e seria impossível ganhar acesso sem a permissão deles. Para tão poucos homens, tentar forçar a passagem por esses oficiais seria inútil; as ruas estreitas e seus moradores os puniriam quase de imediato.

– Sou o prefeito Jehan de Soulez. A família do Delfim está segura no Marché – disse o prefeito, respondendo à pergunta de Blackstone. – Esposa e filha, protegidas pelo lorde de Hangest e uma pequena guarda. Há quase trezentas damas que foram trazidas para cá, e vinte cavaleiros... homens de classe – disse, pretendendo insultar, e conseguindo. Olhava com nervosismo para aqueles homens de aparência tão grosseira. – Vocês entendem que seus homens não têm permissão para adentrar a cidade? Isso não será tolerado.

– Entendemos – disse Blackstone. – Só queremos entrar no forte.

O prefeito pensou no pedido por um tempo.

– Com que intenções? – disse, mudando de tom e ousando aproximar-se alguns passos.

– Assunto meu – disse o inglês.

O prefeito levou a mão à boca, num pequeno e nervoso gesto que deixou claro que o homem ainda não resolvera dar-lhes permissão.

– Antes de o Delfim partir, prometi-lhe que cuidaria da esposa dele. Como vou saber que você não pretende fazer-lhe mal?

– Não tem como – disse Blackstone. – Mas acha mesmo que eu cometeria o suicídio de tentar fazer mal a ela dentro de um forte no qual ela tem uma guarda e outros homens de armas do lado, depois tentar escapar pelas ruas da cidade?

O prefeito viu que fazia muito sentido.

– Nossa promessa nos trouxe uma responsabilidade onerosa... algo que não desejávamos.

– Então é melhor preparar-se para defender sua honra e sua cidade. Reforce seus portões, prefeito, porque há um exército de muitos milhares de Jacques a um dia daqui.

O choque ficou evidente no prefeito e nos magistrados. O homem virou-se para reunir-se com seus colegas burgueses. Era preciso tomar rápido uma decisão.

– Cavalgue direto até lá, não pare em nenhuma taverna e não cause danos nem incômodo a nossos cidadãos. O forte fica logo após o rio. Há portões em cada lado da ponte. O primeiro será aberto para vocês, o segundo, bem longe do lado oposto, terá de ser aberto por quem estiver disposto a recebê-los – o prefeito explicou, tacitamente, para então retornar com seus homens para dentro da cidade.

Blackstone urgiu seu cavalo para mais uma cidade que afogava a alma dos homens. Os muros pareceram fechar-se em cima dele quando ele adentrou o local ameaçador. Aquelas pessoas viviam cercadas de sujeira, e o contágio podia dominar não somente o corpo de um homem, mas também sua mente. Quando uma ameaça se aproximava, os portões fechados da cidade selavam os moradores numa tumba feita por eles mesmos. Se um poço artesiano fosse contaminado, a doença se espalharia. Quando os rumores traziam para dentro a ameaça de além dos muros, o pânico dominava a cidade. Medo e claustrofobia eram as maiores armas de um inimigo contra quem ficava aprisionado lá dentro. Partilhar fogueiras, porões e cômodos era tudo que qualquer uma dessas pessoas esperava, morando numa cidade. Conviviam com o fedor dos outros e, quando a peste os atacava, era impossível evitar tal agonia. Blackstone sentiu um arrepio e desejou muito poder ver o horizonte.

Quando ele e os homens concluíram a lenta passagem pelas ruas estreitas e lotadas, o sol começava a baixar detrás dos altos muros do forte. Os olhos de todos assimilaram a imponência do local. Para atacá-lo seria preciso trazer escadas de dez metros de altura para escalar os baluartes, mas, com o rio circulando os muros, o único ponto de acesso seria cruzando a ponte. Era essa a fraqueza do forte. Bastaria colocar um número suficiente de barris de breu ali para que rastrilho e portões cedessem. Não haveria, então, meio de fugir do interior e, embora a noite longa do verão fosse uma bênção por atrasar a luz e o calor do dia, essa mesma luz permitia aos revoltosos aproximar-se, e não era de se esperar que parassem para rezar quando soasse o sino das vésperas.

Blackstone guiou sua coluna por sobre a ponte de pedra, com Killbere e Caprini logo atrás. Olhando para trás, ele viu Will Longdon e seus arqueiros cobrindo a distância entre os muros e a beirada da cidade, do outro lado do rio. Lutar na cidade dificultaria o uso dos arcos, mas um espaço amplo do lado de cá do rio poderia dar-lhe alvos em campo aberto, caso fosse preciso. Blackstone contou os pilares.

– Will? O que acha?

– São 243 passos de uma ponta a outra e mais uns 30 na praça do lado da cidade – respondeu o centurião.

– Aye! – confirmaram alguns dos outros.

Em algum lugar, nos confins do castelo, um guarda soltou a ordem para que erguessem o rastrilho. Um amplo pátio apresentou-se diante da comitiva. A cidadela não possuía nada da sofisticação típica dos grandes castelos da França, mas não se podia negar que ela suportaria um sítio, contanto que o poço não secasse e houvesse comida suficiente. E dependia de quantas pessoas já tinham procurado abrigo ali, fugindo da revolta. Meninos de estábulo e criados cuidavam de seus afazeres, alguns correndo sob as ordens de um mordomo, outros de cabeça baixa, jogando palha nas baias abertas dispostas por todo um lado dos muros do castelo.

– Você aí! Senhor cavaleiro! – chamou uma voz.

Blackstone virou-se para ver quem o chamava e viu um homem mais velho se aproximando. Fios brancos espalhavam-se pelos cabelos e pela barba, o manto tinha forro de pele, e a jaqueta acolchoada tinha bordado suficiente para proclamar o *status* dele, segundo as leis sagradas que ditavam como um homem devia vestir-se de acordo com sua posição.

– Milorde – Blackstone respondeu.

– Não tem espaço na estalagem! – ele berrou, mas logo riu da brincadeira. – Os estábulos estão cheios, homem. Veja por si mesmo. Mande seus homens usarem os anéis para amarrar os cavalos no muro; temos palha suficiente para alimentá-los… por ora! Você e seus dois companheiros – disse ele, apontando para Caprini e Killbere – podem entrar.

Sem mais uma palavra, o velho deu meia-volta, mas parou e disse:

– Arqueiros, hein? Mercenários? Bandidos? Não venham com gracinhas aqui dentro.

– Ingleses – disse Blackstone.

– Mesmo assim! – o homem retrucou. – Precisamos de homens. Aqui dentro, ou vocês se comportam, ou os jogaremos para os cães… antes de sermos forçados a comê-los!

O homem caiu no riso mais uma vez e saiu andando pelo pátio, gritando uma ou duas vezes para repetir um comando de um mordomo, reclamando do fato de que o forte estava se tornando muito mais um dormitório do que qualquer outra coisa.

– Seja quem for, parece estar no comando – disse Killbere, descendo da sela. – Sinto cheiro de comida; talvez tenham água quente para um banho. Meu traseiro dói, e minha barba coça – ele tirou o elmo –, e juro que tenho mais piolho na cabeça que Jacques no mundo.

Blackstone ordenou a seus capitães que amarrassem os cavalos e desenrolassem seus cobertores junto do muro; não haveria acomodações lá dentro para eles. Eram arqueiros ingleses, desprezados e temidos, e ninguém os queria por perto.

– Vou dar uma farejada na cozinha, ver o que encontro por lá – disse Will Longdon.

– Nada de roubar nem causar problema, Will. Deixe que eu cuido da comida. Fique aqui com os cavalos. Cuide deles primeiro.

Longdon fez cara de sofrimento, de ombros erguidos e braços abertos.

– Will, estamos presos neste lugar como prisioneiros na cadeia. Não podemos lutar para sair daqui, não com a cidade nas costas e esses homens lá dentro. Não quero problemas. E mantenha Bertrand longe de qualquer mulher... embora eu não tenha visto nenhuma ainda.

Os criados do forte deviam ser todos homens, na cozinha, nos quartos e no pátio, mas se havia damas sendo abrigadas, certamente haveria criadas do sexo feminino com elas – e um monge lascivo, ainda que fracassado, poderia causar um conflito que certamente acabaria em violência. Já não bastava que as nobres tivessem sido trazidas ali para evitar ser desonradas? Se acontecesse ali, dentro daqueles muros, seria um desastre. Talvez fosse melhor amarrar o idiota sorridente junto dos cavalos.

Os três cavaleiros cruzaram o pátio. O chão era de pedra em alguns pontos; pavimentado em outros. Não era o forte de um cavaleiro pobre: alguém gastara muito dinheiro nele. Oficinas e lojas de comida alinhavam-se contra o muro dos fundos. Soldados patrulhavam as ameias.

– Se a família do Delfim estiver aqui dentro, Thomas, então nosso trabalho está feito – disse Killbere.

– Vejamos se é mesmo verdade. Todo refugiado aqui deve saber de alguma coisa... talvez saibam de Christiana.

Killbere e Caprini mantiveram suas opiniões para si. Encontrar a família de Blackstone em meio ao tumulto de uma terra assolada seria praticamente um milagre.

Capítulo Quarenta e Dois

Quando subiam a escadaria que dava no alpendre e nos quartos, Blackstone reconheceu uma das flâmulas entre as bandeiras: cinco vieiras sobre uma cruz preta, o brasão de Jean de Grailly, o Captal de Buch.

– Beyard deve estar aqui! – disse ele.

– Quem? – perguntou Killbere.

– O homem de Grailly no passo alpino. Ele nos ajudou a passar em segurança para a França – disse-lhe Blackstone, virando-se para um par de pesadas portas de madeira, por trás das quais se ouviam vozes.

Antes que ele pudesse alcançá-las, elas se abriram, e o velho do pátio apareceu.

– Vamos, homem! Rápido. Não mandei que fossem até o salão principal?

– Não, milorde – disse Blackstone, ciente de que a escadaria demandara demais de sua perna ferida e que estava mancando mais do que gostaria.

– Então devia ter mandado – disse o homem, sem que parecesse estar se desculpando.

Os três homens seguiram o mais velho para dentro da sala; um escudeiro saiu do outro canto e foi fechar a porta. A atenção de Blackstone foi tomada pelos dois cavaleiros que analisavam um mapa aberto sobre o tampo de uma mesa. A grande lareira de granito atrás deles estava lotada de lenha, mas continuava apagada. Os mantos dos homens jaziam onde tinham sido largados; Thomas imediatamente reconheceu um deles. Não era Beyard, mas sim seu suserano, o Captal de Buch em pessoa.

– Sir Thomas – disse Grailly. – O destino nos une mais uma vez.

As circunstâncias não negavam o fato de que um lorde da posição de Jean de Grailly normalmente conduziria audiência com alguém do ranque inferior de Blackstone – que ele realmente pensava que Blackstone estava ali sob ordens do cavaleiro mais velho ou que o Captal o vira chegar e quebrara o protocolo por respeito pelo inglês.

– Eu o vi chegando – disse, honrando Blackstone. – E pedi a milorde Hangest que o trouxesse aqui imediatamente.

Blackstone curvou a cabeça, depois apresentou Killbere e Caprini.

– Ouvi falar de você, Sir Gilbert. Tem uma reputação feroz. Sempre na vanguarda – disse o gascão.

– Sinto-me muito honrado, milorde Grailly – disse Killbere.

– E, embora eu conheça o grande serviço dos cavaleiros do Tau, não conhecia frei Caprini. Torcemos para que essas infelizes circunstâncias nos permitam conhecermo-nos melhor.

Caprini, com seu jeito sério de monge, quase não deu sinal de sentir-se honrado e reconhecido. Como sempre, seus olhos escuros não demonstravam nem um lampejo sequer de emoção e, como sempre, Blackstone imaginou qual tumulto e qual violência jaziam velados sob o sinal do Tau. Os dois outros cavaleiros da sala eram homens robustos, mas seus mantos escondiam seus brasões. Um deles, baixo e com cara de cachorro, entregava seu desdém para com aqueles de *status* inferior. Os olhos do outro, alguns anos mais jovem, logo avaliaram Blackstone, como um guerreiro sempre fazia com o outro.

– Esse bom cavaleiro é Loys de Chamby – disse Grailly, indicando o cavaleiro de cara de abóbora –, e com ele Bascot de Mauléon, que cavalgou conosco na cruzada.

Os homens curvaram ligeiramente o rosto, reconhecendo a apresentação. Blackstone não sabia quem era o quarto cavaleiro na sala, mas ficou claro pelas roupas e pelo comportamento que também era de alta posição.

– Esse gentil cavaleiro – disse Grailly, virando-se para esse companheiro – é nosso primo, Gaston Phoebus, conde de Foix.

Blackstone sabia que Grailly era dois anos mais novo que ele, e o nobre parecia ter mais ou menos a mesma idade. A reputação precedia aos homens, e esses dois eram conhecidos por todo o reino cristão, Grailly por sua lealdade e a habilidade na luta, ambos a serviço de Edward, e Phoebus pela lealdade de sua família à coroa francesa. Gaston Phoebus, no entanto, fizera um acordo com o príncipe de Gales durante sua grande campanha antes da Batalha de Poitiers, que deixara a França inconsolável, desprovida de seu monarca e vulnerável à violência que a assolava desde então. Era o grande senhor feudal de dois principados nos Pireneus, e seu pai fora um apoiador ferrenho do rei Valois. O filho, no entanto, queria independência para seus territórios, e seu antagonismo para com a coroa francesa era conhecido por todos.

– O Captal me contou de sua ousadia, Sir Thomas. Você lhe entregou um forte de muito valor.

– Faz alguns anos, milorde.

– Não quando ele conta. Ele relata como se tivesse acontecido ontem – disse o conde, cujo comportamento charmoso camuflava facilmente a reputação de guerreiro feroz.

Terminados os gracejos, o Captal acenou para seu escudeiro, que rapidamente trouxe jarros de vinho.

– Você e seus homens receberão comida assim que ouvirmos o que foi que viram.

Killbere e Caprini beberam; Blackstone, por sua vez, ignorou a sede e foi olhar o mapa desenhado dos subúrbios e campos dos arredores. Ele passou o dedo por onde julgava ter passado.

– Aqui – disse –, ao norte de Clermont. Navarre destruiu dois ou três mil camponeses. O líder está morto, mas me contou que os parisienses enviaram homens para acrescentar aos Jacques.

– Navarre os bloqueará – disse o conde de Foix, confiante.

– Não vai, não – Blackstone contrapôs sem cerimônia. – Ele perseguiu os sobreviventes de Clermont, mas retornou a Paris para tentar tomar a cidade. Trocará de lado mais uma vez, milorde; vocês sabem como ele é. Fará um acordo com o propretor dos mercadores, mesmo correndo o risco de perder o apoio dos nobres.

Não houve desacordo ao redor da mesa quanto ao fato de que eles e os poucos homens que tinham eram tudo que se encontrava entre a Jacquerie e a matança de muitos inocentes.

Blackstone traçou uma curva no mapa.

– Viemos por essa rota aqui, e deve haver milhares de Jacques seguindo por aqui.

– Então devemos rezar para que o Delfim, embora seja nosso oponente em todas as questões reais, retorne com seu exército da Borgonha – disse Jean de Grailly.

Hangest deu um soco na mesa.

– Não se esqueça de uma coisa, milorde. Estou a serviço dele e da família – disse ele, vigoroso. – E não tenho grande afeto pelos ingleses. Liderei a cavalaria contra Walter Bentley e suas tropas em 52, e sangramos sob aquelas flechas de Lúcifer. Os arqueiros vêm do lado negro da criação. – O homem olhou diretamente para Blackstone, que devolveu o olhar em desafio. – Mas os tempos ditam com quem devemos lutar, e quais demônios devemos abraçar! – acrescentou, mostrando os dentes num sorriso.

– Nossas diferenças já foram postas de lado – reconheceu o conde de Foix. – Todos concordamos em salvar essas mulheres e crianças.

Blackstone deu um gole no vinho e aventurou-se, com cuidado, a perguntar.

– Então não ficarão aqui para apoiar o Delfim, mas, sim, com Charles de Navarre.

O conde de Foix pareceu chocado com a sugestão de que se alinharia junto da casa de Valois. O Captal sorriu.

– Thomas, está provocando um senhor feudal. Estávamos retornando de uma cruzada na Prússia, com os Cavaleiros Teutônicos, quando ouvimos falar dos apuros dessas nobres damas e que contavam somente com a defesa da guarda de milorde Jean de Hangest.

O velho permaneceu em silêncio. Esses lordes e cavaleiros jovens eram a força de que precisava para proteger a família real. Seus esforços tinham bastado até o momento, mas, se os cidadãos faltassem com seus deveres, o dele seria, então, impossível de honrar.

– Pode colocar seus arqueiros nas muralhas? – ele pediu. – Precisamos defender o Marché, se chegar nisso.

– Os Jacques teriam uma dificuldade do cão de chegar até nós neste forte, milorde – disse Killbere.

– Gosto de planejar de antemão – disse Hangest. – Tenho que proteger o local e menos de vinte homens para tanto. Temos quase trezentas mulheres aqui, agora. As privadas fedem, não há criados suficientes para cuidar delas, ninguém toma banho, tirando a esposa do Delfim e algumas de suas damas. Deixamos a carne para as mulheres; nós, homens, comemos ensopado, queijo e pão. Um sítio seria o nosso fim, e um ataque concentrado tornaria este lugar uma casa de mortos.

– Acha que poderão enfrentar os moradores e mesmo assim chegar até aqui? – disse Caprini. – O prefeito jurou lealdade.

– Meu bom frei Caprini, vocês hospitalários têm uma crença insaciável na palavra de um homem. Meu avô lutou junto dos Templários, e muito bem isso lhe fez, e sua irmandade de Santiago sem dúvida um dia será destruída por lordes e cavaleiros que certa vez lhes ofereceram proteção. – Ele bateu o jarro de vinho vazio na mesa para enfatizar seu ponto de vista. – Os homens são criaturas inferiores aos anjos, incorruptíveis. – Em seguida, voltou-se para Blackstone. – Seus arqueiros. Podemos contar com eles?

– Não – disse Blackstone.

– Recusa-se? – perguntou Hangest, incrédulo.

– Serão inúteis para você, milorde. As ameias são altas; há somente telhados além da ponte. O único lugar para conter um ataque seria a pracinha do outro lado do rio, que fica dentro do alcance dos arqueiros.

– Se o exército de camponeses atacar, não creio que possam entrar na cidade, mas caso aconteça... terão de ser contidos antes que alcancem o rastrilho – disse Grailly.

– Milorde, estamos falando de arqueiros ingleses. Os arcos têm quase dois metros de comprimento; eles não poderiam usá-los por cima dos muros. Poderiam atirar para o alto, às cegas, para tentar derrubá-los num ataque, mas isso não bastaria para conter o avanço de milhares.

– Mas causariam medo e terror que bastaria para fazer os infelizes pensarem duas vezes – insistiu Hangest.

– Aye, milorde – disse Killbere –, aqueles arcos imensos porão medo em qualquer um que os ouvir em ação, mas nossos arqueiros têm poucas e preciosas flechas para atirar. Pegamos de volta o que pudemos dos mortos em Clermont, porém não é o bastante.

Ficaram todos em silêncio.

– Devemos torcer para que o Delfim retorne a tempo de limpar os prados – disse Hangest.

Grailly retrucou bruscamente:

– Não retornará. Ele quer Paris antes que Navarre chegue lá. A segurança dessas senhoras está em nossas mãos. Faremos o melhor que pudermos, quando chegar a hora. Thomas, veja com seus homens o que pode ser feito.

O cavaleiro levou a taça de vinho aos lábios e olhou diretamente para Blackstone por cima da borda. *Apenas por precaução*, ele pareceu pedir.

Blackstone e os demais acenaram para os senhores feudais e foram embora.

– Alguém disse alguma coisa sobre minha esposa e meus filhos? – ele perguntou quando chegou à porta, nas mãos do escudeiro.

– Estavam na Picardia? – perguntou Hangest.

– Sim. Em algum lugar... não sei onde. Meu filho é pajem de um dos lordes locais... eu acho. Christiana é o nome dela. Meu garoto chama-se Henry, e minha filha, Agnes.

– Não há ninguém com o seu sobrenome aqui. Sinto muito, Sir Thomas.

Christiana deixara Agnes com as outras crianças. Uma hierarquia fora estabelecida dentro dos diversos quartos do forte. A esposa do Delfim, duquesa da Normandia, com a filha, e a irmã dele, a duquesa de Orléans, eram mantidas em separado das demais fidalgas, muitas das quais eram esposas que nesses últimos dias tinham se tornado viúvas de cavaleiros leais à coroa francesa. Os quartos podiam acomodar pouco mais de trinta ou quarenta mulheres e crianças, portanto os corredores também eram utilizados como dormitórios. Foi ali, com a oportunidade de ter um pouco de luz e ar do pátio lá de baixo, que Christiana escolhera dormir com Agnes. As mulheres possuíam somente as roupas que usavam e mantos para se aquecerem; algumas, mais afortunadas, tinham cobertores, mas ninguém – tirando a família real – tinha roupa de cama.

Não vira mais Lienhard desde a chegada. Embora Henry tivesse sido colocado para trabalhar, a mãe o vira algumas vezes no pátio, lá embaixo, e o chamara pelo nome; o menino olhara, procurando pela mãe, e acenara. Estava bem. Trabalhava duro, e logo lhe incumbiriam de levar odres de couro com água aos corredores para dar de beber às mulheres; poderia falar com ele então. Cavaleiros e escudeiros conversavam entre si, e Henry era inteligente o bastante para ouvir alguma pista de quando o exército do Delfim retornaria, ou onde se encontrava o enxame mais próximo de Jacques.

Mais cedo, a moça ouvira cavaleiros chegando ao pátio, mas havia tantas mulheres apinhadas em frente às janelas que ela não conseguiu enxergar lá fora. Uma sensação de decepção surgiu entre as mulheres, que logo retornaram, reclamando que parecia ser somente um bando de baderneiros, muito provavelmente salteadores que estavam ali para vender seus serviços. As almas deles já estão vendidas para o diabo, dissera uma delas, ao que concordaram as que estavam por perto. Precisavam mesmo era de cavaleiros como o Captal e o primo dele, o conde de Foix. Graças a Deus, Hangest ficara ali para cuidar da família real. Porém, uma única guarda servia somente para proteção pessoal. O Delfim não poderia ter imaginado que a dissensão e a rebelião iriam se sublevar tão rapidamente. Uma terra chamuscada deitava-se além dos muros da cidade. Podiam ter sido abandonadas, mas estavam a salvo – por ora. E lágrimas eram vertidas repetidas vezes conforme as mulheres recontavam a selvageria infligida contra seus esposos e filhos. Histórias de fugas inflamavam cada grupo; as mulheres iam confortando umas às outras, enquanto outras juntavam os filhos nas saias, recusando-se a ceder ao sofrimento em público, cada uma abraçada ao que muitas vezes era o único sobrevivente da família. Crianças foram estupradas, torturadas, desmembradas, e mais de uma vez a história de uma delas gerava um choro inconsolável de desespero que sacudia os quartos abafados, sem ar.

Christiana viu Henry carregando dois baldes de água do poço; o menino olhou rapidamente para o alto e sorriu, equilibrando o peso, andando apressado para a entrada, lá embaixo. Ela viu homens aparecendo num canto, onde ficavam os cavalos, e um assomo de esperança abriu caminho forçoso do peito à garganta dela. Meia dúzia de cavaleiros caminhou na direção do poço, com dois arqueiros de barba escura, e na frente vieram quatro arqueiros brincando, com os arcos de guerra embrulhados e protegidos em sacos de linho pendurados nos ombros, e ainda com as poucas flechas presas nos cintos. Penas para o alto, pontas para baixo. Os arqueiros tinham uma ginga típica de seu corpo musculoso. Bastardos convencidos, Thomas sempre dissera. Cães de guerra convencidos, de rabo para o alto, prontos para lutar. Christiana conhecia aqueles homens. Eram a maldição dos franceses. Odiados por cada casa nobre porque quase toda família perdera um ente querido sob as flechas deles. As mulheres abrigadas junto dela logo começariam a gritar ofensas para eles, quando os vissem. Mas ela, não. Um dos homens ajudou a resgatá-la do forte nos Alpes dezoito meses antes, e seu rosto estava claro agora como estivera nesse outro dia. Will Longdon.

Ela correu pelo alpendre aberto, tentando ficar à frente dos homens que caminhavam lá embaixo, para poder ver o rosto deles com mais clareza. Os dois barbados eram os normandos, Meulon e Gaillard. Os outros ela não conhecia. Eram todos homens que tinham acompanhado Blackstone para a Itália, e agora estavam ali. Thomas! O coração de Christiana acelerou, numa mistura de medo e empolgação, confundindo-a. Ela mentira sobre o próprio nome, usara o do pai, mas agora não fazia diferença. A incerteza a dominou. Thomas estava ali? Longdon e os outros eram homens de Fortuna. Talvez as mulheres tivessem razão: eram todos salteadores. Ela os perdeu de vista ao correr para a escadaria. Três jovens escudeiros subiam morosamente, deixando verter água dos baldes. No final de um longo corredor, Hangest e três outros homens saíram de uma sala; o baque da porta de madeira se fechando ecoou pelo piso e paredes de pedra. Era um corredor comprido e escuro – pequenas janelas mal davam luz para enxergar; era onde ficavam alojados os cavaleiros – área em que não entravam mulheres. Os homens vieram num passo firme na direção dela, os rostos ainda escondidos nas sombras, os mantos ondulando, o peso fazendo ranger as tábuas. Atrás do ombro esquerdo de Hangest estava um homem magro e esguio com cabelos e barba negros bem curtos e um manto negro que parecia grande demais para ele. Do lado oposto estava um homem de pernas quase tortas, com tiras grisalhas na barba banhadas de luz, cota de malha e respirar pesado, como se reclamasse em sua mente do comprimento do corredor. Atrás dos três, mas mais alto em cabeça e ombros que os demais, vinha a figura sombreada que ela sabia ter uma cicatriz que ia da linha dos cabelos ao queixo, além de outras pelo resto do corpo.

Passos roçaram o chão e armaduras tilintaram debaixo dos pajens, que tinham mais trinta degraus até o patamar seguinte. Um pouco abaixo deles, apareceram dois cavaleiros, que logo avistaram Christiana.

– Milady de Sainteny! – chamou Lienhard, fazendo a voz ecoar.

Henry ficou com medo e apertou-se contra a parede, esperando o alemão passar. Christiana olhou dos cavaleiros para o marido, que ouvira o nome dela ser chamado e passara por entre os companheiros, caminhando na direção dela. A lembrança amarga do modo como se separaram foi banida no mesmo instante pelo alívio ao vê-lo. Parte dela quis gritar "assassino" para Lienhard, que hesitava nos degraus, sentindo que acontecera alguma coisa, mas incapaz de determinar o que era. Ele viu quando Christiana afastou do rosto uma mecha de cabelos castanhos.

E sorriu para ele.

Foi então que Thomas Blackstone entrou em cena e a abraçou.

Lienhard sentiu o ar ser brutalmente sugado de seus pulmões e recuou um passo. No mesmo instante, um menino ao lado dele deixou cair os baldes de água e gritou:

– Pai!

Capítulo Quarenta e Três

Os cavaleiros reuniram-se no salão principal, sentados em meio círculo, tendo ouvido mais uma vez a acusação de Christiana contra Werner von Lienhard e seu colega alemão, o cavaleiro Conrad von Groitsch. A acusação foi feita no instante em que Blackstone pôs as mãos nos braços dela e a puxou para si. Ela sorvera o cheiro dele, de suor rançoso e fumaça de fogueira, como se fosse um elixir, incendiando mais uma vez o desejo que sentia por ele. As forças lhe retornaram, banindo o fardo que por tanto tempo ela carregara.

Hangest, Killbere e Caprini chegaram ao patamar no momento em que Lienhard voava pelos degraus, desembainhando a espada e soltando palavrões por entre os lábios. Killbere bloqueou o ataque, e Hangest demandou obediência. Caprini já estava de espada em punho.

Os mais velhos da sala eram Lorde de Hangest e Jean de Grailly, mas este e o conde de Foix eram do mais alto ranque. Era Grailly quem falava com Christiana, que estava perante todos eles.

— Você fez uma acusação muito séria contra o homem que salvara a você e seus filhos. Já ouvimos sobre a inimizade entre Werner von Lienhard e seu marido, Thomas Blackstone. Devemos considerar que esteja fazendo essa acusação por conta dessa contenda.

Apesar do cansaço dos dias anteriores, Christiana endireitou os ombros; tinha total ciência de que agora sua vida estava em jogo. Olhava diretamente para o Captal de Buch.

— Fiz um juramento para com o que vi naquela noite, na casa de Sir Marcel.

— Por que esperou até agora? — perguntou o conde de Foix.

– Sou mulher, e estava sozinha, sem proteção. Não poderia ousar desafiar o homem que ameaçara machucar meu filho se eu falasse.

– Ninguém ouviu falar dessa ameaça – disse Hangest.

– Não foi preciso falar em voz alta, senhor.

– Podia ter abordado qualquer cavaleiro desta sala – disse Grailly.

– E quem teria sido meu defensor? – disse Christiana, um pouco feroz demais.

Grailly quebrou o silêncio embaraçoso que se instalou.

– Eu teria defendido a sua honra, como todos os cavaleiros aqui defenderiam essas mulheres que tanto horror sofreram – disse ele com certa ternura.

Christiana curvou a cabeça.

– Falei com um pouco de pressa demais, milorde de Grailly, mas me parecia que a ameaça que se encontra para além desses muros teria prioridade sobre minha infelicidade, e o combate judicial só termina em morte. Como eu poderia esperar que alguém ficasse do meu lado?

– Contudo, agora se coloca acima de tal ameaça – disse Hangest. – Vamos lá, lady Christiana, o que se passa? Admita que está errada e nos deixe voltar para o assunto em questão, que é a nossa defesa. Pelo amor de Deus, mulher!

Christiana recusava-se a acovardar-se, e Blackstone até quis que a esposa recuasse um pouco, mantivesse a cabeça baixa, agisse como se estivesse arrependida, ainda que mantendo a acusação. Mas Christiana não era assim. Mantinha a pose desafiadora, como ele mesmo fizera tantas vezes.

O conde de Foix sorriu com a impaciência de Hangest.

– Devemos deixar que as palavras definam as nossas atitudes, milorde. Estamos sentados aqui como um tribunal.

O cavaleiro mais velho retraiu-se. Tinha sido sugado para o conflito entre essa mulher e o cavaleiro alemão, e não tinha vontade alguma de que o assunto se prolongasse mais. Seu dever, para ele, estava muito claro: proteger a família real. Mesmo assim, ele resfriou sua irritação.

– Você mentiu sobre o seu nome, então por que deveríamos aceitar essa acusação como qualquer coisa senão falsidade?

– Meu pai foi Guyon de Sainteny. Busquei proteção no nome dele como fazia antes... – Ela hesitou, quase sem poder olhar para Blackstone. – Antes de ele ser morto defendendo a França. Meu marido tem muitos inimigos, e já tive problemas demais batendo à minha porta. Havia outros cavalgando na retaguarda dos aldeães, mas foi aquele cavaleiro – ela ergueu o braço e apontou, acusando Lienhard – que ajudou a matar Sir Marcel, e foi ele, com outros dois cavaleiros, que pegou a prata da capela.

– E que a devolveu para o bispo, aqui – disse Hangest. – Num gesto verdadeiro e cristão para com a Igreja.

– Estou certa de que há mais pilhagem escondida – disse ela. – O terceiro homem foi embora antes de chegarmos aqui.

– A negação de Lienhard é corroborada pelo cavaleiro que o acompanha, Conrad von Groitsch – disse Grailly cuidadosamente. – É a palavra deles contra a sua. Isso a coloca em situação complicada, milady. Pense bem e retire o que disse, antes que esta questão vá além do necessário, um simples pedido de desculpas por um mal-entendido.

– Foi ele – insistiu a moça.

– Estava escuro, madame. Havia centenas de camponeses no ataque, e os cavaleiros deviam estar a certa distância de você – disse Grailly, tentando conceder a Christiana os termos para mudar de ideia, ou pelo menos demonstrar dúvida. – Você corre o risco de morrer se a acusação provar-se falsa.

– O luar não lhe permitira esconder-se. Ele estava sem elmo e urgia a ralé a matar. Foi ele quem fincou a estaca na qual atearam fogo num bom cavaleiro cristão, que morreu queimado. Vocês ouviram os horrores contados por outras mulheres; o meu não foi menos terrível. Esses homens vis incitavam a violência. Os camponeses arrancaram um bebê da barriga da mãe! Vocês não querem ver aqueles que apoiaram essas atitudes levados à justiça? Esses homens não têm honra!

A voz de Christiana falava já sem estribeiras, com sangue pulsando no rosto, e Blackstone sabia que o espírito flamejante da esposa não poderia ser controlado por muito mais tempo.

Hangest fechou a cara e mostrou o dedo, prestes a discipliná-la, mas Blackstone falou rapidamente, ganhando tempo.

– Milordes, quando enfrentamos os camponeses no platô em Mello, lutei contra um cavaleiro que usava o brasão de Lienhard. O desenho da harpia é inconfundível. Ele cavalgava junto dos Jacques.

Lienhard se apressou a responder.

– Você atacou um homem que usava o meu escudo. Como sabe que não foi roubado de outrem? Até onde sei, meus conhecidos tinham ido ajudar Charles de Navarre... É possível que bandidos tenham-no matado e roubado sua armadura. Blackstone atacou o homem pensando que fosse eu! – disse ele bruscamente, lembrando-se de manter o semblante e um tom de respeito perante os colegas.

Jean de Grailly olhou para Blackstone. Não podia favorecer o inglês nessa questão, sabendo muito bem que Lienhard era um mestre da espada. Blackstone tirava forças da fúria que vivia dentro dele quando lutava, mas o alemão era conhecido pelo sangue frio e a destreza no matar.

Werner von Lienhard poderia derrotar Blackstone.

– Thomas?

– Sim, pensei que fosse ele. Como esta corte já foi informada, meu rei negou-lhe combate judicial em Windsor. Ele e o cavaleiro ao lado dele atacaram o italiano Caprini, John Jacob, meu capitão, e eu. O terceiro homem estava também do lado dele nessa noite. Lienhard não tem honra, milorde – disse Blackstone, acusando diretamente.

O alemão estava prestes a perder a compostura.

– Blackstone matou meu irmão em Crécy... A espada que carrega tem a marca do lobo correndo. Um cavaleiro corajoso morto traiçoeiramente por um arqueiro comum! Eu devia ter a chance de recuperar a honra da minha família – insistiu Lienhard.

– Isso aconteceu faz doze anos – Hangest o lembrou.

– Mas a honra não se atrela ao tempo – Lienhard logo respondeu.

Murmúrios de concordância percorreram a sala, da parte dos outros cavaleiros.

Grailly falava calmamente, sentindo que a audiência poderia causar dissensão entre eles num momento em que precisavam de união. Os camponeses avançavam num enxame na direção da cidade, e todo homem seria necessário.

– As atitudes de Sir Thomas foram testemunhadas por nobres cavaleiros e pelo príncipe real em Crécy, e ele foi justamente recompensado. Essa outra questão tem a mais grave das consequências. Se for provado que não tem honra, você morrerá; se lady Christiana estiver mentindo, será enforcada. – Grailly suspirou com o desprazer da situação. – Muito bem. Tragam o menino.

Lienhard deu um passo à frente, ávido por defender seu lado.

– O menino protegerá a mãe!

– Fique quieto. Não pode haver intimidação sobre ele – instruiu Hangest.

Um escudeiro trouxe Henry Blackstone para o salão. Ele olhou inseguro para os grandes cavaleiros sentados em semicírculo. A mãe estava de frente para eles, bem no meio da sala, e o pai ao lado de um dos lordes. O alemão e seu amigo, do outro.

Hangest acenou para que ele se aproximasse, de modo que acusação e acusado ficaram atrás dele.

– Sabemos dos eventos terríveis que ocorreram na casa de seu mestre e a sua parte na salvação de sua mãe e sua irmã da matança. Há apenas uma pergunta que queremos fazer-lhe. – O olhar de Hangest trocou rapidamente do menino para a mãe, depois de volta para ele. – Você viu esse cavaleiro – ele apontou – brandir armas junto dos camponeses e cometer atrocidades contra seu mestre e a família dele?

Henry Blackstone parecia incerto. A resposta poderia salvar ou condenar sua mãe. Ele ousou dar uma olhada no pai, que não mostrou sinal algum de encorajamento, apenas olhou de volta muito sério. A hesitação continuou. Todos olhavam para ele. Henry tentou encontrar a coragem que sabia que estivera com ele naquela noite – um medo disfarçado que lhe concedera força.

– Diga a verdade, filho – Blackstone disse baixinho. – Pela sua honra.

Henry sentiu a força do pai estender-se até ele. E virou-se para o inquisidor.

– Não vi.

Capítulo Quarenta e Quatro

A luz das fogueiras brincava nas paredes do forte atrás dos grupos de homens agachados perante as chamas, cutucando as cinzas, atiçando o fogo com gravetos ou espadas. A contenda estava para ocorrer na manhã seguinte, e os cavaleiros e arqueiros xingavam os malditos alemães por sua maldade e instinto assassino, que puseram a esposa de seu senhor em perigo de morte.

– Ouvi o italiano falando com Sir Gilbert – disse Jack Halfpenny. – Ele diz que Sir Thomas não pode derrotar esse homem.

– E você acredita no italiano? – disse Will Longdon, o rosto enrugado de desgosto.

– Ouvir não é acreditar, mestre Longdon, estou apenas relatando o que ouvi.

– O que você ouviu, rapaz, foi falatório de um tolo. Um homem que acredita que a alma de uma pessoa pode ser salva pela peregrinação, um homem que mata um transgressor, um homem que tem um passado de violência como qualquer outro, ouvi dizer. Você tem bosta no lugar dos miolos, isso, sim, Halfpenny. Não fique dando ouvidos a fofocas.

Gaillard estava ao lado da fogueira, lançando, com sua estrutura imensa, uma sombra gigante na parede.

– Sir Thomas tem um espectro dentro dele, um tormento que dá àquela espada um poder todo especial.

– Veja – disse Longdon –, até mesmo um grosseirão como Gaillard enxerga que Sir Thomas fatiará aquele bastardo feito porco assado depois da Quaresma.

– Um demônio não pode ser morto, seu tolo, mas aqueles alemães são mestres da espada – disse Gaillard.

– E agora você se contradiz, idiota! Santo Deus, onde está a sua lealdade?

– Não questione a minha lealdade para com Sir Thomas! Cavalguei com ele quando usou a espada pela primeira vez.

– Muito bem, mas eu servi com ele quando matamos os seus. Ouço o grito deles até agora. Malditos franceses.

Gaillard curvou-se tão rapidamente que Longdon não teve chance de se esquivar. O punho imenso agarrou-o pelo pescoço e o ergueu. Longdon debateu-se, com as mãos no pescoço, tentando soltar-se.

Meulon subitamente avançou da beirada da luz da fogueira.

– Solte-o, Gaillard. Solte – disse, soturno.

Gaillard seria sempre subordinado a Meulon, mesmo tendo os dois, agora, posição equivalente. Ele soltou o arqueiro ofegante.

– Você é o centurião, Will, e Gaillard é um capitão – disse Meulon. – Não pode haver conflito entre nós. Estamos a serviço de Sir Thomas. – Ele virou o rosto, e Gaillard saiu de perto, então Meulon esperou um pouco, até que o grandalhão levasse sua raiva incandescente para longe dali. – Não importa o que vai acontecer amanhã, eu não permitirei que Sir Thomas ou sua esposa sejam mortos. Tomarei a vergonha para mim mesmo se for preciso, mas se Sir Thomas cair, eu mesmo mato esse alemão.

Longdon encheu a boca de vinho e cuspiu.

– Faça isso e todos nós estamos mortos. Presos neste pátio feito peixes num barril.

– Não há muitos besteiros no forte, e menos de vinte cavaleiros. Nada mais. Pensem nisso. Se tivermos que lutar para sair daqui, precisaremos dos seus arqueiros.

Robert Thurgood observava os dois capitães se encarando.

– Capitão, que jogo perigoso esse. Precisaríamos de um plano, e mestre Jacob e Sir Gilbert precisariam ficar a par.

Longdon virou-se e olhou para os doze homens reunidos em torno do fogo.

– O arqueiro deve pensar de pé, Thurgood. Se Meulon der um passo, damos junto com ele. – Ele se dirigiu ao normando. – Mas Thurgood tem razão. Sir Gilbert e John Jacob terão de estar a par.

– Se acontecer, ficarão – disse Meulon.

– Cristo – Longdon murmurou. – Estamos dentro de um fosso de ursos. Milhares de camponeses lá fora, e cavaleiros gloriosos dentro do forte. Tem de haver um jeito melhor.

– Então fale comigo quando tiver refletido – disse Meulon. – Fique a noite toda de vigília... já que os arqueiros pensam melhor de pé.

Dito isso, deu meia-volta e desapareceu nas sombras.

※

O cavaleiro do Tau sentou-se de costas para a parede, ao lado de Blackstone, que passava uma crosta de pão escuro numa tigela de ensopado. Caprini afiava lentamente a lâmina de sua adaga, passando cada lado na pedra, polindo a beirada com cada sussurro silencioso.

– Lienhard tem uma bela armadura. Suspeito que seja milanesa. Há virtualmente lugar nenhum por onde enfiar a lâmina, entre as placas.

Blackstone parecia não estar prestando atenção. Caprini procurou qualquer sinal de que o homem o ouvira e de que entendia que o conflito que ocorreria no dia seguinte seria dificultado pela qualidade das armas do alemão.

– Suspeito que os Visconti lhe deram – Caprini prosseguiu. – O custo de uma armadura como aquela está aquém dos recursos da maioria dos cavaleiros. Será preciso derrubá-lo no chão e arranjar um jeito de matá-lo. – Caprini equilibrou a faca na mão, deixando a luz da fogueira tocar o aço. – Isto é esguio o bastante para passar por entre aquelas placas.

Blackstone ainda o ignorava, como se concentrando-se em raspar os restos de comida e vendo em sua mente a luta que se desenrolaria no dia seguinte. Caprini não disse mais nada, mas baixou a adaga entre os dois. Estava ali, caso Blackstone a desejasse. Este lambeu a umidade dos dedos e limpou na túnica, depois juntou o manto em torno do corpo.

– Você o viu lutar em Windsor – disse.

– Vi.

– E ele me viu lutar com o príncipe.

– Todos nós vimos.

– Ele é melhor na espada do que eu, não é?

– Sim.

– Então acha que não posso derrotá-lo, tendo visto nós dois lutarmos.

– É o que penso, sim.

Blackstone enrolou-se dentro do manto.

– Então não precisarei da sua adaga – disse, e foi embora pela sombra.

※

Seria uma luta até a morte. Uma contenda judicial sancionada pela autoridade tanto do Captal de Buch quanto do conde de Foix. Se Blackstone falhasse, Christiana seria enforcada, jogada da galeria aberta com uma corda em volta do pescoço. O corpo seria deixado pendurado contra a parede até que os corvos tivessem arrancado a carne dos ossos. Seus filhos seriam separados; Agnes seria enviada a um convento, e Henry a uma vida de servidão como homem comum.

Blackstone adentrou os meandros do castelo, procurando pelos quartos nos quais as mulheres se aninhavam, fazendo o que podiam para manter a si e seus filhos confortáveis. A presença grandalhona do cavaleiro fazia algumas delas desviarem o olhar. O homem de cicatriz no rosto que andava no meio delas erguendo uma vela era de meter medo.

– Agnes? – chamava ele gentilmente. – Estou procurando a minha filha – disse a alguns rostos que se erguiam para ele. Uma das mulheres apontou timidamente para o canto da sala. Blackstone tornou a chamar o nome. – Sou o pai da menina. Já devem ter ouvido falar do que ocorrerá amanhã. Estou defendendo todas vocês ao lutar. Por favor, digam-me... minha filha está aqui?

Um movimento rápido chamou a atenção dele: no canto mais distante, uma jovem ergueu o manto, expondo uma criança que dormia. Blackstone passou cuidadosamente por cima das outras para alcançá-la.

– Prometi a Christiana que ela ficaria comigo – disse a estranha. – Devo acordá-la?

Blackstone agachou e tocou o rosto quentinho da filha, que dormia. Dormia muito profundamente, aninhada junto da mulher, e seu respirar subia e descia junto de sua guardiã. Thomas não queria mais nada além de abraçar Agnes bem apertado e cheirar seus cabelos. Ela passaria o dedo na cicatriz dele, jogaria os braços em torno do pescoço dele, e os anos de separação seriam deixados para trás. As mãos dele tremiam.

– Pedi que a deixassem ver a mãe de manhã. Pode ficar com ela?

A jovem fez que sim.

– Então deixe que durma e, quando ela acordar, diga-lhe que o pai veio até ela e que logo virá vê-la.

※

Logo após o testemunho de Henry, Christiana foi escoltada à masmorra. As celas não passavam de jaulas de ferro, e as condições eram brutais – palha seca e mais nada para se aquecer além do manto sobre o piso e as paredes de pedra que brilhavam de umidade, mas cobertores lhe foram entregues sob ordens do Captal. Não havia motivo para que ela sofresse ainda mais, ele instruíra. Num ato adicional de benevolência, foi-lhe garantida uma vela para a cela e outra para iluminar o corredor além da porta, e um colchão para que a filha de um leal cavaleiro francês e esposa de um honrado inglês tivesse um pouco de conforto. Logo, ela deixou a cela pouco acolhedora o mais confortável que pôde. O colchão e os cobertores foram dispostos; a vela posta a queimar num plinto de pedra.

— Devia ter ficado calada — Blackstone disse baixinho, abraçados bem juntos, quase incapaz de impedir-se de pôr as mãos e a boca nela, numa batalha entre medo e desejo.

— Não poderia, e você sabe disso. Não mais do que Henry mentir para me salvar — ela disse num tom cheio de ressentimento.

Christiana afundou o rosto no peito do marido, tentando controlar o tremor do corpo. Blackstone apertou-a mais ainda nos braços. Havia palavras demais encalhadas no coração e na mente dele, tanto que era impossível encontrar as que poderiam explicar o que ele sentia.

— Você arrancou meu coração de mim quando partiu — disse ele.

Ela ergueu o rosto para ele.

— E ficar pensando no meu pai... congelou o meu.

Disse isso sem amargura, mas a tristeza não dava para disfarçar. Blackstone sentiu o momento os prender ali. A guerra os pusera juntos e sua crueldade causara mal a ambos. Apesar do amor, apesar de precisar dela, os dezoito meses anteriores o assombraram. Ela juntou os lábios aos dele e traçou com o dedo a cicatriz.

Ele sabia que ela precisava largar a lembrança nefasta do pai morrendo sob a flecha do marido, mas não podia impedir-se de alimentar a própria insegurança.

— A criança — ele sussurrou. — Onde está? Onde mora?

O corpo dela ficou todo tenso. Thomas quase contivera a pergunta grosseira, mas tinha de saber. Ele a segurou, impedindo que se afastasse dele.

— Christiana — ele implorou.

Ela fez que sim e ergueu o rosto para que ele visse, sem dúvida, que ela o desafiaria se ele a pressionasse para abandonar toda a vontade de procurar a criança.

— Quando os Jacques vieram, fugimos. Eu não podia viajar com ele e Agnes, então paguei às freiras para cuidarem dele até eu retornar. Paguei muito bem.

Estava vivo. Thomas não pôde conter o nó que se retorceu em seu estômago, tentando subir pelo peito. Queria que não estivesse ali, implorou à sua mente para descartar esse pensamento. Mas ele permaneceu ali, alojado feito a ponta larga de uma flecha. Apenas fez que entendera.

– Eu não podia abandonar a criança – ela disse.

– Henry sabe disso?

Ela fez que não.

– Já estava servindo a Sir Marcel quando ele nasceu. – Ela respirou fundo. – Era um menino. Ainda não tem nome; nem foi batizado. Pronto.

Blackstone tentou encontrar palavras para cobrir seus sentimentos, sabendo que eram injustos, mas eles persistiam. Ele afastou o cabelo do rosto dela e sussurrou bem perto de seu ouvido.

– Você é cabeça dura o suficiente para arruinar o coração de um homem e causar mais sofrimento que mil cortes.

Christiana não permitiria que ele saísse sem responder. Ela o abandonara uma vez, forjara uma vida nova com a filha e o filho ilegítimo, e sobrevivera. Agora sua vida estava em risco e nas mãos do marido.

– Então o que será de nós, Thomas Blackstone?

Alguma coisa mudara desde o momento em que ela lhe contara sobre o estupro? Ele torcera para que a dor tivesse se dissipado, mas ela permanecia, um ferimento sem cura como o da perna dele. Era preciso ignorá-lo.

– Será muita coisa. Sejamos gentis um com o outro e afastemos essas imagens da nossa mente – disse ele ternamente.

Lágrimas brotaram nos olhos dela. Porém não veio soluço para aliviar quando ele beijou uma lágrima em sua bochecha.

– Nossa vida parece ligar-se pelo perigo – ela disse. – Você me salvou de cavaleiros alemães outra vez.

– E quase me afoguei fazendo isso – disse ele, lembrando-se de quando cruzaram o rio em Blanchetaque abraçados. Isso foi antes da batalha assassina tomar-lhe o irmão, e cortar o corpo e o rosto dele com ferimentos que o puseram aos pés dos anjos. – Não fosse toda aquela dor, eu não teria você – ele prosseguiu, e sentiu a tensão deixar o corpo dela.

O brilho da vela fez sombra no cabelo castanho dela quando ele a deitou no colchão. Thomas beijou a moeda cortada ao meio na gargantilha, sentiu o coração da esposa batendo contra os seios. A outra metade dessa moeda fora moldada ao punho da Espada do Lobo. A voz dele saiu quase como um sussurro. Thomas quase engasgou de tanto amor por ela.

– Não podemos ficar um sem o outro, Christiana. Fomos unidos pelo destino. Por que mais eu estaria aqui? Qual circunstância me fez cruzar as montanhas, vindo de outro país, ser convocado por uma rainha e perdoado por um rei que me enviou a este caos, por entre toda aquela matança, para encontrar você e meus filhos? Meu Deus, não posso extinguir esse amor que ilumina o meu caminho.

– Agnes – ela disse, lembrando-se subitamente.

Ele rapidamente a tranquilizou da preocupação.

– Está com a jovem que toma conta dela. Dormindo. Você a verá amanhã. Nós dois a veremos. Esta noite é só para nós.

Christiana virou-se um pouco e deixou que ele desfizesse os laços na parte de trás do vestido. Ela estremeceu chorando de alegria ao sentir o toque dele. Aquelas mãos de pele grossa a acariciavam com uma ternura que fez libertar o desejo, negado desde a última vez que dormiram juntos. Homem nenhum chegara perto dela desde o estupro, e ela jamais desejara qualquer um além do marido. O vestido caiu e levou consigo os anos de paixão posta em espera. Quando a boca dele encontrou um dos mamilos, eles lutaram entre si com a raiva da urgente demanda de satisfação.

Quando a vela apagou-se em sua própria piscina de calor derretido, Thomas e Christiana tinham feito amor e renovado seus votos. Como namorados que acabavam de descobrir seu amor, dormiram abraçados.

Capítulo Quarenta e Cinco

Aquela noite de verão chegou ao fim cedo demais.
— Milorde — disse o carcereiro, que aguardava respeitosamente no corredor que Blackstone e Christiana se vestissem. — Por favor.

Blackstone acenou para o homem, segurando Christiana à distância de um braço.

— Estaremos juntos antes que toquem o sino das nonas.

Thomas deixou, assim, a mulher que amara desde quando fora um garoto enviado à guerra. Ela esperou que ele virasse. Um olhar. Um sorriso. Mas em toda a sua vida, Thomas Blackstone jamais olhara para trás.

O sol ainda não tinha subido o bastante para lançar seu calor sobre os muros altos quando John Jacob ajudava Blackstone a vestir-se para o duelo iminente. As sombras esticavam-se, compridas, e ainda sustentavam uma umidade gelada, e uma quietude parecia ter se aninhado por cima do pátio. As cinzas ainda ardiam em meio a soldados que dormiam; os homens de Blackstone iam e vinham das latrinas e se lavavam no poço. Cavalos choramingavam, trocando de perna de apoio, amarrados em seus respectivos anéis; os rapazes do estábulo enchiam sacolas e penduravam na cabeça dos cavalos para dar-lhes de comer.

— Quem está cuidando do meu cavalo? — Blackstone perguntou enquanto Jacob apertava a tira de couro na placa do ombro do mestre.

— Quem mais senão irmão Bertrand?

Blackstone grunhiu. O monge promíscuo exercia um estranho efeito calmante no cavalo agressivo que lhe permitia cuidar dele sem ser ferido.

— Presta para alguma coisa, então — Blackstone admitiu, mexendo nos ombros para permitir que a armadura coubesse com mais conforto.

Killbere deu uma mordida numa maçã, fez careta por causa do azedume e cuspiu a polpa da boca.

— A porcaria da comida vai ficando escassa, e esses cidadãos malditos não param de juntar tudo para eles. — Ele ergueu um odre de vinho e bebeu com sede, depois se permitiu um lento arroto discreto. — Usará armadura completa; proteção para braço e perna nunca é suficiente, Thomas. Ele pode cortar a malha, e com sua perna ferida você já está em desvantagem.

Killbere recostou-se na parede, tendo sido ignorado pelo amigo.

— Certifique-se de que Bertrand encontre a melhor aveia para nossos cavalos — disse Blackstone. — Se o Captal tiver forragem boa, devemos botar as mãos nela também. Mande Will e alguns dos homens roubarem, se for preciso.

— Sir Thomas — disse Jacob, perante o homem que certa vez lhe confiara a segurança da própria família. — Você precisa...

— Nada de armadura, John. Elmo aberto, somente braços e pernas. Não cairei de cara no chão dentro de um maldito cofre de ferro. Assim, vou me mover mais rápido que ele. Essa será a minha vantagem.

Blackstone viu o olhar no rosto do amigo ao olhar para Killbere.

— Ah. Vantagem nada, Thomas — disse este. — Regras judiciais de combate. Os dois homens têm de estar igualmente vestidos e armados. Terá de usar armadura. É assim que os cavalheiros lutam, não como numa briga de taverna ou batida nos montes. Regras de torneio! Hora de aceitá-las. Aperte bem a perna dele, John. — Sir Gilbert passou a mão pelo cavanhaque. — Preciso mijar.

Blackstone viu o guerreiro veterano caminhar até as latrinas, enquanto Jacob preparava a pesada placa.

— Sir Thomas, se acontecer alguma coisa, juro para o senhor que salvarei lady Christiana.

Blackstone olhou para a galeria aberta que corria por um lado da parede. Não demoraria muito para que ela fosse trazida até ali e preparada para ser enforcada, caso ele fracassasse.

— Não deixe que a enforquem, John. Não quero que morra engasgando e chutando o ar. Não haverá tempo para alcançá-la. Mande Will meter-lhe uma flecha, e depois se protejam.

John Jacob assentiu. Pelo visto, Blackstone sabia quão parcas eram suas chances contra Lienhard.

— O senhor o derrotará, Sir Thomas. O senhor e essa sua Espada do Lobo tiraram a vida de muitos homens, e esse maldito não merece menos do que isso. Agora vamos colocar esta placa no senhor.

Antes que Jacob começasse a vestir Thomas com a armadura, os dois ouviram o ribombar baixo que parecia o zumbido de abelhas presas dentro de um barril. Mais marteladas e mais zumbidos até que um som ficou mais alto que os demais — uma trombeta berrou, depois outra. Destoante e irregular, o zumbido passou para um rugido, e então uma das sentinelas gritou, alarmada.

— Os Jacques!

O impossível tinha acontecido, e o aviso levou um segundo para ser assimilado.

— Pegue os homens e os cavalos! Arqueiros comigo! — Blackstone ordenou, e correu para as ameias.

Quando chegou ao estreito parapeito, Thomas viu ao longe, além da cidade, uma nuvem de poeira suscitada pelos milhares de pés em marcha. Mais perto, no entanto, ouviam-se vozes odiosas ecoando pelas ruas estreitas, erguendo-se contra os muros do forte. Debaixo dos prédios, uma onda escura serpenteava de um lado a outro até cuspir, como entranhas explodidas, homens e mulheres armados para a praça logo após o rio.

— Cristo, eles passaram pelos muros da cidade — disse uma das sentinelas.

Blackstone virou-se e viu Jean de Grailly ajustando a espada no cinto; o conde de Foix e os outros cavaleiros, inclusive Lienhard, desciam apressados os degraus do grande salão. Não era uma invasão — não havia chamas nem gritos de terror: o prefeito abrira os portões para os milhares de Jacques.

Thomas encontrou Grailly e Hangest no centro da ameia principal — o local onde a contenda judicial teria começado, não fosse o ataque inesperado lá fora. Agora homens corriam para seus cavalos; espadas e lanças eram reunidas por criados e escudeiros, cavalariços punham selas em cavalos, enquanto os gritos agudos de medo das centenas de mulheres choviam da galeria em cima dos homens, lá embaixo.

Uma voz sobressaiu-se dentre um dos homens sobre as ameias.

— Feixes de gravetos sendo trazidos para o final da ponte!

— Querem nos atear fogo — disse Killbere.

Grailly estava calmo, hesitando, quase sem que ninguém percebesse, antes de dar suas ordens.

— Thomas, seus arqueiros devem nos fazer ganhar tempo. Há vinte cavaleiros aqui, e com nossos poucos escudeiros e seus cavaleiros, temos uns cem homens a cavalo. Dividiremos o campo. Lorde de Hangest e eu levaremos nossos homens à esquerda com o conde; Chamby e Mauléon e... – Ele olhou para os homens e hesitou brevemente. – Lienhard e Groitsch cavalgarão à direita, e você, Thomas, com os restantes, ataque pelo centro. Dirija-os para os portões da cidade, além, se preciso. Não poupe ninguém.

– Milorde! – interrompeu Hangest. – Eu liderarei. Blackstone pode seguir! Já tinha aqui o meu dever antes da sua bem-vinda chegada.

Grailly foi obrigado a reconhecer o direito do cavaleiro veterano.

– Muito bem, milorde. Como quiser. Thomas, assim que abrir uma passagem, coloque seus arqueiros nas ruas.

– Os arcos não servem para nada em ruas tão estreitas – disse Blackstone. – Espada e escudo são o melhor que podem usar.

– Muito bem. Mande que nos sigam. Mande matarem os que sobrarem e atearem fogo em todas as casas.

– A cidade? – perguntou Loys de Chamby, o cavaleiro de cara de cachorro.

– Meu amigo – disse o conde de Foix –, eles abriram os portões para que nós e essas boas mulheres sofressem o pior dos destinos. – O conde olhou para Blackstone. – Queimar e matar, Sir Thomas. Devemos pôr um fim nessa revolta. Poupe a catedral e as casas religiosas.

Os cavaleiros puseram seus elmos e vestiram as manoplas. Grailly olhou para os dois adversários.

– O problema de vocês será resolvido quando tudo isto acabar.

Blackstone e Lienhard trocaram olhares, depois cada um foi cuidar de suas tarefas para enfrentar a ameaça imediata.

Irmão Bertrand veio correndo com as rédeas do cavalo bastardo. O animal estava de orelhas em pé, com uma placa peitoral de couro curado abraçando os músculos peitorais. Os arqueiros tinham assumido seus postos às pressas, enquanto Will Longdon reunia-se com os outros capitães em torno de Blackstone.

– Soldados de cavalaria comigo. Meulon, Gaillard: Sir Gilbert liderará vocês e seus homens. Will, quando os portões forem abertos, atacaremos pela ponte. Haverá gente demais apinhada ali para resistir; antes de chegarmos do outro lado, dispare tudo que tiver lá no fim. Você sabe a distância. Estará disparando às cegas; ponha alguém para ficar de olho no parapeito por nós. Isso dará tempo aos cavaleiros para atravessar e entrar nas ruas. Depois você e seus homens larguem os arcos, peguem tochas e espadas e queimem todas as casas.

– E os que estiverem dentro? – Longdon perguntou.

– Ninguém pode ser poupado agora – Blackstone disse, sombrio.

– Eles mesmos trouxeram a ira de Deus sobre si – disse o cavaleiro do Tau.

– Eles trouxeram Sir Thomas Blackstone e seus anjos vingadores sobre si, esses malditos ignorantes, isso, sim – disse Will Longdon.

※

O pânico só fazia crescer entre as mulheres, mas Jean de Grailly passava por elas, lembrando-as de sua posição e de que o comportamento devia refleti-lo, e prometeu que mal nenhum as alcançaria. A família do Delfim continuava em segurança, mas isso não faria diferença alguma se os vinte cavaleiros e os homens de armas de Blackstone não pudessem conter a insurgência que logo invadiria a ponte. Todos morreriam. Embora os homens fossem pouco mais de cem, tinham a vantagem de estar a cavalo e bem armados, e os camponeses, em sua estupidez, não passavam de uma multidão enraivecida. Blackstone gritara pelo pátio, onde vira Henry, de espada na mão, e dissera-lhe para ficar com a mãe e a irmã, junto dos outros pajens e das mulheres assustadas.

Uma sentinela na parede gritou um aviso.

– Abriram o portão do outro lado! Estão subindo na ponte!

Blackstone olhou para onde estavam os arqueiros de Will Longdon, em fileiras de três – formação específica para disparar flechas numa zona de ataque estreita, mas funda. Ele segurou o cavalo – de cernelha eriçada, a cabeça puxando para a frente –, puxando as rédeas com a mão esquerda, ávido por liderar aqueles cavalos que estavam junto dele.

Os homens de armas eriçavam-se, tensos, reunindo-se atrás dos portões de Marché.

A sentinela gritou outro aviso.

– Metade do caminho! Centenas invadindo a ponte!

Blackstone e seus homens eram a vanguarda; seriam eles que avançariam contra a multidão feito uma ponta de flecha, e os que mais correriam perigo. Ele apertou o nó de sangue da Espada do Lobo no punho, viu o frei Caprini fazer o sinal da cruz e sorriu quando Killbere pigarreou e cuspiu, tão imperturbável quanto se estivesse prestes a sair para caçar. E viu Will Longdon e os outros apoiarem uma das pernas à frente, com a primeira flecha equilibrada no arco. Sentiu sua prontidão. Lembrou-se de como era estar lado a lado com eles. Todos se inclinariam à frente e arqueariam os músculos das costas para colocar ainda mais impulso nas flechas, como se seus próprios corpos fossem os arcos – e então *Preparar! Puxar! Soltar!* Tendões e força e uma habilidade aprimorada desde a infância.

Ele sorriu.

Will Longdon o viu e acenou.

Santo Cristo, como era bom!

O trovão ribombante das centenas que pisoteavam a ponte ergueu-se por cima dos muros do forte. Hangest pediu que abrissem os portões.

Blackstone viu a multidão em sua mente.

– Espere! Quarenta passos! – berrou. – Deem-lhes quarenta passos! Depois abram os portões!

Hangest estava pronto para protestar, mas viu que fazia sentido. Aos quarenta passos, eles ainda estariam avançando, com o peso dos que vinham atrás forçando os que estavam na frente; abrir os portões permitiria que os cavaleiros esporeassem seus cavalos. O impulso dos inimigos os colocaria debaixo dos cascos dos cavalos, num impacto de esmagar ossos.

Hangest olhou para o alto. A sentinela ergueu um braço. E baixou.

– Agora!

Os portões se abriram, e Hangest meteu os calcanhares no cavalo. Blackstone, John Jacob ao lado e Caprini e Killbere logo atrás partiram, unindo seus instintos de matança num rosnado selvagem. As primeiras dez fileiras da multidão vacilaram, soltando palavrões de rosto enrugado de medo, braços erguidos inutilmente para protegê-los daqueles animais imensos.

Por vinte metros, Blackstone e sua falange não golpearam uma única vez, apenas esmagando os corpos de homens e mulheres com o peso dos cavalos e os cascos com ferradura. O grito das vítimas era abafado pelos cavalos que vinham logo atrás. Em cima de seu cavalo de guerra, o inglês sentiu o trote irregular ajustar-se aos corpos prensados. Sangue espirrava para o alto, nas pernas dele. Conforme a horda tentou virar e fugir, a Espada do Lobo começou a gingar com ritmo e graça o seu arco mortal.

A vinte metros do final da ponte, pânico generalizado dominou a multidão quando uma saraivada de flechas desceu subitamente sobre o gargalo. O impacto das pontas de aço das flechas, o punho de Deus enviado dos céus, clamou cinquenta camponeses ou mais. Gritos e berros ecoaram pelo rio quando espadas e machados transformaram a ponte num miserável jardim de carnificina. O cavalo bastardo bufava, a cabeça baixa, ávido por correr mais rápido, precisando ser controlado, tudo isso porque, com as narinas escancaradas, sentia o cheiro de sangue.

Dez metros. Outro sussurro de flechas.

Perto, Will! Não muito perto! Estamos em cima deles! Blackstone gritava em sua mente, temendo o erro de cálculo do centurião, retesando os ombros inconscientemente, esperando ser atravessado por um metro de freixo e plumas de ganso.

Cinco metros! Os corpos tombavam, e as três camadas de flechas despencaram de novo.

Santo Deus! Perto demais! Porém o medo passou para a exultação – estar tão perto da tempestade letal, quase sentindo seu sussurrar em cima dele. Encantava-o ver as flechas atingirem e esmagarem os alvos. Logo ele se encontrava entre aqueles que não tinham para onde fugir, exceto enfrentar os cavaleiros numa tentativa desesperada de lutar de costas para as paredes das casas, nas estreitas ruas engasgadas com o pânico crescente. O sabor do terror amargava a garganta de todos, conforme Blackstone e seus homens avançavam em linha reta cidade adentro. Pelo canto do olho, ele viu Grailly guiar seus homens para a esquerda, os cavalos sendo urgidos a pisotear os mortos e moribundos e a plantação de flechas que brotava dos sulcos ensanguentados das pessoas derrubadas.

Will Longdon calculara o tempo dos ataques de seus arqueiros com perfeição.

Blackstone sentiu o ferimento na perna abrir quando trombou com John Jacob ao entrarem na quase total escuridão das ruas estreitas. Capuzes vermelhos e azuis misturavam-se às roupas grosseiras dos Jacques conforme a milícia parisiense tentava escapar junto daqueles que apoiavam. As pessoas eram esmagadas contra a parede das casas pelo pressionar dos cavalos; outros não conseguiam passar por cima dos camaradas caídos antes que Meulon e Gaillard fincassem neles suas lanças. Frei Stefano Caprini ergueu a voz a Deus e pediu que seus pecados fossem perdoados ao fatiar um homem e uma mulher com sua espada.

Mulheres e crianças gritavam, horrorizadas. Mães abandonavam os filhos, pois o medo apagava qualquer instinto que não o de autopreservação. A horda vingativa varreu a população que abrira os portões. Um preço tinha de ser pago. Crianças tentavam correr por entre os cavalos e eram pisoteadas e esmagadas pelas ferraduras. Crânios rachavam e membros eram estilhaçados. Killbere foi parar numa pracinha escura de piso de pedra, onde havia roupa pendurada em varais e os cachorros corriam, ganindo, fugindo da multidão aterrorizada e em algum lugar, nas casas escuras, bebês choravam por causa da ausência das mães. Ele conteve o cavalo, num movimento quase circular, puxando as rédeas e metendo nele as esporas. O animal girou no lugar, enquanto Killbere golpeava os Jacques com o mangual, cujos espetos afiados arrancavam couro cabeludo e esmagavam ossos. Os golpes eram tão suaves que ninguém conseguia alcançá-lo para puxá-lo do cavalo, e o cavaleiro grunhia de satisfação com a eficiência de seu "borrifador de água benta".

Os homens de armas forçavam seus cavalos de guerra por alamedas estreitas, com seu equipamento heráldico brotando das sombras, um tormento final para os feridos e moribundos. Ninguém concedia clemência, nenhum ato era considerado violento demais. Os nobres pensavam na vingança e na retribuição como um direito concedido por Deus contra esses camponeses que tinham rasgado o tecido de sua irmandade. A revolta já se deitara ensanguentada na planície de Mello, tendo o líder sido torturado e decapitado em Clermont, e agora seria esmagada até a morte nas ruas de Meaux.

Lienhard e Groitsch lutavam junto de outros quatro, depois se separavam em busca daqueles que tinham corrido para becos sem saída, em seguida retornavam para perseguir outros que fugiam. Loys de Chamby forçara um grupo de homens a uma pequena rua lateral e agora os atacava; Lienhard e seu colega alemão viram que o outro não precisava deles e cavalgaram para uma rua bifurcada. Tarde demais, eles viram um besteiro aparecer numa porta e mirar a arma no cavaleiro francês. Lienhard gritou para avisá-lo. Chamby puxou o cavalo, mas o escudo estava abaixado, deixando a lateral do rosto desprotegida. A flecha o atingiu bem no elmo, atravessou o crânio e estilhaçou dentes, deixando o homem cego. Ele vacilou e caiu, permitindo que alguns camponeses aproveitassem a chance para escapar. Groitsch esporeou o cavalo atrás deles, enquanto Lienhard forçava o besteiro porta adentro. Incapaz de recarregar a arma a tempo, o homem arremessou a besta inútil no cavaleiro e sacou a espada, mas o alemão defletiu o golpe com o escudo, inclinou-se na sela e meteu a espada logo abaixo do queixo do inimigo.

Arqueiros, cada um portando espada e uma tocha de junco em chamas, corriam pela ponte, pulando corpos que se contorciam, soltando palavrões ao pisotear e escorregar no sangue e vísceras.

Will Longdon ia dando ordens.

– Halfpenny! Leve alguns homens; outros com Thurgood e o resto comigo. Ateiem fogo nesses bastardos. Não se separem! – berrou ele, correndo para a casa mais próxima, onde derramou sebo por cima de uma cama de palha, incendiando-a.

Foram de casa em casa, seguidos pelas chamas, fazendo crescer as sombras dos homens. Longdon meteu a espada num homem aninhado num batente de porta, cujos braços ele tinha estendido para pedir clemência, quase sem conseguir sussurrar pedindo água, enquanto as chamas tomavam conta de cada um dos andares feito cobras serpenteando, dominando todas as residências. Como leões rosnando, as chamas lambiam o vazio, avançando com suas garras sobre a madeira seca.

Will ordenou aos homens que vinham logo atrás que fossem à esquerda e à direita. Matem e queimem, era o que cantava ao correr para onde vinha o som de gritos e combate. Sem fôlego e suando, ele viu dois cavaleiros enfrentando um bando de camponeses, cujos cortes selvagens decepavam membros daqueles que erguiam os braços num ato inútil de autodefesa. Um dos cavaleiros virou o cavalo e caiu sem fazer barulho quando uma flecha de besta lhe atingiu o elmo. Feixes de luz atravessaram a escuridão, e Longdon viu o alemão matar o camponês besteiro, esporear seu cavalo e entrar em outra rua transversal. Longdon correu para a frente. O cavaleiro francês estava morto; o que sobrara da boca estilhaçada estava pendurado no crânio, os olhos escancarados, a flecha brotando da cara de cachorro. Longdon foi pegar a espada, uma bela arma, mas tomar algo de um cavaleiro francês quando estavam lutando como aliados poderia acabar numa acusação de assassinato e roubo. Pensando melhor, ele agachou e foi descobrir para onde o combate levara os homens de armas. As passagens começaram a ser tomadas por fumaça. Longdon ajoelhou-se para poder respirar, limpando o suor melequento da testa; gritos ecoavam, e os berros abafavam até as mais altas exclamações de dor. O metal tilintava, e os cavalos relinchavam, enquanto em algum ponto da frente ele ouviu a voz de desprezo do alemão que insultava aqueles que ele matava.

 Casas queimavam violentamente, forçando Longdon a esquivar-se e desviar por uma tapeçaria de chamas que lambia as paredes. Nos véus de fumaça, um cavaleiro golpeava de um lado a outro todo camponês que ousava atacá-lo. Homens usando os capuzes bicolores pareciam estar em todo canto, mas o cavaleiro os derrubava à espada com muita eficiência, usando seu cavalo para atropelar e esmagar. Alguns tentavam rastejar para uma casa em chamas, mas não puderam escapar dos golpes.

 Um bebê berrava dentro de uma das casas. Longdon hesitou, tentando manter o cavaleiro à vista por entre a fumaça cada vez mais grossa, mas o choro penetrante do bebê finalmente provou-se insistente demais para ser ignorado. O arqueiro veterano de guerra baixou a tocha e foi até a entrada, de onde pescou o infante dentre corpos largados ali no batente. Mais alguns minutos e as chamas teriam lambido a estreita passagem, atraídas pelo ar, uma fera que necessitava de alimentação constante. O corpo de uma mulher morta protegia em parte a criança; talvez ela tentara protegê-la de um golpe de espada e morrera em seu lugar. Longdon pegou a criança, passou por cima dos corpos e deu doze passos para longe da casa em chamas. O máximo que pôde fazer ali foi tirar o bebê das chamas e aninhá-lo nos corpos de homens e mulheres mortos. O bebê morreria, mas pelo menos não sofreria o tormento do fogo. Rapidamente, ele saiu dali ao ocorrer-lhe o que devia ser feito para salvar Thomas Blackstone do desafio contra o cavaleiro superior. Nenhum cavaleiro arrogante maldito acabaria com seu amigo e suserano se ele pudesse impedir. Um membro da milícia morreu largado em cima de outros mortos pelo alemão, que agora urgia o cavalo por outra rua. Longdon desembainhou a espada, tirou a besta que estava debaixo do corpo do morto e encontrou flechas no cinto dele. Ignorando a resistência do cadáver molenga, Will pôs o pé em cima da arma, que apoiou no peito do morto, puxou a corda para trás, ajustou seu respirar e em seguida a flecha.

Tropicando por cima dos corpos, chegou à esquina da rua, juntou o ombro na parede para firmar a pontaria e ergueu a arma bem no nível de seus olhos de mestre arqueiro. A fumaça espiralada afunilava para o alto a partir da ruazinha estreita serpenteante, encobrindo o alemão, que se virou, escudo ao alto, a dez metros do arqueiro, com a boca da harpia dos olhos grandes gritando em silencioso deleite ao ver a chacina e as garras parecendo estender-se para arranhar os camponeses desesperados que tombavam sob a espada. Longdon sentiu um breve momento de admiração pela arma simples que permitia a um homem matar tão facilmente de perto. A flecha acertou o alemão bem na nuca, e o impacto o lançou à frente, por cima da cernelha do cavalo, fazendo-o levar um susto e avançar para o escuro.

Will Longdon jogou longe a besta e virou-se para encontrar seus homens. Não havia motivo para mais matança: os homens de armas tinham infligido uma vingança bíblica digna da exortação de qualquer padre. Agora Will só precisava de uma bebida.

Capítulo Quarenta e Seis

A matança do dia cessou quando o Captal de Buch e seus cavaleiros varreram tudo além dos muros da cidade e nos prados circundantes, onde os camponeses se espalhavam, em desalinho, tornando fácil matá-los em campo aberto, como fora nas ruas estreitas. Uma vez atravessada a cidade, Blackstone guiou seus homens numa grande curva que flanqueou qualquer tentativa de fuga e forçou muitos dos Jacques derrotados a ficarem de joelhos, implorando por clemência. O código de honra dos nobres não se estendia a camponeses assassinos, e a retribuição contra esses que participaram da revolta foi selvagem. Corpos foram pendurados em árvores; cada vila da área circundante foi posta abaixo. Alguns dos líderes que eram entregues pelos próprios seguidores tiveram os tendões dos calcanhares cortados, deixados para rastejar pelo que restava de suas vidas medíocres.

Blackstone retornou com seus homens assim que viu que a derrota estava concluída. Não sentiu sede de vingança contra os Jacques; eles tiveram a chance de tomar a terra e fracassaram, e sua punição fora branda, esmagada a ameaça. Fora um longo dia de matança, e a perna do cavaleiro precisava de atenção. Sentado no cavalo ao lado do cavaleiro do Tau, o sangue nas túnicas era testemunha do combate próximo. Nenhum dos homens fora morto; alguns tiveram ferimentos leves, mas um cirurgião-barbeiro poderia tratar os que precisassem. Blackstone preferia as administrações de Caprini.

– Isso aí vai arder por um mês e um dia – disse John Jacob, ao lado dos outros dois, vendo a fumaça espessa erguer-se da cidade. – Vai feder feito cachorro no espeto lá dentro.

– Uma pira funeral para os condenados – disse Caprini.

– Um fedor que não há como limpar das narinas – disse-lhe Blackstone. A perna latejava, e sangue vazava pelas calças, manchando mais escuro e úmido que o sangue das vítimas. – Os nobres reunirão suas forças agora. Deixem que acabem com tudo.

Killbere foi até eles, enquanto Meulon e Gaillard juntavam seus homens.

– Thomas! Esses nobres infligiram a justiça divina nos pobres coitados, e não gosto nada disso. Não é brincadeira, não é batalha, e estou farto disso. Devíamos encher a cara e ir embora daqui.

– Devíamos mesmo – disse Blackstone e, ignorando o puxar da perna ferida, avançou com o cavalo.

Aproximando-se das muralhas da cidade, encontraram os portões ainda abertos e, dessa vez, em vez de serem recebidos pelo prefeito e seus oficiais, o que viram foi o corpo dele pendurado na forca, junto dos outros.

– Bosta arrogante – disse Killbere. – Não gostei dele no momento em que abriu a boca. Espero que tenha morrido lentamente.

Passando pelas ruas, encontraram uma rota não bloqueada por madeira tombada e chamas, nem atolada de corpos deixados pelo ataque. Quando cruzaram o portão no final da ponte, os homens de Will Longdon recuperaram as flechas que podiam, encontradas nos mortos. Algumas poderiam ser reutilizadas, mas penas danificadas não voavam muito bem, e um trabalho paciente e minucioso da parte deles seria necessário para a reparação.

– Vocês atiraram tão perto de mim que pensei que fossem me barbear – disse Blackstone a Longdon, que examinava cuidadosamente umas penas.

Este sorriu.

– Você foi rápido demais. Pensei que fosse matar ainda mais com essa sua espada.

Blackstone fez que sim, olhando para os demais, contando rapidamente os homens.

– Todos a salvo?

– Vocês não nos deixaram muito que fazer – disse Will, e pôs-se a caminho do forte, ao lado do cavalo de seu suserano. – A maioria dos cavaleiros teve um belo dia. Alguns já voltaram e estão exaustos.

– Ouço empatia em sua voz, Will. Matar um monte de gente representa um dia pesado de trabalho para alguns desses homens.

Longdon entregou um odre de vinho a Blackstone, que bebeu em grandes goladas.

– Um monte de comida e bebida para pegar, embora muito tenha se perdido no fogo. Devia ter deixado alguns deles vivos, no entanto, para limpar essa bagunça. – Ele sorriu de novo e foi pegar o odre, mas já estava na boca de Killbere. – Não tem de quê, Sir Gilbert, só queria uma gotinha para molhar a garganta do arqueiro trabalhador aqui.

– Longdon, você nunca trabalhou duro na sua vida, e esse vinho parece mijo. Arranje um pouco de cerveja, pelo amor de Deus.

– Atear fogo numa cidade leva tempo e esforço, Sir Gilbert. E é perigoso. Houve um momento em que fiz a curva errada e fiquei encurralado. Quase tostei o rabo – disse Longdon, com sarcasmo suficiente para ganhar um golinho de vinho que Killbere correu passar para ele.

– Aye, botaremos você na cozinha, então, já que é tão bom para atear fogo. – Killbere passou o odre, então, ao cavaleiro do Tau. – Mas vocês arqueiros fizeram um trabalho até que decente, no fim das contas. Certifique-se de que fiquem sabendo. Você é o centurião. Elogie-os quando for devido.

Os cavaleiros seguiram adiante, mas Killbere virou-se na sela.

– E use esse tom comigo de novo e o colocarei para limpar latrina!

Longdon viu os cavaleiros passando por ele, com um palavrão na boca, mas orgulho no coração. Seus homens fizeram tudo que ele pedira, e os cavaleiros o sabiam. Bostas arrogantes. Não Thomas Blackstone, no entanto, ele pensou consigo. Ele, não. Essa ameaça de Killbere não foi nada. Tinha de ser tudo, e só isso. Will estava ardendo de vontade de contar a Blackstone que vira Lienhard tombar nas ruas com uma flecha enfiada no cérebro. Mais do que tudo, queria contar ao amigo que aquela era uma luta que não precisaria mais ser travada, e que ele, Will Longdon, fora responsável por isso. Sem dúvida que fora plano de Deus ver Blackstone e sua família reunidos. E fora Will o escolhido para que isso fosse feito. Talvez, pensou ele, fosse bom encontrar um padre para quem contar. Um arqueiro escolhido por Deus para realizar as vontades dele. Isso faria Killbere engasgar até tombar morto!

Blackstone virou-se para este.

– O homem é arqueiro, Gilbert, não o censure tanto assim.

– Você é bonzinho demais com eles, Thomas. São arqueiros, precisam saber que um homem de armas não dá a mínima para a habilidade deles. Queria que tivéssemos mais deles, a verdade é essa. Mas não conte isso a ninguém.

– Acha que eu contaria?

Killbere suspirou.

– Você quase se mijou quando aquelas flechas caíram tão perto. E não foi por medo. Eu vi. Cristo, se tivesse meia chance você retornaria para as fileiras deles, para putaria, para bebedeira, para lutar e matar franceses. Mas usar a espada, é para isso que você serve agora, Thomas. Precisamos mesmo é de uma boa batalha. Avançar com os cavalos ouvindo tambores e trombetas. Morreremos velhos nas camas, nos cagando feito bebês chorões. – A frustração fervilhava no cavaleiro. – Precisamos de mais uma guerra e, se Edward não avançar contra o Delfim agora e tomar a coroa, não o fará jamais! – Como que pedindo desculpa, olhou para o amigo e deu de ombros. – É isso que eu penso.

– Pode ter certeza de que lhe contarei o que você acha quando o vir.

– Eu sempre soube que tinha um quê de fofoqueira em você – Killbere brincou, sorrindo.

Os dois foram até o pátio, no qual cavaleiros exaustos sentavam-se onde tinham desmontado. Os cavalos estavam de cabeça baixa, cansados das horas de perseguição. Rostos salpicados de sangue olhavam para ele; ocorreu a Thomas que sua aparência devia ser a mesma. Criados e pajens traziam refrescos para seus mestres, alguns cavaleiros enfiavam suas cabeças em baldes de água, tirando o suor e a umidade dos cabelos emplastados, passando os dedos por barbas cheias de sangue. Espadas eram soltas dos cintos, manoplas eram arrancadas de mãos doloridas, os cavalos permaneciam sem sela. Blackstone vira homens tão cansados quanto esses após um confronto, o que indicava quanta matança ocorrera nas últimas horas. Irmão Bertrand veio correndo pegar o cavalo dele.

– Dois cavaleiros foram mortos, Sir Thomas, mas há mortos até onde dá para enxergar das ameias. O seu retorno é uma bênção – disse ele com o sorriso idiota de sempre, vendo Blackstone descer da sela. Era preciso que Caprini cuidasse de novo do ferimento. O monge o notou. – Com todo o respeito, Sir Thomas, devia ter me deixado costurar esse corte.

Blackstone viu os cortes nos flancos do cavalo. Um mais profundo que o outro. Os músculos ondularam quando ele pôs a mão ali, e o animal virou a cabeça, sendo contido pelo monge.

– Use suas habilidades nele – disse a Bertrand. – Faça direito, e será recompensado.

– Estar com o senhor já é recompensa suficiente, Sir Thomas – disse o monge, levando dali o cavalo ferido no combate.

Killbere passou as rédeas do dele a um cavalariço e murmurou.

– Essa mancha no rosto dele é de beijar o seu rabo.

– Por acaso você consegue dizer algo de bom de alguém?

– Meu rei. Adoro meu rei. Quem mais vale a pena? – disse o veterano, rindo, e pôs a mão no ombro do amigo.

Quando subiram na ameia, os cavaleiros reunidos voltaram sua atenção para o inglês. O Captal de Buch e o conde de Foix tinham acabado de sair do salão principal. Os instintos de Blackstone o tinham alertado de uma ameaça iminente. Grailly o recebeu com a cara fechada.

Will Longdon guiava seus homens pela ponte e viu quando Blackstone e os outros cruzaram o pátio na direção de Grailly e do conde. O Captal de Buch disse algo, sacudiu a cabeça e gesticulou para um cavaleiro que estava mais adiante, no pátio.

Era Lienhard.

Will matara o homem errado.

※

Longdon sentiu o estômago dar um nó quando o alemão olhou para os arqueiros e ergueu a mão para apontar para ele. A boca ficou seca. Alguém testemunhara seu ato? Todos no pátio se viraram para ele. Will pensou apenas em como podia fugir. Matar um cavaleiro era um crime que o faria ser enforcado em questão de minutos. Ele foi tomado pelo pânico. Will virou-se para correr pela ponte quando viu o cavalo do alemão morto com o corpo deste deitado em cima da sela, sendo trazido para o pátio. Era para o alemão sendo trazido que todos olhavam, não para ele. Will respirou mais aliviado. O pânico cedeu, e foi logo tomado por uma amarga autorrecriminação. Tinha falhado com seu amigo, e agora Thomas Blackstone tinha pouca chance de sobreviver.

※

– Santo Deus, já houve derramamento de sangue por hoje – disse o Captal de Buch a um insistente Lienhard.

O alemão sujo de sangue pigarreou e cuspiu o amargor da garganta. Seu próprio sangue estava agitado com a matança do dia, e ele via muito bem como Blackstone estava pior, graças à exaustão e à perna ferida.

O Captal olhava com certo desdém para o alemão.

– É comum a quem enfrenta uma contenda judicial jejuar e fazer vigília a noite toda.

– Milorde de Grailly, as circunstâncias são extraordinárias. Ainda há Jacques a serem caçados e punidos. Há um reino em jogo, e essa questão é muito inferior em comparação. Insisto que o combate ocorra.

Grailly sabia que Lienhard tinha razão. Ainda havia trabalho a ser feito além das muralhas.

– Lutei junto de Cavaleiros Teutônicos e admirei a coragem e honra destes na cruzada contra os pagãos. Mas você quer que a questão seja resolvida hoje, com a luz minguando e nosso dever já cumprido? O ferimento de Sir Thomas tem de ser atendido. Seria honrado reter-se até quando ele estiver curado.

Lienhard parecia tão contente quanto se tivesse sido convidado para um banquete de verão.

– Se ele quiser desistir, eu o permitirei. – Ele sorriu para Blackstone somente com a boca. – Não preciso que tenha um ferimento para derrotá-lo. Mas a esposa deve retirar a acusação.

Grailly estava fumegando de raiva, quase se esquecendo de sua posição superior e sucumbindo a baixar o nível.

– Bem, Thomas? Ela o fará? Nada lhe acontecerá se ela o fizer. E então o assunto será encerrado.

Se ele conseguisse convencer Christiana a retirar a acusação, Lienhard sairia livre, com a honra intacta. Blackstone olhou diretamente para cada um dos presentes. Aqueles homens não conheciam sua esposa; ele nem tentaria convencê-la a retirar.

– Esse cavaleiro vil infligiu uma morte sofrida e instigou coisa pior sobre a família de um bom homem. Minha esposa está preparada para arriscar a própria vida e deixar os filhos órfãos para vê-lo punido. Não é preciso prorrogar a contenda. Terei minha perna enfaixada, vou comer e beber, se Lorde de Grailly permitir.

O Captal fez que sim. Todos estavam cansados após a matança do dia e, embora o entardecer limpo de verão fosse durar ainda mais uma hora, a escuridão logo os encobriria.

– Preparem tochas, e acendam fogueiras – disse ele a Hangest. – Essa questão será concluída hoje à noite. Tragam lady Christiana para fora, preparem-na. – Ele olhou para Blackstone. – Garanta que ela traga o manto. A noite está quente, mas... ela pode sentir frio.

Blackstone ficou grato por tal consideração, e curvou a cabeça para indicá-lo.

Grailly afastou-se dos dois combatentes e olhou para onde estavam as mulheres, no alpendre. Não importava que, em particular, acreditasse em Christiana, havia regras que uniam os homens a sua honra – pelo menos numa questão como essa. Os homens abaixo e nas ameias do forte o observaram parar em frente aos muros que separavam o forte da cidade além do rio, onde o céu ainda estava pintado de fumaça. Se a noite corresse mal, e o vento da boa sorte mudasse, seriam todos cobertos por ela.

– O combate começará em uma hora, quando soarem as completas! Chamem um padre e peguem os juramentos! – Grailly disse para todos no forte ouvirem.

Não foi preciso dizer mais nada. Um homem morreria, e uma mulher perderia a vida.

– Aperte bem, frei Stefano, precisarei que fique o mais firme que puder – Blackstone disse ao cavaleiro do Tau.

O italiano tinha limpado o ferimento e aplicado uma cobertura de linho seco, depois usou o couro curado de um protetor de mão de arqueiro e envolveu a perna, para dar-lhe rigidez.

– Melhor rezar antes do juramento. Isso eu não posso fazer por você.

– Pode rezar pela minha família.

– Posso rezar pelo mundo todo, mas às vezes Deus prefere deixar seus planos se desenrolarem sem intervenção. – Ele parou de cuidar do ferimento e olhou para Thomas. – Você morrerá quando chegar a sua hora.

Por um momento, o semblante sério do frei fez Blackstone ter a sensação de que o homem de Deus italiano tinha comunicação direta com o Todo-poderoso.

Irmão Bertrand trouxe comida e bebida, depois limpou as costas do mestre, secou-o e ajudou-o a vestir uma camisa de linho limpa. A jaqueta acolchoada ainda estava molhada devido aos esforços do dia, mas o tecido fresco junto da pele de Blackstone o manteria fresquinho. Os dois homens o atendiam, enquanto Will e os outros capitães aguardavam, sentados a poucos metros dali.

– Podemos lutar para fugir daqui – disse Killbere. – Não precisamos disso, Thomas, você sabe. Somos muitos.

– Meus homens estarão no portão, e Gaillard está nas ameias com outros, prontos para erguer o rastrilho – disse Meulon. – Sir Thomas, meterei a lança na garganta de qualquer um se o vir morrer.

Blackstone permaneceu em silêncio, deixando Caprini e Bertrand cuidarem de suas tarefas.

– Bertrand, você escovou o meu cavalo? – ele perguntou, ignorando os demais.

– Com punhados de palha seca, Sir Thomas. Limpei as ferraduras, tirei carne e lama, e dei-lhe a melhor aveia que Jack Halfpenny roubou do estoque de grãos.

Seu cavalo é um animal ingrato. Ele me mordeu aqui – disse, puxando a batina para mostrar o hematoma e o contorno dos dentes do cavalo no traseiro dele.

– Foi envenenado, então – disse Will Longdon, contente por ter um tolo distraindo-os do problema em questão.

– Ninguém morre de mordida de cavalo. Todos nós sabemos disso – disse Gaillard, zombando.

– O maldito cavalo! Gaillard. O cavalo! – disse Will Longdon, desesperado, o nervosismo fervilhando debaixo da superfície.

Como é que o normando não entendera a piada? Os capitães riram, mas um riso forçado, e até mesmo Gaillard assentiu e sorriu timidamente.

– Eu sabia, Will – disse, concedendo o momento ao arqueiro, fazendo-o como que para estabelecer trégua entre os dois.

Blackstone já estava enfrentando Lienhard em sua mente. Os primeiros golpes seriam vitais. Caprini mencionara para ele a eficiência do alemão, aquelas defesas calculadas e bem ensaiadas, cada uma executada num piscar de olhos, no alto, baixo, corte, ataque, e o girar nos calcanhares, como se usasse pouco mais que uma camisa de linho, em vez de armadura. Thomas observou os homens trazendo feixes de madeira para cada canto do pátio, onde seriam acesos em fogueiras para que os combatentes tivessem mais do que a luz das tochas empunhadas por homens na arena. Um cavalete fora colocado no centro do pátio, e um padre pusera ali um crucifixo para o juramento. O *judicium Dei* – o juramento de Deus – logo seria decidido.

Blackstone beijou a deusa pagã em seu pescoço e levantou-se. A perna parecia boa; doía, mas a faixa estava bem justa. John Jacob afastou Bertrand com uma cotovelada e começou a vestir Blackstone.

– Gilbert, você falou com Henry?

– Sim. Ele estará com a irmã. É um bom rapaz. Não o decepcionará.

– Não tenho dúvida. Arranje para que ele consiga um bom cavaleiro para servir se isto não correr bem.

– Correrá tão bem quanto você espera, Thomas. Já enfrentou homens melhores do que ele, pelo amor de Deus. O homem luta como uma menina com um graveto!

Os homens riram. Meulon aproximou-se com a Espada do Lobo.

– Eu afiei, Sir Thomas; a lâmina cortará até um fio de cabelo.

– Torcemos para que faça o mesmo com a cabeça presa a ele – disse Blackstone, enquanto Jacob ajustava nele a armadura.

A barba de Meulon abriu-se, expondo um sorriso.

– Não deixarei que ele o mate, Sir Thomas. Posso ser enforcado, mas seu rei e seus homens precisam de você.

Todos os homens ali reunidos murmuraram, concordando.

– Não. Você seria caçado aonde quer que fosse. Já disse a Sir Gilbert e John o que deve ser feito se eu perecer.

Killbere cuspiu no chão.

– Thomas, não interferiremos nisso. Você ficará no seu lugar, Meulon. Sir Thomas deve enfrentar seus demônios, como todos aqui. Mas se ele o matar, nós o mataremos. Pura e simplesmente. Fincaremos o maldito com uma dúzia de flechas. Não fará diferença, você estando morto, mas pode olhar do alto e ver a alma atormentada dele lutando com o diabo. – Gilbert respirou fundo e abraçou Blackstone. – Certa vez, levei um garoto à guerra; mais tarde, cavalguei ao lado de um homem. Você pode derrotá-lo, Thomas – disse, enfaticamente. – Você e essa sua maldita deusa pagã o despacharão para o inferno... com a ajuda das orações do frei Caprini. Não é?

A luz do dia tinha abandonado o céu, e soldados fincavam tochas em chamas na madeira empilhada. Um imenso fulgor avermelhado iluminou todo o pátio. No que restava da cidade, um sino de igreja soou, anunciando as completas. O dia terminava.

O Captal de Buch e o conde de Foix sentaram-se nos bancos colocados na beirada do local da contenda. Bascot de Mauléon sentou-se atrás deles com os outros cavaleiros sobreviventes e seus escudeiros. Jean de Hangest ficou de lado. Tinha deveres a cumprir antes de começar o embate. Um sussurro quase fantasmagórico percorria o bando de mulheres que se reunira no alpendre quando Christiana foi trazida e ajudada a subir num banco, de costas para um pilar. Blackstone a viu ter as mãos atadas. Um sargento colocou a corda no pescoço dela, olhou para o Captal e acenou. Quando o cavaleiro inglês fosse morto ou forçado a admitir sua derrota por causa dos ferimentos, sua esposa seria empurrada da beirada.

– Certo, rapazes, assumam suas posições – disse Killbere.

O guerreiro veterano alocaria os homens por todo o pátio. Se fossem forçados a matar Lienhard, seria preciso tomar o controle do castelo.

Killbere puxou Will Longdon de lado e sussurrou no ouvido dele. O arqueiro olhou para Christiana com um rosto pálido, mas a expressão muito séria do outro o fez apenas concordar com o que dissera.

Visto que o irmão Bertrand não tinha utilidade alguma para os guerreiros, mandaram que tirasse da cara o sorriso idiota e levasse o elmo de Blackstone.

O cavaleiro do Tau foi junto, portando a Espada do Lobo desembainhada. A Lienhard foi designado um criado, que fazia as mesmas tarefas que o frei e o monge. Os lutadores ainda não tinham vestido os elmos, usando apenas os gorros com forro de couro. Cada um olhou sem pestanejar para o outro quando o padre sinalizou para que se colocassem perante o altar improvisado.

O manto azul-escuro do céu encobriu o castelo. As chamas das fogueiras foram se intensificando durante a instrução do padre para os dois cavaleiros.

– Suas almas mortais estão em perigo – disse o padre. – Vocês dois farão um juramento solene de condenar-se a abdicar dos prazeres do céu caso seja provado que são mentirosos, dependendo do resultado desse desafio.

– Eu juro – disseram os dois.

O padre sinalizou a ambos para ficarem de joelhos, prontos para beijar o crucifixo. Blackstone sentiu o corte e perdeu um pouco o equilíbrio, um movimento sutil que não passou despercebido para Lienhard. Como era costume numa contenda de combate mortal, os dois homens ajoelharam-se um perante o outro, com a mão esquerda, desprotegida pela manopla, estendida em paralelo ao altar improvisado, segurando a mão do adversário. Com a mão direita, tocavam o crucifixo, prontos para fazer o juramento de serem justos e pedir a Deus que testemunhasse a proclamação. Blackstone sentiu o homem apertar mais forte a sua mão, um pequeno ato de dominância perante os olhos de Deus, pressionando-lhe os ossos. Ele deixou que lhe apertassem, oferecendo pouca resistência. Se era assim que o alemão queria causar impressão, que fosse. Jean de Hangest, como marechal do embate, pôs a mão sobre as deles. O juramento final devia ser feito de modo que todos no pátio e as mulheres lá no alto ouvissem a voz deles com clareza. Blackstone ergueu a cabeça e olhou, além do adversário, para Christiana. Sua voz ecoou pelo vazio que os separava.

– Minha causa é a defesa da honra de minha esposa e provar que as acusações dela contra esse cavaleiro são verdadeiras, e que as atitudes vis dele são maléficas, e que ele não serve para viver sob os olhos de Deus.

Lienhard mal pôde conter um sorriso de zombaria, e mantinha o olhar diretamente sobre Blackstone, pronunciando seu juramento como uma ameaça direta ao homem que pretendia matar.

– Eu juro que a acusação feita contra mim é falsa e que tenho o direito de me defender. Provarei minha inocência com a morte desse homem.

Hangest ergueu a mão.

– Que esteja nas mãos de Deus.

Ele recuou um passo, permitindo que os homens ficassem de pé; o padre virou-se, fez o sinal da cruz, devolveu o crucifixo e começou uma quieta encantação. O alemão olhava também para além de Blackstone, para os dois homens a poucos passos deles. O cavaleiro do Tau e o monge olhavam de volta, tão desafiadores quanto o homem a quem serviam. Não houvera ocasião para Lienhard ver nenhum deles assim tão perto. Eram muitos que zanzavam daqui para lá pelo pátio, mas ele podia jurar que vira um dos dois antes... mas onde? Não foi possível identificar o homem, e sua mente não quis abandonar a ideia. Estava vestido de outro modo, disso ele sabia, mas era mais do que as roupas do homem o que impedia a memória dele de resgatá-lo. Não fazia diferença. Não tinha importância alguma nesse momento. Assim que terminasse de matar Blackstone, abordaria o homem.

O padre virou-se para os cavaleiros e começou a relatar o salmo em geral pronunciado para a oração noturna, das completas.

– *In te, Dómine, sperávi, non confúndar in ætérnum; in iustítia tua líbera me. Inclína ad me aurem tuam, accélera, ut éruas me. Esto mihi in rupem præsídii et in domum munítam, ut salvum me fácias.*

Blackstone o ouvira na infância, pelo padre da vila. Nunca o entendera, mas descobrira, após certo tempo, que tinha a ver com depositar confiança em Deus e na justiça. Lembrava-se também do pedido, para que Deus resgatasse o suplicante. Ele olhou para Lienhard. Tinha nos olhos uma luz que era mais do que apenas o reflexo das fogueiras. Era a luz da confiança.

Da vitória.

Capítulo Quarenta e Sete

Caprini ajeitou o elmo de Blackstone na cabeça dele e apertou as tiras duplas atrás, para assentá-lo corretamente. Bertrand segurou a manopla para o mestre enfiar a mão sobre a palma de couro. Ele fechou o punho, sentindo a rigidez das juntas de metal estendidas atrás dos dedos e da mão. O nó de sangue da Espada do Lobo dançava no punho.

— Ele tem rebites erguidos na manopla, Sir Thomas — disse Bertrand. — Rasgarão seu rosto se o senhor erguer o visor.

— Desde quando entende de combate? — disse Blackstone, preparando o braço torto para Caprini passar o escudo.

O monge baixou os olhos por conta da censura.

— Só quis avisar, Sir Thomas — disse, envergonhado.

— Eu não sou cego — Blackstone retrucou sem tirar os olhos de Lienhard, cujo elmo fora ajustado e a trava do visor, testada.

Após fuçar no elmo, Caprini ficou de frente para Blackstone, satisfeito consigo por ter feito o melhor que podia.

— Não posso ajudá-lo nesta questão, Sir Thomas, e corro o risco de falhar em impedir que lhe façam mal — disse, ajudando a ajeitar o escudo no braço do amigo. — Ele é muito rápido com os pés, forte no peito e nos braços, e atacará primeiro. Vi tudo isso em Windsor. E no instante em que você erguer o braço para atacar, ele virá por baixo, usando o escudo para jogá-lo ao chão. Será tudo muito rápido. Prepare-se, porque sua perna não poderá resistir.

Blackstone olhou uma última vez para seus homens. Killbere e John Jacob tinham se posicionado ao lado dos arqueiros, que aguardavam com os arcos prontos, descansando a mão no cinto, muito perto das flechas. Do lado oposto, Christiana era ameaçada pelo executor, com uma expressão séria de coragem forçada no rosto.

Todos sentiam que Lienhard era o mais habilidoso dos dois cavaleiros.

Num último apelo, Caprini aproximou o rosto do de Blackstone, fixando nele seus olhos escuros. O inglês não ouviu as palavras de um cavaleiro hospitalário, mas de um homem mais acostumado a matar que a rezar.

– Eu jurei proteger você. Salve a minha honra e aceite a adaga que ofereci. Enfie-a entre as juntas da armadura dele, bem baixo, puxe para o alto, no peito, use seu peso, baixe a espada nesse momento e force a lâmina no coração dele com toda sua força.

Ao dizer isso, o homem enrugou todo seu rosto magro.

Blackstone devolveu o olhar daqueles olhos escuros.

– Eu o matarei do meu próprio jeito.

Frei Stefano Caprini ergueu uma sobrancelha, mas não disse mais nada. Blackstone sabia que precisaria de um encanto de feiticeiro para ter sorte suficiente para matar o alemão. O homem era um matador instigado pelo desejo de vingar a morte do irmão no campo de batalha. Queria ter a Espada do Lobo em suas mãos, e sua honra restaurada. Era o preferido dos Visconti, e havia muitas derrotas ainda a ser vingadas. Não importava a causa ou o motivo que impulsionava Lienhard, Blackstone tinha muito a perder além da própria vida. Muita coisa poderia dar errado numa luta, e bastaria somente uma hesitação, um único momento de incerteza para que um golpe rompesse as defesas do alemão. Tudo que tinha de fazer era sobreviver o bastante para que esse momento se apresentasse.

E o cavalheirismo morreria no instante em que o primeiro golpe fosse aplicado.

O padre saiu de perto dos cavaleiros às pressas, e estes passaram para a área sem pavimento do pátio, local onde o gado costumava pastar. Era um chão de terra batida, compactada por muito pisotear, com um pouco de grama que restava prensada na superfície, pronta para crescer quando viesse a chuva e as centenas de homens parassem de pisar ali. Blackstone e Lienhard pararam a cinco passos um do outro, cada um com espada e escudo, cada um com uma faca presa no cinto. Os sapatos de ferro roçavam a terra, informando os pontos irregulares, onde um desequilíbrio poderia ser forçado. As imensas fogueiras lançavam sua luz sobre o pátio; sombras erguiam-se altas contra as paredes, o calor das chamas incrementando o mormaço da noite e o suor que já descia pelas costas dos combatentes. Blackstone segurou com força a Espada do Lobo, tentando atrair seu oponente, e olhou rapidamente para baixo, para ver se algum tufo no chão o faria tropeçar. Lienhard avançou, de cabeça e espada abaixados, não querendo atacar do alto, como Caprini previra, na expectativa de que o oponente ergueria a espada por instinto, permitindo ao alemão meter o ombro debaixo do braço erguido de Blackstone e jogá-lo ao chão.

Blackstone deu um passo de lado, recuou a perna ferida, e meteu o escudo na imagem insana da harpia. Lienhard tinha impulso e força, mas o movimento de Blackstone e a defesa com o escudo forçaram o homem a passar, e nesse instante o inglês deu com o punho da Espada do Lobo na nuca dele. Sentindo o impacto do golpe, ele soube que o alemão ficaria perdido por um momento e seria forçado a dobrar-se, virar, atacar com as costas da mão e defender-se com o escudo, na intenção de dar com a espada na coxa do inglês. A intuição de Blackstone foi confirmada, mas foi lento demais para sair do caminho da espada do alemão. Por sorte, ela bateu com a parte plana, e justamente contra o corte. Dentro do visor sufocante, Blackstone fez careta com a ferroada de dor. Não foi um golpe letal, e a dor podia ser suportada e usada para incentivá-lo, mas Lienhard já atacava de novo. Blackstone o ouviu grunhindo, forçando o ar para fora ao golpear e gingar numa onda de ataques, com toda a sua estrutura musculosa propagando força para o braço da espada. Blackstone defendia-se com o escudo, defletia a espada dele com a sua. Ele sentiu a mordida do aço quando Lienhard girou e, de algum modo, mais rápido do que Blackstone percebera, baixou a espada, quase o acertando no ombro, ponto em que até mesmo a armadura teria sido esmagada e enfraquecida. Ele recebeu a espada com o escudo, sentiu o impacto e girou, esperando que a espada tivesse ficado presa. Mas Lienhard recuou um passo, liberou sua arma e brandiu do alto do ombro, um grande arco apontado para uma das juntas. Blackstone girou sobre os calcanhares, desviando-se da espada, que passou de raspão no pescoço dele. Enquanto tentava recobrar o equilíbrio, o alemão atacou mais vezes. Os dois golpes intensos forçaram Blackstone a defender-se com o escudo, mais uma vez deixando inutilizado o braço da espada. Lienhard continuou golpeando. A intenção não era matar; os ataques pretendiam apenas esmagar a resistência do oponente e destruir seu escudo. Lienhard buscava uma abertura, pronto para enfiar a ponta da espada e seccionar artérias e músculos, derrubando, assim, o oponente para poder dar cabo dele. Blackstone não conseguia mover-se rápido o bastante. A faixa em torno do ferimento o segurava, mas o corte protestava. Sabia que chegaria o momento em que ele piscaria para tirar o suor dos olhos e perceberia que o homem que o atacava o mataria em mais uns poucos golpes. Era realmente superior, e todos, inclusive o próprio inglês, sabiam. A multidão ficou calada ouvindo o tilintar do aço e o baque surdo da espada contra o escudo, que entrou num ritmo constante no ataque incansável. Os dois homens grunhiam e xingavam, de tanto esforço.

Killbere trocava o apoio dos pés, mexendo os ombros como se lutasse uma batalha contida toda sua.

– Jesus Cristo, Thomas não fez um ataque decente. Vamos, homem. Agora você viu o que ele faz. Já o testou o bastante.

Como se a frustração sussurrada por Killbere o tivesse alcançado, Blackstone aproveitou o instante em que a espada de Lienhard passou por sua cabeça e não foi erguida rápido o bastante para mais um ataque. A Espada do Lobo arqueou para baixo num ataque letal que teria cindido o homem do ombro ao quadril, não fosse a armadura. Lienhard prendeu o ar, girou a cintura, levou o golpe mais no escudo e conseguiu diminuir muito o efeito, pois apenas metade da lâmina o acertou no ombro. O golpe pegou a harpia bem nas asas esticadas, cortando-a nos seios nus. O braço de Lienhard teria sido quebrado pela força do golpe, e foi salvo somente pela potência de seu escudo, agora inútil. Ele o jogou longe, e no mesmo instante lançou-se contra Blackstone, tentando sobrepujá-lo. O inglês, ainda protegido pelo escudo, girou nos calcanhares, jogou o braço do escudo em torno de Lienhard, puxou-o para perto e meteu o punho da Espada do Lobo no elmo dele. Ficaram lutando como numa briga de taverna, fazendo Blackstone ter que empregar toda sua força.

– Eu matei seu irmão! – ele sibilou. – E o mandarei para ele! – ele berrou para o alemão, tentando forçar mais erros da parte dele.

Contudo, Lienhard liberou-se, endireitou-se, quase livre do zumbido nos ouvidos, embora quase inteiramente cego de suor. Ele sacudiu a cabeça e viu Blackstone livrar-se do escudo e atacar.

– Agora ele vence! – John Jacob exclamou.

O sangue pulsava na mente de Blackstone. O embate era mais uma vendeta: dois homens, cada um lutando para vingar o irmão. Blackstone ouviu a sublevação nos ouvidos, e a força bem-vinda da vontade de matar o dominou; dessa vez, não se conteria, como fez com o príncipe. Ele ignorou a perna mais lenta, forçando-a a fazer coisas que não se poderia cobrar de uma perna machucada. A Espada do Lobo aplicou cada golpe com uma potência que teria derrubado Lienhard nos joelhos. Contudo, a habilidade do alemão, intensificada pelo ódio e a maldade, o mantinha vivo. Ele defletiu um ataque e meteu a manopla cheia de pontas na cabeça de Blackstone. Seu ombro estava atrás do golpe, e ele sentiu os dentes rangerem e a língua sangrar. O gosto amargo e metálico encheu-lhe a boca, e ele cuspiu dentro dos confins do visor. Estava difícil de respirar. Ele fingiu um movimento; quando Lienhard trocou de apoio, Blackstone golpeou com o punho para baixo, feito uma maça, acertando o alemão na lateral da cabeça. Os espectadores exclamaram quando o alemão cambaleou com o golpe massivo. Blackstone ergueu a Espada do Lobo e ficou pronto para aplicar o ataque letal.

A multidão soltou uma exclamação quando Blackstone avançou, mas sua perna vacilou. Uma das imensas fogueiras cuspiu faíscas para o céu noturno – um símbolo do bafo do diabo. Blackstone recuperou-se, segurou a espada com as duas mãos mais para baixo, usando-a para bloquear o ataque de Lienhard, virou-se e o acertou com o punho, usando a Espada do Lobo como uma clava de duas pontas, depois enfiou a ponta na armadura, procurando desesperadamente uma fraqueza que cedesse ao fio da lâmina e permitisse a ponta letal entrar na carne. A lâmina escorregou e foi desviada da armadura. Perdera-se o momento. E Blackstone sabia disso.

Lienhard contra-atacou.

Blackstone firmou-se. Não conseguia mais mover-se suavemente girando sobre os calcanhares. O ferimento não permitia. Era apenas uma questão de tempo, agora, até que o cavaleiro mais ágil o atingisse nas pernas e, assim que Blackstone fosse ao chão, encontrasse fendas na armadura mal-ajustada de Blackstone para perfurar. Os dois arquejavam de tanto esforço e calor, desesperados para abrir os visores e respirar, mas ambos se recusavam a ceder à tentação. As chamas e as sombras competiam sobre o pátio. Os rostos na multidão viraram-se ansiosos para o alemão, antecipando o golpe final. Lienhard precisaria de menos de meia dúzia de golpes para acabar com o inglês, agora que este perdera a agilidade. Para ele, o tilintar do metal foi abafado pelo martelar de seu próprio coração e seu áspero respirar, deixando de fora qualquer exclamação vinda dos espectadores. Homens se levantavam cerrando os punhos; mulheres levavam as mãos à boca; outros rostos mostravam o apreço pelo conflito, tão desejosos quanto um homem quando vê uma mulher nua. Lienhard atacou uma, duas vezes, virou, três, mais uma, e a quinta. Blackstone não lidava com os golpes rápido o suficiente. Ele caiu de joelho quando o impulso de Lienhard o fez passar pelo oponente uns passos a mais.

Espere! Foi o que Blackstone ouviu em sua mente. *Deixe-o vir!* Ele baixou a espada, como que por exaustão. E curvou a cabeça, meio virado, vendo de relance o ataque de Lienhard, que avançava, gingando os pés, ganhando terreno, encontrando equilíbrio, de músculos tesos.

Lienhard veio para matar. Blackstone estava diante dele – incapacitado, finalmente sucumbindo ao inevitável. Pelo estreito filete do visor ele viu o homem cujo rosto ele conhecia, mas não sabia identificar, no meio dos homens de Blackstone, olhando diretamente para ele. Como se soubesse o que estava para acontecer. O rosto dele. Aquele rosto. Onde o tinha visto?

E foi então que se lembrou. Um corredor mal-iluminado em Milão. Um encontro com Galeazzo Visconti e seu irmão maluco, Bernabò. A porta se fechando atrás do homem que fora convocado anteriormente. Um olhar rápido nas sombras. Aqueles olhos. Era disto que se lembrava: o olhar cheio de intenção. Esse breve momento, mais rápido que o respirar, o fez hesitar.

O homem que ganhara a confiança de Blackstone era o assassino dos Visconti. Um homem de Deus!

Era por essa hesitação que Blackstone esperava. Lançou-se contra Lienhard e o jogou no chão; os dois se agarraram, mas o inglês ficou por cima. Espadas agora ficaram redundantes. Lienhard atacava com sua adaga, mas não encontrava entrada, enquanto Blackstone socava com selvageria o visor do oponente. O pino da trava tinha quebrado. Ele subiu no peito de Lienhard, prendeu o braço da faca do homem e meteu as costas da mão debaixo do visor. Uma, duas vezes, e logo ele cedeu, voando para o alto, revelando o rosto enraivecido, coberto de cuspe. Lienhard era forte, e agora tinha ar. Ele respirou fundo, arqueou as costas e quase se livrou de Blackstone, mas este equilibrou-se, urgindo a mente a esquecer-se da dor da perna dobrada.

– Confesse! – Blackstone gritou.

Lienhard sacudiu a cabeça de um lado para o outro, recusando-se, erguendo as pernas, tentando tirar Blackstone de cima aos chutes.

– Admita sua culpa! – o inglês gritou mais uma vez.

Lienhard tinha perdido. Seria levado e enforcado. Mas onde havia respirar, havia esperança. Com um assomo desesperado de energia, ele rolou o ombro, ergueu o braço e forçou o visor do oponente para cima, e meteu os dedos lá dentro para raspar a manopla cheia de espinhos no rosto ensanguentado de Blackstone. Este tirou o braço do oponente dali e o socou. O murro impulsionado pelos músculos do ombro de um arqueiro acertou Lienhard no centro do rosto, estilhaçando ossos. O homem entrou em convulsão, gorgolejando sangue pela boca esmigalhada. O crânio fora esmagado. Os braços agitaram-se, mas pararam. Um tremor o percorreu. Um único golpe o matara, como uma fera morta pelo machado.

Blackstone tirou as manoplas e procurou desesperadamente livrar-se do elmo, os dedos incapazes de desfazer as delicadas tiras. Desistindo, ele rolou de cima do corpo do alemão. Seus homens corriam para ele, mas vacilaram e pararam, pois a luta tinha ainda de ser declarada. Ele ouviu a ovação surda da plateia e apoiou-se na perna boa, quase cansado demais nesse momento para se levantar. Mesmo assim, Blackstone forçou-se a ficar de pé, encarou o lorde mais velho e dirigiu-se ao Captal de Buch.

– Cumpri meu dever, milorde. Imploro que liberte a minha esposa.

Grailly levantou-se e acenou para os guardas, que tiraram Christiana do parapeito. Ele foi até Blackstone.

– Está feito, Thomas. Santo Cristo, pensei que ele estava para vencer umas doze vezes.

– E esteve. Mas não havia ódio suficiente por trás da espada dele. Eu o teria arrastado comigo para o inferno caso ele tivesse me matado.

Grailly e o conde de Foix olharam para o homem espancado que tinham em frente.

– Torcemos para que não haja mais irmãos na família de Lienhard – disse o conde.

Grailly sorriu.

– Foi um longo dia. Graças a Deus que acabou assim.

Ele pôs a mão no ombro de Blackstone e foi embora, juntar-se aos outros cavaleiros, que o seguiram castelo adentro.

Killbere e os outros se reuniram em torno do mestre. Caprini desfez as tiras do elmo, e Blackstone, grato, puxou para trás a coifa de couro e passou os dedos nos cabelos suados. Caprini viu o corpo batido que seria despido e arrastado dali, para ser pendurado pelos tornozelos até apodrecer.

– Você devia ter aceitado a minha adaga, Sir Thomas – disse, baixinho, sem emoção, e sorriu. – Melhor matar com menos esforço.

Dito isso, o frei afastou-se para deixar que os outros homens fossem parabenizar seu senhor.

Irmão Bertrand viu o cavaleiro do Tau se afastar, depois pegou o escudo quebrado do cavaleiro alemão. Por que Caprini lhe oferecera a sua adaga? Que foi que ele sussurrara? Um homem com o histórico de Caprini, que agora empregava violência a serviço de Deus, tinha suas habilidades mortíferas. Bertrand resolveu ficar de olho no frei Stefano Caprini.

A imagem no escudo batido olhou de volta para o monge. O olhar gelado da harpia, apesar de agora riscado, parecia tão desafiador quanto o de Blackstone. O rapaz ergueu o rosto quando o mestre se aproximou. Toda a habilidade e brutalidade do mundo não tinham utilidade se a pessoa hesitasse contra ele. Um erro, e Lienhard pagara com a vida.

– O senhor cumpriu a vontade de Deus, milorde – disse o monge.

– Lutei por muito mais que isso – disse Blackstone, tirando o escudo danificado das mãos do monge.

A harpia de olhar selvagem o atacara duas vezes na vida, e a cada vez o homem que portava o escudo quase lhe tomara a vida. Tinha, agora, matado dois irmãos. Um que lutou por glória, um que matava por dinheiro. Boa partida para esses deuses da guerra. Blackstone jogou o escudo nas chamas. A quimera contorceu-se no calor, garras curvas, dentes expostos num sorriso silencioso.

Que fique assim, pensou ele. Fora poupado, como Christiana e seus filhos. E por isso, sentia-se grato. Blackstone fez o sinal da cruz.

E levou sua deusa de prata aos lábios.

Capítulo Quarenta e Oito

Christiana banhava a perna machucada do marido, deitado apenas com uma toalha de linho modestamente enrolada em torno da cintura, escondendo assim sua nudez de Agnes, sentada num banco ao lado dele, não ousando olhar para o corte. Com as mãos nas laterais do rosto, olhando para o pai, bloqueava a visão periférica.

— Tá doendo, pai?

— Não, é só um cortinho.

Henry estava na ponta do colchão, vendo a mãe cutucar a pele sem cor em volta do ferimento. O Captal de Buch cedera os próprios aposentos – não tanto por generosidade, como muitos supunham. Ele e outros cavaleiros logo sairiam para matar camponeses que ainda rondavam os campos, os que pensavam poder escapar da vingança dos nobres retornando para suas vilas.

— Henry – disse Blackstone. – Você limpou a minha espada?

— Sim, pai. E mandei que lavassem a calça e a ceroula. A camisa já está quase seca. John Jacob mandou o monge torcê-las e pendurá-las perto do fogo.

— O nome dele é Bertrand. E não é monge.

— Mas usa o hábito – disse o menino.

— Você viu a barba dele? Não faz tem semanas. Usa o hábito porque não lhe demos outras roupas enquanto não provasse que tem valor. É um criado, nada mais.

Blackstone grunhiu quando Christiana cutucou fundo demais. Ela ergueu os olhos, como que pedindo desculpas. Ele fez que não era nada. Estava tudo bem. Frei Caprini aplicara um bálsamo e cortiça e, se o cavaleiro tomasse cuidado por alguns dias, o ferimento fecharia.

— Vá falar com Sir Gilbert. Sabe como se comportar com um cavaleiro como ele?

— Sei, sim, pai.

— Ótimo. Diga-lhe que logo terei com ele.

O menino fez o que o pai mandara, e Blackstone não pôde deixar de notar quão forte e confiante ele parecia. Estava mais esguio, mas já os contornos nos ombros e braços mostravam os músculos que cresceriam com ele. Manteria o filho por perto agora. Poderia servir a John Jacob e aprender a ser escudeiro e a lutar.

— Você já viu a família real? – disse Agnes.

— Vi o rei da Inglaterra – Blackstone respondeu.

— Estou falando da família real que está conosco neste castelo – ela disse, tirando as mãos do rosto, mas ainda evitando olhar para as administrações da mãe.

— Não vi.

— Ninguém os viu. Estão em aposentos em que ninguém pode entrar, a não ser o homem de barba grisalha que grita com todo mundo.

— Esse é o Lorde de Hangest, e está aqui para protegê-las.

A menina ficou pensando por um momento, olhando para o pai bem nos olhos. Por um momento, pareceu estar em dúvida.

— Achei que nunca mais veríamos você. Pensei que tivesse nos esquecido.

Blackstone estendeu a mão e tocou a filha no rosto.

— Nunca esqueci vocês, e sempre rezei pela sua segurança. E prometi a você, aquele dia, nas montanhas, que eu voltaria.

— Só que não estava aqui para nos proteger. Henry, sim. Ele foi muito corajoso.

— Não diga essas coisas para o seu pai, Agnes – disse Christiana.

Blackstone ergueu a mão para impedir que a esposa censurasse a filha ainda mais.

— Tive que fazer uma longa jornada, Agnes. Pelas montanhas, pela neve, para que eu fosse trazido pela mão de Deus para junto de você mais uma vez. Sei que teve medo, mas sua mãe e seu irmão estavam lá para protegê-la, e os dois me contaram como você foi corajosa. Ficarei sempre com você, de agora em diante. Nossa família está reunida de novo.

A menina fez que sim, aceitando a explicação.

Christiana sabia que cedo ou tarde a menina começaria a falar do bebê que fora deixado sob o cuidado das freiras.

— Agnes, pegue isso aqui, jogue fora a água e traga mais, fresca – disse.

— Sim, mãe – disse a menina, pegando a tigela de água suja, e saiu com cuidado do quarto, derramando o conteúdo pelo caminho.

— Não haverá muito dentro da tigela quando ela chegar lá – disse Blackstone, permitindo que a sensação profunda de alegria o confortasse.

Quando a sujeira e o suor foram removidos de sua pele e cabelo, o banho foi como um batismo para um novo começo. Christiana terminou de enfaixar o ferimento.

— Está limpo. Se você não cavalgar por um ou dois dias...

Ele fez que não.

— Vamos partir.

A insegurança dela ficou evidente.

— Pra onde?

— Tenho homens na Itália que cumprirão meu contrato, mas, agora que fui perdoado pelo rei, voltaremos à Inglaterra. Encontrarei uma bela casa para nós, numa cidadezinha ou vilarejo, e serei soldado do príncipe. Nunca mais ninguém ameaçará vocês. Antes disso, tenho de terminar o que fui enviado aqui para fazer.

Deu para ver que as palavras dele a mobilizaram. Tinha tomado decisões próprias nos anos anteriores e agora estava sendo obrigada a fazer como o marido instruía. A Inglaterra nunca fora um lar para ela, e o incômodo que sentia por alguns ingleses nunca a abandonara, entrosado nela com desconfiança e às vezes ódio pela beligerância deles. *Inglaterra*. Até a palavra lhe metia medo. Um forte numa ilha mais ameaçador que o castelo em que estavam. Não era bem que não apreciasse a decisão dele. A felicidade de estarem juntos de novo era profundamente sentida; o que se erguia dentro dela era o espírito independente, que disputava com o direito dele de resolver onde e como viveriam. Aceite, ela disse a si mesma. Deus salvara a todos enviando seu senhor e marido. Não se podia negar tão divino poder. Pensando assim, ela fez o sinal da cruz.

Um mistério, essa mulher, pensou Blackstone. A paixão por ele era tão selvagem quanto a dele por ela, mas a piedade era um freio que tentava mantê-la sob controle.

— Então ficaremos prontos – ela disse.

— Você não perguntou o que fui enviado para fazer.

— Pensei que me contaria quando estivesse pronto, Thomas.

Ele suspirou.

— Pelas lágrimas de Cristo, Christiana, você não é o tipo de mulher que aceita com receio tudo que eu digo. Nunca foi.

— Talvez eu tenha mudado – ela disse, sem convencer muito, enrolando o pedaço de linho em outra bandagem. Ele a observou por alguns momentos, até que a expressão desafiadora deixou o rosto dela. – Desculpe, Thomas. Irei com você com muita felicidade.

Ela ajoelhou ao lado do marido e pôs a mão no peito dele. Havia mais cicatrizes do que nunca – um mapa de traços brancos e manchas descoloridas –, esticadas pelos músculos tão repuxadas quanto uma tela a óleo raspada com um bico de pena. Ela pressionou os lábios nos dele, com a mão na bochecha dele.

– Estou apaixonada por você como estive antes, mas tenho receio agora porque há outra criança que você nunca viu, e talvez jamais queira ver. Entretanto, ele é meu, e devo cuidar dele. Se me mandar abandoná-lo e deixá-lo aos cuidados das freiras, eu o farei, porém isso não porá fim à minha culpa, nem me fará parar de pensar nele.

Christiana levantou-se e alisou o vestido, querendo manter as mãos trêmulas ocupadas com alguma coisa.

– Você ainda não contou ao Henry. E Agnes logo o fará.

– Que devo fazer? Pedir para Agnes jurar segredo ou contar ao meu filho? Devo abandonar o bebê?

Blackstone ficou de pé; o curativo na perna estava bom. Ele pôs peso na perna; havia pouco com que se preocupar, mas cada ato desse o fazia ganhar tempo. Ele não queria ser lembrado todos os dias da vida do estupro por ela sofrido. Nem das emoções que ele atiçava. A esposa ter se submetido naquela noite para salvar a vida da filha era compreensível, mas nunca fora capaz de tirar da mente dele essa imagem. Esse seria o momento em que a vida dele mudaria.

– Contarei a Henry sobre a criança – ele disse, e inclinou a cabeça para a mulher que sempre significara para ele mais do que era possível pôr em palavras. – E contarei que o filho é meu.

Christiana lutou contra as lágrimas. Não era hora de ser fraca. Tinha lutado e matado pelos filhos; não retirara a acusação contra Lienhard, e por causa disso Blackstone salvara a vida deles e os reunira como família mais uma vez. Estivera perto de morrer, e agora punha de lado a própria insegurança. Não havia gesto maior de amor que ele pudesse fazer.

Ela assentiu, e juntou o bálsamo e a mistura.

A apreensão de Thomas se dissipou quando ela sorriu e seus olhos verdes brilharam de esperança.

Eles logo estariam em casa.

Frei Stefano Caprini viu Blackstone sair do quarto a ele concedido pelo Captal de Buch. Seus olhos acompanharam as passadas longas do homem, descendo para a ala exterior. A perna parecia não incomodá-lo, e a espada que incitara a ira e a sede de vingança do alemão batia contra a coxa dele, dentro da bainha. Ninguém poderia jamais separá-lo de sua Espada do Lobo enquanto ele vivesse. A espada, no entanto, não seria o prêmio. Aqueles que buscavam reivindicar a morte de Blackstone o faziam pelo apreço dos inimigos do inglês. E após derrotar Lienhard, a reputação de Blackstone cresceria ainda mais, mas sempre haveria alguém que desejava reivindicar a glória de matá-lo. O que ele pretendia fazer em seguida, no entanto, pensava o frei ao ver a figura caminhar pela galeria. Retornaria para a Itália, ou talvez se aliaria a Hangest e acompanharia a família real para um local seguro, um que não tivesse sido tomado pelos Jacques? O frei ficou estudando o homem confiante a caminhar. Fazia pouca diferença: o trabalho de Caprini estava quase concluído.

Além de Marché, a cidade de Meaux ainda ardia em chamas, e o faria por semanas a fio. Núcleos de fogo profundos, cinzas brilhantes que se recusavam a morrer, continuavam a queimar conforme o vime tombado das construções e as paredes de palha seca os alimentavam. Uma fumaça ocre permanecia, e o fedor de carne queimada começava a ficar insuportável quando vinha trazido pela brisa. John Jacob e os capitães tinham organizado seus homens para limpar a ponte dos Jacques mortos, jogando os corpos estilhaçados no rio. Tendo feito isso, seguiram as ordens de Blackstone de fazer o mesmo com uma das estreitas ruas, para que o Captal de Buch pudesse cavalgar sem obstáculos pela cidade.

O corpo de Werner von Lienhard foi despido, e sua bela armadura foi desmantelada pelos homens, visto que Blackstone recusou-se a ficar com ela como prêmio. Não tinha vontade alguma de enjaular-se em armadura usada por um homem cujo espírito maligno ainda permanecia ali. Cada um dos capitães ficou com um pedaço, depois uma corda foi solta do alto da muralha, e o cadáver do alemão foi içado pelos tornozelos como um porco no açougue. O sangue vazava do corpo pelo rosto esmagado, que congelara numa máscara roxa. Quem testemunhou a luta contaria sua própria versão do que vira e, quando Grailly enviasse um mensageiro ao sul da Gasconha para declarar o fim da revolta dos Jacques, a notícia do destino do campeão dos Visconti logo atravessaria as passagens nas montanhas e chegaria às Víboras de Milão. A morte de Lienhard tinha pouca importância no andar da carruagem e logo seria esquecida – a notícia do fracasso da grande rebelião teria precedência. E isso também seria afastado da memória, posto que a luta por Paris avisava que a briga pela França continuava.

Os milhares que morreram eram pouco mais do que pedras nas quais pisar para cruzar as turbulentas águas da França.

Os homens de Blackstone descansavam merecidamente. Receberam cerveja tomada de um dos celeiros e, após o trabalho de limpar a ponte e as ruas, puderam descansar um pouco, antes que seu suserano lhes desse mais ordens. O perigo já quase não existia mais, e os arqueiros sabiam que tinham se safado durante a chacina. Pela primeira vez não foram ameaçados por uma força sobrepujante que poderia tê-los alcançado. Ficavam debatendo quem teria feito o trabalho mais duro na matança dos Jacques. O dia úmido estava quente demais para discutir, e a cerveja, a poucos dias de estragar, precisava ser consumida. Os homens de Blackstone relaxavam, como fazem todos os soldados em todos os exércitos, gratos por serem quase esquecidos, observando a atividade que prosseguia no pátio.

Os cavalos relinchavam e se debatiam contra os cavaleiros, que xingavam e lutavam para controlá-los. Grailly e seu primo tinham reunido cavaleiros e regalaram-se e a seus cavalos com suas cores. Túnicas vermelhas e verdes; traços azuis por cima do diamante vermelho; faixas amarelas, negras, prateadas e brancas representando a asa de um pássaro; ponta de lança e barras cruzadas douradas. Os grandes e musculosos cavalos ficavam ainda mais fabulosos com a capa ostentando o brasão de seu senhor cobrindo seus corpos imensos. O Captal e seus cavaleiros vestiam-se como os poderosos exércitos da França e Inglaterra sempre fizeram ao ir à guerra, um espetáculo para impressionar e aterrorizar o inimigo, uma grande demonstração de orgulho que lembrava o homem comum de seu lugar no mundo.

– Como uma porcaria de uma feira – murmurou Will Longdon, encostado nas muralhas com os outros arqueiros, procurando ficar fora do caminho dos cavaleiros.

– Acha que tem alguma necessidade de se vestir todo assim como um ator de teatro para matar uns poucos camponeses? – perguntou Jack Halfpenny.

Gaillard afiava a faca sobre a pedra, observando os lordes e cavaleiros se preparando para partir. Ele bufou e cuspiu.

– Melhor morrer com glória sob as mãos de um grande cavaleiro com todas as regalias do que ser levado pela doença do suor.

– Ele tem razão – disse Thurgood. – Prefiro me arriscar contra um desses do que contra algo que não vejo rastejando dentro de mim.

Will Longdon olhou de um para o outro. Santa Mãe de Deus. Gaillard piscou os olhos. O maldito normando estava de gozação.

— Thurgood, seu burro! – disse o arqueiro, entrando na brincadeira. – Todo mundo sabe que dá para ver os suores vindo.

— Ah, é? – disse o arqueiro, franzindo o cenho.

— Quando foi a última vez que você mijou? – disse Gaillard, percebendo que Longdon entendera.

— Mijei?

— Aye. Quando foi que abriu a túnica, baixou a ceroula, pôs essa porcaria que você chama de pau para fora e mijou?

— Assim que amanheceu – disse Thurgood, parecendo ainda mais preocupado.

— E aí? – disse Longdon. – Estava tudo bem, não?

— Com o meu pau?

— Com o seu mijo! – urgiu Meulon, que finalmente captara a essência da brincadeira.

Thurgood começou a gaguejar, tentando se lembrar.

— Eu... não sei... estava escuro.

— Seu mijo? – disse Gaillard, parecendo preocupado.

— Não! Quis dizer que ainda estava muito escuro para enxergar.

— Ah – disse Meulon, com certo pesar na voz, e olhou de Gaillard para Longdon. – Isso não é bom sinal. Quando amanhece, é o momento em que a doença do suor começa a se mostrar.

— É mesmo? – disse Thurgood.

— Sempre no primeiro mijo do dia – acrescentou Longdon, com expressão igualmente consternada, sacudindo tristemente a cabeça.

— Maldição – disse Thurgood. – Não sabia disso.

— Às vezes dá para ver quando mijar de novo. Nem sempre. Só às vezes – disse Meulon.

— Aye – Longdon concordou. – Às vezes.

— E coça. A virilha tá coçando? – disse Gaillard, muito sério.

— Não mais do que o normal – Thurgood respondeu, meio inseguro; por acaso alguém ali não tinha coceira na virilha?

Longdon deu de ombros, e ficaram todos em silêncio. Voltaram a observar os grandes cavaleiros puxando as rédeas de suas montarias, enquanto os escudeiros corriam daqui para lá, ajustando tiras e ajeitando a túnica dos cavalos.

Thurgood parecia preocupado. Ele coçou a virilha e se afastou dali.

— Vou dar outro mijo.

Os outros o ignoraram, a não ser Longdon, que o olhou de relance.

— Boa ideia – disse, meio indiferente.

Thurgood acenou e foi andando, parou no meio do pátio e virou.

– O que tenho que ver?

– Um idiota com o pau na mão! – gritou Longdon, e uniu-se aos outros numa grande algazarra.

O gargalhar silenciou quando Blackstone e Killbere se aproximaram deles.

– Aqui vamos nós – disse Longdon, e chamou Thurgood, todo envergonhado. – Volte para cá agora mesmo!

Blackstone parou em frente a Grailly para falar com o jovem lorde, segurando a brida do cavalo para firmá-la.

Killbere foi até os homens e falou rapidamente.

– Sir Thomas dirá ao Lorde de Hangest que acompanharemos a família real até Compiègne. O local não cedeu aos Jacques, e a família do Delfim ficará a salvo por lá.

– O Delfim não virá buscá-las, então? – perguntou John Jacob.

– Se ele não se importou quando os Jacques as ameaçaram, não virá agora, não é mesmo? – disse Will.

Killbere olhou para trás, vendo os cavaleiros começando a formar uma coluna de pares atrás de Grailly e do conde de Foix.

– Rapazes, prestem atenção. Esses lordes e homens de armas estão de saída, e não sabemos onde está o exército do Delfim. Seria muito melhor tê-lo por perto, mas cada dia traz seus próprios problemas. Escoltaremos as mulheres e as crianças o mais longe que pudermos, mas se os franceses alcançarem nossos calcanhares, não teremos chance alguma de fugir. E não há garantia de que Lorde de Hangest concordará com a proposta de Sir Thomas, mas o homem não é nenhum bobo, e estamos em mais homens, então ele deve concordar, penso eu.

Meulon falou pelos outros capitães.

– Sir Gilbert, se levarmos a família do Delfim a um local seguro, isso deveria nos garantir clemência caso sejamos presos pelas tropas dele.

– Sir Thomas um dia jurou matar o rei da França. Acha que o filho dele se esqueceu disso? Nosso soberano pode tê-lo perdoado, mas a vida de Sir Thomas será tirada dele se o Delfim o pegar. Somos de pouco interesse para os outros. Nosso sacrifício não vale de nada. – Ele foi olhando para cada um dos homens. – Quem dentre nós não seria enforcado se capturado? Nosso rei ainda deseja ter a França. Aqueles cavaleiros sairão e matarão até se cansarem, depois ficarão ao lado de Navarre para lutar por Paris. – O cavaleiro assoou o nariz e limpou a barba com as costas da mão. – Segurem bem as rédeas de seus homens. Escolta e batedores, e uma retaguarda de soldados montados – disse, olhando para Meulon e Gaillard. – Temos que nos cuidar, rapazes. O assunto aqui ainda não foi encerrado.

※

Grailly inclinou-se da sela, de visor erguido.

– Você não pode ficar aqui, e sabe disso, Thomas. E minha palavra não pode mais protegê-lo.

– Foi muita sorte minha, milorde, você estar aqui. Sem você, teríamos caído sob as facas e foices dos Jacques.

– Foi uma batalha em conjunto, e está quase no fim. Junte-se a nós, Thomas. Irei me encontrar com Navarre assim que tivermos dado cabo de mais alguns camponeses.

Blackstone fez que não.

– Não se aventure em Paris, milorde. Eu disse o mesmo para Edward. Enquanto sai para matar mais Jacques, Navarre fará uma barganha com os líderes de dentro da cidade. Ficará aprisionado naquelas ruas. – Thomas deixou o cavalo farejar sua mão, e sorriu para o Captal de Buch. – Além disso, tenho ainda de cumprir minha missão, designada a mim pelo rei.

Grailly assentiu. Havia algo naquele homem comum que arranhava o orgulho até de um lorde importante. Era bem corajoso, mas a mensagem ostentada pelo escudo era um recado simples para todos, altos lordes ou homens comuns: *Desafiando a morte*. Bem, pensou Grailly, impertinência e ousadia eram, em geral, tão necessárias quanto um punho dentro da manopla. E essa ousadia, mesmo sabendo que Lienhard fora melhor na espada, permitira ao inglês – com a confiança em Deus e na própria força – derrotá-lo. Blackstone mostrara que era o melhor.

– Já conversei com Lorde de Hangest. Ele está com a duquesa agora. Eles sabem que devem partir, e que o perigo quase passou, mas ele está com medo de Navarre. Emprestei alguns cavaleiros para escoltar as outras mulheres e crianças de volta a seus lares… ou o que sobrou deles. É preciso recuperar o que puderem de suas vidas. Ele e os guardas escoltarão a duquesa e a família real para outro lugar.

– Compiègne – disse Blackstone.

Grailly fez que sim.

– O local mais óbvio, mas o mais seguro. – Ele juntou as rédeas e ajeitou o escudo. – Está incumbido de uma tarefa que nos conecta a todos, mas agora tem também o fardo de uma família.

– Não é fardo nenhum, milorde – disse Blackstone, e sorriu. – Logo estarei na Inglaterra, e levarei a família junto. Estaremos todos a salvo, então.

Grailly lançou ao outro um olhar quase de empatia.

– Nós nunca estaremos a salvo, Thomas. Não enquanto vivermos.

Blackstone soltou a brida do cavalo e recuou, para que Grailly saísse com o cavalo. Ele passou por baixo do rastrilho, seguido pelo conde de Foix e os outros cavaleiros. Em questão de segundos, o pátio ficou vazio. Servos e escudeiros saíram a galope atrás de seus senhores; o forte tinha apenas um mordomo e um punhado de pessoas que permaneceram para cuidar de sua administração. Pilhas de esterco de cavalo fumegante jaziam onde, momentos antes, estiveram os grandes cavalos de guerra. No pátio, reinava um silêncio sinistro.

– Aí está – murmurou Will Longdon. – Restou-nos a bosta mais uma vez.

Capítulo Quarenta e Nove

Em questão de uma hora, os homens de Blackstone estavam prontos para aventurar-se além dos muros da cidade. Suprimento fora reunido e estocado em segurança nas sacolas das selas. Os homens de Will Longdon tinham recuperado e limpado todas as flechas que puderam. As penas de ganso das pontas estavam danificadas, e seria preciso um bom artesão para consertar, por isso tinham de encontrar um. E Blackstone sabia que cedo ou tarde teria que retornar a Calais, a não ser que pudesse permutar um feixe de flechas com os salteadores ingleses que acompanhavam Charles de Navarre.

O que ele realmente precisava fazer era ficar longe de confusão.

Hangest chamou-o para uma porta que dava para o solar onde a esposa e a família do Delfim aguardavam, sendo preparadas para deixar o forte.

– Você devia ter se juntado aos homens de Captal e escoltado as outras mulheres deste lugar – disse. – Não tenho vontade nenhuma de ter um bando misto de ingleses e normandos nas costas.

Pela fenda da porta, Blackstone viu de relance uma menina que devia ter a mesma idade que Agnes, com uma touca de renda bordada mantendo o cabelo no lugar, correndo pela sala até uma das damas de companhia, que a censurou pela empolgação. As outras mulheres do local viraram-se ao ouvir a voz de seu protetor e, vendo aquele inglês enorme, correram para tirar a menina de vistas.

– Aquela era a filha do rei, Isabelle? – ele perguntou.

– Quem está sob os meus cuidados não lhe diz respeito, Sir Thomas. Não preciso de você nem dos seus homens.

Dizendo isso, o homem fechou a porta, protegendo as poucas mulheres que acompanhavam a duquesa do olhar de Blackstone.

Este olhou lá para baixo, onde as sobreviventes do terror eram ajudadas a subir em carruagens pelo que restara dos homens de Grailly.

– Podem achar que a duquesa está entre aquelas mulheres sendo escoltadas. Era essa a intenção?

– Não estamos usando aquelas mulheres inocentes como isca para Jacques que possam ainda estar por perto.

– Mas estão usando uma das carruagens reais – disse Blackstone, vendo a lenta procissão de cavaleiros e mulheres cruzar os portões.

Hangest os viu partir.

– Não há muito que fazer além de atrair a atenção dos batedores de Navarre. Os Jacques foram derrotados, e vou levar um dia de viagem para levar minha carga a um local seguro.

– Milorde, o rei da Inglaterra não quer nada mais que o bem-estar delas, num local seguro. Foi por isso que vim em busca delas. Isabelle é filha do rei da França e, se ela estiver a salvo, ele falará com seu povo e juntará a soma requisitada pelo meu rei.

Hangest fez cara de desdém e saiu andando.

– Você é um tolo, Sir Thomas! Cedo ou tarde, o Delfim buscará sua família e sua irmã. Ela é próxima do seio dessa família! Acha que o rei da Inglaterra se importa com uma menina de 9 anos de idade? Ele só liga para a coroa! Se tomar Isabelle, terá a chave do coração de um rei. Há uma guerra a ser travada, você não enxerga?

Blackstone alcançou o homem.

– Que guerra? Que exércitos? Navarre? O homem é escorregadio feito enguia, e é capaz de barganhar com o diabo. Quem é que sabe quantas tropas o Delfim juntou na Borgonha? É o seu rei quem decidirá o destino da França.

– É o seu quem nos estrangula com filhos de iniquidade como **você** e seus homens e um egoísta como Navarre, que faz o serviço sujo do seu soberano. Navarre acha que colocará as mãos na coroa francesa se for a Paris... está fazendo o que seu rei não pode fazer, mas os fios estão sendo manipulados por Edward! Navarre e os salteadores que ele usa estão a serviço do seu rei! Do seu! Vocês venceram uma batalha maldita e capturaram nosso soberano, e pagaremos por isso. Mas você não levará essa menina!

Blackstone viu Hangest sair andando.

— Eu o seguirei! – disse de longe. – Tem a minha palavra de que fui ordenado apenas para me certificar de que cheguem a um local seguro. Nada mais!

A voz do inglês ecoou pelo corredor. Hangest virou-se. Por um momento, Blackstone pensou que o homem desistira. Ele largou os ombros e sacudiu a cabeça, como se derrotado.

— Sir Thomas – disse mais gentilmente –, sua palavra é de honra, e disso não há dúvida. Você é um guerreiro, e sabe como uma contenda deve ser conduzida e uma campanha determinada, mas não entende nada do lado político das coisas. – Ele suspirou. – Logo entenderá.

Hangest deixou Blackstone ali sozinho na passarela. O silêncio do castelo foi quebrado somente pelas passadas apressadas do cavaleiro.

Não seria vergonhoso ir para Calais agora. A família do Delfim e a filha do rei francês estavam em boas mãos. A família estaria em Compiègne dentro de algumas horas, atrás de muros que não foram ultrapassados, enquanto o Delfim tentava deixar Navarre para trás e recuperar Paris. Promessas seriam feitas e depois revogadas – rompidas à força ou sutilmente. Hangest tinha razão. Era a política que desfaria os oponentes. Nenhum soldado enxergava as batalhas maiores; via somente aqueles que viviam e morriam na ponta de sua espada – visão tão restrita quanto a que se tinha detrás do visor de um elmo.

Encontre-as e garanta sua segurança. As palavras do rei da Inglaterra era sussurrada por toda a França e por aqueles corredores escuros. Blackstone estava a um dia de cavalgada tranquila de cumprir sua missão.

Nada de mais.

❦

Estava tudo preparado. Hangest guiou seus homens para além dos muros da cidade, ladeando as duas carruagens reais. O brasão do Delfim fora escondido por um pedaço drapeado de juta, e sem bandeiras nem flâmulas, a guarda sem fanfarra, ao contrário da partida de Grailly, horas antes. Blackstone esperou até poder ver das ameias do forte que Hangest estava um quilômetro além dos muros de Meaux. Ele e Killbere guiariam John Jacob, Meulon e Gaillard, levando seus homens nos flancos, com os arqueiros de Will Longdon na retaguarda. Apesar da falta de flechas, havia meia dúzia delas por homem. Com trinta arqueiros, seria o suficiente para deter qualquer pequeno bando com que pudessem se deparar.

O irmão Bertrand corria de um lado a outro trazendo cavalos, apertando cilhas, checando sacolas nas selas, querendo apenas agradar os homens que lhe tinham permitido acompanhá-los. Não era sempre que lhe concediam tolerância. Killbere deu-lhe um safanão na cabeça quando ele tentou segurar o cavalo pela brida.

— Tire essas suas mãos nojentas do meu cavalo! – disse Killbere, enquanto Bertrand afastava-se, envergonhado com a censura do capitão.

Enquanto os homens montavam, Jack Halfpenny ousou erguer a voz.

— Melhor ver se não pegou sarna, Sir Gilbert!

Quem estava por perto sorriu, mas ninguém queria abusar muito da boa vontade de Killbere antes de deixar a segurança dos muros da cidade. Os Jacques podiam já ter sido derrotados, mas havia bastantes franceses reunindo-se num exército em algum lugar lá fora, e o humor de Killbere era sempre duvidoso, na melhor das circunstâncias.

— Terão o direito de brincar comigo quando eu tiver sentido seu sangue espirrar nas minhas botas. Você disse que estiveram em Poitiers?

— Aye, milorde. Eu e Robert – disse Halfpenny, meio nervoso, acenando para Thurgood, logo ao lado.

— Comigo que não foi – disse Killbere, juntando as rédeas. – Nem em Blanchetaque, nem em Crécy. Will? – ele chamou Longdon, sendo estranhamente amigável. – Nós estávamos lá, não é?

— Estávamos, Sir Gilbert – o arqueiro respondeu, regozijando-se com o tom benevolente do grande cavaleiro.

— Acha que meu cavalo corre perigo perto do monge profano e a sarna dele?

— Eu diria que ela já rastejou por debaixo da sela e se aninhou na sua virilha.

Killbere riu, como os outros que tinham servido juntos ao longo de anos. Halfpenny e Thurgood sorriram, tímidos. Não era novidade ter que aguentar a gozação de homens que tinham lutado lado a lado e vivido para contar a história.

Killbere virou-se na sela.

— Ficaremos bem atrás da escolta francesa. Estão com receio de nós, não se sabe por quê.

Os homens riram. O bom humor de Killbere lhes fazia muito bem. Depois de cumprida a última missão, o mundo seria um lugar melhor porque seu mestre, Thomas Blackstone, ganharia mais status, algo de que todos se beneficiariam. O orgulho era um companheiro valoroso quando tão poucos eram escolhidos.

Killbere ajeitou-se na sela, contente como poderia estar um homem que ansiava por uma guerra decente. Quem sabe não estaria por vir, ele se confortou. E provavelmente antes que Thomas Blackstone largasse as tetas da esposa para unir-se a eles.

Blackstone, abraçado com Christiana, aproveitava a sensação do calor do corpo dela e o perfume dos cabelos. Ela suspirava de tão contente; ele, pelo desejo descontrolado.

– Vá – ela disse. – Antes que eu impeça.

– E poderia. Gilbert pode fazer o que precisa ser feito.

– E você guardaria rancor de mim depois. Eles são seus homens, Thomas. Vá com eles. – Ela suspirou mais uma vez. – Já estou resignada. – Sorriu e o beijou. – Finalmente. – Christiana virou-se e chamou Agnes. – Venha aqui dar um beijo de despedida no seu pai.

Blackstone apoiou-se num dos joelhos, protegendo a perna ferida.

– Agnes, tenho tantas histórias para te contar, mas agora tenho que ir. Volto amanhã.

Olhando bem nos olhos da filha, o cavaleiro viu a admiração que sempre o encantara. Com o dedo, ela tracejou a cicatriz, do alto à base, com a boca semiaberta e a língua tocando o lábio superior, como se concentrada em desenhar uma linha com giz na pedra.

– Vai chover – disse.

– Ah é? Como sabe?

– Porque você estava coçando o braço. E sempre fazia isso quando ficava frio ou quando ia chover.

A memória de uma criança é como o farfalhar das asas de uma fada, ele um dia lhe dissera. Teriam os dois anos que estiveram separados sido apenas isso para ela?

– Você tem razão. Andou doendo. E o clima está úmido. Talvez venha mesmo uma tempestade.

A menina deu de ombros e envolveu o pescoço do pai com os braços.

– Você sempre tem o cheiro do seu cavalo, pai.

Blackstone sorriu e beijou a filha na testa.

Henry estava na porta. Jacob arranjara-lhe uma túnica, grande demais nos ombros, mas ele a usava com cinto. O brasão de Blackstone aparecia no peito. O menino tentava suprimir o orgulho, mas não conseguia.

– Eu devia viajar com você e servir ao mestre Jacob – disse.

– Eu sei. Mas vai demorar mais alguns anos para se tornar escudeiro, e deixaremos você lutar. Tenha paciência. Faça o que sua mãe mandar. – Ele olhou para Christiana. – E tem algo que vou te contar quando eu retornar que é importante para todos nós.

Christiana sorriu, grata.

— Sim, pai — disse Henry, muito obediente, sem ousar perguntar o que seria essa novidade; estava se esforçando muito para aprender essa paciência que demandavam dele.

— Deixe-o cavalgar com você, Thomas. Ele conquistou esse direito — disse Christiana.

A hora para contar o segredo chegaria; por ora, o filho devia ficar junto do pai.

— Tudo bem — disse Blackstone, vendo o rosto do filho iluminar-se. Um reflexo dele, do passado. — Vá para junto de Sir Gilbert.

Henry saiu correndo, sem nem pensar em dar adeus à mãe.

Blackstone estava prestes a chamá-lo para repreendê-lo.

— Não tem problema, Thomas. Deixe. Está tudo bem, agora.

O cavaleiro demorou-se um pouco, desejando poder negar seu dever.

— Até amanhã. Bertrand atenderá vocês; certifique-se de que ele traga comida quente da cozinha e água fresca para beber. Há homens nos muros e portões, e pedi a frei Stefano que fique perto de vocês. Confie nele; ele tem Deus ao seu lado e protege os peregrinos. E parece pensar que sou um deles.

Blackstone sorriu. Não havia mais o que dizer. Ele cruzou o batente da porta e se virou. Christiana estava com Agnes junto das saias, envolvendo a filha com os braços. Thomas reparou no que fizera e ficou admirado. Nunca antes ele tinha olhado para trás.

✼

Andando pela galeria, Blackstone viu os homens lá embaixo, esperando por ele. Uma camada sedosa de nuvens leves impedia o sol de fazer sombras, mas, quando viu Caprini aguardando no fim de um corredor, no topo de uma escadaria, foi como ver a escuridão à espreita atrás de um pilar. O manto negro engolia os traços do frei, mas seus olhos alertas captavam a luz da escadaria, fixos em Blackstone. A expressão séria do homem sempre lembrava Blackstone de sua infância e do padre da vila, que olhava feio para os meninos que se esforçavam para aprender o que ele ensinava, e estava sempre pronto para usar um graveto de aveleira para cobrar deles a concentração.

— Prometi acompanhá-lo até o final da sua jornada — disse Caprini.

— E eu senti a sua presença em cada passada do trajeto. Sua missão está quase concluída agora, como a minha. E depois poderemos seguir caminhos diferentes. Preciso dos meus homens comigo, mas alguém superior, alguém em quem eu confie, deve ficar por aqui.

O cavaleiro do Tau ficou em silêncio por um momento, depois assentiu.

– Rezarei por você.

Blackstone desceu a escadaria. Caprini foi até a balaustrada da galeria, de onde viu o bando de homens com quem viajara desde Luca. Killbere gritou alguma coisa para Blackstone, e os outros riram. Este ergueu a mão, como que pedindo desculpas pela brincadeira. O que disseram, o frei não entendera. Os ingleses usavam palavras que tinham duplo sentido. Melhor, pensou ele, ser um homem que fala apenas diretamente; assim todos sabem o que pensar dos outros. Não podia haver espaço para mal-entendidos. O homem devia rezar diretamente para Deus, e matar por necessidade, sem pena.

Ouvindo o barulho dos cascos dos cavalos martelando o pátio, o cavaleiro do Tau dirigiu-se para o quarto onde a esposa e a filha de Blackstone aguardavam.

Capítulo Cinquenta

Hangest transpirava debaixo da cota de malha, de túnica amassada e manchada, como a dos outros homens, por causa da batalha e do fogo em Meaux. Não houvera tempo para o luxo de um banho; quisera ele poder livrar-se de suas responsabilidades. Uma vez em Compiègne, poderia relaxar – se algum dia chegassem lá, nesse ritmo lento. O cavaleiro puxou a coifa de malha da cabeça, desejando que a pouca brisa que soprava aumentasse. Odiava esse clima maldito. Deixava as mulheres inconsoláveis e os homens de mau humor, e o passo agonizante de lento da jornada cutucava ainda mais sua paciência já testada. A carruagem real era tão lenta quanto um homem caminhando, e ele mal podia esperar para alcançar o campo aberto. Negara ao grupo a rota pela floresta; teria sido mais fresca, mas muito mais perigosa. A duquesa reclamara, como sempre fazia, mas o marido – graças a Deus! – ordenara-lhe que obedecesse todas as instruções de Hangest.

Ele ia guiando, seguido pela carruagem que rangia, flanqueada pelos soldados. Pela décima vez em uma hora o cavaleiro virou-se na sela. Pouco mais de um quilômetro atrás vinha a inconfundível falange de Thomas Blackstone e seus homens. Seguiam as trilhas deixadas pelo bando da frente, uma presença tão constante quanto o calor. E como o calor, a presença deles induzia uma noção falsa de segurança.

Os cavaleiros apareceram meio quilômetro à frente, dois de seus batedores esporeando os cavalos para galopar no morro suave. Hangest protegeu os olhos da luz que vinha do alto e olhou ao redor, desesperado, procurando pelo lugar que pudesse oferecer a melhor proteção. Se galopassem, fariam soar um alarme.

Uma colina próxima oferecia um pouco de segurança, mas a madeira pesada da carruagem não lhe permitiria chegar até lá, mesmo se chicoteassem os cavalos até a morte. Ele demorou demais para pensar. Logo ouviu o baque de cascos atrás de si: era Blackstone, com seus homens, atiçando-os para que o acompanhassem. O inglês vira os dois pontinhos no horizonte antes de Hangest. Os batedores e Blackstone chegaram quase ao mesmo tempo.

Os batedores, em pânico, viraram-se e apontaram para trás.

– Menos de um quilômetro, milorde. Um grupo grande de homens.

Antes que Hangest pudesse fazer mais perguntas, uma fileira de cavaleiros apareceu ao longe. Flâmulas afuniladas ondulavam nas lanças, dada a velocidade com que vieram.

– Formação! – Blackstone gritou para seus homens, parando perto de Hangest. – Milorde, mande seus homens ficarem atrás de nós para proteger a carga. Não tem para onde fugir. Teremos de nos defender aqui.

Killbere e John Jacob já tinham galopado até as laterais, enquanto Meulon e Gaillard desmontaram seus homens e os organizaram numa longa fileira. Atrás deles, os arqueiros de Will Longdon assumiram posição, deixando o pouco de flechas que tinham na terra a seus pés. Arcos foram descobertos, as cordas preparadas, e flechas deitadas em cima dos nós dos dedos, prontas para puxar e soltar. Os cavaleiros eram mantidos na retaguarda. Hangest hesitou. Os homens de Blackstone organizaram-se com eficiência praticada e invejável, mas os homens que se aproximavam poderiam ser elementos líderes do exército do Delfim da Borgonha. Ou Charles de Navarre.

– Milorde – disse Blackstone com uma voz de aço. – Temos pouco tempo.

– É o Captal? Ele retornou para nós?

– Vai saber.

Hangest respondeu rapidamente, posicionando seus homens e a carruagem atrás da defesa de Blackstone.

Este gritou para seus homens.

– Franceses?

O ar trêmulo do verão e o suor nos olhos deles dificultavam determinar. O solo ondulante permitia que as flâmulas fossem vistas, mas seus rabos esguios eram pouco mais do que lacinhos coloridos.

– Não consigo enxergar, Sir Thomas – gritou Will Longdon, que preferiu consultar a visão afiada de Halfpenny. – Jack?

– Nenhum brasão visível ainda. Escudos abaixados. Em cima da sela.

– Ele tem razão! – berrou Meulon.

Os cavaleiros que se aproximavam estenderam sua fileira por todo o morro e diminuíram o passo.

– Já nos viram – gritou John Jacob. – Avistaram nossos arqueiros.

Blackstone avançou uns doze metros e parou o mais alto que pôde, apoiado nos estribos, para enxergar os homens que se aproximavam lentamente. Quando um cavalo virou-se no contorno, ele viu um escudo de relance. Um monte de diamantes azuis contra um fundo branco e uma cruz vermelha de São Jorge no canto superior esquerdo.

– São ingleses!

– Navarre está com eles? Viu o brasão? – gritou Hangest.

– Não.

Os cansados cavaleiros pararam um pouco além do alcance dos disparos dos arqueiros. Hangest urgiu seu cavalo à frente.

– Querem nos levar – disse, parando ao lado de Blackstone.

Este observava os pacientes invasores. Nenhuma espada desembainhada, nenhuma lança apontada. Não tinham tentando flanqueá-los.

– Uns oitenta homens, milorde. Estão de visor erguido e esperando por nós. Não sabem quantas flechas meus arqueiros têm. Não ousariam chegar mais perto. Querem conversar.

Hangest olhou para trás. A defesa estava bastante forte, agora que os homens de Blackstone tinham sido alocados, mas um ataque organizado os puniria, e a família real era um alvo fácil.

– Então evitemos derramamento de sangue, se for possível – disse ele, e esporeou seu cavalo à frente, na direção dos cavaleiros, sendo seguido logo atrás por Blackstone.

– Até metade do caminho – disse ele a Hangest. – Deixe que venham até nós.

Na metade da distância, eles pararam, e quatro dos cavaleiros urgiram seus cavalos adiante. Queriam mesmo conversar. Quando chegaram mais perto, Blackstone reconheceu um dos cavaleiros. Era o mal-encarado Gilbert Chastelleyn, que lhe dera ordens em Windsor. Ele parou, encarando Blackstone. A cara fechada não deu sinal algum de surpresa ao vê-lo. Ignorando-o, o cavaleiro curvou a cabeça para o francês.

– Milorde. Sou Gilbert Chastelleyn. Eu sirvo a Edward, rei da Inglaterra.

– Sou Jean de Hangest, que serve a Jean de Valois, rei da França, e seu filho Charles, Delfim, regente da França.

Os dois cavaleiros reais repararam no outro.

– Milorde de Cusington não está com você? – perguntou Blackstone.

Ouvia-se muito que os dois conduziam as ordens do rei juntos. Um cavaleiro de guerra e um negociador experiente compunham um par formidável.

Chastelleyn ficou pensando por um momento.

– Não é problema você saber que ele está em Paris.

Ocorreu a Blackstone que, se o negociador do rei da Inglaterra estava em Paris, então este andava usando Navarre, o usurpador.

– Paris está sob o poder da Inglaterra e seus aliados? – perguntou Hangest, ansioso.

Se o inimigo tivesse tomado a capital, então muito provavelmente o rei francês já tinha perdido a coroa. Gilbert Chastelleyn hesitou.

– Os eventos ocorrem rapidamente, milorde. Mas... não. Negociamos com Navarre, que por sua vez faz promessas ao propretor dos mercadores, que, agora que a revolta foi esmagada, estende as mãos para o Delfim. A cidade está dividida.

Hangest grunhiu.

– Navarre tem salteadores ingleses consigo. O que significa que não há um exército inglês nestas margens. Não há acordo que se possa fechar entre um bosta como Navarre, com um bando de assassinos nas costas, e o propretor. Ninguém abrirá os portões da cidade para o seu rei. – O homem foi esperto o bastante para entender que Chastelleyn estava sozinho. Não tinha uma força invasora dando apoio. – O que você quer?

– A menina – disse Chastelleyn.

Hangest recuou sobre a sela como se tivesse levado um tapa no rosto.

– A filha do rei John, Isabelle – acrescentou o outro.

Hangest olhou feio para Blackstone.

– Você mentiu para mim – disse, frio. – Dando sua palavra de honra, você disse que não tinha intenção alguma de levar a menina.

Chastelleyn respondeu.

– Sir Thomas não está sabendo de nada disso. Ele foi enviado para encontrar a família real, milorde. Não sabíamos onde estava escondida. Foi-lhe ordenado que a levasse para um local seguro. Eu fui enviado para segui-lo.

– E ainda está sendo levada para um local seguro – disse Blackstone. – Somente então minha missão estará concluída.

– Sua missão foi concluída agora – disse Chastelleyn, quase sem olhar para Blackstone. – Meu rei e o seu desejam a menina – ele completou, dirigindo-se a Hangest.

— Não! — disse este, agarrando as rédeas com mais força, o que fez o cavalo erguer a cabeça, levando um solavanco cruel da brida.

— Você obedecerá ao seu soberano! — disse Chastelleyn, tirando uma carta da manopla. Úmida e manchada de suor, a carta ainda ostentava o selo do monarca francês, que ele jogou em Hangest. — Ou eu a tomarei! Sir Thomas e seus rufiões jamais erguerão um dedo contra os homens de seu próprio rei.

Hangest rasgou o papel, muito sem jeito, ávido por ler o que estava escrito.

— Não temos interesse nenhum pela família do Delfim — Chastelleyn prosseguiu. — Somente na filha do rei John. Pode levar as outras para onde quiser. Até onde sei, o Delfim está marchando ao longo do Marne com doze mil homens. Então o tempo está me mordendo nos calcanhares feito um maldito cachorro num fosso de ursos.

Chastelleyn olhou para Blackstone, esteve prestes a dizer alguma coisa, mas não o fez. Hangest precisava ser convencido.

— Pelo amor de Cristo! Um acordo está para ser firmado com a menina. Se não tomarmos a França, então seu rei venderá a criança para conseguir o dinheiro do resgate.

Hangest leu somente o necessário. Foi com os ombros um pouco largados que ele dobrou a carta e a enfiou na luva de cavalgar. Depois olhou para Blackstone.

— Eu disse que a política está além da compreensão de um soldado. — E para Chastelleyn. — A menina não pode cavalgar neste clima. Precisa de abrigo.

— Nós os acompanharemos por mais uns oito quilômetros, até uma abadia na qual há uma carruagem esperando, preparada para ela e sua governanta.

— Mesmo assim, cavalgaremos com vocês — disse Thomas.

Hangest fez um aceno e virou seu cavalo. Blackstone juntou as rédeas para acompanhá-lo.

— Sir Thomas — disse Chastelleyn. — Espere.

Blackstone virou-se para o inglês.

— Não sou seu amigo. E admiti ao rei e ao príncipe que eu fui um dos amigos dele que tentaram impedir que você viesse da Itália. Achávamos que a rainha Isabella representasse uma ameaça. E chegou a notícia, antes de você, de que você fora enviado como assassino para matar o príncipe.

— Eu nunca lhe faria mal.

— Ele sabe disso. E ficará contente por você não ter sido ferido. Sabendo o que sabemos agora.

Blackstone franziu o cenho.

— Milorde?

– Você encontrou o homem?

– Estou em desvantagem – disse Blackstone, com uma segurança crescente retorcendo-se na mente.

– Chegou notícia de Florença. Havia um assassino, mas a vítima era para ter sido *você*.

Blackstone sacudiu a cabeça. Era tudo confuso demais para entender.

– Como eu poderia saber quem é ou desmascará-lo se ele não me atacou?

– Ele esteve com você desde o começo. Antes de você chegar à Inglaterra. É um homem de Deus.

Capítulo Cinquenta e Um

O assassino levou menos de uma hora para se preparar. Andava rápido, de faca na mão, em direção aos aposentos de Christiana. *Inflija o máximo de dor e sofrimento em Thomas Blackstone. Faça-o gritar de agonia, e que tenha o coração rasgado pelo que vir. Ele deve morrer uma morte muito longa.* As palavras de Bernabò Visconti eram como um canto na mente dele, tanto quanto a imagem da Víbora de Milão babando de deleite, os dentes à mostra ao saborear o terror que seria infligido.

O cavaleiro do Tau entrou lentamente no quarto, de faca na mão, porém abaixada, pronta para um ataque ligeiro. Antes, ouvira um som que o fizera ter cautela. A porta estava aberta, deixando vazar uma faixa de luz. Alguém passou rápido pela fenda. Muito veloz. Sombras. Respiração um pouco fora do comum.

Com a mão livre ele abriu a porta, o mais lento que pôde, torcendo para que as dobradiças não o entregassem. Avançou com a perna, deixando a lateral do pé rolar pelo piso de pedra, furtivo feito um caçador, sem fazer barulho de passos, sem alertar a presa.

Havia mais uma porta antes do quarto seguinte. Outra entrada. Maldição. Não lhe ocorrera antes que havia outra entrada.

❦

Killbere manteve a formação, mantendo os homens juntos, enquanto Perinne segurava as rédeas do cavalo de Henry, sob ordens de Blackstone para que não deixassem que o menino fosse junto com ele. O cavalo bastardo quase estourara o próprio coração de tanto galopar de volta a Meaux, serpenteando pelas ruas contorcidas e por cima da ponte. Uma vez dentro do forte, Blackstone subiu correndo as escadas, alertando a retaguarda.

– Onde está ele? O cavaleiro italiano! Onde está?

De tão confusos, os soldados ficaram mudos e, caso tivessem resposta, já era tarde demais, pois Blackstone já percorria a comprida galeria. Com a Espada do Lobo nas mãos.

– Encontre-o!

A porta de Christiana estava fechada, mas não trancada. Engolindo o medo, Blackstone estendeu suavemente a mão, abrindo a pesada porta de madeira, para então adentrar um verdadeiro açougue.

No chão havia uma boneca esfarrapada; parecia rasgada, o cabelo claro emplastado de sangue, os olhos azuis escancarados de medo, opacos de mortos. Blackstone sentiu a garganta fechar. Enquanto ele hesitava, uma porção de sua mente lembrou-lhe de que talvez o assassino ainda estivesse no quarto, mas suas forças lhe foram drenadas quando a trilha de sangue da filha levou os olhos dele até Christiana. Ela jazia largada sobre uma poça do sangue espalhado debaixo do corpo dela da mancha que vazava de seu coração. Os lábios macios estavam abertos, como se respirando pela última vez.

Blackstone caiu sobre os joelhos. Tentou encontrar palavras, chamá-las pelo nome, mas nada lhe veio; o desnorteamento o deixara incapaz. Ele estendeu a mão para tocar Christiana, macabra, desfigurada, a trilha de sangue grudento descendo pelo vestido, um dos sapatos jogado longe, o pé nu virado para o lado, a palma da mão aberta como a de um pedinte de rua. Olhando para ele. Perguntando por quê.

Ele agachou em cima do sangue, com moscas ao redor, a luz quente do verão iluminando o quarto. O horror tentou fazê-lo gritar, mas não houve nada. Nenhum sentimento que ele pudesse entender. A morte estava dentro dele; o vazio o enterrava. Thomas vomitou, curvou-se, as entranhas se contorcendo até que ele conseguiu recuperar o fôlego e limpar as lágrimas dos olhos. Nem mesmo Arianrhod poderia salvá-lo dos anjos negros que crucificavam seu coração e sua alma.

Um barulho arranhou sua mente, e Thomas olhou para a outra porta que dava para o quarto. Usando a parede para apoiar-se, foi deixando com a mão esquerda uma trilha de sangue pela parede áspera até ver Caprini deitado de costas, com uma faca enfiada até o punho entre ombro e pescoço. Vazava sangue da boca; olhos abertos, braços imóveis. A bile invadiu a garganta de Blackstone. Christiana tentara defender-se. Metera a faca no homem, mas não fora o bastante.

Blackstone rosnou ao ajoelhar-se e agarrar o cavaleiro do Tau pela túnica, sentindo retornar a sede de sangue. Com a mão livre, apertou a garganta do italiano, pronto para quebrar os ossos do pescoço dele.

Os lábios de Caprini começaram a se mexer, os olhos a procurar Blackstone. Fosse lá o anjo que protegia o italiano, impedira Blackstone de matá-lo. Ele puxou Caprini para perto, baixando o rosto para poder ouvir as palavras, querendo que ele soubesse que não fora perdoado e passaria a eternidade nas garras de Satanás.

O que ouviu foi menos que um sussurro.

– Santo Cristo... não... me abandone. A dor... eu não sabia... que doía assim... rezo para que pague a minha dívida... pelos pecados que cometi...

Os olhos dos dois homens fixaram-se. A última coisa que Caprini veria seria o ódio no rosto de Blackstone. Um momento antes de este estender a mão e esmagar a vida do italiano, ele disse algo que foi impossível de ouvir. Caprini tremeu de tanto esforço, gorgolejando sangue pela boca dos pulmões preenchidos.

– Eu... não pude... salvá-las... dele – disse o frei, apertando a túnica de Blackstone com a mão cheia de sangue, urgentemente tentando fazê-lo entender.

Blackstone foi soltando o italiano, com o ar preso no peito. Caprini acalmou-se, abrindo no rosto retorcido um sorriso conforme expelia seu último sopro. O inglês entendera quem tinha assassinado a sua família.

※

Com as mãos trêmulas, Blackstone juntou as rédeas. Os soldados ao portão disseram-lhe que o irmão Bertrand saíra a cavalo com certa urgência para encontrar o mestre, e, por ser ele criado de Blackstone, enviaram-no para Compiègne. Como os tambores de um exército anunciando a matança, o galope do cavalo bastardo batia seu ritmo, ainda assim incapaz de tirar o cavaleiro do torpor que o dominava. A armadilha fora cuidadosamente armada, e ele caíra direitinho. O monge jogara muito bem a sua rodada, um assassino que esperara até que a maior dor pudesse ser infligida na vítima.

Seus homens seguiam as ordens dadas, acompanhando Chastelleyn feito sombras para levar a filha do rei francês de volta à Inglaterra. A menina dos cabelos escuros tinha a mesma idade que Agnes. Parte de Thomas desejou que fosse ela quem tivesse morrido. Desejou que ele tivesse matado John, o Bom, em Poitiers;

tivesse abandonado a promessa feita a Jean de Harcourt de vingá-lo; não tivesse respondido ao chamado de uma rainha e não tivesse matado o irmão de um cavaleiro alemão em Crécy. As lembranças e o arrependimento tombavam sobre ele como os trovões ribombantes que anunciavam uma tempestade iminente. A maldição finalmente pusera suas garras em Blackstone. Quando enforcara o anão na Itália, pusera-se a risco. E agora o desagrado de Deus vinha visitá-lo.

※

— E agora, Thomas? — perguntou Killbere quando Blackstone aproximou-se de seu capitão-mor. — Que tem esse Bertrand? Os batedores de Chastelleyn o encontraram na estrada do sul e trouxeram para cá. Está coberto de sangue e pediu santuário com os homens do rei.

Blackstone viu, a cem metros de onde estava, os homens de armas de Chastelleyn formando uma barreira entre si.

— Pai? — disse Henry, que cavalgava logo atrás de Jacob. — O que aconteceu?

Blackstone viu a angústia no rosto do menino.

— Perinne, leve Henry até a retaguarda.

O francês robusto guiou sua montaria até Henry Blackstone.

— Pai? Vamos lutar? — perguntou o menino, suspeitando que seu papel seria sempre ficar junto dos cavalos.

— Faça o que eu mandei, Henry — Blackstone disse-lhe. A ordem fria e sem emoção tivera o efeito desejado. O menino nunca tinha ouvido um tom tão ameaçador na voz do pai. Obediente, ele foi com Perinne. Quando estava longe o bastante, Blackstone virou-se para Killbere. — Bertrand é o assassino. Ele matou Christiana e Agnes, e o frei Caprini tentou salvá-las.

Killbere e John Jacob reagiram como se o ato mais impossível de ocorrer à criação de Deus tivesse acontecido. Ficaram sem fala, demorando muito para assimilar o que lhes fora dito. Mais um pouco e Blackstone ia querer enfiar uma flecha na barriga de cada um.

— Santo Deus, misericórdia, Thomas — disse John Jacob, de ombros murchos, as costas da mão enfiadas na boca.

— Não há mais misericórdia neste mundo, John — disse Blackstone.

Killbere não pôde conter a amargura.

— Foda-se o Chastelleyn, Thomas. Vamos pegar e esfolar o maldito. Quero ouvi-lo gritar.

Blackstone assentiu.

– Esperem aqui – disse, e urgiu o cavalo adiante, até onde estava Chastelleyn, atrás da fileira de soldados.

Já esperava problemas. Bertrand estava em cima do cavalo, alguns passos atrás do cavaleiro real, que ergueu o braço.

– Não chegue mais perto, Sir Thomas.

Blackstone parou. Atrás dele, Killbere vinha com os homens preparados. Os arqueiros de Will Longdon aguardavam, arcos prontos, flechas fincadas no chão. Meulon e Gaillard ocupavam os flancos, com Killbere na frente, pronto para ordenar o ataque.

Chastelleyn aproximou-se.

– Ele pediu a proteção do rei.

– Sabe o que ele fez? – disse Blackstone.

– Não. Só diz que você quer fazer-lhe mal.

– Eu o matarei lentamente, milorde. Ele assassinou a minha esposa e a minha filha de modo brutal, e matou um cavaleiro do Tau, um bom homem de Deus, que tentou protegê-las.

A expressão de Chastelleyn mudou. A dúvida enrugou-lhe o rosto. Ele fez o sinal da cruz.

– Há provas disso? – perguntou, recobrando a compostura.

– O sangue que o cobre é o deles.

Chastelleyn não disse nada; apenas se virou na sela para poder ver o monge. Blackstone olhava para o rosto de Bertrand. Estava diferente do que ele vira antes. Não tinha mais o sorriso idiota. O olhar estava alerta, quase assustador. Era o rosto de um homem que deixara o papel subserviente de criado lascivo, um homem que levaria chutes e safanões como parte de seu trabalho para poder entremear-se no grupo e atacar quando ninguém suspeitasse.

Estava muito confiante, sentado na sela, ereto. Um homem diferente. Intocável.

Chastelleyn parecia indeciso. Finalmente, sacudiu a cabeça.

– Sir Thomas. Não posso entregá-lo a você. Sabe que não posso. Se ele afirma ser de ordem religiosa. Está pedindo o benefício de clérigo.

Blackstone procurou a fúria violenta que o faria atravessar as fileiras inglesas e espancar o assassino até a morte com as próprias mãos. Mas ela não aparecia. Uma deusa invernal apertava-lhe o coração.

– Ele é um assassino – Blackstone repetiu com uma calma gélida. – Ele é meu.

Chastelleyn olhou para além de Blackstone e viu os homens reunidos. Bastava ao cavaleiro erguer a mão e seus arqueiros dispariam suas flechas com tanta habilidade que pouparem seu mestre e derrubariam todos os oponentes.

– Isso tem de ser provado. Sou o cavaleiro do rei, e ele deve ser levado ao bispo para ser julgado pela Igreja. Não temos outra jurisdição senão conceder-lhe isso.

Bertrand nem desviara o olhar. Era sua última provocação: queria ver Blackstone ser humilhado ou morto pelos homens do rei. Até que ponto o famigerado cavaleiro fora destruído?

Blackstone baixou os olhos e assentiu.

Bertrand sorriu. Completamente destruído.

Chastelleyn enfrentara rostos selvagens em combate, mas sentira-se desconfortável diante de Blackstone. Fosse lá o que vivia por trás daqueles olhos, Chastelleyn não podia nem imaginar, mas sentia-se gelado dentro do peito. Pela misericórdia de Cristo, o homem estava pronto para uma chacina.

– Que Deus abençoe o meu rei – disse ele baixinho, e deu meia-volta com o cavalo para retornar para junto de seus homens.

Killbere ficou esperando ordens de Thomas, espada em punho, pronto para contrapor-se, como os demais, à boa vontade e ao perdão do rei da Inglaterra.

Blackstone desmontou.

– Gilbert, não devemos erguer as mãos contra o rei nem seus homens. Fiz essa promessa há muito tempo.

Killbere não disse nada; ficou apenas observando os homens de armas virarem para sua lenta retirada. Bertrand foi cercado por Chastelleyn e meia dúzia de cavaleiros, num escudo protetor.

Acima da planície ondulada, uma pesada nuvem preta no horizonte fincou o céu com um relâmpago. Blackstone desejou enraivecer-se com a tempestade que se anunciava, mas não conseguiu: não havia raiva dentro dele; era apenas um pesar gelado feito aço que enjaulava seu peito. Ele entregou as rédeas a um inseguro Will Longdon e tomou o arco da mão dele. Escolheu uma flecha de ponta de aço cujo arranjo de penas oferecia o melhor voo e caminhou à frente uma meia dúzia de passos. Não era impossível para seu braço torto manipular um arco de guerra; podia suportar a imensa pressão ao puxar, mas usá-lo demandava tolerar a dor que vinha junto. Os músculos de Thomas tinham mudado, se disposto e enroscado para a espada e o escudo, mas a força jamais o desertara. Nem o instinto assassino do arqueiro para encontrar o alvo.

Pela primeira vez desde que fora derrubado no campo de guerra de Crécy, Thomas preparou uma flecha comprida, sentiu a tensão e a dor no braço esquerdo ao arquear as costas e puxou a corda para si. O braço protestou, mas ele manteve o punho fechado como uma pinça, ajustando o corpo instintivamente para compensar. A 147 metros dele, Chastelleyn guiou seus homens mais para o lado, deixando um desavisado Bertrand exposto. O cavaleiro do rei deve ter dito alguma coisa, talvez um palavrão vitriólico, porque Bertrand subitamente vacilou e virou o cavalo, ficando de frente para o inglês distante, um pouco à frente dos outros homens. Blackstone soltou a flecha, ouviu seu sussurrar, sentiu a corda do arco vibrar contra o braço nu e viu o projétil arquear e cair. Bertrand ergueu a mão, protegendo os olhos para tentar vê-la cair. Foi fincado na perna, e ficou preso na sela.

 O monge gritou, e seu corpo se contorceu, os olhos escancarados de terror e descrença para com o que acabava de acontecer, a boca aberta numa tentativa desesperada de sugar ar para dentro da dor que o consumia. A flecha se partiu quando o cavalo saiu em disparada, e Bertrand caiu com tudo no chão. O inexpugnável assassino era como um fantoche débil cujas cordas foram cortadas. Ficou deitado, todo retorcido, um braço jogado por cima da cabeça, as pernas contorcidas de modo bizarro debaixo, olhos piscando conforme a vida se prendia ali. Bertrand tentou debilmente implorar pela ajuda de Chastelleyn, que o observava, olhando para os dedos trêmulos do homem desconjuntado. Com um último olhar para Blackstone, o cavaleiro real foi embora, levando seus soldados.

 Blackstone devolveu o arco a Longdon e montou. Nem trocaram palavras. Thomas Blackstone ainda era um arqueiro, apesar do que lhe acontecera todos aqueles anos antes, em Crécy. Lentamente, ele foi até o assassino derrubado e ali parou. Os olhos de Bertrand logo encontraram os de Blackstone.

— Santa Mãe de Deus, Sir Thomas... Eu... juro que as matei rápido... A menina... nem viu nada...

 Bertrand foi rastejando, tentando pôr distância entre ele e o homem que o observava. Vazava sangue, encharcando o hábito, que tinha rolado para cima, expondo o ferimento e o osso quebrado. A fenda feia ainda tinha a flecha quebrada ali fincada; as penas de ganso eram uma massa só, encharcada e escura. Bertrand implorou por uma faca pelo pescoço para fugir da dor.

— Ainda há mais agonia a ser infligida – disse Blackstone. – Sua jornada para o inferno levará mil mortes. Você gritará e vomitará... mas eu quebrarei cada parte sua, e seu lodo será sugado para o mundo inferior.

 Blackstone deixou o cavalo bastardo pisar na coxa quebrada de Bertrand com a ponta do casco. O monge gritou, os músculos do abdômen o fizeram encolher numa bola protetora, mas a perna estilhaçada resistiu, e ele se contorceu, lágrimas e baba misturando-se na boca, fazendo-o soltar um incoerente barulho de quem está engasgado.

Ele sugou ar, sacudiu a cabeça, talvez entendendo o que Blackstone pretendia fazer.

– Não... Eu imploro... deixe... terminar... agora.

Blackstone passou com o grande cavalo de guerra lentamente por cima de Bertrand, quebrando seus ossos, a começar pelos tornozelos, ouvindo-os estilhaçar, depois passou para as pernas. Os gritos de Bertrand ultrapassaram a agonia humana conforme seu corpo era esmigalhado debaixo dos cascos forrados de metal. Blackstone não tirava os olhos do homem torturado, sorvendo seu horror, sentindo nada além da gélida satisfação da brutalidade que infligia.

A vida de Bertrand prosseguia num inferno imposto pela vingança. Blackstone deteve o cavalo e todo o peso deste em cima da pélvis e da espinha do monge. Este abriu a boca e verteu sangue quando suas costelas foram quebradas. Nem podia mais se debater. A mente estava além da oração.

Quando tudo que restava era um corpo esmagado e boquiaberto, Blackstone desmontou e agachou, apoiando um dos joelhos no peito do moribundo. Um material escuro borbulhava entre os dentes de Bertrand, que recebia nos olhos o olhar inexorável de seu torturador.

Um desesperado apelo sussurrado escapou dentre os lábios dele.

– Eu... imploro... clemência... termine...

Blackstone esperou um pouco, depois se levantou, olhando para o assassino.

– Não – disse, e guiou o cavalo adiante, fazendo-o passar por cima de Bertrand mais uma vez.

O mesmo fizeram todos os homens com seus cavalos.

A tempestade foi desenrolando seu véu acinzentado cada vez mais para perto, empurrada por um vento raivoso que carregou os últimos e dolorosos gritos de Bertrand pelo terreno baldio. Enquanto a morte arrastava a cria das Víboras de volta ao lar, o céu abriu-se para encharcar a terra e limpar o que restava de carne rasgada e esmagada.

Capítulo Cinquenta e Dois

Blackstone banhou Christiana e Agnes, depois cobriu os corpos de sal e embrulhou em linho. Killbere manteve Henry distante do ritual e dos soluços violentos do pai. Nada disso seria apropriado para o menino testemunhar. Uma atmosfera soturna pesava sobre os homens, que se mantinham em silêncio, enquanto seu suserano permanecia trancado nos aposentos do castelo. Meulon e Gaillard fizeram como Killbere instruíra e prepararam Caprini, morto, para ser enterrado. O homem seria honrado como Blackstone insistira.

Sete dias se passaram e um padre foi arranjado para fazer as orações. Blackstone levou Christiana e Agnes até o local em que um dia moraram, na Normandia, e as enterrou lá, como fez ao bom cavaleiro frei Caprini, que tentara salvá-las.

— Eu devia ter ficado com elas, pai — Henry disse, em certo momento, quebrando um silêncio muito arrastado.

— A morte delas não teve nada a ver com você, Henry; você não teve culpa de nada. Como teria? — foi a resposta de Blackstone, querendo apenas puxar o garoto para si e abraçá-lo, mas havia uma distância entre eles, algo que não se podia romper... a determinação do garoto negava-lhe esse conforto.

— Pai, não sei matar como você. Não tenho vontade de fazer isso. Matei uma mulher para salvar a mamãe, e eu teria lutado para defendê-la e a Agnes de Bertrand se estivesse lá. Mas agora... — Sem medo, o menino ergueu os olhos para o pai. — Agora, quero fazer o que a mamãe sempre quis de mim. Estudarei e me tornarei um homem culto, e abandonarei esse tipo de vida.

Henry virou-se e foi embora.

Killbere, que esperava ali perto, veio sacudindo a cabeça.

— Ele é filho de Christiana, Thomas. Teimoso como você e determinado como ela. Dê-lhe tempo. Deixe o sangue esfriar. Ele descobrirá que uma escola não traz alegria a um rapaz que já lutou pela vida.

Blackstone pôs a mão no montinho de terra que agora cobria a mulher que ele amara desde que a vira pela primeira vez, doze anos antes. Enfrentaram perigos juntos, e ela ousara casar-se com um inglês. Um arqueiro inglês.

— Deus deu as costas a ela, Gilbert. Puniu a ela, em vez de mim.

Killbere desviou o rosto, preferindo olhar para um céu duvidoso, que ameaçava chuva.

— Não vejo sentido nisso, Thomas. Não há. Sua deusa pagã o protege melhor do que um escudo de guerra. Christiana e Agnes tinham seus próprios anjos nas costas. Quem é que sabe quando o céu precisa de alguém? — Ele ficou quieto por um momento, deixando Blackstone sentir a terra debaixo da palma da mão. — Não há o que dizer. Mas seu filho está vivo. Isso é alguma coisa. É muita coisa. Deixe a dor assentar, Thomas. E a raiva que continuar aí no fundo, deixe que encontre o caminho até a sua espada.

Killbere virou-se e foi para onde os demais aguardavam.

— Gilbert — Blackstone chamou.

Killbere olhou para trás.

— Arranje para que o menino faça o que o coração mandar. Não o desafiarei, nem forçarei ao contrário. Faça isso. Por mim.

Killbere não soube se tinha entendido muito bem, mas fez que sim mesmo assim.

— Eu o farei.

※

Blackstone manteve a promessa feita a Christiana. Ele e Henry procuraram o menino bastardo. Não tinha nem 1 ano de idade, e apenas um floquinho de cabelo preto e olhos escuros. Não pareceria ser filho dele. Mas, de fato, não era. Pagara ao convento que o criasse e desse nome, e se pôs a caminho, desolado, da Inglaterra.

Blackstone encontrava-se preso numa neblina tão densa quanto a que encobria o barco a caminho de casa. Uma jornada lenta e incômoda quebrada somente pelo ranger e bater dos remos da pequena embarcação avançando pelo mar reluzente. Um marinheiro estava de vigília, de lamparina em mãos, informando a profundidade, controlando o medo da investida súbita da neblina. Horas mais tarde, enquanto outros dormiam e o som confortante de um sino de igreja os guiou à costa, Blackstone deitou a Espada do Lobo, com a bainha enrolada em seu cinto, ao lado do filho, que dormia. A metade de Christiana da moeda de prata agora repousava abaixo da de Blackstone no punho da espada; a costura da moeda unia as duas metades.

Em seguida, pulou sem fazer barulho por uma das laterais.

※

Não havia sinal do corpo, e os que o conheciam juravam que ele nadara para a margem. Killbere e John Jacob procuraram em vilas de pescadores e cidadezinhas, tentando encontrar o amigo sob ordens do rei, enquanto Meulon e Gaillard mantinham os homens todos juntos perto de Calais, pagos pelo bolso do rei, esperando notícias do mestre – mas, com o passar dos meses, começaram a temer pela vida dele. Thomas Blackstone desaparecera como se abraçado por aquela neblina espectral.

Will Longdon procurou em tavernas, norte e sul, em estalagens à beira do rio e bordéis das cidades. Killbere e John Jacob pesquisaram o campo, entre mosteiros e casas religiosas, onde um homem podia desaparecer com seu sofrimento, em busca dos restos de um Deus perdido e Seu filho.

A rainha Isabella, a Bela, perguntou de seu bravo cavaleiro antes de tomar o pesado medicamento do qual jamais acordou. Blackstone não chegou a ouvir o tocar do sino que anunciou a morte de tão extraordinária rainha, nem testemunhou o funeral solene que carregou o corpo dela de Hertford, usando as vestes simples das pobres clarissas, até os franciscanos, em Londres, onde foi vestido para o funeral com túnica e manto de seda vermelha por ela usados quando se casara, cinquenta anos antes. Quando essa era terminou, Blackstone jazia desgrenhado num cômodo úmido, infestado de ratos, desconhecido de todos ao redor.

O inverno veio e se foi; não foi pago o resgate pelo rei francês depois que Edward e o rei John assinaram um tratado de paz. O Delfim infligira sua vingança contra os líderes em Paris que tinham apoiado a revolta e retomara a cidade, forçando Charles de Navarre a recuar e trocar de lado mais uma vez. O Delfim concedeu perdão a outros que participaram daquele horror todo, e provou-se notavelmente resistente a entregar vastas porções da França para Edward, conforme combinado pelo pai no Tratado de Londres. Quando Isabella morreu, o rei inglês soube que a influência dela sobre os franceses fora junto para o túmulo.

Em sofrimento, ele planejou.

Funcionários viajavam pelos portos, comandando navios mercadores; os fabricantes de flechas tiveram seus estoques debulhados e estocados na Torre de

Londres, levados até lá em carrinhos e carruagens tomados dos mosteiros. Os comissários de Edward ordenaram o recrutamento de arqueiros de todos os condados do sul e os cavaleiros de seus solares. Os grandes lordes da Inglaterra se reuniram, e a Igreja e o parlamento concluíram que era justa causa para Edward perseguir o direito que tinha sobre a coroa francesa à força.

Chegou aos que procuravam Blackstone a notícia de que havia um pedreiro trabalhando numa grande ponte, cortando pedra de uma pedreira, e que esse pedreiro não se abria com ninguém, trabalhava por muitas horas, até o anoitecer, e dormia embriagado toda noite. Ninguém se aproximava do homem de cicatriz no rosto, sob o risco de atiçar seus atos súbitos e imprevisíveis de violência. Quando Will Longdon e os outros chegaram à pedreira num amanhecer gelado, o homem tinha partido e seguido para Londres.

As ruas apinhadas resmungavam com o passar de carrinhos pesados, lotados de suprimentos, cujas rodas de ferro marcavam trilhas sobre a terra. Os pés dos soldados abafavam o tilintar da estrutura das carruagens que portavam forjas e feixes de arcos de guerra pintados de branco aos milhares. Eles passavam com dificuldade, xingando lanceiros; soldados montados abriam caminho entre os vendedores de rua, e os pedintes e monges mendicantes chacoalhavam os arcos, chamando Deus e seus anjos para punir os transgressores do rei.

Jack Halfpenny e Robert Thurgood abriam caminho pela multidão com uma urgência que resultava em palavrões da parte de quem era empurrado, protestos que logo morriam quando as pessoas percebiam que eles eram arqueiros e o brasão na túnica identificava a quem serviam. A Estalagem do Flecheiro ficava numa ruazinha estreita na qual a luz do dia quase não chegava, um ninho de ratos do tipo muito comum em Londres. A fachada ficava perto de um açougue, cheio de miúdos e barulhento com o resmungar dos animais, que pressentiam a violência prestes a ser infligida contra eles.

Halfpenny levantou a trava de madeira e entrou num cômodo escuro. Uma lâmpada de sebo projetava um fraco brilho amarelado por todo o local. O fedor de cerveja e comida velha misturava-se com excremento de cachorro e suor rançoso de homem. O vira-lata da estalagem choramingou e fugiu quando Thurgood chutou um banco do caminho, ignorando as censuras da estalajadeira. Chegaram até eles rumores sobre um homem que pagava bom dinheiro para se esconder. Fora da lei e fugitivo, havia sempre alguém pronto para revelar um segredo quando se oferecia uma recompensa. No andar de cima, Halfpenny abriu a porta de um quarto dos fundos e viu uma figura barbuda e enrugada, encharcada de cerveja e vinho, que não sabia que dia era, nem ligava se o céu estava claro ou escuro. Roupas esfarrapadas expunham músculos esguios cheios de cicatrizes, curados de trabalho duro e combate, e um colar de prata com a imagem de uma deusa pagã. O dinheiro lhe concedera privacidade por um tempo naquele quarto, em cima das ruas nojentas da cidade. Halfpenny ficou de guarda na porta até Thurgood encontrar Will Longdon, que, por sua vez, os enviou para encontrar Killbere e John Jacob. Longdon ficou aguardando em frente ao quarto úmido feito uma mãe esperando o filho doente melhorar. Ele murmurou uma ou duas orações e xingou o diabo por roubar o coração do amigo, e depois Deus, por permitir.

Killbere grunhiu com o esforço de subir a escada. Will ficou grato por ver o cavaleiro de coração de pedra, tão grato quanto qualquer outro que tivera a chance de estar ao lado dele em grandes conflitos.

Killbere entrou no quarto e ficou parado por um tempo perante a figura largada de Blackstone.

– Thomas? – disse, ranzinza. – Chega disso.

Pensando se tinha sido ouvido, ele hesitou. Blackstone estava sentado apoiado na parede, com restos de comida e bebida ao redor, ignorando os vermes que se contorciam nas crostas de alimento.

– Seus amigos estão aqui – disse Killbere, mais gentilmente, e chegou perto do amigo.

Um golpe súbito de faca o fez recuar. Por mais bêbado que estivesse, ainda havia um instinto animal à espreita dentro de Blackstone. Killbere inclinou-se para a frente de novo, esperando outro golpe de faca. Blackstone não os decepcionou, e só foi desarmado por Killbere com a ajuda de John Jacob. Ofereceu pouca resistência, no entanto, olhando para os homens, ali muito perto dele, num outro tempo. Killbere riu e segurou o rosto dele, virando-o para si. John Jacob curvou-se para ajudar a erguer o corpanzil do mestre.

– Está fedendo que nem rabo de cachorro – disse Gilbert, pondo Blackstone de pé e suportando seu peso. – Thomas, olha aqui, homem, seu menino veio ver você.

Blackstone olhou para a entrada do quarto, onde estava Henry Blackstone usando uma túnica que ostentava o brasão do pai.

Os olhos dele faiscaram – o menino parecia mais alto, até mais forte, e mirava no pai um olhar firme. Killbere chamou o menino, que tinha espada e bainha. O cavaleiro veterano tomou-as dele e colocou a Espada do Lobo no peito de Blackstone, forçando-o a segurá-la com força.

– Precisam de você. Ordens do rei – disse, resmungando satisfeito. – Nós vamos para a guerra.

Notas históricas

O primeiro ataque na cidade de Santa Marina refletiu um evento histórico no norte da Itália ocorrido em 1358, quando um enorme bando de mercenários – conhecidos como salteadores pelos franceses e *condottieri* pelos italianos – foi derrotado por uma milícia de camponeses. Os mercenários tinham passado perto da cidade de Maradi e prometeram pagar por suprimentos – algo que não fizeram. Jamais se tinha ouvido falar de gente do campo desarmada que podia, no máximo, considerar-se uma milícia local dar cabo de soldados profissionais, mas os aldeães de Maradi, no centro dos Alpes, fizeram isso mesmo. Nesse verão, foram vingar-se dos mercenários de Konrad von Landau – e os venceram aprisionando-os nas passagens e desgastando suas defesas.

Em seguida à grande batalha de Poitiers, em 1356, milhares de soldados foram dispensados de suas funções. Fazendo o que faziam de melhor, eles juntaram-se a outros como profissionais de milícia. O local no qual ofereciam seus serviços era a Itália. Na Idade Média, a Itália não era o país unificado que conhecemos hoje, mas um monte de estados e principados independentes. Cidades-estado tinham governo próprio e contratavam, em geral, pessoas de fora para lutar em suas guerras e proteger suas cidades. Florença, Pisa, Roma, Milão, Gênova e outras grandes cidades-estado que ofereciam um *condotta*, um contrato, tinham regras estritas de emprego para esses homens. Mantinham-se registros, comida e armas eram entregues, mas os soldados não podiam residir dentro dos muros da cidade porque eram inclinados a cometer atos de violência e roubo contra os civis, que eram quem os pagava. Os ingleses, principalmente, eram famosos pelas artes marciais – como os alemães –, mas os ingleses e galeses, por volta de 1358, tinham a maior reputação enquanto guerreiros.

A Via Francigena é uma rota conhecida para peregrinos que viajam de Roma a Canterbury. Diversas passagens montanhosas podiam ser usadas para conectar-se à "Francia", e o termo "Via Francigena" era usado para diferentes estradas por esses muitos passos que ligavam a Itália à França. O famoso "Passo Lombardo" tornou o Iter Francorum, ou "Rota franquesa", no *Itinerarium sancti Willibaldi* de 725 d.C. A "Via Francigena" foi mencionada primeiro no *Actum Clusio*, um pergaminho da abadia de São Salvador, em Monte Amiata (Toscana), em 876 d.C. A *Crônica anglo-saxônica* nos conta que, em 990 d.C., o saxão Sigerico foi consagrado arcebispo de Canterbury e foi a Roma coletar o *pallium*, ou o manto de investidura, das mãos do papa, como se costumava fazer nesse período. A jornada de Sigerico de volta de Roma, após sua investidura, está relatada num manuscrito na Biblioteca Britânica, redescoberto nos anos de 1980 por pesquisadores italianos. As descrições do arcebispo de locais ao longo da rota mostraram-se bastante corretas, embora os nomes dos locais do século X da lista sejam bem diferentes, em muitos casos, de suas contrapartes modernas. Essa descoberta incitou pesquisa acadêmica, promoção turística e, em alguns casos, restauração da rota atual para peregrinos modernos. Eu usei o relato de Sigerico sobre as distâncias entre cada ponto de referência para definir o tempo que Blackstone levou para retornar à Inglaterra.

Fiz o percurso, por alguns dias, do começo de uma jornada dessas – antes que ficasse árdua demais – e publiquei algumas fotografias do campo. Também incluí nesta página um pouco das fotografias pesquisadas de Luca: http://bit.ly/1j7V0XN. Das muitas rotas seguidas por peregrinos, usei a área em torno do Passo de Madalena, que conecta Barcelonnette, na França, a Cuneo, na Itália. Foi como Blackstone viajando dois mil metros no inverno. Historicamente, foi a mesma passagem pela qual Aníbal levou seu exército cartaginense para Roma, em 218 a.C.

O personagem frei Stefano Caprini, o cavaleiro do Tau, também conhecida como a Order of Saint James of Altopascio, era membro de uma ordem hospitaleira que oferecia proteção a peregrinos e também os recebia em seus hospitais. Os irmãos eram cavaleiros e padres. Durante minha pesquisa para este livro na maravilhosa cidade de Luca, o personagem ainda não tinha sido concebido, mas, ao caminhar pelas ruas, eu vi um grande afresco acima de um dos portões da cidade mostrando dois homens de aparência incrível. Meu guia me explicou que eram cavaleiros do Tau, e o papel que exerciam. Eu soube imediatamente que teria que colocar um homem desses ao lado de Thomas Blackstone.

A cidade italiana de Pistoia, ao norte de Luca, era famosa por suas adagas extremamente afiadas e letais. Por séculos, Pistoia supriu os assassinos europeus de sua arma preferida. Coloquei meu assassino anônimo para trabalhar no hospital Ceppo, de Pistoia, fundado em 1277, que tinha passagens subterrâneas que se estendiam por muitas centenas de metros. Isso permitiu a meu assassino "desaparecer" e ir encontrar o mestre forjador.

Os lordes de Milão – Galeazzo II e Bernabò Visconti – assassinaram seu irmão Matteo em 1355 e dividiram a herança dele entre si. Esses homens cruéis não deixavam nada ficar em seu caminho na busca de poder, e a crueldade de Bernabò foi muito bem documentada. Ele foi declarado herege em 1360 pelo papa Inocêncio VI. Não é preciso dizer que os Visconti enfrentaram os Estados Papais – e Florença – por muitos anos. Galeazzo era o mais notável dos dois irmãos e foi patrono do poeta e cronista italiano Petrarca, e também fundou a Universidade de Pavia. Era também conhecido pela *quaresima*, forma particular e sadística de tortura que durava quarenta dias, alternando um dia de tormento excruciante com um de descanso.

Thomas Blackstone teve de retornar à Inglaterra a tempo de participar do grande campeonato em Windsor no dia de São Jorge. O torneio morava no coração da cultura de cavalaria, e para a contenda de 1358 o rei deu passagem livre para qualquer cavaleiro europeu que desejasse participar. Eu escrevi que haveria disputas à noite nesse campeonato, mas isso não está correto historicamente. Tirei a ideia de um torneio prévio conduzido pelo rei em Bristol, pois gostei da imagética por ele conjurada.

Juliet Barker, em seu livro *The Tournament in England 1100-1400*, alega, como outros autores, que a mão de um cavaleiro era protegida na lança por um vamplate, o cone invertido na lança que cabia confortavelmente por cima da manopla. Contudo, Ewart Oakeshott, considerado uma das maiores autoridades mundiais em armas e armaduras do período medieval, alega, em seu livro *A Knight and His Weapons* (2ª edição), que esse aparelho não foi posto em prática antes de 1425. Ele afirma que uma lança tinha algo mais similar à guarda de uma espada para proteger a espada do cavaleiro. Oakeshott também menciona que a cerca, a longa barreira de madeira que separava os dois cavaleiros durante a contenda, também só começou a ser usada no século XV, bastante tempo depois do campeonato do dia de São Jorge de 1358, em Windsor. Mostrar o perigo representado por dois cavalos avançando coube bem na minha história. E, embora não se tratasse de uma luta até a morte, preferi armar o príncipe de Gales e Blackstone sem o benefício de espadas sem corte.

No que tange à luta até a morte em Meaux entre Thomas Blackstone e o habilidoso cavaleiro Werner von Lienhard, tirei o ritual da oração de *The Last Duel*, de Eric Jager, que registrou o julgamento por combate de dois cavaleiros na França medieval, no fim do século XIV. Escolhi a harpia como brasão de Lienhard querendo eliciar medo nos olhos de quem o visse. Na mitologia clássica, as harpias eram os espíritos do vento quando este ficava especialmente destrutivo. Três eram chamadas Aello (borrasca), Celeno (escura) e Ocypete (rápida). Homero menciona apenas uma delas; Hesíodo, duas; e escritores medievais as descrevem como muito ferozes, lúgubres e odiosas, habitando a sujeira e o fedor, contaminando tudo que alcançavam. A mitologia grega as mostra como mensageiras da vingança divina.

Estou ciente de quão subjugadas eram as mulheres na Idade Média, e que a época ditava que fossem controladas por homens. Porém, havia mulheres de força e caráter que, apesar de seu papel de "subserviência", tocavam grandes territórios, criavam os filhos e às vezes iam à guerra. Escrevi sobre a condessa Blanche de Harcourt em Ponthieu em *Mestre da guerra* e *Desafiando a morte*: uma mulher que juntou um bando de mercenários para vingar o assassinato do marido pelo rei John II de França. E a esposa de Blackstone, Christiana, que desertou o marido por se sentir traída, mas que lutou pela sobrevivência dos filhos durante a insurgência dos Jacques em *Portão dos mortos*. As mulheres desses tempos eram personagens complexos motivados por medo, alegria, desejos e lealdade, e tinham de encontrar a força para sobreviver pelos meios quaisquer que se lhe apresentavam. É fácil demais enxergar as mulheres medievais como caricaturas oprimidas e abusadas. E quanto à mãe do rei Edward, a rainha Isabella, talvez uma das mais grandiosas mulheres da história inglesa – e, nesse sentido, francesa. Possuía astúcia e coragem e era mediadora experiente entre as coroas francesa e inglesa. Tinha uma biblioteca de grande variedade, o que indicava ser uma mulher culta. Possuía livros religiosos, mobiliava ricamente sua capela, dava esmolas e fazia peregrinações; mas se realmente assumiu o hábito das pobres clarissas, como foi relatado, foi somente em seu leito de morte. Ela viajou do castelo de Hertford ao grande campeonato de 23 de abril de 1358 no castelo de Windsor para sentar-se ao lado do filho, e ficou claro pelo relato de algumas crônicas que ela e o filho não eram distantes, como alguns sugeriram. Durante o espetáculo, ela mostrou-se gloriosamente produzida e apreciou a afeição do público pelo rei. Fazia certo tempo que estava doente, e morreu em 23 de agosto, mas os registros mostram que, antes da morte, pagamentos foram feitos a um mensageiro que foi em diversas ocasiões até Canterbury pegar remédios, e para contratar um cavalo para o mestre Lawrence, o médico. Em 1º de agosto, foi feito pagamento para Nicholas Thomasyer, boticário de Londres, por temperos e unguentos enviados para uso da rainha. Entre outras entradas, há um pagamento ao mestre Lawrence de quarenta shillings por atender a rainha em Hertford, por um mês inteiro.

As pesquisas revelam que Isabella – conhecida muitos anos mais tarde como a Loba da França – sempre amara o marido que supunham que tivesse traído. Ela insistiu, antes de morrer, que lhe pusessem o mesmo vestido que usara no casamento.

A busca que Blackstone engendra por toda a França para resgatar sua família, além da vida da filha do rei francês, só podia fazer com que ele viajasse por uma terra tumultuada e violenta. A Jacquerie era predominantemente uma revolta de camponeses – que eram chamados casualmente, com desprezo, de Jacques pela nobreza –, mas lordes e cavaleiros inferiores também participaram e chegaram a fornecer liderança militar. Antigas rixas podiam ser resolvidas enquanto os Jacques rasgavam a terra ao meio, saqueando e matando. Depois que os ingleses capturaram o rei francês em Poitiers, dois anos antes, a nobreza francesa ficou desacreditada. A França ficou virtualmente ingovernável. O Delfim lutava para estabelecer o controle, enquanto Étienne Marcel, o chefe dos mercadores de Paris, tomou o controle. Sob seu capitão general, Guillaume Cale, os Jacques uniram forças com rebeldes parisienses liderados por Marcel. Quando as hordas chegaram a Meaux, cidade a leste de Paris na qual a filha do rei e outras damas e crianças da nobreza buscaram santuário, sob a proteção do lorde de Hangest, adepto leal da coroa francesa, o exército de camponeses foi guiado até a cidade pelo prefeito Jehan de Soulez. Foi graças a Jean de Grailly, o Captal de Buch, e seu primo Gaston Phoebus, conde de Foix, que tinham retornado de uma cruzada na Prússia, que as mulheres foram salvas. Naturalmente, Thomas Blackstone tinha de estar lá.

David Gilman
Devonshire
2014

Agradecimentos

Meus agradecimentos a Antonella Marcucci, guia profissional, que fez comigo uma turnê particular em Luca. O conhecimento dela foi muito útil para escrever este livro, e ela respondeu com bondade as minhas perguntas contínuas, mesmo depois que voltei para casa. O entusiasmo e o interesse dela nunca vacilaram. Caso alguém queira conhecer mais da rica história dessa maravilhosa cidade, ela pode ser encontrada em www.guidelucca.it. Estou em dívida com o Dr. Nelli Sergio e sua equipe do Archivio di Stato, em Luca, por sua ajuda e por me permitirem acessar o manuscrito *Le croniche di Giovanni Sercambi*, do século XV. Maurizio Vanni, curador do Museu Vivo, foi muito generoso ao abrir o museu para mim, mesmo tendo uma atividade particular e uma sessão de fotos em andamento, permitindo que eu explorasse o porão do museu, onde ficavam as paredes originais da cidade e onde pude colocar Thomas Blackstone no bordel medieval – que eram esses porões no século XIV.

Enquanto escrevia *Portão dos mortos*, participei de um leilão de caridade CLIC Sargent. O leilão levantou fundos para crianças com câncer e, quem fizesse o lance mais alto, teria um personagem no livro com o seu nome. Neil Cracknell foi o vencedor, e pediu que o nome de seu neto, Samuel Cracknell, fosse usado. Por coincidência, descobri que o tataravô de Samuel foi o brigadeiro Sir John Jacob Cracknell e, como os leitores da série *Mestre da guerra* já sabem, tenho um personagem chamado John Jacob. Um belo toque da sincronicidade.

Agradeço muito, como sempre, à minha agente literária, Isobel Dixon, da Agência Literária Blake Friedmann, por seu entusiasmo incansável e olhar minucioso, que melhoraram os rascunhos iniciais deste livro. Obrigado a Nic

Cheetham e toda a equipe no Head of Zeus por sua paixão e crença na série *Mestre da guerra*; sem sua dedicação ao projeto, naufragaríamos. Sou muito grato ao preparador e aos revisores, heróis não cantados que corrigem os erros diligentemente, e ao departamento de arte e design, por essas maravilhosas capas. Agradecimentos sinceros à minha editora, Richenda Todd. As sugestões dela tornam uma frase mais eloquente. Com paciência e muita graça, ela se recusou a deixar que eu me safasse com qualquer coisa que achasse questionável. Não preciso nem dizer que as liberdades que consegui obter sem o crivo dela são de minha inteira responsabilidade. Muito obrigado também pelos esforços das editoras internacionais, que abraçam a tradução e o marketing com tanto comprometimento. Finalmente, meu amor e gratidão à minha esposa, Suzy, cujos apoio e compreensão tornam tudo isto possível.

FONTE: Adobe Caslon
IMPRESSÃO: Sermograf

#Novo Século nas redes sociais